FINE STURM

Das Herz, das für dich schlägt

Das *Herz*, das für Dich schlägt

FINE STURM

1. Auflage August 2021

c/o Barbaras Autorenservice, Tüttendorfer Weg 3, 24214 Gettorf
Lektorat: Angelika Meyer
Umschlaggestaltung und Satz:
rauschgold coverdesign, www.rausch-gold.com
Marketing: Agentur mainwunder, www.mainwunder.de
Vertrieb: Nova MD GmbH

Verwendung von:
AdobeStock_92599525
AdobeStock_266556142

Printed in Polen

ISBN 978-3-96966-863-4

TRIGGERWARNUNG!

Liebe Leser:innen,

dieses Buch enthält potenziell triggernde Inhalte.
Deshalb findet Ihr auf der letzten Seite eine Triggerwarnung.

Achtung! Diese enthält Spoiler für das gesamte Buch
und vor allem die Auflösung!

Ich hoffe, ich kann Euch wundervolle Lesestunden bereiten
und wünsche Euch nun viel Freude mit Lisa und Tom.

Mit herzlichen Grüßen, Eure
Fine Sturm

Liebe entsteht
nicht durch das,
was wir sehen,
sondern durch das,
was wir fühlen.

HMK

FÜR

♥ PETER & SOPHIE ♥

Tom

PROLOG

Im Spiegel sehe ich einen Mann mit dunklen Haaren und Dreitagebart. Sein Blick ist voller Angst und Verzweiflung, die so stark sind, dass sie sich mit einem lautlosen Aufschrei in Wut verwandeln; ein Moment, in dem ich das Gesicht am liebsten mit der Faust in einem aggressionsgeladenen Schlag zertrümmern würde, dass nur noch Scherben übrigbleiben. Aber der Spiegel ist noch heil und die bröckelnde Fassade meines Gegenübers mit all ihren zerstörerischen Emotionen gehört mir alleine.

Wie sie zu mir aufblicken, und welches Vertrauen sie mir entgegenbringen. … Ich bin stark. Ja, das bin ich. Die Augen meines Alter Egos füllen sich mit Tränen. Der vermeintlich starke Mann im Spiegel, der eben noch voller Zorn war, bricht gequält zusammen. Obwohl ich Familie und Freunde habe, fühle ich mich auf dem Gipfel eines einsamen Berges ausgesetzt, umgeben von einer Schlucht, die so tief ist, dass sie in einem schwarzen Nichts mündet. Aber dennoch bleibe ich freiwillig alleine dort, auch wenn es so einsam ist. Ich habe keine Wahl und will diesen

Kampf mit mir selbst austragen. Einige Menschen wissen ohnehin schon viel zu viel. Selbst das stand so nicht in meinem Plan.

All dieses Geld auf meinem Konto, das ich nur besitze, weil Menschen gestorben sind. *Aber sie hätten sowieso eines Tages sterben müssen,* denke ich rational und muss dennoch schlucken. *Irgendwann trifft jeder von uns auf den Sensenmann. Man schafft es höchstens ein paar Mal, vor ihm davonzurennen.* Ich lache höhnisch auf bei dem Gedanken daran, wie es soweit kommen konnte.

Im Radio wird gerade der neue Song von Betty angekündigt. Eigentlich fahre ich nicht so sehr auf diese schnulzigen Balladen ab und bisher hat es auch noch kein Text geschafft, mich zum Philosophieren über den Inhalt zu bringen. Doch dieses Lied klingt, als sei es nur für mich geschrieben worden. Ich höre genauer hin und starre dabei weiter dem Mann in die Augen, der mir so vertraut ist und sich mir dennoch immer weiter entfremdet. Er macht mir Angst.

Das Leben ist eine Achterbahn, sie fragt dich nicht ob du willst fahr´n, du sitzt ganz plötzlich drin, fragst dich wie oft: macht das hier Sinn.

Sie wirbelt dich umher, dabei kannst du längst nicht mehr, die Gurte lassen dich nicht frei, rücksichtslos krachst du durch Runde zwei ...

Der Moderator kündigt das nächste Lied an, doch ich reise gedanklich in meine Kindheit zurück. Ich erinnere mich an die unzähligen Kirmesbesuche. Was habe ich dafür gespart, mir Fahrchips für die wildesten Attraktionen kaufen zu können. Mein Opa hat mir heimlich immer noch einen Schein zugesteckt. Er hat mir zugezwinkert und gesagt:

„Aber das bleibt unter uns, Junge. Viel Spaß, und fahr eine Runde für mich mit.“

Und jetzt? Jetzt könnte ich mit meinem Geld fahren so

oft ich will. Ich könnte mein Portemonnaie mit den größten Geldscheinen füllen, so dass es kaum noch zugeht. Ich könnte sogar ein teures Auto aus der Portokasse bezahlen – mit dem Geld von Menschen, die nun tot sind.

„Was ist aus Dir geworden, Tom", murmelt der Mann aus dem Spiegel.

Lisa

1½ JAHRE SPÄTER

Ich sitze nachdenklich in meiner Wohnung auf dem Sofa. Von dort aus kann ich in die Küche sehen, in der ich immer alleine esse. Auch der Platz neben mir im Bett ist schon so lange leer. Wann mir zuletzt ein Mann Geborgenheit und Liebe geschenkt hat, daran kann ich mich gar nicht mehr wirklich erinnern.

Um das zu ändern, versucht mich meine Freundin schon seit Wochen dazu zu überreden, mich bei einer Partnervermittlung im Internet anzumelden. Aber etwas in mir blockiert jede Euphorie für dieses neumodische Dating-System, selbst wenn es sich seit Jahren etabliert hat und die Agenturen wie Pilze aus dem Boden schießen. Schon so oft habe ich in Zeitschriften diese Erfolgstorys verliebter Paare gelesen, die sich im Internet kennengelernt haben. Das spricht eigentlich für sich und doch bin ich skeptisch. All diese tollen attraktiven Menschen, die im Fernsehen für eine Agentur werben. Klar habe ich die schon gesehen. Aber wer glaubt denn im Ernst daran, dass diese Traumprinzen mit ihren Managergehältern und die hochintelligenten Supermodels tatsächlich solo sind? Ich jedenfalls kann mich mit diesen perfekten Menschen überhaupt nicht identifizieren. Außerdem, wer sagt mir, dass die Profile, die *mich* ansprechen, nicht frei erfunden sind?

Wie ich mein Glück kenne, falle ich nämlich genau auf die Fake-Spezies herein. Ich suche einen Mann, 1,90 m groß, sportlich, erfolgreicher Firmengründer oder Anwalt, kinderlieb und Familienmensch, tierlieb, und ich bekomme: das krasse Gegenteil.

Ich habe schon in der realen Welt kein Händchen für Männer. Wie soll ich das dann so anonym hinkriegen? Wie soll ich ohne persönliche, leibhaftige Begegnung in der wirklichen Welt einen ersten Eindruck bekommen? Vergeude ich so nicht auch Zeit? Zeit an eine Person, die ich gar nicht kenne, und die mir wer weiß was über sich erzählen kann?

Bald bin ich Mitte dreißig und immer noch ledig. Derzeit auch ohne jede Aussicht auf Änderung dieses bemitleidenswerten Zustandes. Und genau das ist es für mich: bemitleidenswert. Dieser Zustand entspricht nicht einmal ansatzweise meinem persönlichen Traummodell der Zukunft. Ich hatte mal eine klare Vorstellung für mein Leben. Mein Zeitplan ist jetzt schon gekippt und ich musste ihn neu an die Umstände anpassen. Erst eben wieder hat mir meine Freundin damit in den Ohren gelegen, dass ich es doch nun endlich über das Internet probieren soll …

Insgeheim denke ich ja schon längst selbst des Öfteren darüber nach, konnte mich aber noch nicht dazu durchringen. So langsam überwiegt jedoch meine Sehnsucht und ich bin es echt leid, seit Jahren die Einzige im Freundeskreis zu sein, die bis auf kürzere Beziehungsdesaster immer noch alleine ist. Auch habe ich es satt, ständig mit neunmalklugen Ratschlägen zugemüllt zu werden und permanent Beziehungstipps zu bekommen. Von den erfolglosen Verkupplungsversuchen meiner Freunde mal ganz abgesehen.

Ob es an mir liegt? Will ich nicht ausschließen. Schon möglich. Vielleicht bin ich zu wählerisch. Bisher gingen mir die Macken und Ticks meiner Partner jedenfalls so schnell auf den Keks, dass ich alle Beziehungen nach kurzer Zeit wieder beendet habe. Deshalb hat meine längste Beziehung sage und schreibe gerade mal vier Monate gehalten. Ich habe keine Ahnung, wie andere jahrelang miteinander glücklich sein können, ohne sich gegenseitig auf die Nerven zu gehen. Das Rezept dafür habe ich bisher noch nicht gefunden. Momentan fehlt mir ja schon die Hauptzutat für dieses Rezept – ein Mann. Abgesehen davon muss es schließlich hundertprozentig passen, wenn man plant, sich den Rest seines Lebens auf jemanden einzulassen.

Und genau so jemanden suche ich!

Ich bin kurze Affären leid. Ich möchte endlich ankommen! Ich will einen Partner, mit dem ich alt werden kann, der mich auch noch liebt, wenn ich aussehe wie schrumpeliges Dörrobst. Ich möchte auf eine gemeinsame Vergangenheit zurückblicken können, Kinder haben, Enkelkinder, Urenkel. Ich will gemeinsam alte Fotos anschauen, in Erinnerungen schwelgen und jemanden an meiner Seite haben, der immer zu mir steht, auf den ich mich verlassen kann. Er muss auch nicht überirdisch schön sein. Von diesen Männern habe ich mich schon lange verabschiedet und ein Supermodel bin ich schließlich selbst auch nicht. Eigentlich bin ich inzwischen bei meiner Männerwahl extrem bescheiden und genügsam geworden, was meine persönlichen 100 % betrifft. Ich finde, meine Ansprüche sind gar nicht so schwer zu erfüllen. Ehrlich, treu, kinderlieb, solide, liebevoll, eine gesunde Portion Macho, nettes, gepflegtes Äußeres … so sollte er sein. Das würde mir vollkommen reichen, und das ist doch wirklich nicht zu viel verlangt, oder? So jemand muss doch zu finden sein!

Aber wie soll ich aus dieser riesigen Menge und diesem wahnsinnigen Angebot an Männern den Richtigen herausfischen?

Angeln scheint jedenfalls, was Männer betrifft, nicht meine Sportart zu sein. Oder ich fische einfach in den falschen Gewässern, die entweder zu dünn bevölkert sind, oder aus denen die Kois der Männerwelt alle schon herausgeangelt wurden.

Die Hoffnung, dass mir mein Traummann beim Einkaufen rein zufällig den Wagen in die Hacken rammt und sich dann auf den ersten Blick unsterblich in mich verliebt, habe ich mittlerweile auch aufgegeben. Einem potenziellen Traummann den Einkaufswagen in die Achillessehne zu schubsen, das habe ich mich einfach noch nicht getraut. Ansätze waren da, zugegeben, aber im letzten Moment habe ich bisher immer gekniffen. Wenngleich sich in der Warteschlange durchaus die ein oder andere Möglichkeit ergeben hätte, Amor etwas unter die Arme zu greifen. Es wäre ganz einfach gewesen so eine 'rein zufällige' Begegnung einzufädeln. Aber für so eine Aktion bin ich einfach nicht mutig genug.

Auf der Arbeit - unmöglich. Das wäre wie Fliegenfischen in einer Regenpfütze. Bisher habe ich jedenfalls in der Kita noch keinen alleinerziehenden Vater getroffen, der für mich als Lebenspartner für die Ewigkeit in Betracht käme. Auch beim Friseur werde ich wohl so schnell nicht fündig werden. Meine nassen, halblangen Spaghettihaare, die beim Schneiden unvorteilhaft in diverse Richtungen gescheitelt werden, sind nicht gerade ein Männermagnet. Von der Strähnchenhaube, mit der ich aussehe wie Dr. Emmet Brown von 'Zurück in die Zukunft', will ich gar nicht erst reden. Einen Nebenjob als Haarmodel werde ich mit diesen Genanlagen niemals bekommen. Tanzeinlagen in der Disco mit meinen Mädels waren bislang auch erfolglos, obwohl ich immer hochmotiviert alles gegeben habe. Aber jeder Typ, den ich bei solchen Gelegenheiten an Land gezogen habe, war eine a-b-s-o-l-u-t-e Vollkatastrophe. Nicht unbedingt äußerlich. Der eine oder andere war schon ganz stattlich, aber Aussehen alleine reicht halt nicht. Das ist mir bei diversen Testläufen klargeworden und deshalb habe ich meine Ansprüche an das Erscheinungsbild weiter beträchtlich heruntergeschraubt.

Schlussendlich muss ich zugeben, die Idee mit dem Internet ist ganz schön verlockend. Eigentlich ist es die perfekte Chance, diskret und anonym auszusortieren. Was allerdings wie gesagt voraussetzt, dass die Angaben meines Gegenübers auch stimmen. Dennoch, je länger ich darüber nachdenke, umso sympathischer wird mir dieses moderne Modell der Partnersuche. Die Spreu vom Weizen trennen. Aussieben. Dann ganz gezielt an die Burschen heranpirschen und meinen Charme spielen lassen. Vielleicht bleibt im Internet tatsächlich eine Hand voll Traummänner übrig, von denen dann einer ´meiner´ ist. Was wäre schon dabei, vorab die Fakten zu checken und sich von einem ausgeklügelten psychologischen Test dabei unterstützen zu lassen? Wobei, das Thema mit der Ehrlichkeit bleibt ein nicht zu unterschätzendes Risiko. Das ist für mich ein echtes Problem. Wer gibt mir die Sicherheit, dass die Angaben meines potenziellen Traummannes stimmen, und dass ich mit demjenigen chatte, der er vorgibt zu sein? Werden mich mein Bauchgefühl und mein Kopf richtig leiten? Was passiert, wenn sich mein Herz dazuschaltet und meine Alarmglocken blockiert?

„Du hast doch nichts zu verlieren. Wenn Du es nie ausprobierst, wirst Du es auch nie herausfinden. Die Welt hat sich gewandelt, Lisa. Das Internet ist nicht umsonst voll damit und keiner hat heute mehr Zeit zu verschenken. Traumprinzen galoppieren nun mal nicht in Scharen an Eurer Kita vorbei, nur um Dich in ihr Schloss zu entführen. Die Männer da draußen wissen doch gar nicht, dass es Dich gibt! Die nutzen alle das Netz, Lisa. Bei den Arbeitszeiten, die viele heute haben, bleibt ja noch nicht mal mehr Zeit für die Disco. Gefährlich kann es außerdem überall und mit jedem werden. Vorsichtig sein musst Du sowieso. Auf

Idioten kannst Du auch im Foxi oder beim Einkaufen treffen. Dazu brauchst Du kein Internet."

So lautete der letzte eindringliche Appell meiner Freundin, nun endlich Nägel mit Köpfen zu machen. Vor einer Stunde im Café bei einem Cappuccino.

Und jetzt sitze ich wieder als gefühlter Dauersingle daheim. Es ist ein normaler Samstagnachmittag, und meine Laune sinkt in den Keller.

Ich bin geknickt, weil alle meine Freundinnen vermutlich daheim auf dem Sofa mit ihren Freunden kuscheln oder verliebt Arm in Arm durch den Stadtpark schlendern. Ich aber bin alleine und sehne mich doch nur nach etwas männlicher Zuneigung und einer starken Schulter zum Anlehnen. Ich schlurfe zur Kaffeemaschine und lasse eine dampfende Tasse Kaffee heraus. Der Röstaromenduft entlockt mir ein sanftes Lächeln und ich fordere mich dazu auf, wieder positiv zu denken und mein optimistisches Ich zurückzuholen. Ich trinke einen Schluck und meine neuerwachte Selbstmotivation zeigt erste Wirkung. Hoffnung und Zuversicht machen sich aus den Katakomben wieder auf den Weg nach oben gen Tageslicht. Das Stehaufmännchen ist zurück und streckt souverän den Rücken durch. Schließlich schnipse ich den letzten Funken Pessimismus weg, setze mich an den Küchentisch und klappe den Monitor meines Laptops hoch. Dann suche ich die Webseite auf, die meine Freundin mir empfohlen hat:

HERZFUNK

Mit einem tiefen Atemzug verschaffe ich mir einen Überblick und melde mich an. Nachdem E-Mail und Passwort hinterlegt sind und mein Zugang erstellt ist, geht es weiter mit einem psychologischen Test, vor dem es mir am meisten gegraust hat. Wenn niemand für mich gefunden wird, dann heißt das doch zwangsläufig, dass mit mir etwas nicht stimmt, oder? Trotzdem kann ich verstehen, dass ein fundierter Test und eine fachliche Analyse die Chancen erheblich steigern – *wenn man dabei gut abschneidet*, denke ich nervös. *Ich ziehe die Sache jetzt durch,* befehle ich mir und klicke auf den Button des Persönlichkeitstests. Dort sind lediglich Kreuzchen zu setzen, was mir erst einmal sympathisch ist. Nach und nach arbeite ich mich durch die unterschiedlichsten Fragen:

// Bin ich ein offener Mensch? ❍ Ja

// Bin ich spontan? ❍ Ja

// Bin ich schnell aufbrausend? ❍ Nein

...

Viele weitere Fragen folgen, die ausgedruckt garantiert unzählige Seiten ergäben. Es dauert fast zwanzig Minuten, bis ich mit dem komplexen Fragebogen durch bin, der mein tiefstes Inneres durchleuchtet. Danach werde ich weitergeleitet, um ein persönliches Profil anzulegen und ein Foto von mir hochzuladen. Allerdings ist das, wie die Agentur verspricht, im ersten Schritt für niemanden sichtbar. Für jeden einzelnen Kontakt muss das Foto separat freigegeben werden. Da ich aber aktuell kein schönes Bild von mir habe, das ich hier reinstellen könnte, lasse ich diesen Punkt offen. Schließlich kann ich das Foto auch noch nachträglich hinzufügen. Deshalb konzentriere ich mich auf mein persönliches Profil und beginne damit, die Felder auszufüllen:

// Name: Lisa

// Alter: 34

// Größe: 1,68

// Haarfarbe und Frisur: dunkelblonde Haare bis kurz über die Schultern

// Kinder: 23

Ich grinse und lösche diese Angabe wieder.

// Kinder: Keine

Jedenfalls keine eigenen.
// Beruf: Erzieherin
// Hobbys: Musik, Lesen, Joggen, Hundepate im Tierheim

Oh Mann, das schreibt jeder, stöhne ich und überlege. Dabei fällt mir der Karate-Film vom vorherigen Abend ein. Eine Frau kämpfte mit einem Schwert gegen fünf Bösewichte. Die anschließende Dokumentation über die Entstehung dieses Films und das Interview mit der Schauspielerin haben mich dermaßen beeindruckt, dass ich seit gestern tatsächlich mit dem Gedanken spiele, das als ein neues Hobby in Erwägung zu ziehen. Es wäre auch sicherlich ein Hobby, bei dem ich einige interessante Männer kennenlernen könnte. Deshalb ergänze ich unter meinen bisherigen Freizeitaktivitäten:

Schwertkampf

Bestimmt verschafft mir das auch etwas Respekt. Es wird sich ja wohl kein kranker Idiot auf eine ausgebildete Schwertkämpferin einlassen wollen. Und langweilig bin ich mit diesem Hobby definitiv nicht. Wenn das nicht neugierig auf mich macht, weiß ich es auch nicht mehr.

// Fakten über mich: Ich bin unternehmungslustig – meistens gut gelaunt – ich liebe Kinder und bin ein absoluter Familienmensch – ich habe viel Humor und kann über mich selbst lachen;
// Meine Schwächen: Im Supermarkt ist meine Schwäche das Schokoladenregal, ich bin eher ungeduldig und warte nicht gerne, ich kann nicht kochen;

Ich lehne mich zurück und betrachte meinen ausgefüllten Bogen. *Ob ich das mit dem Schwertkampf doch wieder rausnehmen soll?* Wogegen ich bei diesem System bisher immer gewettert habe, unternehme ich ja gerade selbst. Schwertkampf ist schlichtweg gelogen – noch. Wie kann ich also von anderen Ehrlichkeit einfordern, wenn ich selbst falsche Angaben mache. Andererseits, es geht ja nur um ein einziges Hobby. Außerdem überlege ich ja tatsächlich, ob ich das nicht einmal ausprobieren soll. Nebenbei verschafft es mir eine gesunde Portion Respekt und damit etwas Sicherheit. Somit absolut vertretbar – versuche ich mich selbst von der Lüge freizusprechen. Bevor ich noch länger darüber nachdenke und alles wieder in Frage stelle, bestätige ich meine Angaben schnell. Es ist immerhin lediglich ein erster Versuch und damit praktisch nur ein Probelauf. Schließlich können alle Angaben nachträglich noch angepasst werden.

Mit einem Tastendruck ist mein Profil erstellt – ohne Foto.

Bevor ich jetzt allerdings mit der eigentlichen Partnersuche starten kann, muss ich eine Premium-Mitgliedschaft beantragen, was ich im nächsten Schritt auch tue. Nachdem meine Adress- und Kontodaten hinterlegt sind, werde ich gefragt, ob ich die Suche auf einen Kilometerumkreis beschränken möchte. *Warum nicht,* denke ich. Ich kann ja erst einmal in der Nähe schauen. Erweitern kann ich immer noch, wenn das nicht erfolgreich sein sollte. Deshalb entscheide ich mich für einen Umkreis von 60 Kilometern. Nicht gerade viel, aber weshalb in die Ferne schweifen? Wenn man es genau nimmt, erreicht man im Umkreis von 60 Kilometern schon gleich zwei größere Städte! Also – Klick auf ′Los geht′s′.

Die Suche nach meinem Traummann beginnt und das System scheint tatsächlich bereits seine Datenbank zu durchforsten. Eine computeranimierte Damenfigur lächelt mir zuversichtlich entgegen, neben ihr eine Sprechblase:

Ich bitte Sie um einen Moment Geduld.
In Kürze erhalten Sie eine Auswahl optionaler Partner,
mit denen Sie in Kontakt treten können.

Ich lehne mich angespannt zurück und gehe davon aus, dass ich jetzt eine ganze Weile warten muss. Aber die computeranimierte Dame ist schnell wieder zurück. Überrascht hebe ich die Augenbrauen und beuge mich etwas vor. Sie strahlt mich optimistisch an, neben ihr wieder eine Sprechblase:

Ihre Suche war erfolgreich. Wir haben 6 passende Kandidaten gefunden. Nehmen Sie gleich Kontakt auf oder erweitern Sie den Suchradius, um noch mehr Menschen erreichen zu können.

Ich stutze skeptisch. *So schnell soll das gehen? 6 Kandidaten. Eigentlich gar nicht so übel, meine Ausbeute, wenn man den Suchradius bedenkt,* überlege ich und bin neugierig geworden. Allerdings sehe ich, dass nur einer der Auserwählten derzeit ein grünes Profil hat und damit online ist. Ich zögere aufgeregt. Ich müsste den Kandidaten nur anklicken und könnte sofort sein Profil sehen und mit ihm chatten. Mein Traummann ist vielleicht zum Greifen nah!

Ein Teil von mir packt schon mal das Partyzubehör aus und möchte abheben vor Freude. Aber mein Vernunftzentrum baut sich sofort demonstrativ vor dieser Euphorie auf und sagt: Geh′ nicht mit zu großen Erwartungen an die Sache heran!

Mein Puls beschleunigt sich. Ich schiebe den Mauszeiger langsam hin zu dem Profilbutton von *Tom* und klicke ihn an. Auch er hat offenbar kein Foto freigeschaltet oder hinterlegt.

// Name: Tom
// Alter: 38
// Größe: 1,84
// Haare: dunkelbraun, kurz
// Kinder: keine
// Beruf: Gymnasiallehrer

// Hobbys: Sport, Musik, Reisen, Lesen, Kochen, Stricken
// Fakten über mich: Humorvoller Freizeitkoch, der anspruchsvolle Gespräche sucht und von seinen Freunden dazu verdonnert wurde, sich hier anzumelden.
// Meine Schwächen: Extremer Ehrgeiz, zu sensibel, zu sentimental;

Zu sensibel und zu sentimental? Krass. Aber hey, er kann kochen! Ein großer Pluspunkt für ihn! Dass er auch von seinen Freunden genötigt wurde, passt ja mal.

Schmunzelnd scrolle ich noch einmal nach oben zu seinen Hobbys. *Stricken. Dieser Scherzkeks. Das war bestimmt ein Witz. Aber lustig ist es.* Ich grinse. *Zumindest meine Mama wäre mit ihrer Strickleidenschaft sofort Feuer und Flamme für diesen Mann.* Meine Finger trommeln nervös auf die Tischplatte.

Okay. Ich tue es einfach sage ich mir und starte den Chat mit Tom. Mein Herz klopft vor Aufregung.

[Lisa]: Hallo, Tom. Mein Name ist Lisa.

[Tom]: Hallo, Lisa! Schön, von Dir zu hören. Ich bin Tom – aber das weißt Du ja schon.

Ich lasse meine Schultern kreisen und dehne zur Entspannung den Kopf nach links und rechts. *Warum bin ich so nervös? Der sieht mich doch noch nicht mal! Geschweige denn hört er mich vor Nervosität stottern.*

[Lisa]: Hi. Nett, dass Du mir antwortest.

Ich überlege, was ich noch schreiben könnte und ergänze:

[Lisa]: Du bist also Lehrer und in Deiner Freizeit strickst Du Socken.

Ich grinse breit und stelle mir einen jungen Mann im Schaukelstuhl beim Stricken vor.

[Tom]: Ja, sieht fast so aus. Ich fand es lustig und dachte, dass es eventuell aus der Masse heraussticht. Irgendwie muss man ja auffallen. Schwertkampf ist aber auch nicht schlecht. Ein sehr ausgefallenes Hobby.

[Lisa]: Ja, Schwertkampf ist durchaus nicht alltäglich, aber ich mag Herausforderungen. Was strickst Du denn so?

[Tom]: Was würdest Du sagen, wenn ich Schlüpfer stricke?

Ich breche in Gelächter aus.

[Lisa]: Du strickst im Ernst Unterhosen? Trägst Du die Dinger auch?

[Tom]: Ich würde gerne gerade bei Dir im Kopfkino sitzen, *lach*.

Wie viele meiner Kollegen hast Du denn hier mit Deinem Hobby schon in die Flucht geschlagen?

[Lisa]: Angst? Hast Du die gestrickten Unterhosen voll?

[Tom]: Ich lache mich weg. Jedenfalls wären gestrickte Schlüpfer bei Deiner scharfen Klinge in großer Gefahr. Hoffentlich kannst Du auch mit dem Ding umgehen.

[Lisa]: Tja, Ihr Männer solltet uns Frauen niemals unterschätzen!

[Tom]: Das gilt umgekehrt genauso.

[Lisa]: Wenn Du Dir etwas wünschen könntest, wie würde Deine Zukunft aussehen?

[Tom]: Jetzt war mein Hobby so schön ausgefallen. Vermutlich katapultiere ich mich mit einer ehrlichen Antwort nun ins Abseits. Für Dich als Schwertkämpferin garantiert zu schnöde. Mein Traum wäre heiraten, Haus mit Garten, Kinder, vielleicht ein Hund. Ganz schön langweilig und spießig, oder? Und was ist Deine Zukunftsvision für die nächsten Jahre? Ein Wochenendtrip ins All?

[Lisa]: Ich gehöre nicht zu den Menschen, die in ihrem Leben immer Action haben müssen – abgesehen von den Hobbys.

Ehrlich gesagt hört sich Dein ′spießiges′ Szenario ziemlich gut an.

Und wie gut!

[Tom]: Würdest Du Dich als extrovertiert beschreiben?

[Lisa]: Nein, eher nicht. Klar kann ich in geselliger Runde mit meinen Freunden auch mal aufdrehen. Aber auch wirklich nur mit denen, die ich schon ewig kenne. In einer fremden Umgebung oder bei neuen Bekanntschaften bin ich eher zurückhaltend und nehme gerne den Beobachterposten ein. Was ist mit Dir?

[Tom]: Klingt es doof, wenn ich jetzt sage, dass es bei mir ähnlich ist? Bei meinen alten Kumpels ist mir kaum etwas peinlich. Wir können richtig Party machen, dass Außenstehende denken müssen, wir feiern gerade unsere Volljährigkeit. Aber beruflich und anderweitig würde ich mich auch eher als ruhigen und besonnenen Menschen bezeichnen. Ich muss auch nicht immer etwas vorhaben. Gemütliche Wochenenden daheim auf dem Sofa liebe ich sehr, oder einfach an einem Regentag im Bett herumlümmeln.

Ich schmachte den Bildschirm an. *Okay, diese Plattform weiß, was sie tut. Dieser Tom scheint wie für mich gemacht!* Mein Innerstes schlägt erfreut einen Salto.

[Lisa]: Und was machst Du, wenn Du an so einem Tag Hunger bekommst?

[Tom]: Lieferservice. Ich koche zwar wahnsinnig gerne, aber bei Pizza, Nudeln, Döner und Burger applaudieren am Wochenende auch meine Geschmacksknospen.

Jjjjja! Volltreffer!

[Lisa]: Dito!!! Es gibt doch nichts Besseres, als einen Schietwettertag im Bett mit einem Pizzakarton auf dem Schoß. Was ist mit Frühstück?

[Tom]: Frühstück im Bett ist meine persönliche Paradedisziplin! Frische Brötchen, Pfannkuchen oder Pancakes, Rührei oder Spiegelei, ein Cappuccino mit Schokoherz, frisch gepresster Orangensaft, Obstsalat … ich liebe es, andere kulinarisch zu verwöhnen.

[Lisa]: Jetzt schleimst Du Dich aber ganz schön ein. Soll ich Dir das abkaufen?

[Tom]: Warum glauben eigentlich immer alle Frauen, dass es keine Männer gibt, denen so etwas Spaß macht? Kochen ist mein Hobby und ich richte die Speisen auch gerne hübsch an. Wenn man jemanden liebt, tut man doch alles für diesen Menschen, um ihm eine Freude zu bereiten, oder nicht? Was bitte hat das mit Einschleimen zu tun?

[Lisa]: Also mir hat noch nie jemand Frühstück ans Bett gebracht. Deshalb klingt das für mich eher sehr ungewöhnlich. Machen Deine Kumpels das genauso?

[Tom]: Ich glaube in unserer Clique bin ich der einzige mit einer Leidenschaft fürs Kochen. Aber traurig, dass Du noch nie Frühstück ans Bett bekommen hast.

[Lisa]: Vielleicht ändert sich das ja bald …

[Tom]: Hast Du ein besonderes Erlebnis, an das Du Dich gerne zurückerinnerst?

Ich lehne mich zurück und denke nach.

[Lisa]: Ich war mit meinen Eltern mal in Italien im Urlaub. Wir hatten ein Hotel in einem kleinen Städtchen. Am ersten Urlaubstag sind wir mittags hungrig losgezogen und wollten toll italienisch essen gehen. Aber wir hatten die Mittagsruhe vergessen. Es war alles zu! Wir haben nahezu jedes Lokal angesteuert. Dann kamen wir an einem Restaurant vorbei, das hieß: La Mama. Treffender hätte es nicht sein können. Eine ältere Dame wischte draußen über ein paar Tische und entdeckte uns. Sie konnte sogar einige Brocken Deutsch. Jedenfalls müssen wir wie ausgehungerte Touristen ausgesehen haben. Sie nahm uns mit in ihren Hinterhof.

Dort saßen wir an einem kleinen Tisch unter einem riesigen Sonnenschirm. Du kannst Dir nicht vorstellen, was sie uns alles aufgetischt hat. Das war das beste Essen, das ich jemals gegessen habe, und die Frau war so herzlich, als gehörten wir zur Familie. Wir haben uns mit Händen und Füßen verständigt. Es war so lustig. Danach sind wir fast jeden Tag dorthin gegangen, aber zur regulären Öffnungszeit. An was erinnerst Du Dich gerne zurück?

[Tom]: Das ist jedenfalls eine wunderschöne Erinnerung und ich liebe italienisches Essen. Italien hat eine besondere Essenskultur, die ich persönlich großartig finde. Man nimmt sich noch Zeit dafür und zelebriert es. Wie oft ertappe ich mich selbst dabei, dass ich alles nur aus Zeitmangel hinunterschlinge und noch nicht einmal richtig kaue. Ist doch verrückt, oder?

Ich selbst denke gerne an die Ferien bei meinen Großeltern zurück. Meine Eltern haben sich auch immer viel Zeit für mich genommen, so ist es nicht, aber sie waren beide berufstätig. In den großen Ferien war ich dann häufig bei meinen Großeltern väterlicherseits. Morgens in die warme Küche zu kommen, wo es nach Kaffee duftete, diese Ruhe und Gemütlichkeit … sie hatten ja beide Zeit. Das war so toll. Mit meinem Opa habe ich in der Garage häufig an alten Autos herumgeschraubt. Das war sein Hobby. Meine Oma hatte einen winzigen Miniaturherd aus Metall. Er funktionierte mit einer Kerze oder Esbit. Darauf durfte ich dann in winzigen Töpfen echte Nudeln abkochen oder in einer kleinen Pfanne Pfannkuchen ausbacken. Ab und zu sind wir auch vorher zusammen in ihren Garten und haben Gemüse geerntet oder Kräuter, die ich dann mitverarbeiten durfte. Meine Tomatensoßen waren erstklassig – nur leider in der Menge nicht zum Sattwerden. Als ich älter war, habe ich mit meiner Oma mittags gemeinsam am Herd gestanden. Sie war eine großartige Köchin und konnte selbst aus Kleinigkeiten ein kulinarisches

Highlight zaubern. So bin ich zum Kochen gekommen.

Im Winter, wenn Schnee lag, haben wir lange Schneewanderungen mit dem Schlitten unternommen. Meine Großeltern waren richtig cool. Sie haben sich sogar mit mir auf den großen Holzschlitten gehockt und dann sind wir gemeinsam einen verschneiten Feldweg hinuntergeschossen. Sie waren beide für ihr Alter unglaublich fit. Ich denke, sie hatten beide gute Gene aber sie haben sich auch immer viel an der frischen Luft bewegt. In den Herbstferien, wenn es schon dunkel war und gestürmt hat, bin ich mit meinem Opa häufig noch einmal im Schlafanzug auf die Straße vors Haus gegangen. Dann haben wir einen Drachen steigen lassen. Der flog bei dem Wind wie der Teufel! Plötzlich fällt mir so viel von früher ein. Hoffentlich langweile ich Dich damit nicht …

Wow, wie schön …

[Lisa]: Nein, ganz im Gegenteil. Wenn Du das so schreibst, ist es, als wäre ich dabei gewesen. Das hört sich wirklich nach einer traumhaften Kindheit an.

[Tom]: Was ist mit Deinen Großeltern?

[Lisa]: Die haben lange auch selbst gearbeitet und hatten nicht ganz so viel Zeit. Aber dafür war meine Mama fast immer daheim und hat viel mit mir unternommen. Vor allem auch in den Ferien. Ich durfte oft Freunde mitbringen. Meine Übernachtungspartys waren legendär.

[Tom]: Da hätte ich gerne mal Mäuschen gespielt.

[Lisa]: Nicht nur Du, befürchte ich. Aber, ob unser Mädelskram letztlich für Dich so interessant gewesen wäre ...

[Tom]: Es ist immer gut, bestens informiert zu sein, was Euch Frauen so gefällt und interessiert. Diesbezüglich können wir Männer uns nicht früh genug vorbereiten und Euch studieren.

[Lisa]: Also ich weiß nicht, ob ich bei den Jungs aus meiner Klasse immer gerne dabei gewesen wäre, wenn sie sich getroffen haben. Mir haben die Sprüche auf dem Schulhof gereicht.

[Tom]: Ja, einige Jungs können in der Pubertät ′speziell′ sein, zwinker. – Aber manche Mädels auch.

[Lisa]: Warst Du in der Pubertät schlimm?

[Tom]: Aus meiner Sicht nicht. Aber im Ernst, ich habe mit meinen Kumpels schon viel Blödsinn angestellt, worüber ich heute nur lachend den Kopf schütteln kann.

[Lisa]: Bereust Du was?

[Tom]: Nein, diese Zeit bereue ich nicht. Es gehört doch irgendwie zum Erwachsenwerden dazu, auch mal Unsinn zu machen. Außerdem denkt man in dem Alter nicht ganz so akribisch über alles nach, was mitunter nicht immer schlecht ist. Zu viel Grübeln kann anstrengend und belastend sein.

[Lisa]: Du stehst also zu Deinen Jugendsünden.

[Tom]: Definitiv! Und Du? Was hast Du für Jugendsünden?

[Lisa]: Wir haben uns mal mit drei Mädels heimlich selbst die

Haare färben wollen. Das ging so was von schief. Wir haben uns gegenseitig total verunstaltet und hatten anschließend eine Matte wie ein marmoriertes Osterei. Das Schlimmste war, die Farbe hatten wir nicht nur auf den Haaren, sondern auch im ganzen Gesicht. Sie ließ sich über Tage nicht richtig abwaschen. Keine Ahnung, was das für ein Zeug war. Es hat jedenfalls furchtbar gestunken. Dabei habe ich meiner Mama auch zwei ihrer guten Handtücher ruiniert. Aber weißt Du was? Sie war zwar sauer aber sie hat nicht geschimpft. Dafür wollte sie mich für die nächsten Tage nicht krankschreiben und hat mich gezwungen, so in die Schule zu gehen. Wir haben uns zum Gespött der Mitschüler gemacht, und es war auch noch Hochsommer mit einer Bullenhitze!

[Tom]: In welchen Farbtopf habt Ihr denn gegriffen?

[Lisa]: Sag ich nicht.

[Tom]: Hahaha. Okay, also war es nicht blond.

[Lisa]: Nö.

[Tom]: Rot?

[Lisa]: Nö.

[Tom]: Grün?

[Lisa]: Nö. – Blau.

[Tom]: Oh Shit. Echt? Blau? Oder sollte das nur ein Witz sein?

[Lisa]: Leider nein. Wir haben dann in der Klasse den Spitznamen Schlumpflöckchen bekommen.

[Tom]: Grins. Sorry, aber ich hätte mich auch nicht zurückhalten können. Wie habt Ihr das seelisch verkraftet?

[Lisa]: Erst haben wir uns gewaltig geschämt, kannst Du Dir ja vorstellen. Das war so schrecklich peinlich. Aber zum Glück waren wir zu dritt und haben beschlossen, es mit Humor zu nehmen. Wir haben uns blauen Nagellack besorgt und blauen Lippenstift. Wäre ich aber alleine gewesen – keine Ahnung, ob das nicht ein lebenslanges Trauma verursacht hätte.

[Tom]: Und, färbst Du heute immer noch Deine Haare?

[Lisa]: Gelegentlich Strähnchen – aber nur vom Profi.

[Tom]: Farbe?

[Lisa]: Nicht blau ;-).

[Tom]: Lach. Ist Dein Style heute etwas dezenter?

[Lisa]: Ja, deutlich. Du kannst Dir bei Gelegenheit ja mal selbst ein Bild machen. Was war Deine schlimmste Jugendsünde?

[Tom]: So schlimm wie Du war ich nie, grins.

[Lisa]: Das glaube ich erst, wenn ich es aus dem Mund Deiner Mama höre. Na los! Raus mit der Sprache! Was ist das Peinlichste, das Dir jemals passiert ist oder Du angestellt hast?

[Tom]: Als ´Sünde´ würde ich es nicht bezeichnen, aber peinlich war es mir damals definitiv. Wir haben uns einmal mit fünf Jungs heimlich Bier und Energy-Drinks organisiert. Einer hatte von seinem großen Bruder Zeitschriften mitgehen lassen, mit leicht bekleideten Frauen, wenn Du verstehst, was ich meine. Ein anderer hatte einen Film dabei. So einen Film …

[Lisa]: Gähn … Was ist daran peinlich? Das machen doch so gut wie alle Jungs in einem gewissen Alter, oder nicht?

[Tom]: Ja, aber nicht alle lassen sich dabei von ihren beiden Elternteilen erwischen. Wir waren bei mir zu Hause und meine Großeltern kamen ungeplant zu Besuch.

[Lisa]: Okay, jetzt wird es interessant …. Hihi.

[Tom]: Wir saßen jedenfalls bei mir auf dem Fußboden vor dem Fernseher. Mir war schon schlecht von dem Getränkemix, mit dem ich mich zugerichtet hatte. Auf dem Fußboden lagen die Heftchen und der Film lief. Als wir auf der Treppe Schritte hörten (mein Zimmer war oben), wollten wir alles schnell beiseiteräumen und verstecken. Dabei trat einer meiner Kumpels auf die Fernbedienung. Wir hatten natürlich den Ton leise gestellt – bis zu diesem Moment. Er erwischte die Taste für den Ton, die sich verkantete. Der stöhnende Lärm hallte wie eine Tröte im Fußballstadion. Wir verfielen dermaßen in Panik. Ich fummelte wie wild an der Fernbedienung herum aber es war nichts zu machen. Der Liebesakt dröhnte in einer so ohrenbetäubenden Lautstärke wollüstig durchs Haus, dass es nur eine Frage der Zeit war, bis meine Eltern auftauchten. Obwohl ihnen die Bedeutung der Geräusche vermutlich nicht sofort klar war. Keine Ahnung, ob sie anfangs nicht dachten, jemand gäbe Schmerzgeräusche von sich. Ihre Schritte wurden jedenfalls urplötzlich rasend schnell. Es hatte mehr etwas vom Getrampel einer Elefantenherde. Und weil es zu meiner Zimmertür keinen Schlüssel gab, flog die Tür gefühlte zwei Sekunden später auf wie bei einem Orkan mit Windstärke 200.

Wir hatten uns so auf den Fernseher konzentriert, dass der ganze Rest auch noch herumlag. Die Gesichter der Erwachsenen hättest Du mal sehen sollen. Das Pärchen auf dem Bildschirm war in seiner obszönen Extase nicht zu stoppen. Mein Papa reagierte nach der ersten Schockstarre irgendwann, verschob den massiven Schrank und zog den Stecker. Darauf hätten wir auch selbst kommen können, aber wir waren zu hysterisch und nur auf die Fernbedienung konzentriert. Es ging ja auch alles so schnell. Zur Krönung wurde mir auch noch schlecht und ich musste mich vor allen übergeben. Das Erste, das mir in die Finger fiel, war eines der Heftchen meines Kumpels. Gott war das peinlich! Ich reierte vor aller Augen auf die Heftseiten. Heute kann ich darüber lachen, aber damals – ich wäre am liebsten im Erdboden versunken. So rot war mein Gesicht vermutlich noch nie!

[Lisa]: Okay, Du hast mich definitiv geschlagen, lach. Wie haben Deine Eltern reagiert?

[Tom]: Es war ihnen super unangenehm. Aber ich glaube vor allem, weil die Eltern meiner Mama das mitbekommen hatten. Sie waren spontan zu Besuch aufgetaucht. Mein Opa hat geschmunzelt, aber meine Oma – sie war hochreligiös – war total entsetzt. Bei ihrer Schnappatmung hätte vermutlich jeder Arzt sofort Wiederbelebungsmaßnahmen eingeleitet. Danach konnte ich ihr über viele Wochen nicht in die Augen sehen. Mit meinen Eltern habe ich später darüber gesprochen. Sie fanden das mit den Heftchen und dem Film gar nicht so dramatisch. Eher das mit dem Alkohol und den Energy-Drinks. Und, jetzt zufrieden?

[Lisa]: Ich hätte mich wieder für die blauen Haare entschieden.

[Tom]: Wenn ich wählen könnte – vielleicht hätte ich sogar auch lieber die blauen Haare genommen, *schmunzel*. Trotzdem sind es gerade diese Dinge, über die man sich später doch ewig amüsieren kann. Die vergisst man nie und mit den Kumpels von damals kann ich heute noch schallend lachen, wenn wir uns diese Geschichte erzählen. Eigentlich wäre es schade gewesen, wenn uns das nicht passiert wäre.

[Lisa]: Stimmt total. Solche Erlebnisse schweißen zusammen.Hast Du zu den Kumpels von damals noch Kontakt?

[Tom]: Ja. Zwei der fünf sind heute noch meine besten Freunde. Und Du?

[Lisa]: Nein, leider nicht. Unsere Wege haben sich irgendwann getrennt. Jeder verändert sich ja auch im Laufe des Lebens, oder?

[Tom]: Definitiv. Der Typ von damals bin ich heute nicht mehr. Auch nicht der, der ich auf der Uni war. Aber diese beiden Kumpels und ich – wir haben immer wieder zueinander gefunden und mit einem, Chris, habe ich später dann auch studiert. Er ist mein allerbester Freund geblieben und einfach immer für mich da, wenn ich ihn brauche. Hast Du auch solche Freunde? Oder Freundinnen?

[Lisa]: Jepp! Hab′ ich. Und meine Mädels sind oberklasse! Bessere Freundinnen könnte ich mir nicht wünschen, und selbst ein fester Partner könnte sie nicht ersetzen.

[Tom]: Warum möchtest Du eigentlich jemanden über das Internet kennenlernen?

[Lisa]: Bisher ist der große Erfolg bei herkömmlichen Dates ausgeblieben. Das hier ist mein erster Versuch dieser Art. Eine Freundin hat mich dazu überredet. Und Du?

Ich warte. Scheinbar überlegt er, was er schreiben soll und das so lange, dass ich schon kurz davor bin, aufzustehen. Aber dann kommt auf einmal seine Antwort.

[Tom]: Mir bleibt nur noch das Kennenlernen über das Internet. Das war auch eine Idee von zwei Kumpels. Siehe oben.

[Lisa]: Wie habe ich das zu verstehen? Sitzt Du im Knast?

Wieder dauert seine Antwort etwas länger aber ich bin so gespannt, dass ich meinen Platz nicht verlassen möchte.

[Tom]: Ja. Ich sitze im Knast, und das vermutlich bis an mein Lebensende.

Soll das ein schlechter Witz sein?

[Lisa]: Netter Scherz, aber nicht lustig. Darüber macht man keine Späße.

[Tom]: Kein Scherz und abgesehen davon hast Du damit angefangen. Wie es aussieht, komme ich hier nie wieder raus. Immerhin habe ich dadurch Zeit, eine ganze Strickschlüpfer-Kollektion zu entwerfen.

Und? Geschockt? Blockierst Du mich jetzt? Es wäre total

verständlich und nachvollziehbar. Ich nehme es auch nicht persönlich, weil ich an Deiner Stelle vermutlich genauso reagieren würde. Meine Strickschlüpfer-Kollektion kann es ja wohl nicht rausreißen, aber es war einen Versuch wert.

Also ciao. War trotzdem nett, Dich kennengelernt zu haben. Viel Erfolg weiterhin bei der Partnersuche! Vielleicht treffen wir uns in einem anderen Leben wieder – beim Haarefärben, Strickkurs oder Schwerterfuchteln. Bye bye!

Mein Herz schlägt schneller. *Scheiße … Ich habe jemanden aus dem Knast kennengelernt. Oh Gott – was, wenn er ein Serienkiller ist? Ein Mörder! Aber bei einer so schönen Kindheit und so lieben Eltern und Großeltern? – Wie kann da jemand kriminell werden? Oder ist er an die falschen Freunde geraten?*

Tausende Gedanken huschen mir alarmiert durch den Kopf, tausende Fragen, was es mit ihm auf sich haben könnte. Ich habe Bilder von Schwerverbrechern in Sträflingskleidung vor Augen, die an Armen und Beinen in Handschellen und Fußfesseln gelegt sind.

Ich schlucke. *Diese Mitleidstour ist doch eine fiese Masche! Er ist doch selbst schuld, wenn er Mist gebaut hat und im Knast hockt! Das hat er sich doch dann selbst zuzuschreiben! Was er wohl getan hat? … Aber das mit dem Strickkurs und Schwerterfuchteln ist lustig. Er ist überhaupt irgendwie witzig.* Ich schmunzele, obwohl ich mir selbst diese Sympathiegefühle verbieten möchte.

[Lisa]: Was hast Du denn verbrochen?

[Tom]: Nichts.

[Lisa]: Aber unschuldig sitzt doch keiner im Knast!

[Tom]: Es trifft nicht immer nur die ´Bösen´ im Leben. Ich bin kein schlechter Mensch und ich habe niemandem etwas getan, nicht geklaut, keinen Mord begangen, keine Bank ausgeraubt, oder an was Du jetzt sonst noch so denken magst. Ich würde mich selbst eher als langweiligen Spießer bezeichnen.

[Lisa]: Aber lebenslange Haft für jemanden, der nicht schuldig ist, das geht doch in Deutschland gar nicht!

[Tom]: Du siehst ja, dass es geht. Es hat halt mich getroffen. Aber ich habe mich daran gewöhnt. Ich bin schon seit Monaten im Knast und genieße ein- und denselben Ausblick. Das ist nicht schön und ziemlich öde. Vielleicht sollte ich zur Abwechslung meine Schlüpferkollektion um Topflappen und Socken erweitern. Irgendwie muss man die Zeit ja rumkriegen und mit dem Schwertfuchteln habe ich es nicht so.

Das ist bestimmt ein Trick, um sich an mich heranzumachen. Er will mich ausspionieren, mich um den Finger wickeln, und dann kommt er irgendwann raus und steht hier auf der Matte. Will mein Geld und bei mir einziehen! Oder er sticht mich direkt ab und macht noch schlimmere Dinge mit mir! Schreckliche Horrorszenarien spulen sich in meinem Kopf ab. Bilder, die mich heute Nacht in meinen Träumen hoffentlich nicht einholen.

[Tom]: Du bist ja noch da. Überlegst Du, wie Du mir eine nette Abfuhr erteilen kannst, um kein schlechtes Gewissen haben zu müssen? Mach Dir bitte keine Gedanken, Lisa. Logge Dich einfach aus oder blockiere mich. Ich wäre Dir wirklich nicht böse und ich nerve Dich auch nicht weiter mit meinen Kindheitserinnerungen. Aber, falls Du Angst hast, ich suche Dich irgendwann heim, kann ich Dich beruhigen. Ich komme aus der Nummer nicht mehr raus.

Der Zug ist abgefahren und inzwischen habe ich mein Schicksal akzeptiert. Ich bin zu müde fürs Kämpfen und ich kann verstehen, dass Du keinen Bock auf einen depressiven Internetfreund hast. Du solltest Deine Zeit nicht mit mir vergeuden. Es tut mir leid, dass ich Dich aufgehalten habe. Ich wünsche Dir alles Gute. Genieße das Leben. Du hast nur eines. Das solltest Du nicht an einen Jammerlappen wie mich im Netz verschwenden.

Dann geht Toms Profil offline. Es wird einfach rot. Von einer Sekunde auf die andere.

Wieso treibt sich dieser Typ dann überhaupt auf dieser Plattform herum? Hier geht es doch darum, einen Partner zu finden. Dabei muss er sich doch etwas gedacht haben. Er hat es doch darauf angelegt, jemanden kennenzulernen – oder er wollte nur, dass seine Freunde Ruhe geben? … Aber wenn er nie wieder rauskommt. Was soll das bringen? Was hätte er davon? Will er wirklich nur etwas Unterhaltung? Um sich die Zeit zu vertreiben? Oder ist das doch eine heimtückische Masche, sich an Frauen ranzumachen? Aber dann hätte er doch nicht sofort zugegeben, dass er im Knast sitzt. Dann wäre er ja schön blöd. Das schreckt doch jede ab!

Er kommt nie wieder raus, meinte er. Ob das stimmt? Sollte er tatsächlich unschuldig sein und niemand glaubt ihm … Was ihm wohl vorgeworfen wird?

Wieso mache ich mir eigentlich überhaupt Gedanken über diesen bekloppten Vogel? Vielleicht sollte ich wirklich zeitnah mit einem Psychologen über meine Beziehungsprobleme reden und darüber, warum ich einfach keine gescheite Wahl bei meinen Partnern treffen kann. Noch nicht einmal die Suchmaschine hier kriegt das hin! Von wegen „fundierter psychologischer Test“.

Ich gehe zum Spülbecken, drehe den Wasserhahn auf kalt und halte ein frisches Glas darunter. Dann trinke ich einige Schlucke, schlurfe zum Fenster und schaue nach draußen.

Ich wohne direkt an der Straße. Man hört die Autos leise rauschen, weil die Fenster nicht ganz schalldicht sind. Hier und da hupt ein Auto. Am Straßenrand sind mehrere enge Parkplätze eingezeichnet und nicht jeder kommt in einem Zug in diese knappen Parklücken hinein. Ich beobachte ein Auto, das schon den dritten Anlauf nimmt, bevor ich mich wieder zum Tisch umdrehe. Tom scheint erneut online zu sein. Meine Augen werden schmal.

Ich trinke noch einen Schluck kaltes Wasser. Dann setze ich mich vor den Monitor – und tippe. *Aber nur, weil ich ihm meine Meinung sagen werde!*

[Lisa]: Erwartest Du wirklich von mir, dass ich Dir die Geschichte vom unschuldigen Opfer im Knast abkaufe? Wir leben in Deutschland! In einem Rechtsstaat! Hältst Du mich für so töricht und einfältig? Wenn Du also denkst, Du wärst an ein kleines Dummchen geraten, muss ich Dich enttäuschen.

[Tom]: Nein!!! Um Himmels Willen, Du musst mir die Geschichte nicht abkaufen! Ich will auch kein Foto von Dir oder eine Adresse. Ich wollte Dich nicht verärgern, ehrlich. Entschuldige bitte. Ich rechne es Dir schon hoch an, dass Du mir gerade überhaupt zurückschreibst. Das hat bis dato keine gemacht.

[Lisa]: Und wenn Du so ein IT-Genie bist und meine Adresse gerade in diesem Moment zurückverfolgst?

Ich kneife argwöhnisch die Augen zusammen und warte auf seine Antwort.

[Tom]: Du bist witzig. – Aber keine Sorge, ich nehme Deine Bedenken ernst. Wirklich!!! Es klingt, als hättest Du reichlich schlechte Erfahrungen gesammelt. Trotzdem kann ich Dir leider keinen Beweis liefern, dass ich zu den ′Guten′ gehöre. Ich kann Dir nur anbieten, dass wir uns ab und zu schreiben, wenn Du Zeit und Lust darauf hast. Mehr wird auch von meiner Seite aus nie möglich sein. Ich werde Dir nie mehr bieten können, aber auch das kann ich nur behaupten und nicht beweisen. Ich suche keine feste Beziehung oder Partnerschaft. Nur jemanden zum Schreiben. Als Zeitvertreib. Hier auf dieser Seite habe ich mich nur angemeldet, damit meine Freunde endlich Ruhe geben und aufhören, ständig zu nerven. Es ist nicht fair, allen Beteiligten etwas vorzugaukeln, ich weiß, aber ich will einfach nur meinen Frieden haben. Kannst Du das verstehen? Ich lege es wirklich nicht auf eine Beziehung an, möchte meine Freunde aber weiterhin in diesem Glauben lassen. Mich als Partner würde ich außerdem gerade keiner Frau antun wollen. Ich versuche, es für Dich mal etwas poetischer zu formulieren:

Ich bin kein Traummann – zeige dir kein Gesicht,
ich bin der, der dir nichts verspricht,
der ein Geheimnis bleibt,
auf ungewisse Zeit.
Schreiben ja – Liebe nein,
lässt du dich trotzdem darauf ein?

Ich schlucke. *Poetisch ist er auch noch.* Ich kann fast nicht glauben, was ich da lese – und gleichzeitig entsteht mit diesen Worten etwas in mir, das man wohl als Zuneigung bezeichnen könnte.

Gott, wie schrecklich. Was, wenn der arme Kerl wirklich lebenslang unschuldig hinter Gittern sitzt? Dann komme ich und mache ihn noch zusätzlich fertig. Womöglich verliert er meinetwegen komplett die Hoffnung und hängt sich auf oder tut sich sonst was an! Weil auch ich ihn verachte! Niemand glaubt ihm! Wenn er nun wirklich unschuldig ist … seine Kumpels hoffen bestimmt, dass er wieder neuen Mut bekommt, wenn er hier jemanden kennenlernt. Dass er sich nicht aufgibt. Ein Anflug schlechten Gewissens meldet sich.

[Lisa]: Hin und wieder zu schreiben ist schon okay, glaube ich. Was machst Du denn sonst so den ganzen Tag? Darfst Du nie raus? Hast Du keinen Freigang? Im Hof oder so?

[Tom]: Eine Krimi-Expertin. Ich war seit fast einem Jahr nicht mehr richtig draußen. Die Außenwelt existiert für mich nur durch ein Fenster. Meistens langweilige ich mich – oder entwerfe neue Strickmuster. Ab und zu greife ich zu einem Buch, grüble über das Leben nach, und ob das alles überhaupt noch einen Sinn macht. Weißt Du, ich frage mich manchmal, wie man träumen soll, wenn man schon nicht mehr schlafen kann.

Ich schlucke trocken. *Wenn er nicht mehr will, als ab und zu chatten …* Seine Worte klingen schrecklich aufrichtig; unendlich traurig und verzweifelt.

[Lisa]: Aber wer sagt denn, dass sich für Dich nicht doch irgendwann noch alles zum Guten wendet? Wenn man aufhört zu kämpfen und zu träumen, hat man dann nicht schon verloren? Vielleicht brauchst Du einfach nur einen guten Anwalt! Kannst Du Dir nicht einen neuen suchen?

[Tom]: Ich habe die besten Leute an meiner Seite, die man sich nur wünschen kann. Im Grunde sind hier auch alle wirklich sehr nett zu mir. Vielleicht muss ich lernen, etwas dankbarer zu sein. Wenn ein Sonnenstrahl rauskommt, ihn auch reinzulassen. Aber heute hat mich eine Schlechtwetterfront eiskalt erwischt, kann man sagen. Kennst Du diese Tage, wenn draußen die Sonne scheint und es in Deinem Inneren trotzdem stockdunkel und leer ist? Wenn der ganze Himmel mit grauschwarzer Watte zugepfropft ist, so dass Du das Gefühl hast, es wird gar nicht mehr hell? Tage, an denen Du Dich am liebsten unter der Decke verkriechen möchtest, in der Hoffnung, dass, wenn Du sie zurückschlägst, alles nur ein böser Traum war. Ich würde die Zeit so gerne zurückdrehen, Lisa. Hätten wir uns vor einigen Jahren kennengelernt – das hätte vielleicht echt was werden können zwischen uns, aber diese Hoffnung gibt es leider nicht.

Gott, was erzähle ich Dir eigentlich für einen Stuss? Ich weiß gar nicht, warum ich mich an meinem Miesepetertag überhaupt hier auf dieser Plattform herumtreibe. Es tut mir leid, dass ich Dich mit meiner Stimmung belästige, Lisa. Ich lade sonst eigentlich meinen Müll nicht bei anderen ab. Vergiss das alles bitte schnell wieder. Ich wäre lieber der Gentleman in gestrickten Boxershorts, der seiner Liebsten ein fürstliches Frühstück am Bett kredenzt. Der Dir voll Vertrauen auf Knien den Wollfaden hinhält, um ihn mit einer anmutigen Schwertfuchtelei durchtrennen zu lassen.

Erzähl′ doch lieber mal etwas von Dir. Was treibst Du so? Wie sieht es bei Dir draußen aus? Scheint bei Dir auch die Sonne? Warum sitzt Du drinnen vor dem PC und bist nicht im Freien?

[Lisa]: Niemand hat immer gute Laune. Das wäre ja auch unnatürlich, oder? Wenn Du alleine bist, dann tut es Dir bestimmt gut, Dir mal bei jemandem Deinen Frust von der Seele zu schreiben. Es stört mich nicht und Du schreibst sehr schön.

Ich war schon draußen. Ich bin mit einer Freundin einen Cappuccino trinken gewesen. Sie ist auch der Grund, warum ich mich hier auf dieser Seite herumtummle.

Was ich sonst mache? Ich treffe mich am Wochenende ab und zu mit Freundinnen. Aber sie alle haben Partner und wollen natürlich auch Zeit zu zweit. Deshalb bin ich heute Nachmittag alleine und erfülle hiermit den Auftrag meiner Freundin, jemanden über das Internet kennenzulernen. Treffen von Pärchen mit einem Single sind für alle Beteiligten immer speziell und ich eiere seit Jahren als einziger Single im Freundeskreis herum. Alle sind zwar rücksichtsvoll, wenn ich dabei bin, aber es ist für mich trotzdem unangenehm. Ich fühle mich dann oft wie das fünfte Rad am Wagen.

[Tom]: Ich bin aber garantiert nicht der, den sich Deine Freundin für Dich wünscht. Vielleicht solltest Du diese Plattform lieber sinnvoller nutzen, als mit mir. Hast Du noch mehr Treffer?

[Lisa]: Mit Dir sechs, und das, obwohl ich den Kilometerumkreis stark eingeschränkt habe.

In der Tat verheimliche ich Deine Existenz wohl lieber vorerst, und wenn die anderen fünf nichts sind, erweitere ich vielleicht meinen Suchradius. Aber unabhängig davon können wir uns ja trotzdem ab und zu schreiben. Als Single habe ich immerhin jeden Abend frei und vielleicht kann ich Deine meteorologischen Tiefs ja etwas positiv beeinflussen.

[Tom]: Das klingt gut, liebe Wetterfee. Ab und zu schreiben hört sich toll an. Aber wie gesagt, Du darfst Dein Leben nicht vergeuden. Es ist zu schnell vorbei. Nutze die Zeit, die Dir geschenkt wird. Welchen Kilometerumkreis hast Du denn angegeben?

[Lisa]: Gerade finde ich es aber ganz amüsant, mit Dir zu chatten. Okay, Du bist heute ein depressiver Stoffel aber irgendwie immer noch ganz witzig mit Deinem ausgefallenen Hobby und Deiner peinlichen Kindheitsstory. Solange ich keine gestrickten

Schlüpfer tragen muss. – Den Kilometerumkreis verrate ich Dir nicht, aber ich denke, wir kommen aus dem gleichen Land.

[Tom]: Ich wusste, die gestrickten Schlüpfer kommen gut an! Soll Dein zukünftiger Liebhaber zu Fuß mit Pumps erreichbar sein?

[Lisa]: Lach. Zu Fuß nicht, aber wenn ich eine Fernbeziehung vermeiden kann – wieso nicht?

Was den Schlüpfer angeht, vielleicht solltest Du bei Deinem nächsten ′intimeren′ Date darauf verzichten.

[Tom]: Du kennst doch mein Design gar nicht!

[Lisa]: Ach Du Schande! Jetzt sag nicht, Du verwendest nur den Wollfaden, ohne ihn weiterzuverarbeiten!

[Tom]: *Grins* – Manchmal ist weniger mehr, sagt man das nicht so?

Ich lache schallend auf.

[Lisa]: Oh Gott! – Themenwechsel! Sonst träume ich heute Nacht schlecht!

[Tom]: Sagt die, die mit scharfen Waffen herumfuhrwerkt. Woran ist denn Deine letzte Beziehung gescheitert? An Deinem Hobby?

[Lisa]: Nein, es war nicht mein Hobby und auch nicht das herkömmliche Materialdesign meiner Unterwäsche. Es hat einfach nicht gepasst, wir waren nicht auf einer Wellenlänge. Für Kinder hatte er außerdem so gar nichts übrig. Das gab für mich den Ausschlag und ich habe ihn in die Flucht geschlagen. Bei Dir?

[Tom]: Es scheint bei uns gewisse Parallelen zu geben. Nur war es in meinem Fall so, dass ich den Laufpass bekommen habe. Sie mochte auch keine Kinder aber ich dachte zuerst, sie ändert ihre Meinung vielleicht noch. Ich habe auf die berühmte biologische Uhr spekuliert. Irgendwann hat sie dann ihre Sachen gepackt und mich sitzen lassen. Ich war ihr angeblich zu lieb und zu nett. Zu sehr Softie.

Oh. Er hat wohl einen Knacks aus der letzten Beziehung. Vielleicht will er im Grunde doch eine Freundin und hat nur Angst davor, wieder enttäuscht zu werden. Möglicherweise ist er hochsensibel, was auch zu seiner poetischen Art passen würde. *Und weil er sich so wie ich doch insgeheim nach jemandem sehnt, treibt er sich hier herum …*

[Lisa]: Hast Du seitdem Angst vor einer weiteren Enttäuschung?

[Tom]: Mich beschäftigen grade so viele Sachen, dass ich mir darüber eigentlich wenig Gedanken mache. Ich muss mir über ein paar wichtige Dinge klarwerden.

[Lisa]: Magst Du darüber reden?

[Tom]: Wärst Du mir böse, wenn nicht?

[Lisa]: Überhaupt nicht. Sprichst Du generell nicht gerne über Dich?

[Tom]: Das kann man ´eingeschränkt´ so stehenlassen, lach. Ich mache manches gerne mit mir selbst aus. Warum soll ich andere mit schweren Themen belästigen?

[Lisa]: Wer sagt Dir denn, dass Du sie immer damit belästigst? Vielleicht hören sie Dir ja gerne zu – so wie ich. Ich finde andere Lebensgeschichten sehr spannend.

[Tom]: Na dann bist Du ja mit mir genau an den richtigen Freak geraten.

[Lisa]: Du bezeichnest Dich als Freak?

[Tom]: Hast Du Lust auf etwas Verrücktes?

[Lisa]: Das kommt drauf an. Ich bin eher bodenständig und langweilig – bis auf die Schwertfuchtelei. Waghalsige Experimente sind nicht so mein Ding. Für Bungeejumping oder Ähnliches bin ich nicht zu haben und Escape Rooms finde ich total gruselig.

[Tom]: Keine Sorge. Null gefährlich oder riskant. Aber vorsorglich sage ich jetzt schon einmal ′tschüss′. Es ist etwas speziell.

[Lisa]: Lass die verrückte Idee mal hören.

[Tom]:
Wo liegt die Ruhe und die Kraft,
die einst umhergehetzt, geschafft,
wo ist der Tod und so viel Leben,
wo bist du von beidem in Stille umgeben,
wo kannst du lachen und auch weinen,
sämtliche Gegensätze in dir vereinen,
lässt du dich darauf ein,
eventuell überrascht zu sein?
Hast du den Mut, etwas Verrücktes zu wagen?
Auch eine unsichtbare Last mitzutragen?

Bist du bereit für einen Ort,
meistens nicht weit fort,
der verbindet Anfang, Ende und Zurück,
erfüllt von Frieden, tiefer Trauer und Glück.

„Puh … krass …“ *Ob ER das geschrieben hat?* Ich bin geflasht, wenngleich sich auch ein wenig Skepsis einstellt.

[**Lisa**]: Schreibst Du die Gedichte selbst oder sind sie ausgeliehen?

[**Tom**]: Nein, die sind von mir. Meistens kommen sie mir ganz spontan in den Sinn. Sie helfen mir beim Nachdenken.

[**Lisa**]: Okay, jetzt bin ich wirklich schwer beeindruckt – zugegeben. Aber was genau möchtest Du mir mit diesem Reim sagen?

[**Tom**]: Es ist kein Muss! Lies bitte erst bis zum Ende. Auch wenn es total bescheuert klingt. Okay?

Also, Du gehst/fährst gleich zum nächsten Friedhof. Dort setzt Du Dich irgendwo auf eine Bank. Dann schließt Du die Augen. Konzentriere Dich! Auf alles! Jedes Detail ist wichtig! Jedes Geräusch, jeder Geruch, alles! Deine Aufgabe ist, mir später genau zu erzählen, wie es war. Fange alle Eindrücke ein. Keine Sorge, ich erwarte nicht sofort eine Antwort. Überleg ruhig erst. Wenn Du nicht willst, ist das für mich auch in Ordnung.

Mit dem Gedicht war der Friedhof gemeint? Ich soll bei dem schönen Wetter zum Friedhof fahren? Echt jetzt? Da war ich noch nie. Zum Glück! Und aus gutem Grund! Das ist doch kein Ort, wohin man einfach so zum Zeitvertreib geht. Was soll ich dort? …

Kann er rausfinden, aus welcher Stadt ich komme? Will er mich auf dem Friedhof abpassen? Weil dort immer wenig los ist? …

Vielleicht treibt er in seiner Freizeit satanische Spielchen. Er könnte einer Sekte angehören, die ein Opfer zum Abschlachten braucht …

Ich sehe mich in Gedanken schon gefesselt auf einer Bahre liegen, umringt von blutrünstigen Gestalten in langen dunklen Kutten mit viel zu großen Kapuzen auf dem Kopf. Mich schaudert es und ich brauche wirklich einen Moment, um diese bizarren Bilder aus meinem Hirn zu verdrängen. Ich schüttele den Kopf, als könnte ich es damit beschleunigen. Dann lese ich mir sofort die Datenschutzerklärung und die Sicherheitshinweise der Homepage durch. Es dürfte ausgeschlossen sein, dass er weiß, woher ich komme. *Wie sollte er mich finden? Er kennt ja noch nicht einmal meinen Nachnamen. Und ein bisschen was los ist auf so einem Friedhof doch immer – oder nicht?*

Ich hatte noch nie mit Menschen zu tun, die Teufelsaustreibungen oder okkulten Hokuspokus betreiben. Will ich auch gar nicht, denke ich.

[Lisa]: Du bist echt ein Freak! Wieso schickst Du mich zum Friedhof? Das ist total gruselig. Selbst am helllichten Tag. Bist Du ein Grufti oder so etwas? Einer von denen, die sich immer schwarz kleiden und bleich schminken? Hast Du vor dem Knast bei Ritualen mitgemacht? Nur zur Info, damit will ich nichts zu tun haben! Ich habe nichts gegen diese Menschen, verstehe mich bitte nicht falsch! Aber es ist wirklich nicht mein Ding. Sorry.

Vielleicht haben sie ihn weggesperrt, weil bei irgendwelchen perversen Spielchen etwas schiefgelaufen ist. Möglicherweise hat er doch jemanden auf dem Gewissen und geht selbst davon aus, es sei Satan oder der Teufel gewesen. Himmel, vielleicht sitzt er in einem Hochsicherheitstrakt ein! Weil er total verrückt ist und Wahnvorstellungen hat! … Aber er schreibt so wundervoll. Das passt doch nicht zusammen – oder etwa doch?

[Tom]: Wenn Du mich sehen könntest, würdest Du Dich biegen vor Lachen. Ich bin kein Grufti oder Unterweltanbeter. Das kenne auch ich nur aus dem Fernsehen. Du bist vorsichtig und das finde ich richtig gut. Ich mag keine leichtgläubigen Menschen und finde es toll, wenn jemand Dinge hinterfragt.

Friedhof nur deshalb, weil es ein ruhiger Ort ist. Er strahlt Frieden aus und alle Menschen dort verhalten sich andächtig und leise – wenn es nicht gerade 742 Gruftis auf einer Millenniumfete sind, schmunzel. Aber ich schätze, die sind eher ab Anbruch der Dunkelheit dort anzutreffen. Wie dem auch sei, der Ort ermöglicht es Dir, Dich auf das Wesentliche zu konzentrieren. Auf einem Spielplatz oder in einem Straßencafé ist zu viel los. Reizüberflutung. Nenne es wie Du willst. Das ist der einzige Grund. Du kannst aber auch gerne in einen Wald gehen, wenn Du so etwas in der Nähe hast, wobei ich das durchaus als gefährlicher einstufen würde. Nicht, dass Du stolperst, oder dass Dich ein Wildschwein umrennt. Wohnst Du auf dem Land oder in einer Stadt? Verpflichtet bist Du sowieso zu rein gar nichts! Es war nur so eine verrückte Idee.

[Lisa]: Korrekt! Deine Idee ist verrückt! Ich finde sie immer noch spooky und abartig, aber gleichzeitig hat mich Dein Gedicht dazu sehr berührt und nachdenklich gemacht. Es leuchtet mir ein, dass es auf dem Friedhof ruhig ist. In der Regel quasseln die Toten nicht viel. Panische Wildschweine mit Adrenalinüberschuss gibt es dort wohl auch nicht, lach.

Ich sage Dir nicht, wo ich wohne! Wie Du schon richtig erkannt hast, ich bin vorsichtig und das werde ich auch bleiben.

Okay, ich mache das mit dem Friedhof jetzt einfach mal. Es wird mich schon kein Opa mit dem Gehstock verkloppen und bei Tag zerrt mich wohl auch kein Zombie in sein Erdloch.

[Tom]: Du bist witzig. Ich mag Deinen Humor. Schön, mit Dir zu schreiben, Lisa. Dann viel Spaß! Ich freue mich auf Deinen Bericht und zugegeben würde ich mich riesig freuen, überhaupt wieder von Dir zu hören. Selbst wenn Du doch einen Rückzieher vom Friedhof machst. Falls nicht, halte Dich von Zombies mit Sensen und aggressiven Opas mit Gehstöcken fern!

Ich schmunzele und verdrehe gleichzeitig die Augen. *Friedhof … Viel Spaß. Bei den Toten? Dort, wo die Angehörigen trauern und weinen? Das ist verrückt. Aber ich muss es ja auch nicht tun. Ich könnte ihn anlügen. Er würde es ja noch nicht einmal merken.*

[Lisa]: Ich melde mich heute Abend!

schreibe ich, um alles in Ruhe zu überdenken.

Die Profile der anderen Kandidaten sind weiterhin rot.

Seltsam, dieser Typ. Für *einen Kriminellen ist er viel zu …*

ach, ich weiß auch nicht. Oder ist das seine Erfolgsmasche? Diese lockere, witzige, einfühlsam poetische Art. Ich sollte ihm nicht trauen und vorsichtig sein. Aber er weiß ja nicht, wo ich wohne. Oder wartet er schon irgendwo da draußen auf mich? Lauert er mir auf? Hat er doch meine Adresse zurückverfolgt, weil ich jetzt so lange mit ihm gechattet habe? So wie in den Krimis, wo die Telefonnummern auch nur zurückverfolgt werden können, wenn man lange genug in der Leitung bleibt?

Ich knete mit zwei Fingern an meiner Unterlippe herum und schaue nach draußen.

Wenn auf dem Friedhof niemand ist, kann ich sicherheitshalber immer noch gehen. Mich zwingt schließlich niemand dazu. Schon bekloppt. Alleine darüber nachzudenken, ist bescheuert! Im Grunde bin wirklich ich die Gestörte.

Toms Profil meldet sich ab und leuchtet jetzt wie die anderen rot. Ich lehne mich mit dem Bürostuhl etwas nach hinten und trinke einen Schluck Wasser. *Was für ein durchgeknallter Start in diesen Chat. Meine Freundinnen würden mir den Kopf waschen und schimpfen. Ich bin zu gut, zu leichtgläubig, und obwohl ich sehe, dass das Eis viel zu dünn ist, trete ich mal wieder drauf. Schon schlittere ich ins nächste chaotische Männerdrama, in dem das Eis dann mitten auf dem See einbricht. Schon gehe ich ein weiteres Mal unter und muss von meinen Freundinnen und unzähligen Kalorien reanimiert werden.*

„Typisch Lisa", würden sie lachend sagen. *Zu Recht. Vollkommen zu Recht! Der eine Freak ist weg und schon bandele ich mit dem nächsten an* – *über das Internet! Ein mysteriöser Lyriker aus dem Knast! Ohne jegliche Aussicht auf eine Beziehung. Eigentlich ist das mit diesem Tom nur ein vorübergehender Zeitvertreib. Ich habe ja gerade sonst nichts zu tun.*

Ich massiere meine Stirn und atme mehrmals tief durch. *Möglicherweise braucht mein Gehirn mehr Sauerstoff, damit ich wieder zu Verstand komme.*

Dass ich mich aber auch ständig auf solche Schwachköpfe einlassen muss. Aber besonders ist er schon irgendwie, und ich habe das Gefühl, wir haben so viel gemeinsam. Oder ich mache es nicht und lüge einfach. Sage, dass ich dort war, erfinde etwas.

Nebenher suche ich im Internet nach der Adresse des Friedhofs. Nur für den Fall der Fälle. *Vielleicht fahre ich auch einfach mal mit dem Auto hin und entscheide spontan, ob ich aussteige.*

Der Friedhof

Nachdem ich einige Male am Friedhof vorbeigefahren bin, parke ich schließlich in der Nähe des Eingangs. Inzwischen habe ich mir die Dating-App von Herzfunk heruntergeladen und lese mir noch einmal sein letztes Gedicht durch. Wenige Zeilen, die doch sehr viel sagen, und die, je öfter ich sie lese, Tom in einem besonderen Licht erscheinen lassen. Es sind Reime eines Mannes, der tiefgründig ist, der viel über das Leben und das Sein nachdenkt und Dinge hinterfragt, die für viele gar nicht existieren. Seine Worte machen mich schließlich so neugierig, dass ich zögerlich meine Autotür öffne und aussteige.

Mit prüfendem Blick inspiziere ich durch ein paar lichte Sträucher die Friedhofsanlage. Dann gehe ich weiter. Ein großes, eisernes Tor bildet den Eingang zu dem Gelände. Dort bleibe ich erneut einen Moment stehen. Mehrere Besucher sind mit der Grabpflege beschäftigt, so dass ich wirklich nicht allein und schutzlos bin. Es sind zwar alles ältere Leute aber einen Notruf mit dem Handy können auch die absetzen. Abgesehen davon deutet nichts auch nur auf die kleinste Gefahr hin. Es wäre geradezu albern, aus Angst den Friedhof nicht zu betreten – am helllichten Tag! Dafür besteht definitiv nicht der geringste Anlass.

Ich fülle meine Lungenflügel prall mit Sauerstoff, als müsste ich nun für längere Zeit die Luft anhalten. Dabei straffe ich meinen Rücken und setze den ersten Fuß durch das Tor. Ich beobachte die Leute und versuche, die komplette Umgebung im Blick zu behalten. Gräber links und rechts, soweit das Auge reicht. Überall tote Menschen unter der Erde – oder ihre Asche. *Meine Güte, Lisa. Du läufst hier herum, weil Dir so ein Irrer aus dem Internet das als spannenden Ausflug verkauft hat. Ein Ort der Ruhe!* In Gedanken lache ich bitter auf. *Wo fände man auch mehr Ruhe als dort, wo alle tot sind. Naja, bis auf die Angehörigen,* denke ich beklommen.

Ich spähe verstohlen in alle Richtungen, um zu kontrollieren, ob mich jemand beobachtet oder verfolgt. *Mist, die gucken schon!* Ich fühle mich unwohl und sehe, dass ich von mehreren Leuten kritisch betrachtet werde. Vielleicht kommt es mir auch nur so vor, weil ich mich selbst fehl am Platz fühle und mir wie ein Fremdkörper vorkomme.

Hastig suche ich nach einer abgeschiedenen Ecke. Tatsächlich entdecke ich einen Bereich, der etwas älter zu sein scheint. Dort steht ein Baum mit einer Bank darunter. Ich gehe darauf zu und linse aus dem Augenwinkel erneut zu den übrigen Friedhofbesuchern. Aber sie blicken, wenn überhaupt, lediglich kurz auf und widmen sich dann wieder ihrer Grabpflege. Langsam laufe ich weiter in Richtung Baum, schaue mich abermals um und setze mich andächtig hin, den Rücken etwas krumm und die Hände unsicher im Schoß gefaltet. *Gott, wie bizarr.* Ich schiele abermals zu allen Seiten und schließe für zwei Sekunden die Augen. Dann öffne ich eines aber auch schon wieder und sehe mich erneut prüfend um. Schon springt auch das zweite Lid auf. *Was soll´s. Ich lasse die Augen einfach auf.*

Nüchtern betrachte ich meine Umgebung, was sicherlich

weniger auffällig auf andere wirkt als meine inszenierte Meditationseinheit zuvor. Ich verspüre eine innere Unruhe und je mehr Ruhe ich von außen wahrnehme, desto zappeliger werde ich. Dieses 'Nichtstun' ist nichts für mich. Das macht mich wahnsinnig, und ich kämpfe dagegen an. Ich wippe mit den Beinen, trommele mit den Fingern auf die Oberschenkel, strecke mich vorsichtig, atme tief ein und energisch wieder aus.

Vielleicht sollte ich nicht ständig gegen die Unruhe ankämpfen, sondern sie einfach zulassen, denke ich und lehne mich zurück.

Aus meiner Tasche nestele ich das Handy heraus und lese noch einmal Toms Gedicht.

Die Zeilen lassen mich erneut schwer schlucken. Sie hier zu lesen, an diesem Ort, schürt in mir ganz besonders intensive Gefühle. Ich stecke mein Smartphone wieder in die Tasche, die Verse weiterhin in meinem Kopf. Je weniger ich mich dazu zwinge, ruhiger zu werden und je länger die Reime in dieser besonderen Umgebung auf mich wirken, desto entspannter werde ich. Ich nehme einige tiefe Atemzüge und versetze mich in einen Energiesparmodus.

Vor mir befindet sich eine Reihe älterer Gräber, die ich jetzt näher in Augenschein nehme. Viele sind sehr verwahrlost aber eines ist mit wunderschönen Rosen bepflanzt. Es sieht aus wie ein verwunschenes Grab aus einem Märchen. Bei den anderen sieht man kaum noch die Grabsteine. Sie haben Unmengen an Grünspan angesetzt und sind überwuchert mit Moos und Efeu. Manche sind sogar eingefallen und ganz schief. Trotzdem sieht die Szenerie für mich nicht gespenstisch aus, was ich durchaus bei Dämmerung und in anderer Gesellschaft anders wahrnehmen könnte.

Ich lasse die Umgebung auf mich wirken und schließe sogar irgendwann unbewusst meine Augen. Ich atme gleichmäßig ein und aus, rieche grün, höre das Rascheln der Blätter, Vögel zwitschern, Menschen reden – aber entfernt. Sie sind leise und rücksichtsvoll. Trotz der vielen Geräusche ist es ruhig. Ich verschmelze mit meiner Umgebung, meine Atmung vertieft sich und ab einem bestimmten Zeitpunkt vergesse ich, dass ich mich auf einem Friedhof befinde. Tief in mir kehrt Ruhe ein. Ein gelöster, entspannter Zustand, den ich noch nie so bewusst wahrgenommen habe. Dieser Besuch ist wie eine kleine Auszeit, ein Ausbruch aus dem Alltagsstress. Es ist seltsam, dass gerade dieser Ort mir dazu verhilft, zu mir selbst zu finden und mich intensiv zu spüren. Vorher war mir nie so bewusst, wie sehr ich dieses Losgelöstsein hier gebraucht habe. Die Ruhe ist eine ganz andere als in meiner Wohnung, in der ja nun auch nicht viel los ist. Es ist gar nicht zu vergleichen. Obwohl hier der Tod sein Zuhause hat, bin ich umgeben von einer Lebendigkeit und friedlichem, nahezu geselligem Beisammensein von Besuchern und kleinen Lebewesen.

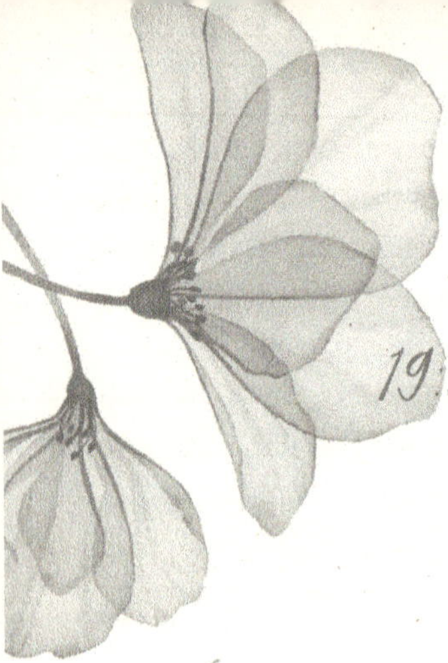

19:30 Uhr

Ich fahre meinen Laptop hoch, um Tom zu schreiben.

[Lisa]: Hallo Tom! Ich sehe, dass Du noch nicht online bist, aber ich schreibe Dir trotzdem. Du kannst es ja später lesen.

Ich habe Deinen Auftrag ausgeführt. Zugegeben war ich anfangs von Deinem seltsamen Vorschlag überfordert, aber jetzt, wo ich heil und gesund wieder daheimsitze und nicht von Dir entführt oder gekidnappt worden bin …

Hier jedenfalls mein Bericht:

Ich saß unter einem großen Baum auf einer Bank. Der Bereich des Friedhofs lag etwas abgeschieden und die Gräber waren schon älter. Ein Grab gegenüber meinem Sitzplatz war wunderschön bepflanzt. Viele andere sahen verwahrlost aus, gleichzeitig aber auch wieder irgendwie mystisch. Efeu rankte an den Grabsteinen hoch, vertrocknete und eingegangene Blumen waren von blühendem Unkraut überwuchert. Teils war auch die Erde eingesackt. Wäre es dunkel, grau und verregnet gewesen, hätte ich es wohl keine Minute dort ausgehalten. Es hat mich selbst überrascht, welche souveräne Ruhe diese vernachlässigten Gräber auf mich ausgestrahlt haben. Immerhin befand sich gegenüber meiner Bank dieses liebevoll zurechtgemachte Grab. Es war über und über bepflanzt mit Rosen. Sogar an dem Grabstein rankten Rosenpflanzen hoch. Vielleicht ist dort Dornröschen begraben. Irgendwann waren sogar plötzlich meine Augen von ganz alleine zu und ich habe mich wie selbstverständlich auf die Umgebung und diesen Ort eingelassen. Ich habe etwas Zeit gebraucht aber es hat sich wirklich gelohnt, mir diese Zeit zu nehmen.

Es roch nach Grün und Erde, ich hörte viele Geräusche, Blätterrascheln, Vogelgezwitscher … ich meine sogar, ich konnte diese vielen Rosen von gegenüber riechen. Sie dufteten sehr intensiv, bestimmt eine besondere Sorte. In anderen Teilen des Friedhofs unterhielten sich Menschen. Ganz leise. Eine Frau weinte und schluchzte laut. Ich musste einfach zu ihr hingucken und sie sah sehr traurig aus. Das hat auch mich traurig gemacht. Im ersten Moment hatte ich den Drang aufzustehen und wegzugehen, weil ich einfach niemanden leiden sehen kann. Es hat mich so sehr berührt. Keine Ahnung, warum ich sitzengeblieben bin. Aber Weinen kann ja auch hilfreich sein. Trotzdem brauchte ich einige Minuten, um mich wieder auf den Rest einlassen zu können. Irgendwann schluchzte sie nur noch leise – eher hintergründig. Ihre Trauer fügte sich in die Umgebung ein. Es war sehr seltsam. Ich war tatsächlich trotz dieser Traurigkeit von Ruhe und Frieden umgeben – sogar mit den Tränen dieser Frau.

Bisher war der Friedhof für mich immer ein fürchterlicher und beängstigender Ort. Ich habe damit nichts Gutes verbunden, nur Leid und Trauer. Er hält einem die Endlichkeit des Lebens vor Augen. Deshalb wäre ich selbst nie auf die Idee gekommen, dorthin zu gehen. Warum hätte ich mich damit konfrontieren sollen? Mit all dieser negativen Energie, die mich nur herunterzieht – dachte ich. Es gab zum Glück bisher ja auch keinen Anlass. Rückblickend finde ich es erstaunlich, welche Lebendigkeit dieser Ort doch verströmt, obwohl er die dunkle Heimat des Todes ist. Ganz ehrlich? Ich finde es immer noch unfassbar, dass ich gerade dort einen besonderen Seelenfrieden in mir gefunden und gespürt habe. Nie hätte ich gedacht, wie sehr ich diesen Gemütszustand gebraucht habe. Schlussfolgerung: So skurril Dein Vorschlag war, danke für diese außergewöhnliche Erfahrung und das besondere Gedicht, das Du mit mir geteilt hast. Vielleicht fahre ich sogar irgendwann noch einmal dorthin, tagsüber und bei gutem Wetter. Und? Bist Du mit meinem Bericht zufrieden? Bis später und liebe Grüße, Lisa

Ich schicke die Nachricht ab und kann es kaum erwarten, dass Tom sich einloggt und mir antwortet. Aber leider lässt er nichts von sich hören und sein Profil bleibt im Abwesenheitsmodus.

Schließlich stehe ich auf und tigere rastlos in der Wohnung herum. Weil sich bei Tom immer noch nichts tut, rufe ich meine Freundin Vivian an. Ich muss unbedingt mit ihr reden, wenngleich ich ihr nicht alles sagen kann. Obwohl es mir unter den Fingernägeln brennt, sie um Rat zu fragen. Aber diesen Typen kann sie nicht gutheißen! Umgekehrt ginge es mir schließlich genauso. Auch ich würde sie vermutlich warnen und ihr von jedem weiteren Kontakt abraten. *Aber vielleicht lohnt es sich ja doch, in diesen Freak etwas Zeit zu investieren …*

Ich wähle die Nummer meiner Freundin, die nach zweimaligem Tuten abnimmt.

„Ja bitte?"

„Hi, Vivian. Ich bin´s, Lisa. Hast Du einen Moment Zeit?"

„Hi! Na klar. Was gibt's? Alles paletti bei Dir?"

„Ich habe Deinen Rat befolgt und mich bei Herzfunk angemeldet."

„Echt? Hast Du schon Ergebnisse? Soll ich vorbeikommen und

Dir bei der Auswahl helfen?“ Sie kichert.

„Die Auswahl ist überschaubar“, lache ich. „Aber immerhin 6 Vorschläge und mit einem habe ich sogar schon gechattet.“

„Wahnsinn! Und? Wie ist er so? Wie sieht er aus?“ Sie scheint ganz außer sich.

„Wir haben nur ein paar Nachrichten ausgetauscht. Ein Foto haben wir beide nicht reingestellt. Vorerst möchte ich das nicht. Klingt aber ganz nett, der Typ.“

„Erzähl. Wo kommt er her? Was macht er? Was weißt Du schon über ihn?“

„Er ist Gymnasiallehrer, 38 Jahre alt, 1 Meter 84 groß, hat dunkelbraune kurze Haare und mag in seiner Freizeit Sport und Musik.“

„Hm. Mehr weißt Du von ihm nicht? Woher kommt er denn? Wenn wir den Ort wüssten, könnten wir die Schulen abklappern und auf den Internetseiten schauen, ob wir ein Foto von ihm finden.“

„Ich weiß nicht, wo er herkommt. Ich habe nicht gefragt, denn ich möchte meine Adresse auch auf keinen Fall preisgeben. Das ist mir zu gefährlich. Es treiben sich zu viele komische Typen im Internet herum.“

„Stimmt. Aufpassen solltest Du. Wie geht es denn jetzt weiter?“

„Wir schreiben uns vorerst nur. Mal abwarten. Er ist irgendwie … besonders. Er ist witzig, schreibt Gedichte … Er ist spannend, aber … Ich weiß nicht so recht.“

„Das klingt nicht nach großer Begeisterung“, meint Vivian.

„Naja, er will auch eigentlich nur schreiben. Er sucht gar keine feste Beziehung.“

„Warum ist er denn dann dort angemeldet und bezahlt dafür auch noch Geld?“

„Er sagt, er hätte das wegen seiner Freunde gemacht. Die nerven ihn wohl damit. Um sie ruhig zu stellen, erzählt er ihnen, dass er auf der Dating-Plattform aktiv ist."

„Meinst Du, das stimmt? Vielleicht hat er nur Angst vor einer festen Bindung, weil er mal enttäuscht wurde und will es besonders langsam angehen lassen", spekuliert Vivian.

„Daran dachte ich auch schon. … Naja, warten wir´s ab. Außerdem habe ich mir die anderen fünf Vorschläge noch nicht angesehen. Die waren aber auch alle bisher nicht online."

„War meine Idee denn jetzt trotzdem gut?" Ich sehe ihr grinsendes Gesicht förmlich vor mir.

„Ja, Vivian. Es war eine gute Idee", bestätige ich zu ihrer Freude.

Der Bildschirm meines Laptops und Toms Profil blinken auf.

„Äh – ich muss noch etwas erledigen. Ich melde mich wieder! Ja?", sage ich hektisch.

„Was musst Du noch erledigen? Es ist Samstagabend und Du bist alleine …"

„Schon, aber dieser Typ hat nochmal geschrieben. Ich halte Dich auf dem Laufenden, okay?"

„Alles klar", lacht Vivian. „Sag das doch gleich. Viel Spaß! Melde Dich, wenn Du mehr über ihn weißt. Ich bin schon irre gespannt!"

„Jaha", antworte ich genervt. „Ciao!"

„Ciao, ciao!", flötet sie belustigt.

Noch während ich auflege, beginne ich bereits, Toms Nachricht zu lesen.

[Tom]: Ich freue mich, dass Dir der kleine Ausflug gefallen hat. Ich hatte schon Angst, der Friedhof liegt an einer Schnellstraße oder Autobahn. Das wäre nicht optimal gewesen für eine ruhige Auszeit. Aber offenbar hatte ich Glück. Da wo ich wohne, liegt der Friedhof am Wald und einen Platz mit einer Bank unter einem Baum gibt es auch. Aus welcher Stadt kommst Du?

[Lisa]: Das verrate ich Dir nicht. – Vorerst. Aber wenn Du Dich in nächster Zeit gut benimmst, wirst Du es vielleicht irgendwann erfahren.

[Tom]: Es fällt mir nicht sonderlich schwer, mich gut zu benehmen. Habe ich Dir schon gesagt, dass mein zweiter Vorname Gentleman ist? Sollen wir uns heute Abend treffen?

Ich schnappe irritiert nach Luft. *Treffen? Wie stellt er sich das vor? Ich werde ihn ganz sicher nicht im Knast besuchen! Aber selbstbewusst ist er, das muss man ihm ja lassen.*

[Tom]: Wir könnten uns bei den Sternen treffen. Lust?

Ich lächle besänftigt auf. *Wie romantisch.*

[Lisa]: Wann und wie?

[Tom]: Um 22.15 Uhr werde ich in den Himmel gucken. Bei mir ist im Moment keine einzige Wolke zu sehen. Es dürfte also eine sternenklare Nacht werden. Ich lade Dich in den Großen Wagen ein und wir fahren eine Runde über die Milchstraße. Was hältst Du davon?

[Lisa]: Kannst Du von Deinem 'Zimmer' aus denn in den Himmel sehen?

[Tom]: Ja, mein Knastfenster ist groß genug. Ich bin weit oben untergebracht. Wir können uns dann ja noch einmal schreiben.

Ich stocke plötzlich. *Wie kommt es eigentlich, dass er mir ständig antworten kann? Und womit? Im Gefängnis kann doch unmöglich ein Smartphone erlaubt oder ein 24-Stundenzugriff auf einen Computer möglich sein.* Ein ungutes Gefühl macht sich in meiner Magengegend breit. Sofort tippe ich wieder in die Tastatur.

[Lisa]: Ist es eigentlich üblich, dass man im Gefängnis zu jeder Tages- und Nachtzeit Zugang zum Internet hat?

[Tom]: In meinem Fall ja. Ich bin ein vorbildlicher Knastinsasse.

[Lisa]: Weshalb sitzt Du im Knast? Was wird Dir vorgeworfen?

[Tom]: Ich bin kein Verbrecher und ich sitze nicht in so einem Knast, wie Du ihn Dir jetzt vorstellst. Ich habe keine Gesetzeswidrigkeit begangen. Trotzdem komme ich hier nicht mehr raus. Ich möchte bitte nicht darüber reden. Mein Gefängnis ist aber, und das schwöre ich Dir, kein Gefängnis für Strafgefangene. Deshalb habe ich auch nahezu rund um die Uhr meinen Laptop an.

Ich starre seine Zeilen an. *Warum will er nicht darüber reden? Was sollte das denn für ein Gefängnis sein? …*

Ob er berühmt ist? Gefangen von Bodyguards? Vielleicht ist Tom auch ein Pseudonym …

Dieser Typ macht mich immer neugieriger. Zu erfahren, dass er kein Sträfling ist, lässt mein Herz sofort höherschlagen. Ich fühle mich gleich noch mehr zu diesem mysteriösen Mann hingezogen, der sich selbst auch noch als Gentleman bezeichnet. Aber das lässt natürlich neue Fragen aufkommen.

[Tom]: Sprachlos? Hast Du mit einem brutalen, ganzkörpertätowierten und hundertfach gepiercten Mörder mit Narben von Schusswunden und Spuren aus Prügeleien gerechnet?

Bist Du jetzt enttäuscht?

Ich grinse.

[Lisa]: Ja, und wie. Ich stehe auf Tattoos und Piercings. Ich habe selbst einige. Damit hättest Du einer ausgebildeten Schwertkämpferin wenigstens Paroli bieten können. Das hätte passen können. Schade.

[Tom]: Echt? Tattoos, Piercings und Schwertkampf. So viel zu Deinem dezenteren Stil. Aber wieso nicht? Jedem das, was ihm gefällt. Es kann gut aussehen, wenn es zu dem Menschen passt. Was hast Du für Tattoos?

[Lisa]: Bis auf zwei Ohrlöcher bin ich, was das betrifft, nackig.

[Tom]: Du bist irre komisch – ich mag nackige Frauen.

[Lisa]: *Hihihi*.

[Tom]: Wie sieht es aus? Treffen wir uns denn nun später? Bei den Sternen? Du kannst ja zur Selbstverteidigung zum ersten Date Dein Schwert mitbringen.

[Lisa]: Ich werde da sein – als Nackedei im Schlafanzug mit Schwert. Bis nachher. Ich sitze aber links im Großen Wagen. Wer weiß, wie chaotisch Dein Fahrstil ist. Da gehe ich lieber auf Nummer sicher. Ciao!

[Tom]: Geht klar, Du Nackedei-Prinzessin im Ninja-Kostüm. Dort ist ja reichlich Platz zum Einparken und es gibt nur wenig Gegenverkehr. Das Risiko sollte ich eingehen können. Aber ich will vorher Deinen Führerschein sehen!

Warum müssen alle interessanten Männer einen Haken haben. Jetzt weiß ich aber immer noch nicht, warum er aus seinem sogenannten Knast, der keiner ist, nicht mehr herauskommen wird.

Ob er damit meint, dass er beruflich gefangen ist, also zu viel arbeiten muss? … Oder ist er ein Agent, der seine Identität nicht preisgeben darf und zu jeder Tages- und Nachtzeit bereitstehen muss …

Grübelnd gehe ich in die Küche und reiße mir eine Tütensuppe auf. Mit meiner heißen Schale setze ich mich wenig später auf die Couch und lege die Füße hoch. Ich puste auf den Löffel. *Ich bekomme schon noch heraus, was Tom verbirgt. Bestimmt sieht er höllisch gut aus, ist ein Frauenschwarm. Er will nur nicht auf sein Äußeres reduziert werden. Oder er ist reich, ein Star … ein Sänger!*

Welcher Sänger ist solo? Er müsste jedenfalls aus Deutschland kommen … oder vielleicht ist er ein deutscher Schauspieler …

In den Klatsch- und Tratsch-Arealen meines Gehirns, die sich aus den Inhalten des Lesezirkels beim Friseurs nähren, stöbere ich nach berühmten Singles. *Gibt es da einen, der früher mal Gymnasiallehrer war? Der Tom heißt? Jemanden, der einen Grund hätte, sich gefangen zu fühlen? …*

Gegen 21.30 Uhr werde ich langsam aufgeregt. Ich laufe durch die Wohnung, um zu erkunden, von wo aus ich den besten Ausblick habe. Das Rennen macht das große bodentiefe Küchenfenster, vor dem ich mich im Bademantel und mit dicken Socken auf meinem Bettzeug drapiere. Ich schaue gen Himmel, bin aber viel zu früh dran. Also stehe ich wieder auf und hole mir meinen Laptop. Damit setze ich mich im Schneidersitz wieder auf meine Decke und klappe den Bildschirm auf. Vielleicht ist Tom ja schon online und wir können vorher noch ein bisschen schreiben. Erfreut stelle ich fest, dass sein Profil tatsächlich grün leuchtet.

[Lisa]: Bist Du schon startklar? Ich wollte nicht unhöflich sein und ohne Dich losfahren …

[Tom]: Hallo! Sonst bin ich nicht so früh. Du hast Glück. Was hast Du bis jetzt noch gemacht?

[Lisa]: Mein Schwert poliert, eine Tütensuppe gegessen, ein Bad genommen und mich gelangweilt. Und Du?

[Tom]: Meine Stricknadeln angespitzt und zu Abend gegessen. Tütensuppe? Isst Du sowas öfter?

[Lisa]: Ich muss am Wochenende nur für mich kochen, da mag ich keinen großen Aufwand treiben. Unter der Woche esse ich mit den Kindern in der Kita.

[Tom]: Du kannst also wirklich nicht kochen?

[Lisa]: Das kommt darauf an, was Du darunter verstehst. Spaghetti mit Tomatensoße, Rührei, Tiefkühlpizza – das bekomme ich alles hin.

[Tom]: Da gibt es eindeutig Handlungsbedarf. Lust auf einen Kochkurs ´Online Kochen mit Tom´?

[Lisa]: Du kochst dann das Gleiche wie ich?

[Tom]: Nicht ganz. Ich werde ja immer bekocht. Aber ich gebe

Dir eine Einkaufsliste und dazu eine Anleitung, wie Du die Sachen zubereitest. Lust?

[Lisa]: Weiß ich noch nicht. Kochen ist das Eine, aber die ganze Sauerei, das Aufräumen und die Zeit, die dafür draufgeht. Ich habe keine Lust, in meiner Freizeit nur in der Küche zu stehen und zu schrubben. Alleine essen macht eh nicht sonderlich Laune.

[Tom]: Ich würde einfache Gerichte mit wenig Zeit- und Reinigungsaufwand heraussuchen, versprochen. Probieren wir es? Es muss ja nicht jeden Tag sein. Starten wir einen Versuch am Montag?

Och nee, denke ich und verziehe das Gesicht. *So viel Dreck für einen alleine. Andererseits wäre es sicher nicht verkehrt, meinen kulinarischen Horizont um ein oder zwei Gerichte zu erweitern. Wenn die Gerichte einfach sind und schnell gehen …*

[Lisa]: Ist das Dein Motto: Früh übt sich, was mal eine gute Hausfrau werden will?

[Tom]: Wärst Du eine gute Partie?

[Lisa]: In welcher Hinsicht?

[Tom]: Wie sind Deine sonstigen Hausfrauenqualitäten? Waschen, Bügeln etc.? Hast Du Deinen Haushalt im Griff?

[Lisa]: Naja, ich bin zwar keine Sterneköchin und besitze auch keine Kittelschürze, aber bei mir sieht es immer ordentlich und sauber aus. Ich mag kein Chaos und keine Wäscheberge. Den Rest bekomme ich auch ganz gut hin, wie ich finde.

[Tom]: Eine gute Partie, hm? Und das mit dem Kochen kriegen wir auch noch schnell in den Griff.

[Lisa]: Stehst Du nie selbst in der Küche? An keinem einzigen Wochentag?

[Tom]: Im Knast darf man nicht selbst den Koch spielen. Aber es fehlt mir. Ich habe immer gerne am Herd gestanden – und gegessen.

[Lisa]: Siehst Du auch aus wie ein guter Esser?

Schon ist meine unüberlegte Frage weg, die ich am liebsten zurücknehmen würde. Aber er reagiert sofort.

[Tom]: Ganz schön frech, meine Liebe! Aber: nein. Gutes Essen und ein fitter Körper schließen sich nicht aus. Was ist mit Deinen Tütensuppen? Hast Du schon Reservepölsterchen angefuttert?

Ich schmunzele, weil ich seinen schwarzen Humor herauslese, der mich in der Tat reizt.

[Lisa]: Und Du schreibst was von frech?! Ich würde mich selbst als gesunden Durchschnitt bezeichnen. An einigen Stellen etwas zu wenig, an anderen zu viel. Wie wohl bei den meisten Frauen. Ich eifere keinem Schönheitsideal nach. Das ist mir zu anstrengend. Wenn ich Lust auf eine Tafel Schokolade oder eine Tüte Chips habe, dann gönne ich sie mir auch!

[Tom]: Beides auf einmal?

[Lisa]: Es gibt Tage, da kommt bei mir sogar das vor.

[Tom]: Lass uns schnell das Thema wechseln. Sonst bekomme ich Appetit und ich habe gerade weder Chips noch Schokolade in greifbarer Nähe.

Was mögen die Kinder in Deiner Kita denn am liebsten?

[Lisa]: Meinst Du essenstechnisch? Und was den Mangel an Vorräten angeht: Selbst Schuld – *zwinker*.

[Tom]: Ausnahmsweise keine Frage aus der Lebensmittelindustrie, *grins*. Mit welchen Sachen oder in welcher Ecke spielen sie am liebsten? Kaufladen? Puppenecke?

Ich schmunzele.

[Lisa]: Wir haben eine Cowboybox mit Pferden. Das ist etwas ganz Besonderes und die Kinder streiten sich jeden Tag, wer dort spielen darf. Die beiden Holzpferde mit Sattel sind schon alt, kommen aber bei den Kleinen irre gut an. Ab und zu bekommen wir einen neuen Heuballen geschenkt. Es ist immer ein Riesenspaß für die Kinder, darauf herumzutoben. Aber auch eine ganz schöne Sauerei mit dem danach überall verstreuten Heu.

Kaum habe ich die letzte Nachricht abgeschickt, als Toms Status urplötzlich in den roten Abwesenheitsmodus wechselt. *Was ist denn jetzt?* Ich starre auf den roten Profilpfeil. *Vielleicht musste er nur aufs Klo …*

Aber es tut sich ewig nichts. Gefühlte zwanzig Minuten warte ich und werde langsam ungeduldig.

[Lisa]: Noch da? Wo bist Du?

schreibe ich, obwohl es nicht viel bringen dürfte.

Wieder warte ich, aber es kommt nichts. Sein Profil bleibt abgemeldet. *Warum antwortet er nicht? Ob er Besuch bekommen hat? Was kann ihm denn um diese Uhrzeit dazwischengekommen sein?*

Er könnte Bereitschaft haben. *Deshalb lebt er in einer Art Knast, weil er immer auf Abruf stehen muss. Ob ich mal die Nachrichten anschalten soll? Vielleicht ist irgendwo etwas passiert, wo er möglicherweise hinmuss. Ein Einsatz. Vielleicht steht er als Arzt im OP. Ich habe schon gehört, dass Ärzte oft mehrere Schichten hintereinander arbeiten müssen, weil so wenig Personal zur Verfügung steht.*

Weil nichts mehr passiert und ich langsam müde werde, mache ich mir einen doppelten Espresso. Leicht frustriert setze ich mich zurück vor das Fenster und lege mir eine Schachtel Kekse dazu. Ich beiße in eines der krümeligen, runden Gebäckstücke und fege mit der Hand die Reste von der Tastatur. Gelangweilt starre ich zum Himmel, trinke meinen Kaffee und mümmele an einem Keks, als sein Profil endlich wieder grün aufblinkt. Ich sehe, dass er schreibt.

[Tom]: Kurze Störung. Bin wieder da und halte Dir hiermit die Tür zum Großen Wagen auf.

[Lisa]: Was denn für eine Störung? Warum warst Du plötzlich so schnell weg?

[Tom]: Nicht wichtig. Datenschutz. Lass uns einsteigen, bevor der Wagen ohne uns abfährt.

[Lisa]: Ich nehme Platz – auf dem Fahrersitz, obwohl ich sonst nie zu fremden Männern ins Auto steigen würde. Pass auf, dass Du Dich nicht an der Klinge meines Schwertes verletzt.

[Tom]: Sehr mutig. Möge es Ihnen nicht zum Verhängnis werden, mit einem fremden Mann wie mir durch den Nachthimmel zu cruisen. Ich habe mir Schutzhandschuhe gestrickt und hoffe, dass ich mir an der Schwertspitze keinen Faden ziehe.

[Lisa]: Dann will ich mal versuchen, Ihnen mein Vertrauen zu schenken.

[Tom]: Ich freue mich und weiß das sehr zu schätzen. Wobei ich ja wohl mehr Vertrauen aufbringen muss. Wer steigt schon zu einer unbekannten Schwertfuchtlerin in den Wagen und lässt sie sogar noch ans Steuer!

Wenn Du fährst, kann ich ja nebenbei ein Paar Socken stricken. Ich schalte jetzt meinen Computer aus, dann können wir den Ausflug so richtig genießen. Von elektrischen Geräten sollte man sich während der Fahr nicht ablenken lassen, sonst kassierst Du noch ein Knöllchen.

Rechner aus? Wie sollen wir uns denn dann unterhalten?

[Lisa]: Wir schreiben nicht mehr? Wie wollen wir uns dann verständigen?

[Tom]: Wir genießen jetzt die Aussicht. Wenn wir nebenbei schreiben, dann können wir uns nicht von diesem wunderschönen Nachthimmel verzaubern lassen. Außerdem solltest Du beim Fahren immer auf die Straße achten, sonst bauen wir auf der Milchstraße noch einen Unfall. Pass auf die Sternschnuppen auf! Wir hören morgen voneinander. Ich melde mich zum Frühstück.

[Lisa]: Woher weiß ich denn, wann Du ins Bett gehst? Wann Du nicht mehr da bist?

[Tom]: Wenn ich nicht mehr neben Dir sitze und die Stricknadeln nicht mehr klappern.

Ich ziehe die Augenbrauen zusammen.

„Ich fasse es ja nicht. Stundenlang warte ich, um jetzt hier alleine vor dem Fenster herumzuhocken", murre ich schmollend. Dann trudelt plötzlich eine weitere Nachricht von Tom ein.

[Tom]:
Wenn ein Stern vom Himmel fällt,
wie viele wünschen sich dann Geld?
Dabei ist das Wichtigste im Leben,
wonach wir alle streben,
nämlich nicht mal eben,
von Geld gegeben.
Auch leiten lassen von Aussehen, Alter, Hautfarbe und Geschlecht,
sich irgendwann doch als Verräter des Herzens rächt.
Nur die wahre Liebe erfährt,
wer allein auf die Stimme seines Herzens hört.
Wenn dir eine Sternschnuppe entgegenlacht,
wähle also dein Anliegen mit Bedacht.
Mein Wunsch riesengroß – erhört zu werden winzig klein,
von Herzen mögen Deine Chancen größer sein.

Fast gleichzeitig wechselt sein Account in den Abwesenheitsmodus und ich bleibe ergriffen zurück. Was ist schon der wunderschönste Nachthimmel, wenn man solche Zeilen geschrieben bekommt? Mein Blick ruht auf seinem Gedicht und ich spüre, wie meine Zuneigung zu ihm wächst. Jeder dritte Herzschlag gehört bereits ihm. Tief durchatmend halte ich inne und schaue schließlich gen Himmel, an dem seine Zeilen weiter wie Sternschnuppen ihre Bahnen ziehen.

Irgendwann robbe ich in eine bequemere Position und wickele mich in die Decke ein.

Viele Sterne. Der eine ist besonders groß und blinkt … ist das ein Stern? Oder das Licht eines Flugzeugs? … Wo ist denn der Große Wagen … Wie der Mann, der so wundervolle Zeilen schreibt, wohl aussieht …

Die Sterne funkeln und glitzern am Firmament. Rote Punkte eines Flugzeugs blinken in der Dunkelheit. Nebenbei rauscht von unten leise die Straße. *Jetzt, genau in diesem Moment, sieht er das, was ich sehe. Vermutlich liegt auch er jetzt irgendwo und schaut zum Himmel. Ob er attraktiv ist? Muskulös? Wenn er Sport treibt, bestimmt. Schade, dass ich kein Foto von ihm habe. Er hat gesagt, dass wir uns nie sehen werden …*

Ob er das wirklich ernst meint oder mich nur auf die Probe stellen will? Warum können wir uns nie sehen? Dieser Mann ist ein Rätsel. Ein verlockend humorvolles und poetisches Rätsel.

Die Zeit vergeht. Meine Lider werden immer schwerer, bis ich zu fortgeschrittener Stunde übermüdet und entkräftet blinzelnd in den Schlaf hinübergleite. Mitten in der Nacht werde ich wach und mir tut der Rücken weh. Benommen räkele ich mich, stehe auf und wanke, das Bettzeug hinter mir her schleifend, schlaftrunken ins Bett.

Sonntag

Mit einem tiefschwarzen Kaffee in der Hand stehe ich jetzt wieder an demselben Fenster. 9 Uhr 24.

Die Sterne sind weg aber für Sonntag sind viele Autos unterwegs. Ich gehe zurück zum Tisch und setze mich. Aus einer Plastiktüte greife ich mir eine Scheibe Brot, bestreiche sie mit Butter und Marmelade und beiße müde hinein. Ich fühle mich nicht wirklich ausgeschlafen und erholt. Der Laptop steht neben meinem Teller. Ich klappe ihn auf und öffne im Internet die Dating-Plattform. *Er hat schon geschrieben! Um 6.30 Uhr!* Die Aufregung verscheucht schlagartig die Müdigkeit.

[**Tom**]**:** Guten Morgen, liebe Lisa! Wie hat Dir die kleine Ausfahrt durch den Nachthimmel gefallen? Ich fand es traumhaft. So schön und klar funkeln die Sterne nicht jede Nacht. Dein Fahrstil ist auch okay. Mir ist immerhin nicht übel geworden.

Hast Du anschließend gut geschlafen?

[**Lisa**]**:** Guten Morgen, Du Komiker! Schön, dass wenigstens einer von uns etwas von der Gegenwart des anderen gemerkt hat. Ich habe mich etwas einsam gefühlt. Aber der Himmel war wirklich traumhaft schön. Irgendwann bin ich trotzdem auf dem

Fußboden eingeschlafen und dann mitten in der Nacht ins Bett getorkelt. Mein Rücken tut heute noch weh. Gerade frühstücke ich. Und Du?

[Tom]: Etwas zynisch, was? Bist Du ein Morgenmuffel? Ich habe schon gefrühstückt.

[Lisa]: Ich fühle mich wie nach einer durchzechten Nacht. Warum stehst Du am Wochenende so früh auf? – Siehe 6.30 Uhr. Schläfst Du nie aus?

[Tom]: Ich schlafe selten lange am Stück. Bei mir sieht jeder Tagesablauf ähnlich aus.

[Lisa]: Wieso? Warum erzählst Du nichts von Dir? Warum lernen wir uns nie persönlich kennen? Du hast gesagt, Du darfst nie wieder raus aus dem ′Knast′, wie Du es nennst. Ich verstehe das alles nicht. Warum machst Du so ein Geheimnis um Deine Person?

[Tom]: Findest Du es nicht spannend?

[Lisa]: Willst Du denn für immer alleine bleiben? Oder hast Du nur Angst, dass Du nach Deiner letzten Beziehung wieder verletzt werden könntest?

[Tom]: Angst hat doch jeder vor irgendetwas, oder? Außerdem hat man auf gewisse Dinge keinen Einfluss.

Seufzend lehne ich mich zurück. *Wenn ich ihm mehr Zeit gebe*

… wer weiß. Vielleicht öffnet er sich und ändert seine Einstellung, wenn er mich besser kennt.

[Lisa]: Wenn wir uns ohnehin nie sehen werden, Tom, dann kannst Du doch auch die Wahrheit sagen. Ich würde so gerne mehr über Dich erfahren. Ich möchte den Menschen kennenlernen, der sich hinter diesem Chat versteckt.

[Tom]: Du bist echt neugierig!

[Lisa]: Meinst Du das ernst und wörtlich, dass wir uns nie persönlich kennenlernen werden? Oder eher im übertragenen Sinne? Siehe Deine Definition von Knast.

[Tom]: Ich habe es mir nicht ausgesucht, Lisa. Es geht nicht. Und weil ich mir bewusst bin, dass ich einer Frau nie etwas bieten kann, werde ich Dich auch nicht an mich binden. Du kannst jederzeit den Kontakt ab- oder unterbrechen. Ich würde es verstehen. Ich habe mir vorgenommen, wenn ich schon diese Seite in Anspruch nehme, werde ich von Anfang an fair sein und sagen, was man von mir erwarten kann, und was nicht.

[Lisa]: Du bist seltsam. Ich werde aus Dir nicht schlau.

[Tom]: Eine nette und harmlose Umschreibung für einen so verrückten Typen wie mich.

[Lisa]: Ist Dein Geheimnis so schrecklich, dass Du Dich dafür schämst? Oder bist Du adeliger Abstammung und hast Angst, ich habe es nur auf Deinen Titel abgesehen? – Keine Sorge, ich habe schon als Kind nie Prinzessin spielen und ein Krönchen tragen wollen.

[Tom]: Davon bin ich ausgegangen, bei einem Teenager, der sich die Haare blau einfärbt, grins.

Ich kann Dir nicht mehr zu mir sagen, außer dass ich kein Prinz bin. Tut mir leid.

Hast Du Mehl, Eier, Backpulver, Obst und etwas Zucker im Haus?

Ich lehne mich seufzend zurück und greife mit gespreizten Fingern in meine Haare.

Der schafft mich. Soll ich jetzt backen? Für mich alleine die ganze Küche auf den Kopf stellen? Er kommt doch sowieso nicht zum Kuchenessen vorbei. Ich überlege, was ich antworten könnte und ein genialer Einfall lässt mich schmunzeln.

[Lisa]: Angenommen, ich gehe auf Deinen Vorschlag ein und backe – würdest Du mir im Gegenzug dann ein Foto von Dir schicken? Damit ich wenigstens sehen kann, welcher außergewöhnliche Lyriker diese wundervollen Verse verfasst?

[Tom]: Was sollte es bringen, wenn Du weißt, wie ich aussehe? Wir werden nur miteinander schreiben und uns niemals persönlich gegenüberstehen. Ich finde es besser, wenn man sich nicht von Äußerlichkeiten beeinflussen lässt. Das mag bei einer richtigen Partnerschaft zwar durchaus eine Rolle spielen, aber in unserem Fall wohl eher nicht. Wir chatten doch nur. Ich brauche kein Foto von Dir, um Dich nett zu finden. Es ist mir egal, wie Du aussiehst. Ich mag Dich als den Menschen, der Du bist.

Es ist ihm egal, wie ich aussehe? Welchem Mann wäre das egal? Ist er denn kein bisschen neugierig? Ob er das wirklich so meint wie er es schreibt? …

Ob er tatsächlich irgendwo eingesperrt ist? Oder einfach nur …

er könnte *einen Unfall gehabt haben und entstellt sein,* fällt mir plötzlich ein. *Vielleicht will er deshalb kein Foto von sich schicken. Wäre es mir egal, wie er aussieht? …*

Es wäre mir egal, denke ich und versuche eindringlich, mich selbst davon zu überzeugen, dass für mich das Aussehen in diesem besonderen Fall überhaupt keine Rolle spielt.

[Lisa]: Vielleicht lernen wir uns ja doch irgendwann persönlich kennen. Oder bist Du ein Wahrsager? Hast Du Fähigkeiten, die andere nicht haben? Verdienst Du damit Dein Geld? Kartenlegen? Hokuspokus?

Im Übrigen ist mir das Aussehen auch nicht wichtig, aber ich könnte mir Dich besser vorstellen, wenn wir chatten, und das fände ich schön.

Ich warte gespannt auf seine Antwort und entwickle einen gewissen Ehrgeiz, hinter sein Geheimnis zu kommen. Allerdings hege ich den Verdacht, dass auch etwas Unschönes dahinterstecken könnte. Will ich es dann wirklich wissen?

[Tom]: Was unser Kennenlernen betrifft, weiß ich in der Tat vielleicht mehr als andere – vor allem als Du. Wenn es für Dich okay wäre, würde ich Dich auch gerne darum bitten, nicht andauernd darauf herumzureiten. Mein Privatleben soll auch privat bleiben. Darauf lege ich großen Wert. Reicht es Dir nicht, ab und an hin- und herzuschreiben?

[Lisa]: Wüsstest Du nicht gerne, mit wem Du es zu tun hast? Bist Du überhaupt nicht neugierig auf mich?

[Tom]: Ich würde sehr gerne mehr von Dir wissen aber ich habe auch Angst vor Deinem Bild. Ich möchte nicht, dass Du mir mit etwas entgegenkommst, das ich meinerseits nicht erwidern kann bzw. möchte. Ich will fair bleiben.

[Lisa]: Wieso? Hast Du Angst, dass ich unansehnlich bin? Oder dass Du mir nicht gefallen könntest?

[Tom]: Nein – schmunzel. Du bist bestimmt richtig hübsch. Als 'hässlich' würde ich mich auch nicht bezeichnen, obwohl ja vieles Geschmacksacke ist.

[Lisa]: Was ist es dann? Warum hast Du Angst vor einem Bildertausch?

Toms Antwort dauert. Ungeduldig hämmere ich mit den Fingern auf die Tischplatte, warte, und warte …

[Tom]: Ich habe Angst davor, Dich auch auf dem Foto nett zu finden. Das würde die Sache komplizierter machen als nötig.

[Lisa]: Muss ich das verstehen?

[Tom]: Mir ist eine gewisse Distanz sehr wichtig. Ohne Foto fällt es mir leichter, diese einzuhalten.

[Lisa]: Irgendwie dachte ich, dass ICH Ausreden erfinden muss, um Dir erst einmal kein Foto von mir zu schicken. Jetzt ist es umgekehrt. Verrückt. Du bist nicht normal.

[Tom]: Lach. Ehrlich bist Du ja. Ich kann Dich echt gut leiden, weißt Du das? Es ist schön, mit Dir zu chatten, locker und unkompliziert. So würde ich es gerne beibehalten. Du bist eine tolle Frau, Lisa.

Schon hat er es wieder geschafft. Ich fühle mich geschmeichelt. Dieser Mann gefällt mir, zumindest das, was er schreibt. Seine charmante und geheimnisvolle Art ist magisch anziehend. Er verkörpert für mich bis jetzt die perfekte Mischung aus Humor, tiefgründigem Gedankenaustausch und leicht frechem Macho. Zusammen entsteht für mich ein Charakter, den mein Herz schon längst unter der Kategorie charismatisch verbucht hat. Es ist mir tatsächlich fast egal, wie er aussieht – obwohl ich tierisch neugierig bin. Das muss ich mir selbst eingestehen. Inzwischen bin ich so weit, dass ich unbedingt mehr über ihn erfahren will. Ich muss! Ich muss wissen, wer hinter diesem Profil steckt!

[Lisa]: Ich finde es auch schön, mit Dir zu schreiben. Hast Du eigentlich gerade noch mit weiteren Frauen Kontakt?

[Tom]: Nein.

Hmmm. Ob er die Wahrheit sagt?

[Lisa]: Wirklich nicht? Sonst schreibst Du mit keiner Frau?

[Tom]: Wundert Dich das so sehr bei einem Mann im Knast? Das kann ich Dir aber wieder nicht beweisen, wenn Du das einfordern solltest.

Was ist mit Dir? Hast Du inzwischen noch jemand anderen angeschrieben? Triffst Du Dich mit jemandem?

[Lisa]: Bisher nicht

antworte ich und kann seine Reaktion darauf kaum erwarten. Meine Herzschläge werden kräftiger und legen an Tempo zu.

[Tom]: Das solltest Du aber. Du darfst nicht nur mit mir Deine Zeit verplempern. Das ist ganz wichtig.

„WAS?“ Ich muss seine Worte noch einmal lesen – und schlucke. Das ist definitiv nicht die Antwort, die ich mir gewünscht hätte. *Er hat wirklich kein Interesse an mir als Frau, sonst würde er mich doch nicht dazu auffordern, mich mit anderen Männern zu treffen! Geht's noch?* Die Enttäuschung bleibt mir in der Kehle stecken und scheint sich dort häuslich niederzulassen.

Die Hoffnung, dass er nur aus Angst vor einer Enttäuschung den Abstand wahren möchte, beginnt zu schwinden. Dieses Gefühl ist alles andere als schön und schmeichelhaft.

[Lisa]: Ich soll mich mit anderen Männern treffen? Fremde Typen daten? Das wäre Dir vollkommen egal? Gleichgültig?

[Tom]: War es nicht Deine Absicht, hier auf dieser Plattform den Mann fürs Leben kennenzulernen?

Ich sitze in der Falle. Meine nächste Antwort muss ich genau überdenken. Andererseits zweifle ich weiterhin an der Aufrichtigkeit seiner Aussage. Es muss einen triftigen Grund für sein Verhalten geben. *Er würde mir doch niemals so romantische Zeilen schicken, wenn ich ihm völlig gleichgültig wäre! So aussichtslos wie er tut, kann es doch gar nicht sein!*

[Lisa]: Einen Mann wie Dich habe ich bisher noch niemals kennengelernt. Irgendwie hatte ich gehofft, dass Du Deine Meinung möglicherweise änderst, wenn Du mich besser kennst.

[Tom]: Du bist eine wundervolle Frau, Lisa, aber ich bin nicht der, der Dich glücklich machen kann. Niemals könnte ich Dir das bieten, was Du Dir erträumst und verdient hast. Wir können uns schreiben, als Freunde, und mehr habe ich auch nie versprochen. Wenn Dir das zu wenig ist, tut es mir leid. Mehr geht von mir aus nicht.

Die Enttäuschung scheint die Schleimhaut meiner Kehle mit Schmirgelpapier zu bearbeiten. Ich schlucke traurig. *Er will, aber er kann nicht! Das spüre ich doch! Er ist verzweifelt! Ich werde ihm mehr Zeit geben,* denke ich und zwinge den letzten Funken Optimismus zum Bleiben.

[Lisa]: Verstanden. Das war lediglich meine Neugier, die da vorgeprescht ist. Ein typisch weiblicher Gendefekt.

[Tom]: Grins. Das sollte auch meinerseits keine ´Abfuhr´ sein. Mit Dir zu schreiben ist so schön und ich mag Dich sehr. Wären die Umstände anders, würde ich Dir einen Maibaum aufstellen. Ich fände es auch sehr schade, Dich als Schreibfreundin zu verlieren.

Ein zaghaftes aber auch wehmütiges Schmunzeln huscht über meine Lippen. Der Begriff ´Schreibfreundin´ kratzt durchaus an meinem Ego. Gleichzeitig lese ich aber für mich aus diesen Zeilen heraus, dass die Lage nicht komplett aussichtslos ist. Zugegeben, das spornt mich an und weckt meinen Entdeckerehrgeiz. So schnell werde ich jedenfalls nicht das Spielfeld räumen. Dafür ist dieser Tom viel zu interessant!

[Lisa]: Und, was treibt mein poetischer ´Schreibfreund´ heute noch Spannendes?

[Tom]: Das Spannendste in meinem Leben ist gerade der Schriftwechsel mit Dir. Aber vielleicht stricke ich Dir nachher noch einen Pulswärmer. Damit Dir im Winter beim Schwertfuchteln nicht kalt wird.

Was hast Du noch vor? Das Wetter ist ja schön. Gehst Du noch raus? Triffst Du Dich mit Freunden?

[Lisa]: Ich denke auch, dass Du in Deine Schlüpferkollektion etwas Abwechslung bringen solltest.

Eventuell treffe ich mich noch mit Vivian. Sie ist eine meiner besten Freundinnen. Sie wollte sich am Vormittag melden.

[Tom]: Was wollt Ihr zwei Hübschen machen? Schon Pläne?

[Lisa]: Keine Ahnung. Hast Du eine Idee?

[Tom]: Gibt es bei Euch einen See in der Nähe, auf dem man Boot fahren kann? Ein Tretboot mieten oder so? Das bietet sich bei dem herrlichen Sommerwetter doch an.

[Lisa]: Boot fahren?

[Tom]: Ja. Wieso nicht? Ein bisschen über das Wasser schippern, ein kleines Picknick mitnehmen. Ihr könntet Euch einen Korb packen, mit Sekt, Kuchen oder was auch immer.

[Lisa]: Macht man so etwas nicht eher mit seinem Partner?

[Tom]: Für mich zählt so etwas zum intensiven und puren Leben. Sogar alleine kann man es sich schön machen. Dafür braucht man gar niemanden.

Können Männer wirklich so romantisch sein? Der Typ ist zu

perfekt! ... Was, wenn er gar kein Mann ist? Vielleicht ist er eine Frau! Oder er hat eine Geschlechtsumwandlung hinter sich ...

[Lisa]: Kannst Du mir eine ehrliche Antwort geben?

[Tom]: Auf was?

[Lisa]: Bist Du ein Mann?

[Tom]: Wie meinst Du das denn? Klingt Tom zu weiblich?

[Lisa]: Nein, aber bist Du durch und durch ein Mann und auch schon immer einer gewesen? Du musst bei mir keine Hemmungen oder Angst haben, so etwas zu sagen! Ich hätte damit überhaupt keine Probleme!

[Tom]: An Deinen Humor könnte ich mich gewöhnen. Wie kommst Du nur auf solche Ideen? Aber – ja, ich bin ein Mann, durch und durch, von oben bis unten, von innen und außen und auch schon immer gewesen. Trotzdem verstehe ich die Frage nicht.

[Lisa]: Wie kommt es, dass Du so romantisch denkst wie eine Frau? Mit Dir stimmt doch etwas nicht! Schläfst Du in rosa Bettwäsche mit Herzchen?

[Tom]: Hahahha. Ich sehe das mal als Kompliment an. Vielleicht bin ich ein Frauenversteher. Meine Bettwäsche ist übrigens reinweiß mit zartem, hellgrauem Streifenmuster ohne jeden Häkelschnickschnack. Wieso denkt ihr Frauen eigentlich immer, wir Männer seien nicht romantisch? Ist das unmännlich?

[Lisa]: Bisher finde ich Dich einfach zu perfekt – zu schön um wahr zu sein. Dann das mit dem Knast. Das passt für mich nicht zusammen. Du schreibst dafür zu nett.

[Tom]: Gibt es ′zu nett′? Außerdem habe ich doch mehrfach gesagt, dass ich kein Verbrecher bin!

[Lisa]: Ich bleibe einfach vorsichtig und bei Deiner Geschichte … Du kannst es aber auch gerne aufklären. Dann verstehe ich Dich vielleicht besser.

[Tom]: Bleib einfach vorsichtig. Damit kann ich umgehen.

Zurück zu Vivian und Dir. Wann weißt Du, ob Ihr Euch trefft?

Ich komme schon noch hinter Dein Geheimnis!, denke ich und gleichzeitig klingelt mein Telefon. Vivians Nummer erscheint.

„Hi Vivian! Eine Sekunde! Muss gerade einen Satz zu Ende schreiben!", sage ich.

[Lisa]: Sie ruft gerade an. Melde mich später wieder. Kannst Dir ja zwischenzeitlich ein Schaumbad mit Rosenblättern einlassen, italienische Schlager anstellen, Kerzenschein und Champagner.

„So, da bin ich", seufze ich laut in den Hörer.

„Alles klar bei Dir?"

„Wenn ich Dir das erzähle, Vivian. Ich bin mal wieder dabei, mich total zu verzetteln. Hast Du heute Nachmittag Zeit?"

„Deshalb rufe ich an. Um 18 Uhr treffen Nils und ich uns mit seiner Schwester und ihrem neuen Freund. Aber bis dann hätte ich Luft."

„Cool." Ich zögere kurz. „Sollen wir uns am Baggersee treffen? Ne Runde Boot fahren?"

„Boot fahren? Wie kommst Du denn darauf? Das haben wir doch noch nie gemacht", hakt Vivian argwöhnisch nach.

„Ist doch egal. Ich bringe was zu Futtern mit, okay? Treffen wir uns auf dem Parkplatz?", frage ich.

„Meinetwegen. Du klingst seltsam, Lisa. Ist irgendwas?"

„Nein. … Nichts Besonderes. Erzähle ich Dir nachher, okay? Zwei Uhr?"

„Abgemacht. Dann bis zwei!"

Baggersee. Grinsend über mich selbst schüttele ich den Kopf. *Mal sehen, was Vivian zu dem Typen sagt. Vielleicht kann sie mir einen Rat geben oder hat eine Idee.*

[Tom]: Ich muss mir erst noch frische Rosenblätter und Champagner besorgen. Und? Hat Vivian Zeit?

[Lisa]: Wir treffen uns nachher am Baggersee.

[Tom]: Eier, Milch, Mehl, Obst im Haus?

Ich verdrehe die Augen.

[Lisa]: Du gibst nicht auf, oder? Erwartest Du jetzt von mir, dass ich ´ne Obsttorte backe?

[Tom]: Zutaten für Pfannkuchen.

[Lisa]: Wenn es nach Dir geht, stehe ich am Herd und versaue mir die Küche anstatt zum Baggersee zu fahren!

[Tom]: Ganz im Gegenteil! Ich sorge dafür, dass Du ein leckeres Picknick mit zum Baggersee nimmst.

[Lisa]: Wenn ich Pfannkuchen ausbacke, verbringe ich doch den ganzen Nachmittag am Herd!

[Tom]: Ach was. Die sind doch schnell gemacht!

[Lisa]: Sagst Du!

[Tom]: Ich leite Dich an! Los geht´s!

Jetzt wird er aber etwas aufdringlich.

[Lisa]: Bist Du es gewohnt, anderen Vorschriften zu machen?

[Tom]: Du kannst ja sogar giftig sein! Olala! Aber natürlich wollte ich Dir keine Befehle erteilen. Tut mir leid, wenn das so rübergekommen ist. Entschuldige bitte. Ich wünsche Dir einen schönen Nachmittag! Viel Spaß mit Vivian und grüße sie unbekannterweise! Ich werde mich ab sofort zurückhalten und mein Benehmen überdenken.

„Tsss!", mache ich grinsend und sehe, wie sein Profil in den Abwesenheitsmodus geht. „Wieso sollte ich mich jetzt an den Herd stellen und Pfannkuchen backen? … Ich könnte mir stattdessen die Nägel neu lackieren, die Haare eindrehen oder sonst etwas Sinnvolles machen." Ich überlege. Aber mir fällt nichts ein. Meine Nägel sehen auch noch okay aus wie ein Kontrollblick bestätigt. Dafür gehen mir die Pfannkuchen nicht aus dem Kopf.

Ich ziehe den Kühlschrank auf. *Eier, Milch, Butter … Habe ich überhaupt Mehl da? Zucker habe ich schon ewig nicht mehr gebraucht.* Ich wühle unten und ganz hinten im Küchenschrank, wo tatsächlich zwei angebrochene Pakete stehen.

Ich gehe zurück zum Laptop. Sein Profil bleibt rot. Noch habe ich zwei Stunden Zeit, bis ich mich mit Vivian treffe. Ich schlurfe zur kleinen Vorratskammer und schalte das Licht an. Dann greife ich zu dem Einkaufskorb, stelle eine kleine Flasche Sekt kalt, nehme eine Packung Servietten und gehe damit zurück in die Küche. Nachdem ich mir plötzlich voller Ehrgeiz im Internet ein Rezept herausgesucht habe, zischelt in der Pfanne bereits kurz darauf der erste Pfannkuchen. Zufrieden summend packe ich Teller und Besteck ein und wasche die frischen Beeren. *Es sieht wie ein Picknick für einen Heiratsantrag aus. Jetzt noch eine weiße Tischdecke, eine dicke Stumpenkerze und ein paar Rosen. Tom wird´s ja dann wohl auch nicht werden.* Ich atme geräuschvoll durch und nehme das Wenden des Pfannkuchens in Angriff – was prompt schiefgeht. Meine Stimmung kippt beträchtlich.

„Bescheuerte Idee. Vergeudete Zeit! Mann!", fluche ich und versuche zu retten, was zu retten ist. Auch der zweite Versuch geht gehörig daneben, was ich am liebsten zum Anlass nehmen würde, alles samt Pfanne in den Müll zu pfeffern. Doch ich reiße mich zusammen. Tatsächlich kommen danach ein paar durchaus ansehnliche Exemplare heraus, die mich mit Stolz erfüllen.

Um kurz nach zwei winkt mir Vivian auf dem Parkplatz bereits entgegen.

„Hallo!", rufe ich und falle ihr nur eine Minute später in die Arme.

„Hallo, Liebes", sagt Vivian und erwidert meine Umarmung. „Was hast Du da im Korb? Wofür ist das? Triffst Du Dich später noch mit jemand anderem?"

„Das willst Du gar nicht wissen", lache ich. „Komm, da drüben ist noch ein Boot frei. Das schnappen wir uns. Dann erzähle ich Dir."

Vivian und ich laufen zum Steg. Dabei beobachtet sie mich unentwegt von der Seite, während ich noch darüber grübele, wie und wo ich anfange.

„Und? Was gibt´s jetzt?“, fragt Vivian neugierig.

„Gleich. Wenn wir draußen sind, erzähle ich es Dir“, sage ich schmunzelnd.

„Na, Du machst es ja spannend“, grinst Vivian verschmitzt.

Nachdem wir die Miete für eine Stunde bezahlt haben, wird uns das Tretboot übergeben. Damit schippern wir mitten auf den See hinaus, wo wir anhalten.

„Jetzt aber“, meint Vivian und wendet sich mir gespannt zu. „Komm schon! Du hast mich lange genug zappeln lassen!“

Ich nehme das Tuch vom Korb und gebe den Blick auf die leckeren Sachen frei. Ich weiß, dass das ihre Neugier nur noch mehr anfeuert. Vivian runzelt wie vorhergesehen skeptisch die Stirn.

„Sekt? Was gibt es zu feiern? Du hast doch noch keinen Geburtstag“, sagt sie überrascht. „Nein!“, stößt sie aus und ihre Augen werden riesig. „Du hast jemanden kennengelernt!“ Vivians Aufregung lässt das Boot schaukeln.

„Ahhh! Langsam! Sonst fallen wir noch ins Wasser!“, lache ich. „Außerdem gibt es absolut keinen Grund zum Jubeln. Es ist mal wieder eine totale Vollkatastrophe“, schnaufe ich.

„Den kleinen Sekt hast Du also mitgebracht, um auf die Vollkatastrophe anzustoßen?“, kichert Vivian.

„Nüchtern ist das nicht zu ertragen, glaub mir“, lache ich.

„So schlimm? Was habe ich in den paar Stunden denn verpasst?“

„Es ist schlimmer! Glaub mir!“, prophezeie ich und teile die winzige Flasche Sekt auf zwei Gläser auf.

„Na dann, auf Dich und Deine neue männliche Vollkatastrophe“, grient Vivian und lässt feierlich die Sektgläser klirren.

Ich erwidere ihr Lächeln halbherzig und nehme einen

Schluck. Dann atme ich tief durch und berichte endlich von seinen Gedichten, meinem Besuch auf dem Friedhof, von den Sternen, von den Pfannkuchen und einigen weiteren Inhalten aus unseren Chats. Dass er angeblich in einem 'Knast' sitzt, verschweige ich vorerst. Dass er mich aber wirklich nie persönlich kennenlernen will, muss ich noch einmal loswerden. Vivian hört hochaufmerksam zu. Nebenbei nippt sie an ihrem Sekt, ohne mich aus den Augen zu lassen.

„So, jetzt bist Du im Bilde", sage ich abschließend und proste ihr mit meinem Rest Prickelbrause zu. Ich leere das Glas in einem Zug.

Sie stößt einen langgezogenen Pfiff aus.

„Krass. Das ist wirklich richtig krass!"

„Wie schätzt Du ihn ein? Meinst Du, man kann ihm trauen?", frage ich, zücke mein Handy und lasse sie einen Blick auf seine Gedichte werfen.

Vivian ist sichtlich beeindruckt, zuckt aber mit den Schultern.

„Schwer zu sagen. Schon seltsam, wie er sich verhält. Meinst Du wirklich, der will Dich nie persönlich kennenlernen? Oder denkst Du, er will sich damit nur wichtigtun und Dich irgendwie locken oder so? Sich etwas interessanter machen?"

„Das habe ich auch schon vermutet. Es macht durchaus Lust auf mehr, dass er sich so geheimnisvoll verhält. Man fragt sich unweigerlich, was ihn zu so einem Verhalten bewegt und was für eine Person dahintersteckt."

„Sehe ich auch so. Selbst ich bin neugierig geworden. Der klingt echt süß."

„Aber warum will er, dass ich mich mit anderen Männern treffe oder andere Online-Dates wahrnehme? Ich verstehe das nicht, Vivian. Niemand, der mich nett findet, würde mich doch teilen wollen! Und das auch noch selbst vorschlagen! Aber dann ist er wieder so romantisch und schreibt so lieb."

„In der Tat, das passt nicht. Das ergibt keinen Sinn. Er treibt sich auf einer Dating-Plattform herum und will nur ein bisschen lapidares Geschreibsel." Vivian rutscht tiefer in den Sitz. Sie legt den Kopf in den Nacken, schließt die Augen und hält nachdenklich das Gesicht in die Sonne.

„Willst Du einen Pfannkuchen?", frage ich und beobachte sie bei ihrem Sonnenbad.

„Ja. Gerne", sagt sie, ohne aufzusehen.

„Überlegst Du?", frage ich, während ich die Pfannkuchen und die Beeren auspacke.

„Ja. Ich überlege, wie man mehr über ihn herausbekommen könnte. Hast Du seinen Namen mal im Internet recherchiert?"

„Nein. Aber er heißt TOM! Einen alltäglicheren Namen hätten sich seine Eltern wohl nicht aussuchen können. Was meinst Du, wie viele Toms es gibt, die Lehrer sind."

„Ist doch egal. Vielleicht landest Du durch Zufall einen Volltreffer." Vivian zückt ihr Handy. „Weißt Du, aus welcher Stadt er kommt?"

„Nein, ich habe nur einen Kilometerumkreis angegeben."

„Und? Wie viele Kilometer entfernt darf er wohnen?"

„60", nuschele ich. „Aber was soll uns diese Zahl bringen? Was hast Du jetzt vor?"

„Auch auf dem Wasser gibt es Internet", schnurrt Vivian und wühlt schon in der Tasche nach ihrem Handy. „So, wir suchen einen Tom und er ist Gymnasiallehrer …", murmelt Vivian vor sich hin und tippt gleichzeitig.

„Wer sagt uns, dass es *der* Tom ist, den wir dann finden", werfe ich ein.

„Keine Ahnung. Intuition, würde ich sagen."

„Ich glaube, das ist Zeitverschwendung. Wir kennen ja noch nicht einmal die Stadt."

„Immerhin gibt es jede Menge Fotos von Lehrern, die Tom

heißen. Schau mal." Vivian hält mir ihr Smartphone unter die Nase.

„Sag ich ja. Unmengen!"

Vivian scrollt die Fotos herunter und gibt immer wieder ihren Kommentar zu einzelnen Bildern ab.

„Der sieht nett aus. Was meinst Du?"

Ich verdrehe die Augen und setze ein schiefes Lächeln auf.

„Ja, der sieht auch nett aus. Aber was nützt mir das? Ich will doch wissen, wie der Typ aussieht, mit dem ich gerade chatte! Er kann kein normaler Lehrer sein! Überleg doch mal! Warum sollten wir uns sonst NIE kennenlernen! Vielleicht bin ich doch auf ein Fake-Profil reingefallen. Garantiert stimmt von dem, was er schreibt, gar nichts."

„Aber er schreibt mehr als kultiviert und ist romantisch!"

„Ja, verdammt! Das regt mich auch so auf!" Ich schiebe mir ein Stück Pfannkuchen in den Mund und beiße in eine Erdbeere. „Meinst Du, ich finde jemals einen Mann, der zu mir passt?", frage ich Vivian deprimiert.

„Klar. Aber, wenn Du Dich unter Druck setzt, klappt es bestimmt nicht. Gib der Sache etwas Zeit, Lisa."

„Zeit", sage ich abfällig. „Sehr lustig. Ich bin ja erst Anfang zwanzig und alle anderen in meinem Freundeskreis sind ja auch noch Single", tönt die Ironie aus meiner Stimme.

„Ach Süße. Man kann doch nichts erzwingen. Tom ist der erste Typ, mit dem Du überhaupt chattest! Vielleicht ist er auch ein richtiger Nerd. Oder einer, der bislang immer Pech mit Frauen hatte und die Hoffnung deshalb schon aufgegeben hat."

Mit hängenden Mundwinkeln schnaufe ich geräuschvoll.

„Auf jeden Fall würde ein richtiger Freak zu meinem Glück passen."

„Aber eines muss man ihm lassen – er hat Dich an den Herd bekommen, und es schmeckt sogar", schmatzt Vivian mit vollem

Mund. „Erzählst Du ihm von unserem Treffen und Deinen Pfannkuchen?“, nuschelt sie kauend.

„Weiß ich noch nicht.“ Ich hebe die Schultern. „Vielleicht gibt er mehr von sich preis, wenn ich mich etwas rarmache. Dann müsste er sich mehr Mühe geben, sich mehr ins Zeug legen, um mit mir in Kontakt zu bleiben.“

„So wie ich ihn einschätze, zieht er sich dann eher zurück. Nach allem, was er bisher geschrieben hat, wird er nicht aufdringlich sein oder werden, glaube ich. Er würde Dich wohl eher ganz schnell in Ruhe lassen, wenn er merkt, dass Du nichts mehr von ihm wissen willst“, mutmaßt Vivian. Ich muss nicht lange darüber nachdenken, um zu der gleichen Einschätzung zu gelangen.

„Ist so, oder?“, sage ich etwas geknickt.

„Ich denke schon. Wie wichtig ist er Dir? Könntest Du Dir vorstellen, Dich in einen richtig, richtig, krassen Nerd verlieben zu können? In einen Typen mit einem von seiner Mama gestrickten Pullunder, der eigentlich nur in seinen Computer verliebt ist?“

„Wir haben zwar nur ein paarmal hin- und hergeschrieben, Vivian, aber so wie er schreibt, hat er unglaublich viel Herz und ist sehr einfühlsam. Woher willst Du außerdem wissen, dass er ein Nerd ist? Selbst wenn, wer sagt, dass er deshalb nicht trotzdem ein ganz toller Mann sein kann? Außerdem muss seine Mama nicht stricken, hast Du die Schlüpfer schon vergessen?“

Vivian kichert.

„Aber es wäre doch möglich! Vielleicht strickt er tatsächlich solche Designerunterhöschen und das ist gar kein Scherz!“

„Du wirst albern, Vivian. Das mit dem Stricken war doch nur ein Witz von ihm. Ich bin mir sicher, er ahnt auch schon längst, dass mein Schwertkampf nur geschwindelt war. Vorerst, zumindest.“

„Was sagt Dein Bauchgefühl bei Tom?“

Ich fülle meine Lunge mit Luft und lasse sie dann langsam

kontrolliert wieder ausströmen.

„Dass ich schon wieder in ein desaströses Liebeschaos stolpere, aus dem ich mit fünf Kilos mehr und Tränensäcken von der Heulerei mit Eurer Hilfe ächzend wieder herausgehievt werden muss. Dann stehe ich wieder bei null. Zurück auf Los, wie bei Monopoly."

„Vielleicht sollte ich Dir doch noch einmal einen Freund suchen. Ich kenne noch ein paar wirklich attraktive Singles! Die tragen garantiert keine gestrickten Schlüpfer." Vivian zwinkert mir zu.

Ich muss unweigerlich schmunzeln.

„Vergiss es! Das ist schon mehr als einmal schiefgegangen. Oh Vivian, ich glaube, liebestechnisch bekomme ich mein Leben nie auf die Reihe. Ich bin ein hoffnungsloser Fall. Ich werde als einzige im Freundeskreis für immer alleine bleiben", sage ich gefrustet.

Sie knufft mich liebevoll in den Oberarm und steckt sich drei Heidelbeeren in den Mund.

„Du bist kein hoffnungsloser Fall, Lisa. Es war einfach noch nicht der Richtige dabei. Aber auch Du findest ihn früher oder später. So lange kannst Du ja mit dem Nerd im gestrickten Schlüpfer übers Internet flirten."

„Ich finde ihn wohl eher später. Für meine Bedürfnisse bin ich jetzt schon zu spät dran! Ich hatte mir mein Leben wirklich anders vorgestellt. Echt schade, das mit Tom. Er hätte es wirklich sein können, Vivian! Er ist so besonders, so anders! Ich habe das Gefühl, wir sind total auf einer Wellenlänge!"

„Halt weiterhin die Augen auf und versteif Dich nicht zu sehr auf diesen Typen aus dem Netz. Irgendetwas stimmt mit Tom nicht. Das sagt er schließlich sogar selbst."

„Na toll. Dabei war das mit dem Internet Deine Idee!"

„An der Grundidee halte ich auch weiterhin fest. Kontaktiere gelegentlich die anderen Kandidaten, oder sieh Dir zumindest mal ihre Profile an“, meint Vivian.

„Das hatte ich ohnehin vor“, seufze ich und blinzele geblendet in die Sonne.

Wieder zu Hause räume ich meine Sachen weg und überdenke dabei das Gespräch mit Vivian. Ständig schiele ich dabei zu meinem Laptop, der mich zu verhöhnen scheint. Dann gebe ich meinen Widerstand auf, klappe geradezu gierig das Gerät auf und logge mich ein. Es schadet ja nichts, zu gucken, ob Tom online ist. Aber sein Profil ist rot. Enttäuschung lässt mein Herz wieder zu einem langsameren Takt zurückkehren.

Ich lese mir daraufhin mit mäßiger Motivation die anderen Bewerberprofile durch, denen ich bisher keine Aufmerksamkeit geschenkt habe. Einer hat mir sogar geschrieben und möchte mit mir Kontakt aufnehmen. Er heißt Elias. Blonde Haare, 1,79 m groß und von Beruf Garten- und Landschaftsbauer, lese ich und überfliege seine Profildaten.

„Garten- und Landschaftsbauer. Da haben wir schon eine große Gemeinsamkeit.“ Ich schaue zu meinem Kaktus, der einzigen Pflanze in meiner Wohnung. Er ist bereits braun, aber weil ich ihn von Vivian geschenkt bekommen habe, ist er noch nicht im Müll gelandet. Wenngleich eine Wiedergeburt eindeutig aussichtslos erscheint. Ich klicke Elias dennoch an. Meine Augen weiten sich – vor Entsetzen.

[Elias]: Hallo Traumfrau! Ich bin der Prinz, auf den Du Dein Leben lang gewartet hast! Lust zu chatten?

Dem mangelt es definitiv nicht an Selbstbewusstsein. *Du bekommst maximal eine Chance, Du Sprücheklopfer und* Möchte-

gern-Romeo! Ich tippe in die Tastatur:

[Lisa]: Hallo! Ich bin Lisa. Was treibt Dich auf diese Plattform?

[Elias]: Das Auffinden hübscher und sinnlicher Pflänzchen und hoffentlich mehr.

Ohhh Gott! In Gedanken ziehe ich die beiden Wörter in die Länge wie Kaugummi.

Ich wusste es. Ich massiere meine Stirn und blicke dabei auf den Bildschirm. Aber eine letzte Chance werde ich ihm noch geben.

[Lisa]: Hast Du schon Erfolge zu verzeichnen und jemanden kennengelernt? – Außer mir?

[Elias]: Ja, aber meine Traumfrau war bisher nicht dabei. Schickst Du mir ein Foto von Dir?

Träum´ weiter! Ich fahre mir durch die Haare.

[Lisa]: Nein, ich möchte erst einmal kein Foto schicken. Ich glaube auch nicht, dass wir zusammenpassen. Tut mir leid. Viel Glück weiterhin. Ciao!

[Elias]: Halt! Wieso nicht? Was ist mit Liebe auf den ersten Blick, Du süßes Geschöpf?

Puh. Ich atme tief durch.

[Lisa]: Woher willst Du wissen, dass ich ´süß´ bin, wenn Du bisher gar kein Foto von mir gesehen hast?

Ich möchte Dich nicht verletzen, aber aus uns wird nichts.

[Elias]: Schick mir doch trotzdem ein Foto von Dir! Ich schalte meines für Dich frei. Ist von letzter Woche.

Ich schnappe nach Luft und starre auf das selbstverliebte, leichtbekleidete Grinsefoto. Sein Körper, der nur von einem winzigen Slip bedeckt wird, ist mit Selbstbräuner überzogen, der garantiert bis in die letzte Körperritze aufgetragen wurde. Sorgfältiger könnte auch kein Meisterkonditor seinen Schokoladenkuchen überziehen. Ich kann es immer noch nicht fassen. Allerdings ist es nicht das Bild, das mich so schockt, sondern die Kombination aus dem Bild und seinen Nachrichten. Das setzt wirklich allem die Krone auf.

[Elias]: Na Traumfrau? Geflasht?

So, jetzt reicht es!

[Lisa]: Bin leider nicht geflasht. Adios!

Sofort sperre ich hastig sein Profil. Eigentlich fällt es mir wahnsinnig schwer, so direkt zu sein und jemandem eine Abfuhr zu erteilen, aber DER geht gar nicht. *Lieber sterbe ich als Single! Selbst wenn er der letzte Mann auf Erden wäre!*

Als ich kurz davor bin, mich auszuloggen, blinkt auf einmal Toms Profil grün auf. Ich bin sofort wie elektrisiert, als ich sehe, dass er mir schreibt. Es ist unfassbar, aber ich freue mich darüber wie ein Kind, das mit seinen Freunden eine Nacht im Spielzeugladen verbringen darf. Angespannt lasse ich den Bildschirm nicht aus den Augen und kann es kaum erwarten, etwas von Tom zu lesen.

[Tom]: Wie war Dein Nachmittag? Hast Du Dich mit Deiner

Freundin getroffen?

[Lisa]: Hi! Ja, ich war mit meiner Freundin unterwegs. Danach habe ich mit einem anderen gechattet, der mich angeschrieben hat.

teile ich ihm mit, um ihn etwas zu provozieren und aus der Reserve zu locken.

[Tom]: Und? Wie sind der Chat und das Treffen mit Deiner Freundin gelaufen? Magst Du erzählen?

Ob ich versuchen soll, ihn ein wenig eifersüchtig zu machen? Ich entscheide mich unsicher für einen vorsichtigen Versuch.

[Lisa]: Mir hat ein Elias geschrieben. Er scheint ganz nett zu sein und hatte auch ein Bild drin. Sehr sportlich. Er stellt schon was dar. Ich habe mit meiner Freundin über Dich gesprochen. Sie ist skeptisch und meinte, ich solle bei Dir vorsichtig sein. Welche Klamotten trägst Du so? Sitzt Du den ganzen Tag vor dem Computer? Spielst Du gerne Computerspiele oder programmierst Du? Fühlst Du Dich sozial isoliert?

Ich hadere mit mir. *Kann ich das schreiben? … Was soll´s. Raus damit.* Und weg ist die Nachricht.

[Tom]: Ich krieg mich kaum noch ein, sorry. Deine Freundin vermutet hinter meinem Profil etwas ganz Bestimmtes, oder? Ihr seid ein ulkiges Gespann. Hier ein paar Fakten zu meiner Person:

Computer nur für die Arbeit, oder um mit Dir zu chatten.

Mit Anfang zwanzig daheim ausgezogen und gejobbt, um mir das Geld für die Uni zu verdienen.

Sozial isoliert – definitiv nicht. Das würden meine Kumpels auch niemals zulassen, lach.

Meinen Kleidungsstil würde ich als modern bezeichnen, sportlich-elegant. Aber ich besitze auch Anzüge und Hemden. Genauso wie Jeans und Shirts. Ach ja – und natürlich meine Design-Wollschlüpfer aus eigener Herstellung, *zwinker*.

Dennoch hat Deine Freundin völlig recht. Vorsichtig sollte man mit jedem sein, den man über das Internet kennenlernt – auch mit einem Elias. Was habt Ihr Mädels denn gemacht? Seid Ihr in der Stadt gewesen? Eisdiele? Schwimmbad? Oder habt Ihr Euch die Nasen an den geschlossenen Modeläden plattgedrückt?

Ich schmunzele.

[Lisa]: Weder noch. Wir waren am Baggersee zum Tretbootfahren – mit selbstgemachten Pfannkuchen, frischen Beeren und Sekt.

[Tom]: Ziehst Du mich jetzt auf?

[Lisa]: Nein. Ich besitze sogar noch die Fahrkarte als Beweis. Das Rezept für die Pfannkuchen habe ich aus dem Internet. Ich kann es Dir aber gern geben, falls Du selbst auch einmal wieder welche backen möchtest und Dein Personal frei hat.

[Tom]: Sind die Pfannkuchen gelungen? Wie ist dieser Elias so?

Aha! Sehr gut. Scheint ihm doch nicht egal zu sein, wenn ich mit anderen Männern schreibe. Ich lächle zufrieden.

[Lisa]: Meine Pfannkuchen waren erstklassig! Das mache ich vielleicht ab sofort öfter. Bezüglich Elias -> eifersüchtig?

[Tom]: Dann können wir ja bald Gerichte für Fortgeschrittene in Angriff nehmen!

Eifersüchtig? Das steht mir nicht zu. Du kannst Dich treffen und chatten, mit wem Du willst. Aber zugegeben, würdest Du Dich bei mir nicht mehr melden und mir nicht mehr schreiben, wäre ich etwas geknickt.

Ganz sicher will er nur nicht zugeben, dass er eifersüchtig ist. Er hat bestimmt darauf spekuliert, dass ich durch seine Geheimnistuerei viel zu angefixt bin. Sein Plan ist nicht aufgegangen.

[Lisa]: Ich habe nicht vor, Dich so schnell zu sperren. Noch finde ich Dich ganz okay. Elias hat mir ein Foto von sich geschickt. Ein durchtrainierter Sportler. Ein richtiges Muskelpaket. Der könnte mich garantiert auf Händen tragen ...

[Tom]: Vielleicht kenne ich ihn und er ist auch Sportlehrer. Was macht er denn beruflich?

Shit. So war das nicht gedacht.

[Lisa]: Ich frage ihn bei Gelegenheit. Schließlich darf man nicht so ohne Weiteres persönliche Daten an andere weitergeben.

Morgen habe ich übrigens nicht viel Zeit zu schreiben. Tagsüber bin ich auf der Arbeit und danach muss ich noch einkaufen. Bist Du morgen auch arbeiten? Wieder in der Schule?

Ich bin genial!

[Tom]: Hoffentlich behandelst Du meine Daten ebenso diskret.

Morgen habe ich auch zu tun.

[Lisa]: In der Schule? Welche Klassen unterrichtest Du gerade?

[Tom]: Nein, ich bin morgen nicht in der Schule. Hast Du den Knast schon vergessen?

[Lisa]: Bist Du vielleicht Privatlehrer? Oder unterrichtest Du das Kind eines Promis?

[Tom]: Deine Ideen sind amüsant. Ich bin gespannt, was Du Dir zukünftig noch so einfallen lässt.

Was hältst Du von einem Mädelsabend nächstes Wochenende? Du lädst Deine Freundinnen zu Dir ein und ich organisiere alles.

[Lisa]: Kannst Du mir nicht einfach auf meine Fragen ganz normal antworten, ohne mir immer auszuweichen? Meinst Du, das fällt mir nicht auf? Du lenkst permanent vom Thema ab!

[Tom]: Ich bin nun einmal der große Unbekannte mit den vielen Geheimnissen. Rate von mir aus, aber ich werde Dir keine Antworten auf gewisse Fragen geben.

Was ist mit dem Mädelsabend?

Ich verdrehe unzufrieden die Augen.

[Lisa]: Wie willst Du das organisieren und vor allem was?

[Tom]: Lass Dich überraschen! Dann chatten wir – Du, Deine Freundinnen und ich. So können sie sich selbst ein Bild von mir machen.

[Lisa]: Ich frag sie mal. Du bist echt verrückt.

[Tom]: Hast Du einen DVD-Player? Gibt es Dinge, die Deine Freundinnen nicht essen? Ein paar Infos würde ich noch benötigen.

[Lisa]: Ja, habe einen DVD-Player. Ich muss vorab mal klären, wer überhaupt Zeit hat, okay? Nur: Wie willst Du Essen organisieren, wenn Du gar nicht weißt, wo ich wohne? Hast Du daran schon mal gedacht? Meine Adresse rücke ich nämlich nicht raus!

[Tom]: Sag ihnen, ich möchte sie kennenlernen. Dann nehmen sie sich die Zeit ganz sicher. Lass´ mich mal machen.

Ich grinse. Mir gefällt seine vorlaute aber durchaus auch ausgesprochen charmante Art. Noch spannender macht ihn seine Unnahbarkeit, diese von ihm erschaffene knisternde Distanz. Für so etwas bin ich sehr empfänglich.

[Lisa]: Wir werden sehen. Bis wann brauchst Du Bescheid? Bekomme ich eine Einkaufsliste oder wie willst Du das organisieren?

[Tom]: Verrate mir den Anfangsbuchstaben Deines Nachnamens.

Was nützt ihm das denn? Nur den ersten Buchstaben meines Nachnamens? Den kann er haben. Aber meine Adresse bekommt er nicht!

[Lisa]: ´E´

[Tom]: Wunderbar! Ich freue mich auf Euch alle!

[Lisa]: Aber Du kommst nicht vorbei, oder? Du springst nicht im Wollstring aus einer Pizzatorte oder so …

[Tom]: Hahaha. Das wollt Ihr nicht sehen. Aber es wird trotzdem bestimmt spaßig. Schlaf gut! Ciao, ciao!

Sein Profil wechselt in den Abwesenheitsmodus. *Der Kracher, dieser Typ. Was er sich wohl überlegt? Wir hatten schon lange kein Mädelstreffen mehr. Irgendeine hatte immer keine Zeit. Am besten ich schreibe direkt in unsere Gruppe.* Zur Seite gelehnt angele ich nach meinem Handy.

Hey, Mädels!
Nächsten Samstag Treffen bei mir daheim? Habt Ihr Zeit? Ich möchte Euch meine neue Internetbekanntschaft vorstellen. Er will gemeinsam mit Euch und mir chatten und sich für uns etwas überlegen. Keine Ahnung, was der schrullige Typ damit meint. Scheint ansonsten aber ganz nett zu sein. Was sagt Ihr? Ich würde auch Mädelsbrause und Chips organisieren.

Viele liebe Grüße
Lisa

Mädelsabend

Im Laufe der Woche sagen tatsächlich alle meine Freundinnen zu. Ich bin begeistert – anfangs. Denn bis Donnerstag bleibt Toms Profil auf abwesend. Fast permanent bin ich diese Woche auf Herzfunk eingeloggt, um nur ja nichts zu verpassen. Selbst auf meine Nachrichten, wo er steckt, ob es ihn noch gibt, was los ist, antwortet er nicht. Erst am Donnerstagabend, um 21 Uhr, schaltet er sich plötzlich wieder online. Wie von der Tarantel gestochen mache ich einen Satz zu meinem Laptop, als das Signal für den Nachrichteneingang ertönt. *Das wird aber auch Zeit! Mich so hinzuhalten! Die ganze Woche!*

[**Tom**]: Hast Du mich schon vermisst?

Eine Brise Wut durchzischt mich.
„Sehr komisch!", pampe ich.

[**Lisa**]: Warum hast Du Dich nicht gemeldet? Mir nicht geantwortet? Ich warte seit Tagen auf eine Nachricht von Dir!

Klappt das mit Samstag? Oder hast Du was Besseres vor?

„Mich so hinzuhalten! Ich muss schließlich auch planen! Die Welt wartet nicht nur auf Tom, und dass er endlich mal wieder etwas von sich hören lässt!“, krakeele ich schlecht gelaunt.

[Tom]: Ich war verhindert, sorry. Aber etwas ′besseres′ könnte ich gar nicht vorhaben, als mich mit Euch zu treffen! Sind wir heute wieder leicht gereizt? Hormonelle Schwankungen?

Ich atme gegen meinen Zorn an.

[Lisa]: Was soll dieser Zynismus? Ich finde das gerade nicht witzig! Ich muss mir meine Zeit auch einteilen! Bleibt es jetzt bei Samstag? Falls Du es vergessen haben solltest, heute ist schon DONNERSTAG! Du kennst die Reihenfolge der Wochentage hoffentlich und weißt, wie lange es noch bis Samstag ist, oder?

[Tom]: Klar bleibt es bei Samstag. Ich stecke doch schon längst mitten in der Organisation – und bin mit Delegieren beschäftigt! Bitte nicht mehr böse sein. Ich hätte mich schon früher gemeldet aber es ging wirklich nicht. Mein Leben ist nun mal sehr kompliziert, mehr kann ich leider dazu nicht sagen. Wenn ich mich mal nicht melde, ist es nicht, um Dich zu ärgern oder Dich absichtlich hinzuhalten.

Wie viele Mädels kommen denn? Gibst Du mir die Daten durch?

Wie kann man so verhindert sein, dass man nicht eine kurze Nachricht verschicken kann! Ich schließe meine Augen und gehe einen Augenblick in mich. Einerseits will ich weiter auf ihn sauer sein und ihn das auch spüren lassen. Andererseits aber hat er dieses gewisse Etwas, dem ich einfach nicht widerstehen kann. Er ist so spannend! Irgendetwas in mir steht auf seiner Seite und glaubt ihm, dass es wirklich nicht seine Absicht war, mich hinzuhalten. Ich lege meine Finger wieder auf die Tastatur.

[Lisa]: Mit mir sind wir zu viert – Vivian, Bea und Gabi. Gabi ist Vegetarierin, und Bea reagiert allergisch auf Zitrusfrüchte. Was willst Du noch wissen?

[Tom]: Die Körbchengrößen, hihi.

Eigentlich ist das ein Grund empört zu sein, aber ich bringe nur ein Grinsen zustande.

[Lisa]: Ohne das 'hihi' hätte ich Dich jetzt gesperrt! Oder wolltest Du uns auf einer Dessous-Party mit selbstgestrickten BHs neu einkleiden? Was habe ich für Samstag zu organisieren? Der Abend soll schließlich keine Pleite werden. Ich habe mich schon lange nicht mehr mit den Mädels getroffen und freue mich wirklich riesig auf diesen Abend. Mir bedeutet es viel, dass wir mal wieder zusammenkommen.

[Tom]: Ich übernehme alles. Bisher waren meine Ideen noch nie ein Reinfall. Ansonsten – Beschwerden direkt an meine Herzfunk-Chatadresse. Und nochmal, es tut mir wirklich leid. Bitte sei nicht mehr sauer.

P.S. Die gestrickten BHs könnten ein lukrativer Geschäftszweig werden. Danke für den Tipp!

[Lisa]: Ich habe Dir schon längst verziehen.

Du weißt doch gar nicht, wo ich wohne. Ich habe nicht viel daheim. Oder bestellen wir bei einem Lieferservice? Brauche ich

Bargeld? Ich muss wissen, wenn ich etwas bezahlen muss!

[Tom]: Keine Panik, okay? Auf mich ist Verlass! Du musst Dich um nichts kümmern. Wann kommen Deine Freundinnen denn?

[Lisa]: Ich dachte an 18 Uhr. Aber nochmal, wie willst Du das hinkriegen?

[Tom]: Perfekt! Samstag 18 Uhr! Bis dann!

[Lisa]: Stopp! Loggst Du Dich jetzt wieder aus? Meine Schränke sind alle leer! Woher soll ich wissen, dass ich mich auf Dich verlassen kann? Der Abend ist mir wichtig!

[Tom]: Keine Zeit mehr, ich muss eine Party organisieren!
Bleib gechillt!

Weg ist er.

„Wie soll das funktionieren?" *Ich muss auf jeden Fall einkaufen gehen. Wenigstens Chips, Sekt, Cola ...*

Zur Not bestellen wir Pizza. Wie stellt er sich das vor? Wie will er was organisieren und zu mir kommen lassen, ohne meine Adresse zu kennen? Der weiß noch nicht einmal, in welcher Stadt ich wohne! Das hier ist doch zum Scheitern verurteilt!

„Bleib gechillt", äffe ich ihn nach.

Am nächsten Tag fahre ich nach der Arbeit schleunigst im Supermarkt vorbei, kaufe Knabberzeug ein und einige Kleinigkeiten aus der Drogerieabteilung. *Verlässt Du Dich auf einen Mann, dann bist Du verlassen. Ich bin jedenfalls vorbereitet.*

Als ich daheim alles weggeräumt und den Sekt kaltgestellt habe, öffne ich auf meinem Smartphone die Herzfunk-App. Er ist nicht online aber in meinem Posteingang liegt eine Nachricht.

[**Tom**]: Partytime! Meine Vorbereitungen laufen auf Hochtouren und noch läuft alles nach Plan. Bist Du aufgeregt? Ich bin zugegeben etwas nervös, weil ich hoffe, dass ich Euren Geschmack getroffen und Euch einen richtig tollen Abend bereiten kann. Schon seltsam, dass mir das so enorm wichtig ist, aber ich mag Dich wirklich richtig gerne. Ich hätte nie gedacht, dass jemand wie Du sich dazu bereit erklärt, mit mir zu chatten. Vielleicht kann ich mich heute Abend ein wenig dafür revanchieren und etwas zurückgeben, wenn ansonsten meinerseits schon nicht mehr möglich ist.

Ich seufze geräuschvoll und schmachte seine Zeilen an. Allerdings helfen mir seine Worte für morgen herzlich wenig und das macht mich ganz kirre. Es ist nur noch ein Tag und ich hänge planungsmäßig total in der Luft!

Um mich abzulenken, mache ich die Wohnung sauber und stelle für morgen schon einmal Gläser und Schalen für Chips und Erdnussflips bereit. Dann wühle ich in meinem DVD-Vorrat nach einem Film, falls uns die Gesprächsthemen ausgehen sollten – was noch nie passiert ist. Allerdings wachsen meine Zweifel für den morgigen Abend mit jeder Minute.

Er könnte sich auch über mich lustig machen! *Oder mir spielt jemand einen Streich!* Während ich morgen vergeblich auf die Überraschung warte, werde *ich gefilmt und zur öffentlichen Lachnummer gemacht.*

Aber was, wenn das stimmt und er tatsächlich eine tolle Überraschung organisiert. Wenn er dann wirklich mit uns chattet! Was werden die anderen zu Tom sagen? Was könnte er für uns geplant oder sich ausgedacht haben, wenn er es ernst meint?

Sollen wir vielleicht gemeinsam kochen? Über den Chat sagt er uns dann, was wir zu tun haben und schnippeln müssen? Schickt er uns vielleicht sogar noch in den Supermarkt? Das wäre natürlich möglich. Wie sollten wir sonst an die Sachen kommen?

Als der Samstagabend naht, habe ich mich schon zum zweiten Mal an diesem Tag umgezogen. Noch nie war ich so aufgeregt, wenn ich mich mit meinen Freundinnen getroffen habe. Ich bin froh, als die Warterei endlich ein Ende hat und es an meiner Tür klingelt. Sofort flitze ich zur Sprechanlage und drücke auf.

Vivian, Bea und Gabi sind mit dem Taxi gefahren, damit sie etwas trinken können. Gemeinsam stehen sie jetzt bei mir im kleinen Flur und legen ihre Garderobe ab – ein Stimmenwirrwarr für zehn Frauen.

„Wir hätten auch etwas mitbringen können", meint Gabi, die ihre roten Locken heute in einem hohen Pferdeschwanz trägt.

„Ich weiß aber Tom will alles organisieren. Ich bin natürlich trotzdem noch losgezogen. Keine Ahnung, ob man dem Typen wirklich trauen kann. Er hat diese Woche kaum etwas von sich hören lassen. Der ist so seltsam, Mädels. Ich werde aus ihm wirklich nicht schlau. Naja, wir werden sehen. So oder so. Ich bin vorbereitet." Ich grinse breit und zufrieden. „Aber jetzt kommt erst mal rein." Ich winke meine Freundinnen in Richtung Wohnzimmer durch.

Auf dem niedrigen Tisch habe ich meinen Laptop aufgebaut. *Hoffentlich blamiert er mich nicht. Sonst sperre ich sein Profil vor meinen Mädels! Darauf kann er Gift nehmen! Wenn er mich heute auflaufen lässt!*

„Er will also wirklich mit uns chatten?“, fragt Vivian, setzt sich auf das Sofa und scheint mindestens so aufgeregt zu sein wie ich. Sie schlägt locker die Beine übereinander, die in einer Jeans stecken, und zupft ihre karierte Bluse zurecht.

„So jedenfalls sein Plan. Er will für uns eine ´Mädelsparty´ organisieren“, erkläre ich in spitzem Tonfall, weil ich inzwischen nicht mehr daran glaube, dass wir heute noch etwas von Tom hören werden.

„Total süß“, quiekt Bea in ihrem etwas mädchenhaftem Trägerkleid-Outfit.

„Was genau will er denn für uns organisieren? Du hast doch gesagt, dass Du Deine Adresse nicht rausgegeben hast“, meint Gabi skeptisch.

„Ich habe ihm meine Adresse auch nicht gegeben. Schließlich kenne ich ihn kaum. Nach dieser Aktion hier traue ich ihm noch viel weniger“, sage ich.

„Guck doch mal, ob er schon online ist“, drängelt Bea aufgeregt.

Schmunzelnd über Beas Neugier logge ich mich bei Herzfunk ein. Ich will mir nicht anmerken lassen, dass ich mindestens genauso aufgeregt bin. Meine Finger zittern, als litte ich an einem Tremor. Es ist gar nicht so einfach, das zu verbergen, deshalb nehme ich immer wieder die Hände von der Tastatur. Schließlich sehen wir Toms Profil und es ist tatsächlich grün. Ein großer Smiley winkt uns zu. Ich bin fast etwas überrascht.

[Tom]: Hallo Mädels! Alle da? Ich bin Tom!

„Das ist er“, sage ich stolz, versuche aber, es möglichst neutral klingen zu lassen. „Was soll ich ihm schreiben?“, frage ich und schaue in die Runde.

Gabi diktiert sofort:

[Lisa]: Hallo Tom! Hier sind Lisa, Vivian, Bea und Gabi. Schön, Dich kennenzulernen!

[Tom]: Ebenso, Ladies! Geht es Euch gut?

Wieder diktiert Gabi:

[Lisa]: Ja, uns geht es gut. Dir auch? Wir haben schon viel von Dir gehört. Was dürfen wir heute Abend erwarten?

[Tom]: Ein Treffen mit vier wunderbaren Frauen – wie sollte es mir da nicht gut gehen? Schön, dass Ihr alle Zeit habt. Ein paar Minuten müsst Ihr Euch noch gedulden. Dann wird es an Lisas Haustür klingeln. Macht bitte auf.

„Was?", stoße ich entsetzt aus. „Der weiß, wo ich wohne … oh Gott … wie konnte er an meine Adresse kommen?" Erschrocken starre ich auf den Bildschirm.

„Was hast Du ihm denn alles über Dich erzählt? Irgendwie musste er doch Deine Anschrift rausfinden können", meint Vivian angespannt.

„Er weiß im Grunde gar nichts über mich! Er weiß noch nicht mal meinen Nachnamen! Ich habe keine Ahnung wie er an meine Adresse gekommen ist, wirklich!", beteure ich.

„Zum Glück sind wir zu viert. Meinst Du, er kommt selbst vorbei? Ob er noch einen Freund mitbringt?", überlegt Vivian laut.

„Nein … das kann nicht sein." Nervös knabbere ich an einem Fingernagel. „Er meinte doch, wir lernen uns nie persönlich kennen. Wie zum Teufel hat er nur meine Adresse herausbekommen? Er wollte den Anfangsbuchstaben meines Nachnamens wissen … habe ich einen Fehler gemacht?" Ich schaue meine Freundinnen an und schlucke verängstigt. Meine Panik steigt und mit ihr mein Puls, der unangenehm in meinen Schläfen pulsiert.

„Bewahren wir erst einmal die Ruhe, Lisa. Schau, er schreibt wieder. Warten wir ab, was er zu sagen hat", meint Vivian, wirkt aber ebenfalls alarmiert.

[Tom]: Ich hoffe, ich habe Euch jetzt keine Angst gemacht. Keine Sorge, es bleibt bei einem reinen Mädelsabend, an dem ich lediglich über diesen Chat teilnehme. – Es sei denn, Ihr wollt lieber unter Euch sein. Lisa, Deine Adresse werde ich nicht ausnutzen oder missbrauchen. Das verspreche ich Dir hoch und heilig! Hat das braune Pferd mit dem weißen Fleck am Hintern eigentlich inzwischen wieder ein neues Auge bekommen?

Alles in mir versteift sich und mir bricht der Schweiß aus. *Weißer Fleck? Davon habe ich ihm nie etwas erzählt!*

„Der kennt mich", fasele ich und werde leichenblass. „Wir kennen uns!" *Vielleicht aus der Schule … oder hat er ein Kind? In meiner Gruppe? Bei uns in der Kita …?*

Meine Freundinnen starren mich verständnislos an.

„Was für ein Pferd meint er? Wovon spricht Tom? Du reitest doch gar nicht", meint Bea sichtlich verwirrt.

„Er meint das Spielpferd aus der Kita! Er kennt es! Er kennt die Spielecke! … Er sollte doch nicht wissen, wo ich wohne! Wenn er mich jetzt stalkt?! Was mache ich jetzt?", frage ich hysterisch.

„Du machst erst einmal gar nichts. Wir schauen, was gleich passiert", sagt Vivian entschlossen und legt mir behutsam ihre Hand auf die Schulter. „Jetzt können wir ohnehin nichts mehr daran ändern."

„Aber das ist alles schon etwas unheimlich, findet Ihr nicht?", bemerkt Bea vorsichtig.

„Frag ihn doch einmal, woher er die Kita kennt", rät Gabi. „Vielleicht sagt er es Dir."

[Tom]: Oh je. Ihr antwortet nicht mehr. Bist Du sauer auf mich, Lisa? Ich habe es wirklich nur gut gemeint und es sollte eine richtig tolle Überraschung werden. Dass ich das Pferd in der Kita kenne, ist nur ein Zufall. Ich konnte mir einfach nicht vorstellen, dass es genauso eine Spielecke noch einmal irgendwo geben könnte. Es lag einfach auf der Hand und so viele Leute arbeiten bei Euch ja nicht. Bitte entschuldige nochmal. Es tut mir aufrichtig leid, wenn ich Dir Angst eingejagt habe. Das war wirklich nicht meine Absicht.

Wir blicken alle gebannt auf seine Nachricht.

„Du musst ihm antworten, Lisa", meint Vivian. Aber ich bin unfähig zu reagieren. Also schnappt sie sich die Tastatur und tippt unter meinem Namen selbst los.

[Lisa]: Hallo, Tom. Hier ist Vivian. Was treibst Du für ein Spiel? Woher kennst Du Lisas Kita?

[Tom]: Hallo Vivian. Das ist kein Spiel, lediglich eine Überraschung. Ich wollte Lisa und Euch eine Freude machen. Wartet doch mal ab! Hat es schon geklingelt?

Ich habe als Kind selbst auf diesem Pferd gesessen und Cowboy gespielt.

Ich atme ein wenig erleichtert durch. *Daher also …*

[Lisa]: Hier nochmal Vivian – wer kommt denn gleich vorbei? Du? Was genau wird geliefert? Das musst Du uns schon verraten, sonst machen wir nämlich nicht auf! Wohnst Du immer noch hier in der Gegend?

[Tom]: Du bist eine resolute Freundin, liebe Vivian. Jetzt weiß ich, dass Lisa mit Dir als Freundin nichts passieren kann.

Ich habe versprochen, Euren Mädelsabend zu planen und das Zubehör dürfte jeden Moment mit einem Boten eintreffen. Ich hoffe, Ihr habt Spaß und vor allem Hunger mitgebracht! Die Lieferung besteht übrigens aus mehreren Teilen. Das Essen ist in den Styropor-Boxen und könnte kalt bzw. warm werden.

Vivian schreibt wieder:

[Lisa]: Mach bloß keinen Blödsinn! Wohnst Du jetzt noch in der Gegend? Du hast nicht auf meine Frage geantwortet.

[Tom]: Liebe Vivian, ich bin wirklich sehr beruhigt, dass Du so gut auf Lisa aufpasst. Aber Du solltest Dich lieber auf Elias konzentrieren. Nicht ich bin der Feind. Irgendwie wohne ich auch noch in der Gegend. Ja, ich denke, so kann man das sagen.

Vivians Kopf schießt zu mir herum und die von Bea und Gabi folgen.

„Elias? Wer ist das jetzt schon wieder?", will Vivian forsch wissen.

„Ich habe ihn schon längst wieder blockiert. Das war so ein aufgeblasener, selbstverliebter Macho. Ich dachte, wenn ich Tom vielleicht etwas eifersüchtig mache, dann …"

An der Haustür klingelt es aber keine von uns bewegt sich. Es klingelt noch einmal.

Zögerlich stehe ich auf und meine Freundinnen kommen nach.

„Ja, bitte?", wispere ich eingeschüchtert in den Hörer der Sprechanlage und halte ihn so, dass meine Freundinnen mithören können.

„Guten Abend. Sind Sie Lisa Ellinger?"

Ich beginne noch mehr zu zittern. *Er kennt meinen Nachnamen …*

„Ja, das bin ich", bestätige ich verängstigt, obwohl der Mann freundlich klingt.

„Können Sie bitte herunterkommen? Ich habe hier einige Kartons."

Ich schaue zu meinen Freundinnen, die mit mir gemeinsam am Hörer kleben und verhalten nicken.

„Okay. Einen Moment bitte."

„Wir begleiten Dich", meint Vivian sofort. „Hat jede von Euch ihr Handy? Wir müssen vorsichtig sein. So ganz traue ich der Sache noch nicht."

„Ich nehme mein Pfefferspray mit", sage ich und klaube mir die kleine Dose aus der Schublade der Anrichte am Eingang.

Gemeinsam verlassen wir meine Wohnung aber auf der Treppe nach unten halte ich abrupt an.

„Ich kann doch nicht einem Fremden einfach so die Tür öffnen! Wenn in den Päckchen etwas Gefährliches ist! Eine Giftschlange oder so etwas! Dann habe ich die oder das nachher in meiner Wohnung! Oder er hält uns direkt eine Knarre an den Kopf! Dann nützen uns die Handys auch nichts mehr!", sage ich zu Vivian und halte sie am Ärmel fest.

„Das hier ist unheimlich", meint Bea hinter mir leise. Ich drehe mich zu ihr herum. In ihrem Trägerkleid hat sie jetzt wirklich etwas Kindliches.

„Sollen wir einfach nicht aufmachen?", frage ich ernst. „Wir ignorieren das Klingeln einfach."

„Leute, wir sind immerhin zu viert. Mit Pfefferspray und Handys. Am Haus führt außerdem eine stark befahrene Straße vorbei. Kommt, wir schauen wenigstens mal vorsichtig nach", meint Vivian.

Ich zögere weiterhin und lasse sie vorgehen. An der Haustür blicken wir uns noch einmal kurz an. Dann greift Vivian vorsichtig zur Klinke und öffnet. Ich klammere meine Finger um das Pfefferspray. Sie tritt einen Schritt zurück und die Tür geht weiter auf.

Vor uns steht ein junger Mann. Groß, schlank, er strahlt breit und sieht durchaus nett und seriös aus. Er ist mit einer Flasche unterm Arm und einem großen Karton schwer bepackt. Weitere Kisten stehen direkt vor ihm auf dem Boden. Ich mustere ihn aus sicherer Entfernung.

„Hallo. Ich bin Chris. Tom hat mich geschickt. Ich soll etwas bei Euch abgeben. Wer von Euch ist denn Lisa?", fragt er und grinst lausbubenhaft in die Runde.

Ich warte einen Moment, aber als mich alle Mädels verstohlen von der Seite angucken, antworte ich.

„Ich", gebe ich mich schüchtern zu erkennen. „Sie sind aber nicht …"

„Tom?", antwortet er lächelnd. „Nein. Ich bin wirklich nur sein Lieferant."

„Was bringen Sie denn?"

„Wenn ich das wüsste. Hier ist garantiert etwas zu essen drin. Jedenfalls ist die Box vom Italiener aus der Stadt", sagt er augenzwinkernd und wackelt vorsichtig mit der Styropor-Box.

„Muss ich irgendwas unterschreiben?", frage ich zaghaft.

„Nein. Das hier ist nur ein Freundschaftsdienst für Tom." Wieder zwinkert er und grinst uns breit an. „Aber es wäre nett von Euch, mir den Champagner abzunehmen. Die Flasche fällt mir sonst gleich aus der Armbeuge. Wenn jede von Euch eine Kiste nimmt, dürftet Ihr alles auf einmal hochbekommen. Ich könnte es Euch aber auch hochtragen", bietet er freundschaftlich an.

„Nein. Geht schon." Vivian macht einen Schritt auf ihn zu und befreit ihn von der Flasche. „Ist das Zeug denn schwer?", erkundigt sie sich und wirkt damit sicher ungewollt hochnäsig.

Der junge Mann stutzt kurz angesichts ihrer forschen Art.

„Ihr seht alle sehr sportlich aus. Es dürfte also zu schaffen sein", grinst er.

„Mit wem haben wir es denn zu tun?", möchte Vivian schnippisch wissen und taxiert den Boten herausfordernd mit schmalen Augen.

Er erwidert ihren Blick und setzt nach einigen Sekunden ein schiefes Lächeln auf.

„Eigentlich Christian, aber Ihr dürft mich wie gesagt Chris nennen", erwidert er mit einer verschmitzten, angedeuteten Verbeugung. „Und IHR seid?"

Vivian hüstelt und streicht sich verlegen eine ihrer langen dunkelbraunen Haarsträhnen hinters Ohr.

„Vivian", erwidert meine Freundin nun mit samtweicher Stimme. Sie kann nicht verhindern, dass ihre Mundwinkel zucken. Er scheint ihr zu gefallen.

„Vivian", lässt sich Christian den Klang des Namens auf der Zunge zergehen. „Na dann, liebe Vivian. Ich wünsche Euch einen schönen Abend. Viel Spaß, Lisa. Soll ich Tom etwas ausrichten?"

Ich bin immer noch derart perplex, dass mir sprichwörtlich die Worte fehlen.

„Ich … äh … ich … nein. Ich schreibe ihm nachher", bringe ich schließlich stockend hervor und spüre wie mir die Röte in die Wangen schießt. Toms Freund schmunzelt.

„Wem darf ich denn diese Box hier übergeben?"

„Entschuldigung. Ich nehme sie", sage ich, eile die drei Schritte auf ihn zu und befreie ihn von der großen Box.

Na dann, einen schönen Abend, die Damen", verabschiedet er sich, winkt und schlendert lässig zu seinem Golf, der am Straßenrand parkt. Dann braust er davon – nicht angeberisch, aber durchaus mit etwas mehr Gas als nötig.

Wir sehen uns an und gucken auf die übrigen Kisten hinab.

„Gut, tragen wir das Zeug hoch und schauen nach, was Tom geschickt hat." Vivian kontrolliert vom Eingang aus noch einmal die Straße nach links und rechts. Dann bückt sie sich nach der ersten Kiste. Gabi und Bea tun es ihr gleich und wir schleppen alles in meine Wohnung. Momentan kann noch keiner von uns diese Begegnung an der Tür so richtig einordnen. Bea ist die Erste, die wieder etwas sagt.

„Hast Du Dich mit Chris abgesprochen?", fragt Bea Vivian.

„Wieso", will Vivian ahnungslos wissen. „Was meinst Du?"

„Naja, Ihr tragt beide Jeans und dunkelblau karierte Bluse bzw. Hemd. Schon witzig, dieser Zufall, oder etwa nicht?"

„Ist mir gar nicht aufgefallen", bemerkt Vivian, aber sie klingt weniger gleichgültig, als sie es sicher vorgehabt hatte.

Grinsend wechsele ich einen Blick mit Gabi. Sie sieht aus als schmunzelten sogar ihre vielen Sommersprossen. Wenn Gabi lacht und gut gelaunt ist, dann ist das, wie zum Inhalieren von Lachgas gezwungen zu werden. Es ist unmöglich, sich von ihrer guten Laune nicht anstecken zu lassen. In Gedanken vertieft gehen wir hinter Vivian und Bea her die Stufen hoch.

In meiner Wohnung bringen wir alles zunächst in die Küche.

Ich halte die Flasche Champagner in der Hand. Sie ist gut gekühlt aber ich fühle mich ein bisschen seltsam. Champagner habe ich bisher erst zweimal in meinem Leben getrunken. Das war auf einer Hochzeit. Aber einfach so? Champagner ist sündhaft teuer und für mich kein standardmäßiges Partygetränk. Ich komme mir dekadent vor, als ich die Flasche entkorke.

Als alle ein Glas in der Hand halten, stoßen wir an. Nach und nach fällt die Anspannung von uns ab, wodurch unsere Stimmung langsam aber sicher in Richtung Albernheit kippt.

Kurz darauf nehmen wir uns die große Styropor-Box vom Italiener vor, auf der ′Essen′ steht. Darin sind mehrere Behälter gestapelt. Zum Schluss kommen vier Schälchen hübsch dekorierten Tiramisùs zum Vorschein, die ich sofort in den Kühlschrank stelle. Eine andere Box enthält eine Platte mit Antipasti, mehrere Pizzen und Pizzabrot. Wieder separat verpackt finden wir zwei Soßen und vorbereitete Salatschalen. Beeindruckt verteilen wir die unzähligen Speisen auf dem Wohnzimmertisch.

„Nicht schlecht", lobt Bea. „Sollen wir auch schon in die anderen Kisten schauen?" Ihre Augen glitzern.

Ein kurzer Blickwechsel genügt und schon stürmen wir zurück in die Küche – wo ich aber auf dem Absatz wieder kehrtmache, als mein Laptop einen Signalton von sich gibt. Ich drehe mich um.

„Einen Moment. Bin gleich wieder da", sage ich und eile zum Wohnzimmertisch, wo ich Toms gerade eingegangene Nachricht lese.

[Tom]: Und???

[Lisa]: Lieferung erhalten! Das Essen sieht schon einmal fantastisch aus! Die anderen Kisten sind NOCH verschlossen, aber es kann sich nur um Sekunden handeln.

[Tom]: Warmes Essen wird ohnehin vollkommen überbewertet, lach. Viel Spaß mit allem und lasst es Euch schmecken! Hast Du mir inzwischen verziehen?

[Lisa]: Noch nicht ganz! Ich hätte es gerne vorher gewusst, dass Du inzwischen meine Adresse kennst. Jetzt bleibt mir wohl nichts anderes übrig, als Dir zu vertrauen. Allerdings hast Du zumindest mit den kulinarischen Köstlichkeiten wieder einen Pluspunkt eingeheimst. TAUSEND DANK für ALLES! Kleine Vorschusslorbeeren für das, was noch kommt.

[Tom]: Ich bin gespannt, was Ihr sagt! Mein Freund Chris hat mir übrigens wegen Deiner Adresse auch schon den Kopf gewaschen.

[Lisa]: Das spricht eindeutig *für* Deinen Freund! Hoffentlich war er nicht zimperlich! Ich melde mich! Muss ganz schnell weg! Noteinsatz in der Poststelle!

[Tom]: Lasst Euch nicht aufhalten! Bis später!

P.S. Warte erst einmal die Reaktion Deiner Mädels ab! Nicht, dass Du später auch noch den Kopf gewaschen bekommst, weil Du Dich auf mich eingelassen hast! Aber immerhin hätten wir dann wieder eine Gemeinsamkeit – *zwinker*. Sag mir Bescheid, wenn Deine Mädels dabei so ruppig sind wie Chris. Dann buche ich für alle gemeinsam einen Profikurs auf der Hairstylistenschule, damit unsere nächste Kopfwäsche etwas geschmeidiger ausfällt.

Meine Freundinnen stehen inzwischen wieder hinter mir und lesen mit.

„Ich finde ihn witzig“, kichert Bea.

„Versteht Ihr mich jetzt?“, erwidere ich und bekomme das breite Grinsen nicht aus meinem Gesicht.

„Macht einen coolen Eindruck“, bringt Gabi nur anerkennend hervor.

„Tom ist ein Hauptgewinn, Lisa“, schwärmt Bea.

„Dazu muss er schon noch etwas mehr bieten“, schmatzt Vivian, die sich einen Mozzarella-Spieß gemopst hat. „So ganz traue ich unserem Scherzkekslyriker noch nicht über den Weg. Allerdings, das hier ist mega, das muss man ihm lassen. Ich bin gespannt, was in den anderen Kartons ist."

„Wer zuerst da ist", scherze ich und renne vor in die Küche.

Wir stellen uns um den Tisch herum, meine Mädels jede mit einem Glas Champagner bewaffnet. Sie nippen daran.

„Los! Mach schon!", drängelt Bea.

„Ich muss erst das Klebeband aufschneiden", sage ich belustigt und fuchtele mit der Schere vorsichtig an dem ersten Karton herum. Ich klappe ihn auf und vier Köpfe beugen sich gleichzeitig darüber.

„Leg alles auf den Tisch", meint Bea eifrig.

„Mache ich ja", lache ich und packe aus. „So, hier haben wir vier Haarbänder, vier … was ist das? Ah, Gesichtsmasken. Dafür also die Haarbänder, eine CD mit Entspannungsmusik. Wie lustig, und … Augenpflegepads der Sorte ′Gurke′."

„Cool!" Bea strahlt. „Komm, direkt den nächsten Karton!"

Vivian verdreht bei Beas überschäumender Euphorie die Augen.

„Lass doch Lisa entscheiden und drängele nicht so. Immerhin ist Tom ihr Freund."

„Er ist nicht *mein* Freund. Nur *ein* Freund", korrigiere ich Vivian. „Lediglich eine … Bekanntschaft."

Meine Mädels runzeln allesamt die Stirn und nicken mit schiefem Lächeln. „Alles klar, glaub Du nur selbst daran", sagt ihr ironischer Blick. Hastig lenke ich mit dem zweiten Karton ab. Auch hier durchtrenne ich das Klebeband. Dann greife ich hinein.

„Hier haben wir eine DVD – ′Girls Power′. Kennt den Film jemand?", frage ich und halte die Rückseite der Verpackung so, dass alle den Klappentext lesen können. Aber den Film scheint niemand von uns zu kennen.

„Dann gibt es Popcorn", ich ziehe eine riesige Tüte aus dem Karton, „Chips, Pralinen und … Socken." Kichernd klaube ich die vier gestrickten Wollpaare heraus.

„Gestrickte Wollsocken …", kommentiert Vivian.

„Es hätte schlimmer kommen können. Stellt Euch nur mal vor, er hätte uns Wollschlüpfer aus seiner Kollektion geschickt", sage ich breit grinsend.

Meine Mädels brechen allesamt in Gelächter aus.

„Der Typ ist so toll", schwärmt Bea völlig hingerissen. „Ich liebe Stricksocken! Ich habe sie in fast allen Farben!"

„Und ich dachte immer, Gabi ist unser Sockenmonster", lache ich und schaue auf Gabis Füße.

Sie wackelt mit den Zehen und präsentiert uns ihre Socken – einen gelb mit grünen Punkten, einen schwarz mit roten Streifen. Das ist Gabis lustiger Tick. Sie trägt nie gleiche Socken. Schon zur Schulzeit war das zusammen mit ihren roten Locken ihr Markenzeichen.

„Eine Kiste haben wir noch. Sollen wir reinsehen?", frage ich. „Die ist aber superleicht. Ist da überhaupt was drin?" Ich schüttle den Karton vorsichtig. Dann schneide ich am Rand abermals das Klebeband auf und biege die Pappe nach außen.

Im Inneren finden wir zwischen Unmengen an Stopfmaterial, eine Einwegkamera und ein Couvert. Ich nehme das Couvert vorsichtig heraus und öffne die nicht zugeklebte Lasche. Zum Vorschein kommen vier Eintrittskarten für ein Betty Flow-Konzert. Ich fächere die Karten in meiner Hand auf und starre sie perplex an. Meine Mädels springen nach kurzer Schockstarre vor Freude kreischend umher und fallen sich in die Arme, sogar Gabi, die sich bisher eher zurückgehalten hat.

„Ahhh!", tönt es von links und rechts und neben mir hüpfen die Beine.

Vier Konzertkarten! Was das gekostet haben muss! Ich schaue mir die Karten genauer an und finde das Datum. *Das ist ja schon nächsten Donnerstag. Hier in der Stadt! Wie konnte er noch an*

Karten kommen? ... Ach du Schande. Die sind für den VIP-Bereich ganz vorne an der Bühne. Oh mein Gott. Das können wir doch nicht annehmen.

„Mädels, stopp!", befehle ich nüchtern. „Jetzt wartet doch mal! Die Karten sind schon für nächsten Donnerstag. Habt Ihr da überhaupt Zeit? Und lest mal. Da unten das Kleingedruckte." Ich verteile an jeden eine Karte und beobachte ihre Reaktionen.

Gabi kreischt schon wieder auf.

„VIP! VIP, Leute! La lalala la la ...", beginnt sie zu schmettern und wirbelt tanzend im Kreis herum. „Ganz vorne an der Bühne! Wir vier! Lalalalalala ...", singt sie weiter.

„Wow, Lisa. Vielleicht arbeitet Dein Tom ja für Betty. Vielleicht ist er einer der Tänzer, oder für die Bühnenarbeit zuständig oder so etwas", spekuliert Vivian und tritt wieder neben mich, während Bea die Hüften kreisen lässt, um den Tisch herumtänzelt und sich bei Gabi unterhakt. Gemeinsam hüpfen sie durch die kleine Küche und singen diverse Betty Flow-Songs an.

„Sagt mal, könnt Ihr zwei Donnerstag überhaupt?", frage ich. „Findet Ihr das nicht auch seltsam? Das Konzert ist schon lange ausverkauft!"

Die beiden schauen sich an.

„Also ich habe definitiv Zeit", stellt Gabi klar.

„Und ich nehme sie mir! Das lasse ich mir doch nicht entgehen!", betont Bea nahezu entrüstet.

„Also ich krieg das auch hin", meint Vivian, ist aber deutlich gefasster als die anderen beiden.

„Ich kann prinzipiell schon, aber ..." Ich drehe die Karte argwöhnisch in meiner Hand. „Wenn das nun eine Fälschung ist? Ich meine, einfach vier so teure Karten – VIP-Karten! – zu verschenken. Wer macht denn so etwas? Der kennt doch keine von uns wirklich. Außerdem war das Konzert restlos ausverkauft", merke ich skeptisch an.

„Für mich sehen die echt aus." Bea inspiziert das Papier in ihrer Hand etwas genauer. „Es ist sogar ein Hologramm drauf. Irre."

„Hm", überlege ich weiterhin argwöhnisch.

„Jetzt freu Dich doch einfach! Man muss im Leben auch mal Glück haben." Bea streckt mir ihre Hand entgegen und will mich zum Tanzen auffordern. Ich ignoriere sie und verharre stehend am Tisch.

„Ich fand seinen Freund übrigens ganz gutaussehend. Wenn Tom annähernd attraktiv ist …", säuselt Bea verschwörerisch und grinst Vivian verschmitzt an.

Vivian schüttelt gespielt genervt den Kopf und geht nicht weiter darauf ein.

„Was aber, wenn dieser Chris gar nicht CHRIS war? Sondern TOM! Wenn er es war, der uns gegenübergestanden hat!", platzt es plötzlich wie ein Geistesblitz aufgeregt aus Gabi heraus. „Er könnte nur um die Ecke gefahren sein und schreibt uns jetzt über die Handy-App und tut so, als sei er weit weg! Dabei steht er ganz in der Nähe auf einem Parkplatz!"

Ich blicke erschrocken auf. *Das könnte sein. Aber …*

„Nein, das kann nicht Tom gewesen sein. Er hat ganz andere Haare", grübele ich laut.

„Woher willst Du das denn wissen?", fragt Vivian sofort.

„Weil es so in seinem Profil steht. Das kann nicht Tom gewesen sein", versichere ich. „… Andererseits, wenn er in der Nähe wohnt, warum lässt er uns von einem seiner Freunde beliefern?", überlege ich laut. „Wieso macht er das nicht selbst? Mist, dass Chris schon fort ist. Wir hätten ihn ausquetschen können. Warum habe ich daran nicht gedacht? Jetzt bin ich so schlau wie vorher und sein Freund ist auch wieder weg", sage ich.

„Trotzdem aufregend, Lisa. Ich kann verstehen, warum Du auf Tom abfährst. Was die Haare angeht – wer weiß, ob er die Wahrheit gesagt hat …" Gabi schaut mich vielsagend an.

„Grins nicht so, Gabi. Wir schreiben uns lediglich! Rein freundschaftlich. Mehr nicht. Er will auch gar nicht mehr, und ich auch nicht."

„Erzähl uns doch nichts, Lisa. Wir kennen Dich lange genug, um zu sehen, dass Du bis über beide Ohren verknallt bist. Mach Dir doch nicht selbst was vor", stichelt Vivian.

Ich fühle mich ertappt und mir steigt die Hitze bis in die Ohrspitzen.

„Aber es ist so kompliziert. Ich glaube, dass wir uns niemals persönlich kennenlernen, das meinte er wirklich richtig ernst. Anfangs dachte ich, er braucht nur etwas Zeit, dass ich ihn vielleicht erst mal richtig kennenlernen soll, den Menschen Tom. Also ihn selbst und nicht sein Foto oder so etwas. Aber jetzt … der Typ ist ein einziges Rätsel. Ich hatte gehofft, dass wir zusammen etwas über ihn herausbekommen können."

„Genau das werden wir", bemerkt Gabi.

Ich atme geräuschvoll durch.

„Na kommt. Essen wir erst einmal etwas, bevor alles ganz kalt ist. Es wäre schade drum", sage ich. „Außerdem sollte ich mich bei ihm bedanken." Mein Blick schweift über die vielen Geschenke und die Konzertkarten.

Gemeinsam gehen wir wieder zur Couch und setzen uns vor den üppig mit italienischen Köstlichkeiten gedeckten Tisch. Ich schnappe mir eine leicht abgekühlte Pizzaecke und ziehe mir meinen Laptop auf den Schoß. Dann tippe ich mit der noch freien Hand.

[Lisa]: Das Essen ist köstlich, Tom. Hoffentlich speist Du auch so gut wie wir. Auch sonst hast Du hier für mächtige Partystimmung gesorgt! Gleich bekomme ich bestimmt Ärger mit den Nachbarn. DANKE! Für ALLES!!!

[Tom]: Guten Appetit noch einmal! Dann habt Ihr wohl auch schon den letzten Karton geöffnet. Waren die Vorschusslorbeeren gerechtfertigt?

[Lisa]: Mehr als das. Ich weiß wirklich gar nicht, was ich sagen soll. Deine großzügigen Geschenke sind mir etwas unangenehm. Wie kommst Du überhaupt an diese Karten? Die müssen doch sündhaft teuer gewesen sein und das Konzert war soweit ich weiß längst ausverkauft!

[Tom]: Jeder hat seine Geheimnisse, Lisa.

[Lisa]: Du hast aber ganz schön viele davon! Und es kommen immer mehr dazu!

[Tom]: Mit mir wird es halt nie langweilig.

Der Termin für das Konzert ist etwas kurzfristig. – Könnt ihr denn alle? Magst Du die Musik?

„Frag ihn mal nach seinem Freund Chris. Vielleicht können wir über den auch mehr über Tom herausbekommen", meint Vivian mit zaghaftem Nachdruck.

Aus dem Augenwinkel bemerke ich Gabis breit schmunzelndes Gesicht. Auch Bea fällt es sichtlich schwer, sich einen Kommentar zu verkneifen. Zum Glück kommt Toms Antwort dazwischen, so dass wir unsere Aufmerksamkeit wieder dem Bildschirm zuwenden.

[Lisa]: Klar mag ich die Musik! Wir alle! Und wie! Das ist eine unglaubliche Überraschung – aber auch sehr teuer. Schließlich kennen wir uns kaum. Ich verstehe nicht, warum Du mich/uns mit solchen Geschenken überhäufst …

[Tom]: Freu Dich einfach. Ich habe Spaß, wenn Ihr Spaß habt. Genießt es!

„Frag nach Chris!" Vivian stupst mich an.

[Lisa]: Dein Freund Chris war übrigens sehr nett. Könntest Du mir seine Adresse oder Telefonnummer für meine Freundin Vivian geben?"

Weg damit, bevor mich Vivian zurückhalten kann. Bea und Gabi gackern laut auf, im Gegensatz zu Vivian.

„Hey! So war das doch gar nicht gemeint! Was soll der denn jetzt von mir denken!", schimpft sie. „Ich habe doch Nils!"

„Ich weiß, aber vielleicht rückt er für Dich etwas raus. Dann können wir Chris ausquetschen. Komm schon, den Freundschaftsdienst bist Du mir schuldig. Du streitest Dich doch eh dauernd mit Nils. Chris gefällt Dir außerdem, dass kannst Du nicht abstreiten."

„Nur weil wir uns ab und zu zoffen, heißt das noch lange nicht, dass ich ihn betrügen werde! Oder dass ich ihn verlassen will!" Vivians Kopf schwillt rot an. „Hast Du im Übrigen gesehen, wie angeberisch CHRIS davongezischt ist? Wie ein Prolet! Auf so etwas stehe ich nicht! Außerdem liebe ich Nils!", fügt sie wenig überzeugend hinzu. Aber ich halte mich zurück und spare mir in diesem Moment jeden Kommentar.

„Jetzt warte doch erst einmal ab, ob wir überhaupt etwas über Chris erfahren", besänftige ich Vivian.

„Tsss", macht Vivian säuerlich.

„Siehst Du? Schon schreibt er", sage ich und beginne zu lesen.

[Tom]: Liebe Lisa, Chris gehört zu meinen ältesten Freunden und er ist nicht bestechlich. Genau deshalb habe ich ihn geschickt. Ich bin sicher, er hat sich an unsere Abmachung gehalten. Dennoch richte ich Chris gerne aus, dass er Eindruck hinterlassen hat. Das überrascht mich aber auch nicht. Damit ist Euer guter Geschmack jedenfalls bewiesen.

Ach übrigens, was die Kamera in dem Päckchen angeht: Ich liebe diese nostalgischen Einwegdinger. Es ist so spannend, wenn man die Fotos zum Entwickeln bringt und nicht weiß, was dabei herauskommt. Ich dachte, dass Ihr damit vielleicht heute Eure schönsten Momente festhalten könntet. Aber spart Euch noch ein paar Bilder für kommenden Donnerstag auf. Ihr wollt doch garantiert ein Gruppenfoto mit Betty. So, jetzt wünsche ich Euch einen schönen Abend, Mädels! Ich hätte gerne länger mit Euch geschrieben aber ich muss mich leider verabschieden. Glaubt mir, ich bin selbst ziemlich enttäuscht darüber. Es tut mir echt leid und ich hoffe, Ihr seid nicht allzu sauer deshalb. Lisa, wir schreiben morgen wieder, ja? Ich freue mich schon darauf, von Dir zu hören.

[Lisa]: Moment noch Tom! Arbeitest Du für Betty? Reist Du mit ihr herum? Bist Du mit auf Tour? Rätsel gelöst?

[Tom]: Nein, das Rätsel um meine Person ist leider nicht gelöst. Ich muss Dich abermals enttäuschen.

[Lisa]: Würdest Du es mir sagen, wenn ich Recht habe? Wenn etwas davon stimmt?

[Tom]: Ich denke schon. Aber Du liegst komplett falsch. Ich verabschiede mich hiermit notgedrungen. Viel Spaß noch, Ihr Lieben!

Das Profil springt auf Rot.

„Ist er jetzt einfach weg? Antwortet er jetzt nicht mehr?", fragt Bea und neigt sich dicht zum Bildschirm, als könnte sie Tom so sehen.

„Ich befürchte ja", stöhne ich und lehne mich zurück.

„Macht er das immer so?", fragt Gabi.

„Hm", schnaufe ich.

„Aber ich dachte, wir schreiben heute Abend mit ihm hin und her. Er wollte doch mit uns chatten." Vivian behält ebenfalls weiter das rote Profil im Blick.

„Seht Ihr. Genau das ist es. Er verhält sich doch seltsam, findet Ihr nicht? Jedes Mal muss er plötzlich weg und ist verhindert. Irgendwie habe ich das Gefühl, er spielt mit mir. Aber immer muss es nach seinen Regeln laufen."

„Anscheinend sind wir heute Teil dieses Spiels geworden", meint Bea nachdenklich.

„Schon merkwürdig, dieser Kerl. Das Essen, die Geschenke, die teuren Karten …", murmelt Gabi vor sich hin.

„Sag ich ja! Auf der einen Seite ist er einfach unglaublich charmant und ein … uneigennütziger, romantischer Gönner. Jemand, der anderen einfach gerne eine Freude macht. Aber andererseits macht ihn genau das auch schon wieder verdächtig. Warum gerade ich? Nach so kurzer Zeit? Er kennt mich doch eigentlich gar nicht? Mit ihm stimmt etwas nicht. Das spüre ich."

„Was machen wir denn jetzt?" Bea schaut in die Runde.

Ich zucke mit den Schultern.

„Wir spielen mit, solange uns das Spiel gefällt", schlägt Vivian vor und beobachtet unsere Reaktion.

„Das war bisher auch meine Strategie aber ich bin mir nicht sicher, ob es das Richtige ist. Ob ich es so weiterlaufen lassen soll. Immerhin suche ich eine feste Beziehung! Etwas Dauerhaftes! Ich bekomme immer mehr das Gefühl, dass *er* das wirklich nicht möchte. Das ist alles so verwirrend. Vielleicht blockiere ich ihn besser und suche mir einen anderen. Jemanden, bei dem ich eine reelle Chance habe, bei dem zumindest die Aussicht auf eine Beziehung besteht."

„Aber wie willst Du Tom einfach vergessen? Nach diesem Abend und so wie er schreibt. Du kannst Dich doch trotzdem weiter umsehen. Ihn scheint das schließlich nicht zu stören. Besser geht es doch eigentlich nicht", meint Bea gelassen.

„Da stimme ich ihr zu", sagt Gabi und sogar Vivian nickt verhalten, wenngleich sie deutlich skeptischer ist.

„Gib ihm Zeit. Möglicherweise hat er mit Frauen schlechte Erfahrungen gemacht. Vielleicht ist er geschieden oder so", mutmaßt Gabi.

Ich atme geräuschvoll durch.

„Ich finde, wir sollten etwas über Chris herausbekommen. Wenn Tom sich auch versteckt – Chris hat sich immerhin gezeigt. Er hat ein Gesicht, und kein unattraktives", schmunzelt Bea provozierend in Richtung Vivian, die es aber nicht bemerkt. „Ich habe mir zwar das Nummernschild seines Autos nicht gemerkt aber er kam definitiv aus dieser Stadt. Das Auto ist hier angemeldet. So viel weiß ich noch", versichert Bea.

„Aber Chris ist auch ein ziemlich gängiger Name", merkt Gabi an. „Wie willst Du an ihn herankommen? Wir wissen doch außer seinem Vornamen rein gar nichts von ihm. Wo sollen wir anfangen?"

Wir brüten vor uns hin und gefühlte Minuten lang sagt keine mehr etwas. Ich gehe in die Küche und verteile die Gläser mit dem Nachtisch.

„Vielleicht ist er ein Kollege von Tom. Tom ist doch Gymnasiallehrer und er kommt auch von hier. Lasst uns die Schulen im Internet absuchen. Möglicherweise finden wir sogar beide! Finden wir eine Schule, an der es sowohl einen Tom als auch einen Chris gibt, dann haben wir sie." Vivian schiebt sich einen

Löffel Tiramisu in den Mund.

„Genau", pflichtet ihr Bea bei. „Super Idee!" Gabi hat den Mund voll aber sie streckt bestätigend den Daumen hoch.

Offenbar bin ich die einzige, die uns nur geringe Erfolgschancen ausrechnet.

„Aber ich habe doch schon alle Schulen durch. Es sind einfach zu viele", sage ich.

„Du hast doch nur nach Tom gesucht. Tom könnte ja auch sein Spitzname sein. Vielleicht finden wir Chris. Du hast selbst gesagt, dass wir eventuell über ihn an Tom herankommen können", meint Gabi. „Weißt Du was? Möglicherweise ist sogar einer der beiden mit uns zusammen in die Kita oder in die Schule gegangen! Wenn die zwei von hier stammen, wäre es möglich, dass wir sie sogar schon von früher kennen, oder?" Gabi pustet sich eine rote Locke aus dem Gesicht, bevor sie sich den nächsten Löffel Nachtisch zwischen die Lippen schiebt.

Mein Herz schlägt schneller und plötzlich dumpf in meinem Bauch. Aufgeregt wühle ich in meinem Erinnerungszentrum nach Namen und Bildern.

„Aber ich kenne keinen Tom. Auch keinen Chris", stelle ich nach reiflicher Überlegung fest.

„Hm, ich glaube, ich auch nicht." Vivian kratzt ihr Glas Tiramisu aus.

„Bei mir klingelt auch nichts", fügt Bea hinzu.

„Na super", sage ich frustriert. „Damit sind wir ja einen echten Schritt weiter."

„Nicht ganz! Immerhin würden wir Chris wiedererkennen. Das ist ein Anfang und besser als nichts. Kommt, wir probieren die Gesichtsmasken aus und surfen dann im Internet." Vivian steht auf.

„Aber nur, wenn Lisa die Kamera am Laptop abklebt", kichert Gabi.

Mit Haarbändern, grünen Gesichtsmasken und Wollsocken hocken wir wenig später wieder auf dem Sofa vor dem Laptop. Unser Anblick ist einfach zu komisch, so dass wir beschließen, tatsächlich mit Toms Nostalgiegerät ein Selfie zu machen. Dieses alberne Bild muss für die Nachwelt festgehalten werden. Danach klappern wir im Internet sämtliche Gymnasien der Gegend ab. Ich überlasse meinen drei übereifrigen Mädels den Laptop und schaue zu. Sie geben den Suchbegriff Lehrer und die Namen ein. Ergebnisse gibt es zu Hauf, aber nichts Brauchbares. Immerhin würden wir erkennen, ob das auf den Bildern Chris ist. Doch auch er scheint im Internet unsichtbar. Auch das Telefonbuch hilft uns nicht weiter, zumal uns die Nachnamen fehlen.

„Das führt alles zu nichts", sage ich nach eineinhalb Stunden genervt und verschränke die Arme vor der Brust. „Ihr vergeudet Eure Zeit! Das habe ich doch alles schon versucht!"

„Schade", grummelt Vivian enttäuscht.

„Ich habe mir das gleich gedacht. Jemand wie Tom, der sich nicht zeigen möchte, treibt sich doch nicht überall im Netz herum. Das wäre viel zu leicht gewesen. Dass wir Chris nicht aufgehalten haben, war definitiv ein Fehler. So eine Chance bekomme ich so schnell nicht wieder. Ganz sicher nicht." Mit den Ellenbogen auf den Oberschenkeln stütze ich mit beiden Händen meinen Kopf ab und blicke trübselig ins Nichts.

„Egal. Wir halten in nächster Zeit die Augen offen. Irgendwo muss er doch mal auftauchen", meint Bea beharrlich.

„Hast Du Chris denn schon *jeeemals* irgendwo gesehen?", lamentiere ich seufzend.

„Nein", blökt Bea zurück.

„Siehst Du. Warum sollte er uns dann gerade jetzt über den Weg laufen?"

„Mädels, der Abend hat so schön angefangen", beruhigt Vivian die angespannte Konversation. „Kommt, wir waschen uns das Zeug aus dem Gesicht und überlegen noch einmal ganz in Ruhe."

„Meinetwegen." Ich wuchte mich vom Sofa hoch. „Wir haben den Beautykleister sowieso schon viel zu lang auf dem Gesicht. Bei mir bröckelt er schon ab." Schnell halte ich meine Hand unter das Kinn, von dem grüne Brösel abfallen.

„Auch, wenn der Typ sich nicht zu erkennen geben will – sieh es doch mal positiv. Welcher Mann bitte lässt sich so tolle Dinge für Frauen einfallen und organisiert das Ganze auch noch! Mit Lieferservice! Dann noch diese irren Konzertkarten! Ich habe so jemanden bisher noch nicht kennengelernt", stellt Bea fest. „All das spricht eindeutig *für* ihn – zusätzlich zu seiner witzigen und poetischen Ader. Mehr Traummann geht doch wohl nicht!"

„Wenn er einfach einen guten Grund für sein distanziertes Verhalten hat? Vielleicht ist er … behindert. Er könnte im Rollstuhl sitzen und gelähmt sein. Oder er hatte mal einen schweren Unfall, der schlimme Narben hinterlassen hat. Alles möglich. Kann ja sein, dass er möchte, dass Du ihn erst als Menschen kennen und vielleicht sogar … lieben lernst. Dass Du erst seine inneren Werte zu schätzen weißt", mutmaßt Gabi.

Das könnte passen und *ergäbe Sinn …*

„Vielleicht ist er ja taubstumm. Deshalb können wir uns nur schreiben! Das ist es!", stoße ich aus und bin sicher, das Rätsel gelöst zu haben – wenn auch mit einem eher bitteren Ergebnis. „Aber das wäre dann trotzdem nicht okay von ihm. So etwas darf man doch niemandem verschweigen, oder?"

„Immerhin hat er Dir von Anfang an gesagt, dass Ihr Euch nie persönlich treffen werdet. Er hat Dir sogar gesagt, dass Du Dich wegen Deiner Partnersuche anderweitig orientieren sollst. Ich finde das mehr als korrekt", fügt Gabi hinzu.

„Er hat bestimmt Komplexe und traut sich nicht", meint Bea.

„Ich habe Mitleid mit ihm. Dahinter steckt garantiert eine total traurige Geschichte", ergänzt sie einfühlsam.

Auch das noch. Will ich ein trauriges Schicksal? Aber er ist wirklich nett. Richtig nett. Er hätte es nicht ver*dient, dass ich ihn abserviere. Er hat sich mit diesem Abend heute auch so viel Mühe gegeben.*

„Diese ganzen Mutmaßungen führen zu nichts. Da kann wer weiß was dahinterstecken. Schreibt Euch einfach noch eine Weile und warte ab, was passiert – oder auch nicht. Aber sei vorsichtig", rät Vivian.

„Diesen geheimnisvollen Traumprinzen jetzt schon in den Wind zu schießen, wäre wirklich eine Schande. Lass es vorerst weiterlaufen und vor allem – halte uns auf dem Laufenden", schmunzelt Bea.

Ich überlege. *Es muss eigentlich gar nichts Schlimmes dahinterstecken. Er könnte auch berühmt und in einem goldenen Käfig gefangen sein. Das wäre genauso möglich!*

Als ich an diesem Abend zu später Stunde meine Freundinnen verabschiede, bin ich fast erleichtert über etwas Ruhe. Ich brauche Zeit zum Nachdenken – und zum Schreiben. Und dazu lege ich mir die Meditationsmusik von Tom auf, die wir noch nicht angehört haben. Dafür war die Aufregung viel zu groß.

Die Musik dudelt nun leise im Hintergrund vor sich hin. Ich räume dabei etwas auf, bevor ich mich um 0 Uhr 35 mit meinem Laptop ins Bett setze. Das Gerät auf dem Schoß, schreibe ich Tom.

[Lisa]: Hi! Ich habe die Mädels eben rausgeworfen. Es war ein wirklich schöner Abend. Du hast mächtig Eindruck hinterlassen und wir freuen uns schon auf Donnerstag. Wie war Dein Abend?

Was hast Du gemacht? Möchtest Du mir vielleicht jetzt erzählen, warum Du wieder so schnell wegmusstest?

Ich schaue auf den Monitor. Sein Profil ist offline. Ich warte. Auch nach fünf Minuten noch keine Antwort. *Bestimmt schläft er schon. Kein Wunder, zu der Uhrzeit.*

[Lisa]: Ich hatte gehofft, Du bist noch wach. Du kannst Dich ja morgen mal melden. Ich werde jetzt schlafen. Gute Nacht!

Ich gähne und stelle den Laptop nebenan auf die freie Bettseite. Allerdings fahre ich ihn nicht herunter, sondern lasse ihn im Standby-Modus. Auf der Seite liegend, betrachte ich die Herzfunk-Seite. Nach einer Weile wird mein Bildschirm dunkel und ich schlafe ein.

04:25 Uhr

Ich werde wach, weil neben meinem Gesicht der Monitor aufleuchtet. Benommen blinzele ich und sehe, dass Toms Profil auf dem Bildschirm grün blinkt. *Er ist online!*

Sofort hellwach richte ich mich im Bett auf. Ich setze mich aufgeregt hin, lege mir den Computer auf die Beine und lese:

[Tom]: Hallo Lisa! Mein Abend war weniger spannend, auch wenn hier viel los gewesen ist. Es lässt sich in meinem Leben leider nur wenig planen. Ich hätte auch gerne länger mit Euch geschrieben aber es gab einen unvorhersehbaren Zwischenfall, auf den ich nicht näher eingehen kann. Verzeih mir das bitte. Alles ist derzeit etwas chaotisch.

Schön, dass ich bei Deinen Freundinnen Eindruck hinterlassen habe. Ich freue mich, dass Du einen schönen Abend hattest. Habt Ihr Fotos gemacht? Ich mag es, richtige Fotos anzusehen. Sie in den Händen zu halten, ist etwas anderes als sie sich auf einem Handy anzuschauen, findest Du nicht? Die Aufnahmen auf Papier haben irgendwie mehr Charme, finde ich.

Freust Du Dich schon auf das Konzert? Ich bin davon ausgegangen, dass Ihr Mädels Betty Flow mögt. Die Musik ist ja gerade voll hip. Schlaf weiter gut! Ich melde mich später nochmal!

[Lisa]: Hey! Ich bin auch wach! Warum schläfst Du nicht? Dein Abend war weniger spannend, aber es war viel los? Zwischenfall? Chaotisch? Wie soll ich das verstehen?

Übrigens habe ich seit dem Mädelsabend tatkräftige Unterstützung bekommen. Die vier Detektivinnen werden versuchen, das sagenumwobene Rätsel um Deine Person zu lösen!

Betty war ein Volltreffer! Wir kennen viele ihrer Texte auswendig!

Die Kamera war eine tolle Idee von Dir. Du hast absolut recht mit den Fotos. Als ich klein war, hat meine Mama Alben angelegt und tatsächlich werden diese bei Familientreffen des Öfteren herausgeholt und mit Begeisterung durchgeblättert. Es ist immer wieder lustig. Das mit den Handyfotos ist in meiner Familie genauso aber vermutlich sieht die jüngere Generation das vollkommen anders, lach.

[Tom]: Ja, das könnte sein. Mal sehen, wie sich dieses Generationending´ in Zukunft entwickelt. Vielleicht bekommen wir es ja mit.

Singt am Donnerstag nicht so laut mit, dass Ihr Betty übertönt!

Ich brauche nicht viel Schlaf. Ab und zu schlafe ich tagsüber, dafür bin ich nachts gelegentlich wach. Die Enttäuschung könnte sehr groß sein, wenn Ihr das Rätsel um mich löst. Ich werde jedoch alles daransetzen, dass es dazu nicht kommt. Meine Privatsphäre ist mir heilig und extrem wichtig. Ich mag es nicht, wenn man darin herumstochert.

[Lisa]: Deine Privatsphäre? Das sagt ausgerechnet jemand, der heimlich meine Adresse recherchiert …

Wir haben nicht vor, indiskret zu werden. Alles hat seine Grenzen! Geht es Dir darum, dass ich Dich und Deinen Charakter schätzen lernen soll? Ist es das? Ich gehöre nicht zu den oberflächlichen Menschen, die sich nur von Äußerlichkeiten leiten lassen. Das solltest Du eigentlich schon bemerkt haben.

[Tom]: Schluck. Das mit Deiner Adresse tut mir leid, Lisa. Ich habe nicht darüber nachgedacht und hatte nur diese Überraschung im Kopf. Wie das auf Dich wirkt, habe ich total ausgeblendet. Das ist mir erst im Nachhinein klargeworden und zugegeben, ich schäme mich dafür. Alleine das zeigt mir schon, was für ein gutmütiger Mensch Du bist. Du gibst mir eine Chance und versuchst, mir zu vertrauen, obwohl ich Dein Vertrauen eigentlich schon missbraucht habe. Du bist das Gegenteil von oberflächlich. Das beweist auch die Tatsache, dass wir uns schreiben. Dass Du mir schreibst, obwohl ich so bin wie ich bin und mich so verhalte, wie ich es tue …

[Lisa]: Hast Du Angst, dass mich der ′Rest′ von Dir abschrecken würde, wenn ich die Wahrheit erfahre? Möchtest Du deshalb, dass ich Dich erst einmal auf Distanz kennenlerne? Hattest Du einen schweren Unfall?

[Tom]: Nein, ich hatte keinen Unfall und ich bin auch nicht entstellt. Meintest Du das?

Übrigens, ich möchte noch einmal loswerden und Dir versichern, dass ich Dich nicht stalken werde. Ich werde Deine Adresse nicht missbrauchen, versprochen! Ich habe auch keine Kameras auf dem Dach des Nachbargebäudes installieren lassen. Kleiner Scherz.

[Lisa]: Ich dachte – nein, ehrlich gesagt kam eine Freundin von mir auf die Idee – dass Du vielleicht 'Komplexe' hast und Dich deshalb nicht zu erkennen geben möchtest. Ich hätte auch kein Problem damit, wenn Du taubstumm wärst, oder blind, oder sonst etwas. Ich finde Dich wirklich sympathisch und mag Deine Art zu schreiben. Das hast Du inzwischen hoffentlich gemerkt.

Zu den Kameras: Ich werde morgen sicherheitshalber kontrollieren, ob das Nachbargebäude clean ist.

[Tom]: Dass ich weiter nichts über mich preisgeben möchte, ist zu Deinem Besten und zu Deinem Schutz, Lisa. Bitte, belass es dabei. Ich fände es sehr schade und traurig, wenn ich Dich deshalb blockieren müsste und wir uns nicht mehr schreiben könnten.

Zu meinem Schutz? Wovor will er mich denn beschützen? … Vielleicht ist Tom doch etwas weiter weg und beauftragt deshalb seinen Freund. In der Gegend … genauer hat er sich dazu ja nicht geäußert …

[Lisa]: Ich bin volljährig und durchaus in der Lage, meine Entscheidungen selbst zu treffen. Ich kann mich auch ganz gut selbst beschützen! Den Schwertkampf vergessen? Außerdem kann ich Geheimnisse für mich behalten.

[Tom]: Ich hatte Deine Spezialausbildung fast erfolgreich verdrängt ;-).

[Lisa]: Du lenkst schon wieder von Dir ab! Das machst Du ja nicht ungeschickt aber ich kann durchaus auch zwischen den Zeilen lesen.

Hast Du mich vielleicht belogen und bist viel älter als im Profil angegeben? Hast Du Angst, ich entlarve Dich?

[Tom]: Ich habe nicht gelogen, aber Angst habe ich durchaus – dass Du mir nicht mehr schreibst – oder dass ich die Sache hier beenden muss. Schade, dass Du so hartnäckig bist und es nicht auf sich beruhen lassen kannst.

[Lisa]: Wie wäre es denn, wenn ich Dir ein Foto von mir schickte? Das wäre meinerseits auf jeden Fall ein Vertrauensbeweis, denn ich hatte eigentlich nicht vor, so schnell ein Bild von mir zu zeigen.

[Tom]: Es ist besser, ich habe kein Bild von Dir. Das macht es nur komplizierter. Schlaf jetzt. Ich wünsche Dir eine angenehme Nacht und süße Träume! Bye, bye!

„Bye, bye?!", sage ich ungläubig, während Tom sich auch schon abmeldet. Frustriert fahre ich den Laptop herunter, klappe ihn zu und lege ihn weg.

An Schlaf ist jetzt natürlich nicht mehr zu denken. *Noch nicht einmal ein Bild will er von mir. Wer würde denn so etwas ablehnen? Er hätte mir ja trotzdem kein Bild von sich schicken müssen! Warum will er mich nicht sehen? Was soll dieser Beschützerquatsch? Jeder andere* hätte doch sofort zugestimmt!

Über eine Stunde liege ich noch wach und zermartere mir den Kopf. Es dauert ewig, bis ich in einen unruhigen Schlaf hinübergleite.

Nächster Tag

11:20 UHR

Ich schiele schlaftrunken in die Dunkelheit. Durch die nächtlichen Aufregungen bin ich jetzt total gerädert. Kaum sitze ich bei meinem einsamen Spätaufsteherfrühstück, da ruft Vivian an.

„Hat er sich schon gemeldet?“, begrüßt sie mich.

Ich verdrehe schmunzelnd die Augen.

„Ja. Er war letzte Nacht wach, weil er auch nicht schlafen konnte. Er verlangt übrigens, dass ich keine Nachforschungen anstelle. Ein Bild von mir wollte er nicht haben. Kannst Du das glauben? Dabei wusste er, dass ich im Gegenzug gar kein Foto von ihm erwartet hätte!“

Es klingelt in der Leitung und Gabi schaltet sich in unser Gespräch mit ein.

„Hast Du ihn darauf angesprochen, ob er im Rollstuhl sitzt oder ähnliches?“, erkundigt sich Gabi.

„Indirekt. Ich habe ihm gesagt, dass ich kein oberflächlicher Mensch bin und ihn gefragt, ob er mal einen schweren Unfall hatte. Angeblich ist das aber nicht der Fall, und entstellt sei er auch nicht. Dann schrieb er noch, es sei zu meinem eigenen Schutz, dass er von sich nicht viel preisgibt. Das wird immer skurriler. Warum muss gerade ein so toller Typ wieder mal unerreichbar sein? Kann mir das von Euch mal bitte jemand erklären?"

„Vielleicht ist er gar nicht unerreichbar, sondern tut nur so. Um sich selbst zu schützen, Lisa", formuliert Gabi vorsichtig. „Bei dem Konzert bleibt es doch, oder? Wir gehen da doch zusammen hin oder willst Du einen Rückzieher machen?"

„Klar gehen wir dahin. Aber ich würde mich besser fühlen, wenn ich die Karten selbst bezahlt hätte. Ich bin nicht gerne jemandem etwas schuldig."

„Es war doch seine Idee und offenbar macht er es ja gerne. Vielleicht beschenkt er noch mehr Leute. Wer weiß das schon", meint Gabi.

„Also ich freue mich ja auch über die Karten, wirklich, aber etwas komisch finde ich so ein teures Geschenk an uns alle auch", gesteht Vivian.

„Siehst Du, Gabi", sage ich. „Außerdem habe ich ein seltsames Gefühl wegen des Konzerts."

„Wie meinst Du das?", erkundigt sich Gabi.

„Naja, vielleicht taucht er dort auf, oder er ist Teil der Show."

„Mit dem Gedanken habe ich auch schon gespielt. Hoffentlich kannst Du bis Donnerstag überhaupt schlafen", stichelt Vivian liebevoll.

„Das wird in jedem Fall eine Herausforderung", lache ich. „Aber zur Not trinke ich vorher einen doppelten Espresso."

„Gleich, Nils!", brüllt Vivian. „Ich telefoniere noch!"

„Was ist?", will ich wissen.

„Nils und ich sind mit seiner Family verabredet. Lasst uns die Tage nochmal telefonieren, Mädels", schlägt Vivian vor.

„Wenn Lisa nicht schon vorher brandaktuelle Neuigkeiten für uns hat und in der Klatschpresse das Titelbild ziert", witzelt Gabi.

„Wer weiß, welcher Promi sich hinter Tom verbirgt?"

„Macht Euch nur über mich lustig", scherze ich. „Wir hören uns. Bis dann!"

Mittwoch

17:30 UHR

Inzwischen habe ich zwei weitere Chatpartner kontaktiert, die leider auch nicht zu mir passen. Deshalb sind sie auch wie der Gärtner schnell wieder rausgeflogen. Drei Nieten. Tom ist seit unserem letzten Chat in der Nacht auch verschollen.

Das deprimiert mich am meisten, denn mir liegt schon einiges an ihm. Ich bin einfach nicht in der Lage, ihn zu vergessen. Ich bringe es nicht fertig, ihn zu blockieren, obwohl mein Verstand permanent versucht, die Oberhand über meine Emotionen zu bekommen. Er will mir klarmachen, dass es keinen Zweck hat, auf Tom zu warten. Eine Schlussfolgerung, die, wenn ich ehrlich bin, durchaus auf Logik und gesundem Menschenverstand basiert. Aber etwas in mir sträubt sich vehement, dieser Stimme Gehör zu schenken. Wenngleich schon seit drei Tagen nicht das winzigste Lebenszeichen von ihm kam! Nicht einmal ein kurzes ´Hallo´, oder ´Wie geht es Dir´. Niente!

Bereits unzählige Male habe ich seine letzten Nachrichten gelesen. So viele offene Fragen, die er mir nicht beantworten will. Dennoch komme ich immer mehr zu der Überzeugung, dass hinter seinen Zeilen eine hochsensible, verletzliche Person stecken muss. Jemand, der momentan nicht das Leben führt, das er eigentlich führen möchte. Genau aus diesem Grund kann ich Tom im Moment auch noch nicht vergessen.

Wie jetzt gerade lese ich immer wieder seine letzten Zeilen und versuche, daraus schlau zu werden. Seine Nachrichten wühlen mich auf.

Ich ärgere mich, weil er mir nichts Genaues über sich sagt.

Ich bin verunsichert, weil mein Herz frohlockend zuckt und ernsthaft mit dem Gedanken spielt, sich auf dieses verrückte Wagnis einzulassen.

Ich bin verzweifelt, weil meine Vernunft mich vor ihm warnt und mir sagt, dass ich ihn mir endlich aus dem Kopf schlagen soll.

Ich bin enttäuscht, weil er kein Foto von mir will und damit nicht die Art von Interesse an mir zeigt, die ich mir wünschen würde.

Gleichzeitig mache ich mir tatsächlich Sorgen.

Seine Art zu schreiben und sich auszudrücken ist erfrischend witzig aber zugleich auch traurig melancholisch. Sie ist tiefgründig emotional und fesselt mich auf eine Weise, wie es noch nie ein Mann geschafft hat. Natürlich will ich wissen, warum er mich abweist und sich gleichzeitig um mich bemüht. Alleine durch die Aktion mit dem Mädelsabend und den Konzertkarten kann man das doch wohl nicht anders deuten! Meine Neugier wächst stetig und ich brenne darauf, Antworten zu erhalten. Aber wenn ich die bekommen will, muss ich vermutlich feinfühliger und empathischer sein als jemals zuvor – und auch geduldiger, als jemals zuvor.

Womöglich hat er riesige Angst – mehr als ich mir vorstellen kann. Aber woher rührt seine Angst? Was genau könnte passieren, wenn ich es herausbekomme? Hat er Bedenken, mich zu verlieren? Mag er mich doch so sehr? Oder gerät er dann in Schwierigkeiten? Möglicherweise sogar ich? ... *Ist er doch ein Spion? ... ein Promi? ... beim Geheimdienst? ... könnte ich tatsächlich in Gefahr geraten?*

Wenn obskure Leute auf die Idee kämen, er hätte mir wichtige Informationen verraten oder etwas bei mir versteckt, weil wir uns kennen ... shit, dann wäre ich wohl wirklich in Gefahr. Er sagt, er will mich beschützen. – Wovor, verdammt!? Selbst wenn wir nur über das Internet und diese Plattform kommunizieren, bekommen andere das doch raus! Das Netz ist wie ein offenes Buch! Ein Eldorado für Kriminelle! Die wüssten doch schon längst, dass wir *in Kontakt stehen!*

Meine Ideen werden immer absurder und die Unwissenheit quält mich. Gleichzeitig versucht die innere Stimme der Vernunft erneut, lauter und energischer Gehör zu erlangen. Mit meinem wachsenden Frust drängt sie sich penetrant nach vorne. Trotzdem kann sie das sanfte, warme Pulsieren meines Herzens nicht komplett unterbinden oder ignorieren. Aus irgendeinem mir selbst unerklärlichen Grund zieht es mich zu diesem Mann hin. Im Moment hege ich die Hoffnung, dass sich mit dem Konzert alles ändern wird. Wer weiß, vielleicht taucht Tom ja wirklich dort auf. Er könnte zu Bettys Crew gehören. Möglicherweise lässt er dort vor all diesen Menschen die große Bombe platzen, zieht mich auf die Bühne und küsst mich stürmisch vor tausenden Besuchern. Was sind da schon drei Tage, in denen er nichts von sich hören lässt? Vielleicht legt er gerade letzte Hand an die Vorbereitung für das Konzert!

Augenblicklich verscheuchen diese so glückseligen Gedankengänge das kleine Stimmungstief. In meinem Gesicht macht sich schon wieder ein kleines Lächeln breit, als es an der Haustür schellt.

Die Nachbarin von unten, eine ältere alleinstehende Dame, hält mir ein Päckchen entgegen.

„Hallo. Das ist heute Mittag mit der Post gekommen. Ich habe es für Sie angenommen."

„Oh. Das ist aber lieb. Dankeschön", bedanke ich mich und winke ihr die Treppe hinunter nach. Ich warte, bis sie verschwunden ist. Dann schließe ich die Tür.

Ich nehme das Päckchen mit in die Küche und lese den Absender. Es scheint von einem Fan-Shop zu kommen. Ich runzele die Stirn. *Ich habe doch gar nichts bestellt …*

Ich öffne das Päckchen und traue meinen Augen nicht. Vier T-Shirts mit riesigem Betty Flow-Aufdruck, auf dem groß VIP steht. Aber nicht nur einfach VIP, sondern ein Schriftzug aus funkelnden Strasssteinen! Aber das Aller – Allerbeste: ein Original-Autogramm von Betty! Es ist nicht zu verkennen, dass das kein einfacher Aufdruck ist. Das ist *ihre* Schrift! *SIE* persönlich hat die Shirts für uns signiert!

Ich bebe vor Verzückung und greife sofort zu meinem Handy. Umgehend schieße ich ein Foto von einem ausgebreiteten Shirt und schicke es an meine Freundinnen. Als ich sehe, dass alle drei das Foto bereits geöffnet haben, ruft mich auch schon Bea zu einem Videochat an. Nahezu zeitgleich schalten sich wie erwartet Vivian und Gabi mit dazu.

„Die sind der absolute Knaller! Sind es auch vier Stück?", Bea ist komplett aus dem Häuschen.

„Ja, es sind vier", lache ich.

„Hat Tom die Shirts geschickt?", fragt Vivian.

„Es lag kein Zettel bei aber es sieht aus, als kämen sie von einem Fan-Shop", sage ich und inspiziere den Absender und den Karton ein weiteres Mal. Für meine Freundinnen halte ich die Shirts in die Handykamera und zeige ihnen den Aufkleber auf dem Päckchen.

„Meinst Du, Tom arbeitet für Betty? Dass er zu ihrem Team

gehört?“, fragt Bea.

„Bestimmt müssen sie es geheim halten. Sonst könnten Bettys Fans ja die Mitarbeiter verfolgen und so an sie herankommen. Dann könnte sie keinen Schritt mehr ohne Bodyguard machen!“

„Meinst Du, das wird im Team so streng gehandhabt?“, frage ich skeptisch.

„Ich kann mir das irgendwie nicht vorstellen. So ein Aufwand? Nur deshalb?“, sagt Vivian. „Hast Du Dich bei Tom schon für die Shirts bedankt?“

„Nein. Noch nicht. Was ist, wenn sie doch nicht von Tom sind? Das wäre doch super peinlich“, merke ich an.

„Klar sind sie von Tom! Kein Zweifel! Von wem sollten sie sonst kommen?“, meint Gabi.

„Vielleicht sind sie ja eine Überraschung von einer Euren besseren Hälften. Eure Männer wissen schließlich auch von dem Konzert.“

„Das kannst Du in meinem Fall vergessen, auf so etwas käme Nils nie“, wehrt Vivian leicht abfällig ab. „Selbst wenn, wieso sollte er sie dann zu Dir schicken? Das ist doch unlogisch.“

„Abgesehen davon, dass es unlogisch wäre, würde das zu dem Meinen auch nicht passen. Stefan ist schon lieb und kann auch romantisch sein, aber so was ist nicht seine Art. Er muss alles lange vorbereiten und gerade hat er ohnehin zu viel Stress“, brummelt Bea.

„Meinem Paul liegt Romantik auch so gar nicht. Geschenke gibt es immer nur zu speziellen Anlässen wie Geburtstag, Weihnachten oder unserem Jahrestag. Ohne die Erinnerung durch sein Handy würde er garantiert selbst meinen Geburtstag vergessen. Außerdem ist er eher praktisch veranlagt, was Geschenke angeht“, seufzt Gabi und klingt dabei etwas eifersüchtig.

„Also sind die Shirts von Tom“, stelle ich fest.

„Du hast wohl von uns allen den Hauptgewinn gezogen“,

frotzelt Bea liebevoll.

„Von wegen. Schön wäre es", erwidere ich. „Uns verbindet nur eine Schreibfreundschaft und er besteht darauf, dass das auch so bleibt. Schon vergessen?"

„Das ist so schade", seufzt Bea. „Alleine diese Gedichte und das mit dem Sternenhimmel. Dann noch diese witzige Idee mit den Wollsocken! Ich finde ihn so klasse!"

„Tja, klasse aber unerreichbar. Zumindest will er unerreichbar sein. Er blockt jegliche nähere Auskunft über sich total ab. Er hat mir sogar damit gedroht, mich zu sperren, sollte ich weitere Nachforschungen anstellen. Er will seine *Privatsphäre* behalten."

„Selbst bei den Traumprinzen ist immer etwas faul. Warum müssen die Männer allesamt so kompliziert sein?", schimpft Vivian.

„Keine Ahnung", erwidere ich gefrustet.

„Jedenfalls würde ich sagen, Lisa kann sich getrost bei Tom für die Shirts bedanken", meint Bea. „Guck doch mal, ob er gerade online ist."

Natürlich werde ich ihr nicht auf die Nase binden, dass ich sogar noch bei der Partnervermittlung eingeloggt bin.

„Das kann ich mir zwar nicht vorstellen, aber meinetwegen. Moment", sage ich und gehe ins Wohnzimmer. Wie erwartet ist Toms Profil rot. Ich nehme den Laptop mit in die Küche und bekomme fast einen Herzkasper, als sein Lämpchen dabei grün wird. *Er ist wieder da!* Ich spüre, wie die Aufregung bitzelnd das Adrenalin in mir freisetzt, das sich wohlig warm kribbelnd in meiner Körpermitte verteilt.

„Er ist online. Soll ich warten, ob er schreibt? Oder soll ich?"

„Schreib Du", entscheidet Bea augenblicklich.

„Okay." Ich lehne das Telefon neben dem Bildschirm gegen eine Wasserflasche, damit mich die Mädels weiterhin sehen können. Dann atme ich tief durch und reibe die Handflächen auf den Oberschenkeln warm. Vor Nervosität sind meine Hände ganz kalt geworden. Mit rasendem Puls lese ich beim Schreiben für meine Mädels laut mit.

[Lisa]: Hallo Tom! Alles gut bei Dir? Du hast einige Tage nichts von Dir hören lassen … Heute kam ein Päckchen mit der Post. Hast Du das geschickt?

[Tom]: Jetzt bist Du mir zuvorgekommen. Schön, von Dir zu hören. Ich hatte die letzten Tage leider keine Möglichkeit, mich zu melden. Passen die Shirts? Habe ich die richtigen Größen ausgewählt? Chris war leider keine große Hilfe. Aber das spricht wohl für ihn oder gegen seine Sehkraft.

lese ich schmunzelnd vor.

„Was für ein Scherzbold. Du bist wirklich ein Glückspilz, Lisa. Meinst Du, er hat noch mehr Überraschungen?", rätselt Gabi aufgekratzt.

„Woher soll ich das wissen, Gabi", lache ich und amüsiere mich über ihr breites Grinsen. Sie trägt die roten Locken heute offen, so dass sie ihr Gesicht mit den vielen Sommersprossen halb verdecken.

„Schreib ihm zurück", fordert sie eifrig und ich lese erneut laut mit, während ich tippe.

[Lisa]: Ich denke, die Shirts dürften passen. Den Termin beim Optiker kannst Du für Chris also wieder streichen. Arbeitest Du neben Deiner schulischen Tätigkeit noch für eine Eventagentur oder ähnliches?

„Das ist genial, Lisa!", sagt Bea.

„Warten wir erst einmal seine Antwort darauf ab. Wenn er

denn überhaupt antwortet", erwidere ich.

[Tom]: Kleiner Nebenjob außer der Reihe – aber nur für Dich, meine Süße. Ich muss Dich doch bei Laune halten, wenn ich schon anderweitig so kompliziert und unberechenbar bin.

„Er schreibt 'meine Süße'!", quiekt Bea entzückt. „Ganz klar, er mag Dich, auch wenn er kein Foto möchte. Bestimmt hat er Angst, er verliebt sich dann sofort", mutmaßt sie schmachtend.

„Meinst Du? … Ich weiß nicht. Ich verstehe immer noch nicht, was daran schlimm wäre. Es könnte so einfach sein! Seine Unnahbarkeit raubt mir den letzten Nerv. Obwohl er mir ständig sagt, er will von mir nur eine oberflächliche Freundschaft … Ich werde noch wahnsinnig! Irgendwie glaube ich ganz fest daran, dass auch er trotz allem mehr will. Dass er sich nur nicht traut!"

„Wer kann heute schon sagen, wie sich das alles entwickelt. Je länger Ihr Euch kennt, desto mehr gewinnst Du vielleicht sein Vertrauen. Auch er kann nicht wissen, was morgen oder übermorgen sein wird, und auch er kann seine Meinung schließlich ändern. Gib Euch einfach mehr Zeit", rät Vivian. „Nach den paar Tagen kann schließlich niemand erwarten, dass jemand voller Vertrauen sein komplettes Leben vor dem anderen ausbreitet. Vielleicht ist er ein gebranntes Kind."

„Bin ich zu ungeduldig?"

„Überleg doch mal, wie kurz Du ihn erst kennst! Du kannst noch nicht einmal von Wochen reden!", betont Vivian.

„Frag Tom doch, ob er mehr Zeit braucht", sagt Gabi.

Ich atme tief durch und lege wenig zuversichtlich meine Finger auf die Tastatur.

[Lisa]: Mich bei Laune zu halten, gelingt Dir wahrlich gut. Wenn ich Dir etwas Zeit gebe und Dich zwischenzeitlich auch nicht mehr damit nerve, meinst Du, Du könntest mir irgendwann erzählen, weshalb Du so distanziert bist und so wenig von Dir und Deinem Leben preisgeben möchtest?

[**Tom**]: Du glaubst gar nicht, wie gerne ich Dir diese Hoffnung lassen würde. Ich könnte Dich einfach hinhalten und in dem Glauben lassen, aber das wäre unfair. Ich bin nicht der Märchenprinz, für den Du mich vermutlich hältst. Ich kann es Dir nur immer wieder schreiben. Du musst das wissen und darfst es nie vergessen! Uns darf ausschließlich diese Schreibfreundschaft verbinden und dabei muss es bleiben. Glaube mir, es schmerzt mich unendlich, Dir die Wahrheit zu sagen, denn ich habe Angst, Dich dadurch zu verlieren. Ich bin Dir auch nicht böse, wenn Du jetzt Abstand zu mir möchtest. Mit den Konzertkarten hat das gar nichts zu tun. Die sollen Dich nicht daran hindern, mich zu blockieren. Ich will Deine Freundschaft nicht kaufen oder Dich durch Geschenke an mich binden. Du bist mir nichts schuldig und musst auch kein schlechtes Gewissen haben. Wenn es Dir zu viel wird, kannst Du den Kontakt jederzeit abbrechen. Ich könnte Dich verstehen, Lisa, und vielleicht wäre es sogar das Beste für Dich.

Lese ich meinen Freundinnen vor und meine Stimme wird mit jedem seiner Sätze leiser. Ich spüre, wie sich alles in mir zusammenzieht. Mir schießen die Tränen in die Augen.

„Wie selbstlos. Da könnte ich glatt losflennen“, schnieft Bea gerührt. „Gib ihn ja nicht so schnell auf! Noch nie habe ich solche Worte von einem Mann gehört. Die Distanz, die er von Dir verlangt, ist garantiert ein Schutzschild.“

„Es muss etwas ganz, ganz Schlimmes dahinterstecken. Ich habe Mitleid mit ihm. Er klingt so traurig und verzweifelt. Ich würde ihm auch mehr Zeit geben“, bestärkt mich Gabi.

Ich streiche mir eine Träne aus dem Augenwinkel und versuche mich zu sammeln.

„Ich kann ihn sowieso nicht vergessen und blockieren, selbst wenn mein Verstand mir das unentwegt nahelegt."

„Dann hör auf Dein Herz, Lisa. Wenn Dein Bauchgefühl auch auf Toms Seite ist, dann steht es vorerst sowieso zwei gegen eins", merkt Vivian an.

„Aber ich will keinen Fehler machen, Vivian. Ich habe schon so oft danebengegriffen."

„Du kannst nicht erwarten und verlangen, dass die wahre Liebe keine Zeit braucht. Kopf, Bauch und Herz müssen sich einig sein, Lisa. Wobei ich denke, dass sogar der Verstand insgeheim immer wieder klammheimlich beim Herzen anklopft und um Rat und eine Einschätzung bittet. Trotzdem glaube ich, erst, wenn alle drei irgendwie im Einklang sind, wenn sie mit einer Stimme sprechen, dann hast Du die Liebe fürs Leben gefunden. Aber Du findest sie erst am Ende eines Weges, sie wartet nicht gleich hinter der nächsten Tür. Ab und zu muss man auch über Hürden steigen und Umwege gehen, um die drei am Ende des Weges endlich zu treffen."

In der Leitung herrscht Totenstille.

„Seid Ihr noch da?", fragt Vivian.

„Na, Du kannst ja Reden schwingen", sagt Gabi baff. „Das muss selbst ich erst mal sacken lassen."

„Solche poetischen Worte. Krass, Vivian. Hast Du die von Tom abgeguckt? Du bist aber schon noch unsere Vivian, oder?" Bea scheint ebenfalls von den Socken. Ihre Stirn liegt in Falten.

„Welchen Beweis muss ich Euch liefern, dass das aus meiner Feder stammt", stöhnt Vivian übertrieben.

„Okay, ich gebe Tom, *Uns*! mehr Zeit und werde mich in Geduld üben. Vielleicht zahlt es sich ja aus. Und Ihr probt jetzt fleißig Eure Texte für morgen", scherze ich locker, obwohl Vivians

Worte bei mir einen tieferen Eindruck hinterlassen haben als ich nach außen zeigen möchte.

„Bis morgen, Ihr verrückten Hühner. Wenn Ihr wieder mal eine Lebensweisheit braucht und Tom nicht erreichbar ist, Ihr kennt ja meine Nummer", lacht Vivian.

„Gib mir mal Deine Sprechzeiten durch", kichert Bea.

„Ich muss jetzt Schluss machen und mich mal meiner Garderobe widmen. Man sieht sich im Glitzerfummel", scherzt Gabi.

Alle winken in die Kamera und ich schließe den Telefonchat. Dann widme ich mich wieder Tom.

[Lisa]: Prinzen gibt es sowieso nur im Märchen. So schnell wirst Du mich nicht los. Hörst Du eigentlich auch ab und zu Betty Flow?

[Tom]: Ja. Deutsche Schlager sind mitunter gar nicht so übel und Betty hat schöne Texte. Aber ich bin was Musik angeht für sehr viele Richtungen offen. Wie ist das bei Dir?

P.S. Schön, Dich so schnell nicht loszuwerden.

Mein Herz macht einen zaghaften Freudenhüpfer, obwohl der Verstand es an der kurzen Leine hält.

[Lisa]: Ich höre auch alles, von Pop bis Klassik. Es kommt auf die Stücke an. Was ist Dein derzeitiger Lieblingssong?

[Tom]: Im Radio läuft gerade einiges, das ich ganz gut finde. Einen speziellen Song gibt es aber derzeit nicht. So etwas ist bei mir auch tages- und stimmungsabhängig. Aber wenn wir uns schreiben, ist meine Stimmung immer richtig gut, hier geht dann selbst bei Unwetter die Sonne auf.

Das beweist doch, dass er mich mehr als nur ein bisschen mag!

Ich schmunzle hoffnungsvoll und nehme mir fest vor, ihn nicht weiter zu bedrängen. So vermeide ich an diesem Abend konsequent alle Fragen, die ihm auch nur ansatzweise den Eindruck vermitteln könnten, ich wolle ihn aushorchen. Je mehr Druck ich mache, desto mehr zieht er sich zurück – oder er wird sauer. So viel habe ich inzwischen verstanden. Ich will ihn nicht verärgern. Vielleicht ist diese Geduldsübung ja auch für andere Bereiche meines Lebens sinnvoll. Abgesehen davon, möglicherweise hat das Versteckspiel ja morgen bereits ein

Ende …

Das Konzert

Aufgekratzt und herausgeputzt mit den tollen Shirts stehen wir in einer Schlange, um in die Halle zu kommen. Wegen der hohen Sicherheitsvorschriften brauchen wir über eineinhalb Stunden, um hineinzugelangen. Dann werden wir über einen separaten Zugang sofort ganz nach vorne verwiesen. Das Gedränge ist hier bei weitem nicht so groß wie hinter uns, wo eine Absperrung die Menge zurückhält und Unmengen an Sicherheitsleuten alles überwachen.

Kichernd und stolz schauen wir uns um. In diesem Bereich fühlt man sich selbst schon ein bisschen wie ein kleiner Promi. Gabi und Bea schlängeln sich bereitwillig noch einmal durch die Massen und organisieren Laugenbretzeln, Sekt und Wasser, während Vivian und ich gespannt auf der Lauer liegen.

„Meinst Du, Tom wird auch hier sein?“ Vivian schaut weitflächig durch die Halle.

„Wer weiß“, sage ich und lasse ebenfalls aufgeregt meinen Blick schweifen. Besonders achte ich auf die Männer vom Sicherheitsdienst, die von der Technik, und die, die immer mal wieder über die Bühne laufen und zur Crew zu gehören scheinen. Meine Antennen sind bis zum Anschlag ausgefahren und versuchen, jede kleinste Regung und Aktivität mitzubekommen.

„Ob es einer von denen sein könnte?“, fragt Vivian und zeigt zu den Bühnenarbeitern, die letzte Vorbereitungen treffen.

„Kommt Dir einer von denen verdächtig vor“, erwidere ich und mustere die Männer. „Die scheinen alle in ihre Arbeit vertieft.“

„Finde ich auch“, entgegnet Vivian, dreht sich um und schaut zum Personal von der Bühnentechnik.

„Mädels! Juchhu!“, brüllt Bea über die Menge hinweg und quetscht sich durch die Besuchermassen zu dem privaten Zugang. Mit vollen Händen fuchtelt sie über diversen Köpfen herum und dabei rieselt das Salz der Bretzeln in einige toupierte Damenfrisuren.

Vivian und ich winken den beiden entgegen.

„Leute, ist das voll“, stöhnt Gabi.

„Nicht für uns“, kichert Bea und überreicht uns den Snack und Getränke. Denn tatsächlich haben wir in dem VIP-Bereich mehr als reichlich Platz.

Wir stoßen an und scannen gemeinsam die männlichen Besucher, die sich in unserer Nähe aufhalten.

„Und?“, fragt Gabi. „Habt Ihr schon einen gesehen, der es sein könnte?“

Wir verneinen alle.

„Trotzdem glaube ich, dass wir heute Abend noch etwas von ihm hören oder sehen werden“, sagt Bea laut, um die vielen Menschenstimmen zu übertönen. „Irgendwie habe ich so ein Gefühl im Bauch.“

„Warten wir auf Bettys Tänzer. Vielleicht war er früher Gymnasiallehrer und hat den Beruf gewechselt“, ruft Gabi mehr, als dass sie spricht und nippt an ihrem Sekt.

„Genau! Sportlehrer sind sportlich! Das würde zu einem Tänzer passen!", stimmt Bea lautstark zu, während die Beleuchtung in der Halle etwas gedimmt wird.

Eine Viertelstunde später geht die Show los. Ein großer Vorhang, der den größten Teil der Bühne verdeckt hat, fällt. Von hinten kommt hoch über den Köpfen eine angestrahlte Betty Flow angeschwebt, befestigt an zwei Seilen sieht sie aus wie eine Elfe aus Peter Pan. Ihre Stimme schallt melodisch durch die Halle und ihr Kleid glitzert und funkelt im Scheinwerferlicht wie unzählige Diamanten.

Die Masse kreischt und pfeift vor Begeisterung. Der ganze Saal tobt, feiert und hüpft im Takt zur Musik. Auch Vivian, Gabi, Bea und ich sind außer Rand und Band. Für kurze Zeit ist Tom total vergessen. Betty hat uns voll und ganz in ihren Bann gezogen und wir singen laut mit – bis ich mir einbilde, dass einer der Tänzer tatsächlich kurz bewusst zu mir schaut. *Oder war das nur Einbildung? Ob er bei dem Licht überhaupt etwas sehen kann? Der ist doch bestimmt geblendet. Ob uns Tom die Shirts geschenkt hat, damit er uns erkennen kann? Vier Mädchen in gleichen Shirts, vorne im VIP Bereich. Das fällt auf*, überlege ich.

Aber keiner der Tänzer schaut ein weiteres Mal rüber. Selbst am Ende des ersten Lieds, als sie kurz in ihrer Position verharren, schenkt mir keiner seine Aufmerksamkeit. Ich bin dabei so was von fokussiert, dass mir garantiert nichts entgeht.

Das nächste Lied folgt unmittelbar und die durchtrainierten Männer tanzen erneut über die Bühne. Sie umgarnen Betty, heben sie hoch und verteilen sich wieder. Meine Freundinnen feiern und haken sich bei mir unter. Die Tänzer sind bereits jetzt schweißgebadet und bei der Schnelligkeit der Bewegungen wäre es ein Wunder, wenn überhaupt einer Zeit hätte, mir einen

Blick zuzuwerfen. Ich gehe davon aus, dass ich mich auch eben getäuscht habe und konzentriere mich wieder etwas mehr auf Betty. Meine Freundinnen und ich schunkeln ausgelassen im VIP-Bereich herum. Noch nie waren wir Betty Flow so nah. Es ist ein ganz besonderes Erlebnis, das wir in vollen Zügen auskosten. Es folgen diverse alte Lieder, hin und wieder aber auch ein Song aus ihrem neuen Album. Die Menge rastet komplett aus. Wie in einem gigantischen Ameisenhaufen ist hinter uns die Hölle los. Es wird geschubst und gerangelt, eine einzige, riesige Party. Der tosende Applaus nach dem nächsten Song hält an, bis Betty der Menge andeutet, für einen Moment leise zu sein. Aber es dauert und Betty wartet, bis sich ihre Fans beruhigt haben.

„Ich freue mich, dass Ihr alle gekommen seid!", ruft sie außer Puste ins Mikro und schnappt selbst erst noch einmal nach Luft. Die Tanzeinlage hat auch ihr einiges abverlangt.

„Geht es Euch allen gut? Seid Ihr gut drauf?", brüllt sie aus Leibeskräften.

Die Leute kreischen.

„Ihr Lieben, unter Euch sind heute vier Frauen, die ich auf besonderen Wunsch grüßen soll. Es ist mir eine ganz besondere Freude und Ehre, diesen Wunsch zu erfüllen. Gibt es hier eine Lisa, eine Vivian, Gabi und Bea?", schreit Betty ins Mikro. Sie läuft von links nach rechts über die Bühne und schaut sich um. Ich werde blass und greife den Blick meiner Mädels auf. Meine Knie fühlen sich an wie Schaumgummi, während in mir alles zu kribbeln beginnt.

„Hier!", brüllen Gabi und Bea, die sich als Erste fassen. Mit beiden Armen fuchteln sie in der Luft herum und hüpfen wie Grundschulkinder auf dem Schulhof, um sich bemerkbar zu machen.

Betty kommt über die Bühne zu uns herüber und schaut wie ein funkelnder, strahlender Stern von oben auf uns herab. Sie sieht fantastisch aus und ich bin beeindruckter denn je von ihrer imposanten Erscheinung.

„Ihr Lieben, auf ganz besonderen Wunsch ist der nächste Song nur für Euch, und ganz besonders für Dich, Lisa. Tom schickt Dir liebe Grüße.“ Sie zwinkert mir zu. *Tom muss ihr sogar beschrieben haben, wie ich aussehe!*

Ich zittere vor Aufregung und halte ergriffen die Luft an. *Dieser Weltstar hat mich persönlich angesprochen! Unter tausenden von Leuten! Mich! Auf Wunsch von Tom!* Meine Endorphine starten zu einem Überschallflug. Ich spüre, wie die Glückshormone ungehemmt durch mich hindurchrauschen und mich mit sich mitreißen. Es ist ein hochexplosiver Emotionscocktail, wie ich ihn selten erlebt habe.

„Habt Ihr ein Handy oder einen Fotoapparat dabei? Für ein gemeinsames Selfie?“, fragt mich Betty.

Sie hat mich angesprochen! Wir mussten noch nicht einmal um ein Selfie betteln! Aufgeregt nestle ich hektisch nach der Einwegkamera und meinem Handy. *Ich brauche unbedingt auf beiden Geräten ein Foto! Unbedingt! Das glaubt mir keiner!*

Meine Freundinnen und ich halten ihr übermütig unsere Handys entgegen und Betty macht tatsächlich mit jedem einzelnen Gerät gleich mehrere Fotos. Von sich und mit uns im Hintergrund! Ich habe den Eindruck, sie nimmt sich unendlich viel Zeit dafür. Als wären all die anderen Fans gar nicht da.

Ich strahle von einem Ohr bis zum anderen und nehme den Fotoapparat und mein Handy zitternd wieder entgegen. Meine Hände sind vor Aufregung kalt wie Eis und blutleer. *Das hier ist definitiv einer der schönsten Tage in meinem ganzen Leben.* In diesem Moment wird jede Zelle meines Körpers mit Glückshormonen geflutet und durch meine Adern fließt pures Adrenalin. Betty wirft uns einen Handkuss zu und winkt. Dann zieht sie sich wieder zurück in die Mitte der Bühne. Wir jubeln wie es unsere Stimmen lauter nicht hergeben.

„Und jetzt an Euch alle!“, brüllt Betty und zeigt mit einer ausschweifenden Handbewegung durch die Halle. „Ich wünsche

Euch einen tollen Abend und ganz, ganz viel Spaß! Tom, egal, von wo Du uns gerade zusiehst, auch Dir wünsche ich ein tolles Konzert! Ein dickes Bussi für Dich! Aber jetzt wird gefeiert! Singt alle mit! Das hier ist vor allem für Dich, Lisa:

Zum Himmel und zurück!“, feuert sie die Menge an, die sich gar nicht mehr einkriegt.

Der komplette Saal scheint wie unter Drogen, als hätte man durch sämtliche Luftschächte ein Partygas in die Halle einströmen lassen. So aufgeputscht kenne selbst ich mich sonst gar nicht. Wir klatschen den Rhythmus, tanzen, hüpfen – aber das Lied ist mir nicht geläufig. Es muss eines der neueren sein. Zuerst ziehen die Textpassagen eher neutral an mir vorbei, doch je länger und genauer ich auf den Inhalt achte, desto mehr schwindet das Lächeln auf meinem Gesicht.

Im Himmel steh´n, hast du die Sterne funkeln seh´n,
warst du dem Mond schon ganz nah, auch bei der Sonne fast da,
und dann kamst du zurück, doch von dir fehlte ein Stück.
…
Du weißt nicht, wo gehörst du hin, spürst die Leere in dir drin,
gefangen in dir selbst allein, das Leben kann so einsam sein.
Doch es hält dich fest, dein persönlicher Test.
…
Du suchst nach dir, doch du bist nicht mehr ganz hier,
bist aber auch nicht fort, an einem anderen Ort.
Dir fehlt die Kraft, du kannst nicht mehr, doch am Leben
hängst du sehr.
…
Du suchst die Wärme im Eis, die Kälte, doch es ist heiß,

die Sonne, wenn der Regen fällt, einen Platz, der Wind abhält,
Dir geht es schlecht, du suchst das Glück, doch wann kommt es endlich zurück?
...
Im Himmel steh´n, hast du die Sterne funkeln seh´n,
warst du dem Mond schon ganz nah, auch bei der Sonne fast da,
und dann kamst du zurück, doch von dir fehlte ein Stück ...

Dieses Lied ist für mich, auch der Text … Meine Mimik gefriert und mein Herz setzt einige Schläge aus. Total ergriffen habe ich plötzlich das Gefühl, bei mir kommt zu wenig Sauerstoff an. Ich atme Luft, die viel zu dick scheint, und lausche Bettys Worten. Der Inhalt gemeinsam mit den Klängen sorgt dafür, dass mir Tränen in die Augen steigen. Sogar meine Freundinnen neben mir hören nun genauer hin aber das bekomme ich gar nicht mit. Für mich zählt ausschließlich dieser Text, diese verschlüsselte Botschaft, die meine Sehnsucht nach einer Antwort und nach Tom immer größer werden lässt. Mir stürzen die Tränen nur so heraus und ich versuche gar nicht erst, sie zu stoppen. *Warum hat er gerade dieses Lied für mich ausgesucht? Was will er mir damit sagen?*

Die Textpassagen brennen sich wie die Tinte beim Tätowieren schmerzhaft in mein Gedächtnis. Ich will sie restlos und bis ins kleinste Detail verstehen. Immer wieder tanzt Betty in unsere Richtung und schaut mich an, als seien diese Zeilen tatsächlich nur für mich bestimmt. Dass ich weine, scheint sie nicht zu irritieren. Vielleicht denkt sie, es sind Tränen des Glücks. Oder weiß sie um Toms Geheimnis?

Ich bin mir sicher, dass mir Tom damit etwas sagen will. Er hat mir einen Hinweis geschickt. Ein Zeichen! Eigentlich will ich das zwar nicht denken, aber aus diesen Worten schreit einem doch die Verzweiflung nur so entgegen! Wenn es nicht sogar ein Hilfeschrei ist! Dieses Lied hätte er nicht ausgesucht, wenn er glücklich wäre; wenn es ihm gut ginge.

Erst nach einigen weiteren Liedern und der enthusiastischen Animation durch meine Freundinnen kann ich mich erneut mitreißen lassen und wieder mitfeiern. Nicht so ausgelassen wie zu Beginn, aber ich weine immerhin nicht mehr. Außerdem will ich Vivian, Bea und Gabi an diesem Abend nicht den Spaß verderben. Also zwinge ich mich zu schauspielerischer Höchstleistung.

Im Taxi ist es dann aber nach dem Konzert so still, dass ich fast in Trance sinke. Dieses eine Lied hat mein Herz wieder ein Stück weiter zu Tom wandern lassen, es schleicht sich näher an ihn heran, obwohl er es mit aller Macht auf Distanz halten will. Aber warum zum Teufel hat er dann das mit dem Lied gemacht? Mit diesem Text! Auf diese Art und Weise Abstand zu forcieren, ist doch geradezu absurd!

Hat er einfach nur Angst, dass ich hinter sein Geheimnis komme? Auf der anderen Seite jedoch wünscht er es sich vielleicht auch und sehnt sich danach, dass das Versteckspiel ein Ende hat. Dass ich es beende!

„Tom ist eine Punktlandung, Lisa", schmachtet Vivian auf dem Heimweg im Taxi. Mit geschlossenen Augen lehnt sie neben mir auf der Rückbank. Bea und Gabi pflichten ihr vom Beifahrersitz aus bei.

„Der macht mich trotzdem fix und fertig. Das kann er mir doch nicht antun, dass wir uns nie kennenlernen!"

„Weißt Du noch, welches Lied für Dich war? Im Himmel steh´n, hast du die Sterne funkeln seh´n, warst du dem Mond schon ganz nah …", singt Bea ungehemmt aus voller Kehle an.

„Warum hat er genau dieses Lied ausgesucht? Diesen Text!",

frage ich und muss schon wieder gegen einen Emotionsausbruch ankämpfen.

„Wie auch immer, Tom ist der Jackpot. Im Gegensatz zu meinem Nils versteht er wenigstens was von Frauen, das sag ich Euch." Vivian hat immer noch die Augen geschlossen.

Wie meint sie das: im Gegensatz zu Nils? Sie ist doch glücklich mit ihm!

„Ich fand den Text melancholisch. Ihr nicht? Irgendwie traurig", sage ich beklommen und zitiere murmelnd und nachdenklich den Refrain, um die Worte besser deuten zu können.

„Jetzt nimm doch nicht jede Passage auseinander. Ihm gefällt das Lied einfach! Sicher hat er es ohne weiteren Hintergedanken ausgesucht und Du interpretierst jetzt Gott weiß was in jedes Wort hinein", plaudert Gabi gelassen.

„Meinst Du?" Ich schaue sie zweifelnd an.

„Also, wer hat denn schon die Zeit, so intensiv über die Texte zu philosophieren und das komplette Lied auseinanderzupflücken? Wer bitte macht so etwas?", betont Gabi.

„Vielleicht jemand, der auch Gedichte schreibt? Was, wenn dieser Text für ihn doch eine Bedeutung hat. Meinst Du nicht, dass er mir damit etwas sagen wollte? Mir damit einen Hinweis geben wollte?", erwidere ich.

„Vielleicht steckt gar nicht so ein Riesengeheimnis hinter ihm wie wir alle vermuten. Vielleicht sucht er nur … nur einen Prinzen anstatt einer Prinzessin oder so. Er traut sich nur nicht, sich bei Dir zu outen. Könnte doch sein. Vielleicht hat sein Umfeld oder sein Elternhaus komisch darauf reagiert. Jetzt hat er Dich kennengelernt – als normale Freundin, und hat Angst, Du würdest genauso reagieren. Es gibt doch noch genug da draußen, die immer noch Vorurteile haben! Wir wissen nicht, welche schlimmen Erfahrungen er machen musste", meint Gabi nüchtern und redet sich gleichzeitig so in Rage, dass ich ihre Idee tatsächlich in Betracht ziehe.

Er interessiert sich für Männer? Das habe ich ihn noch nicht gefragt. Vielleicht ist er deshalb einsam. Seine Liebe gilt möglicherweise gar nicht mir, sondern Chris. Er könnte in Chris verliebt sein und sein Freund ahnt nichts davon. Er hat Angst, Chris zu verlieren und der Chat mit mir dient als Beweis, dass er auf Frauen steht. Weil er bei seinen Kumpels Angst vor dem Outing hat, datet er Frauen! Mich! Ob er mich als Vermittlerin möchte?

„Jetzt, wo Du das sagst", überlegt Vivian laut. „Deshalb ist er anders als unsere Männer. Gesichtsmaske, Meditationsmusik, diese schicken Shirts mit dem Glitzer, diese süße Idee mit den Socken … Vielleicht hat er die sogar tatsächlich selbst gestrickt!"

„Scheiße", sage ich deprimiert. „Dann wäre es ja kein Wunder, dass er sonst nichts von mir wissen will. Dann nützt mir die Zeit auch nichts. Oh Mann …", nuschele ich traurig.

„Das ist in der Tat nicht ganz abwegig", meint auch Bea und schaut mich mitleidig an, was für mich die Theorie noch mehr bestätigt.

„Deshalb ist er an mir als Frau und auch an einem Bild von mir nicht interessiert. Er will echt nur eine reine Freundschaft. So ein Mist", murmle ich enttäuscht.

„Aber selbst als Kumpel ist er doch wohl oberklasse. Ich finde Tom spitze. Sei froh, dass Du ihn kennengelernt hast", meint Bea. „Und wehe Du blockierst ihn jetzt!"

„Ich würde ihn doch deshalb nie blockieren!", patze ich entrüstet. „Aber mehr wäre trotzdem schön gewesen. Es ist immer das Gleiche. Ich habe nie Glück in der Liebe."

„Ob sein Freund Chris sich auch eher zum männlichen Geschlecht hingezogen fühlt?", fragt Vivian.

„Glaub′ ich irgendwie nicht", bemerkt Bea nachdenklich.

„Das würde dann aber keinen Sinn ergeben", meint Gabi.

„Stimmt. Warum sollte sich Tom dann auf dieser Verkupplungsseite im Internet herumtreiben. Chris wusste doch davon."

„Ach Leute, Tom hin oder her, Fakt ist, er hat uns einen granatenmäßigen Abend beschert. Wann haben wir jemals so abgerockt, Mädels?" Bea lässt im Auto wieder eine imaginäre Stimmungsbombe platzen und trällert laut ein anderes Lied an.

Wir lachen.

„Ich finde, wir sollten uns bei Tom bedanken. Ihm auch eine Kleinigkeit schicken. Ich würde an Deiner Stelle noch einmal versuchen, seine Adresse herauszubekommen", schlägt Vivian vor.

„Ich wollte ihm gleich sowieso schreiben. Er sitzt bestimmt schon auf heißen Kohlen und ist gespannt, ob und wie seine Grüße angekommen sind. … Oder meint Ihr, er war doch dort?" Ich richte mich ruckartig auf und drehe mich zu meinen Freundinnen. „Ob er uns gesehen hat? Ohne, dass wir ihn bemerkt haben?", frage ich.

„Wie willst Du das bei so vielen Menschen ausschließen? Als Bettys Show angefangen hat, habe ich an Deinen Tom gar nicht mehr gedacht", gesteht Bea etwas kleinlaut.

„Einmal hatte ich den Eindruck, einer der Tänzer hätte geguckt. Aber da habe ich mich getäuscht, glaube ich. Als Betty dann losgelegt hat. Es war sooo toll!", schwärme ich und noch einmal überzieht mich eine Gänsehaut, als ich an Bettys Song für mich denke. Einige Sekunden lang wissen die Schmetterlinge in meinem Bauch nicht, ob sie fröhlich abheben sollen, oder ob der Anflug von Übelkeit sie vorher wegschwemmt.

„Meldest Du Dich am Wochenende? Oder wenn Du etwas von Tom gehört hast?", fragt Vivian, als das Taxi vor meinem Haus hält, um mich als Erste herauszulassen.

„Logo, Mädels", sage ich und setze bewusst ein breites Lächeln auf. „Wenn Euch noch etwas einfällt, dann meldet Ihr Euch, abgemacht?" Ich gebe der Tür einen Schubs, um sie zu schließen, dann winke ich dem Taxi hinterher und warte, bis es um die Ecke verschwunden ist.

Kalte Abendluft weht mir um die Nase. Sie fühlt sich sauberer an als bei Tag, und ich bleibe noch einen Moment stehen. Reinigend streift sie die Innenseite meiner Nasenflügel entlang und füllt meine Lunge. Es tut so gut, dass ich mich erst nach einigen Minuten zum Eingang umwende.

Ich krame meinen Schlüssel hervor und schließe die Tür auf. Vor meinem Briefkasten halte ich inne. Darin steckt ein wattierter, weißer Umschlag. Ich ziehe ihn heraus und schaue auf die Anschrift. Tatsächlich für mich. Aber ich finde keinen Absender. *Bestimmt von Tom*, schmunzele ich. *Was er sich jetzt wohl wieder ausgedacht hat.* Ich nehme den Umschlag grinsend mit nach oben.

In der Wohnung streife ich meine Schuhe ab und reiße dabei das weiße Papier auf. Der Inhalt rutscht auf meine Hand. Es ist die aktuelle CD von Betty Flow – mit Autogramm: – *Für Lisa von Betty* –

und ein Zettel klebt drauf:

Ich hoffe, Ihr hattet viel Spaß. Wenn Du Lust hast, hör doch mal in eines meiner Lieblingslieder rein: ´Achterbahn´ :-)

Liebe Grüße und eine gute Nacht
Tom

„Unfassbar." Überglücklich strahle ich die CD an und drehe sie in meiner Hand. *Ob er sie selbst eingeworfen hat? Oder wieder sein Freund Chris?*

Mit meinem Handy mache ich ein Foto von der CD und leite es an meine Freundinnen weiter. Anschließend lege ich sie sofort in die Anlage ein und wähle seinen Song aus. Mit Zahnbürste und Schaum im Mund lausche ich. Mich auf das Zähneputzen zu konzentrieren, ist allerdings unmöglich. Sofort lasse ich dasselbe Lied noch einmal laufen, danach den Song von dem Konzert: *'Zum Himmel und zurück'*

Wieder achte ich genau auf den Text, um plausible Bilder entstehen zu lassen und Toms Rätsel zu entschlüsseln. Ich befreie mich von den Resten der Zahnpasta und lege die Zahnbürste weg. *Kein Zweifel. Er will mir mit diesen beiden Liedern etwas mitteilen. Wenn ich nur wüsste was!?*

Ich höre die beiden Lieder ein weiteres Mal, zweimal, dreimal, und beim vierten Mal heule ich wie ein Schlosshund. Mit einer Taschentuchbox neben mir fahre ich schließlich im Bett sitzend meinen Laptop hoch. Mein Herz ist so schwer, dass es keine Zeit hat bis morgen. Tränenüberströmt öffne ich die Dating-Plattform. Toms Profil ist rot. Um ein Uhr nachts nicht überraschend – ginge es hier nicht um Tom. Er hat gesagt, er schläft nicht immer gut.

[Lisa]: Bin wieder daheim. Tausend Dank für alles! Wir hatten einen genial schönen Abend und haben uns selbst wie Stars gefühlt! Es war so fantastisch! Das werde ich Dir nie vergessen, Tom! Verrätst Du mir jetzt, wie Du das angestellt hast? Wie konntest Du Betty dazu bringen, uns von Dir zu grüßen?! Kennst Du sie persönlich? Warst Du eigentlich auch auf dem Konzert?

Wenn ich Deine Handynummer oder eine E-Mailadresse hätte, würde ich Dir ein Foto von Betty mit uns schicken! Meine Freundinnen und ich möchten uns unbedingt bei Dir für diesen wunderschönen Abend bedanken. Ich habe den Auftrag, Deine Adresse herauszubekommen …

Deine CD ist auch eingetroffen und läuft schon. Deine beiden Lieblingsstücke habe ich bereits mehrfach angehört. Sie sind melancholischer als ihre anderen Lieder auf der CD, finde ich. Magst Du sie wegen der Texte so gerne? Willst Du mir damit etwas sagen, Tom? Hast Du die CD eigentlich selbst eingeworfen?

Ich betrachte meine Zeilen einen Moment lang und schicke sie ab. Dann stelle ich den Laptop zur Seite, schließe die Augen und höre mir Toms Lieblingslieder noch einmal an. In einer Endlosschleife dudeln die zwei Songs vor sich hin, schon über eine Dreiviertelstunde, und ich kann einfach nicht einschlafen. Die Traurigkeit, die sie hervorrufen, füllt mich immer mehr aus.

Jetzt ist es fast zwei Uhr. Der Bildschirm meines Laptops, der auf der Bettseite steht, auf der eigentlich mein Partner liegen sollte, ist dunkel. Doch plötzlich wird er hell und ich spüre wie mich ein Adrenalinstoß durchzuckt und meinem Herz einen winzigen Stromschlag verpasst. Aufgeregt klopft mein Herz augenblicklich schneller, und seit heute Abend schlägt es einmal mehr für Tom. So lange ich nicht hundertprozentige Sicherheit habe, dass er an mir wirklich nicht interessiert ist, werden sich meine Gefühle für ihn wohl auch nicht wegsperren lassen.

[Tom]: Guten Abend, Prinzessin! Euer Spaß ist mein Spaß! Ich möchte keine Geschenke! Um etwaigen Überlegungen sofort einen Riegel vorzuschieben, verrate ich auch nicht meine private Anschrift, Handynummer oder meine E-Mailadresse.

Betty Flow kenne ich nicht persönlich aber ich habe einen Freund, und der hat wiederum einen Freund, der einen Freund kennt, und so weiter … Hat gut geklappt, oder? Ihr habt übrigens bombig ausgesehen! Vier Daumen nach oben für Euch Mädels!!!

Die CD hat Chris für mich eingeworfen. Es sind die beiden Lieder, die mich auf der CD am meisten berühren.

[Lisa]: Du hast uns gesehen? Warst Du auch da?

[Tom]: Nein, ich war nicht dort. Aber bestimmt hast Du mich unter den athletischen Flickflack-Tänzern vermutet, oder?

Ich schmunzele.

[Lisa]: Woher willst Du dann wissen, dass wir gut ausgesehen haben? Oder ist das eine reine Vermutung? War Dein Freund vielleicht auf dem Konzert? Chris?

[Tom]: Die Wiederholung der live Übertragung im Fernsehen kommt am Sonntagabend.

Live Übertragung? Das wusste ich gar nicht. Aber klar, die Shirts und dann ganz vorne vor der Bühne. Ob er mich heulen gesehen hat? Mann, das wäre peinlich.

[Lisa]: Darf ich Dir eine Frage stellen?

[Tom]: Lach – Na klar! Nur raus damit!

[Lisa]: Es ist mir etwas unangenehm.

[Tom]: Wenn Du rot wirst, sehe ich das doch nicht! Na los!

[Lisa]: Ich habe eine Vermutung, warum es Dir nichts ausmacht bzw. warum Du es sogar möchtest, dass ich mich mit anderen Männern treffe. Du hast selbst gesagt, dass es die Texte der zwei Lieder sind.

[Tom]: Du machst mich neugierig. Und?

[Lisa]: Bezüglich Prinzessin oben – Bist Du eventuell eher einem Prinzen zugeneigt? Ich hätte überhaupt kein Problem damit!

Wir könnten nur befreundet sein! Ich würde Dich deshalb nicht sperren, aber ich könnte vieles besser verstehen.

[Tom]: Das muss ich Chris erzählen. Über was Du Dir alles Gedanken machst!

[Lisa]: Was ist jetzt? Sonst deute ich das als ein 'Ja'!

[Tom]: Tut mir leid, aber mein Interesse gilt tatsächlich der Damenwelt.

Ich atme auf und bin tatsächlich gleichzeitig enttäuscht. *Das ist es auch nicht. Was bleibt da noch?*

[Lisa]: Ganz ehrlich? Oder hast Du Dich nur noch nicht geoutet?

[Tom]: Ich stehe auf Frauen und das Häkchen habe ich beim Anmelden hier bewusst an der richtigen Stelle gesetzt. Selbst wenn es so wäre, hätte ich glaube ich auch kein Problem damit, das offen zu kommunizieren. In meinem Umfeld sind diesbezüglich alle mehr als tolerant. Ich kenne keinen, der mir deshalb die Freundschaft kündigen würde. Auch meine Eltern sind total aufgeschlossen, und das finde ich richtig super.

[Lisa]: Aber, wenn Du keine feste Partnerin suchst – wieso der ganze Aufwand hier? Nur wegen Deiner Freunde?

[Tom]: Weißt Du, wie lange mich meine Kumpels schon mit der Internet-Flirterei nerven? Ab und zu bin ich nicht gut drauf, das gebe ich zu. Ich vermute, dass sie dachten, es könnte mir bessergehen, wenn ich hier jemanden kennenlernte. Dass ich so auf andere Gedanken käme. Meine Motivation hielt sich durchaus in Grenzen und ich wollte sie mit meiner Anmeldung nur ruhigstellen, um nicht weiter drangsaliert zu werden. Ich konnte ja nicht ahnen, dass mir jemand wie Du antwortet, den ich auf Anhieb so nett und sympathisch finde. Und vor allem gibst Du Dich mit mir ab, obwohl ich so ´speziell´ und seltsam auf Dich wirken muss.

[Lisa]: Ich finde Dich in der Tat äußerst nett und sympathisch. Schon irre, dass wir uns im Netz über den Weg gelaufen sind und uns so gut verstehen. Wir haben wahnsinnig viel gemeinsam, findest Du nicht? Wie lange kennst Du Chris eigentlich schon?

[Tom]: Chris ist mein ältester Freund. Wir kennen uns seit der Kita – und den Cowboyspielen. Er war auch bei dem Vorfall mit dem ´Literaturfilm´ und den ´wissenschaftlichen´ Unterhaltungsmagazinen bei mir daheim mit dabei ;-). Ja, es ist unglaublich, dass wir uns in einigen Dingen so ähnlich sind.

Ich grinse breit. *Chris gehörte damals also auch dazu.*

[Lisa]: Wohnst Du immer noch hier in der Stadt?

[Tom]: Ja, aber vermutlich nicht mehr lange. Dann ziehe ich um.

Er zieht weg?, denke ich panisch, obwohl es keinen Unterschied machen dürfte, von wo aus wir uns schreiben.

[Lisa]: Du ziehst weg? Ins Ausland? Willst Du deshalb keine feste Beziehung anfangen?

Mein Innerstes gerät bedrohlich in Aufruhr.

[Tom]: Kann man eigentlich so stehen lassen, ja.

[Lisa]: Was ist mit einer Fernbeziehung? Das käme doch auf einen Versuch an.

[Tom]: Das ist nicht mein Ding. Aber wir finden schon einen netten Kerl für Dich.

[Lisa]: Aber wieso versuchen wir es denn nicht einfach mal? Woher willst Du jetzt schon wissen, dass das nichts für Dich ist? Du könntest uns doch wenigstens eine Chance geben! Vielleicht klappt es ja auch gar nicht und der Funke springt nicht über …

[Tom]: Nein. Finde Dich damit ab.

Warum ist er denn gleich eingeschnappt!, denke ich verärgert.

[Lisa]: Bist Du sauer?

[Tom]: Ich habe jetzt schon oft genug geschrieben, dass mehr nicht drin ist, und dass es zu Deinem Besten ist! Warum fängst Du immer wieder damit an? Glaubst Du, mir fällt das leicht? Denkst Du, ich mache das aus einer puren Laune heraus? Diese Entscheidung fällt mir sogar verdammt schwer, und ich bitte nochmal um Dein Verständnis!

Ich schlucke. Diese Nachricht schmerzt wie ein Dolchstoß mitten ins Herz.

[Lisa]: Okay. Es ist nur, dass es mir so viel bedeutet, mich mit Dir auszutauschen. Du bist mir in den wenigen Tagen so wichtig geworden und es fühlt sich so vertraut an, wenn wir uns schreiben. Noch nie zuvor habe ich mich so verstanden gefühlt. Du bist so anders, so unheimlich toll anders! Ich mag Dich, und vielleicht inzwischen sogar etwas mehr. Mir ist es nicht wichtig, wie Du aussiehst. Wenn Du Dich nur nicht immer wieder so verschließen und gegen Nähe sträuben würdest! Aber selbst das kann ich irgendwie akzeptieren – für eine gewisse Zeit. Du bist mir ans Herz gewachsen, Tom. Und bei diesen Liedern, wenn ich sie höre und an Dich denke, wird mir ganz warm und flau.

[Tom]: Dann haben wir jetzt schon eine Grenze überschritten, was nie meine Absicht war. Es tut mir leid, mein Fehler.

[Lisa]: Warum machst Du mir all diese Geschenke, Tom, wenn Du rein gar nichts für mich empfindest? Auch diese CD heute Abend! Das hättest Du doch nicht tun müssen! Dir muss doch klar sein, dass das bei mir gut ankommt! Bitte, gib uns eine Chance!

Ich atme erleichtert auf, als ich sehe, dass er zurückschreibt und noch da ist.

[Tom]: Ich muss mich bei Dir entschuldigen. Ich werde mich ein paar Tage nicht bei Dir melden. Ich muss nachdenken und mir über ein paar Dinge klarwerden. Bitte sei mir nicht böse. Dass auch Du mir wichtig geworden bist, ist genau das Problem.

[Lisa]: Warte! Was musst Du überdenken? Dass wir uns schreiben? Mit Dir zu schreiben, das ist so wunderbar! Du würdest mir schrecklich fehlen, Tom! Das klingt jetzt bestimmt absurd und verrückt, aber ich –

Scheiße, was soll ich ihm sagen? Er darf nicht verschwinden! Dass ich dabei bin, mich in ihn zu verlieben, kann ich nicht schreiben! Was soll ich jetzt tun? Ich breche in Panik aus. *Okay ….*

„Puhhh …" Vollkommen konfus atme ich gegen das Chaos in meinem Kopf an.

[Lisa]: Ich fange an, Dich mehr als nur zu mögen und Dein Aussehen ist mir vollkommen egal! Es gibt einen Punkt, ab dem zählen nur noch innere Werte und an diesem Punkt bin ich längst angekommen, Tom!

ergänze ich und schicke die Zeilen mit zitternder Hand ab. Ich blinzele die ersten Tränen weg und habe solche Angst, ihn für immer zu verlieren. Ich lasse den Bildschirm nicht aus den Augen, so als würde seine Antwort nach einigen Sekunden verschwinden.

[Tom]: Das ist alles meine Schuld. Genau das wollte ich verhindern. Ich wollte Dir nur Freude bereiten, an Deiner Freude und Deinem Leben teilhaben. Ich weiß noch nicht, ob ich das mit uns weiterlaufen lassen darf. Es kann sein, dass das hier ein Abschied ist. Das weiß ich momentan noch nicht. Verzeih mir, Lisa. Ich bin nicht gut für Dich. Aber diese Tatsache, dieser Schmerz übertrifft alles, was ich jemals gefühlt habe.

Sein Profil geht offline. Meine Hände liegen reglos auf der Bettdecke und in mir breitet sich eine gewaltige Leere aus. Amors Pfeil in meinem Herzen verteilt plötzlich einen giftigen Schmerz, der jegliches Glücksgefühl lähmt und nichts hinterlässt als blasse Taubheit.

Ich kann es nicht glauben, will es nicht glauben. *Ist er weg? Für immer?*

Die Verzweiflung raubt mir den Atem und während mir schon alles vor den Augen verschwimmt, fahre ich den Laptop herunter und schiebe ihn von mir weg, auf die Bettseite, die schon so lange frei ist und es wohl auch noch für lange Zeit bleiben wird.

Tom ist verschwunden, vielleicht kommt er nie wieder zurück. Von der Partylaune bei dem Konzert ist nichts mehr übrig. Mit seinen letzten Worten hat er jegliches Lebensglück aus mir herausgesaugt.

„Was habe ich getan? Warum habe ich ihm nur schon meine Gefühle gestanden! Ich hätte damit warten müssen!“ *Ich habe alles kaputt gemacht!*

Weinend rutsche ich unter die Decke, will mich verkriechen und schluchze untröstlich ins Kissen. Ich habe Liebeskummer wegen eines Mannes, den ich eigentlich und offensichtlich gar nicht kenne; der erst vor wenigen Tagen in mein Leben getreten ist. Der es aber in der kurzen Zeit geschafft hat, sich einen Platz in meinem Herzen zu sichern. Er hat sich mit seinen Zeilen einfach hineingestohlen, klammheimlich reingemogelt, ohne, dass ich es so richtig mitbekommen habe. Mir wird klar, wie tief der Schmerz darüber, dass ich ihn vermutlich verloren habe, wirklich sitzt. Was für ein großes schwarzes Loch er in meinem Herzen hinterlässt.

Meine Wangen werden heiß und mein Kopf beginnt zu glühen.

Traurig, verzweifelt und einsam weine ich mich in den Schlaf.

Ohne Tom

Am nächsten Morgen greife ich vom Nachttisch zuerst nach meinem Handy. Ich öffne die Dating-App in der Hoffnung, dass sich Tom wieder beruhigt hat. Tatsächlich finde ich eine Nachricht für mich, die ich sofort öffne:

[Tom]:
Wie Phoenix aus der Asche aufersteh´n,
wir uns in einem neuen Leben hoffentlich wiederseh´n.
Das Glück, das du verdient, ich dir nicht geben kann,
geworden aus mir dieser schreckliche Mann.
Mit Geld ich nicht zu kaufen vermag,
und doch um deine Gunst kämpfte, Tag für Tag.
Und weiß ich auch, dass ich nicht gut für dich bin,
es hat keinen Sinn – es zieht mich doch zu dir hin.
Ein gefährliches Spiel, ich kann es nicht lassen,
sehe in den Spiegel und kann mich nur hassen.
Halte dich auf und stehle dir Zeit,
verbringst sie mit mir, als sinnvoll mit jemand anderem zu zweit.

Will von dir weg für dein Glück,
und immer wieder zieht es mich zu dir zurück.
Doch du sollst frei sein, anders als ich,
ich bin nicht gut für dich.
Schmerzt es auch, ich verabschiede mich hier,
und bin ab sofort nur noch in Gedanken ganz nah bei Dir.

Die Tränen der Nacht sind kaum getrocknet und schon sind weitere im Anmarsch. Das Schreckliche ist, dass es noch nicht einmal Sinn hat, ihm darauf zu antworten. Ich habe seinen Abschied schwarz auf weiß, als poetischen Reim, der sich wie ein schmerzendes Geschwür in meine Magenschleimhaut frisst. Diesen Schmerz trage ich in den nächsten Tagen mit mir herum, die alle gleich ablaufen – trostlos, hoffnungslos und endlos traurig.

Tom ist fort und doch ständig präsent. Täglich öffne ich unzählige Male die Herzfunk Dating-App aber er ist nicht mehr da. Obwohl ich diesen Mann im Grunde gar nicht kenne, obwohl meine Chancen von vorneherein gering zu sein schienen, hält mein Kummer an. Ich habe jemanden verloren, der mir größtenteils fremd war, der sich aber dennoch mit wenigen Worten tief in meinem Herzen eingenistet hat.

Selbst heute am Mittwoch breche ich noch in Tränen aus, als ich mich mal wieder selbst quäle und seine Abschiedszeilen lese. Weil meine Mädels es nicht schaffen, mich über das Telefon aufzumuntern, stehen sie abends plötzlich aus heiterem Himmel versammelt vor meiner Tür.

Bereits im Schlafanzug und wüst zerzaust öffne ich ihnen, schlappe aber direkt wieder träge zu meinem Trübsaalplatz auf dem Sofa, wo ich heulend mein Leid klage.

„Mir fehlen seine Worte, der Austausch mit ihm. Ich würde gerne wieder durch den Nachthimmel mit ihm fahren und einfach nur wissen, dass er irgendwo ist. Er soll einfach da sein, nur mit mir schreiben, das würde mir schon reichen. Ich kann ihn nicht vergessen! Ich würde ihm ja Zeit geben!“, schniefe ich, während Betty mit ihrer CD wie schon an den Tagen zuvor in meiner Wohnung ihr Privatkonzert abhält.

Bea fuchtelt mit einer geöffneten, riesigen Schachtel Pralinen vor meiner Nase herum. Gabi gießt für uns alle Tee auf.

„Ich bin mir ziemlich sicher, dass er sich wieder bei Dir meldet, Lisa“, versichert sie und reicht mir eine dampfende Tasse.

Halbherzig puste ich hinein und nippe daran.

„Wisst Ihr noch, wann wir zuletzt hier gesessen haben?“, fragt Bea und erntet einen Knuff von Vivian.

„Tschuldigung“, murmelt sie betroffen. „Aber ich denke auch, dass er sich wieder meldet. Vielleicht überlegt er nur, ob er es nicht doch mit Dir versuchen soll“, versucht sie, mich aufzubauen.

„Das glaube ich nicht, Bea.“ Ich blicke tränenverschleiert auf. „Bei ihm geht es nicht um irgendeine Lappalie. Da steckt viel mehr dahinter! Viel mehr! So ein Abschiedsgedicht wie das von Tom schreibt keiner aus einer Laune heraus“, schniefe ich und setze erneut die Teetasse an meine Lippen.

„Am Freitag ziehen wir mal wieder gemeinsam um die Häuser. Was haltet Ihr davon?“, fragt Vivian.

Bea und Gabi strahlen.

„Wir könnten uns mal wieder im Foxi sehen lassen. Die vermissen uns garantiert schon. Außerdem legt dort dieser total süße DJ Henning auf“, säuselt Bea verträumt und starrt Herzchen in die Luft. Gabi und Vivian grinsen.

„Das ist ein guter Grund, Lisa. Was meinst Du?“, frohlockt Vivian.

Schluchzend zucke ich schwach und antriebslos mit den Schultern.

„Weiß noch nicht“, murmle ich und schnappe stoßweise nach Luft.

„Aber ich weiß es! Du kommst mit!“, befiehlt Gabi.

„Ich würde Euch bestimmt nur die Laune vermiesen. Derzeit bin ich keine Stimmungskanone. Außerdem habe ich momentan keine Lust auf Party“, jammere ich und kann die Heulerei immer noch nicht einstellen.

„Mensch Lisa! Jetzt reiß Dich zusammen und überleg doch mal! Weil Tom nichts von Dir wissen will, schenkt er Dir vier Karten für ein Betty Flow-Konzert? Für den VIP-Bereich? Lässt Dich von Betty persönlich grüßen, vor tausenden Leuten? Macht mit Dir romantische Ausflüge zu den Sternen und organisiert diesen hammermäßigen Mädelsabend? Verfasst Dir diese schnulzigen gefühlvollen Reime? Ja, das klingt definitiv danach, als wollte dieser Typ NICHTS von Dir wissen! Oder was meint Ihr, Mädels?“, schimpft Gabi sarkastisch in die Runde. „Der muss sich nur erst einkriegen, dann meldet er sich wieder. Unter Garantie! In seinem letzten Gedicht hat er doch selbst zugegeben, dass es ihn immer wieder zu Dir zurückzieht!“

Bea und Vivian lächeln schief.

„Ich sehe das genauso“, meint Vivian zaghaft.

„Ich könnte mir auch gut vorstellen, dass er sich wieder meldet. Vielleicht nicht heute oder morgen, aber warte mal ab“, prophezeit Bea zuversichtlich und steckt sich eine Praline in den Mund. „Hier“, sagt sie und zappelt mit der Packung unter meiner Nase herum.

Ich trockne meine Tränen und greife mit hängenden Mundwinkeln hinein.

„Jetzt zieh nicht so ein Gesicht! Das gibt Falten! Du hast ihm total den Kopf verdreht. Das hat ihm Angst gemacht! Darauf war er nicht vorbereitet. Ganz normal, dass er eine kleine Bedenkzeit braucht“, meint Vivian.

„Glaub ich nicht. Der war genau wie die anderen auch eine Pleite. Ich sollte mich darauf einstellen, einsam vor mich hinzuschrumpeln, bis ich alt bin“, schmolle ich deprimiert. „Bleib ich halt für immer alleine. Dann muss ich auch kein Klo teilen und kann weiter Tütensuppen aus dem Topf essen.“

Meine Freundinnen verdrehen die Augen.

„Okay, wir erzählen Dir jetzt abwechselnd einen Witz. Die Erste, die es schafft, Dich zum Lachen zu bringen, hat gewonnen“, scherzt Bea aufgesetzt und boxt mich aufmunternd in die Rippen.

Ich will gerade einen genervten Kommentar abgeben, als mein Laptop in der Küche im Standby-Modus einen Signalton von sich gibt. Es ist nicht irgendein Signal, sondern der Hinweis auf den Eingang einer Nachricht. Von der Dating-Plattform! Ich schieße in die Höhe und streife dabei den Tisch, so dass der noch heiße Tee teilweise aus den Tassen schwappt. Aufgeregt stürze ich zum Küchentisch, auf dem der Laptop steht. Meine Freundinnen folgen.

„Er hat geschrieben!“, sage ich erregt und öffne Toms Nachricht. Ich setze mich auf einen Küchenstuhl. Meine Freundinnen bauen sich hinter mir auf, um mitlesen zu können. In meinem Kopf schwirrt es. Ich freue mich riesig, dass er sich wieder meldet. Gleichzeitig habe ich Angst vor dem, was er schreibt. Mein Herz klopft so fest, als wollte es sich aus meinem Brustkorb befreien.

[Tom]: Entschuldige bitte, Lisa, hier ist Chris – nicht Tom. Ich benutze nur sein Profil. Er weiß nichts davon. Bitte sag ihm nichts. Ich werde auch diese Nachricht später wieder löschen.

Was? Irritiert drehe ich mich zu meinen Freundinnen um.

„Antworte Chris. Vielleicht erfährst Du von ihm, was mit Tom los ist." Vivian stupst mich auffordernd an. Bea und Gabi nicken bestätigend.

[Lisa]: Warum schreibst Du und nicht Tom? Wieso benutzt Du sein Profil?

[Chris]: Weil ich es zu unverschämt gefunden hätte, einfach bei Dir aufzukreuzen. Vermutlich hättest Du mich auch gar nicht ins Haus gelassen. Ich weiß, das, was ich hier mache, ist auch nicht richtig. Aber ich kann einfach nicht anders! Tom spricht unentwegt von Dir. Er will sich von Dir fernhalten, weil er Dich mag. Vermutlich mehr, als er es sich selbst eingestehen und vor allem mehr als er zulassen möchte. Es macht ihm Angst, dass Du nicht aufhörst, Nachforschungen anzustellen. Er hat Angst, dass Du ernsthafte Gefühle für ihn entwickeln könntest – oder schon hast.

„Siehst Du! Meine Worte!", posaunt Bea.

„Was soll ich ihm jetzt antworten?", frage ich überfordert.

„Das, was Du fühlst. Sag ihm ehrlich, wie Du empfindest", rät Vivian.

Ich ziehe einen gewaltigen Schub Sauerstoff in meine Lunge, lege meine Finger auf die Tastatur und schreibe.

[Lisa]: Aber warum will er es nicht zulassen? Warum will Tom sich von mir fernhalten? Ich verstehe das nicht. Ich mag Tom auch. Sehr sogar! Ich hätte nie gedacht, dass ich in so kurzer Zeit solche Gefühle für jemanden entwickeln könnte! Sollte er sich nicht eigentlich darüber freuen? Tom meinte, er zieht vermutlich bald um? Wohin? Ist es das? Zieht er weit weg? Warum gibt er mir – uns! – nicht wenigstens eine Chance! Er weiß ja gar nicht, ob ich nicht mit umziehen würde!

[Chris]: Das ist für mich schwer zu erklären, weil ich Dir nicht viel erzählen darf. Ich musste es Tom hoch und heilig versprechen und ich fühle mich jetzt schon schlecht, weil ich seinen Account missbrauche und Dir hinter seinem Rücken schreibe. Er will Dir einfach eine Enttäuschung ersparen und möchte nicht, dass Du traurig bist. Mehr kann und darf ich dazu nicht sagen. Aber ich finde es wichtig, dass Du weißt, dass er mit Dir keine Spielchen spielt und dass ihm etwas an Dir liegt. Ich finde es sehr schade, dass Ihr Euch nicht mehr schreibt. Du hast ihm gutgetan. Er war wie ausgewechselt, seid Ihr Euch geschrieben habt.

[Lisa]: Aber dass wir nicht mehr chatten, liegt doch an ihm! Nicht an mir! Er hat den Kontakt abgebrochen! Er meldet sich nicht mehr! Bis eben war sein Profil für mich gesperrt, bis Du es wieder aktiviert hast! Was soll ich also Deiner Meinung nach tun?

[Chris]: Ich werde nochmal mit Tom reden. Vielleicht kann ich ihn doch noch überzeugen, dass Ihr Euch wieder schreiben solltet. Gib ihm bitte Zeit und bedränge ihn nicht mit Deinen Gefühlen. Sonst zieht er sich wieder zurück, das kann ich Dir jetzt schon sagen. Versuche nicht, ihn unter Druck zu setzen und mehr über ihn herauszufinden, als er von sich aus freiwillig preisgeben möchte. Glaub mir, ich kenne ihn besser, als die meisten und er hat sehr gute Gründe für sein Verhalten. Wäre es umgekehrt, würde ich vermutlich ähnlich reagieren. Sei nachsichtig mit ihm, auch wenn es Dir schwerfällt. Würdest Du Dich darauf einlassen? Ist es unverschämt von mir, so etwas von Dir zu verlangen?

Wieder blicke ich zu meinen Freundinnen. Sie scheinen zu überlegen.

„Was bleibt Dir anderes übrig, wenn Du wieder Kontakt haben willst. Du wirst auf seine Spielregeln eingehen müssen“, meint

Bea.

„Die Lage scheint verdammt ernst zu sein", bemerkt Vivian. „Was auch immer Tom verbirgt, wenn sein Freund sich so für ihn einsetzt und ihn verteidigt … Du musst selbst entscheiden, ob Du Dich darauf einlassen kannst. Meinen Segen hast Du, aber wie er schon schreibt, Du könntest schwer enttäuscht werden. Das solltest Du im Hinterkopf behalten. Träumereien bringen hier anscheinend nicht viel. Hoffnungen würde ich mir auf eine Beziehung mit Tom eher nicht machen. Chris war ziemlich direkt, aber ehrlich, denke ich. Schwierige Situation. Keine Ahnung, was ich machen würde." Vivian blickt mich zerknirscht an.

„Vivian spricht mir aus der Seele", stimmt Gabi traurig zu und legt mir tröstend die Hand auf die Schulter.

Ich stelle meine Ellenbogen auf den Tisch und stütze beidseitig meinen Kopf mit den Händen ab.

„Es ist ja sowieso noch offen, ob Chris Tom überhaupt überzeugen kann. Aber ich glaube, ich möchte Tom behalten. Selbst, wenn es nur als Chat-Freundschaft ist. Auch, wenn ich enttäuscht werde." Ich schlucke und lasse betrübt den Kopf hängen. Der Druck in meinen Augen steigt.

Er könnte eine Familie haben, verheiratet sein und Kinder haben. Ob er in Scheidung lebt? Vielleicht wird er einer schlimmen Sache beschuldigt und hat sich deshalb zurückgezogen. Nein, ein Kind hat er nicht, meinte er.

„Du weißt, was Du tust, Lisa. Wir stehen hinter Dir. Und wir trösten Dich auch wieder, wenn es nicht klappt. Ich würde auch weiter mit ihm schreiben wollen", sagt Gabi.

Ich positioniere meine Finger kraftlos auf der Tastatur.

[Lisa]: Wenn Du Tom überzeugen kannst, mir wieder zu schreiben, würde ich mich sehr freuen. Dann würde ich es aber auch wirklich nur als reine Freundschaft betrachten und mich zukünftig mit anderen Männern treffen und verabreden –Tom hat mir ja auch bereits deutlich zu verstehen gegeben, dass ich das soll.

„Finde ich gut", flüstert Vivian hinter mir, obwohl er gar nicht mithören kann.
„Ja, ich auch", sagen Bea und Gabi.

[Chris]: Das ist ganz in seinem Sinne. Er würde sich bestimmt für Dich freuen, wenn Du jemanden kennenlernst. Danke für Dein Verständnis. Du bist echt in Ordnung! Versprechen kann ich allerdings nichts. Mal sehen, wie Tom reagiert. Ich versuche, einen guten Zeitpunkt abzupassen.

[Lisa]: Kannst Du mir denn Deine Adresse oder Deine Telefonnummer geben? Damit ich Dich kontaktieren kann?

„Super!", johlt Vivian prompt, doch fast im gleichen Augenblick wird Toms fremdgenutztes Profil rot und der letzte Schriftwechsel wird gelöscht. Ich lege mein Gesicht mit vollem Gewicht in die Handflächen und schließe für einen Moment die Augen. *Schon wieder. Genau wie bei Tom.*
„Es wäre ja auch zu schön gewesen", seufzt Bea.
„Ich bin gespannt, ob Tom sich wieder meldet", sagt Vivian. „Vielleicht musste Chris sich schnell ausloggen, weil er sonst erwischt worden wäre."
Ich hebe meinen Kopf und greife mir verzweifelt in die verwilderten und spröden Haare.
„Egal. Freitag gehen wir jedenfalls ins Foxi. Und Ihr haltet für mich die Augen auf. Es hat keinen Sinn, auf Tom zu warten. Wenn er sich meldet – gut. Wenn nicht, kann ich es auch nicht ändern."
Meine Freundinnen lächeln und tätscheln mir die Schulter.

„Mach bis Freitag mal eine Kur in Deine Haare. Die sind ja struppiger als die Mähne einer Barbie nach einem Haarspray Tauchgang“, scherzt Vivian und bricht gleichzeitig mit uns anderen in Gelächter aus. Dabei zwirbelt sie eine meiner schlaffen Strähnen zwischen ihren Fingern, die ich ihr mit herausgestreckter Zunge entziehe.

Als ich später wieder alleine bin, fühle ich mich emotional einigermaßen aufgebaut. Dann ist es halt doch nicht Tom, sondern ein anderer Mann. Wer weiß, vielleicht wartet genau der im Foxi am Freitag auf mich …

Im Foxi

Tom bleibt verschollen.

Ich fange langsam an zu resignieren und versuche, gedanklich mit ihm abzuschließen. Doch ein Funken Hoffnung liegt tief in mir weiterhin auf der Lauer. Er lauert und fleht, um doch noch einmal eine Chance zu bekommen. Deshalb dudeln die beiden Lieder von Betty auch jetzt am Freitag bei mir daheim in einer Endlosschleife vor sich hin. Ich rätsele ununterbrochen, was er mir damit sagen wollte. Das Zermürbende ist, es könnte wirklich alles sein. Gutes wie Schlechtes. Die Erfüllung eines Traums ebenso wie ein böses Erwachen, wobei mir sowohl Tom als auch sein Freund Christian eher Letzteres prognostizieren.

Ein großer Teil von mir ist davon ebenfalls überzeugt. Tom trägt eine zentnerschwere Last und ein für ihn schlimmes Schicksal mit sich herum. Es geht ihm nicht gut und das, was er mir verheimlicht, muss für ihn enorm belastend sein. Das kristallisiert sich für mich immer deutlicher heraus.

Der andere Teil von mir, so winzig er auch sein mag, frohlockt trotz allem voller Hoffnung und Zuversicht. Das fühlt sich an wie eine dunkelgraue Wolkendecke, aus der sich hin und wieder doch noch kämpferisch die Sonnenstrahlen hindurchzwängen. Immer spiele ich in Gedanken durch, was wäre, wenn Tom zum Beispiel einem Adelshaus angehörte. Das würde seine Möglichkeiten im Leben durchaus erheblich einschränken. Je nach seiner Position in diesem Adelshaus wäre ihm seine Selbstverwirklichung wohl schier unmöglich! Etwas, das Außenstehenden als das große Glück erscheinen mag, bedeutet für den Betroffenen möglicherweise das genaue Gegenteil – einen goldenen Käfig. Wäre es denkbar, dass dies sein Geheimnis ist? Was wäre in so einem Fall mit mir? Könnte ich mir mich als Prinzessin vorstellen?

Ich stehe vor dem Spiegel und mache mich für den Abend fertig. Die Haare elegant hochgesteckt und mit etwas Rouge auf den Wangen komme ich zu dem Entschluss: *Eher nicht. Und selbst wenn, so ein Adelshaus würde mich niemals als Schwiegertochter akzeptieren. Somit hätte er dann einen guten Grund, mich auf Abstand zu halten. … Ob ich ihm heute gefiele, wenn er mich sehen könnte?*

Ich betrachte mich im Spiegel und lächele mein zweites Ich zaghaft an. Ich gefalle mir und habe das Beste aus mir herausgeholt. *Meine Chancen im Foxi stehen bestimmt gar nicht so schlecht. Tom hin oder her. Für heute Abend muss er aus meinem Kopf raus.*

Ob ich ihn ganz aus meinem Herzen verbannen kann, ist noch nicht klar. Fakt ist aber, ich fühle mich inzwischen besser und spüre, dass ich heute Abend bereit bin. Der zum allgemeinen Trübsal passende Regen hat aufgehört und zuversichtlich habe ich den Schirm weggepackt. Ich bin startklar und offen für neue Begegnungen.

In einem Stimmungshoch verlasse ich das Badezimmer und gehe in die Küche, um dort den Rollladen herunterzulassen. Dabei fällt mein Blick auf den Laptop. Er ist noch an, weil ich vorhin Hochsteckfrisuren im Internet gesucht habe. *Ich könnte mich ja eigentlich mal ganz kurz bei Herzfunk einwählen,* denke ich, aber dann fahre ich ihn runter.

Ich gehe an dem Laptop vorbei durch alle Räume und verdunkle sämtliche Fenster. Als ich danach in die Küche zurückkomme, sind die Verlockung und meine Neugier doch zu groß und übermannen mich. Also fahre ich ihn wieder hoch und schiebe den Cursor auf das Internetsymbol, öffne den Browser und logge mich bei der Partneragentur ein.

Als ich sehe, dass Toms Profil grün ist und in meinem Nachrichteneingang eine Nachricht liegt, bitzelt es in meinen Handflächen sofort wie nasses Brausepulver. Eine Ladung Adrenalin wird freigesetzt, wenn auch spürbar darum bemüht, sich lediglich wohldosiert in mir zu verteilen. Trotzdem kann ich mich nicht wirklich beherrschen, klicke wie ein Kettenraucher am ersten Entzugstag seine Nachricht an und lese:

[Tom]: Hallo liebe Lisa. Wie geht es Dir? Ich möchte mich bei Dir entschuldigen. Bestimmt hast Du jetzt die Nase voll von mir, aber ich möchte, dass Du weißt, wie sehr ich darunter gelitten habe, mich nicht bei Dir zu melden. Ich habe immerzu an Dich denken müssen und der Austausch mit Dir fehlt mir so sehr, liebe Lisa. Es würde mir unglaublich viel bedeuten, weiterhin mit Dir schreiben zu dürfen. Redest Du noch mit mir? Würdest Du mir noch eine letzte Chance geben? Auf rein freundschaftlicher Basis ab und zu chatten? Bitte, Lisa. Ich habe es versucht, aber ohne Dich ist alles trostlos.

Die Nachricht kam schon vor drei Stunden. Sein Profil ist immer noch grün, obwohl ich bisher nicht geantwortet habe. Ich stehe auf und atme schwungvoll durch. *Hätte ich doch bloß erst morgen nachgesehen.* Gerade war ich dabei, seine Existenz für heute erfolgreich zu verdrängen. Ich hatte mich schon fast von seiner unsichtbaren Fessel befreit. Und jetzt das. *Noch eine Chance ... noch eine Chance ... habe ich ihm davon nicht bereits genug gegeben?*

Mit einem zu hohem Tonus im Schulterbereich und vielen tiefen Atemzügen hintereinander tigere ich in der Küche auf und ab. Klar hatte ich gehofft und darauf spekuliert, dass er sich wieder meldet. Aber doch nicht gerade jetzt! Der Zeitpunkt ist denkbar ungünstig. Vernunft und Herz beginnen nahezu auf Augenhöhe zu diskutieren.

[**Mein Herz sagt:**] Ich will wieder mit ihm Kontakt haben!

[**Die Vernunft sagt:**] Wenn Du das willst, dann nur nettes Geschreibsel und keine Gefühle. Kriegst Du das hin?

[**Herz**]**:** Wie soll ich denn meine Gefühle für ihn wegsperren? Schon jetzt spüre ich diese Funken in mir, die nur darauf warten, endlich ein großes warmes Emotionsfeuer zu entzünden. Ganz wie ein wunderschönes, zartes Pflänzchen, das sich voller Sehnsucht und Hoffnung durch die Erde ans Tageslicht windet.

[**Vernunft**]**:** Dieses Pflänzchen dürfte aber niemals das Licht erblicken, niemals wachsen! Die Funken musst Du sofort löschen, bevor daraus ein nicht mehr zu löschendes Feuer wird! Könntest und würdest Du diesen Preis zahlen wollen?

[**Herz**]**:** Ich klopfe doch jetzt schon! Eine einzige Nachricht von ihm und es fühlt sich an, wie mit staubtrockener Kehle in der Wüste wieder etwas zu trinken! Wenn man einen solchen Durst hat, dann ist das Trinken doch ein Überlebensinstinkt! Wenn die Flüssigkeit dann auch noch verführerisch ganz dicht vor Deinen Augen herumtänzelt ... – wie zum Teufel soll ich verhindern, dass ich zugreife oder zumindest versuche, damit meine Lippen zu benetzen!

[Vernunft]: Du weißt, was Du zu tun hast. Vergiss ihn! Deine Gefühle haben sich so schnell entwickelt, vielleicht dauert es ja nur ein paar Tage und sie verschwinden wieder. Bei einem Entzug sind auch die ersten Tage die schlimmsten. Danach wird alles einfacher, wenn Du Dich nicht ständig mit dem Objekt Deiner Begierde konfrontierst. Vielleicht lernst Du gleich im Foxi sogar jemanden kennen …

Mein Herz antwortet nicht mehr und lässt nur noch schwermütig den Kopf hängen. Es klopft weiter und will sich nicht die Blöße geben zu beichten, dass es Toms Charme total verfallen ist. Wie das Opfer einer Spinne hängt mein Herz in seinem Netz fest. Ein Netz, das aus wunderschönen Reimen geflochten ist, das ein so traumhaft schönes Zuhause sein könnte. Im Gegensatz zum Opfer im Spinnennetz fühlt sich mein Herz dort wohl. Lediglich der Verstand versucht, es zu befreien und wehrt sich. Dabei hat sich mein Herz noch nie so verstanden und angekommen gefühlt wie dort.

Ich lese Toms Nachricht noch einmal – eindeutig ein Fehler! Alleine sein Profil anzusehen reicht und mein Herz kuschelt sich schmachtend in Toms gefährliches Geflecht, so dass die Vernunft jeden Versuch aufgibt, es aus Toms Fängen zu befreien.

[Tom]: Ich sehe, dass Du online bist, Lisa. Du weißt, was Du von mir zu erwarten hast – und auch, was nicht. Mit Dir zu schreiben fehlt mir. Du fehlst mir. Es tut mir unendlich leid, dass ich Dir nicht mehr entgegenkommen kann. Du hast wirklich etwas Besseres als mich verdient. Möchtest Du, dass ich Dich in Ruhe lasse? Damit Du Dich voll und ganz frei fühlen kannst?

Ich könnte losheulen vor Verzweiflung.

„Mann!“, fluche ich impulsiv. „Wieso gebe ich mich überhaupt mit Dir ab? Ich war eben kurz davor, so kurz davor, unbeschwert in diesen Abend zu starten! Hättest Du mir nicht erst morgen schreiben können? Dein Timing ist beschissen, Tom!“, gifte ich den Bildschirm an. Dabei bin ich selbst schuld. Ich hätte ja nicht nachschauen müssen.

Ich ringe innerlich mit mir und überlege, was ich antworten könnte. Ob ich überhaupt antworten *möchte*! Aufgebracht tobe ich in der Wohnung herum und aus Minuten wird eine Viertelstunde. Es sind immer wieder die gleichen Fragen, die mich aufregen. *Warum muss dieser Typ so verdammt nett und sympathisch sein? Er stellt genau die richtige Mischung dar, eine Kombination aus sensibel, emotional, geheimnisvoll, lustig, etwas Macho aber nicht überheblich, kinderlieb, Familienmensch, häuslich. Warum muss gerade ER all das in sich vereinen?*

Schnaufend setze ich mich vor den Laptop.

[Lisa]: Ich möchte nicht, dass Du mich in Ruhe lässt. Ich habe Dich auch vermisst, Tom, so sehr. Aber wir schreiben ab sofort nur. Mehr nicht. Ich habe gerade auch nicht viel Zeit, denn ich gehe gleich mit meinen Freundinnen ins Foxi zum Tanzen.

[Tom]: Ins Foxi? Ich wünsche Euch viel Spaß. Schön, dass wir uns wieder austauschen. Du hast mir schrecklich gefehlt. Danke Lisa, dass Du nicht für immer verschwunden bist. Du hättest allen Grund dazu gehabt Dich jetzt nicht mehr bei mir zu melden.

Ich seufze laut und schmachte verträumt sein Profil an. Dabei spüre ich das heftige Pulsieren in meiner Brust, das jetzt wieder so stark ist, dass es bis in den Bauch zu fühlen ist. Diese beflügelnden, warmen Empfindungen sind unmöglich zu ignorieren. Sein Satz, dass ich ihm fehle, kriecht bis tief unter die Haut. Das kleine Fünkchen Hoffnung zuckt zu einem verhaltenen Feuerwerk auf.

Mein Herz streckt der Vernunft frech die Zunge raus und zischelt: Ätsch! Er empfindet doch etwas für mich! Es ist doch noch nicht alles verloren!

Für meine Pläne des heutigen Abends extrem hinderlich, im schlimmsten Fall sogar vernichtend. Mein Verstand kann sich einen bitteren Kommentar auch nicht verkneifen.

[Vernunft]: Und? Wie stehen Deine Chancen? 10 zu 90? Denkst Du wirklich, das reicht? Träum von mir aus weiter. Aber jetzt solltest Du besser aufwachen und endlich diesen Abend nutzen – *ohne* Tom!

Ich muss wirklich meinen Verstand einsetzen.

[Lisa]: Ich werde mich auch mit anderen Männern treffen, nur, damit Du es weißt! Ich werde nicht dauernd vor dem Rechner hocken und auf eine Nachricht von Dir warten! Klar?

[Tom]: Klar. Und akzeptiert. Hältst Du mich auf dem Laufenden?

[Lisa]: Über meine Männergeschichten? Dein Ernst?

[Tom]: Na sicher! Ich kenne mich mit Frauen etwas aus, aber auch mit Männern. Schließlich bin ich selbst einer. Ich könnte Dir Tipps geben!

Der hat sie doch nicht mehr alle. Will mir Tipps beim Dating geben, obwohl er andererseits schreibt, dass er mich vermisst hat.

[Lisa]: Mal sehen. Was machst Du denn heute Abend noch?

[Tom]: Ich zappe und bin in Gedanken bei Dir auf der Tanzfläche.

Meine Mundwinkel biegen sich nach oben.

[Lisa]: Schaust Du fern? Bist Du heute Abend alleine?

[Tom]: Ich werde mit zwei oder drei Mädels bei einem chilligen Fernsehabend abhängen. Mal sehen, ob wir uns auf das Programm einigen können.

WAS? Geschockt traue ich meinen Augen nicht mehr. *Er hat tatsächlich ´drei Mädels´ geschrieben! Drei!*

[Lisa]: Drei Mädels? Soll das ein Scherz sein? Wenn nicht, ist es trotzdem okay. Ich habe kein Problem damit, wenn Du Dich mit DREI Mädels triffst. Viel Spaß! Lasst es krachen!

Drei Frauen! Und bei mir einen auf unnahbar machen! Pah! Wut steigt in mir hoch.

[Tom]: Schlepp nicht gleich einen Typen ab und lass es langsam angehen. Außerdem weißt Du doch gar nicht, wie alt meine drei Mädels sind.

[Lisa]: Das musst Du gerade sagen! Wer ist denn mit drei Frauen gleichzeitig verabredet? Was interessiert es mich, wie alt die sind?

Ob ich es langsam angehen lasse, entscheide ich immer noch selbst! Du bist schließlich nicht mein Vormund!

Damit logge ich mich erbost aus. Ich fahre den Laptop herunter und klappe ihn heftiger zu als nötig. *Mich will er nicht treffen, aber seinen Abend verbringt er mit gleich drei anderen Frauen! Bei mir macht er auf geheimnisvoll aber diese drei* dürfen alles über ihn wissen, *ihn sogar treffen! Von mir aber will er noch nicht einmal ein Foto!*

Ich schaue auf die Uhr und gehe ins Bad.

„Glaub ja nicht, dass mein Abend nicht auch toll werden wird!“, schnaube ich und ziehe mir vor dem Spiegel die Lippen nach – in knallrot.

Anschließend gehe ich in den Flur und schnappe mir meine Pumps. Damit drehe ich mich prüfend vor dem Spiegel und übe ein verführerisches und sinnliches Lächeln. Es sieht noch etwas verbissen und aufgesetzt aus. *Der weiß gar nicht, was er verpasst! Heute gehört das Foxi mir! Ich werde flirten, was das Zeug hält! Darauf kann er Gift nehmen! Heute sind die Männer fällig! Und ich sehe super aus! Hammer!*, bestätigt mir mein Spiegelbild und ich überschütte mich motivierend mit Lobeshymnen.

Mit meiner Handtasche und einer Jeansjacke verlasse ich das Haus. Ich laufe eine Viertelstunde einen Bürgersteig entlang, bis ich die Bushaltestelle erreiche, wo ich mich mit Vivian, Bea und Gabi treffe. Sie winken mir schon entgegen.

„Etwas spät“, ruft mir Vivian zu und zeigt auf die Uhr an ihrem Handgelenk.

„Tom hat geschrieben“, erkläre ich, als ich außer Puste bei ihnen angekommen bin.

„Echt?“ Bea schaut mich erstaunt an. Alle Blicke sind auf mich gerichtet.

„Er schrieb, er würde heute bei einem chilligen Fernsehabend abhängen! Mit drei Frauen!“, keife ich und die imaginären Fetzen meiner Wut werden nur so umhergeschleudert.

„Gleich drei?“, meint Gabi empört. „Vielleicht hast Du etwas missverstanden."

„Oh nein, das habe ich garantiert nicht!", wettere ich. „Aber von mir will er sonst nichts wissen! Nur schreiben! Vergnügen will er sich lieber mit diesen drei Schnecken! Soll er doch! Es ist mir so was von egal." Ich sehe den Bus um die Ecke biegen und blinken. „Los, der Bus kommt. Heute Abend will ich feiern!"

Vivian schaut mich prüfend und misstrauisch an.

„Ich finde sein Verhalten absolut unverschämt. Das hätte ich ihm nicht zugetraut. Bei mir wäre an Deiner Stelle spätestens jetzt Funkstille."

Wir steigen ein und setzen uns auf einem Viererplatz gegenüber. Ich schaue aus dem Fenster und versuche, mich zu beruhigen.

„Du siehst heute jedenfalls toll aus", schmeichelt mir Gabi und wechselt damit schleunigst das Thema. „Der rote Lippenstift ist ganz schön verführerisch. Die Männer werden sich um Dich reißen. Da bleibt uns wohl nur, zu hoffen, dass auch noch einer für uns übrigbleibt", schmunzelt sie.

„Ihr seid doch alle vergeben", lache ich halbherzig. „Nichts da. Heute sind alle für mich! Ich muss mich mal von diesem *Tom* ablenken." So verächtlich habe ich seinen Namen noch nie ausgesprochen.

Bereits nach zwei Haltestellen kommen wir vor dem Foxi an. Wir stellen uns in die Schlange am Eingang. Hinter uns reihen sich immer mehr Leute ein. Gabi und Bea gackern und versuchen aus der Entfernung mit den Türstehern zu flirten, was Vivian und ich schmunzelnd kommentieren. So recht gelingt es mir aber nicht, mich wirklich auf meine Freundinnen und unsere Gespräche einzulassen. Ich habe das seltsame Gefühl, beobachtet zu werden. Total komisch. Immer wieder drehe ich mich um, aber keiner der Menschen hinter mir kommt mir bekannt vor. Sie scheinen auch keine Notiz von mir zu nehmen, jedenfalls nicht, sobald ich sie anschaue. Verunsichert überfliegt mein Blick aus dem Augenwinkel die Umgebung. Erneut wende ich mich nach hinten um, doch die übrigen Besucher wirken in ihre Gespräche vertieft. Wenn ich es richtig deute, gibt es auch nur Pärchen oder Grüppchen in der Warteschlange. *Merkwürdig, ich hätte schwören können, dass mich jemand beobachtet …* Verstört scanne ich abermals die Umgebung. Für Außenstehende sicherlich ein sehr seltsamer Anblick. Es muss so aussehen, als hätte ich etwas zu verbergen und wollte mich vergewissern, dass mir keiner dabei zusieht.

Ich bin erleichtert, als es weiter vorangeht und wir endlich an der Reihe sind. Nachdem unsere Taschen kontrolliert und wir einen Stempel auf die Hand bekommen haben, gehen wir rein. Meine drei Mädels kichern und schnattern. Wir steuern auf einen freien Stehtisch am Rand der Tanzfläche zu, von dem aus wir einen guten Überblick haben.

Zusehends füllt sich die Diskothek, bis auf der Tanzfläche vor uns nicht mehr wirklich viel Platz für ausufernde Tanzbewegungen ist. Doch das scheint die Leute nicht zu stören.

„Sagt mal, habt Ihr auch das Gefühl, dass wir beobachtet werden?“, frage ich meine Mädels lautstark, weil die Musik kaum eine normale Konversation zulässt.

„Was?“, brüllt mir Bea über den Tisch zu.

„Ich habe das Gefühl, wir werden b-e-o-b-a-c-h-t-e-t!“, betone ich jeden Buchstaben und dabei schiele ich in sämtliche Richtungen.

„Bea und Gabi, die etwas seitlich zur Tanzfläche stehen, wenden sich nun auch um.

„Nicht so auffällig!“, zische ich.

„Mir fällt nichts auf“, meint Vivian entschuldigend.

„Mir auch nicht“, sagt Bea, und Gabi zuckt nur mit den Schultern, während sie am Strohhalm ihres Longdrinks saugt.

Für einen Moment sind wir alle aufmerksamer, aber als dann

einer der Songs aus Bettys Konzert aus den Boxen schmettert, ziehen mich die Mädels wie Adrenalinjunkies auf die Tanzfläche.

„Los! Komm mit!", kreischt Vivian und drängelt sich durch die Menge. Wir hangeln uns ihr nach, bis wir gequetscht mittendrin sind.

Unsere Hände klatschen über den Köpfen. Alle Leute singen mit und die Stimmung, die eigentlich kaum mehr besser werden konnte, nimmt noch weiter zu.

Während ich tanze, werde ich dennoch den Verdacht nicht los, dass mich jemand im Auge behält. Das Gefühl verschwindet einfach nicht! Ich strecke den Hals und spähe so unauffällig wie möglich in alle Ecken der Diskothek. Aber es ist irre voll und einige Männer sind so groß, dass ich kaum noch etwas erkennen kann. Beunruhigt versuche ich, das merkwürdige Empfinden zu ignorieren – jedoch mit nur geringem Erfolg. Ich spüre, dass etwas nicht stimmt. Ich habe ein flaues, watteähnliches Feeling im Bauch.

„Hey! Lisa! Der da! Guck mal!" Gabi deutet beim Tanzen verstohlen auf einen sehr attraktiven Mann nicht weit weg von uns auf der Tanzfläche.

Oh … Ziemlich gutaussehend. Ein Lächeln huscht über meine Lippen, als er meinen Blick erwidert. Geschmeichelt erwidere ich seine verheißungsvollen Botschaften. Gabi grinst mich breit an und streckt unbemerkt den Daumen hoch.

„Der sieht bombe aus!", blökt sie mir direkt ins Ohr.

Ich schmunzle und strahle dem großen Mann fortwährend entgegen, der das dann auch als Aufforderung versteht und sich langsam unserer Gruppe nähert. Ziemlich eindeutig tanzt er uns an, erwidert meine Avancen und winkt vermutlich einen Freund dazu, der auch nicht von schlechten Eltern ist. Ich gebe auf der Tanzfläche alles und setze meine Vorteile gekonnt in Szene.

„Wollt Ihr was trinken?", fragt er irgendwann und strahlt

offenherzig.

„Gerne. Wir haben da drüben einen Tisch", deute ich zusätzlich an, weil die Geräuschkulisse viel zu laut ist.

Gemeinsam zwängen wir uns an der feiernden Masse vorbei und stehen kurz darauf zu sechst an dem kleinen Stehtisch.

„Wie heißt Ihr?", fragt der attraktive Mann lächelnd.

„Das sind Vivian, Bea, Gabi und ich bin Lisa", stelle ich uns laut vor.

„Ich bin Henry und das ist mein Freund Volker." Volker gibt jeder von uns einen Handkuss.

Wir schmunzeln geschmeichelt.

„Seid Ihr öfter im Foxi?", will Henry wissen und hält meinen Blick etwas länger fest.

„Früher schon, aber wir waren schon länger nicht mehr hier. Und Ihr?"

„Fast jede Woche. Immer freitags nach der Arbeit", mischt sich Volker ein und zeigt ebenfalls deutliches Interesse an mir.

„Alleine?", erkundigt sich Vivian etwas spitz.

Ich knuffe sie, um ihr anzudeuten, dass sie höflich sein und ihn nicht vergraulen soll. Die beiden Männer lächeln.

„Ja, meistens alleine. Ab und zu kommen aber auch noch drei andere Kumpels von der Arbeit mit", antwortet Volker.

„Seid Ihr Singles?", stichelt Vivian nun deutlich forscher.

„Wenn wir in diese Diskothek gehen – immer", lacht Henry breit.

„Und daheim? Wartet dort jemand auf Euch?", erkundigt sich Vivian beharrlich.

„Wenn Ihr uns nachher nach Hause begleitet, werden wir wohl keine Singles mehr sein", grinst sein Freund Volker frech und schmiegt sich tanzend an Vivian heran, die sofort auf Distanz geht.

Einen Moment lang bin ich abgelenkt. Erneut überkommt mich

dieses merkwürdige Gefühl, bespitzelt zu werden. Wieder lasse ich flüchtig meinen Blick umherwandern, erkenne aber weder ein bekanntes Gesicht noch sehe ich irgendeine auffällige Person. Abgesehen davon ist mein visueller Radius angesichts der Fülle an Menschen extrem eingeschränkt. Als mich Henry anspricht, konzentriere ich mich höflich auf ihn. Die Musik ist so laut, dass man schon genau hinhören muss.

„Bist Du auch Single?", fragt er dicht an meinem Ohr, so dass ich seinen warmen Atem spüren kann.

Ich schmunzele.

„Ja", antworte ich.

„Kaum zu glauben. Sind die Männer blind? Warum sind wir uns nicht schon früher über den Weg gelaufen?"

„Besser spät als nie." Ich flirte ihn mit rosigen Wangen an. Seine Komplimente gehen runter wie Öl. Genau das, was ich heute Abend brauche.

„Hmmm..." Er beugt sich zu meinem Nacken. „Du riechst gut. Du machst bestimmt viel Sport, bei der Figur."

Meine Wangen werden noch roter und in meinem Körper breitet sich eine wohlwollende Wärme aus.

„Was hältst Du davon, wenn wir etwas nach draußen gehen? Frische Luft schnappen? Für ein paar Minuten?", fragt Henry mit einem verführerischen Schimmer in den Augen.

Ich räuspere mich verlegen. *Nur kurz vor der Tür plaudern ... wieso nicht. Mir ist eh heiß.*

„Okay."

„Ich werde Dich auch nicht entführen", scherzt Henry und ergreift meine Hand.

„Bin nur mal kurz vor der Tür! Ich komme gleich wieder!", brülle ich Vivian noch ins Ohr und stolpere Henry nach. Er zieht mich hinter sich her.

„Gleich haben wir es geschafft. Ist aber auch echt voll heute!", ruft er mir breit lächelnd auf eine Armlänge hinweg zu. Immer noch hält er meine Hand, um mich bei den Menschenmassen nicht zu verlieren.

Ich nicke bestätigend. Mein Blick saust über die Menge. Ich drehe mich noch einmal zu meinen Mädels um, um zu sehen, ob sie gutheißen, was ich da mache. Aber ich kann sie nicht mehr erkennen. Dann stehen wir vor der Tür.

Eine kühle Brise erwischt mich aber ich werde nicht sagen, dass ich es frisch finde. Er hätte ohnehin keine Jacke dabei, die er mir umlegen könnte und ich habe nicht die Absicht, ihn gleich so nahe kommen zu lassen.

„Hey." Er legt mir sanft seine große Hand unters Kinn und hebt es etwas an, damit ich ihn anschaue. Leicht gehemmt blicke ich zu ihm auf.

„Ich finde es süß, wie schüchtern Du bist", sagt er warmherzig und spült damit ein Stück meiner Vorsicht fort.

„Hm", mache ich. „Ganz schön voll und heiß drinnen, oder?", sage ich, um eine sachliche Konversation in Gang zu bringen.

Er lacht.

„Schon, aber nicht voller als sonst. Im Foxi ist immer viel los, gerade am Wochenende. Was für ein Glück, dass ich Dich in der Menge überhaupt gefunden habe", schmunzelt er verheißungsvoll.

„Ja", erwidere ich verlegen und weiche seinem Blick aus. „Was machst Du beruflich?", frage ich.

Er kräuselt die Stirn und kneift die Augen zusammen.

„Ahhh, das ist bei den Frauen immer eine der ersten Fragen. Aber bodenständiger als in meinem Fall geht es nicht. Ich bin Versicherungskaufmann. Und Du?"

„Erzieherin", murmle ich zaghaft lächelnd, bis mich eine Idee plötzlich kurz zusammenzucken lässt. *Was wäre, wenn das Tom ist?*, denke ich.

„Erzieherin. So, so. Dann musst Du starke Nerven haben, was?"

Ich zittere etwas vor Aufregung.

„Ja, meistens schon. Bei uns geht es ziemlich laut zu und umso mehr freue ich mich abends auf die Ruhe daheim. Heute finde ich aber auch den Lärm nicht schlecht – ich meine, die Musik im Foxi", füge ich schnell hinzu. „In der Kita stört mich der Geräuschpegel aber auch nicht wirklich. Man gewöhnt sich daran und ich habe gerne Kinder um mich herum. Magst Du Kinder?" Ich muss unbedingt das Gespräch in Gang halten, um meine Nervosität zu überspielen. *Mann bin ich aufgeregt. Vielleicht stehe ich gerade Tom gegenüber und die Frauen samt Fernsehabend waren nur ein Ablenkungsmanöver!* „Ich bin sogar Patenonkel. Meine Schwester hat zwei Kinder. Sie lieben mich", betont er stolz.

„Sagst Du das jetzt, um Dich bei mir einzuschleimen", lache ich.

Er überlegt sichtbar.

„Ja", sagt er frech grinsend. „Hat es funktioniert?"

Ich schüttle belustigt den Kopf.

„Aber ich mag Kinder, ehrlich." Er hebt zum Schwur zwei Finger hoch und kommt noch einen Schritt auf mich zu.

„Bist Du wirklich Patenonkel?", frage ich hastig, um seinen Annäherungsversuchen entgegenzusteuern. Es geht mir etwas zu schnell.

„Na klar. Willst Du ein Foto sehen? Ich habe immer eines im Portemonnaie. Moment." Er zieht seine Geldbörse hervor und zückt sichtlich triumphierend ein Bild.

„Süß, die zwei", sage ich.

„Hm. Total. Ich liebe die beiden", beteuert er und kommt mir stückchenweise näher.

Ich weiche meinerseits sofort etwas zurück, um meine Wohlfühldistanz zu wahren.

„Du bist von der ganz vorsichtigen Sorte, was?" Er grinst breit.

Beschämt beiße ich mir innen auf die Wange.

„Komm, wir gehen ein paar Schritte. Soll ich Dir zeigen, wo ich früher in der Kita war? Sie ist gleich hier um die Ecke. Oder hast Du Angst vor mir? Sehe ich aus wie ein Serienkiller? Oder rieche ich schlecht?“ Er hebt die Brauen.

„Nein! Nein! Ganz bestimmt nicht!“, verneine ich sofort, zögere aber. *Ob er nur ein paar Schritte in eine ruhige Ecke gehen will, um mir zu beichten, dass er Tom ist? Könnte er wirklich Tom sein? Aber dann wäre es die falsche Kita …*

„Na komm schon.“ Er streckt mir sanft lächelnd seine Hand entgegen. Jedoch sträubt sich ein Teil in mir, sie zu ergreifen.

„Wenn es nicht an mir liegt – Kannst Du in deinen Schuhen nicht laufen? Soll ich Dich tragen?“, scherzt Henry und zwinkert keck.

Mein Eismantel aus Furcht schmilzt dahin.

„Wenn Du mich herausforderst, mache ich mit Dir auf diesen Stöckelschuhen ein Wettrennen! Du hast selbst gesagt, ich sehe sportlich aus“, kontere ich schlagfertig.

Henry stößt einen anerkennenden Pfiff aus.

„Hört, hört! Aber ich würde Dich lieber an die Hand nehmen. Welcher Mann zeigt sich nicht gerne mit einer so hübschen Frau an seiner Seite“, schmeichelt er.

„Ist gut jetzt mit dem Herumgesülze“, lache ich. „Ich komme ja mit. Schon alleine um zu sehen, wo die Konkurrenz arbeitet. Aber es ist nicht weit, oder? Ich will mir meine Schuhe nämlich nicht ruinieren.“

„Nein, direkt um die Ecke.“

Bereitwillig ergreife ich seine Hand. Sie ist warm, und es fühlt sich ungemein gut an, mit so einem stattlichen Mann Hand in Hand zu laufen. Ich meine sogar, dass uns zwei junge Frauen neidisch hinterherstarren, als wir gemeinsam die Straße entlanglaufen. Ich entspanne.

„Bist Du auch hier aufgewachsen? Wohnst Du hier?“, erkundige ich mich.

„Nein, ich bin immer mit dem Bus gefahren. Wir haben etwas außerhalb und eher ländlich gewohnt.“

„Erinnerst Du Dich gerne an Deine Kitazeit zurück?“

„Ja. Die Kindergärtnerinnen waren alle super nett, wenn auch keine so hübsch war wie Du. Die kleinen Jungs kleben bestimmt in Scharen an Dir.“

„Nicht wirklich“, schmunzele ich. „Ich habe eher eine Schar von Mädels am Rockzipfel.“

„Aber vor den großen Jungs kannst Du Dich bestimmt kaum retten, was? Du konntest Dich nur noch nicht entscheiden.“ Er dreht sich zu mir herum und zieht mich neckisch zu sich heran. Sein Atem kommt immer näher und ich blicke ihm tief in die Augen.

Dieser Mann sieht verdammt gut aus. Er ist überdurchschnittlich attraktiv aber der Funke springt nicht über. Vielleicht liegt es an seinem Parfüm. Es ist kein Duft, den ich als angenehm empfinde. *Aber das Parfüm kann man ja austauschen.* Verkrampft warte ich darauf, dass mein Inneres endlich erkennt, was ich da für ein Prachtexemplar an Land gezogen habe. Aber es reagiert nicht. Es ist mit dem Versuch beschäftigt, diesen markanten Parfümduft zu ignorieren und die Zuneigung für diesen Mann irgendwo aus den Tiefen heraufzubeschwören.

Lediglich er bewegt sich weiter auf mich zu und legt jetzt seine Hände zaghaft um meine Hüften. Dann neigt er den Kopf, um mich zu küssen. Ich zögere und bin mir nicht sicher, ob ich darauf eingehen soll. Es geht mir viel zu schnell und deshalb weiß ich auch nicht, warum ich trotzdem die Augen schließe und ihn gewähren lasse. Will ich mir etwa selbst etwas beweisen? *Ich muss mich mehr auf diese Situation einlassen, loslassen. Habe ich mir nicht genau das von diesem Abend erhofft? Es mir fest vorgenommen?*

Bestimmt liegt es nur an Tom, dass ich so verkrampft bin. Wenn es jetzt Tom ist, den ich küsse …

Unsere Lippen berühren sich. Aufmerksam bemühe ich mich, seinen Kuss adäquat zu erwidern. Ich passe mich seinen Bewegungen an, um ihm zu zeigen, dass ich durchaus küssen kann. Doch es ist auch nicht mehr als das. So lange der Kuss anhält, funktioniere ich nur. Amors Pfeil hat offensichtlich sein Ziel verfehlt, und wäre es Tom, dann müsste ich mich doch jetzt anders fühlen, oder nicht?

Nach einer gewissen Zeit halte ich inne. Ich kann das nicht, und ich will auch nicht mehr. Es fühlt sich falsch an, Gefühle zu vorzuspielen, wo keine sind. Ich versuche, mich zurückzuziehen und ihn dezent etwas von mir wegzuschieben. Ich möchte mich entschuldigen und einfach wieder zu meinen Freundinnen zurück. Er jedoch presst seine Lippen prompt fester auf die meinen und auch sein Griff um meinen Rücken wird fester. Ich versteife mich und verstärke auch meinerseits den Druck, um ihn loszuwerden. Ihn scheint das wiederum nur noch mehr dazu anzustacheln, mich mit Dominanz überzeugen zu wollen; eine Dominanz, die beginnt extrem aufdringlich und unangenehm zu werden und die mir Angst macht. Je energischer und wilder ich mich weigere, desto fester wird sein Griff und so unerträglicher seine Nähe. Ich öffne meinen Mund und will losschreien.

„Nein! Lass mich!“, kreische ich so laut, dass es sicherlich im Umkreis einiger hundert Meter jeder hätte hören können – wäre da nicht seine Hand. Er presst sie mir auf den Mund und drückt mich gegen eine Wand. Mit Leibeskräften schlage ich nach ihm, winde meine Hände immer wieder frei. Ich will nur noch weg und schnappe panisch nach Luft, während er meine Abwehrversuche geschickt und lächelnd abfängt.

„Schschsch! Nicht so laut, Süße! Na komm, zier Dich nicht so! Du willst es doch auch! Das habe ich sofort gesehen!“

Ich schüttele abwehrend wild den Kopf.

„Nein!“, presse ich hinter seiner Hand hervor. Mit beiden Händen versuche ich sie mit aller Kraft von meinem Mund zu zerren, weil sie auch einen Teil der Nase bedecken und ich damit kaum Luft bekomme. Doch er drückt mich abermals mit Wucht und seinem kompletten Körpergewicht nach hinten gegen eine Mauer aus Bruchsteinen. Harte, spitze Zacken bohren sich in meinen Rücken und schmerzen. Ich versuche, durch die Nase Sauerstoff einzusaugen. Mit vollem Körpereinsatz sträube ich mich und überlege im Panikmodus, wie ich fliehen oder andere auf mich aufmerksam machen kann. Mein geweiteter Blick scannt hilfesuchend die Umgebung – und dann hängt auch noch mein Absatz im Kopfsteinpflaster fest, so dass ich mich noch nicht einmal mit meinem Bein zur Wehr setzen kann.

Schon immer hatte ich vor, einen Selbstverteidigungskurs zu belegen, habe es aber stets aufgeschoben. Soll mir das jetzt zum Verhängnis werden? In meiner Verzweiflung fange ich an zu weinen. Ich winde mich unter seinem Gewicht schwerfällig hin und her und versuche, den Absatz zu befreien, der sich verkantet hat. Ich bin noch nicht bereit, aufzugeben, auch wenn meine Kräfte zusehends schwinden. Doch plötzlich wird er von mir weggerissen. Aus dem schwach beleuchteten Hintergrund taucht eine Gestalt auf und packt unvorbereitet und kraftvoll seine Arme. Ich kippe leicht nach vorne, röchle und schnappe gierig nach Luft. Ich zittere am ganzen Leib und bin kaum in der Lage, mich aufrechtzuhalten. In einer Art Schockstarre verfolge ich die Szene vor mir.

Der fremde Retter hat sich den Rüpel geschnappt und verpasst ihm gerade einen wutentbrannten Schlag ins Gesicht. Henry taumelt, wird aber erneut überwältigt und mit einer wuchtigen Drehung gegen die Mauer gequetscht – genau wie zuvor ich. Mein noch unbekannter Held schnauft erschöpft, hält Henry weiter in festem Griff und stößt ihn mehrfach nach hinten gegen die Steine. Dann dreht er seinen Kopf zu mir herum – und ein weiterer Schock fährt mir in die Glieder.

„Alles gut bei Dir?", fragt er mich außer Puste, wagt es aber nur für den Bruchteil einer Sekunde, den Gegner aus den Augen zu lassen.

Chris? … Er hat mich gerettet? … Ich starre ihn an.

„Ich … ich … Ja … aaalles okay, denke ich", stottere ich und schlottere immer noch am ganzen Leib. „Was machst Du hier?", will ich wissen. Doch er kann nicht antworten, weil Henry sich mit Leibeskräften wehrt.

„Wage es nicht!", knurrt er Henry kalt an, der zu einem energiegeladenen Gegenschlag ansetzen und sich befreien will. Aber Christian ist schneller und verpasst ihm einen gezielten Schlag auf die Nase, aus der sogleich Blut tropft.

Henry will seine Hände reflexartig schützend vor das Gesicht halten, wird aber wieder von Christian ergriffen.

„Ahhh! Hör auf! Du tust mir weh, Du Idiot!"

„Hast Du denn eben aufgehört, als die Frau nein gesagt hat? Hä? … Hast Du?", brüllt Christian erbost und füllt die Abendluft mit seinem stechend scharfem Zorn. Plötzlich schreit er jedoch auf, weil Henry es geschafft hat, ruckartig eines seiner Knie hochzuziehen, und zwar genau zwischen Christians Beine. Sofort lässt er von Henry ab und krümmt sich vor Schmerzen.

Henry nutzt die Chance und will die Flucht ergreifen, doch auch Christian reagiert und streckt ein Bein aus. Henry sackt während des ersten Schritts in die Knie, rappelt sich aber augenblicklich wieder auf und stolpert fluchtartig davon. Rasend schnell ist er wie ein schwarzer Schatten in der Dunkelheit verschwunden.

Ich stürze auf Christian zu, der inzwischen wieder fast aufrecht an der Mauer steht. Er lehnt sich mit dem Rücken an und verzieht schmerzerfüllt das Gesicht.

„Alles gut?“, frage ich panisch.

„Ja, bei mir schon. Und bei Dir?“ Er schaut mich mit einem Ausdruck an, den ich in diesem Moment einfach nicht deuten kann.

„Mist, dass der Kerl mir entwischt ist. Mann!“, knurrt er erbost.

„Hauptsache, er ist weg.“ Ich blicke mit klopfendem Herzen in die Richtung, in der Henry verschwunden ist.

„Wir sollten auch hier abhauen. Bevor er noch einen Kumpel holt und mit Verstärkung zurückkommt. Was treibst Du Dich hier eigentlich in der Dunkelheit mit so einem Kerl herum? Was hast Du Dir dabei gedacht?“ Christian sieht mich verständnislos und wütend an.

Ich schweige beschämt.

„Na komm. Mein Wagen steht nicht weit. Lass uns erst einmal hier verschwinden. Kannst Du laufen?“

„Ja“, murmle ich. „Ich habe mir nur den Absatz abgebrochen. Er ist im Kopfsteinpflaster hängengeblieben, als ich Henry einen Tritt verpassen wollte.“

Christians Gesichtszüge werden wieder etwas weicher. Er hält mir seinen Arm hin.

„Danke, aber es geht schon“, nuschle ich und kann ihm vor Scham nicht in die Augen sehen. Mit gesenktem Kopf hinke ich neben ihm her zu seinem Wagen. Verstohlen beobachtet er mich von der Seite und hält mir schließlich die Beifahrertür auf.

Kurz darauf sitze ich still und in mich gekehrt auf seinem Beifahrersitz. Ich starre in meinen Schoß und schäme mich immens. Die ganze Situation ist mir schrecklich unangenehm.

„Alles okay?“, fragt Christian besorgt und beobachtet mich von der Seite. Sein Auto steht immer noch auf dem Parkplatz.

Ich nicke schwach, ohne ihn anzusehen.

„Bist Du auch nicht verletzt?“, will er sanft wissen.

„Nein. Es ist wirklich alles gut. Nur eine kleine Schürfwunde und eine ruinierte Frisur. Naja, und ein kaputter Absatz", murmle ich kleinlaut. „Wie … woher wusstest Du … Wo kamst Du so plötzlich her?", frage ich ihn, meide aber immer noch vor Scham seinen Blick.

Christian hüstelt nervös und verlagert auf dem Sitz rutschend sein Gewicht. Das veranlasst mich dazu, ihn doch anzusehen. Neugierig aber auch herausfordernd schaue ich ihm nun direkt in die Augen – und habe plötzlich eine Vermutung.

„*Du* hast mich verfolgt, oder? Hast Du mich in der Diskothek beobachtet?", will ich wissen.

Jetzt schweigt Christian und weicht meinem Blick aus. Das reicht mir als Antwort.

„Warum? Wieso? Wie kommst Du dazu? Wieso beobachtest Du mich?"

„Ich … eigentlich solltest Du Dich bedanken!", verteidigt er sich etwas mürrisch. „Wäre ich nicht gekommen, wer weiß, was der Typ mit Dir angestellt hätte! Das war extrem leichtsinnig! Einfach mit einem fremden Kerl nachts in einer Seitenstraße zu verschwinden!"

Peinlich berührt senke ich meinen hochroten Kopf.

„Dankeschön", murmle ich. „So etwas mache ich sonst auch nicht. Keine Ahnung, was da in mich gefahren ist."

„Hm", grummelt Christian.

„Aber", hake ich vorsichtig nach, „wieso hast Du mich beobachtet? Oder warst Du etwa zufällig im Foxi?"

Christian holt geräuschvoll Luft. Eine Hand liegt auf dem Lenkrad und mit der anderen knetet er sich den Nacken. Er schaut sich draußen um, aber mir ist sofort klar, dass es eine Übersprunghandlung ist, um Zeit zu gewinnen und seine Antwort zu überdenken.

„Nein, es war kein Zufall. Tom meinte … Er wollte … Er hat es irgendwie geahnt, dass Du heute eine … Dummheit begehen könntest. Dass etwas passieren könnte", korrigiert er sich leise.

Meine Halsschlagader pulsiert kräftig, als hätte man ein Ventil aufgedreht.

„Tom? Tom hat Dich beauftragt, mich zu beschatten? Du solltest mich bespitzeln?"

Christian nickt schwach.

„... Zuerst habe ich abgelehnt und ihn für verrückt erklärt. Wir hätten deshalb fast gestritten! ... Letztlich habe ich mich aber breitschlagen lassen und eingewilligt. Also bin ich Euch in die Diskothek gefolgt."

„Aber wieso machst Du das für ihn? Warum erledigt er das nicht selbst? ... Arbeitest Du für Tom? Bist Du Privatdetektiv oder so etwas?"

Christian lächelt gequält.

„Ich bin kein Detektiv. Tom kann einfach wahnsinnig überzeugend sein. Er ist außerdem mein bester Freund", entschuldigt er sich.

„Das wird ja immer verrückter. ... Wie kommt Dein Freund – Tom – überhaupt auf die Idee, ich könnte eine Dummheit begehen? So etwas Bescheuertes! Tsss!", stoße ich verärgert aus.

„Aber offenbar hatte er ja wohl den richtigen Riecher, wie wir eben gesehen haben!", schmettert mir Christian entgegen.

Meine Schultern sinken beschämt, und als hätte seine scharfe Ansage nicht gereicht, ohrfeigt mich Christians ernster und strafender Blick.

„Was genau hat er denn zu Dir gesagt? Wie hat er Dich dazu überreden können, Detektiv zu spielen? Sollst Du mir jetzt immer hinterherspionieren?"

„Nein", lächelt Christian. „Darauf würde ich auch nie eingehen. Du wirst wohl heute Abend auch dazugelernt haben."

„Das ist kein guter Zeitpunkt für Scherze", antworte ich spitz.

„Sei in Zukunft einfach vorsichtiger, mit wem Du Dich triffst oder nachts spazieren gehst, okay?", betont Christian hart, doch seine stählerne Fassade bröckelt, noch während er es ausspricht. Schließlich sackt sogar er etwas in sich zusammen.

Auch meine Muskelanspannung lässt nach, bis mir eine scheußliche Vermutung kommt. Ich drehe mich abrupt zu ihm herum und schaue ihn mit schmalen Augen an.

„War das hier ein abgekartetes Spiel? Und wehe, Du gibst mir jetzt keine ehrliche Antwort! Habt Ihr das inszeniert, damit Du Dich als Retter aufspielen kannst?", platzt es aus mir heraus.

Christian blickt mich erschrocken an.

„Stopp mal! Das kann jetzt nicht Dein Ernst sein! Weder Tom noch ich würden so einen Typen auf Dich ansetzen! Jetzt halt mal die Luft an!", schimpft er mächtig aufgebracht. „Was denkst Du Dir eigentlich? Ich riskiere hier mein Leben für Dich und muss mir dann auch noch so einen Scheiß anhören?"

Erschrocken merke ich, wie bescheuert meine Anschuldigung und Vermutung war.

„Sorry", murmle ich kleinlaut. „Tut mir leid. Ich bin einfach noch etwas durcheinander."

„Das glaube ich aber auch", höhnt Christian beleidigt.

Ich lasse den Kopf hängen und knete verlegen meine Fingerkuppen.

„Es tut mir wirklich leid. Ganz ehrlich. Ich weiß auch nicht, was in mich gefahren ist. Ich bin Dir wirklich, wirklich dankbar für eben. … Würdest Du mir erzählen, was genau Tom zu Dir gesagt hat?", frage ich vorsichtig und zurückhaltend.

„Wenn ich Dir das sage, rastest Du wieder aus." Christian schaut auf die Straße vor sich.

„Mach ich nicht, versprochen. Sag es mir, bitte!", fordere ich mit leichtem Nachdruck.

Christian dreht sich zu mir, schafft es aber nicht, meinem Blick lange standzuhalten.

„Er meinte, Du wolltest bestimmt beweisen, dass Du durchaus schnell Ersatz für ihn bekommst. Dass er sich nicht einzubilden braucht, es gäbe für Dich keine anderen Männer als ihn. Dass Du vielleicht versuchen würdest, ihn eifersüchtig zu machen. Er meinte, Du könntest Dich heute Abend zu etwas hinreißen lassen, das Du sonst nie tun würdest. Euer letzter Schriftwechsel war wohl etwas unglücklich, wie er aber erst zu spät erkannt hat. Er wollte Dir nochmal schreiben, hat aber gesehen, dass Du Dich sofort abgemeldet hast. Da hat er Panik bekommen."

Mein Brustkorb hebt sich. Konzentriert langsam lasse ich die Luft anschließend wieder hinausströmen.

„Aha", sage ich. „Ihn eifersüchtig machen. Vielleicht wegen der drei Damen, mit denen er heute beim Fernsehabend chillig abhängt?"

„Hm", antwortet Christian und kann sich ein dezentes Schmunzeln nicht verkneifen. „Und? Ist das so?"

Ich atme noch einmal durch, um bei seinem Schmunzeln nicht schon wieder wütend und aufbrausend zu werden.

„Ich finde es beleidigend, dass er mit drei Frauen abhängt und mich derart abweisend abfertigt. Mit mir will er nur schreiben, keine Fotos austauschen, und die dürfen sogar mit ihm den Abend verbringen. Nur bei mir scheint er sich als der große geheimnisvolle Supergönner aufzuspielen. Bin ich ihm so wenig wert? Warum vertraut er mir nicht?"

Christians Blick wird traurig und glasig. Er wendet sich ab.

„Glaub mir, er hat sehr gute Gründe. Du darfst Dich nicht dazu hinreißen lassen, Dich an ihn zu klammern. Prinzipiell möchte er ja, dass Du Dich unter die Leute mischst und andere Männer kennenlernst und triffst. Er würde sich aufrichtig für Dich freuen, wenn der Richtige dabei wäre. Und diese drei Frauen", Christian lächelt verklärt, „die hast Du völlig in den falschen Hals bekommen. Aber wie solltest Du das auch verstehen? Ich würde es gerne richtigstellen, aber ich kann nicht."

„Du kannst nicht, oder Du darfst nicht?", bohre ich unnachgiebig weiter.

„Ich darf nicht", antwortet Christian aufrichtig aber bestimmend.

„Kannst Du verstehen, wie seltsam das für mich klingt? Wie soll ich Euch vertrauen und glauben, dass Ihr nicht beide ein übles Spiel mit mir spielt?"

„Du hast vollkommen recht. Ich habe vorher noch nie jemanden beschattet, ehrlich. Das hier war für mich heute Abend mindestens genauso seltsam wie für Dich. Das alles ist schon sehr seltsam. … Aber ich bin froh, es gemacht zu haben", fügt er zaghaft hinzu.

„… Wirst Du es Tom erzählen? Das von eben?"

Christian schaut in die Nacht hinaus und scheint ernsthaft darüber nachzudenken.

„Er wird mich fragen, wie es gelaufen ist – und Dich auch. Ich habe ihn noch nie angelogen."

„Ich will ihn auch nicht anlügen, aber er muss ja nicht alles wissen, oder? Mir ist diese Angelegenheit wirklich peinlich."

„Was ist mit Deinen Freundinnen? Wirst Du es ihnen erzählen?"

Ich beiße mir auf die Unterlippe und schweige. *Der Absatz, und wie ich aussehe! Meine Hochsteckfrisur ist dank dieses Bastards auch hinüber. Die erkennen sofort, dass etwas nicht stimmt.*

„Sie werden mich für verrückt halten", murmle ich.

„Davon ist auszugehen", schmunzelt Christian mich jetzt etwas aufmunternd an.

Ich lächele schief zurück.

„Soll ich Dich denn zurück in die Diskothek bringen oder lieber direkt heimfahren? Du kannst sie ja anrufen und ihnen Bescheid geben."

„Da drinnen ist es so laut, dass sie das Handy bestimmt nicht hören. Sie machen sich ohnehin bestimmt schon Sorgen."

„Wenn ich reingehe und ihnen alles schnell erkläre? Dann musst Du nicht mehr zurück."

„Das ist echt lieb von Dir, aber da muss ich jetzt durch. Wenn Du dort jetzt auftauchst, dann drehen sie vermutlich komplett durch vor Sorge. Trotzdem graust es mir jetzt schon davor. Ich bin so eine Idiotin!"

Christian kommentiert es nicht.

„Wie konnte ich nur so blöd sein!", schimpfe ich.

„Es ist nun einmal passiert. Lern einfach draus. Fehler macht jeder", meint Christian nüchtern.

„Aber doch nicht solche Fehler!" Mit geschlossenen Augen lehne ich meinen Kopf an die Kopfstütze. *Wie soll ich das nur meinen Freundinnen erklären. Himmel, wenn Tom das erfährt! Wie konnte ich nur auf so einen Typen reinfallen! Ich habe doch gleich gemerkt, dass mit dem etwas nicht stimmt! Wie konnte ich nur so einfältig sein und mit ihm mitgehen!*

Christian steuert einen Parkplatz gegenüber der Diskothek auf der anderen Straßenseite an. Ich bleibe sitzen, obwohl das Auto inzwischen steht.

„Soll ich mitkommen", bietet Christian an.

„Nein. Es ist schon peinlich genug und meine gerechte Strafe", murmle ich.

„Dann bringe ich Dich aber bis zum Eingang, damit Du sicher reinkommst. … Geht Ihr später gemeinsam nach Hause?", fragt er vorsichtig.

„Nein, ich denke, ich werde mir wieder den erstbesten Typen krallen und mit ihm alleine durch dunkle Straßen ziehen."

Christian räuspert sich.

„Wenn Du gleich heim willst und Deine Freundinnen noch bleiben möchten – ich könnte vor der Diskothek auf Dich warten und Dich dann heimfahren. Dann wüsste ich wenigstens, dass Du sicher zuhause ankommst. Immerhin habe ich heute Abend den Auftrag, auf Dich aufzupassen."

„Ich nehme mir in jedem Fall ein Taxi, versprochen. Du musst nicht warten. Fahr ruhig. Ich mache keinen Blödsinn mehr, Ehrenwort." Ich lächele zaghaft und öffne die Wagentür. Beide Füße auf dem Boden steige ich aus und inhaliere tief die klare, kühle Abendluft. Auch Christian steigt aus und kommt um sein Auto herum.

„Willst Du denn noch weiter ... tanzen oder gleich sowieso nach Hause? Es macht mir nichts aus, zu warten. Wenn Deine Freundinnen bleiben möchten und Du ganz alleine ..."

„Sie würden mich nie alleine ..."

„Aber vorhin warst Du auch alleine draußen!"

„Das kannst Du doch nicht vergleichen. Ich mache wirklich keinen Unsinn mehr. Du kannst ganz beruhigt heimfahren."

„Dann bringe ich Dich wenigstens über die Straße bis zum Eingang", sagt Christian bestimmend.

„Kann ich Dich davon abhalten?", frage ich scherzend.

„Nein", lächelt Christian. „Eher nicht. Ich bin noch im Dienst."

Ich laufe los, was auf einem Schotterparkplatz mit abgebrochenem Absatz wirklich eine Herausforderung ist. Christian läuft neben mir her und schielt zu meinem kaputten Schuh nach unten.

„Gleich legst Du Dich noch auf die Nase", sagt er.

„Es geht schon", versichere ich und will jetzt unbedingt einen starken Eindruck vermitteln.

Wir schweigen wieder und erreichen nur eine Minute später den Eingang der Diskothek.

„Tja, dann ... Ciao", sagt Christian schüchtern.

„Ciao. Danke nochmal für alles", nuschele ich verlegen.

„Schon okay. Es fühlt sich eigentlich ganz gut an, ein Retter zu sein." Er lächelt freundlich.

„Sehen wir uns mal wieder?", frage ich zaghaft.

„Wenn ich einen erneuten Auftrag von Tom bekomme und wieder einmal nicht nein sagen kann", grinst er schelmisch.

„Lerne ich Tom irgendwann kennen?"

„Ich weiß nicht." In Christians Augen erlischt das Leuchten. „Ich glaube eher nicht."

„Schade", erwidere ich traurig. „Tja, dann bis bald mal – vielleicht."

„Pass auf Dich auf."

„Mache ich." Ich drehe mich um und gehe zum Eingang. Dort zeige ich dem Türsteher den Stempel auf meinem Handrücken. Er mustert mich skeptisch, lässt mich aber eintreten. Ich blicke noch einmal zu Christian. Er hebt die Hand. Ich winke schüchtern. Dann stürze ich mich ins Gewühl.

Stickige Luft schlägt mir entgegen. Es riecht nach Alkohol, Parfüm und Schweiß. Der fröhliche und ausgelassene Zauber dieses Abends ist nicht wiederherzustellen. ... *Ob Chris und Tom ein- und dieselbe Person sind? ... Wenn er nun Tom ist. Vielleicht stimmen ja doch nicht alle Angaben. Ob er mir etwas vorspielt? ... Könnte ich mich in Chris verlieben, wenn er wirklich Tom wäre? Wenn er der wäre, der mir diese wundervollen poetischen und einfühlsamen Zeilen schreibt? Wenn er mich eben gerettet hätte?*

Ich quetsche mich durch die Menge und erkenne Vivian auf der Tanzfläche. Sie verlässt diese aber sofort, als sie mich entdeckt, und steuert unseren Tisch an. Henrys Freund Volker steht immer noch dort und umgarnt Gabi und Bea, die sich ihn bereitwillig zu teilen scheinen.

„Hi", sage ich und lächele verhalten.

„Hey! Wo warst Du so lange?", rügt mich Gabi.

„Wo hast Du Henry gelassen? Zieht er sich noch an?", grinst Volker breitmaulartig widerlich, wie ich jetzt finde.

„Vielleicht solltest Du mal nach Deinem Freund schauen. Seine Nase sieht nicht gut aus", erwidere ich bissig.

„Seine Nase? Was ist passiert? Seid Ihr überfallen worden?", will er wissen.

Ich lache höhnisch laut auf.

„Guter Witz. Überfallen ist ein gutes Stichwort. Aber frag ihn das selbst. Erkläre ihm auch gleich mal, was es heißt, wenn eine Frau NEIN sagt!"

„Was quatschst Du für einen Stuss? Wo ist er denn jetzt?" Volker sieht sich in der Menge um und sucht offensichtlich seinen Freund.

„Was ist los?" Bea kommt jetzt von der anderen Seite dicht an mich heran. Sie schaut von oben bis unten an mir herab. „Was ist mit Deinem Schuh passiert? Du siehst total zerzaust aus. Was hast Du denn da für eine Schramme am Oberarm?"

„Ich geh mal nach draußen und schaue nach Henry…", meint Volker zögerlich und nimmt den Arm von Gabis Schulter. „Wo finde ich ihn?"

„Vielleicht lässt er sich schon die Nase richten. Klapper mal die Schönheitschirurgen ab", gifte ich.

Volker stutzt und weicht erschrocken prompt etwas zurück.

„Dann schau ich mal, ob ich ihn finde", stammelt er verunsichert.

„Mach das", kommentiere ich eiskalt, und Volker stiehlt sich total verwirrt davon. Ich blicke ihm nach wie er in der Menge verschwindet, während Vivian jetzt auch wieder bei uns am Tisch steht.

„Was ist?", fragt sie überrascht und schaut ebenfalls Volker nach.

„Das sollten wir besser Lisa fragen", meint Bea.

Ich will tief einatmen, aber die bleierne Luft lädt dazu nicht gerade ein. Nervös überlege ich, wie ich die Geschichte am besten verpacke. Dann fange ich notgedrungen an zu beichten. Allerdings sind die Musik und der Geräuschpegel weiterhin so laut und gewaltig, dass ich Mühe habe, sie zu übertönen. Schließlich ist mir nicht daran gelegen, dass diesen ohnehin peinlichen Vorfall noch mehr Gäste mitbekommen. Mich vor meinen Freundinnen emotional zu entblößen, reicht mir voll und ganz. Es ist schon so demütigend genug, von meinem dummen Fehlverhalten zu berichten. Scheinbar verstehen sie trotz der Lautstärke genug und bekommen die wichtigsten Fakten mit, um letztlich auszuflippen.

„Du bist doch sonst nicht so blauäugig! Wieso bist Du mit dem Typen mitgegangen?", schimpft Vivian los, kaum dass ich meine Beichte beendet habe.

„Was da alles hätte passieren können!", krakeelt Bea ernst.

„Wenn Chris nicht gewesen wäre! Stell Dir das mal vor!", brüllt Gabi mir ins Ohr.

„Kommt. Wir fahren heim", sagt Vivian ernst.

„Von mir aus könnt Ihr gerne noch bleiben. Ihr müsst meinetwegen hier nicht die Zelte abbrechen", versichere ich.

„Alle oder keiner!", sagt Gabi sofort. „Nach Deiner Geschichte bin ich auch nicht mehr in Feierlaune. So ein mieser Dreckskerl! Wenn ich den noch einmal zu Gesicht bekomme!"

„Na hoffentlich laufen wir dem nie wieder über den Weg!", schmettert Vivian in die Runde.

Eine Dreiviertelstunde später schließe ich meine Wohnungstür auf. Ich schleudere mit leichtem Schwung meine Handtasche in die Ecke und pfeffere meine Schuhe, von denen einer ohnehin kaputt ist, missmutig ein Stück von mir weg. Dann schlurfe ich ins Wohnzimmer und lasse mich in die Kissen plumpsen.

Ich blicke auf den niedrigen Glastisch vor mir, auf dem der Laptop steht. Das Zuhause dieses Mannes ohne Gesicht, ohne wirkliche Identität. Ein Typ, der mein Herz dazu verleitet, falschen Hoffnungen nachzuhängen. Der meine Sehnsüchte nach ihm schürt, die mit jeder Nachricht von ihm stärker werden. Es passiert einfach und das ist gefährlich, weil er mir doch immer wieder klarmacht, dass wir keine gemeinsame Zukunft haben.

Mein Blick ruht auf dem Laptop. Natürlich könnte ich auch andere Männer kontaktieren; einen habe ich sogar noch übrig. Ich erinnere mich an den unschönen Vorfall von vor zwei Stunden und rufe mir Christians Bild ins Gedächtnis. *Chris, mein Retter.* Ich schmunzele. *Er war nett. Klar war er auch sauer, aber nur, weil er sich Sorgen um mich gemacht hat. Ob Chris eine Freundin hat? Würde er vielleicht zu mir passen? Chris hat sogar sein Leben für mich riskiert. Was, wenn Chris nun doch Tom ist. Sind sie ein- und dieselbe Person?*

Immer noch stiere ich meinen Laptop an, bis mir meine Augen irgendwann ein unscharfes Bild meiner Umgebung wiedergeben.

Ob Tom mir noch schreibt? Ob er noch wach ist? Oder nicht schlafen kann, weil er weiß, dass Chris mich gerade bespitzelt? … Wartet er vielleicht auf Christians Bericht? … Weiß er schon längst alles? Weil es eigentlich Tom war, der mich gerettet hat? … Wenn sie jetzt aber doch nur Freunde sind, ob Chris ihm schon von meinem peinlichen Zwischenfall erzählt hat? Wie unangenehm … Bestimmt sitzt er in diesem Moment bei Tom und erzählt ihm brühwarm, wie einfältig und leichtgläubig ich bin. Schrecklich! Peinlich! Richtig, richtig, richtig peinlich! Vielleicht hätte ich ihn doch darum bitten sollen, Tom das zu verschweigen …

Ich habe schon wieder vergessen, mir Christians Nummer geben zu lassen. Verflucht! Dann hätte ich ihn jetzt anrufen können. Was heute passiert ist, geht Tom eigentlich gar nichts an! … Wenn er es erfährt, kann ich mir wieder blöde Sprüche anhören. Garantiert!

Ich greife mir den Laptop. *Ich muss wissen, ob Chris bereits gepetzt hat, und ich muss wissen, ob er auch wirklich Chris ist!* Schnell logge ich mich ein und sehe, dass Toms Profil grün ist.

[**Lisa**]: Ich bin wieder daheim. – Du bist noch wach?

[**Tom**]: Ja, ich bin noch wach. Habe eben mit Chris telefoniert …

Shit. War ja klar bei meinem Glück.

[**Tom**]: Chris wollte wissen, ob ich schon etwas von Dir gehört habe, und ob Du gut heimgekommen bist …

[**Lisa**]: Dann richte ihm aus, dass ich unversehrt auf meinem Sofa sitze. Bis auf eine Blase am Fußknöchel geht es mir wunderbar. Hat Chris sonst noch etwas erzählt?

Ich kaue ausgiebig auf meiner Wange herum, bis sie leicht anschwillt. Weil Tom noch nicht zurückschreibt, schlurfe ich in die Küche. Ich hole mir ein Glas Wasser und drücke an der Kaffeemaschine den Knopf für einen Espresso.

Als ich wieder am Tisch bin, hat Tom geantwortet. Ich setze mich und beginne zu lesen.

[**Tom**]: Ich weiß alles, Lisa. Chris hat sich große Sorgen gemacht, Dich nicht sofort nach Hause gebracht zu haben. Er war schon daheim, wollte dann aber noch einmal umdrehen, um nach Dir zu sehen. Ich habe ihn davon abgehalten, bin jetzt aber auch froh, Dich in Sicherheit zu wissen.

[**Lisa**]: Wenn Du alles weißt, dann kannst Du ja jetzt schlaue Sprüche abfeuern. Du wärest nicht der Erste heute Abend.

[Tom]: Wieso sollte ich Dir Vorhaltungen machen? Ich bin einfach nur erleichtert, dass noch einmal alles gutgegangen ist, und ich auf mein Bauchgefühl gehört habe. Ich hatte schon Angst, mich lächerlich zu machen. Aber Dein Schwert hätte wohl nicht in die Handtasche gepasst, und da dachte ich mir, Du könntest vielleicht anderweitig etwas Unterstützung gebrauchen.

[Lisa]: Danke, dass Du mich mit schlauen Sprüchen verschonst.

[Tom]: Ich glaube, dass Du Dich über Dich selbst am meisten ärgerst. Was würde es bringen? Außer, dass Du von mir genervt wärest und Deine Wut am Rechner ausließest.

Bist Du mir böse, weil ich Chris auf Dich angesetzt habe? Es war ihm echt unangenehm, und ich habe mein komplettes Überredungsrepertoire auffahren müssen. War nicht einfach. Jedenfalls, gib Chris bitte keine Schuld. Das alles geht komplett auf meine Kappe.

Mit gefangen, mit gehangen. Wenn Chris sich zu so etwas überreden lässt, ist er doch wohl auch *nicht ganz unschuldig! Aber wäre er nicht gewesen …* Ich habe plötzlich Henrys unangenehmen Parfümduft in der Nase und spüre einen Druck auf meiner Brust, als würde er mich noch einmal gegen die Steinmauer quetschen. Die Erinnerung daran ist so stark, dass meinen Rippen allein durch den Rückblick auf die Geschehnisse kaum noch Spielraum für Atembewegungen bleibt.

[Lisa]: Nein, ich bin nicht sauer. Aber ab sofort passe ich auf mich selbst auf, klar? Ich brauche keine Nanny! Zur Verteidigung werde ich mir ein Miniaturschwert im Handtaschenformat besorgen.

[Tom]: Verstanden! Ich werde Dir dann eine Schutzhülle stricken, damit Deine Handtasche keine Kratzer bekommt.

[Lisa]: Sag mal Tom, Chris und Du, Ihr seid doch nicht ein- und dieselbe Person, oder? Sind wir zwei uns schon einmal irgendwo begegnet oder über den Weg gelaufen?

[Tom]: Nein, wir sind nicht ein- und dieselbe Person. Ich sehe viel besser aus als Chris und er trägt auch keine selbstgestrickten Schlüpfer. Und – nein, wir haben uns noch nie getroffen oder gesehen. Aber solltest Du irgendwann in Deinem Leben auf den sportlichsten, attraktivsten, charmantesten, charismatischsten Mann der Welt treffen, gegen den James Bond verblasst – das bin ich – hihi.

Ich lache belustigt auf.

[Lisa]: Du bist mit Deinen selbstgestrickten Schlüpfern auf jeden Fall ein Unikat, lach. Wie lange himmelst Du morgens im Strickschlüpfer Dein Spiegelbild an?

Warum schläfst Du eigentlich noch nicht? Sind Deine drei Frauen noch da oder schon heimgegangen?

Ich kann nicht aufhören zu schmunzeln. Der Schriftwechsel mit Tom ist erfrischend und lässt mich wieder hellwach werden.

[Tom]: Ich wusste ja, dass Chris Dich beobachtet. Gut habe ich mich dabei auch nicht gefühlt. Ich hatte gehofft, es kommt nicht raus. Wichtig war mir nur, dass es Dir gut geht, das musst Du mir glauben.

Die Damen sind noch da aber gerade anderweitig beschäftigt. Keine Sorge, es ist nicht, wie Du denkst. Sie gehören zum Personal. Was ist mit Dir? Bist Du nicht müde?

[Lisa]: Ich bin noch zu aufgewühlt. Nach allem, was passiert ist, muss ich erst mal herunterkommen. Es war ein ereignisreicher Abend.

Die drei Frauen: Personal? Na gut. Darum beneiden Dich Deine Freunde wohl, was?

[Tom]: Apropos meine Freunde. Wie findest Du eigentlich Chris?

[Lisa]: Keine Ahnung. Er ist nett, aber ich habe ihn ja nur zweimal kurz gesehen.

[Tom]: Aber Ihr habt Euch im Auto unterhalten ...

[Lisa]: Die Situation war etwas angespannt und speziell, Du erinnerst Dich? Außerdem war ich damit beschäftigt, mich über mich selbst zu ärgern.

[Tom]: Findest Du Chris nett?

[Lisa]: Er muss doch irgendwie nett sein, wenn er Dein Freund ist, oder?

[Tom]: Stimmt. Ich habe nur nette Freunde aber Chris ist wirklich mein allerbester Kumpel.

[Lisa]: Das sagt Chris von Dir auch. Ihr steht Euch sehr nah, oder?

[Tom]: Mehr als das. Hättest Du Lust, Dich mal mit Chris zu verabreden? Ich könnte da vielleicht etwas einfädeln?

Ein Date? Mit seinem besten Freund? Und das stört ihn gar nicht? Ich seufze verzweifelt.

[Lisa]: Ich denke darüber nach. Heute Nacht bin ich zu solchen Entscheidungen nicht mehr fähig. Ich fühle mich zwar hellwach, bin aber auch total durcheinander.

[Tom]: Kann ich verstehen. Ich frage Dich morgen früh nochmal.

[Lisa]: Lass mich raten. Du musst wieder einmal weg? Mitten in der Nacht? Noteinsatz?

[Tom]: Check! Du kennst mich schon ziemlich gut! Gute Nacht, liebe Lisa! Träume süß!

[Lisa]: Dito!

Mit geschlossenen Augen schüttele ich stöhnend den Kopf. *Mein Gott, Du treibst mich in den Wahnsinn, Tom …*

Ich klappe den Laptop zu, gehe zum Fenster in der Küche und ziehe den Rollladen wieder hoch. Leider ist der Abendhimmel nicht ganz klar aber ein heller Stern funkelt und blinkt. Ich schaue ihn mir an. *Tom, Chris … ich bin total durcheinander.*

Samstag – Post!

In Jogginghose und Schlabbershirt stehe ich um elf vor dem Briefkasten. Gähnend und gerädert mangels Schlafs schließe ich ihn auf. Ein großer, wattierter Briefumschlag fällt mir entgegen, sowie zwei schlichte Couverts. Eines davon ist vermutlich eine Rechnung vom Stromanbieter. Ich wende den großen Umschlag und suche nach einer abgestempelten Postmarke – Fehlanzeige. Aufgeregt mache ich einen Satz zur Tür und reiße sie auf. Ich schaue den Bürgersteig entlang und blicke den Passanten abwechselnd links und rechts hinterher. Einige sind in Eile, wieder andere lassen sich Zeit. Keiner wirkt auffällig und keiner sieht aus wie Chris – oder wie jemand, der Tom sein könnte. Einen Moment bleibe ich dort stehen, bevor ich wieder hoch in meine Wohnung schlappe.

Ich nehme die Post mit zum Sofa und lege den Umschlag vom Stromanbieter beiseite. Dann schaue ich mir den anderen, normalen Brief an. Er hat ebenfalls keine Briefmarke – nur mein Name steht darauf, ohne Anschrift. Ich reiße ihn auf, entnehme das Papier und lese.

Liebe Lisa,

ich hoffe, es geht Dir gut. Entschuldige bitte, aber ich musste gestern noch mit Tom über Deinen kleinen Vorfall reden. Es hat mir einfach keine Ruhe gelassen, aber wie ich gehört habe, hast Du Dich bereits bei ihm gemeldet.
So langsam verdonnert mich Tom für Dich zum Dauereinsatz. Bald kann ich das wohl hauptberuflich machen. Auch wenn er es nie zugeben würde, aber es liegt ihm sehr viel an Dir. Jedenfalls, er hat sich wieder etwas für Dich einfallen lassen. Trotzdem von mir nochmal die Bitte: Bedränge ihn nicht und stelle keine Nachforschungen an. Sonst wirst Du nie wieder etwas von ihm hören, und das würde weder Dir noch Tom guttun, denke ich. Er verlangt auch für nichts eine Gegenleistung. Dafür kenne ich ihn zu gut. Nimm es also einfach an und freu Dich darüber.

Liebe Grüße und viel Spaß mit Toms´Post
Chris

Ich halte den Brief noch einen Moment in meiner Hand. Die Schrift kommt mir irgendwie bekannt vor. Mein Blick fällt auf die Hülle von Bettys CD, die noch auf meiner Stereoanlage liegt. Ich stehe auf und schaue mir den Zettel an, der darauf klebt. Eindeutig dieselbe Schrift. *Das hat gar nicht Tom geschrieben, sondern Chris.* Ich lege beides nebeneinander, aber es besteht kein Zweifel.

Etwas verwirrt greife ich mir den großen Umschlag und reiße ihn auf. Mehrere Dinge rutschen mir in den Schoß und ich muss sofort schmunzeln. Auf dem Tisch landet ein Pfefferspray, ein kleines, rundes Gerät an einer Kette, das laut Verpackung einen lauten Pfeifton von sich gibt, wenn man an der Kette zieht, eine Packung Blasenpflaster, eine Playmobil-Piratenfigur mit Schwert, ein kleiner Umschlag und ein gefalteter weißer Zettel, der sich anfühlt wie Leinenpapier. Ich klappe das Schriftstück auf und beginne zu lesen.

Liebe Lisa,

anbei etwas für Deine Sicherheit,
damit ich Dich wieder alleine losziehen lassen kann. Ist alles in jedem Fall preiswerter, als das Gehalt von Chris. Vielleicht leiht Dir der kleine Pirat ja sein Schwert, bis Du eine eigene Miniaturausgabe besitzt.
Solltest Du schon in den beiliegenden Umschlag gesehen haben – er enthält einen Gutschein für Ferdinands Beauty Salon. Heute wäre um 14.00 Uhr für Dich ein Termin reserviert, aber Du entscheidest natürlich selbst, ob und wann Du Deinen Gutschein einlöst. Ich war persönlich noch nicht dort aber bei den Frauen soll Ferdinand heiß begehrt sein. Nach gestern Abend kannst Du heute bestimmt ein 'Verwöhnprogramm' brauchen.
Wir hören voneinander! Ich wünsche Dir einen wundervollen Tag, liebe Lisa. Bis bald,

Dein Tom

Ich schaue mir die Schrift an und vergleiche sie mit der aus Christians Brief. Komplett verschieden. Christians Schrift wirkt um einiges feiner und es ist definitiv auch seine Schrift auf dem Zettel von Bettys CD-Hülle. Tom schreibt zackig und abgehackt, so als hätte er in Abständen immer mal wieder einen Teil gekritzelt. Irgendwie anders – und seltsam. Eine derart krakelige Handschrift hätte ich Tom gar nicht zugetraut.

Ich bin so damit beschäftigt, die Briefe zu vergleichen, dass ich schon fast den Gutschein vergesse. Hastig werfe ich einen Blick auf die Uhr und öffne den Umschlag mit der golden glitzernden Aufschrift. Auf der Rückseite ist er mit einem pinken Siegel und einer Schleife versehen. Ich halte ihn mir unter die Nase und rieche daran. *Tatsächlich, er duftet nach Parfüm.* Vorsichtig schneide ich den Umschlag an der Faltkante auf, um das Kunstwerk nicht zu zerstören. Dann ziehe ich eine Klappkarte aus dickem Papier heraus. Sie duftet ebenfalls und die Schrift ist auch in Gold:

Ferdinands Ganzkörper-Deluxe-Paket
Haare · Maniküre · Pediküre
Massage · Makeup

Nicht schlecht. Ich lese die Adresse und gebe sie in die Suchmaschine meines Handys ein. *Mit dem Auto zwanzig Minuten. Ist machbar.* Ich überlege einen Augenblick und kann mein Glück noch gar nicht richtig fassen. *Ein Schönheitssalon! Wellness!*

Mein Akku ist im Nu wieder randvoll geladen. Ich vergewissere mich noch einmal, dass die Terminreservierung tatsächlich für heute gilt. Als daran kein Zweifel mehr besteht, legt sich in mir augenblicklich ein Schalter um und switcht von übernächtigt auf strotzend vor Elan. Sofort flitze ich ins Bad, denn bis zu dem Termin habe ich nicht mehr viel Zeit.

In bester Stimmung hüpfe ich unter die Dusche. In Windeseile mache ich mich fertig, schaue dabei immer wieder auf die Uhr und futtere nebenher zwei Toasts mit Marmelade. Danach schrubbe ich mir hastig über die Zähne, dass es nur so schäumt.

Ich strahle in den Spiegel und fahre mit der Zunge über meine Zähne.

„Perfekt. … Ob ich noch etwas brauche? Ein Handtuch vielleicht?“, murmle ich.

Sofort schnappe ich mir mein Handy und suche nach Ferdinands Salon. Seine Seite ist nicht zu übersehen. Etwas kitschig mit viel Glitzer und Glamour aber trotzdem übersichtlich und einladend. Ich verschaffe mir einen Überblick. Es gibt keinen Hinweis, dass man etwas mitbringen müsste. Allerdings stehen auch keine Preise im Internet, was mich etwas misstrauisch macht. Die Bewertungen jedoch sprechen eindeutig für sich. Das scheint kein Salon für ´Normalos´ wie mich zu sein. Unzählige Kommentare und Likes von Prominenten wurden abgegeben, was mich einen anerkennenden Pfiff ausstoßen lässt. „Wow!“

Ich schaue erneut auf den Gutschein, der eindeutig zeigt, dass alles bereits beglichen ist. *Was das wieder gekostet haben muss!*

Mein schlechtes Gewissen meldet sich zu Wort. *Ist es richtig, dass ich mich von einem Fremden so beschenken lasse? Andererseits, es ist schon bezahlt und der Termin ist auch reserviert.*

Ich zögere. Erst war ich außer mir vor Freude und jetzt komme ich mir vor wie ein Schmarotzer. Aber gerade heute könnte ich

ein bisschen Wellness wirklich gebrauchen, vor allem nach gestern. Den Termin jetzt noch abzusagen, so kurzfristig, das wäre auch nicht fair. Deshalb schnappe ich mir kurzerhand den Gutschein und düse los.

Dank Navi finde ich Ferdinands Salon auf Anhieb und bleibe beeindruckt einige Minuten draußen stehen. Ich blicke gehemmt die Stufen hinauf. Goldene Schrift, Strass-Steine auf der Schaufensterscheibe, eine Auslage mit garantiert sündhaft teurem Modeschmuck, Portraits verschiedenster Stars. Alleine die Dekoration des Schaufensters muss ein Vermögen gekostet haben. Es ist komplett mit rotem Samt ausgekleidet und erinnert mehr an einen exklusiven Juwelier, bei dem man klingeln muss, um hineinzukommen. Ich beobachte zwei junge hübsche Frauen, die gerade den Salon verlassen. Eine mit einem frechen Grinsen auf dem Gesicht und einem flotten Kurzhaarschnitt.

„Und, Franzi? Was sagst Du jetzt? Ist Ferdinand nicht ein Gott unter den Stylisten?"

„Ich bin jedenfalls gespannt, wann Du Deinen Gutschein einlöst, Kicki. Mal sehen, was Ferdinand aus Dir noch rausholen kann."

Ich schaue den beiden Frauen hinterher, von denen eine ein etwas merkwürdiges Gangbild hat. Dann wende ich mich wieder dem Schönheitssalon zu und krame meine Mutreserven zusammen.

„... Okay. Auf geht´s." Ich steige mit wackeligen Knien die Stufen hoch, aber noch bevor ich die Tür erreiche, wird mir schon geöffnet.

„Frau Ellinger?", fragt mich eine adrett gekleidete, wunderhübsche Frau.

Mir bleibt die Spucke weg. Reflexartig starre ich sie an.

„Jjja", stottere ich überrumpelt.

„Bitte, kommen Sie doch herein. Ich bin Nadine. Folgen Sie mir einfach. Der Chef erwartet Sie bereits."

Verstohlen nicke ich und folge ihr. Ich komme mir in diesem Moment entsetzlich klein und fehl am Platz vor. Meine Beine schlottern vor Nervosität. Der ganze Salon ist so prunkvoll, dass ich hier nach meinem Empfinden eindeutig nicht hingehöre. *Das wird eine riesige Blamage! Hätte ich mich nur besser angezogen. Jeans und T-Shirt. Hoffentlich haben meine Socken keine Löcher. Das habe ich gar nicht mehr kontrolliert. Shit!*

Ich laufe ihr eingeschüchtert hinterher. Von den Wänden lächeln mich bekannte Gesichter an. Die Falten auf meiner Stirn werden immer tiefer, als ich sehe, wer schon alles hier war. Und jetzt ich!

Nadine hält vor einer bereits geöffneten Tür an und weist mich mit einer geschmeidigen Handbewegung hinein. Sie bleibt hinter mir stehen.

„Hallo, meine Liebe. Ich bin Ferdinand“, strahlt mich ein Mann an, kommt auf mich zu und streckt mir zur Begrüßung die Hand entgegen.

Ich stutze und bemühe mich, ihn nicht genauso anzustarren, wie eben seine Mitarbeiterin. Mit klopfendem Herzen ergreife ich seine Hand, die perfekter manikürt ist als ich es an mir selbst jemals gesehen habe. Seine Haare sind exakt in Form von leichten Wellen gelegt und scheinen mit Unmengen an Haarspray fixiert worden zu sein. Er trägt ein weißes Hemd mit bunten Besätzen an Kragen und Manschetten. Dazu eine ebenso farbenprächtige grasgrüne enge Jeans. Die Frau hingegen, die mit ihm im Raum steht, ist ganz in weiß gekleidet und erinnert an eine professionelle Kosmetikerin.

„Ich … ich bin Lisa.“

„Ist es okay für Dich, wenn wir uns duzen? Hier sagt eigentlich kaum einer Sie“, schmunzelt er lausbubenhaft.

„Klar. Kein Problem“, sage ich eingeschüchtert.

„Was magst Du denn. Sekt? Oder lieber Kaffee? Frisch gepressten O-Saft? Wir haben auch Cappuccino oder einen Latte?“ Ferdinands schneeweiße Zähne blitzen freundlich auf.

„Ich … ich … danke. Gerade nichts“, stottere ich und fange an zu schwitzen.

„Nadine, bring uns doch bitte einen frischen O-Saft und Kaffee.“

„Sehr gerne“, erwidert seine Angestellte, die mich eben in den Raum begleitet hat, und schließt die Tür hinter sich.

„Das ist Ramona“, stellt er seine andere Kollegin vor. „Sie übernimmt die Maniküre und Pediküre", erklärt er und ich nicke gehemmt.

„Ich muss gleich vorwegsagen, dass ich so etwas hier noch nie gemacht habe", beichte ich errötend.

Ferdinand lächelt mich breit aber verständnisvoll an.

„Kein Problem, Schätzchen. Dann wird es aber Zeit, was? Ramona und ich werden Dich rundum verwöhnen und etwas zaubern." Ferdinand zwinkert keck.

Ich bin noch nicht in der Lage, sein Lächeln zu erwidern. Verunsichert und eingeschüchtert überlege ich eher, ob ich die Flucht ergreifen soll. Ich schiele verstohlen zur Tür. Noch könnte ich rausrennen. *Wer weiß, was die mit mir anstellen. Ob das weh tut? Nicht, dass die meine Bikinizone mit heißem Wachs enthaaren!* Ich kneife unbewusst die Schenkel zusammen.

„Ähm ... ich will nicht unhöflich sein, aber was genau beinhaltet der Gutschein? Was machen Sie, äh, was macht Ihr mit mir?"

Nadine betritt wieder den Raum und stellt auf einem Beistelltisch ein Tablett mit Kaffee und Saft ab.

„Dankeschön", sagt Ferdinand. Sie nickt ihrem Chef zu und verlässt den Raum wieder.

„Also, meine Liebe", beginnt er. „Zuerst darfst Du Dich dort drüben bis auf die Unterwäsche entkleiden und Dir einen unserer wunderbar flauschigen Bademäntel anziehen. Dann waschen wir Dein Haar und verwöhnen es mit einer Pflegekur." Er knetet prüfend meine schlaffe, stumpfe Mähne. „Anschließend bekommst Du eine Rückenmassage. Danach eine Fuß- und eine Handmassage sowie eine Maniküre und Pediküre. Dann komme ich wieder ins Spiel. Wir waschen die Haarkur aus und schauen, was wir mit Deinem Haar anstellen können. Wenn Du Farbe willst, kein Problem. Eine neue Frisur oder nur die Spitzen schneiden – was immer Du willst, ich stehe zu Deiner Verfügung. Zum krönenden Abschluss bekommst Du von mir ein professionelles Make-Up. Hast Du heute noch etwas vor? Ein Date zum Beispiel?", grinst er.

„Date?", piepse ich heiser und räuspere den Belag aus meiner Kehle. „Äh, nein. Ich habe gar nichts vor. Einkaufen vielleicht noch. Sonst nichts", stammle ich.

„Du bist immer noch aufgeregt, Liebelein, hm?" Ferdinand lächelt offenherzig. „Trink mal ein Schlückchen O-Saft. Vitamine sind immer gut. Wegen der Zeitplanung muss ich nur wissen, ob Du Strähnchen oder Farbe ins Haar möchtest. Die Farbe muss einwirken."

„Also, eine Pflegekur und Nachschneiden wäre super. Ich bin gerade etwas überfordert, sorry."

„Ist doch gar nicht schlimm. Wir machen das schon", lächelt Ferdinand und reicht mir den hübsch dekorierten Fruchtsaft.

„Hm", erwidere ich und nehme zitternd das Glas entgegen.

„Mach uns doch etwas Musik, Ramona", bittet Ferdinand seine Mitarbeiterin.

Ich nippe an meinem Saft und atme gegen die Aufregung an. Sorgsam stelle ich das Glas wieder beiseite.

„Wenn Du so weit bist, kannst Du Dich da drüben gerne schon einmal umkleiden."

Ich nicke und begebe mich in die Umkleidekabine.

„Tom, Du schaffst mich", murmle ich leise vor mich hin. *Das hier ist doch mehr als nur eine Wellnessbehandlung. Das ist eine Ganzkörperrestaurierung wie nach einer Mumienausgrabung!*

Eine Viertelstunde später liege ich bereits mit einem dicken Handtuch um den Kopf bäuchlings auf einer Liege und werde durchgeknetet. Langsam finde ich Gefallen an meinem Gutschein. *Ahhh. Herrlich … davon muss ich später meinen Freundinnen erzählen. Die werden staunen! ... Ahhh ...*

Als meine Hände und Füße massiert werden, sinke ich immer tiefer in eine sinnliche Entspannung. Noch nie hat sich jemand derart ausgiebig an diesen Stellen an mir ausgelassen. Auch beim Frisieren fällt mir auf, dass Ferdinands Technik ganz anders ist, als die meiner bisherigen Friseure. Zugegeben, anfangs war ich skeptisch, aber das Ergebnis überzeugt. Voller Vertrauen halte ich ihm daher auch mein Gesicht entgegen, um mich schminken zu lassen. Ein ungewohntes Gefühl, derart umgarnt und betüddelt zu werden. Ich sitze als Hauptdarstellerin in dieser dekadenten Szenerie fest. Tatsächlich muss ich aufpassen, nicht vor Begeisterung ein irres, schräges Schmunzeln über meine Lippen huschen zu lassen. *Hier war ich nicht zum letzten Mal!*

Als ich den Salon nach zweieinhalb Stunden verlasse, laufe ich aufrecht wie nie. Strahlend steige ich die Stufen hinunter und mache Platz für die nächsten beiden Kundinnen. Ich stutze kurz, weil eine der Frauen etwas ungeschickt versucht hat, ein ziemlich heftiges Veilchen zu überschminken. Verlegen wende ich mich hastig ab, gehe zu meinem Wagen und steige ein. Ich betrachte mich im Rückspiegel. Ich bin derart hübsch zurechtgemacht, dass ich mich mehr als sehen lassen kann. Nichts deutet auch nur noch ansatzweise auf die Erlebnisse der letzten Nacht hin – auf diesen unschönen Zwischenfall am gestrigen Abend. Ich schubse die Erinnerung daran schnell wieder beiseite und bereue, dass auf mich nur noch der Wochenendeinkauf im Supermarkt wartet. Allerdings schwebe ich dort so geschmeidig und stolz durch die Gänge wie noch nie. Ich erhasche durchaus den einen oder anderen anerkennenden Männerblick.

Mit jedem Schritt werde ich souveräner und selbstbewusster.

Sogar die Produkte ziehe ich langsamer aus dem Regal, damit jeder in der Nähe die Gelegenheit hat, ausgiebig meine professionell manikürten Nägel zu bestaunen. Ich tue so, als läse ich das Etikett, dabei bestaune ich eigentlich nur Ferdinands Werk. Auch beim Schieben des Einkaufswagens kann ich es nicht lassen, permanent auf meine gepflegten Hände zu schielen. Noch nie habe ich mich so attraktiv gefühlt wie heute! Ich spüre, wie sich diese Attraktivität überträgt und ich eine magische Anziehungskraft auf die Männerwelt ausübe. Es passiert ganz von selbst!

Verhalten lächele ich einem Mann beim Einkaufen zu, der seinen Wagen jetzt an mir vorbeischiebt. Er riecht gut und ich halte den Blick etwas länger. Als ich seinen Ehering bemerke, schaue ich aber hastig wieder weg. Es ist unglaublich, was der Besuch bei Ferdinand mit mir gemacht hat. Ich strahle von innen heraus und fühle mich rundum erneuert und aufgefrischt. Wie aus einem alten, verstaubten Bild hat Ferdinand aus mir ein Glanzstück gemacht und all meine Vorzüge zum Leuchten gebracht.

Auf der Heimfahrt überlege ich, was ich mit dem restlichen Tag anstellen könnte. Auf keinen Fall verkrieche ich mich in der Wohnung! Aber mir fällt nichts ein. Meine Freundinnen sind alle nicht erreichbar. Wie gerne hätte ich mit ihnen dieses tolle Erlebnis bei Ferdinand geteilt und mich noch mit ihnen getroffen, aber sie nehmen nicht ab. Ich muss mir selbst etwas einfallen lassen. Aber auch, als ich meine Einkäufe aus dem Auto lade, habe ich noch keinen Geistesblitz.

Nachdem in der Wohnung alles weggeräumt ist, fahre ich meinen Laptop hoch. Tom ist angemeldet und eine Nachricht liegt in meinem Posteingang. Ich öffne sie und ein Grinsen breitet sich auf meinem Gesicht aus.

[Tom]: Hallo, meine Hübsche! Na, wie war es? Ich hoffe, Du hast heute nichts mehr geplant, denn ich habe noch eine weitere Überraschung für Dich. Um 18 Uhr ist im Unterwasserlokal Hummer ein Tisch reserviert – für zwei Personen. Dein Tisch ist der Tisch mit Namen ′Perlentaucher′.

Mein Innerstes tanzt jubelnd und juchzend im Kreis. *Klar habe ich Zeit!*

[Lisa]: Hallo, Tom! Der Termin bei Ferdinand war grandios. Ich kann es immer noch nicht glauben, wenn ich in den Spiegel sehe. Dort war ich definitiv nicht zum letzten Mal! Ich würde Dich zum Dank jetzt so gerne stürmisch in die Arme schließen!

Irgendetwas muss ich heute ohnehin noch essen. Mit welcher Begleitung darf ich rechnen?

frage ich, dabei ist für mich ganz klar, dass *Tom* dort auftauchen wird. Er wird das Geheimnis um seine Person endlich lüften! Es wird ein perfektes, romantisches Candlelight-Dinner. *Oh Gott … Was soll ich anziehen?*

[Tom]: Ich werde Ferdinand das Kompliment ausrichten lassen! Was Deine Begleitung angeht: Lass Dich überraschen!

Ich schicke Dir gleich noch einen Boten. Er dürfte schon zu Dir unterwegs sein.

[Lisa]: Was bringt er vorbei? Ist der Bote Chris?

[Tom]: Chris ist leider anderweitig beschäftigt. Ich habe etwas aus

Stoff für Dich organisiert. Frauen geraten bei solchen Terminen wegen der Klamotten doch immer gleich in Panik. Dem wollte ich vorbeugen.

Er schickt mir was zum Anziehen?

[Lisa]: Was ist, wenn es mir nicht passt, mir nicht gefällt oder mir nicht steht?

[Tom]: Dann musst Du etwas aus Deinem eigenen Kleiderschrank nehmen. Das wäre auch kein Drama. Du siehst garantiert sowieso in allem bezaubernd aus. Ich bin aber ganz zuversichtlich.

Ich könnte nicht breiter schmunzeln. *Vielleicht entscheidet dieser Abend über den Rest meines Lebens!* Die Raketen in mir haben bereits gezündet. Sie sind viel zu früh dran aber wenn man so dicht mit dem Feuer vor ihnen herumspielt …

Mein Kopf schießt zum Flur herum und mein Herz klopft. Es klingelt an meiner Tür. Ich gehe sofort zur Sprechanlage und führe den Hörer ans Ohr.

„Frau Ellinger?“, fragt eine fremde Männerstimme.

„Ja“, bestätige ich.

„Ich habe eine Lieferung und benötige eine Unterschrift von Ihnen.“

„Einen Moment bitte“, erwidere ich. Dann sprinte ich die Treppe hinunter und öffne.

„Hallo. Hier bitte unterschreiben“, sagt der fremde Bote und hält mir einen großen, flachen Karton entgegen. Er ist mattschwarz und mit einer dicken goldenen Kordel versehen.

„Danke.“ Ich unterschreibe auf einem kleinen Handcomputer und schaue dem silbernen Sprinter nach. ′S&S Schnell und Sicher′, steht darauf.

Ich schließe die Tür hinter mir. Mein Puls tobt vor Adrenalin.

Hastig gehe ich wieder nach oben und lege das große Paket auf dem Küchentisch ab. Ich ziehe die goldene Schleife auf und hebe mit zittrigen Fingern den Deckel hoch. Zum Vorschein kommt helles Satinpapier. Darauf liegt ein kleines schwarzes viereckiges Samtkästchen. Ich klappe es auf und bin sprachlos. Perlenohrringe, eine wunderschöne Halskette und sogar ein Perlenarmband sind darin eingebettet. Die Ohrringe bestehen aus Perlentropfen und über den Tropfen ist jeweils ein glitzernder Diamanten eingefasst. Auch an der Kette befindet sich zwischen jeder Perle ein kleiner Stein. Es sind keine riesigen Perlen sondern wunderschöne kleine Exemplare. Die Kette ist dezent und doch ein echter Hingucker, zumal sie im Licht ganz bezaubernd schimmert und funkelt. Ich kann nicht glauben, was ich da in den Händen halte. Noch nie habe ich ein solches Geschenk bekommen. Abgesehen davon hat mich auch noch nie ein Mann wie Tom mit solchen Überraschungen und Geschenken überhäuft! Ein Mann, der eigentlich nichts von mir wissen möchte – bis heute, möglicherweise, sagt mein klopfendes Herz.

Ich stelle das Kästchen beiseite und widme mich dem hellen Seidenpapier. Darin eingeschlagen ist ein schlichtes, schwarzes Cocktailkleid. Ich nehme es so sachte heraus, als könnte ein unsachgemäßer Griff es zu Staub zerfallen lassen.

„Das ist ja traumhaft", wispere ich. Ich schaue auf das Etikett und kontrolliere die Größe. Vor dem großen Spiegel im Flur halte ich es prüfend an und verschwinde damit dann sofort im Schlafzimmer. Hastig schlüpfe ich aus meiner Jeans und meinem Pulli und schlüpfe in das schwarze Kleid. Ich ziehe den Reißverschluss hoch und drehe mich vor dem Spiegel zu allen Seiten. Ich lächele und habe gleichzeitig Freudentränen in den Augen.

Unglaublich … unfassbar! Woher konnte er wissen, dass es mir passt. Gut, es könnte ein klein wenig kürzer sein und an der Taille ein klitzekleines bisschen enger, aber es passt. Es sieht einfach fantastisch aus! Himmel, ich brauche Schuhe. – Nein! Zuerst muss ich Tom schreiben!

Mit dem Kleid und barfuß tippele ich mit kleinen Schritten ins Wohnzimmer zurück. Vom Sofa aus sehe ich das schwarze Samtkästchen auf dem Küchentisch. *Das kann ich nicht annehmen. Wenn der Schmuck echt ist, liegt da ein kleines Vermögen! Selbst Modeschmuck würde garantiert in dieser Ausführung hunderte Euro kosten! Das geht zu weit.* Ich öffne Toms nächste Nachricht.

[Tom]: Noch da?

[Lisa]: Du bist total verrückt, Tom! Das Kleid ist der Wahnsinn! Dann dieser Schmuck – er ist traumhaft schön, aber ich kann ihn nicht annehmen. Das ist zu viel! Warum beschenkst Du mich permanent? Womit habe ich das verdient? Darf ich Dir den Schmuck zurückgeben, damit ich mich besser fühle? Bitte!

[Tom]: Ohne den Schmuck wäre Dein Outfit nicht komplett. Außerdem ist es das Erkennungsmerkmal (Tisch

Perlentaucher). Eine Blume fand ich zu langweilig. Ich würde es Dir übrigens nicht schenken, wenn ich es mir nicht leisten könnte. Heb den Schmuck gut auf. Vielleicht brauchst Du ihn irgendwann mal für einen ganz besonderen Anlass.

Für einen besonderen Anlass – meint er damit etwa eine Hochzeit? Aber er kann mir doch heute keinen Antrag machen. Wir kennen uns doch kaum und ich habe ihn doch noch nie gesehen! Um so eine Entscheidung zu treffen, muss man doch zumindest schon einmal zusammengelebt oder mehr Zeit miteinander verbracht haben. … Oder kennen wir uns doch schon ewig? Habe ich etwas übersehen?

[Lisa]: Der Schmuck ist mir wirklich unangenehm, Tom. Ich werde ihn tragen und Dir anschließend zurückgeben, ja?

Kannst Du mir einen Tipp geben, wer heute Abend kommt? Nur, um meinen Wissensdurst etwas zu stillen? Ein klitzekleiner Hinweis! Bitte!

Ganz besonderer Anlass? Meinst Du damit eine Hochzeit? Woher weiß man überhaupt, ob es der 'Richtige' ist? Warst Du schon einmal verheiratet – oder bist Du es noch?

[Tom]: Es wäre mir eine große Ehre, wenn Du irgendwann heiratest und dann meinen Schmuck tragen würdest. Bitte, behalte ihn. Sei so gut und mach mir die Freude.

Nein, ich war selbst noch nie verheiratet, aber ich bin mir sicher, wenn es der oder die Richtige ist, dann spürt man das. Man muss nur auf sein Herz hören.

Kennst Du eigentlich das Lokal? Warst Du schon einmal im Hummer essen?

[Lisa]: Ich glaube manchmal, mein Herz funktioniert in Sachen Liebe nicht richtig. Vielleicht bin ich auch einfach nicht beziehungsfähig. Vivian meinte letztens, erst wenn Herz, Bauch und Kopf sich vereinen, ist es der Richtige.

Das Lokal kenne ich nicht. Aber ich bin gespannt und habe jetzt schon Hunger.

Du hast meine Frage, wer heute Abend kommt, noch nicht beantwortet.

[Tom]: Ich denke, er wird Dir gefallen, wenn ich mich nicht täusche.

Dein Herz funktioniert, glaub mir. Vivians Aussage war sehr weise. Wenn ich so darüber nachdenke, könnte sie damit wirklich recht haben.

[Lisa]: Glaubst Du an die große Liebe? Diesen einen besonderen Menschen, der für Dich bestimmt ist?

[Tom]: Vielleicht triffst Du ihn heute Abend!

[Lisa]: Was ist mit Dir? Hast Du ihn beziehungsweise sie schon gefunden?

[Tom]: Ich bin ein Sonderfall.

[Lisa]: Wie meinst Du das?

[Tom]: Mein Leben ist zu kompliziert.

[Lisa]: Aber kompliziert ist doch kein Hindernis. Vielleicht gibt es jemanden, der auf komplizierte Lebensumstände steht?

[Tom]: Aber ich selbst stehe nicht drauf!

[Lisa]: Dann ändere doch etwas an Deinem komplizierten Leben.

[Tom]: Es gibt Umstände, die hat man selbst nicht in der Hand. Aber für mich ist es okay. Man gewöhnt sich daran, stelle ich fest.

[Lisa]: Meine Oma hat früher gesagt, wenn Du in einer Sackgasse steckst, gibt es immer einen Ausweg. Aber Du musst bereit sein, den Ausweg zu suchen und darfst nicht vor Hindernissen zurückschrecken.

[Tom]: Du bist von vielen weisen Leuten umgeben, stelle ich fest. Aber das hier kannst Du nicht verstehen. Das Leben hat mich vor eine Herausforderung gestellt, die ich alleine bewältigen muss und will. Aber leider helfen in diesem Fall keine klugen Sprüche.

[Lisa]: Was Du schreibst klingt nach entsetzlicher Einsamkeit.

[Tom]: Wie kann ich einsam sein, wenn wir uns schreiben?

[Lisa]: Was meinst Du, wie dann erst eine richtige Begegnung mit mir wäre ...

[Tom]: Du bist ein Schlitzohr.

Ich habe Bescheidenheit gelernt, mich mit wenig zufriedenzugeben und dafür dankbar zu sein.

Okay, neuer Versuch.

[Lisa]: Ich würde so gerne Deine Stimme hören. Warum können wir nicht telefonieren? Das ist doch trotzdem anonym! Du kannst Deine Telefonnummer unterdrücken!

[Tom]: Ich würde auch gerne Deine Stimme hören, aber es geht leider nicht.

Vielleicht möchte er sich das für später aufheben, wenn wir uns gegenüberstehen. Das hier gehört bestimmt zu seinem Plan.

[Lisa]: Schade. Aber es ist schon okay.

[Tom]: Heute mal keine penetranten Überredungsversuche?

[Lisa]: Nein. Das habe ich schließlich versprochen.

Kommt heute Abend ein Mann oder eine Frau? Oder mehrere Frauen?

[Tom]: In ein paar Stunden weißt Du es. Hältst Du das aus?

[Lisa]: NEIN!!!!!!!!

[Tom]: Lach. Dann sieh es als Anti-Frustrationsstraining an. Viel Spaß später und lass es Dir schmecken! Und vergiss nicht, den Schmuck anzulegen.

Weg ist er.

Überraschungsbegleitung … Vielleicht *auch eine meiner Freundinnen. Vielleicht habe ich sie deshalb nicht erreichen können und er überrascht mich mit einem Mädels-Dinner im Unterwasserlokal. Deshalb hatten sie alle schon was vor. Sie waren eingeweiht!*

Ich logge mich bei Herzfunk aus, rufe die Internetseite des Restaurants auf und schaue mir die Fotos an. Das Ambiente und die abgebildeten Gerichte sehen nach einem Sternekoch aus. Tom scheint einen echt erlesenen und kostspieligen Geschmack zu haben. Ich blicke zur Küche, wo immer noch das schwarze Samtkästchen mit dem Schmuck liegt.

Es muss für Tom ein besonderer Anlass sein. Wozu sonst dieses Kleid und der Schmuck? Er hat bestimmt nicht nur meine Mädels eingeladen. Das würde nicht passen. Bestimmt kommt er selbst. Er wollte eben nur nicht zu viel verraten und seinen großen Auftritt verderben.

Ich spüre die Aufregung, die so rasant ansteigt, dass es mich überall kribbelt. *Ob er doch ein Promi ist? In jedem Fall muss es ihm finanziell wirklich gut gehen, bei all dem Luxus. Wer könnte sich sonst so etwas leisten? Champagner, die Konzertkarten, Ferdinands Salon, das Kleid und der Schmuck, und jetzt auch noch die Einladung in dieses* sündhaft teure Lokal*!*

Ich schaue auf die Uhr und erschrecke. Es ist viel mehr Zeit verstrichen, als ich dachte. *Ich muss mich beeilen! Ich muss ja auch noch dorthin kommen!*

Im Eiltempo sause ich durch die Wohnung und bin froh, dass Ferdinand bereits das Makeup übernommen hat. Ich packe meine kleine goldene Abendtasche und stehe letztlich in der Küche vor der Schmuckschatulle. Die Deckenlampe lässt die Steine funkeln und die Perlen wunderschön schimmern.

Tom kommt bestimmt selbst und dann gebe ich ihm nach dem Essen den Schmuck zurück. Vor dem Spiegel im Flur lege ich mir das Geschmeide an. Dann angele ich mir meine kleine Abendtasche und die Pumps und schließe hinter mir die Tür ab.

Etwas fahrig vor Aufregung lenke ich mein Auto durch die Stadt. Auf dem Parkplatz vor dem Hummer tausche ich meine Ballerina gegen Pumps aus und stöckele los. Ich kann kaum geradeaus laufen, so nervös bin ich. Meine Beine schlottern, als würde ich auf Stelzen balancieren.

Ich nähere mich dem Eingang. Mir schlägt das Herz bis zum Hals und ich wage es noch nicht, die Tür zu öffnen und einzutreten. Meine Finger graben sich haltsuchend in die kleine Handtasche.

„Wow, beruhige Dich, Lisa. Tief durchatmen. Bleib ganz entspannt.“ *Bestimmt kommen nur meine Freundinnen,* überlege ich, glaube aber irgendwie nicht daran.

Mit einem letzten Zug kühler Abendluft nehme ich dann all meinen Mut zusammen und strecke meine Hand nach dem Griff aus. Er ist aus Metall und hat die Form einer Forelle. Ich drücke die Türklinke nach unten und setzte den ersten Pumps über die Schwelle. Schüchtern sehe ich den kleinen Flur entlang, der ausgekleidet ist mit einem roten Teppich, an den Wänden unzählige Gourmetstern-Auszeichnungen. Am Ende des Flurs sehe ich einen dicken roten Samtvorhang. Ich halte die schweren Stoffbahnen auseinander und gehe hindurch. Zu meiner linken Seite neben einem schmalen Pult steht ein Mann im Smoking. Vor ihm liegt ein Buch. Kurz schiele ich durch den lichtgedimmten Raum, wende mich dann aber unsicher dem Angestellten zu.

„Guten Abend, die Dame. Sie sind alleine? Haben Sie reserviert oder erwartet Sie jemand", erkundigt sich der Mann im Anzug höflich.

„Guten Abend", erwidere ich nervös. „Ich, ich bin verabredet, um 18 Uhr, also jetzt", erkläre ich.

Er lächelt mich ruhig an.

„Wer ist Ihre Verabredung? Oder ist ein besonderer Tisch reserviert?"

Welcher Name? … Ich fasse mir verlegen an den Hals und spüre die Perlen der Kette.

„Perlentaucher", platzt es fast wie bei einer Quizshow aus mir heraus.

Der Angestellte lächelt.

„Ihre Begleitung ist bereits anwesend. Folgen Sie mir bitte, ich führe Sie hin", er schmunzelt über meine Nervosität.

Meine Beine bewegen sich wie aus Gummi hinter ihm her. Für Außenstehende muss es so aussehen, als steckten meine Füße zum ersten Mal in hohen Schuhen. Aufgeregt folge ich ihm durch das Lokal. Mein Puls rast dermaßen, dass mir fast schlecht wird.

Ich schaue mich um. Die Atmosphäre ist besonders. Es ist dunkler als in allen anderen Lokalen, in denen ich bisher gegessen habe. Um beim Essen etwas mehr Licht zu haben, steht auf jedem Tisch eine kleine Lampe. Ich linse aus dem Augenwinkel im Vorbeilaufen zu diversen Tischen. Wir steuern auf den schönsten Bereich direkt an der gigantischen Glaswand des Aquariums zu. Es ist raumhoch und man kommt sich vor, als liefe man durch eine Unterwasserwelt. Dutzende Fische schwimmen umher, Wasserpflanzen schwingen mit der Bewegung des Wassers und kleine Krebse krabbeln über den Sandboden. Algen und Korallen in den wunderschönsten Farben werden von dezenten Lampen in dem Aquarium angestrahlt und in Szene gesetzt. Ich bin vollkommen überwältigt und kann meinen Blick gar nicht von der Unterwasserwelt abwenden. Gerade gleitet ein riesiger Rochen direkt an der Scheibenwand entlang, gefolgt von einem Schwarm bunter, kleiner Fische. Ich weiche einen Schritt zurück. Ergriffen bestaune ich das große Meereswunder, das ich noch nie aus solcher Nähe betrachten durfte.

„Bitte sehr. Der Herr." Der Angestellte stiehlt sich mit einer angedeuteten Verbeugung wieder davon. Aber das registriere ich lediglich aus dem Augenwinkel. Schwer beeindruckt stehe ich vor den Wassermassen hinter Glas und dem mir zugeteilten Tisch, wo mir ein Mann im Sitzen immer noch den Rücken zuwendet. Leise telefoniert er aufgebracht, so dass ich peinlich berührt und höflich versuche, meine ganze Aufmerksamkeit dem Aquarium zu widmen – bis er plötzlich still ist. Mir weiterhin den Rücken zuwendend, steckt er das Handy jetzt zurück in die Hosentasche. Dann dreht er sich zu mir herum und reißt erschrocken die Augen auf. Er erhebt sich und starrt mich ungläubig an – genau wie ich ihn.

„Du? Bist Du … meine Verabredung?", stammele ich und kann die turbulente Mischung aus Enttäuschung und Freude in mir noch nicht richtig einordnen.

„Scheint so", sagt Christian. „Hübsch siehst Du aus."

„Dddankeschön", stottere ich verwirrt. „War das Deine Idee?"

Christian schweigt.

„Du siehst nicht aus, als würdest Du Dich freuen", sage ich und stehe immer noch verloren neben dem Tisch.

Er neigt den Kopf nach vorne, schließt die Augen und greift

sich mit Daumen und Zeigefinger der rechten Hand an die Nasenwurzel. Dort führt er dezent kreisende Bewegungen aus, als hätte er Migräne. Langsam hebt er wieder den Blick und lässt den Arm sinken. Verhalten seufzend setzt er sich und deutet mir lässig an, dass auch ich mich setzen soll. Christian zeigt auf den Stuhl ihm gegenüber, springt aber plötzlich wieder auf, als hätte er sich auf ein Nadelkissen gesetzt.

„Entschuldigung", nuschelt er und kommt um den Tisch herum. „Ich bin sonst nicht so unhöflich." Leicht beschämt zieht er meinen Stuhl zurück, um mir beim Hinsetzen ganz gentlemanlike behilflich zu sein. Ich bin aber immer noch so verstört, dass ich lediglich ein undeutliches „Danke", murmle.

Christian nimmt mir gegenüber Platz. Er hüstelt verlegen. Ich beobachte ihn verstohlen.

„Hat Tom Dich auch hiermit überrumpelt?", mutmaße ich. „Du siehst nicht so aus, als wärest Du darauf vorbereitet gewesen, mich hier anzutreffen."

Christian errötet sanft, das erkenne ich selbst in dem schwachen Licht.

„Ja. Es nimmt langsam Überhand mit Tom. Also nicht, dass ich mich nicht freue, Dich hier zu treffen!", korrigiert er sich schnell.

„Ist schon okay", sage ich. „Du musst Dich nicht entschuldigen."

Verlegen schweigen wir.

„Tja, jetzt wo wir schon mal hier sind … Willst Du was essen? Hast Du Hunger? Tom hat mit dem Lokal schon abgeklärt, dass er die Rechnung übernehmen wird. Ich finde, er hat es verdient, dass wir ihn finanziell etwas schädigen", schmunzelt Christian.

Ich rutsche beschämt auf dem Stuhl herum.

„Aber er hat mir schon so viel geschenkt. Sogar das Kleid hier und den Schmuck. Das ist mir schrecklich unangenehm, Chris. Ich will diese ganzen teuren Geschenke nicht. Ich will gar nicht wissen, was er inzwischen von mir denkt."

„Das ist typisch Tom. Mach Dir wegen der Geschenke keinen Kopf. Hättest Du sie abgelehnt, wäre er enttäuscht und beleidigt gewesen."

„Ich will aber nicht, dass er den Eindruck bekommt, dass ich mich nur wegen der Geschenke immer wieder bei ihm melde. So etwas ist keine gute Basis und für mich fühlt es sich an, als schulde ich ihm etwas."

„Hast Du das Gefühl, Du musst mit mir hierbleiben, weil er Dir etwas geschenkt hat? Wenn es Dir unangenehm ist, mit mir hier zu sitzen … Also Du musst nicht bleiben. Du darfst gerne heimgehen", beteuert Christian verlegen.

„Nein, so ist es nicht. Ich freue mich, Dich zu sehen. Dann kann ich mich nochmal für gestern bedanken", schmunzele ich und schenke ihm ein schüchternes Lächeln.

„Also ich hatte Deinen peinlichen Auftritt schon wieder fast vergessen, aber wenn Du es selbst ansprichst", neckt er.

„Ich wollte Dir eigentlich nur die Gelegenheit geben, einmal im Leben den Helden zu spielen", antworte ich.

„Das ist Dir gelungen und es hat sich ziemlich gut angefühlt. Vielleicht mache ich das jetzt öfters."

„Aber nicht bei mir", lache ich und hebe ermahnend den Zeigefinger.

„Naja, immerhin hat Tom dafür gesorgt, dass Du heute Abend zumindest ein seriöses Date hast."

„Ist das hier ein Date?", erwidere ich mit wackeliger Stimme.

„Schon … irgendwie. War zumindest von Tom wohl so gedacht."

„Will er uns … verkuppeln?"

Christian atmet tief durch und wendet den Kopf dem Aquarium zu.

„Tom ist ein unverbesserlicher Romantiker und mischt sich gerade in den letzten Jahren nur zu gerne in die Angelegenheiten anderer ein. Das kann ganz schön anstrengend sein. Wenn er sich mal etwas in den Kopf gesetzt hat, gibt er so schnell nicht mehr auf", schmunzelt Christian nachdenklich.

„Aber wieso? Warum kommt er nicht selbst? Wusstest Du, dass er mir diesen Perlenschmuck und das Kleid geschickt hat?"

„Nein. Er hat offenbar noch andere Hilfslieferanten als mich", grinst Christian.

„Versteh mich bitte nicht falsch, ich freue mich, dass Du hier bist, aber warum will Tom mich nicht treffen? Oder kann Tom wirklich dort, wo er ist, nicht weg?"

„Das hat er Dir doch bestimmt schon gesagt. Es ist einfach kompliziert." Ich sehe, wie Christian mit sich kämpft.

„Ja, hat er. Aber mehr will er dazu nicht sagen. Wünscht er sich denn keine Freundin? Ich meine, ich könnte ja auch zu ihm kommen, wenn er nicht wegkann. Ich weiß ja nicht, was er hat, aber ich bin nicht empfindlich! Ich könnte mit vielem umgehen. Wirklich!", versuche ich vorsichtig erneut mein Glück, etwas mehr über Tom herauszubekommen.

„Du bist süß. Jetzt weiß ich, warum Tom Dich so ins Herz geschlossen hat. Und hartnäckig bist Du auch."

„Du hörst Dich an wie Tom. Ihr seid Euch ganz schön ähnlich, weißt Du das?"

Christian lächelt.

„Wir kennen uns schon so lange. Da weiß jeder, was der andere denkt und fühlt. Wir sind fast wie Brüder."

„Und jetzt hat sich Tom in den Kopf gesetzt, für seinen *Bruder* eine Freundin zu suchen."

„Hm. Aber damit schießt er doch etwas übers Ziel hinaus."

„Hast Du eben eigentlich mit Tom telefoniert? Du warst sehr aufgebracht. Ich habe nicht gelauscht, es war nur … Du warst sehr impulsiv …"

„Ja, es war Tom. Ich kann es nicht leiden, wenn er mich vor

vollendete Tatsachen stellt. Er sagte, er bräuchte mich heute Abend. Aber kurz bevor ich zu ihm fahren wollte, rief er mich an und gab mir diese Adresse durch. Er meinte, ich solle mich sofort schick anziehen und auf den Weg machen. Dann hat er einfach aufgelegt."

Ich lache breit.

„Wenigstens überrumpelt er Dich genauso wie mich. Aber eines verstehe ich trotzdem nicht. Ich wollte mit ihm telefonieren. Das hat er natürlich wieder abgeblockt. Aber *Ihr* habt doch eben auch telefoniert! Warum möchte er mit mir nicht am Telefon sprechen?"

„Das darf ich Dir nicht sagen. Ich habe so eine Ahnung, warum er nicht telefonieren möchte, aber ich habe ihm mein Versprechen gegeben."

Ich sehe Christian sofort an, dass er dieses Versprechen niemals brechen würde.

Der Kellner hat in höflicher Distanz abgewartet und traut sich jetzt, an unseren Tisch heranzutreten.

„Darf ich Ihnen schon etwas zum Trinken bringen? Er überreicht uns eine Wein- und eine separate Speisekarte.

Christian schaut mich an.

„Ich hätte gerne ein Wasser bitte. Medium, und wenn es geht nicht zu kalt", bestelle ich.

„Für mich bitte einen Sherry und auch ein Wasser. Ich würde dann zum Essen einen Wein nehmen. Magst Du vorweg vielleicht einen Aperitif?", fragt Christian.

„Nein, danke", antworte ich lächelnd, und der Ober zieht mit unserer Bestellung davon.

„Hat Tom eigentlich vorher schon einmal versucht, Dich zu verkuppeln?", erkundige ich mich und nicke dem Ober dankend zu, der gerade unsere Getränke bringt.

„Nein, das hier ist eine Premiere."

„Er hat wohl das Gefühl, Dir unter die Arme greifen zu müssen", grinse ich.

Christian zieht die Stirn kraus und schmunzelt keck zurück. „Das betrifft Dich dann aber offenbar gleichermaßen, oder?"

„Hey!"

„Er meint bestimmt, dass wir gut zueinander passen würden", ergänzt er.

„Und? Was denkst Du?", frage ich Christian verlegen und überlege selbst, ob das wirklich der Fall sein könnte. Dennoch spüre ich nicht dasselbe wie beim Schreiben mit Tom.

Bei Tom ist es irgendwie anders, obwohl ich ihn noch nie getroffen habe. Aber genau das macht für mich den Unterschied. Das macht Tom für mich zu dem geheimnisvollen und tollen Mister Unbekannt, den es mit Geschick und Einfühlungsvermögen zu erobern gilt.

Christian zuckt mit den Schultern.

„Wärst Du mir böse, wenn ich sagte, ich weiß es nicht", erwidert er extrem vorsichtig, weicht mir aus und betrachtet die Fische, die neben ihm vorbeischwimmen. Nur flüchtig wagt er für wenige Sekunden, meinen Blick zu erhaschen. Ich merke ihm an, dass er sich unwohl fühlt und verteidigen möchte.

„Ich finde Dich wirklich nett", sagt er. „Du bist lustig, siehst klasse aus …"

„Ist schon gut, Chris. Du musst mir jetzt keine Komplimente machen."

„Nein! Nein, es ist schon so, dass ich Dich toll finde. Vielleicht müssten wir uns nur näher kennenlernen. Du bist mir schon aufgefallen, so ist es nicht."

„Du musst Dich nicht verteidigen, Chris. Es ist alles gut, soweit es mich betrifft", lächle ich sanft.

„Möglicherweise bin ich momentan einfach blockiert. Es kann sein, dass ich das Glück zurzeit einfach nicht sehe, auch wenn es zum Greifen nah ist, und meine Chance ohne fremde Hilfe nicht nutzen kann. Ich habe so viel um die Ohren – und Tom …" Er bricht den Satz erschrocken ab.

„Tom was?", hake ich leise nach.

„Tom … braucht mich. Ich weiß nicht, ob ich nebenher derzeit noch Kapazität für eine Freundin hätte …" Christian kann unseren Blickkontakt nicht lange ertragen. Er greift zur Ablenkung nach dem Glas Sherry und prostet mir zu. Ich hebe mein Wasserglas und nippe daran.

„Aber Tom meint, Du hättest die Zeit", merke ich an. „Nicht, dass Du jetzt falsche Schlüsse daraus ziehst", füge ich hastig hinzu. „Ich weiß ja gerade selbst nicht, was ich will, oder was ich genau suche. Das ist alles so verwirrend mit Tom."

„Ja, gerade ist es total …" Er sucht nach dem richtigen Wort. „… chaotisch. Aber Tom war schon immer einer, dem plötzlich etwas einfällt, das dann sofort in die Tat umgesetzt werden muss. Dann gibt es für ihn kein Halten mehr und er setzt alle Hebel in Bewegung, koste es, was es wolle – im wahrsten Sinne des Wortes. Er kann sich so für eine Sache oder eine Idee begeistern, dass er um sich herum alles andere ausblendet. Mit einem Tunnelblick sieht er dann weder links noch rechts. Er gibt Vollgas und steuert darauf zu, ohne mögliche Warnschilder wahrzunehmen. Jetzt sind wir beide offenbar seine Opfer. Sicher sieht er uns schon vor dem Traualtar enden", schmunzelt Christian halbherzig. „Wollen wir mal hoffen, dass er nicht schon unseren Termin beim Standesamt im Kalender eingetragen hat."

Ich taste nach der Perlenkette an meinem Hals und betrachte das Armband am Handgelenk. Christians Scherz ruft in meinem Gesicht keinerlei Regung hervor.

Toms Freund wendet sich schweigend wieder dem Aquarium zu. Er hat immer noch seinen Sherry in der Hand und nimmt einen weiteren kleinen Schluck. Ich betrachte sein Profil im schwachen Licht.

Er ist wirklich attraktiv. Aber müsste ich es *nicht fühlen? Ein leichtes Kribbeln ist vorhanden, aber reicht das? Es könnte auch nur Einbildung sein, oder es rührt doch von dem Teil in mir her, der an Tom denkt.*

Abwesend drehe auch ich jetzt den Kopf zum Aquarium und schaue den Fischen zu. Sie gleiten so dicht an uns vorbei, dass man meint, man könnte sie anfassen. Ich beginne, selbst in diese Welt einzutauchen und versinke in meinen Gedanken, bis ich bemerke, dass mich Christian dabei beobachtet. Ich erröte, als ich seinem warmherzigen Lächeln begegne. Es ist gewinnend und unglaublich sympathisch. Ich fühle mich wohl in seiner Nähe, wenngleich das überschwängliche Herzklopfen ausbleibt. *Oder ist es das, worum es in der Liebe geht? Dass man sich bei jemandem einfach nur wohl und geborgen fühlt? Muss es immer dieses Kribbeln sein? Dieser rastlose Zustand, in dem man weder Schlaf noch Essen braucht? Noch nicht einmal Schokolade oder Chips? In dem man nur noch aus Luft und Liebe besteht?*

Christian mustert mich schmunzelnd.

„Worüber denkst Du nach?"

Meine Wangenfarbe verdunkelt sich und ich hoffe, dass das gedimmte Licht es verbirgt. Als dann der Kellner unsere Bestellung aufnimmt, bin ich froh, dadurch unauffällig einen Moment Bedenkzeit zu bekommen. Christian hat seine Frage jedoch nicht vergessen und schaut mich fortwährend an, bis der Kellner wieder weg ist.

„Das Ambiente ist überwältigend. Ich bin fasziniert von diesem riesigen Aquarium."

„Nur das?", forscht Christian nach und hält meinem Blick stand.

„Dieser Abend, dieser Ort und diese Atmosphäre, unsere Outfits …" Ich schaue an mir herab. „Das ist alles so perfekt. Ich frage mich, ob es mir jetzt nicht klar sein müsste, weißt Du?"

„Wir befinden uns hier in Toms Inszenierung. Das sind vielleicht gar nicht wirklich wir beide. Wenn es Dir so geht wie mir … ich weiß, dass ich das nicht müsste … aber er würde sich freuen, und ich freue mich nun mal, wenn er sich freut. Ich will ihn nicht enttäuschen aber ich mag es nicht, wenn er sich so in mein Leben einmischt. Das geht einfach zu weit. Außerdem denke ich, Du wärest erst richtig frei, wenn Du Tom mal getroffen hättest. Ich merke, dass Du in Gedanken bei ihm bist – und das ist auch vollkommen okay und nachvollziehbar!"

„Sag mir doch einfach, was mit Tom nicht stimmt. Vielleicht hilft uns das ja allen dreien. Vielleicht braucht auch Tom jemanden, der ihm auf die Sprünge hilft, so wie er es bei Dir gerade tut!"

„Ich kann Dir das nicht sagen, Lisa. Das kann nur Tom, und er ist alles andere als träge oder lahm. Er hat Dinge schon dreimal erledigt, bevor ich überhaupt angefangen habe zu planen. Da sind wir ausnahmsweise grundverschieden, so ähnlich wir uns auch sonst sein mögen." Christian schaut betroffen vor sich auf den Tisch. „Ich kann und werde nichts verraten, egal, wie sehr Du auf mich einredest oder was auch immer Du versuchst. Glaub mir, es ist Zeitverschwendung", sagt er ernst.

„Okay. Verstanden", murmle ich betreten.

„Was ist mit Deinen Gefühlen für Tom? Ist es so wie ich vermute, dass Du nicht frei bist, solange Du ihn nicht getroffen hast? Solange Du ihm nicht persönlich gegenübergestanden hast und sein Geheimnis kennst?"

„Das kann schon sein. Ich mag ihn wirklich sehr. Ich glaube, an dem Abend in der Disco wollte ich mir das Gegenteil beweisen. Ich dachte, es wird alles einfacher, wenn ich etwas Spaß mit einem anderen Mann habe. Aber Tom geht mir nicht aus dem Kopf", gestehe ich. „Ich weiß noch, was Du gesagt hast, Chris, aber ich kann es nicht verhindern."

„Um was genau geht es Dir, Lisa? Ist es wirklich Tom als Person oder vielleicht nur das Rätsel um ihn. Kann es sein, dass Du einfach neugierig bist, was dahintersteckt."

„Beides", betone ich meine Antwort als Aussage und gleichzeitig als Frage. „Aber mit Dir hier zu sitzen ist wirklich auch schön."

„Nur der Funken springt nicht über." Christian lächelt warmherzig.

„Naja, mit so viel Wasser um uns herum haben die Funken es wohl eher schwer", scherze ich.

Christian lacht gelöst auf.

„Nächstes Mal treffen wir uns im Wald. Durch den Borkenkäfer brennt es dort gleich beim ersten Funken lichterloh."

Ich stimme in sein Lachen ein.

„Darf ich Dich noch etwas fragen?"

„Nur raus damit", sagt Christian sanft.

„Gibt es Tom überhaupt? Oder ist er eine Art ´Fantasie´-Identität", will ich vorsichtig wissen.

„Tom gibt es wirklich und er ist ein hochanständiger Kerl – nur mit einem komplizierten Leben."

„Und Tom, das bist auch definitiv nicht Du?"

„Ich? Wie meinst Du das?"

„Also Tom und Du, Ihr seid nicht ein- und dieselbe Person, oder? Du bist nicht schizophren und *Tom* ist nicht Deine zweite Identität ..." Auch wenn ich Tom das schon gefragt habe, ich muss es auch von Christian hören, um Sicherheit zu haben.

Er verschluckt sich fast an seinem Wein, der inzwischen gekommen ist.

„Nein, ich bin nicht schizophren, jedenfalls nicht, dass ich wüsste. Tom ist auch kein Psychopath oder so etwas. Bekommt Tom Deine wilden Theorien auch zu lesen?" Christian muss schmunzeln. „Du bist echt der Knaller. Das muss ich Tom nachher auf jeden Fall erzählen." Er schüttelt belustigt den Kopf.

„Musst Du nicht. Habe ich ihn schon selbst gefragt", nuschele ich.

„Echt?" Christian grinst weiter. „Wie hat er reagiert?"

Ich verziehe beleidigt das Gesicht.

„So wie Du. Er hat es verneint."

„Trotzdem fragst Du mich dann das Gleiche nochmal?", lacht Christian.

„Nur zur Sicherheit", wispere ich und werde rot.

Christian schmunzelt belustigt.

Ich könnte ihm später heimlich hinterherfahren ... Vielleicht führt er mich geradewegs zu Tom! Mein Gesicht hellt sich augenblicklich auf.

„Darf ich Dich noch etwas fragen? Du musst nicht antworten, wenn Du nicht willst oder nicht darfst", beteure ich.

„Deine Ideen sind sehr unterhaltsam. Schieß los."

Ich überlege kurz, lasse mich aber nicht davon beeindrucken, dass er sich über meinen Ehrgeiz amüsiert.

„Was verbindet Dich und Tom?"

„Uns verbindet ein halbes Leben – eigentlich sogar mehr als das. Wir kennen uns von Kindesbeinen an. Wir haben viel gemeinsam erlebt und durchgemacht. Wir haben gemeinsam gelacht, geweint, wir haben in der Schule zusammen nachgesessen, uns in dieselbe Frau verliebt, Rockkonzerte besucht, bei einem gemeinsamen Kochabend fast die Küche abgefackelt ..." Christians Blick schweift leer durch den Raum. „Wir sind uns extrem ähnlich, aber dann auch wieder grundverschieden."

Als Christian auffällt, wie sehr ich an seinen Lippen hänge, heben sich seine Mundwinkel müde. Ich wage nicht, ihn zu unterbrechen, aus Angst, er würde dann nicht mehr weitererzählen.

„Unsere Freundschaft ist etwas Einmaliges, Lisa. Wir sind zwar nicht ein- und dieselbe Person aber manchmal fühlt es sich doch so an, als wären wir eins. Verstehst Du, wie ich das meine? Deshalb denkt Tom vermutlich, wenn er Dich schon nicht haben kann, dann soll wenigstens ich Dich haben können. Das klingt jetzt kitschig, ist von ihm aber wirklich gar nicht böse gemeint." Christian sucht so intensiv meinen Blick und hält ihn fest, dass dieses Mal ich es bin, die ihm beschämt ausweicht. Dennoch stelle ich plötzlich fest, wie erschöpft er auf einmal aussieht. Als hätte er seit Wochen nicht richtig geschlafen. Er atmet wie ein gebrechlicher alter Mann tief und schwerfällig durch.

„Bitte, lass uns zur Abwechslung mal über Dich reden, ja? Zumal ich Dir ohnehin keine genauere Auskunft geben darf."

„Okay", willige ich schließlich ein. „Nur eins noch! Seid Ihr Zwillinge? Kennst Du ihn deshalb schon ewig?"

„Nein." Christian lächelt kraftlos. „Ich kenne ihn seit unserer Kindheit aber nicht seit unserer Geburt. Ist Dein Wissensdurst nun vorerst für diesen Abend gestillt?" Er wirkt gequält. Deshalb zähme ich meine unbändige Neugier und meinen Forscherdrang. Stattdessen will ich ihn etwas aufmuntern und für Erheiterung sorgen.

„Fast", schmunzele ich daher. „Nur eine allerallerletzte Frage noch!"

„Bitte", lächelt Christian mit einer auffordernden Handbewegung.

„Warst Du damals Teil der Schmutzheftchen-, Pornofilm-, Energiedrink- und Biersession, bei der Tom in seinem Zimmer erwischt worden ist?"

„Ach du Schande!" Christian klopft sich breit lachend mit beiden Händen auf die Oberschenkel. „Das hat er Dir wirklich erzählt? Echt?" Er schüttelt belustigt den Kopf.

„Ich weiß alles!", bestätige ich breit grinsend.

„Das ist ein Kerl. Der kriegt noch was von mir zu hören!", lacht Christian weiter und ich spüre, dass mein Aufheiterungsversuch eine Punktlandung war und seine Wirkung nicht verfehlt hat.

In den folgenden zwei Stunden kann ich feststellen, dass auch Christian keineswegs oberflächlich ist. Man kann sich fantastisch mit ihm unterhalten. Er ist witzig und versprüht einen Charme, der mir gefällt. Je länger wir uns gegenübersitzen und in einen lockeren Smalltalk vertieft sind, desto besser kann ich mir vorstellen, dass uns vielleicht die Zeit zusammenführt. Christian ist ein toller Mann, der mit Sicherheit auch treu ist, und auf den sich eine Frau verlassen kann. Als Ehemann und Vater wäre er sicherlich ideal und als Schwiegersohn für ziemlich viele Eltern der absolute Traum. Warum soll es nicht auch Liebe auf den zweiten, dritten oder vierten Blick geben? Wer sagt, dass ein Fremder nicht schneller erkennen kann, wofür man selbst etwas länger braucht?

Als Christian und ich das Lokal verlassen, begleitet er mich zum Auto. Es ist schon dunkel und wir stehen uns befangen wie Teenager beim ersten Date gegenüber.

„Tja, dann", sagt Christian. „Es war ein schöner Abend. Dankeschön."

„Ich fand den Abend auch sehr schön", antworte ich schüchtern.

Christian verlagert unsicher das Gewicht von einem Bein aufs andere, dann nimmt er mich zaghaft in den Arm. Wir stehen einen Moment da und ich erwidere seine Umarmung. Er fühlt sich warm an, groß und stark, und ich fühle mich wohl in seiner Nähe. Als wir uns voneinander lösen, lächele ich gehemmt. Dann gebe ich mir einen Ruck und küsse ihn zum Abschied freundschaftlich links und rechts auf die Wange. Christian wirkt überrascht, strahlt aber schnell und macht auf cool.

„Mal sehen, was sich Tom als nächstes für uns ausdenkt. Es

wird bestimmt nicht lange dauern, bis wir uns wiedersehen." Er schmunzelt lausbubenhaft.

„Oder Du ergreifst zur Abwechslung mal selbst die Initiative und überlässt die Organisation nicht immer Deinem Freund", antworte ich herausfordernd.

Christian schaut mich verschmitzt an.

„Vielleicht tue ich das sogar. Sicherheitshalber solltest Du Dir in nächster Zeit nicht zu viel vornehmen."

„Wer gackert, muss auch Eier legen", erwidere ich kokett und steige in meinen Wagen. Christian lacht.

„Soweit ich weiß, legen Hähne keine Eier. Das machen nur die Hühner."

Ich ziehe meine Tür zu und lasse das Fenster herunter.

„Bist Du etwa ein typischer Hahn? Viel Gekrähe und nichts dahinter? Jedenfalls würde ich beim nächsten Treffen vorschlagen, dass wir uns ein Taxi nehmen. Dann kann ich nämlich auch etwas trinken und Deine Sprüche besser ertragen. Außerdem musst Du dann nicht die Hälfte des Weins zurückgehen lassen." Damit winke ich lässig aus dem Fenster und gebe Gas.

Leider muss ich erkennen, dass sich mein Vorhaben anders entwickelt als geplant. Christian denkt nicht daran, zu seinem Wagen zu gehen, er steht einfach da. Er schaut mir lachend hinterher, die Hände lässig in den Hosentaschen.

„Mist", fluche ich und lenke mein Auto langsam auf die Straße. Ich biege im Schneckentempo nach links ab und hoffe, dass auch Christian hier entlang fahren muss. Schon an der nächsten Haltebucht im Ort fahre ich rechts ran, stelle den Motor ab und mache das Licht aus. Ich spüre, wie sich das Adrenalin in meinem Körper verteilt. *Was, wenn ich auf diesem Weg tatsächlich zu Tom geführt werde!* Der Gedanke wirkt geradezu beflügelnd und ich beobachte hochkonzentriert und eifrig die vorbeifahrenden Autos. Es kommen nicht viele vorbei. *Das ist er!*

Ich starte sofort blitzschnell den Motor und lenke mein Auto auf die Straße zurück. In sicherem Abstand folge ich dem Golf und achte darauf, unauffällig an ihm dranzubleiben. Als er an einer roten Ampel halten muss, drossele auch ich das Fahrtempo. Da kein Abbiegeverkehr ist, wechselt die Ampel zum Glück schnell wieder auf grün. Ich komme mächtig ins Schwitzen und pirsche mich wieder etwas näher an ihn heran. Er fährt geradeaus, biegt irgendwann links ab, um anschließend wieder ein Stück der Straße zu folgen. Dann setzt er den rechten Blinker, um zu einer Tankstelle abzubiegen. Ich vergrößere den Abstand und fahre weit außen an den Tanksäulen vorbei. Ich steuere einen Parkplatz in einer besonders dunklen Ecke an, in der ich mich gut getarnt fühle, und warte. Von dort aus kann ich gerade noch so zu ihm hinüberspähen.

Ich löse meinen Gurt und drehe mich um, um ihn zu beobachten. Er tankt sein Auto und scheint mich nicht bemerkt zu haben. Dann geht er zum Bezahlen, was mir die Gelegenheit gibt, kurz zu verschnaufen. Doch er ist schnell wieder zurück und startet den Wagen. Ich schnalle mich erneut an und mache mich bereit, während Christians Wagen losrollt – in meine Richtung!

Geschockt halte ich die Luft an und rutsche tiefer in den Sitz. Mein Herz schlägt so wild, dass jeder Herzschlag den Stoff meines Kleides anhebt.

Ich schäme mich furchtbar und kann gar nicht hinsehen. Christian parkt neben mir ein. In den Sitz gepresst rutsche weiter in den Fußraum und wage es nicht, meinen Kopf auch nur einen Millimeter zu drehen. Als mein Gesicht schon tiefrot pulsiert, klopft es schließlich an meiner Scheibe.

Wie peinlich.

In Zeitlupe wende ich mich zum Fenster und blicke beschämt von unten herauf. Christian grinst verschmitzt über das ganze Gesicht und steckt lässig abwartend die Hände in die

Hosentaschen. Wie vor dem Lokal eben verharrt er in seiner coolen Position. Ich fahre die Scheibe herunter und weiß nicht, wo ich hinsehen soll.

„Du auch hier? Wie kommt´s?", fragt Christian und unterdrückt sichtlich einen Lachanfall.

„Ja, … äh … so ein Zufall. Ich … ich … mein Auto hat so seltsame Geräusche gemacht. Da dachte ich, ich fahre mal lieber raus und schaue nach, ob etwas kaputt ist", stammele ich.

„Macht der Motor Ärger? An der roten Ampel bist Du plötzlich hinter mir ziemlich langsam geworden", schmunzelt Christian und kostet die für mich so peinliche Situation in vollen Zügen aus.

„Jjjja", stottere ich. Er hat da schon so komisch geklungen", flunkere ich einfach weiter.

„Hm. Soso", grinst Christian. „Und ich dachte schon, Du folgst mir vielleicht heimlich, weil Du denkst, ich könnte Dich zu Tom führen."

„Ich?", piepse ich so hoch, dass eigentlich alle Fensterscheiben im Auto gleichzeitig zerspringen müssten. Verlegen räuspere ich mich.

Mit Sicherheit ist Christian absichtlich abgefahren, um mich zur Rede zu stellen. Die Tankaktion war nur ein Vorwand. Das Ganze ist mir so entsetzlich unangenehm, dass ich nicht weiß, was ich sagen soll.

„Wäre es vielleicht sinnvoll, dass ich mir mal Deinen Wagen ansehe? Wegen der *komischen Geräusche*", betont er belustigt. „Oder soll ich Dich heimbringen und einen Abschleppdienst organisieren?", bietet Christian schmunzelnd an.

„Nein, nicht nötig", grummele ich.

„Ich wollte jetzt eigentlich zu mir fahren. Willst Du vielleicht meine Adresse? Dann musst Du mir nicht heimlich hinterherschleichen oder bei der Polizei illegal den Halter meines Fahrzeugs herausfinden lassen. Aber Deine Verfolgungsjagt – alle

Achtung. Filmreif. James Bond wäre neidisch gewesen." Christian gluckst in sich hinein.

„Sei nicht so fies", murre ich. *Reicht es nicht, dass er mich erwischt hat? Das ist doch peinlich genug! Ich komme mir auch so schon total dämlich vor.*

Christian dreht sich zu seinem Wagen um. Er macht die Beifahrertür auf und holt ein Blatt Papier und einen Stift aus dem Handschuhfach. Mit dem Rücken zu mir steht er an seinem Wagendach und kritzelt. Dann reicht er mir einen Zettel.

„Hier", sagt er schmunzelnd. „Meine Telefonnummer und meine Adresse. Die wollte ich Dir eben sowieso geben, habe es aber vergessen. Ich weiß, Du hättest es mit Deiner Superspürnase sowieso herausgefunden, aber so ist einfacher, nicht so umständlich. Es spart Dir Zeit und Mühe", grient Christian.

Beschämt nehme ich das Blatt entgegen.

„Danke."

„Was ist denn jetzt mit Deinem Auto?", stichelt Christian.

„Bis nach Hause werde ich es wohl noch schaffen."

„Ich könnte Dir ja *unauffällig* hinterherfahren, falls Du doch stehenbleibst."

„Das wird nicht nötig sein."

„Hey, verstehst Du keinen Spaß?" Als ich seinem Blick begegne, werden meine Knie wirklich etwas weich.

„Komm gut heim", sagt er und der Tonfall seiner Stimme wird aufrichtig und ernst. „Es war wirklich ein schöner Abend mit Dir, Lisa. Ciao." Er hebt die Hand.

„Tschuldigung nochmal", erwidere ich verlegen, muss jetzt aber doch dabei grinsen und fahre schnell davon.

Daheim lasse ich mich rücklings mit Klamotten aufs Bett fallen.

„Gott, wie peinlich das war! Was habe ich mir nur dabei gedacht?“, schimpfe ich und muss im nächsten Moment schallend über mich selbst lachen. Ich schaue an die Decke und lasse den Abend Revue passieren.

Chris hat ein schönes Lächeln. Bei ihm weiß ich, woran ich bin. Bei Tom weiß ich das nicht. Tom … ob er nochmal geschrieben hat? Ich bleibe auf dem Rücken liegen und betrachte die Schatten an der Wand.

Nach nur zwei Minuten drehe ich mich wieder vom Bett und hole mir den Laptop, weil mein Handy im Flur in der Ladestation steht. Ich fahre den Rechner hoch, gehe aber inzwischen ins Bad und mache mich zunächst fertig.

Als ich zurückkomme, ist der Bildschirm schon wieder im Standby-Modus. Ich tippe die Schaltfläche an und wähle mich bei der Partnervermittlung ein. In meinem Nachrichteneingang liegt eine Nachricht – von Tom. Sie verursacht in mir genau dieses flaue und bitzelnde Chaos, auf das ich bei Christian den ganzen Abend gewartet habe.

[**Tom**]: Hattest Du einen schönen Abend in netter Begleitung? Wie hat es Dir gefallen? Habt Ihr gut gegessen? Ich hoffe, Du warst nicht enttäuscht, dass ich nicht selbst gekommen bin, aber Chris ist ein wirklich lieber Kerl. Gib ihm eine Chance und lernt Euch doch mal näher kennen. Ich bin mir sicher, dass Ihr gut zueinander passen würdet! Gute Nacht und süße Träume, Tom.

Ob er echt so selbstlos ist? Oder bin ich nicht sein Typ? Sonst könnte es ihm doch nicht so leichtfallen, mich mit seinem besten Freund zu verkuppeln. Ich wünsche meinen Mädels ja auch nur das Beste, aber ich weiß nicht, ob ich sie bewusst mit jemandem zusammenbringen würde, *den ich selbst auch gut finde. Bin ich deshalb schlechter als Tom? Weil ich für mich selbst auch ein bisschen Glück abhaben möchte?*

Ob Chris mich nur gut findet, weil er seinem Freund einen Gefallen tun will? So ähnlich hat er es doch vorhin beim Essen gesagt, oder nicht? Vielleicht zwingt er sich dazu, mich toll zu finden aber eigentlich tut er es gar nicht. Er denkt bei allem nur an seinen Freund.

Tom scheint Chris ganzes Leben zu beeinflussen. Chris übernimmt Botengänge, er schreibt für Tom Nachrichten, er schweigt für Tom, er nimmt sogar von Tom organisierte Dates wahr!

Tom hat mal erwähnt, dass er mich nur beschützen möchte. Sein Freund sollte sogar auf mich aufpassen – und Tom hat Geld …

Könnte er aus einer Art Mafiafamilie kommen? Er muss ja nicht gewollt dazugehören. Vielleicht will er sogar da raus, kann aber nicht oder traut sich nicht. Deshalb wäre ich in Gefahr und sein Freund sollte mich im Auge behalten. Was wäre da einfacher als ein Date mit diesem Freund. So könnte Chris außerdem ganz in Ruhe mehr über mich in Erfahrung bringen. Auch die Frage, warum Tom so viel Geld hat, wäre *damit geklärt.*

„Heilige Scheiße … das passt! Er ist Mitglied der Mafia!" *Er muss nicht zwangsläufig selbst böse sein, aber wenn er nun in so eine Familie hineingeboren ist. Die kennen keine Skrupel! Noch nicht mal bei Familienmitgliedern!*

Ich muss Tom fragen. – Nein, ich frage besser Chris. Aber ich muss das schnellstmöglich wissen, sonst ziehe ich noch mehr Leute ins Unglück. Verdammt, wo bin ich da nur reingeraten? Spätestens bei den teuren Geschenken hätte mir doch ein Licht aufgehen müssen, dass da mehr dahintersteckt!

Ich überlege, ob ich Christian sofort zur Rede stelle. Aber nach dem peinlichen Zwischenfall von eben …

Allmählich fügen sich für mich die Puzzleteile zu einem logischen Bild zusammen. Es macht Sinn – leider. Und es ist so schrecklich, dass Tom und ich wirklich keine Zukunft haben. *Ich wäre lebensmüde, würde ich mich darauf einlassen. In diesem Fall* müsste *ich es sofort beenden! Das könnte für alle Beteiligten riskant und lebensgefährlich werden!*

Ich lese noch einmal Toms letzte Nachricht und schlucke. Es fühlt sich an, als hätte ich ihn schon verloren. *Was soll ich Tom antworten?* Verzweiflung und Erschöpfung zerren an mir. Ich bin hellwach und inzwischen doch wie benommen.

Immer wieder gehe ich alles durch und lese Toms alte Nachrichten. Wenn er tatsächlich der Mafia angehören sollte, dann wäre auch Christian aus dem Spiel!

Total von der Rolle stelle ich den Laptop zur Seite und rutsche tiefer in die Kissen. *Das darf doch alles nicht wahr sein!*

Warum ziehe gerade ICH eigentlich immer das Unglück magisch an? Was schreibe ich Tom denn jetzt? … Ich muss auf jeden Fall herausbekommen, ob an meiner Vermutung was dran ist …

Ich grübele ewig nach und bin hin- und hergerissen, ob ich direkt zur Sache kommen und ihn darauf ansprechen soll. Dann wüsste ich sofort Bescheid. Aber ich habe irgendwie auch höllische Angst vor seiner Antwort und Reaktion darauf. Deshalb zögere ich es so lange hinaus, ihm zu schreiben, bis mir die Müdigkeit einen Strich durch die Rechnung macht. Widerstrebend gleite ich ins Traumreich, ohne zu wissen oder beeinflussen zu können, was auf mich zukommt.

Das Treffen

Ich sitze mit einer Tasse Kaffee beim Frühstück und bin noch im Schlafanzug. Alleine am Tisch zu sitzen, ist für mich nach all den Jahren Gewohnheit geworden. Auch die Stille um mich herum ist inzwischen eine Selbstverständlichkeit, wird aber in diesem Moment durch das Schellen meiner Türglocke durchbrochen. Gelassen setze ich meine Tasse ab und gehe zur Sprechanlage.

„Hallo?"

„Guten Morgen, Frau Ellinger. Ich würde Sie gerne abholen. Sir Tom schickt mich."

SIR Tom?

„Ich … ich komme sofort! Einen Moment! Ich bin direkt da!", rufe ich in Aufruhr und weiß nicht, wo ich anfangen soll.

Ich stürze ins Bad. Dort versuche ich binnen Sekunden alles auf einmal hinzubekommen und stehe kurz vor einem Nervenzusammenbruch. *Er will mich treffen! Er lässt mich abholen!* Das Adrenalin verteilt sich so rasend schnell in mir, dass es mich durchdrehen lässt. Ich putze meine Zähne, kämme meine Haare, schminke im Zeitraffer mein Gesicht und streife mir zum Schluss hektisch das Kleid vom Vorabend über den Kopf. Schnell ordne ich erneut meine zerzauste Mähne und nehme einen letzten tiefen Atemzug, damit mein Körper der nervlichen Belastung standhält. Dann verlasse ich die Wohnung und hätte beinahe meine Schuhe vergessen. Ich schlüpfe hinein, greife meine Handtasche und ziehe hinter mir die Tür zu.

Abrupt bleibe ich stehen und starre auf den Boden. Überall sind Rosenblätter verteilt, im kompletten Treppenhaus. Fast wie ein dicht gewebter Teppich. Der Duft ist atemberaubend. Ich schreite nahezu über die Blüten und komme mir vor wie beim Gang zum Altar – nur das weiße Kleid fehlt.

Unten hält mir ein älterer Herr die Tür auf. Er trägt eine schwarze Chauffeurs-Uniform mit Kappe.

„Guten Morgen, Frau Ellinger. Mein Name ist Heinrich.

Sir Tom erwartet Sie bereits."

„Guten Morgen", antworte ich mit belegter Stimme. „Wo bringen Sie mich denn hin?"

Der Chauffeur schmunzelt und zwinkert lediglich. Er geht vor zu einer schwarzen Limousine mit blickdicht verspiegelten Fenstern und öffnet die Tür zur Rücksitzbank. Ich steige vorsichtig ein und er schließt die Tür wieder. Anschließend nimmt er vorne Platz und fährt mit mir davon. Nervös betrachte ich seine Augenpartie im Rückspiegel. Immer wieder ruhig lächelnd erwidert er meinen Blick.

„Kennen Sie Tom schon länger?", frage ich. „Fahren Sie öfter für ihn? Sind Sie bei ihm angestellt?"

Der Chauffeur schweigt. Er antwortet mir nicht sondern lächelt nur. Ich bin etwas verwirrt. *Ob er mich nicht gehört hat? Warum sagt er nichts?* Vorsichtig starte ich einen weiteren Versuch.

„Arbeiten Sie für Tom, Herr Heinrich?" Meine Stimme klingt weiterhin zaghaft aber nun etwas lauter.

Er reagiert wieder nicht, als wäre zwischen uns eine schalldichte

Glasscheibe in dem Fahrzeug eingezogen. Aber so ist es nicht. Ich bin irritiert und schweige notgedrungen mit.

Wir fahren durch die Stadt, biegen links ab, fahren wieder etwas geradeaus, dann rechts. Ich versuche, mir den Weg einzuprägen, bis mir auffällt, dass mir diese Strecke bekannt vorkommt. Als er bei der Straße zum Friedhof abbiegt, weiß ich es wieder. *Er will mich an dem Ort treffen, wo er mich zuallererst hingeschickt hat. Aber warum der Friedhof? Weil es hier so ruhig ist?*

Der Fahrer parkt den Wagen. Kommentarlos steigt er aus, kommt um das Fahrzeug herum und öffnet mir die Tür.

„Wir sind da, Frau Ellinger. Ich wünsche Ihnen alles Gute."

„Bleiben Sie nicht hier? Fahren Sie mich nachher heim? Oder bringt Tom mich später wieder nach Hause?", möchte ich angespannt wissen.

Er lächelt schweigend. Die einzige Antwort, die ich von ihm bekomme. Auffordernd sehe ich ihn an aber er ruht in sich selbst. Abermals ist es so, als hätte er meine Frage gar nicht gehört. Als ich zwei Schritte von dem Wagen weggegangen bin, steigt er wieder ein und fährt davon. Vollkommen verstört bleibe ich zurück und starre ihm nach. Ein mulmiges Gefühl macht sich in mir breit. Mit klopfendem Herzen greife ich nach meiner Handtasche und schaue nach, ob ich mein Handy eingesteckt habe. Schließlich muss ich vielleicht nachher ein Taxi rufen. Aber das Handy habe ich offenbar zuhause liegengelassen.

„Das auch noch!", schimpfe ich und nehme mir einen Moment, um mich zu besinnen. „Okay. Tom fährt mich nachher bestimmt heim. Er wird auf mich aufpassen. … Ob das hier gefährlich wird? Sollte ich lieber jetzt gleich wegrennen, bevor es zu spät ist?"

Ich gehe dennoch ein paar Schritte weiter bis zum Tor. Direkt dahinter ist wieder ein Weg aus Rosenblättern gestreut. Auch hier duftet es herrlich danach. Wie magisch werde ich von diesem Pfad angezogen und folge ihm behutsam.

Ich laufe zwischen Gräbern hindurch, fast wie in einem Slalom, bis ich vor einer Hecke ankomme. Sie ist so hoch, dass ich nicht darüber spähen kann aber sie hat eine zurechtgeschnittene Aussparung wie einen Torbogen. Die Blütenblätter deuten mir an, dass ich hindurchgehen soll. Einen winzigen Moment zögere ich. Immer noch beherrscht das Adrenalin meinen Körper, der am Rande einer Überforderung steht. So langsam ich nun auch voranschreite, mein Herz rast. Es rast so schnell, dass es mächtig unangenehm wird. Es pulsiert an Stellen, die mir klarmachen, wie aufgeregt ich wirklich bin. Ich bleibe kurz stehen und atme mehrmals tief durch. Der Rosenduft ist allgegenwärtig. Dann biege ich um eine Ecke und stehe plötzlich vor einer kreisrunden Tanzfläche aus Marmor. Sie ist so glatt, dass sie je nach Lichteinfall wie eine Eislaufbahn aussieht. Um die komplette Fläche herum sind Rosensträucher gepflanzt, und ohne mein Kleid zu ruinieren, gelange ich nur über eine einzige Stelle zur Tanzfläche. Vorsichtig betrete ich die Marmorplatte, bleibe aber am äußersten Rand stehen.

Mitten auf der Tanzfläche wendet mir ein großer Mann den Rücken zu. Von hinten sieht er stattlich aus, breite Schultern, durchtrainierte Figur, volles, dunkles Haar. Alles an ihm ist dunkel, selbst sein Smoking. Abgerundet wird sein Outfit von glänzend schwarzen Schuhen. Ein weißer Hemdkragen schaut aus dem Smoking heraus, an den Ärmeln kann ich Manschettenknöpfe erkennen. Es müssen besondere Knöpfe sein aber noch kann ich sie nicht genauer sehen. Immer noch klopft mein Herz wie verrückt, so als wolle es aus meiner Brust heraus zu dem fremden Mann hinüberhüpfen. Langsam wendet er sich nun um und ich halte die Luft an. Noch während er sich umdreht sehe ich, dass sein Gesicht fast komplett von einer Maske bedeckt wird. Sein Anblick hat etwas von ´Phantom der Oper` aber dennoch verspüre ich in diesem Moment keinerlei Angst. Seit ich ihn gesehen habe, weiß ich, dass alles gut ist. Dass ich an meinem Ziel angekommen bin. Erstarrt halte ich die Luft an, während er näher an mich herantritt. Er streckt seinen Arm aus und reicht mir seine Hand entgegen. Es ist eine große Hand, feingliedrig und sehr gepflegt. Ich ergreife sie. Sie ist herrlich warm, weich und vertraut. Die ganze Situation ist vollkommen bizarr und doch fühlt sich alles richtig an. Mit sanftem Druck zieht er mich zur Mitte der Tanzfläche, während gleichzeitig Musik ertönt. Sie scheint aus allen Himmelsrichtungen zu kommen und formt eine musikalische Kuppel über der Marmorplatte. Leichtfüßig schweben wir zur Musik über die Tanzfläche. Mir war gar nicht bewusst, dass ich so gut Standard tanzen kann. Mühelos folge ich seinen Schritten und fühle mich schwerelos. Ich habe das Gefühl, meine Sohlen berühren die Marmorplatte gar nicht.

Raum und Zeit schwinden, nur noch wir beide existieren, eingehüllt in Rosenduft unter einer gläsernen Kuppel und berauscht von der Musik. Ich blicke ihm in die Augen. Sie vereinen fast alle Farben in sich. Braun, grün, blau, schwarz. Noch nie zuvor habe ich solche Augen gesehen, die warm und liebevoll auf mir ruhen, die mir eine unglaublich schützende Sicherheit vermitteln. Zu keinem Zeitpunkt spüre ich Furcht oder gar Panik. Seine Augen schimmern vertrauenerweckend und strahlen Gutmütigkeit aus.

Ich betrachte seinen Mund. Er hat wohlgeformte Lippen, die ich nur zu gerne sofort mit den meinen berühren möchte. Aber ich tue es nicht. Ich habe nicht den Eindruck, dass das in seinem Drehbuch steht. Die Vorstellung, wie weich sie wären, wie wunderschön es wäre, ihn dort zu berühren und zu spüren, muss mir im Augenblick reichen. Mein Blick bleibt eine gefühlte Ewigkeit lang sehnsüchtig an seiner Mundpartie hängen. Dann schaue ich wieder in seine Augen. Derselbe ruhige Blick wie eben – und doch seltsam. Erst jetzt stelle ich fest, dass in seinen Augen etwas fehlt. Ihr Ausdruck bleibt gleich, leer wie ein lebloser Ozean ohne Fische und Pflanzen. Auch seine Mundpartie zeigt keinerlei Regung. *Müssten seine Augen nicht leuchten vor Freude, mich zu sehen? Oder gefalle ich ihm doch nicht so gut, wie er mir? Ist er enttäuscht von mir? Warum schenkt er mir nicht ein winziges Lächeln? Obwohl er tanzt und sein ganzer Körper sich bewegt, vermittelt sein Gesicht den Eindruck einer Schaufensterpuppe, deren Blick* künstlich *freundlich, ruhig und beständig auf mir liegt.*

Je länger wir über die Tanzfläche gleiten, desto unbehaglicher wird mir zumute. Seine Augen, sein Mund, sein ganzes Gesicht bleibt starr.

Während mir das ganze Szenario immer seltsamer erscheint, nähern sich von allen Seiten rund um die Tanzfläche einige Gestalten. Alle von Kopf bis Fuß schwarz gekleidet. Ihre Gesichter sind nicht zu erkennen. Plötzlich bekomme ich riesige Angst und mein Herz zieht es nicht länger zu ihm sondern von ihm weg – oder will es doch nur weg von diesen Gestalten? Ich weiß es nicht aber eine Stimme in mir schreit mit Nachdruck, dass ich hier schleunigst verschwinden sollte.

Derweil kommen die düsteren Personen immer näher und haben uns blitzschnell umzingelt. Es gibt keinen Ausweg. Meine Augen irren verängstigt umher auf der Suche nach einer Fluchtmöglichkeit. Doch obwohl mir mein Tanzpartner immer unheimlicher wird, habe ich gleichzeitig auch das Bedürfnis, ihn beschützen und mitnehmen zu müssen. *Wie kann es sein, dass ich diesen großen stattlichen Mann mit den breiten Schultern beschützen will? Wie denn? Ich bin doch viel hilfloser als er!*

Die Lage spitzt sich zu und mir fällt auf, dass die Gestalten lediglich an ihm Interesse zu haben scheinen. Sie greifen nach ihm, alle gleichzeitig. Sie zerren an ihm herum, während ich weiter seine Hände halte und sie noch fester packe, um ihm zu helfen. Ich erwarte, dass er jede Sekunde anfängt, sich zu wehren; dass er sich mit mir gemeinsam gegen diese Gestalten aufbäumt und etwas tut. Er müsste mit Händen und Füßen um sich schlagen, sich dagegenstemmen, aber das tut er nicht. Sogar sein Griff um meine Hände lockert sich, ohne jede spürbare Anstrengung, bei mir bleiben zu wollen. Sie entgleiten mir, und er unternimmt gar nichts. Ich bin verzweifelt und muss das Geschehen hilflos mit ansehen.

„Lasst ihn! Lasst uns in Ruhe! Lasst ihn los!“, kreische ich, will sie vertreiben, und schlage und boxe nach den Gestalten. Ich haue auf eine ein aber die scheint das noch nicht einmal zu spüren. Für sie existiere ich ebenso wenig wie meine Schläge. Die maskierten Angreifer zerren meinen Tanzpartner davon und schleifen ihn wie ein Rudel wildgewordener, gefräßiger Wölfe davon.

„Nein! Lasst ihn los! Nein!“, brülle ich und will erneut seine Hände erreichen. Noch einmal bekomme ich ihn zu fassen aber seine Hände sind schlaff. Er gibt sich keinerlei Mühe! Ich bin außer mir vor Hilflosigkeit und Verzweiflung.

„Wehr Dich doch verdammt! Hilf mir! HILFE! HILFE!“ Ich sehe mich um, will auf uns aufmerksam machen, aber wir sind alleine. Die Ungeheuer nehmen keinerlei Rücksicht und schleifen ihn gnadenlos durch die Rosensträucher hindurch. Dass Stoff reißt, scheint niemanden zu stören, auch meinen Tanzpartner nicht. Ich bleibe vor den Sträuchern stehen, die im Zeitraffer zu wachsen beginnen, nachdem die düsteren Gestalten mit meinem Tanzpartner weg sind. Panisch sehe ich mich nach der Stelle um, an der ich erst vor kurzem die Tanzfläche betreten hatte. Auch dort wuchert es nun und mir wird sofort klar, dass ich mich beeilen muss, um von den dornigen Rosensträuchern nicht verschlungen und aufgeschlitzt zu werden. In letzter Sekunde greife ich nach seinem verlorenen Manschettenknopf und husche durch die Hecke. Auch mein wunderschönes Kleid schafft es leider nicht unversehrt aber ich selbst habe es zumindest geschafft. Kaum bin ich draußen, zieht jedoch dichter Nebel auf. Wie aus dem Nichts erhebt er sich vom Boden und wächst mir über den Kopf. Er ist so trüb und schwer, dass ich kaum noch Luft bekomme. Meine Panik bekommt neue Nahrung und steigt weiter. Ich stolpere vorwärts, ohne etwas zu sehen, in meiner Hand umklammere ich fest das Einzige, das mir von ihm geblieben ist: den Knopf.

„Hilfe!", rufe ich verzweifelt. „Hilfe! Ich bin hier!" Mir kommen die Tränen.

Schluchzend kämpfe ich mich voran, die Arme nach vorne gestreckt, um nicht irgendwo gegen zu rennen. Wie blind irre ich umher, meine Füße ertasten sich den Weg.

„Hilfe! Hallo? … Hallo!", weine ich aufgelöst.

Durch den Nebel ertönt ein Klingeln. Ich höre genau hin, versuche es zu orten. Ich sehe mich um, aber noch bevor der letzte Ton verhallt ist, klingelt es erneut. Der Klang scheint den Nebel zu bündeln. Ich öffne den Mund und will wieder um Hilfe rufen. Dabei fährt der Nebel in einem gebündelten Strahl in mich hinein. Ich habe das Gefühl zu ersticken, schnappe nach Luft – und schrecke hoch.

Ich bin daheim, in meinem Bett. Schweißgebadet, mit einem Puls von 180. In meiner Hand halte ich einen der Perlenohrringe, der eine dunkelrote Druckstelle hinterlassen hat, weil ich ihn so fest umklammert habe. Ich muss ihn im Schlaf versehentlich vom Nachttisch gegriffen haben. Ich lege ihn verwirrt zurück, und wieder schellt es. Es kommt von meiner Tür.

Ich schleiche mit einer düsteren Vorahnung zur Sprechanlage und habe Angst, dass mein Traum von eben eine Art Vorschau in die Zukunft war.

„Ja? Wer ist da?"

Ich höre jemanden weinen.

„Ich bin es, Lisa. Kann ich hochkommen?“, schluchzt eine Frau.

Vivian!

Ich schließe in Windeseile die Tür auf und habe für einen Moment Panik, auf der Türschwelle Rosenblätter vorzufinden. Zum Glück bestätigt sich diese Angst nicht. Stattdessen kommt meine Freundin voll bepackt die Treppe hinaufgekrochen. Behangen mit zwei riesigen Reisetaschen und einem schweren Koffer. Ohne zu überlegen, eile ich ihr entgegen und nehme ihr den Koffer ab.

„Vivian! Was ist passiert? Komm rein.“

Wir schleppen alles in die Wohnung und stellen ihre Gepäckstücke im Flur ab. Vivian fällt mir um den Hals, so aufgelöst und verzweifelt habe ich sie noch nie erlebt.

„Na komm. Ich mache uns erst mal einen Kaffee und dann erzählst Du, okay?“

Vivian nickt schluchzend. Ihr Gesicht ist aufgequollen und rot.

Kurze Zeit später sitzen wir am Frühstückstisch. Meine Freundin hat sich wieder einigermaßen gefangen. Dafür breitet sich jetzt Zorn auf ihrem Gesicht aus.

„Ich wusste es! Nils hat schon seit Monaten eine Affäre! Ich habe es gewusst! Dieses Arschloch betrügt mich und ist so dreist, noch jeden Abend mit mir ins Bett zu steigen!“, platzt es aus ihr heraus.

„Bist Du sicher? Hast Du Beweise?“, frage ich vorsichtig und hoffe, dass meine Freundin vor Eifersucht nicht überreagiert.

„Sein Handy lag heute Morgen auf dem Küchentisch. Ich konnte nicht mehr schlafen und habe mir in der Küche einen Tee gemacht, als es plötzlich aufleuchtete. Eine Nachricht!“, blafft sie erbost. „Eine *Heidi* hat ihm geschrieben! Schatzi, hat sie ihn genannt und geschrieben, wie heiß ihr letztes Treffen war!“ Vivians Augen funkeln vor Wut. „Die Details willst Du gar nicht wissen! Ich hätte ihn am liebsten erwürgt!"

„Und dann hast Du gepackt und bist weg? Hat er noch geschlafen?"

„Aber nicht mehr lange!", knurrt Vivian. „Wir hatten auf dem Balkon einen Eimer stehen, der voll war mit Regenwasser und Schmodder. Ich war so wütend! Ich habe mir den Eimer geholt und ihm die komplette Drecksbrühe ins Gesicht gegossen, ihm das Handy aufs Bett geschmissen und ihm viele Grüße von *Heidi* ausgerichtet. Dann habe ich gepackt und bin weg. Zu Dir." Vivian wird leiser. „Ich wusste nicht wohin, Lisa. Es ist mir so peinlich und meine Eltern haben doch schon auf eine Hochzeit gehofft. Sie haben mich jedes Mal gefragt, ob er mir schon einen Antrag gemacht hat." Vivian schießen wieder die Tränen in die Augen. „Ich dachte wirklich, er fragt mich bald, und ich glaubte selbst schon, dass ich überreagiere und mir alles nur einbilde. Ich hätte auf mein Bauchgefühlt hören sollen, anstatt immer nur blöde Sprüche zu klopfen, Lisa."

„Hey, alles gut." Ich ergreife ihre Hand auf dem Tisch. „Bleib erst einmal hier. Ich habe doch Platz genug. Dann machen wir zwei jeden Abend Party!"

Vivian lacht schluchzend auf.

„Ich hasse ihn! Wie konnte er mir das antun?"

„Es wird ihm irgendwann bestimmt noch leidtun. Eine Frau wie Dich findet er nie wieder."

„Ach Lisa", seufzt Vivian traurig.

„Lass Dich nicht unterkriegen. Schau mich an! Ich bin auch noch Single und deshalb nicht unglücklich …"

Vivian kräuselt die Stirn und blickt mich an.

„Naja, meistens jedenfalls nicht", füge ich kleinlaut hinzu und reiche Vivian ein Taschentuch. Sie putzt sich die Nase.

„Wie ist der Stand mit Tom. Hattest Du eigentlich gestern bei mir angerufen?", fragt Vivian.

Ich verdrehe die Augen.

„Ja, der Anruf war von mir. Tom hat mir gestern einen Termin bei Ferdinand Antoni geschenkt. Das ist ein Beautysalon“, sage ich.

„Kenne ich nicht“, meint Vivian schniefend.

„Ich vorher auch nicht. Dir würden die Augen rausfallen! Glaub mir! So etwas würde ich mir selbst niiiie leisten! Obwohl es so toll war, dass ich jetzt sogar mit dem Gedanken spiele.“ Ich schmunzele.

„Wow. Ganz schön spendabel, Dein Tom.“

„MEIN Tom ist gut. Am Abend hat er mir eine Einladung in das Unterwasserlokal Hummer geschickt, dazu Perlenschmuck als Erkennungszeichen. Ich weiß nicht, ober er echt ist, aber wenn, Vivian. Wenn, dann ist der ein Vermögen wert! Garantiert! Aber selbst wenn es Modeschmuck sein sollte, hat der garantiert paar hundert Euro gekostet! Und er will ihn noch nicht einmal zurück! Ein Kleid kam dann auch noch mit der Post. Das muss ich Dir später zeigen.“

„Unglaublich, Lisa. Ich freue mich für Dich. Du hast es verdient, wirklich“, beteuert Vivian.

„Das Beste kommt ja noch!“

„Hast Du ihn gestern Abend getroffen?“ Vivian bekommt große Augen und schaut mich nun gespannt an. Sie hört auf zu weinen.

„Das ist es ja. Er hat mir ein Date mit seinem Freund arrangiert.“

„Tom kam gar nicht selbst?“

„Nein! Ich bin aus allen Wolken gefallen, als ich Chris da hab sitzen sehen.“

„Chris?“ Vivian schluckt.

Ich senke beschämt den Blick, weil ich ja bereits vermutet hatte, dass Vivian Christian durchaus ganz nett fand.

„Chris war jedenfalls genauso überrascht wie ich. Tom hat ihn ebenso vor vollendete Tatsachen gestellt wie mich.“

„Will Tom Euch verkuppeln?"

„Wir gehen beide davon aus, ja."

„Und? Wie war es mit Chris? Ist nett, oder?"

Ich zögere und nehme einen Schluck Kaffee. Weil ich nicht sofort antworte, fragt Vivian erneut nach.

„Was ist? Ist er doch nicht nett?"

„Doch, ist er schon, aber … ich weiß nicht."

„Wie, Du weißt nicht."

„Naja, ginge es nur nach der Vernunft, wäre es durchaus einen Versuch wert. Er sieht gut aus, ist nett, solide, macht einen treuen und ehrlichen Eindruck … aber weißt Du, ich habe die ganze Zeit auf dieses besondere Gefühl gewartet. Die Schmetterlinge im Bauch. Ich habe mich bei ihm wohlgefühlt, so ist es nicht. Seine Gesellschaft war schön und das Lokal ist ein Traum! Der Abend und dieses Date hätten perfekter *eigentlich* nicht sein können."

„Eigentlich", wiederholt meine Freundin.

„Es fehlte etwas, Vivian. Ich will die Beherrschung verlieren, total in diesem Rausch untergehen, nicht mehr wissen wo oben und unten ist. Ich will vor Glück abheben, schwerelos sein! Schön und nett – das ist doch zu wenig, oder findest Du nicht?"

„Also keine Liebe auf den ersten Blick", hakt Vivian nach.

Ich verneine.

„Eher nicht. Und bei ihm auch nicht. Er sagte zwar, dass er mich auch toll findet und hat mir Komplimente gemacht, aber die wirkten eher höflich als aus tiefstem Herzen heraus. Dieses von Tom arrangierte Date war seltsam. Für Chris genauso wie für mich."

„Hast Du denn mehr über Tom in Erfahrung bringen können?"

„Auch nicht wirklich. Das mit Tom ist eine total seltsame Geschichte. Mir gehen auch diese beiden Lieder von Betty nicht aus dem Kopf. Dann habe ich auch noch, bis Du geklingelt hast, total wirres Zeug geträumt. Keine Ahnung, ob mir mein

Unterbewusstsein damit etwas zu sagen versucht."

„Erzähl mal", sagt Vivian ehrlich interessiert.

„Mache ich gleich, aber ich muss Dir erst etwas anderes erzählen, Vivian. Gestern Abend ist mir noch eine Idee gekommen. Was ist, wenn Tom der Mafia angehört! Wenn er deshalb so viel Geld hat! Darum hat er in einer Nachricht gesagt, dass er mich nur beschützen will! Außerdem hat er immerhin seinen Freund auf mich angesetzt, um mich zu beschatten. Was, wenn das der wirkliche Grund ist? Stell Dir das nur mal vor! Es passt alles zusammen und ergibt so auch einen Sinn!"

Vivian schaut mich einen Moment ausdruckslos an. Sie scheint zu überlegen. Dann sagt sie:

„Neee, Lisa. Mafia?" Aus ihrem Blick deute ich, dass sie sich fragt, ob ich das wirklich ernst meine. Ich halte souverän stand.

„Das kann ich mir jetzt wirklich nicht vorstellen, Lisa. Davon wüsste doch auch Chris und der macht auf mich nicht den Eindruck eines Mafiosos."

„Ich wollte Chris eigentlich heute Morgen anrufen und ihn danach fragen. Er hat mir gestern seine Telefonnummer und seine Adresse gegeben."

„Der lacht Dich aus, Lisa. Garantiert!"

Ich schweige.

„Meinetwegen ruf ihn an, wenn Du Dich dann besser fühlst, aber das kann es nicht sein. Tom, ein Mafioso." Vivian schmunzelt jetzt.

„Erzähl mal lieber von Deinem Traum." Sie lässt sich noch einen Kaffee einlaufen, während ich zu berichten beginne. Damit verbringen wir auch die nächsten Stunden.

Wir reden, lachen, weinen, ich zeige ihr meine Klamotten und den Schmuck und wir lästern über die Männer im Allgemeinen und ihre Macken. Als ich auch die peinliche Geschichte meiner Verfolgungsjagt losgeworden bin, ist Vivian endgültig wieder in der Spur.

„Weißt Du, dass Du für mich wie eine Schwester bist", sagt Vivian leise, als sie abends neben mir im Bett liegt.

„Geht mir genauso bei Dir", antworte ich leise. „Und weißt Du was? Bei Tom und Chris ist es genauso."

„Es wäre schön, wenn wir uns die beiden teilen könnten, oder?", meint Vivian.

Ich schmunzele in die Dunkelheit.

„Ja. Ich würde auch freiwillig Tom nehmen."

„Echt? Obwohl Du so wenig über ihn weißt? Du hast ihn doch noch nie gesehen."

Ich zucke in Rückenlage mit den Schultern.

„Natürlich müsste man sich erst besser kennenlernen."

„Was ist, wenn er nicht Dein Typ ist? Wenn Du ihn eklig oder abstoßend findest?"

„Das ist es ja, Vivian. Irgendetwas in mir sagt, dass wir gut zueinander passen würden. Bekloppt, oder?"

„Ja", lacht Vivian. „Ich bin jedenfalls gespannt, ob wir ihn jemals zu Gesicht bekommen, und ob es ihn überhaupt gibt. Also wirklich gibt, weißt Du."

„Es gibt ihn, Vivian, und er und Chris sind nicht ein- und dieselbe Person!"

„Gut für uns", kichert Vivian. „Sollten die beiden Mafiosi sein, dann werden wir immerhin gemeinsam kriminell."

„Meinst Du, sie würden uns im Knast eine Doppelzelle geben?", scherze ich.

„Mal sehen, ob ich das nach der ersten Nacht neben Dir überhaupt will. Wenn Du im Schlaf austrittst oder schnarchst, kann ich auch gern darauf verzichten."

Wir albern herum wie Teenager bei einer Übernachtungsparty, aber irgendwann sind wir so platt, dass wir schließlich als beste Freundinnen nebeneinander einschlafen.

WG mit Vivian

Ich komme von der Arbeit. Ich habe Vivian einen Schlüssel zu meiner Wohnung gegeben und sie ist schon da.

„Hallo!“, rufe ich aus dem Flur.

„Hallo! Bin in der Küche! Ich habe uns einen Salat mit Hähnchen gemacht. Hast Du Hunger?“

„Klar.“ Ich strahle sie an. „Wie war´s auf der Arbeit? Konntest Du Dich etwas ablenken?“, frage ich.

„Ist schon okay. Gib mir noch ein paar Stunden. Dann bin ich wieder die Alte.“

„Das ist die richtige Einstellung, Vivian. Er hat es nicht verdient, dass Du ihm nachtrauerst. Außerdem finde ich es toll, dass Du jetzt hier bei mir wohnst.“

„Falle ich Dir nicht zur Last?“ Vivian schaut mich traurig an.

„Überhaupt nicht. Ganz im Gegenteil. Erst seit gestern weiß ich, wie einsam ich mich in letzter Zeit gefühlt habe.“

„Warum hast Du nie was gesagt?“

„Ach Vivian, das ist doch meine eigene Schuld. Ich bin offensichtlich zu wählerisch – oder einfach beziehungsunfähig. Keine

Ahnung. Aber damit muss ich Euch alle ja nicht ständig nerven. Jeder hat schließlich seine Themen."

„Aber das hätte mich doch nicht genervt!", beteuert Vivian.

„Ist doch jetzt egal. Ich finde es jedenfalls schön, dass Du hier bist. Meinetwegen musst Du Dir nicht sofort eine eigene Wohnung suchen. Ich finde die WG mit Dir klasse."

„Aber, wenn einer von uns einen Freund hat, dann wird es hier etwas eng. Früher oder später muss ich mir eine eigene …"

„Sagen wir später, okay?", lächele ich und pieke Salat mit Hähnchen auf meine Gabel."

„Na gut. Später. Wer weiß, ob unser nächster Freund nicht eine Wohnung mit in die Beziehung bringt", scherzt Vivian.

„Tja, wenn ich bei Tom einziehe, dann ist meine neue Wohnung der Knast", lache ich.

„Dann soll Tom lieber hier bei Dir einziehen", schmunzelt Vivian. „Einen Knast kann ich mir nur schwer als kuscheliges Liebesnest vorstellen."

„Hatte ich Dir eigentlich schon den Brief von Tom und Chris gezeigt? Das war auch so eine seltsame Sache. Die Schrift ist dermaßen krakelig. Warte, ich muss ihn direkt mal holen. Du wirst sofort sehen, was ich meine." Ich lege die Gabel auf dem Tellerrand ab, stehe auf und gehe ins Schlafzimmer. Aus der Nachttischschublade hole ich die beiden Briefe heraus und nehme sie mit zu Vivian.

Ich lege sie auf den Tisch und greife wieder zum Besteck.

„Er hat echt eine ganz schön krakelige Schrift, Dein Tom", merkt Vivian an und kaut nachdenklich.

„Seltsam, oder? Das passt so gar nicht zu ihm. Aber es soll ja Menschen geben, die haben einfach keine schöne Handschrift. Er gehört definitiv dazu."

Vivian inspiziert sein Geschreibsel etwas genauer, als versuche sie, eine Geheimschrift zu entschlüsseln.

„Schau mal hier, wie schwach der Stift hier wird, und hier, als sei er abgerutscht. Dann da, als hätte er neu ansetzen müssen … das macht auf mich den Eindruck, als hätte es ihn unendlich viel Anstrengung gekostet, das zu schreiben, findest Du nicht?"

„Meinst Du, er kann den Stift nicht richtig halten?"

„Das kann ich nicht sagen, aber nur nach einer unschönen Handschrift sieht es mir nicht aus. Die Schrift ist auch so … zackig, finde ich. Als hätte er immer wieder absetzen und neu anfangen müssen." Vivian deutet auf eine Stelle im Text, die besonders unsauber aussieht.

„Es könnte aber auch sein, dass er es gar nicht selbst geschrieben hat. Möglicherweise gibt er das auch in Auftrag", erwidere ich.

„Vielleicht hat Chris das für ihn geschrieben", rätselt Vivian.

„Nein. Hier, sieh mal. Das war von Chris." Ich schiebe ihr das Papier hin.

„Das ist eindeutig nicht ein- und derselbe Verfasser." Sie legt die Schriftstücke nebeneinander. „Ich würde Tom mal darauf ansprechen. Du kannst es ja so ganz nebenbei erwähnen", sagt Vivian.

„Dann kriegt er bestimmt wieder die Krise. Er hasst es, wenn ich zu neugierig bin und Fragen stelle."

„Aber doch nicht wegen so einer klitzekleinen Anmerkung bezüglich seiner Schrift. Da soll er sich nicht so aufspielen und so empfindlich sein."

„Du wirst sehen, das ist ihm bestimmt schon wieder zu viel."

„Dann nehme ich das eben auf meine Kappe. Sag ihm, ich hätte Dich dazu genötigt, ihn danach zu fragen. Es wäre mir einfach komisch vorgekommen und ich hätte Dich darauf angesprochen. Dann kann er Dir nicht böse sein."

„Was soll er denn von mir denken, wenn ich Dir einfach so seine Post zeige!"

„Ich kann den Brief doch zufällig entdeckt haben, weil Du ihn irgendwo rumliegen lassen hast."

„Hm."

Wir essen schweigend weiter und ich drehe die beiden Schriftstücke zu mir herum.

Nachdem wir später in der Küche gemeinsam klar Schiff gemacht haben, fläzen wir uns mit dem Laptop aufs Sofa.

„Oh Mann", sage ich, als ich Toms letzte Chat-Nachricht sehe. „Ich habe ihm noch gar nicht geantwortet. Das wollte ich eigentlich gestern Morgen machen, aber da war er ja nicht online und danach habe ich es dadurch total verschwitzt. Peinlich. Er hat schon wieder geschrieben, siehst Du. Er ist sogar gerade online."

„Bleib gechillt. Das tut er schließlich auch. Hat *er* Dir etwa immer sofort geantwortet? – Nein! Hat *er* tagelang nichts von sich hören lassen? – Ja! Warum solltest Du dieses Recht nicht auch in Anspruch nehmen?", meint Vivian gelassen.

„Nach allem, was er mir am Samstag geschenkt hat? Findest Du das nicht unverschämt?"

„Wegen einem Tag Verzögerung? Also bitte, Lisa. Du warst gestern einfach verhindert! Heute warst Du den ganzen Tag auf der Arbeit! Zeig mir mal seine letzte Nachricht."

Ich halte ihr den Laptop hin.

Als sie fertig ist, öffne ich Toms neue Nachricht.

[Tom]: Bist Du sauer auf mich? Ich wollte nur, dass Ihr beiden einen netten Abend habt und dachte mir, dass Ihr Euch bestimmt gut versteht … tut mir leid, wenn ich zu aufdringlich war. Chris hat auch schon mit mir geschimpft.

Ich hoffe, Du meldest Dich trotzdem wieder bei mir. Vermisse Dich.

„Meinst Du, Chris hat gepetzt? Dass ich ihm hinterhergefahren bin?“, frage ich Vivian entsetzt.

„Wenn ja, wird Tom es sich garantiert nicht verkneifen können, Dich darauf anzusprechen.“ Vivian schmunzelt belustigt, was ich mit einem schiefen Grinsen kommentiere.

Ich lege meine Finger auf die Tastatur.

[Lisa]: Sorry, dass ich mich jetzt erst melde. Ich bin Dir nicht böse. Chris und ich hatten am Samstag einen wirklich schönen Abend. Wir haben sehr gut gegessen und uns gut verstanden. Er hat Dich würdig vertreten – obwohl Du mir lieber gewesen wärst!

Gestern ist spontan meine Freundin bei mir eingezogen und wir hatten viel zu besprechen – deshalb antworte ich auch erst heute.

Schreibst Du Deine Briefe eigentlich selbst oder hast Du dafür auch Personal?

[Tom]: Zum Glück bist Du nicht sauer. Chris fand den Abend mit Dir auch schön. Er mag Dich sehr, glaube ich. Möchtest Du Dich wieder einmal mit ihm verabreden?

Wie kommst Du jetzt auf den Brief? Ich weiß, die Schrift ist etwas gewöhnungsbedürftig, aber Schönschreiberei war noch nie meine Stärke.

Welche Deiner Freundinnen ist bei Dir eingezogen?

Ich schaue zu Vivian.

„Es gibt Menschen, die haben von Natur aus eine Sauklaue“, sagt sie. „Hoffentlich ist er mit seinen Fingern ansonsten geschickter“, grinst Vivian.

Ich verdrehe die Augen.

„Was meinst Du wegen Chris? Soll ich ihn nochmal treffen?“, frage ich vorsichtig.

„Wenn Du ihn magst und gerne wiedersehen möchtest, wieso nicht", sagt sie. Ich höre die Enttäuschung heraus, die sie zu verbergen versucht.

Verstohlen beobachte ich Vivians Reaktion, während ich antworte.

[Lisa]: Vivian ist bei mir eingezogen. Sie sitzt gerade neben mir auf dem Sofa.

Was Deine Schrift angeht: Ein Künstler mit dem Stift bist Du wahrlich nicht aber es zählen ja auch die Worte und nicht das Äußere – *zweideutig*!

Was ein weiteres Treffen mit Chris angeht: Momentan sind Vivian und ich für Dates nur im Doppelpack zu haben.

[Tom]: Hallo Vivian! Küss die Hand. Natürlich werde ich Deine Gesellschaft bei einem nächsten Date mit einplanen. Selbstverständlich überlege ich mir zeitnah etwas Nettes. Wie ist Dein derzeitiger Beziehungsstand? Bist Du Single?

„Ein Charmeur alter Schule", schmunzelt Vivian. „Mach Dir um mich bitte keine Gedanken. Du kannst Chris haben, wirklich", versichert sie. „Ich bleibe erst einmal solo und so alt sind wir ja auch noch nicht. Vielleicht melde ich mich bei Gelegenheit auch hier auf dieser Plattform an."

„Wenn Du dann etwas Gescheites an Land ziehst, werfe ich meine Angel auch nochmal neu ins Wasser – mit mehr Leine."

„Abgemacht?", fragt Vivian munter.

„Aber erst, nachdem wir uns gemeinsam mit Chris getroffen haben. Vielleicht trifft Amor ja bei Euch beiden."

„Jetzt bist Du erst einmal an der Reihe, Lisa."

„So ein Schwachsinn, Vivian. Bei so was kann man doch nicht an der Reihe sein. Entweder die Chemie stimmt, oder nicht.

Wenn Ihr beide Euch auf Anhieb ineinander verliebt, wäre das doch toll!"

„Aber nicht gerade jetzt. Ich brauche erst einmal Zeit für mich."

„Es ist ohnehin fraglich, wie lange Chris sich noch von Tom herumdirigieren lässt. Das mit dem Verkuppeln und diesem inszenierten Date am Samstag fand er überhaupt nicht lustig."

„Gib mir mal den Computer." Vivian greift sich den Laptop.

[Lisa]: Hallo, Tom - hier ist Vivian. Mein Beziehungsstatus: Single. Welche Daten brauchst Du sonst noch? Haarfarbe, Lieblingstier, Allergien …?

Wäre auch ein Vierertreffen mit DIR und Chris möglich?

„Darauf geht er nicht ein, Vivian", sage ich und lehne mich genüsslich zurück. Amüsiert betrachte ich Vivian in ihrem Eifer.

[Tom]: Liebe Vivian, ich habe in der letzten Zeit reichlich Daten gesammelt und auch Dir stand das Shirt bei Bettys Konzert richtig gut.

Ich werde bei einem Treffen leider nicht dabei sein können aber ich werde dafür sorgen, dass keiner allein sein wird. Ihr könnt mir ja mal Euren Terminkalender schicken.

Vivians Kopf schießt zu mir herum.

„War er auf dem Konzert? Hat er uns gesehen?"

„Nein, es wurde im Fernsehen übertragen. Wir standen doch mit unseren Glitzershirts direkt an der Bühne, waren also wohl nicht zu übersehen."

„Ich dachte schon, wir hätten ihn tatsächlich verpasst. Schon merkwürdig, dass er sich partout nicht zeigen möchte. Denkst Du, er ist vielleicht krank?"

„Ich habe ihn schon so vieles gefragt, mir gehen inzwischen die

Ideen aus. Er hatte jedenfalls keinen schweren Unfall, sagte er, er ist nicht taubstumm, Mafia sagst Du, kann nicht sein …"

„Was ist mit einer schweren Lähmung, dem Locked-in-Syndrom oder so. Schreiben diese Menschen nicht mit dem Stift im Mund? Oder sie bedienen mit den Augen einen Computer?"

Ich werde kreidebleich und Übelkeit drängt meine Kehle hoch. In meiner Mundhöhle breitet sich ein saurer Geschmack aus.

„Gott, Vivian. Wenn er am ganzen Körper gelähmt ist. Er kann sich kaum noch bewegen. Deshalb ist er gefangen und kommt nicht raus. … Meinst Du, er lebt in einem Pflegeheim? Sein Knast ist ein Pflegeheim?"

Ich habe plötzlich scheußliche Bilder im Kopf. *Natürlich könnte er sich dann nicht mit mir treffen. Deshalb können wir auch nicht telefonieren. Vielleicht spricht er über so einen Sprechaufsatz am Hals. Damit klingt die Stimme verzerrt! Das habe ich im Fernsehen schon einmal gesehen. Deshalb hat er auch gesagt, dass wir uns nie sehen werden, und das ist bestimmt auch der Grund, warum er mir kein Foto schicken will. Diese Lieder von Betty … klar sitzt er nicht in einem Rollstuhl. Das muss nicht gelogen gewesen sein. Vielleicht liegt er im Bett! Er kann noch nicht einmal mehr sitzen!* Ich kämpfe ergriffen gegen die Tränen an.

„Ich muss die beiden Songs von Betty nochmal hören, Vivian", sage ich fast schon hysterisch und springe sofort vom Sofa hoch. Ich stelle meine Anlage an und wähle Toms Lieder aus. Schon bei der ersten Zeile kullern mir die Tränen über die Wangen. Ich habe sein trauriges Geheimnis gelüftet. Jetzt bin ich mir sicher. Mein Schluchzen wird immer lauter. Ich steigere mich in diese Vorstellung dermaßen hinein, dass die schrecklichen Bilder immer klarer werden. Alle Puzzleteile fügen sich zusammen und es entsteht das Bild eines schwerkranken jungen Mannes, der bewegungslos auf dem Rücken im Bett liegt und nur noch aus einem einzigen Fenster sehen kann. Bettys sentimentale

Textzeilen schüren meine Vorstellungskraft und Fantasie und lassen mich dieses Bild weiter ausmalen. Vivian und ich sitzen nebeneinander auf dem Sofa. Ich schniefe ungehemmt, nehme mir ein Taschentuch nach dem anderen und Vivian wiegt mich tröstend im Arm. Betty singt derweil unbeeindruckt weiter und fängt immer wieder von vorne an.

Beide Songs laufen nun schon zum dritten Mal. Meine Augen sind rot verheult und noch immer kann ich mich nicht beruhigen. Die Vorstellung, dass Tom gelähmt ist, ist unerträglich und bricht mir das Herz.

„Ich hätte Dir das Glück so gegönnt, Lisa. Es tut mir schrecklich leid."

„Es ist so, oder? Diese Texte, Vivian. Was soll ich jetzt tun?", schluchze ich mit heißen, nassen Wangen und japse stoßweise nach Luft.

„Aber er war ehrlich zu Dir, Lisa. Es muss furchtbar für ihn sein. Ich will mir gar nicht ausmalen, was er durchmacht und wieviel Angst er davor haben muss, auch Dich zu verlieren. Es gibt bestimmt nicht viele Freunde, die in so einer Lage die Kraft haben, zu ihm zu stehen. Es muss wirklich schwer zu ertragen sein, einen guten Freund so zu sehen."

Hemmungslos heule ich weiter, den Kopf auf Vivians Schulter gelegt. Sie streicht mir behutsam über den Rücken.

„Vielleicht würde ich ihn dennoch darauf ansprechen, Lisa. Ihr könnt doch trotzdem befreundet sein. Wir könnten ihn auch besuchen. Vielleicht freut er sich über Gesellschaft und etwas Ablenkung."

Vor meinem geistigen Auge sehe ich den Körper eines jungen Mannes, schlaff liegt er auf einer Matratze und starrt an die Decke. Speichel läuft ihm aus dem Mund, den er sich nicht selbst abwischen kann.

Ich breche emotional komplett zusammen. Mein Mitleid für

Tom ist grenzenlos. Es tut mir so leid, *er* tut mir so leid. *Zu allem Überfluss bedränge ich ihn auch noch immer wieder, mir endlich zu sagen, was mit ihm los ist. Deshalb wollte er nicht, dass ich mich in ihn verliebe.*

Tom will kein Mitleid, er will nicht, dass ich ihn so sehe und vielleicht noch auf den Gedanken komme, ihn pflegen zu wollen. Er will nicht, dass ich meine Freizeit bei ihm im Pflegeheim verbringe, statt meine Freiheit und mein Leben zu genießen. Deshalb hat er es mir verschwiegen. Oh Gott ...

Ich schlage mir verzweifelt die Hände vors Gesicht und kann nicht aufhören zu weinen. Vivian streicht mir fortwährend über den Rücken, als der Bildschirm aufblinkt.

[**Tom**]: Hey, Mädels! Noch da, Ihr zwei? Oder braucht Ihr zum Chatten auch zwei Männer? Reiche ich Euch nicht?

Nach Luft ringend schluchze ich auf. *Er verhält sich, als sei alles gut. Wie kann er nur so normal schreiben? Mit diesem Schicksal!*

„Was soll ich ihm antworten? Ich kann doch nicht so tun, als ahnte ich nichts. Das kann ich doch nicht! Dass ich weiß, was mit ihm los ist, kann ich ihm aber auch nicht sagen!“, japse ich total aufgelöst und verzweifelt.

„Ach Süße. So kann es aber doch auch nicht weitergehen.

Was denkst Du denn, wie seine Reaktion ausfallen wird, wenn Du ihn mit dem, was wir herausgefunden haben, vorsichtig konfrontierst? Meinst Du, er ...“ Vivian bricht ihren Satz abrupt ab. Bis eben hat sie mich noch angesehen aber jetzt wendet sie sich ab und ihr Blick streift im Zimmer umher, als suche sie etwas. Dann dreht sie den Kopf wieder zu mir herum und schaut mich ernst an.

„Moment mal, Lisa, sagtest Du nicht, er hatte keinen Unfall? Danach hast Du ihn doch schon gefragt, oder? Dann kann er so was eigentlich doch nicht haben. Wie sollte denn jemand von heute auf morgen so schwer …"

Mein Herz klopft wieder mit mehr Energie und meine Erregung steigt. Meine Hand mit dem Taschentuch sinkt langsam herab.

„Er hatte keinen Unfall, Vivian. Du hast recht."

Vivian schnappt sich den Laptop und gibt im Internetbrowser im Eiltempo den Begriff Locked-in-Syndrom ein.

„Wachkoma, bei Bewusstsein, fast vollständige Bewegungslosigkeit …", liest Vivian laut vor.

„Dann kann er das nicht haben, oder?", sage ich mit aufkeimender Hoffnung.

„Höchstens durch eine Hirnblutung oder einen Schlaganfall. Das wäre schon möglich …", rätselt Vivian und überfliegt einen medizinischen Artikel.

Ich setze mich ruckartig aufrecht hin.

„Sind wir blöd, Vivian! Der Brief! Wie soll er denn mit so einer Lähmung einen Brief schreiben!"

Vivian denkt kurz nach.

„Mit dem Mund?"

„Im Leben nicht, Vivian. Das glaube ich nicht. Was war mit Mafia oder Drogenhandel? Warum sollte das so abwegig sein? Denk mal an die ganze Kohle, die er raushaut! Wer gibt so viel Geld für eine Frau aus, die er gar nicht kennt! Eine Frau, die er noch nicht einmal daten will! Er muss stinkreich sein, Vivian! Sein Knast ist sein Geld! Hundertpro!"

„Wenn Du das so sagst. Also, Mafia schließe ich immer noch aus, aber Drogenhandel … naja, irgendwie könnte darin schon eine Logik stecken. Wenn man sich aber die Texte anschaut, ergibt vieles einen Sinn. Allerdings könnte man da alles Mögliche hineininterpretieren. Vielleicht will er Dich nicht in krumme Geschäfte hineinziehen", überlegt Vivian laut.

„Sag ich doch! *Das* würde wiederum auch perfekt zu den teuren

Geschenken passen! Außerdem kennt er Ferdinands Salon und das Restaurant Hummer. Das spricht ebenfalls für diese Theorie, oder? Ich kannte beide vorher nicht. Sie sind nur etwas für Leute mit viel Kohle, mit einem normalen Gehalt kann sich so was keiner leisten."

„Zeig mir nochmal seine Nachricht von eben, Lisa", bittet Vivian.

[Tom]: Liebe Vivian, ich habe in der letzten Zeit reichlich Daten gesammelt und auch Dir stand das Shirt bei Bettys Konzert richtig gut.

Ich werde bei einem Treffen leider nicht dabei sein können aber ich werde dafür sorgen, dass keiner dabei allein sein wird. Ihr könnt mir ja mal Euren Terminkalender schicken.

[Tom]: Hey, Mädels! Noch da, Ihr zwei? Oder braucht Ihr zum Chatten auch zwei Männer? Reiche ich Euch nicht?

„Der ist irgendwie zu cool für jemanden mit einem schweren Schicksalsschlag", meint Vivian.

„Nicht nur das. Der Brief, Vivian!", betone ich.

„Darf ich mal?", fragt meine Freundin.

Ich reiche ihr den Laptop.

[Lisa]: Hi, Tom, hier ist Vivian. Ich wusste gar nicht, dass mein Body-Mass-Index auf dem Shirt stand. Na, dann kann ja nichts mehr schiefgehen.

Lisa und ich haben in den nächsten Wochen nichts geplant – bis jetzt. Das kann sich aber schnell ändern … An Deiner Stelle würde ich mich beeilen!

Hast Du vielleicht die Möglichkeit, an etwas Stoff zu kommen? Für Lisa und mich?

Ich reiße Vivian geschockt das Gerät vom Schoß, aber da ist ihre Nachricht schon weg.

„Bist Du bescheuert? Was soll das mit dem Stoff?", fahre ich sie an.

„Willst Du jetzt wissen, ob er dealt, oder nicht?", antwortet Vivian gelassen. „Immerhin habe ich das damit für Dich geregelt."

„Geregelt?", piepse ich empört. „Soll er davon ausgehen, dass ich auf Drogen bin? Dann höre ich doch nie wieder etwas von ihm!"

„Die Idee kam doch von Dir!"

„Aber deshalb musstest Du ihm das doch nicht schreiben!"

„Na hör mal, ich an Deiner Stelle würde wissen wollen, ob er ein Dealer ist!", sagt Vivian jetzt etwas verärgert.

Ich schnaube aufgebracht und blicke grimmig drein.

„Was sollte außerdem das mit der Provokation des Dates? Chris war ohnehin schon sauer."

„Wer weiß, wen er organisiert. Vielleicht hat er noch mehr nette Freunde." Vivian wackelt vielsagend mit den Augenbrauen und klimpert übertrieben mit den Wimpern.

Ich muss schmunzeln und werfe den Kopf zurück.

„Meinetwegen. Dann lernen wir halt seine Freunde kennen und flirten uns durch seinen Bekanntenkreis – vorausgesetzt, er ist kein Dealer oder Mafioso!", betone ich mit finsterem Blick.

„Das setzen wir mal voraus. Mal sehen, was er gleich schreibt. Vielleicht gibt es in seinem Freundeskreis ja doch die ein oder andere undichte Stelle. Ganz nebenbei würde es auch nicht schaden, wenn Nils etwas davon mitbekommt, dass ich mich mit anderen Männern treffe", erwähnt Vivian wie beiläufig.

„Willst Du ihn eifersüchtig machen?"

„Nein", widerspricht Vivian sofort überdeutlich belanglos. „Aber, wenn er durch Zufall etwas davon erführe, dass ich ein Date hätte …"

Ich betrachte meine Freundin eingehend.

„Bist Du sicher, dass es hier nicht eher um Dich geht und darum, Dir selbst etwas zu beweisen?"

„Ist doch egal, worum es geht. Lass uns einfach die nächsten Wochen etwas Spaß haben. Ein bisschen nette Unterhaltung und Ablenkung."

„Du bist ja explosiver und gefährlicher als eine scharfe Handgranate, Vivian", lache ich und schaue auf meinen Posteingang. Eine weitere Nachricht von Tom ist eingetroffen.

[Tom]: Stoff? Was bitte meint Ihr damit? Ich hoffe, es ist nicht das, was ich denke …

„Ich schreibe ihm zurück!", betone ich und sehe Vivian mahnend an. Dann antworte ich.

[Lisa]: Willst Du mich vielleicht vor Deiner Familie beschützen, Tom? Vor Menschen, mit denen Du zusammenarbeitest? Bist Du in etwas hineingeraten, das Du bereust? Bist Du in dubiose Geschäfte verstrickt? Bitte entschuldige Vivians Nachricht mit dem ´Stoff´, sie wollte mir nur einen Gefallen tun und Dir etwas für mich auf den Zahn fühlen.

[Tom]: Jetzt bin ich aber wirklich erleichtert, Mädels. Ich war total entsetzt und konnte mir gar nicht vorstellen, dass ich mich so in Dir getäuscht habe, Lisa. Meine Güte, was Euch so alles durch den Kopf geht. Das von eben ist jedenfalls völliger Schwachsinn! Sollte ich mich jemals verstricken, dann höchstens mit Wolle. Lisa, Du musst keine Angst vor irgendwelchen Menschen aus meinem Umfeld haben, weder vor meiner Familie noch vor sonst jemandem. Was Ihr von mir denkt!

Ich muss mich dringend ablenken und werde mich gleich

mal um Eure angemessene Unterhaltung und Freizeitgestaltung kümmern.

[Lisa]: Sorry nochmal, Tom. Es macht mich fix und fertig, mit einem Unsichtbaren zu chatten. Ich schätze Dich so sehr, Tom, und ich wüsste einfach gerne, woran ich bei Dir bin. Ich mache mir Sorgen und habe Angst und drehe wegen dieser Unwissenheit fast durch! Verstehst Du das? So langsam glaube ich, ich bekomme Wahnvorstellungen. Sogar an die Mafia musste ich schon denken.

Mit einem Seufzen schicke ich die Nachricht ab und lehne mich mit Rücken und Kopf am Sofa an. Vivian wirft mir einen einfühlsamen Blick zu und, noch bevor ich sagen kann: ′Alles gut′, kommt eine weitere Nachricht von Tom. Es ist ein pixeliges Foto. Bei diesem Anblick überkommt mich ein kribbelnder Schauer, als hätte man einen Eimer hyperaktiver Läuse über mir ausgekippt. Meine Finger reagieren rasend schnell und fliegen bereits über die Tasten.

[Lisa]: Du hast ein Profilfoto reingestellt!? Es ist verschwommen. Ich kann nichts erkennen.

[Tom]: Das ist ein Teil von mir. Würde es Dir reichen, um mich nicht für immer zu sperren? Auch, wenn ich Dir nicht die komplette Wahrheit sagen will?

Mafia – oh Lisa, es tut mir so leid. Ich gehöre nicht zur Mafia und auch zu sonst keiner kriminellen Organisation.

[Lisa]: Du hast gesagt, Du willst mich beschützen. Das ist es, was mir Angst macht. Ich will einfach nicht in Gefahr geraten oder vielleicht sogar meine Freunde in etwas hineinziehen. Kannst Du mir wenigstens dazu etwas sagen?

Dann sehe ich sie plötzlich. Seine Augen. Er hat mir nur ein Bild seiner Augen geschickt. Ich schaue sie mir genau an. Mit ihnen stimmt etwas nicht. *Diese Augen …*

Plötzlich weiß ich es und zucke zusammen, als hätte man mir einen Stromstoß versetzt. *Mein Traum! Das könnten die Augen aus meinem Traum sein! Sie haben alle Farben!*

„Was ist mit Dir? Du schaust so komisch", bemerkt Vivian.

„Ich glaube, das sind die Augen aus meinem Traum. Weißt Du noch? Ich habe Dir doch von meinem Traum erzählt! Von dem Mann!"

„Dieser schwarzgekleidete Mann mit der Maske auf der Tanzfläche?"

„Genau der! Tom hat seine Augen. Schau Dir die Farben an! Das muss doch ein Zeichen sein, Vivian! Das hat etwas zu bedeuten, ganz bestimmt."

„Wirst Du jetzt abergläubisch oder entdeckst Deine esoterische Ader?" Vivian runzelt die Stirn.

„Aber das ist doch nicht normal, Vivian! Solche Augen habe ich noch nie zuvor gesehen! Das schwöre ich Dir! Noch nie!", beteure ich.

„Zufall?", mutmaßt Vivian und findet dieses extrem wichtige Detail offenbar völlig belanglos.

Ich beachte sie nicht weiter.

„Er hat ganz besondere und ungewöhnliche Augen, Vivian. Findest Du nicht?" Ich atme sehnsüchtig tief durch. „Die Mafia ist es übrigens auch nicht", fasele ich.

„Habe ich gelesen", sagt Vivian belustigt.

[Tom]: Du wirst nicht in Gefahr geraten, Lisa, und sonst auch niemand. Das verspreche ich Dir. Hab bitte keine Angst vor mir. Ich habe Angst vor meinen Gefühlen, Lisa, und Angst vor Deinen Gefühlen. Wir dürfen uns nicht zu etwas verleiten lassen, das keine Zukunft hat.

Bekomme ich auch ein Bild von Dir?

„Er hat Angst vor seinen Gefühlen, Vivian. Ist das nicht romantisch? Er hat sich in mich verliebt, das spüre ich!" Ich rede mit meiner Freundin, während mich Toms Augen gefangen halten.

„Guck mal her", meint Vivian und zückt ihr Handy.

„Doch nicht so!", schimpfe ich. „Ich sehe total verheult aus! Warte!", befehle ich und eile ins Bad. Aber das Schönheitsdesaster ist nicht so schnell behoben, wie ich dachte.

Für einige Sekunden lege ich ein kaltes Wattepad auf die Lider. Dann tupfe ich dick Concealer um die Augenpartie, tusche die Wimpern nach und setze einen Kajalstift an. Ich ziehe meine Lippen mit einem nude glänzenden Lippenbalsam nach.

„Was machst Du so lange?", will Vivian aus dem Wohnzimmer wissen.

„Was wohl?", rufe ich ärgerlich zurück. „Meine Augen sind geschwollen wie ein vollgesogener Badeschwamm und rot wie Smarties! Soll ich ihm etwa so ein Foto schicken?"

Ich lasse meine Freundin ganze fünfzehn Minuten warten. Dann endlich darf sie Bilder von mir machen – von meiner Augenpartie. Nach einer kritischen Prüfung laden wir eines davon hoch, das ich bereits kurz darauf für Tom freischalte.

„Denkst Du, er mag meine Augen?", frage ich Vivian.

„Du bist so hübsch, Lisa, und Deine Augen sind wundervoll. Er kann gar nicht anders, als sich in Deine Augen zu verlieben."

„Mach Dich nicht über mich lustig, Vivian."

„Das war mein Ernst, Lisa."

„Trotzdem glaube ich, dass es etwas zu bedeuten hat, dass ich seine Augen im Traum schon einmal gesehen habe", füge ich hinzu.

Vivian grinst, aber ich ignoriere es.

[Tom]: Wow … Noch nie habe ich Augen mit kleinen weißen Sternchen um die Pupille herum gesehen. Wie ein dunkelblauer Nachthimmel mit funkelnden Diamantsternen. Es war doch eine gute Idee, Fotos auszutauschen. Ich hätte es bereut, hätte ich Deine Augen nie gesehen.

Wie schön, dass wir jetzt immerhin auf Augenhöhe chatten können. Das ist doch schon deutlich mehr als vorher, oder?

„Ich lasse Dich mal alleine. Euer Gesülze kann ich nicht ständig mitlesen", frotzelt Vivian und zieht winkend von dannen in die Küche.

[Lisa]: Das Kompliment gebe ich gerne zurück. Deine Augen sind wunderschön. Ich kann nicht aufhören, sie anzusehen. Weißt Du, ich hatte letztens einen total verrückten Traum. In diesem Traum kam ein Mann vor, von dem ich nur seine Augen sehen konnte. Sie sahen aus wie Deine! Ich schwöre! Sie hatten die gleiche Farbgebung!

[Tom]: Soll das heißen, Du hast von mir geträumt?

[Lisa]: Vivian macht sich auch schon über mich lustig. So etwas ist mir noch nie passiert! Dieser Traum war total real! Fast gespenstisch! Immerhin haben wir uns noch nie getroffen. Glaubst Du an Schicksal?

[Tom]: Ab und zu weiß ich gar nicht mehr, was ich glauben soll oder hoffen darf, Lisa. Mein derzeitiges Leben würde ich meinem ärgsten Feind nicht wünschen. Ich hätte mich so gerne selbst mir Dir getroffen. Den Abstand zu Dir zu halten, schmerzt unglaublich. Aber, wenn ich selbst Dich schon nicht haben darf, dann fällt es mir leichter zu wissen, dass Du in guten Händen bist. Deshalb die Verabredung mit Chris. Bei ihm weiß ich, dass es Dir gut gehen würde. Er würde Dich gut behandeln und gut auf Dich aufpassen.

Habe ich doch richtig vermutet!

[Lisa]: Aber nur, weil zwei Menschen nett sind, heißt das noch lange nicht, dass sie sich auch ineinander verlieben können, Tom.

[Tom]: Könntest Du Dich wirklich nicht in Chris verlieben?

[Lisa]: Ich glaube, Vivian hat ihn von der ersten Begegnung an nett und sympathisch gefunden …

[Tom]: Hältst Du Dich wegen Vivian zurück?

[Lisa]: Weißt Du noch, was ich Dich letztens gefragt habe? Wenn man schon überlegen muss, ob man jemanden lieben kann, ist es dann die wahre Liebe?

[Tom]: Denkst Du nicht, Liebe kann auch wachsen? Man wächst mit der Zeit zusammen und durch das entstehende Vertrauen findet man auch zueinander? Sagte nicht auch Vivian, dass die Liebe ein Weg ist, auf dem Bauch, Herz und Kopf zusammenfinden müssen?

[Lisa]: Du kannst mit Vivian zusammen einen Philosophiekurs an der Uni geben.

[Tom]: Was ist jetzt mir Dir und Chris?

[Lisa]: Warten wir es mal ab aber in der Liebe ist Druck sicherlich kein gutes Mittel. Auch Freundschaft kann wunderschön sein. Das sieht man doch an uns beiden.

[Tom]: Es gibt aber Dinge, bei denen man keine Zeit verlieren sollte!

[Lisa]: Unter Zwang funktioniert Liebe nicht – wenigstens damit habe ich in den letzten Jahren reichlich Erfahrung gesammelt.

[Tom]: Übrigens findet Chris auch, dass Du wunderschöne Augen hast, Lisa. Das war eines der ersten Dinge, die er mir von Dir erzählt hat!

[Lisa]: Ich bin aber eher überwältigt von Deinen Augen, Tom. Ich habe noch nie gesehen, dass ein Mensch alle Farben auf einmal in seinen Augen haben kann.

[Tom]: Die Gene.

[Lisa]: Bist Du gerade glücklich, Tom?

[Tom]: Ja. Ich hatte schon lange nicht mehr so schöne und lebhafte Gespräche wie mit Dir. Du bist so erfrischend! Es bedeutet mir sehr viel, dass Du mir noch schreibst, obwohl ich Dir so viele Gründe liefere, es nicht zu tun.

[Lisa]: Du lieferst echt ausreichend Gründe, da kann ich Dir leider nicht widersprechen. Umso erstaunter bin ich von mir selbst, dass ich inzwischen so an Dir und unserem Chat hänge.

Aber Du bist nicht nur glücklich, das sehe ich … lüg mich bitte nicht an.

[Tom]: Freud und Leid gehören wie Yin und Yang zusammen. Man muss beides kennen und erlebt haben, um das Eine richtig zu schätzen.

[Lisa]: Man muss leiden, um glücklich sein zu können? Verstehe ich Dich da richtig?

[Tom]: Wäre meine Situation nicht so, wie sie gerade ist, hätte ich Dich vermutlich nie kennengelernt. Für mich ist es dennoch hart, die Umstände zu akzeptieren. Trotzdem will ich versuchen, dankbar zu sein für das, was mir geschenkt wird – und gerade bist das Du.

[Lisa]: Du betrachtest mich als ein Geschenk?

[Tom]: Ja. Ein sehr großes Geschenk. Es ist einseitig, ich weiß. Ich werde Dir nie so ein großes Geschenk sein können. Das tut immens weh, glaub mir.

[Lisa]: Wie kannst Du Dir da so sicher sein?

[Tom]: Fakten, Lisa. Ich wäre doch schön blöd, Dich ansonsten mit meinem Freund verkuppeln zu wollen, oder? Welcher Mann würde Dich freiwillig einem anderen vorstellen und sogar ganz bewusst Treffen organisieren?

[Lisa]: Würdest Du sonst um mich kämpfen?

[Tom]: Chris hat in diesem Fall Glück. Das hier ist kein Spiel, bei dem ich mitspielen kann. Deshalb zieht er alleine ins Rennen. Den Kampf hätte ich verloren, noch bevor er überhaupt angefangen hätte.

[Lisa]: Was wäre, wenn auf meiner Seite eine zweite Spielerin ins Rennen zöge? Vivian? Wärst Du mir böse, wenn ich sie mit Chris zusammenbringe? Nur, damit sie sich näher kennenlernen können?

[Tom]: Ich kann Chris weder vorschreiben noch verbieten, in wen er sich verliebt oder auch nicht. Er tut unfassbar viel für mich, aber diese Entscheidung muss und wird er selbst treffen. Es wird ihm zwar schwerfallen, weil er mir eine 'Freude' machen will, aber letzten Endes wird er seinen Weg gehen und auch auf sein Herz hören. Das ist auch gut und richtig so.

„Schreibt Ihr immer noch?" Vivian schaut um die Ecke.

„Gibst Du mir noch ein paar Minuten?"

Vivian schmunzelt und wirft mir übertriebene dicke Luftküsschen zu.

„Blödes Huhn", scherze ich und widme mich wieder Tom.

[Lisa]: Hätte ich einen festen Freund und Du müsstest keine Angst haben, dass ich Gefühle für Dich entwickeln könnte, würdest Du Dich dann mit mir treffen? Willst Du mich nicht kennenlernen, weil Du Angst vor einer Zurückweisung hast – weshalb auch immer.

[Tom]: Ich weiß nicht, was ich in diesem Fall tun würde. Das kann ich Dir jetzt nicht beantworten. Ich will einfach nicht, dass Du Dir falsche Hoffnungen machst, Lisa. Das habe ich Dir schon so oft geschrieben. Ich bin nicht gut für Dich! Ich würde Dir nicht guttun!

[Lisa]: Aber unsere Schriftwechsel tun mir gut! Extrem gut sogar! Ich könnte ewig mit Dir schreiben, Tom. Ich fühle mich Dir so nah, obwohl Du gleichzeitig meilenweit entfernt bist.

[Tom]: Aber wir brauchen diese Distanz, Lisa. Räumlich, emotional und visuell. Ich will Dir doch nur eine Enttäuschung ersparen. Ich würde Dein Leben ruinieren! – Jedenfalls eine ganze Zeit lang.

[Lisa]: Bis Du umziehst? Ich verstehe das immer noch nicht. Es gibt doch Flugzeuge! Damit kommt man so schnell überall hin. Vielleicht ziehst Du ja auch wieder hierher zurück!

[Tom]: Das hast Du Dir gut gemerkt, das mit meinem Umzug. Aber ich komme nicht mehr wieder, Lisa. Es ist für immer.

[Lisa]: Wanderst Du aus?

[Tom]: Ja.

[Lisa]: Aber ich könnte Dich besuchen kommen. Egal wo!

[Tom]: Warum fängst Du immer wieder damit an und machst damit alles kaputt?! Warum kann es nicht so schön bleiben wie gerade?

[Lisa]: Weil ich mich nach Dir sehne, Tom! Ich sehne mich nach mehr! Deshalb fange ich immer wieder damit an. Du gehst mir nicht aus dem Kopf! Ich laufe durch die Stadt und frage mich bei jedem Mann, der mir über den Weg läuft, ob Du das bist! Bei jedem Einkauf im Supermarkt habe ich die Hoffnung, Dich durch Zufall dort anzutreffen. Wenn es an meiner Tür klingelt, dann bete ich, dass Du Dich anders entschieden hast und plötzlich selbst dort stehst und mich stürmisch in die Arme schließt. In der

Kita liege ich fast ständig auf der Lauer, ob Du draußen vielleicht am Spielplatz vorbeiläufst, um mich doch einmal zu sehen.

Selbst, wenn Du eine Enttäuschung sein solltest, was ich nicht glauben kann, dann könnte ich damit leben. Ich kann auch warten! Nehmen wir uns einfach mehr Zeit!

[Tom]: Du hast überhaupt keine Ahnung, worauf Du Dich einlassen würdest, Lisa. Deshalb muss ich für Dich diese Entscheidung treffen. Für Dich entscheiden, in Deinem Sinne. Das ist schon schwer genug für mich, verflucht nochmal! Und jetzt hör bitte auf damit. Ich muss das Richtige tun, für uns beide.

[Lisa]: Woher willst Du wissen, was gut für mich ist? Warum triffst Du diese Entscheidung für uns beide und ich darf nicht mitreden?

[Tom]: HÖR AUF! Ich kann nicht mehr! Meinst Du etwa, das hier kostet mich keine Kraft? Das mit Dir ist so besonders, so anders … noch nie zuvor habe ich mir eine derartige Selbstbeherrschung abverlangen müssen!

Ich muss jetzt leider weg. Es ist ein echt unpassender Zeitpunkt, ich weiß, aber ich melde mich wieder. Versprochen! Dein Tom

Sein Profil wird rot. Ich greife mir verzweifelt in die Haare.

„Mist“, fluche ich und klappe den Bildschirm zu.

„Alles klar?“ Vivian lugt herein. „Willst Du drüber reden?“

„Bringt nichts, Vivian. Mir reicht´s für heute. … Lass uns fernsehen“, seufze ich.

„Ist es wegen Tom?“

„Nein, wegen Klaus.“

„Welcher Klaus?“

„Oh Mann, Vivian! Klar ist es wegen Tom! Ich will jetzt aber wirklich nicht darüber reden. Sei mir nicht böse, ja?“ Ich lächele sie matt an.

Reise zu verschenken

DONNERSTAG

Tom, das bedeutet übersetzt: Gefühlschaos.

Das Schreiben mit ihm ist vertrauter denn je und wühlt mich gleichermaßen auf. Ich kann auch nicht verhindern, dass mein Herz Luftsprünge macht, wenn ich sehe, dass er wieder geschrieben hat.

Trotzdem hält er das Rätsel um seine Person aufrecht. Er hütet sein Geheimnis wie einen überlebenswichtigen Schatz. Ich habe es mir in den letzten Tagen eisern verkniffen, erneut nachzubohren. Er ist so empfindlich, was das angeht. Ich muss mit extremem Feingefühl an die Sache herangehen, aber ich bin mir sicher, früher oder später kriege ich es raus. Ich bin mir auch sicher, so ausweglos, wie er die Situation einschätzt, ist das mit uns beiden gar nicht. Er traut mir einfach viel zu wenig zu!

Gerade chatten wir wieder. Ich kann es noch gar nicht fassen und könnte vor Glück zerspringen!

Zappelig sitze ich auf dem Sofa, weil ich es kaum erwarten kann, Vivians Gesicht zu sehen, wenn ich ihr davon erzähle.

„Vivian!“, rufe ich. „Tom hat sich gemeldet! Du musst unbedingt sofort kommen!“

„Was gibt's denn?“, fragt sie grinsend um die Ecke guckend.

„Wenn Du wüsstest, was er geschrieben hat“, säusele ich.

„Dann rück mal mit den Neuigkeiten raus.“ Vivian lässt sich neben mir auf das Sofa plumpsen.

„Bereit?“, frage ich verschwörerisch und drehe mich so, dass sie nicht mitlesen kann. Ich sitze ihr jetzt fast gegenüber.

„Jaaa“, tönt Vivian übertrieben und dreht die Augen zur Decke.

„Also“, beginne ich:

[Tom]: „Liebe Lisa, jetzt haben wir einige Tage nichts voneinander gehört aber dafür habe ich heute etwas ganz Besonderes für Dich. Ich habe im Preisausschreiben gewonnen! Eine Reise an die Ostsee! Eine Woche in einem Ferienhaus auf Fehmarn. Leider kann ich selbst diese Reise nicht antreten. Da habe ich mir überlegt, ob Du das nicht an meiner Stelle machen möchtest. Die Reise ist für zwei Personen!

Hattest Du bei Deinem Essen mit Chris nicht gesagt, dass Du ab nächster Woche zwei Wochen Urlaub hast und dieses Jahr nichts geplant hast? Wie wäre es mit einem spontanen Trip?“

Ich strahle meine Freundin an.

„Garantiert will er, dass Du Chris mitnimmst“, meint Vivian.

Ich schmunzele.

„Ich habe ihm eben wegen der Begleitung schon geantwortet.“

Meine Freundin schaut gespannt auf.

„Und?“ Vivians Neugier blüht auf.

„Ich lese Dir unseren Chat vor, okay?“ Ich freue mich selbst so sehr, dass ich ausflippen könnte.

[Lisa]: „Warum kannst Du diese Reise nicht selbst antreten?

Das ist total schade. Das Angebot ist sehr verlockend, zumal ich wirklich Urlaub habe. – Würdest Du von mir verlangen, dass ich Deinen Freund Chris mitnehme?

[**Tom**]: Ich bin zu diesem Zeitpunkt leider anderweitig verhindert. Ich habe aber eher an Dich und Deine Freundin Vivian gedacht. Ihr habt doch beide Urlaub oder habe ich das falsch verstanden?"

Vivian braucht nur zwei Sekunden, um die Information zu verarbeiten. Dann fällt sie mir so stürmisch kreischend um den Hals, dass ich den Laptop gerade noch so festhalten kann.

„Klar machen wir das! Wir fahren in Urlaub!", jubelt sie. „Ohne Männer! Nur wir zwei und die Männer können uns gestohlen bleiben!"

„Das hältst Du doch gar nicht lange aus", lache ich.

„Da kennst Du mich aber schlecht! Ich schwöre! Keine Männer! Eine Woche Frauenpower! Und dann kommen wir randvoll aufgetankt zurück! Ich sehe uns schon am Strand liegen, die Sonne brutzelt uns auf den Rücken, wir gehen im Meer baden, spazieren, schön essen, schlafen lange aus …"

Vivian scheint in Gedanken bereits dort zu sein. Ich lächele breit.

„Ich hätte schwören können, dass er es nur unter der Bedingung macht, dass Du mit Chris fährst. Aber so ist es noch viel besser!" Vivian grinst bis zu den Ohrspitzen.

„Tom sorgt ständig für Überraschungen."

„Ich liebe seine Überraschungen! Ab jetzt darfst Du dafür auch seinen Namen von mir aus sekündlich erwähnen", grinst Vivian.

„Wie großzügig", frotzele ich.

„Großzügig ist mein zweiter Vorname", schnurrt Vivian und packt in Gedanken vermutlich schon den Koffer.

„Ich schreibe ihm jetzt jedenfalls zurück. Findest Du es

eigentlich unpassend oder unverschämt von mir, seine teuren Geschenke anzunehmen?"

„Aber hierfür muss er doch noch nicht einmal selbst bezahlen. Es tut mir ja auch leid für ihn, dass er keine Zeit hat, aber für uns ist es doch super!"

„Schon, aber schon wieder so ein Geschenk?"

„Er hat es doch gewonnen, Lisa. Er verschenkt nur etwas weiter, das er selbst nicht einlösen kann. Du bist viel zu gut für diese Welt. Es ist nur gerecht, dass Du auch mal an der Reihe bist und etwas Glück hast."

„Aber er hat mir doch schon so viel geschenkt! All die …"

„Mann, Lisa! Verdirb uns jetzt bloß nicht diesen Urlaub! Reiß Dich am Riemen!", schimpft Vivian. „Schreib ihm endlich zurück, dass wir sein Angebot annehmen. Frag ihn, wann es genau losgeht."

Ich zögere. Mein schlechtes Gewissen nagt derart fies an mir, dass ich nicht umhinkomme, Tom anders zu antworten, als es sich Vivian vorstellt. Deshalb ist es gut, dass sie jetzt nicht mitliest und im Bad verschwindet.

[Lisa]: Möchtest Du nicht lieber jemanden aus Deiner Familie fragen? Oder Freunde?

[Tom]: Sind alle schon anderweitig unterwegs oder haben keine Zeit. Du kannst also ganz beruhigt 'JA' sagen, dann kläre ich den Rest. Anreise wäre am kommenden Sonntag. Ist das zu kurzfristig?

[Lisa]: Wow. Nein, passt genau. Ab Freitagnachmittag habe ich Urlaub. Ich weiß gar nicht, was ich sagen soll.

[Tom]: Wie wäre es mit danke?

[Lisa]: Danke reicht doch nicht! Eine Woche Urlaub! Das ist der Hammer!

[Tom]: Warum wolltest Du dieses Jahr eigentlich nicht wegfahren?

[Lisa]: Ich spare auf ein neues Wohnzimmer.

[Tom]: Hast Du schon etwas im Auge? Was gefällt Dir?

[Lisa]: Das sage ich Dir nicht! Sonst machst Du gleich schon wieder den nächsten Blödsinn. Ich habe gelernt, dass ich bei Dir vorsichtig sein muss. Ich kann ja noch nicht einmal Deinem Freund sagen, wann ich Urlaub habe! Du siehst ja, was dabei herauskommt!

[Tom]: Schreibst Du mir aus dem Urlaub?

[Lisa]: Ich würde Dir sogar eine Postkarte schicken, wenn Du mir Deine Adresse verrätst.

[Tom]: Schicke die Karte an Chris. Dann kann er sie mir beim nächsten Treffen mitbringen.

[Lisa]: Wieder nicht reingefallen.

[Tom]: Das wird auch so bleiben, meine Süße. Im Übrigen bist Du nicht weniger hartnäckig.

Er nennt mich Süße … In meinem Bauch klatschen die Schmetterlinge tosend Applaus. Sie dürften es eigentlich nicht, das ist mir klar, aber dann dürfte Tom nicht so sein, wie er nun mal ist!

[Lisa]: Was kommen Dir eigentlich immer wieder für wichtige Dinge dazwischen? Ab und zu bist Du von einer Sekunde auf die andere weg.

[Tom]: Ich bin ein sehr beschäftigter Mann.

[Lisa]: Sogar abends? Hast Du nie Feierabend?

[Tom]: Das ist immer unterschiedlich und nicht planbar. Ich habe darauf keinen Einfluss.

[Lisa]: Machst Du Deine Termine nicht selbst? Wirst Du von anderen verplant? Warum lässt Du Dir das gefallen? Jeder braucht doch gelegentlich eine Pause.

[Tom]: Es ist alles gut und richtig, wie es ist. Das ist alles eine Sache der Einstellung.

[Lisa]: Wirst Du eigentlich jemals wieder eine Frau an Dich heranlassen? Oder geht es hier um mich? Bin ich nicht gut genug? Mache ich etwas falsch?

[Tom]: Ja, Du machst etwas falsch. Du fragst zu viel und denkst zu viel Blödsinn. Wer könnte Dich nicht sofort ins Herz schließen? Der Mann, der Dich irgendwann bekommt, ist der größte Glückspilz dieser Welt!

Es macht mich traurig, Dich immer abweisen zu müssen, obwohl ich Dich am liebsten sofort in die Arme nehmen würde. Ich würde Dich so gerne halten, Dir all die Liebe schenken, die Du verdient hast, aber ich kann es nicht, Lisa. Ich denke dabei nur an Dich, versteht das bitte endlich. Ich tue das für Dich!

Wenn Du wüsstest, wie sehr ich mir wünsche, dass Du dieser Glückspilz bist. Wie oft ich jeden Tag das Bild von Dir ansehe, Deine Augen. Minutenlang versinke ich darin, träume von Dir, bade in diesen Farben und will gar nicht mehr auftauchen. Ich will DICH, verdammt! Nur DICH!

[Lisa]: Glaubst Du, ich bin nicht fähig, mich selbst zu beschützen? Hast Du die Schwertfuchtelei wieder vergessen?

[Tom]: Die Klinge Deines Schwerts kann Dich nicht vor der wirklichen Gefahr beschützen, nämlich vor mir. Das muss ich machen. Reden wir über den Urlaub.

Ich stoße einen geräuschvollen Seufzer aus, lasse meine Schultern kreisen und lehne mich auf dem Sofa zurück.

„Werde ich je wissen, wer Du bist?", wispere ich traurig.

[Lisa]: Vivian ist eben schon ausgeflippt und ich glaube, sie ist gerade nebenan und packt bereits.

[Tom]: Ist doch toll! Sie freut sich wenigstens!

[Lisa]: Ich freue mich auch!

[Tom]: Davon merke ich aber nichts …

[Lisa]: Ich würde es Dir gerne zeigen, aber ohne Dich zu treffen oder einen live Chat geht das wohl schlecht …

[Tom]: Zeig es mir mit Worten. Worauf freust Du Dich im Urlaub am meisten?

[Lisa]: Juchuh! Jippiiiiieh! Super! Genial! Toll! Klasse! Der Hammer! Ich freue mich riesig! Gigantomanisch!

Das Meer

[Tom]: Lass mich raten, Du bist genervt.

[Lisa]: Jepp.

[Tom]: Dafür bist Du ganz schön tapfer, finde ich.

Gehst Du gerne im Meer schwimmen? Magst Du Fisch? Soll ich Dir noch einen Bikini stricken?

[Lisa]: Sehr großzügig, aber bei dem gestrickten Bikini lehne ich dann doch dankend ab. So engmaschig könntest Du die Wolle gar nicht verarbeiten.

Ja, ich esse gerne Fisch – wenn andere ihn zubereiten. Wenn es warm genug ist, werden wir bestimmt im Meer schwimmen gehen. Ich bin eine Wasserratte.

[Tom]: Ich wäre gerne dabei, wirklich. Schreibst Du mir hin und wieder, was Ihr unternommen habt? Wie es Euch gefällt?

[Lisa]: Ich werde Dir jeden Abend schreiben, wenn Du magst.

[Tom]: Schon komisch. Ich glaube, Du wirst mir fehlen.

[Lisa]: Wie denn das? Wir schreiben uns doch weiter, und sehen können wir uns wegen Deiner ´Sturheit´ sowieso nicht. Wie kann ich Dir dann fehlen? Von wo wir schreiben, ist doch ziemlich egal, oder?

[Tom]: Alleine, zu wissen, dass Du hunderte Kilometer weit weg bist, reicht schon. Im Grunde fehlst Du mir aber die ganze Zeit.

Und da verlangt er von mir, dass ich keine Gefühle für ihn bekomme! Das ist, als sei mein Herz eine Trommel! Er verbietet mir, sie anzuschlagen, und dabei haut er selbst permanent drauf! Und frag nicht wie!

[Lisa]: Du fehlst mir auch, Tom. Sehr sogar. Ich werde die Hoffnung nicht aufgeben. Das kannst Du mir nicht verbieten. Aber keine Sorge, diesen Urlaub werde ich in vollen Zügen genießen und ich freue mich riesig, dass meine Freundin Vivian mit dabei ist. Ihr Freund hatte eine Affäre und sie hat es letztes Wochenende herausbekommen. Ein Tapetenwechsel wird ihr guttun. Eigentlich wollte sie mit ihrem Freund wegfliegen aber das hat sich damit jetzt ja auch erledigt. Deine Reise kommt daher wie gerufen.

[Tom]: Tut mir leid für Vivian. Das ist echt bitter. Wie lange hat er sie schon betrogen?

[Lisa]: Sie vermutet mehrere Monate. Schlimm, oder?

[Tom]: Furchtbar. Nach einer solchen Erfahrung muss man erst einmal wieder in der Lage sein, zu jemandem Vertrauen aufbauen zu können. Schön, dass meine Reise zu einem so passenden Zeitpunkt kommt. Ich hoffe, Ihr habt ganz viel Spaß! Ich werde an Euch denken.

Morgen können wir leider nicht schreiben. Termine. Meldest Du Dich am Sonntag, wenn Ihr gut angekommen seid? Ich werde versuchen, den ganzen Nachmittag online zu sein, ja?

[Lisa]: Klar melde ich mich. Vivian hat sich bereits wieder ein bisschen gefangen. Zumindest gibt sie sich nach außen hin recht tapfer. Momentan gefällt uns beiden die WG ganz gut. Weißt Du, ich habe mich in letzter Zeit oft einsam gefühlt. Das ist mir durch Vivians Gesellschaft erst richtig klargeworden.

[Tom]: Ich habe auch gerne jemanden in meiner Nähe. Derzeit ist es mir aber fast zu viel Trubel.

Ich horche auf.

[Lisa]: Lebst Du auch in einer WG?

[Tom]: Grins – der Knast ist eine riesige WG. Das Wort Privatsphäre kenne ich kaum noch.

Hmmm. Vielleicht ist er Soldat und lebt in einer Kaserne. Er zieht bald wieder in den Krieg und muss dort kämpfen. Weil er Angst hat, er überlebt es nicht, will er keine Freundin an sich binden, die sich Sorgen um ihn macht …

[Lisa]: Ich soll Dich ja nicht mehr aushorchen, daher hier als Feststellung: Du bist Soldat, lebst in einer Kaserne und ziehst bald in den Krieg.

[Tom]: Meine süße, vorwitzige Neugiernase. Was soll ich nur mit Dir machen? Bevor ich weitere 'Feststellungen' kommentieren muss, verabschiede ich mich schnell. Ich muss los. Stell Dir vor, ich halte Dich, ganz fest.

Ich halte Dich ganz fest. Diese Worte sind so schön wie komplett durchgefroren unter einer heißen Dusche zu stehen. Anschließend wartet ein warmes Handtuch, in das man sich hineinkuscheln kann.

Ich lese seinen letzten Satz immer wieder und kann es deutlich fühlen. Tom ist als Untermieter in mein Herz eingezogen und ich bin mir nicht sicher, ob er den Schlüssel jemals wieder für jemand anderen herausgibt. Sehnsüchtig erlaube ich mir, einen Moment in Stille meinen Tagträumen nachzuhängen. Ich schließe die Augen, um noch intensiver in meine glückselige Phantasiewelt einzutauchen. *Was würde ich darum geben, Dich jetzt bei mir zu haben. Tom ...*

„Meinst Du wir brauchen Handtücher?", brüllt Vivian aus dem Nachbarzimmer.

Ich halte meine Augen geschlossen, weil ich den Märchenfilm, in dem ich die Hauptrolle spielen darf, noch nicht verlassen möchte.

„Nehmen wir lieber mal welche mit. Tom schickt uns aber noch die Details", erwidere ich und versuche, die Bilder in meinem Kopf wieder scharf zu stellen.

„Fahren wir mit meinem Auto?" Vivian steht im Türrahmen und strahlt mich an, als ich mit einem Auge zu ihr hinüberschiele. Wehmütig verabschiede ich mich von meiner Hauptrolle und von Tom und wende mich ihr zu.

„Da sage ich nicht nein. Eine Cabrio-Tour über die Insel ist bestimmt toll."

Vivian streckt begeistert beide Daumen hoch.

Urlaub

Mit einigen kleinen Zwischenstopps kommen Vivian und ich am späten Nachmittag endlich an unserem Urlaubsdomizil an. Wir biegen in eine schmale geschotterte Einfahrt, eingesäumt von hohen Bäumen und Sträuchern. An einer Abzweigung halten wir uns rechts, da auf der linken Seite ein Lokal mit dazugehörigen Parkplätzen zu liegen scheint. Gegenüber befinden sich sechs Doppelhaushälften, von denen eine unsere sein muss. Dort stellen wir daher auch das Auto ab.

Wie von Tom beschrieben, gehen wir in das Lokal, um uns anzumelden. Die Sonnenterasse, über die man auch zum Eingang kommt, liegt wunderschön. Jeder Tisch ist liebevoll mit Blumen dekoriert.

Nachdem wir den Schlüssel ausgehändigt bekommen und uns mit Adresse und allen dazugehörigen Daten eingetragen haben, beziehen wir endlich unsere Ferienbehausung, die letzte Doppelhaushälfte auf der linken Seite. Wir nehmen einen Teil des Gepäckes mit und ich schließe auf. Vivian und ich sind aufgeregt, als hätten wir einen Einkaufsgutschein über Tausend Euro für unser Lieblingsgeschäft überreicht bekommen. Wir gehen hinein.

Das Haus ist modern eingerichtet. Es gibt ein kleines Gäste-WC und vom Eingang aus gelangt man über den Flur direkt in einen offenen Wohn-Essbereich mit Küche. Die Küche ist ganz in weiß gehalten, mit einer Arbeitsplatte aus dunklem Nussholz. Es gibt sechs Stühle aus Rattangeflecht mit einem massiven Holztisch zum Essen und eine gemütliche große Ledercouch-Garnitur. Gegenüber an der Wand befindet sich ein riesiger Flachbildschirm. Der Raum ist durch die verglaste Hausseite lichtdurchflutet und man schaut direkt auf eine gemütliche Terrasse mit Sitzgruppe, zwei Liegestühlen und sogar einem Strandkorb. Dazu gehört auch ein kleines Stück Wiese, alles zum Nachbargrundstück abgegrenzt durch eine über zwei Meter hohe Hecke.

„Phantastisch", schwärmt Vivian und reißt die Terrassentüre auf. „Ich kann das Meer und den Strand förmlich riechen!"

„Traumhaft. Mensch, ist das schön hier." Ich setze mich zur Probe in den Strandkorb. „Jetzt Füße hoch und den Rest des Abends chillen." Ich schließe seufzend die Augen und halte mein Gesicht in die Sonne.

„Das kannst Du von mir aus gern machen, aber erst räumen wir fertig aus", befiehlt Vivian.

„Dass man nie seine Ruhe haben kann", mosere ich lachend.

„Los! Hoch mit Dir!" Vivian streckt mir ihre Hand entgegen und zieht mich hoch.

Gemeinsam erkunden wir das obere Stockwerk, bestehend aus zwei Schlafzimmern und einem größeren Familienbadezimmer. In der Etage darüber befindet sich noch ein weiterer Schlafbereich für zwei Personen, ebenfalls einem dazugehörigen Bad.

„Da hätten wir noch Leute mitnehmen können", scherzt Vivian. „Nicht, dass es gleich klingelt und Toms Freund Chris kommt doch noch nach. Platz hätten wir immerhin genug."

„Das würde er sich nicht trauen, Vivian. Außerdem würde

Chris sofort kehrtmachen!"

„Meinst Du?"

„Also hör mal, wenn Dich einfach jemand zu anderen in ein Haus steckte! Das würdest Du doch auch nicht mit Dir machen lassen!"

„Das käme ganz drauf an", grinst Vivian verschmitzt.

„Na, dann träum mal weiter davon, dass sich Chris heute Abend zu Dir ins Bett kuschelt. Aber wenn hier noch einer einzieht, dann ziehe ich aus! Dann kannst Du hier alleine Urlaub machen, mit Chris!"

„Spaßbremse", blökt Vivian. „Außerdem glaube ich ja selbst nicht, dass Tom so etwas machen würde, ohne Dich und seinen Freund zu fragen."

„Abgesehen davon – war unser Plan nicht eine Urlaubswoche zu zweit? Ohne Männer? Das kam sogar von Dir, wenn ich mich recht erinnere?"

„Pläne können sich ändern", schnurrt Vivian.

„Ich weiß nicht, ob ich es hier sieben Tage mit Dir aushalte", lache ich und werfe mit einem Kissen nach ihr, das Vivian geschickt auffängt.

„Mal sehen, wie lange Du durchhältst", kichert meine Freundin. Wir gehen wieder nach unten und räumen weiter aus.

Später setzen wir uns nach draußen und sichten unsere Urlaubsunterlagen, die uns bei der Anmeldung in die Hand gedrückt wurden.

„Das ist aber ein dicker Umschlag", meint Vivian, die mir dabei zusieht, wie ich einen Stapel Blätter herausziehe. Ich lege alles auf den Tisch und nehme das erste Dokument zur Hand.

„Hey, hier steht, dass wir sogar Frühstücksservice haben",

sage ich. „Wir kriegen jeden Morgen einen Frühstückskorb an die Haustür gestellt. Mit frischen Brötchen! Dann müssen wir gar nicht einkaufen. Super!“ Ich strahle. „Das scheint im Preisausschreiben inklusive gewesen zu sein“, murmle ich und lese das Kleingedruckte. „Wow, und wir können jeden Tag in dem Restaurant gegenüber essen gehen oder uns das Essen hierhin liefern lassen. Wahnsinn.“ Beeindruckt überfliege ich alles ein zweites Mal.

„Nicht schlecht. Da verpasst Dein Tom aber wirklich was.“

„Hm. Hier ist noch mehr, Vivian. Halt Dich fest! Wir können an einem Rundflug über die Insel teilnehmen, einen Strandausritt buchen, einen 3-tätigen Stand-Up Paddling-Kurs, Lagerfeuerabend mit Grillen am Strand, gratis Picknickkorb, das gehört alles dazu. Wir müssen nur anrufen und einen Termin vereinbaren. Ob Tom wusste, dass so viel in dem Preisgewinn enthalten ist? Wir bekommen das komplett umsonst. … Ich muss ihm auf jeden Fall etwas mitbringen, Vivian.“

„Mann o Mann. Da hat er vielleicht einmal im Leben den Hauptgewinn abgeräumt und kann es selbst gar nicht genießen. Das ist wirklich bitter. Aber wir besorgen ein tolles Mitbringsel! Das ist eine super Idee!“

„Apropos Tom. Ich muss ihm schreiben, dass wir gut angekommen sind. Ich habe es ihm versprochen.“

„Dann mach Du mal. Willst Du den Strandkorb oder die Liege?“

„Den Strandkorb. Wir können ja nachher tauschen.“

„Meinst Du, Du brauchst länger? Sonst könnten wir noch zum Strand …“

„Gib mir ein paar Minuten, okay?“

„Kein Stress“, grinst Vivian und verschwindet im Haus.

Derweil öffne ich auf meinem Handy die App. Toms Profil ist grün, aber bisher hat er nicht geschrieben.

[Lisa]: Hallo Tom! Wir sind gut angekommen und haben das Haus schon bezogen. Es ist wunderschön und es sind so tolle Angebote in dem Gewinn enthalten, dass es mir echt leidtut, dass Du nicht selbst fahren konntest.

Ich sitze gerade auf der Terrasse im Strandkorb und mit dem leichten Wind ist es herrlich angenehm. Die Sonne scheint und es gibt kaum eine Wolke am Himmel. Gleich wollen wir vielleicht noch an den Strand.

Wusstest Du, was hier alles inklusive ist? Weißt Du, was wir alles machen dürfen?

Ich habe die Nachricht kaum abgeschickt, da erscheint Vivian in einem knappen Bikini. Auf dem Kopf trägt sie einen ausladenden Schlapphut und mit der riesigen Sonnenbrille erinnert sie an eine Filmdiva aus den Sechzigern. Sie zwinkert mir über die Brille keck zu und streckt sich grazil auf der Liege aus. Ich hole mir sofort die Einwegkamera von Tom, die ich eingesteckt habe, und Vivian posiert wie eine Nymphe, als ich damit vor ihr stehe und auf den Auslöser drücke.

„Jetzt ich von Dir!“, fordert sie und springt auf.

Ich setze mich zurück in den Strandkorb, nehme eine lässig coole Haltung ein – und das Foto ist im Kasten.

„Ich bringe das Ding wieder rein“, sagt Vivian und verschwindet noch einmal kurz im Haus. Derweil greife ich mir wieder mein Smartphone. Ein Lächeln breitet sich auf meinem Gesicht aus.

[Tom]: Meine liebe Lisa, es ist so schön, von Dir zu hören. Ich habe den ganzen Tag den Stauservice verfolgt und an Euch – vor allem Dich – gedacht. Schön, dass Ihr gut angekommen seid.

Soweit ich weiß, ist ein Rundflug, Reiten, Strandgrillen, Stand-Up Paddling-Kurs, Picknickkorb, Frühstücksservice und tägliches Essen im Lokal gegenüber der Häuser inklusive. Habe ich etwas vergessen?

[Lisa]: Dieser Urlaub und die Angebote sind ein absoluter Traum, Tom. Trotzdem habe ich ein total schlechtes Gewissen. Bist Du sehr traurig, dass Du nicht selbst fahren konntest?

[Tom]: Ein bisschen schon. Am liebsten wäre ich mit Dir gefahren. Ich würde so gerne Deine Augen sehen, wenn Du über die Insel fliegst oder auf dem Pferd durchs Wasser reitest. Ich stelle mir das ganz toll vor. Aber ich freue mich so, so, so sehr, dass ich Dir das ermöglichen kann.

[Lisa]: Ich werde Dir jeden Abend berichten und alles ganz genau erzählen. – Oder mache ich Dir damit die Nase lang? Ist das gemein?

[Tom]: Überhaupt nicht. Ich bitte um einen vollständigen Tagesbericht. Wie gefällt Euch das Haus?

[Lisa]: Mega, Tom, wirklich. Es gibt sechs Doppelhaushälften, und wir haben die ganz linke Seite zugewiesen bekommen. Es gibt drei Schlafzimmer und zwei Bäder und noch ein Gäste-WC. Also, alles in allem zu groß für uns zwei Mädels. Vivian hat schon gescherzt, dass Du womöglich noch Chris eingeladen hast, und dass er nachher bei uns vor der Tür steht und klingelt.

[Tom]: Soll ich Chris fragen, ob er bei Euch einziehen möchte?

[Lisa]: Lach. Vivian würde sich bestimmt freuen, aber lass mal. Vivian und ich haben eine Woche nur zu zweit und ohne Männer geplant.

[Tom]: Vivian würde sich freuen? Du nicht, entnehme ich Deiner Aussage …

[Lisa]: Chris ist ein echt feiner Kerl, Tom, das sagte ich Dir ja schon. Ich mag ihn. Aber ich glaube, Vivian könnte da etwas mehr empfinden als ich. Trotzdem ist unser fester Plan: eine Woche nur wir zwei, ohne Männer! Und, hätte ich hier Vivian mit ihrem Lover mit im Haus – nein danke!

[Tom]: Wie Du meinst.

[Lisa]: Das meine ich!

Wie war Dein Tag? Immerhin hast Du Zeit, mit mir zu schreiben, obwohl Du so beschäftigt bist.

[Tom]: Dafür werde ich mir jeden Abend Zeit einplanen. Mein Tag war öde. Hier springen viele Leute herum und nerven ständig. Die Aussicht ist wie immer bescheiden. Aber jetzt, wo wir schreiben, fühle ich die Sonne in meinem Herzen und kann gar nicht anders als wieder strahlen.

[Lisa]: Du hast Arbeit ohne Ende, gleichzeitig ist es öde. Du bist einsam und dann wieder von Personen umringt. Wie passt das alles zusammen? Soll ich Dir eine Brise Meeresluft schicken? Ich werde etwas Sand für Dich einpacken.

[Tom]: Es passt zusammen, glaub mir. Aber lassen wir das Thema. Worauf freust Du Dich bei den Angeboten am meisten?

[Lisa]: Worauf hättest Du Dich hier auf der Insel am meisten gefreut?

[Tom]: Deine Anwesenheit wäre mein persönliches Highlight gewesen und hätte jedes Erlebnis zu etwas Unvergesslichem gemacht. Aber das Glück bleibt jetzt wohl Vivian vorbehalten.

Vivian schiebt sich ihre Brille in Richtung Nasenspitze und schaut zu mir herüber.

„Alles klar bei Dir?“, fragt sie.

„Alles klar“, beteure ich mit fester Stimme. „Mach Du mal mit Deinem Sonnenbad weiter. Ich habe es gleich.“

Vivian legt entspannt den Kopf wieder ab.

„Okay“, stöhnt sie genüsslich.

[Lisa]: Ich werde die Augen schließen und mir vorstellen, dass Du dabei bist.

[Tom]: Besser nicht. Dann siehst Du vom Flugzeug aus doch gar nichts. Und beim Essen kleckerst Du! Und beim Ausreiten – halte bloß die Augen offen!

[Lisa]: Weißt Du, Tom, egal, ob wir uns jemals sehen werden oder nicht, Du wirst, glaube ich, immer einen Platz in meinem Herzen haben. Deine ′Rücksicht′ auf mich, weshalb Du auf dieser Distanz bestehst – das ist alles etwas, das ich nicht begreifen kann. Warum denkst Du nicht einfach einmal nur an Dich! An das, was Du willst und gerne hättest! Ich spüre doch, dass Du mich magst! Uns verbindet doch schon längst viel mehr als nur diese Schreiberei! Meinst Du nicht, es wäre an der Zeit, mal etwas auszuprobieren? Die Vernunft, Vernunft sein zu lassen und einfach mal nur auf sein Herz zu hören?

[Tom]: Das mit Dir hat sich anders entwickelt, als ich es geplant und mir vorgenommen habe. Ich hatte so gute Vorsätze, und jetzt ist alles dahin. Ich bin so egoistisch, Lisa.

[Lisa]: Etwas Egoismus kann auch gesund sein. Nur, wenn Du Dir selbst etwas gibst, kannst Du auch anderen geben, Tom. Also ich für mich sehe das als eine positive Entwicklung. Mir schenken Deine Worte Zuversicht …

[Tom]: Es ist der Horror, Lisa! Es ist mehr als nur schlimm! All dem kann man nichts Positives abgewinnen. Ich fange an, die Beherrschung und die Kontrolle zu verlieren. Der Egoismus, der in diesem Zusammenhang wie der Teufel von mir Besitz ergriffen hat, könnte Dir großen Schaden zufügen. Genau das, was ich verhindern will. Ich bin das Gegenteil dessen, wofür Du mich hältst!

Er wehrt sich gegen seine Gefühle. Von mir aus kann er noch viel egoistischer werden! Ich würde so vieles in Kauf nehmen.

[Lisa]: Du redest so verächtlich von Dir, dabei sind Gefühle das Natürlichste von der Welt! Wie willst Du Dich zwingen, ohne Gefühle durchs Leben zu gehen?

[Tom]: Ich muss es, Lisa. Sonst verletze ich den Menschen, an dem mir momentan am meisten liegt. Ich melde mich später noch einmal. Hast Du eigentlich die CD von Betty mitgenommen?

[Lisa]: Liegt Dir denn etwas an mir, Tom? Ich habe die CD dabei.

[Tom]: Wir müssen wieder etwas Abstand zueinander bekommen, Lisa. Gerade weil ich Dich so mag.

Kannst Du um sieben Uhr heute Abend die CD einlegen und

das Lied 'Achterbahn' abspielen? Dabei musst Du die Terrassentür öffnen.

[Lisa]: Ich möchte keinen Abstand zu Dir, Tom, egal, was passiert. Es würde mir das Herz zerreißen.

Das mit der CD mache ich, wenn Du es Dir wünscht. Das Lied ist wunderschön.

[Tom]: Mach es mir nicht so schwer, Lisa, bitte.

Spielst Du das Lied um 19.00 Uhr ab und öffnest dabei die Terrassentür? Im Haus gibt es eine hervorragende Sound-Anlage.

Ich habe Euch für 19.30 Uhr einen Tisch reserviert – gegenüber. Ich hatte Angst, dass schon alles belegt ist. Das Lokal ist sehr beliebt auf der Insel. Passt das für Euch?

[Lisa]: Passt. Vielen Dank! Ich werde bei dem Lied trotzdem an Dich denken. Für 19.00 Uhr werde ich mir den Wecker stellen. Ciao!

[Tom]: Ich kann Dir einfach nicht böse sein. Eine Frau wie Du ist mir wirklich noch nie über den Weg gelaufen. Du bist echt eine Herausforderung. Bis bald.

„Was machst Du denn für ein Gesicht?“ Vivian steht plötzlich direkt vor mir. „Tom?“

Ich verziehe bedröppelt den Mund.

„Komm, wir gehen an den Strand und bringen Dich auf andere Gedanken.“

„Tom hat für uns übrigens um 19.30 Uhr einen Tisch reserviert, gegenüber in dem Lokal. Ich habe gesagt, das passt. Und um 19.00 Uhr soll ich 'Achterbahn' von Betty abspielen und dabei die Terrassentür öffnen.“

„Ich verstehe es zwar nicht, aber wenn er es sich wünscht. Nur warum gerade 19.00 Uhr und bei offener Tür?"

„Keine Ahnung, Vivian. Vielleicht hört er dann um diese Uhrzeit das gleiche Lied. Es ist vielleicht wie damals der Ausflug zu den Sternen, wo wir zur gleichen Zeit in den Himmel gesehen haben."

„Hm. Na dann."

„Das ist das Mindeste, das ich tun kann. Das hier wäre immerhin sein Urlaub gewesen, Vivian."

„Du musst Dich nicht rechtfertigen. Hören wir halt Betty. Das machen wir ja sowieso andauernd", zieht sie mich auf. „Sollen wir noch zum Strand?"

„Na klar." Ich lächele sie an.

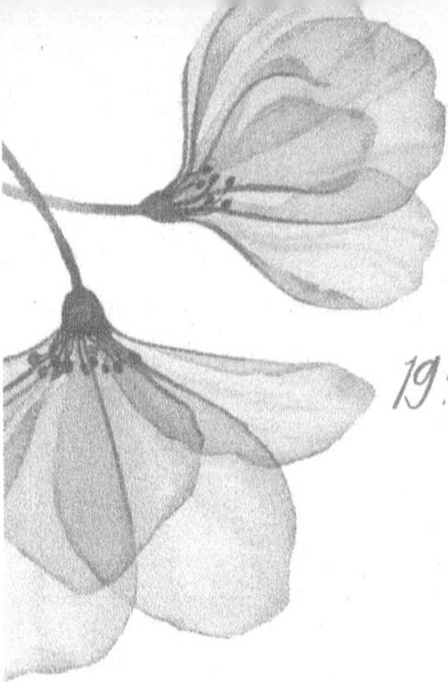

19:00 Uhr

Bereits für das bevorstehende Essen umgezogen, sitze ich im Wohnzimmer auf der Couch. Ich schaue auf meine Uhr, um die Zeit im Blick zu behalten. Kurz vor 19 Uhr tipple ich eilig zur noch geschlossenen Terrassentür. Was auch immer es damit auf sich hat.

Vivian kommt gerade die Treppe herunter, als Bettys Stimme aus den Lautsprechern schmettert. Sie setzt sich neben mich und betrachtet ihre frisch lackierten Fingernägel.

„Das hört sich an, als käme das von draußen." Vivian schaut zur Terrasse.

„Weil die Tür offensteht, Vivian", antworte ich mit geschlossenen Augen.

„Nein", protestiert sie. „Das kommt von draußen!" Meine Freundin steht auf und geht raus auf die Terrasse.

Ich bleibe sitzen und stelle mir vor, wie es wäre, wenn Tom jetzt hier wäre. Wenn wir den Urlaub hier gemeinsam verbringen könnten.

„Die Musik kommt von da." Vivian zeigt zum Nachbargarten.

Kommentarlos verdrehe ich ärgerlich die Augen. Ich will nicht gestört werden und winke ab.

„Ehrlich! Hör doch mal!", betont Vivian beharrlich und unnachgiebig.

Genervt stehe ich auf, das Handy in meiner Hand, das ich mit der hauseigenen Stereoanlage verbunden habe. Doch Vivian hatte recht.

Ich stutze. Tatsächlich scheint im Nachbarhaus genau dasselbe Lied zu laufen – auch bei offener Tür.

Vivian und ich sehen uns entgeistert an.

„Verstehst Du das?" Vivian starrt zu der Hecke und versucht hinüberzuspähen. Ich tue es ihr gleich.

„Hallo?", ruft Vivian zu den Nachbarn rüber.

„Nicht! Das ist doch peinlich!", zische ich.

„Was Dir immer alles peinlich ist. Hallo? … Können Sie mal bitte an die Hecke kommen!", brüllt Vivian unbeeindruckt ein weiteres Mal.

Ich drücke mir die Handballen an die Stirn.

„Dich kann man nirgendwo mit hinnehmen", mahne ich.

„Hallo?", hören wir auf einmal eine uns unbekannte tiefe Männerstimme. „Wer ist denn da?"

„Das würden wir auch gerne wissen. Wie heißen Sie?", erkundigt sich Vivian.

„Sam Reiners und Sie? Sie sagten ′wir′."

„Vivian und Lisa. Warum spielen Sie dieses Lied so laut ab?"

„Das ist mir jetzt etwas unangenehm. Ein Freund hat uns darum gebeten. Wir sollten es genau um 19 Uhr laufen lassen – bei offener Tür."

„Sie sind auch zu zweit?", fragt Vivian erregt.

Mein Puls nimmt Fahrt auf.

„Ja. Ich bin mit einem Kumpel hier."

„Wie heißt er?"

„Komm mal raus, Chris!", ruft der Mann seinen Freund dazu.

„Ihr Freund heißt Chris?" Vivians Verzückung sprüht wie ein Feuerball durch die Abendluft.

„Hallo …?", hören wir einen irritierten Christian über die Hecke sagen.

Mir schwindelt fast vor Aufregung. *Ist Sam – Tom? Sind sie doch gemeinsam hier? Will er mich überraschen?*

„Hi, Chris. Ich bin´s, Lisa. Was macht Ihr hier?"

„Tom hat im Preisausschreiben gewonnen. Er konnte nicht fahren und hat mich gefragt, ob ich die Reise an seiner Stelle antreten möchte. Mit einem Kumpel. Ich dachte schon, er will, dass ich Dich mitnehme."

„Da hast Du natürlich sofort gesagt, dass Du nicht mit mir in Urlaub fahren willst", unterbreche ich ihn giftiger als gewollt.

„Nein!", widerspricht Christian sofort. „Tom sagte direkt, ich solle doch einen Kumpel mitnehmen."

„Das hat er ja geschickt eingefädelt. *Rein zufällig* hat er im Preisausschreiben zwei Doppelhaushälften nebeneinander gewonnen."

Hinter der Hecke höre ich eine heftige Diskussion ausbrechen, kann aber nichts verstehen.

„Was ist?", frage ich daher etwas gereizt.

„Entschuldige. Wir mussten kurz etwas klären. Seid Ihr zufällig auch gleich …"

„um 19.30 Uhr zum Essen in dem Lokal da drüben? Ja. *Rein zufällig* hat Tom uns dort einen Tisch reserviert. So viele Zufälle, was?", bemerke ich mit spitzem Unterton, obwohl es dazu eigentlich gar keinen Grund gibt.

„Etwas gereizt, Lisa?", fragt Christian erheitert.

„Nein. Du etwa?"

„Naja, immerhin hat er uns nicht in ein Haus gesteckt", grunzt Christian jetzt, und ich höre seinen Kumpel Sam amüsiert glucksen.

„Platz genug wäre ja gewesen", schnurrt Vivian über die Hecke und sieht aus, als wolle sie mit den grünen Blättern auf Kuschelkurs gehen.

Ich schaue sie ungläubig an.

„Was soll das?", fauche ich leise.

„Jetzt, wo er schon einmal da ist …"

„Ich wusste es."

„Habt Ihr gleich einen Zweiertisch oder hat Tom einen Vierertisch reserviert?", flötet Vivian lieblich.

„Keine Ahnung. Lassen wir uns überraschen. Aber dann sehen wir uns ja in jedem Fall gleich beim Essen", antwortet Christian locker.

„Ob wir uns wenigstens das Essen selbst aussuchen dürfen?", stöhne ich.

Hinter der Hecke hören wir es erneut glucksend lachen.

„Bis gleich, Ladies!", ruft Sam.

„Bis gleiheich!", flötet Vivian und hopst leichtfüßig wieder ins Haus. Sie zieht mich euphorisch hinter sich her.

„Ich muss was anderes anziehen!"

„Wieso? Du siehst doch gut aus", sage ich.

„Ich will aber doch lieber ein Sommerkleid tragen. Und Du musst sagen, welches ich nehmen soll", fordert Vivian.

„Frag doch direkt Chris, was ihm gefällt", stichele ich.

„Nein", murrt Vivian beleidigt, lässt aber nicht locker. Sie ist aufgekratzt wie sonst was und rauscht wie eine wildgewordene Hornisse durch Schlafzimmer und Bad. Sogar die Frisur ist plötzlich nicht mehr gut genug.

„Sehe ich gut aus?", fragt sie nach zwanzig Minuten Nachstyling.

„Perfekt!"

„Sagst Du das jetzt auch nicht nur so?", will sie argwöhnisch wissen.

„Nein. Du siehst wirklich toll aus, Vivian."

„Kennst Du diesen Sam schon? Hast Du ihn schon einmal gesehen?"

„Nein. Keine Ahnung, wer das ist. Den Namen habe ich von Tom oder Chris noch nie gehört."

„Was, wenn Tom einen Doppelnamen hat? Tom-Sam oder Sam-Tom …" Vivians Augen glitzern verschwörerisch.

„Im Leben nicht, Vivian. Tom ist nicht hier. Dafür war er viel zu traurig, dass er nicht mitkonnte."

„Also ich weiß nicht."

„Keine Chance, Vivian. Aber ich freue mich für Dich, dass Chris da ist."

„Vielleicht gefällt Dir ja Sam!"

„Sam. Ich muss permanent an Tom denken, Vivian. Seine Augen verfolgen mich den ganzen Tag, überallhin, seit er dieses Foto hochgeladen hat."

„Mal sehen, ob das am Ende dieses Abends immer noch so ist", zwitschert Vivian in Partystimmung und dreht sich prüfend vor dem Spiegel. Sie trägt hohe Schuhe und ihr Kleid flattert schwungvoll bei jeder Bewegung. Da ist mein Outfit mit Jeans, Bluse und Turnschuhen deutlich sportlicher. Aber meine Absichten sind ja auch andere als Vivians, wie ich stark vermute.

Nachdem sie fünf Minuten zu spät endlich mit sich zufrieden ist, verlassen wir unser Ferienhaus.

„Sollen wir bei den beiden klingeln und gemeinsam rüber laufen?", fragt Vivian aufgeregt. „Oder meinst Du, sie sind schon da?"

„Woher bitte schön soll ich wissen, ob sie schon da sind, Vivian. Wir werden aber definitiv nicht bei denen klingeln. Du siehst sie gleich noch früh genug."

„Spielst Du Dich jetzt den ganzen Urlaub über als Stoffel auf? Dann ziehe ich nämlich lieber zu den Jungs nach nebenan."

Ich schnappe wütend nach Luft, schaffe es aber zum Glück, nicht auszurasten.

„Sorry. Ich bin einfach wegen Tom durcheinander."

„Versteh' ich Lisa, aber lass es bitte nicht an mir und unserem Urlaub aus. Auch nicht an Chris und Sam! Die scheinen nämlich echt nett zu sein."

Ich schnaufe tief durch und muss es noch zweimal wiederholen.

„Okay", stöhne ich schließlich. „Ich reiße mich ab jetzt zusammen. Versprochen."

„Geht doch", schmunzelt Vivian und schenkt mir ein aufmunterndes Lächeln, das ich erwidere. Dann betreten wir gemeinsam das Restaurant.

„Guten Abend. Haben Sie einen Tisch reserviert?", fragt eine Angestellte im Lokal freundlich.

„Ja, aber ich weiß nicht auf welchen Namen. Es müsste ein Tisch für zwei Personen sein, vermutlich. Wir wohnen in dem Haus da drüben", sage ich und zeige zu den sechs Reihenhäusern.

„Ach ja. Dann weiß ich Bescheid. Schön, dass wir Sie hier begrüßen dürfen. Folgen Sie mir einfach." Sie läuft voran und dreht sich dabei noch einmal zu uns um. „Es kommt nicht oft vor, dass wir All Inclusive-Gäste haben", schmunzelt sie.

Vivian und ich schauen sie verdattert an, daher fügt sie hinzu:

„Ich meine damit, die komplette Woche ist im Voraus bezahlt worden. Getränke, Wein, Dessert, Aperitif, was immer Sie mögen."

Im Voraus bezahlt?

„Egal, was wir nehmen?", hakt Vivian nach, während wir ihr aufmerksam durch das Lokal folgen. Doch Christian ist noch nirgends zu sehen.

„Ja. Sind Sie nicht informiert worden?"

„Äh, doch. Schon. Aber dass alles, also auch die Getränke, inbegriffen sind. Das ist schon … toll", erwidere ich befangen.

„So, hier ist Ihr Tisch. Aber Sie können natürlich auch gerne draußen sitzen, wenn Ihnen das lieber ist. Allerdings wäre draußen nur noch ein Zweiertisch frei und ich wurde angewiesen, Ihnen die Option zu lassen, diese beiden Tische zusammenzuschieben."

„Wir bleiben drinnen", ergreift Vivian sofort das Wort.

War ja klar. Ich nicke der Bedienung höflich zu, doch sie bleibt verunsichert stehen.

„Soll ich denn die Tische schon aneinanderschieben? Oder wollen Sie lieber alleine sitzen?"

Vivian wirft mir einen flehenden Blick zu, den sie so erbärmlich schauspielert, dass ich gar nicht anders kann.

„Sie dürfen die Tische gerne schon nebeneinanderstellen. Sollen wir helfen?"

„Nicht nötig. Das ist schnell gemacht", lächelt die Bedienung und schreitet zur Tat.

„… So. Fertig. Möchten Sie bereits etwas zum Trinken bestellen?"

„Könnten wir einen Sekt bekommen?", fragt Vivian.

„Aber natürlich. Wir hätten auch einen Maracuja-Sanddorn-Sekt als Aperitif."

„Den nehmen wir, oder Lisa? Zweimal bitte", sagt Vivian, als ich nickend zustimme.

„Gerne", verabschiedet sich die junge Frau und zieht davon.

Vivian schnappt sich die Karte und fächert sich damit Luft zu.

„Heiß hier drinnen."

„Also mir nicht. Aber ich warte ja auch nicht auf Chris", necke ich sie.

Vivian errötet.

„Meinst Du, sie kommen gleich?"

„Bestimmt, wenn sie sich das Essen nicht ins Haus liefern lassen. Das wäre ja auch möglich."

„Meinst Du?", fragt Vivian entsetzt.

Ich lache.

„Nein. Sie haben doch gesagt bis gleich. Sie kommen bestimmt jeden Moment."

Vivian zupft noch einmal an ihren Haaren herum.

„Sehe ich gut aus?", will sie abermals wissen.

„Na toll. Das kann ja was werden. Ich höre Deinen Herzschlag bis hierhin. Du kennst Chris doch gar nicht wirklich!"

„Aber ich erinnere mich noch genau daran, wie er vor Deiner Tür stand", schmachtet Vivian hingerissen.

„Ich glaube, da sind sie", sage ich und winke Christian zaghaft entgegen. Auch sie werden von der Bedienung in unseren Raum geführt.

Vivian ist mächtig aufgedreht. Christians vertrautes Lächeln flutet den Raum mit Wärme. Irgendwie tut es sogar gut, ihn zu sehen. Auch sein Freund sieht nett aus. Er ist fast so groß wie Christian, vielleicht etwas kleiner, hat dunkelblonde Haare, die frech gestylt etwas struppig zu allen Seiten abstehen. Nett! Auch sein Lächeln ist sehr gewinnend. Beide tragen Jeans und Hemd – mit Turnschuhen.

„Hallo, Mädels", begrüßt uns Christian.

Wir stehen auf und Vivian streicht sofort verlegen ihr Kleid glatt.

„Servus. Ich bin Sam. Der Heckenschütze", scherzt er.

„Hi", nuschelt Vivian und lächelt Christian verschämt an. Sam schenkt sie kaum Aufmerksamkeit, dafür ist ihre Begeisterung über Christian zu groß.

„Hallo, Vivian." Christian nimmt sie mit leichtem Abstand in den Arm und haucht ihr links und rechts einen Kuss auf die Wange.

„So sieht man sich wieder", sagt Christian grinsend zu mir und begrüßt mich auf die gleiche Weise. „Was macht der Detektiv-Job?", fragt er.

Ich erröte, räuspere mich und bin froh, als Sam dazwischen geht, nachdem er Vivian begrüßt hat.

„Ich habe schon viel von Dir gehört, Lisa. Schön, dass ich Dich mal persönlich kennenlernen darf", sagt er und drückt mich kumpelhaft. Ebenfalls mit leichtem Abstand hält er meinen Blick fest – etwas zu lange, was mich ein wenig verwirrt und mir die Hitze ins Gesicht treibt.

„Was genau hast Du denn von mir gehört?", frage ich nach. *Schöne Augen hat er, wenn auch nicht so schön wie die von Tom. Oder trägt er Kontaktlinsen? Sollte das doch Tom sein? Aber seine Augenbrauen sind viel heller als die auf Toms Augenbild.*

„Jedenfalls nur Gutes." Sam grinst lausbubenhaft. „Aber schon eine Menge."

„Echt?", erwidere ich entsetzt.

Sam lacht offenherzig.

„Naja, Du bist Thema Nummer eins. Eigentlich spricht Tom über nichts anderes mehr."

Das hat Chris auch schon einmal gesagt.

„Bist Du auch ein Freund von früher? Triffst Du Dich regelmäßig mit ihm?", weiche ich Sams Komplimenten aus. Doch Christian geht auch gleich bewusst dazwischen und packt Sam an der Schulter.

„Setzen wir uns doch erst einmal. Habt Ihr schon ein Getränk bestellt?"

„Ja. Einen Sekt", haucht Vivian, und zu ihrer Freude setzt sich Christian ihr direkt gegenüber. Damit wird Sam mein Gegenüber.

„Wann hat Tom Euch das mit dem Preisausschreiben erzählt?", will ich wissen.

Christian und Sam wechseln stumme Blicke, um sich abzustimmen. Ich lasse sie nicht aus den Augen.

„Anfang der Woche hat uns Tom gefragt, ob wir an seiner Stelle fahren wollen. Ob er wirklich im Preisausschreiben gewonnen hat, weiß ich nicht“, sagt Christian verhalten.

„Tom hat diesen Urlaub hier arrangiert, Chris. Das wissen wir beide. Er bezahlt das alles aus eigener Tasche. Aber warum schickt er uns vier gemeinsam weg? Warum bleibt er ganz alleine daheim zurück? Will er zwei Pärchen auf einmal verkuppeln?“

„Alleine ist er nicht“, sagt Sam und zuckt zusammen.

Ich bin mir sicher, dass Christian ihm unter dem Tisch einen Tritt verpasst hat.

„Er wollte bestimmt nur mal wieder den großen Gönner spielen“, fährt Sam fort. „Garantiert hat er sich nichts weiter dabei gedacht und wollte nur, dass wir hier etwas Spaß haben.“

„Nichts dabei gedacht? Das glaubst Du doch selbst nicht“, sage ich. „Vielleicht wollte er auch nur einfach mal seine Ruhe haben. Uns alle mal für eine Woche los sein. Er meinte, er hätte nie seine Privatsphäre, weil permanent jemand um ihn herum wäre“, erzähle ich, woraufhin Christian sich dermaßen versteift, als bekäme er gleich einen Krampfanfall.

„Uns los sein? Wie meinst Du das? Hat er Dir so was geschrieben? Hast Du heute schon etwas von ihm gehört?“, erkundigt er sich so impulsiv, dass mir plötzlich unbehaglich wird.

„Wir haben eben erst gechattet. Er meinte, er hätte diese Woche viele Termine und könnte deshalb nicht selbst fahren. Außerdem hält er sich für egoistisch, weil er sich nicht von mir fernhält. So hat er sich zumindest ausgedrückt. Dann musste er eben auch gleich wieder weg. Schon seltsam, wer hat am Sonntagabend um diese Uhrzeit noch berufliche Termine oder Verpflichtungen?“

Sam hüstelt verlegen und wendet sich ab.

„Was ist?“, hake ich misstrauisch nach.

„Gar nichts. Mein Hals ist nur so trocken. Ah, da ist ja jemand.“

Er hebt die Hand, um etwas zu bestellen. „Könnten Sie mir bitte einen Whiskey und ein Radler bringen?“

„Für mich bitte einen Sherry und auch ein Radler“, bestellt Christian.

Ich schmunzele. *Das scheint sein Standardgetränk zu sein, dieser Sherry. Naja, wenigstens kann er heute austrinken, weil er nicht mehr fahren muss.*

„Hast Du eigentlich eine Freundin?“, fragt Vivian Christian. Offensichtlich will sie ihre Nervosität verbergen, was ihr leider so gar nicht gelingt.

„Nein. Derzeit bin ich nicht vergeben. Und Du?“, grinst er.

Vivians Wangen verfärben sich als sei sie ein Chamäleon neben einem Liebesapfel.

„Ich bin seit einer Woche Single, wenn Du es genau wissen willst.“

„Seit einer Woche“, wiederholt Christian erstaunt. „Das ist noch nicht lange. Wie kommt´s?“

Vivian winkt ab.

„Kein schönes Thema. Er hatte eine Andere. Ich habe es herausbekommen. Wie lange bist Du schon Single?“

„Eineinhalb Jahre, schätze ich.“

„So lange schon? Wieso?“, fragt Vivian mit aufrichtigem Interesse.

„Meine damalige Beziehung ist in die Brüche gegangen, weil …“ Er gerät ins Stocken. „Wir haben uns auseinandergelebt. Ich war in den letzten Monaten schwer beschäftigt und hatte nicht viel Zeit. Ab und zu muss das Privatleben halt auch mal zurückstecken.“

„Aus beruflichen Gründen nicht viel Zeit?“, will Vivian wissen.

Christian lächelt.

„Teils, teils. Ich hatte auch privat viel um die Ohren.“

„Mit Tom?“, mische ich mich ein und muss verärgert sehen, wie

Sam und Christian erneut Blicke tauschen, anstatt mir einfach zu antworten.

„Wollt Ihr vielleicht kurz vor die Tür, um Euch abzusprechen, was Ihr uns erzählt?“, schlage ich vor, um sie auf ihre unhöfliche Art aufmerksam zu machen.

Christian und Sam halten umgehend inne und sehen mich an. Keiner von ihnen bringt jedoch einen Ton über die Lippen.

„Tom hat Euch eingetrichtert, dass Ihr sein Geheimnis nicht verraten dürft, oder?“, sage ich.

Alle schweigen. *Das ist auch eine Antwort.* Ich schnaufe geräuschvoll und greife mir in die Haare.

„Okay, Themenwechsel. Bevor die Luft hier noch dicker wird.“

Sam grinst.

„Jetzt weiß ich, was Tom an Dir findet. Du bist echt eine erfrischende Mischung aus niedlich, frech, lustig und ...“ Er legt den Kopf schief.

„Niedlich?“, unterbreche ich ihn empört. „Niedlich ist ja wohl höchstens ein Kaninchen!“

„Also ich mag Kaninchen“, sagt Sam belustigt. „Deine Grübchen sind süß. Diese kleinen Falten stehen Dir. Du hast ein nettes Lachen.“

„Ist das auch einer von Toms Aufträgen? Oder bist Du bei allen Frauen so direkt.“

„Nein“, lacht Sam. „Nicht bei allen. Aber ich verteile gerne Komplimente – ernstgemeinte Komplimente. So hörig wie Chris bin ich Tom nicht.“

„Ich bin ihm ja wohl nicht hörig!“ Christians Augenbrauen schieben sich so finster zusammen, dass sie sich fast über der Nase berühren.

„Sorry, Chris, aber ganz ehrlich? Ich finde, Du tanzt seit geraumer Zeit verdammt oft nach seiner Pfeife.“

„Was soll das? Du weißt doch, worum es geht! Bist Du so

gefühlskalt oder tust Du nur so? Warum sind wir überhaupt zusammen in Urlaub gefahren!", schnaubt Christian erbost und ballt auf der Tischplatte die Fäuste. Wenn es um Tom geht, wird Christian sofort hochemotional. Das ist mir schon ein paar Mal aufgefallen.

„Du hast das vollkommen in den falschen Hals gekriegt, Chris", versucht Sam sofort zu schlichten. „Aber hin und wieder solltest Du auch an Dich denken. Was meinst Du wohl, warum Dich Tom hierhergeschickt hat? Bei Dir dreht sich alles nur noch um ihn."

„Hast Du etwa schon vergessen, dass ich ..."

„Ich habe gar nichts vergessen, Chris. Es ehrt Dich, dass Du jede Sekunde Deiner Freizeit mit Tom verbringst, aber Du hast auch noch ein eigenes Leben. Doch das scheinst Du in den letzten beiden Jahren meiner Meinung nach vergessen zu haben und zu vernachlässigen."

Ich sehe, wie Christians Zorn umschlägt. Seine Augen füllen sich mit Tränen, die er zu verbergen versucht und schließlich hinunterschluckt.

„Tom will, dass Du auch mal wieder an Dich denkst. Deshalb bist Du hier", sagt Sam.

Christians Mundwinkel zucken. Seine betroffene Reaktion auf Sams Worte gibt mir zu denken. Ich spüre, wie sich sein Schmerz auf mich überträgt.

„Jetzt hat hier jeder seine Meinung gesagt, und wir machen an dieser Stelle einen Schnitt, schlage ich vor. Wir haben schließlich Urlaub, oder? Tom will, dass wir Spaß haben." Vivian hebt ihr Glas. Aber außer Vivian stoßen alle mehr aus Höflichkeit an.

Die Stimmung wackelt noch eine ganze Weile. Alle versuchen verkrampft, sie wieder auszubalancieren. Ich bin mir nicht sicher, ob die Diskussion zwischen Christian und Sam nicht später im Nachbarhaus weitergeführt wird – wodurch die Stimmung zwischen den beiden schnell wieder kippen könnte.

„Hat Euch Tom eigentlich auch so ein volles Freizeitprogramm zusammengestellt? Rundflug, Reiten, Lagerfeuer und so?“, erkundigt sich Vivian bei der Vorspeise, um die schneidende Luft im Raum durch Ablenkung und Harmonie zu verscheuchen.

„Hat er. Langeweile dürften wir nicht bekommen, eher Freizeitstress“, sagt Sam.

„Wir könnten das ja auch alles gemeinsam machen. Natürlich nur, wenn Ihr wollt!“, beteuert Vivian sofort.

„Ob ich mich auf den Gaul traue, weiß ich noch nicht“, lacht Sam breit. „Seid Ihr schon einmal geritten?“

„Also Chris ist schon geritten“, sage ich.

Er hebt überrascht den Blick.

„Ich? Wieso?“, fragt er verstört.

„Auf dem Pferd in meiner Kita.“

Christian lacht, seine harten Gesichtszüge entspannen sich und werden endlich etwas weicher.

„Ja, stimmt. Wir haben den Gaul ganz schön rangenommen.“

Ich schmunzele. Auch, wenn Christian den Blick gleich wieder senkt, er lächelt.

„Wollt Ihr morgen den Rundflug machen?“, fragt Sam.

„Wieso nicht. Sollen wir zu viert fliegen“, schlägt Vivian vor.

„Es passen immer nur zwei ins Flugzeug, habe ich gelesen. Aber wenn Du magst, kannst Du ja mit Chris in die Lüfte gehen, und ich nehme Dich, Lisa. Wenn Du nichts dagegen hast.“

Sam schaut mir tief in die Augen, genauso wie bei unserer Begrüßung. Es ist, als wolle er damit etwas aus mir herauskitzeln.

„Meinetwegen“, erwidere ich und halte seinem Blick stand, um zu sehen, was es mit mir macht, und ob etwas passiert.

Alles, was passiert ist die Gewissheit, dass ich ihn mag. Ich finde ihn sympathisch, wie Christian. Aber Tom besetzt weiterhin mein Herz, den Schlüssel in der Hand. Er lässt keinen Platz, so gut Sam auch aussieht und so lustig und charmant er auch ist. Sicher ist auch er anständig und zuverlässig, hat also alles, was ich mir von einem Partner wünsche. Genau wie Chris. Dennoch kann keiner Tom das Wasser reichen. Ob das in diesem Urlaub überhaupt jemand schafft, wage ich zu bezweifeln. Denn, auch wenn ich hier einen netten Abend mit Freunden verbringe, freue ich mich insgeheim darauf, später wieder mit Tom zu schreiben. Ich hoffe inständig, dass er auch Zeit für mich hat und nicht schon schläft.

Zu fortgeschrittener Stunde verabschieden wir uns vor der Haustür, wobei die Umarmungen deutlich vertrauter ausfallen, als noch bei der Begrüßung. Dann verschwindet jeder in seiner Haushälfte.

„Ich finde Chris so klasse", schwärmt Vivian, sobald die Tür geschlossen ist.

„Das war nicht zu übersehen", grinse ich.

„Denkst Du, er mag mich auch?", fragt Vivian.

„Ich gehe stark davon aus. Er wurde immer ganz nervös, wenn Ihr Euch länger angeschaut habt."

„Echt? Wirklich?", will Vivian aufgekratzt wissen.

Ich bestätige lächelnd.

„Und wie findest Du Sam? Er ist immerhin auch Single, genau wie Du. Er macht einen sympathischen Eindruck, finde ich."

„Hm." Ich ziehe meine Schuhe aus und gehe barfuß ins Wohnzimmer, wo ich mich auf das Sofa plumpsen lasse. Ich lehne mich zurück und schließe die Augen.

Vivian setzt sich neben mich, und obwohl meine Lider geschlossen sind, fühle ich, dass sie mich beobachtet.

„Sam hat hübsche Augen", sagt sie.

„Hm."

„Er sieht echt gut aus!", betont Vivian.

„Hm."

„Mehr hast Du nicht dazu zu sagen? Nur Hm?"

„Sam ist Sam und Tom ist Tom."

„Aber Tom ist nicht real! Sam ist es! Er kann Dich umarmen, halten, küssen …", schmachtet Vivian.

„Träumst Du gerade von Dir und Chris? Außerdem: Tom *ist* real. Er schreibt mir immerhin."

„Aber mit ihm kannst Du keine echte Beziehung führen! Ihr habt keine Zukunft!"

„Woher willst Du das wissen? Ich gebe die Hoffnung so schnell jedenfalls nicht auf", sage ich vehement.

„Aber bei Sam wüsstest Du, was Du hast. Das weißt Du bei Tom nicht. Im Grunde weißt Du gar nichts von ihm!"

Ich setze mich aufrecht hin und schaue meine Freundin scharf an.

„Soll ich Dir mal etwas sagen, Vivian? Ich glaube, inzwischen kenne ich Tom besser als viele andere Menschen. Er ist hochsensibel, liebenswürdig, gutmütig, romantisch, großherzig, aufrichtig, ehrlich …"

„Pfff. Ehrlich? Aufrichtig? Er lässt Dich doch die ganze Zeit am Haken zappeln. Was hat denn das mit Ehrlichkeit und Aufrichtigkeit zu tun!"

„Das macht er doch nur für mich! Für uns! Das ist das Opfer, das er bringt. Er liebt mich, Vivian. Das spüre ich!"

Vivian lässt sich entnervt nach hinten in die Kissen sinken.

„Scheiße, Lisa. Du bist echt richtig verknallt in Tom, oder?"

Ich schweige.

„Wie kannst Du Dich nur in jemanden verlieben, über den Du so wenig weißt? Dem Du noch nie begegnet bist? Du hast ihn doch noch nie gesehen! Er sagt, dass Du ihn auch nie kennenlernen wirst. Wie kannst Du so blauäugig sein? Ich verstehe Dich nicht, Lisa."

„Ich verstehe mich selbst nicht, Vivian. Aber, wenn ich mit Tom schreibe, wenn ich an ihn denke, dann passiert etwas in mir. Dieses Gefühl ist anders, besonders und einzigartig. Ich hatte gehofft, dass ich es auch bei Chris spüre. Oder eben bei Sam. Aber es kommt nicht. Mit Tom zu schreiben, ist aufregender und toller als alles, was ich bisher erlebt habe. Ich spüre tief in mir, dass er es ist. Mein Bauch und mein Herz sagen beide gemeinsam JA, Vivian!"

„Dieses Gefühl kann sich bei einem anderen Mann nur einstellen, wenn Du es zulässt, Lisa. Ich glaube, Du sperrst Dich dagegen und irrst in einer Art Scheinwelt herum. Was ist mit Deinem Verstand? Mit der Realität? Ganz außer Acht solltest Du die auch nicht lassen."

„Weißt Du, Tom nervt mich oft. Dann bin ich wütend auf ihn, aber im nächsten Moment merke ich, dass er das gar nicht selbst verursacht. Immer, wenn Tom er selbst ist, dann schreibt er so wunderschön, so einfühlsam, leidenschaftlich, romantisch … Wenn er sich fallen lässt und nicht zu viel nachdenkt, dann kommt es mir vor, als kennt er mich in- und auswendig. Und ich kenne ihn! Ich fühle ihn! Er hat sich in mein Herz geschrieben, mit jedem Wort, mit jeder Zeile."

„Trotz seiner krakeligen Schrift?"

„Dann kann er halt nicht schön schreiben, na und? Das ist doch so was von unwichtig!"

„Was, wenn er doch ganz schrecklich gruselig aussieht?"

„Je länger ich ihn kenne, Vivian, desto weniger Bedeutung hat sein Äußeres für mich. Ich weiß, das klingt verrückt und es kann auch sein, dass ich mich irre. Dass ich ihm vielleicht irgendwann gegenüberstehe und total enttäuscht bin. Aber das glaube ich nicht. Tom ist der, auf den ich mein ganzes Leben gewartet habe. Irgendetwas in mir war sich noch nie so sicher."

Vivian betrachtet mich mit großen Augen und schaut mich

einen Moment lang bewundernd an.

„Wow, Lisa. Du musst wissen, was Du tust. Dann hör auf Dein Bauchgefühl und Dein Herz. Du machst das schon."

„Echt?", stoße ich überrascht aus und habe einen so schnellen Zuspruch meiner Freundin gar nicht erwartet.

„Du weißt, was Du empfindest Lisa. Selbst, wenn es doch schiefgehen sollte und Du enttäuscht werden solltest, ich bin da. Ich werde Dich dann trösten, versprochen."

„Du wirst nicht daherkommen und sagen ´Hab ich es Dir doch gleich gesagt´?"

„Das weiß ich noch nicht", lacht Vivian, schmeißt sich auf mich und knuddelt mich liebevoll. „Sollen wir ins Bett gehen? Damit wir morgen ausgeschlafen und fit sind?"

„Geh schon mal vor. Ich habe Tom versprochen, mich noch mal zu melden."

„Alles klar, Süße. Schlaf nachher gut. Ich bin bestimmt ratzfatz im Land der Träume."

„Mit Chris, vermute ich", füge ich hinzu.

Vivian lächelt und schwebt aus dem Zimmer. Ich warte, bis sie verschwunden ist und gönne mir noch einen Moment der Stille. Dann hole ich mir meinen Laptop und logge mich bei Herzfunk ein. Sofort sehe ich, dass auch Tom online ist. Beim Anblick seiner Augen schießt Amor sofort wieder seinen kompletten Köcher an Pfeilen ab. Die Lebendigkeit in meiner Magengegend liegt bestimmt nicht an dem fantastischen Essen von vor zwei Stunden.

[Lisa]: Du hast nette Freunde. Welch ein Zufall, dass Dein Gewinn im Preisausschreiben gleich zwei Ferienhäuser beinhaltet – nebeneinander …

Wir hatten jedenfalls einen tollen Abend und Sam ist wirklich ein lustiger Kerl. Etwas lockerer als Chris, finde ich.

[Tom]: Ich habe gehofft, dass Du Dich nochmal meldest. Sam ist durchaus auch ehrgeizig, was man ihm so gar nicht zutraut, aber wirklich etwas mehr 'Lebemensch' als Chris. Er unternimmt viel und ist spontaner. Seine gute Laune und sein Lachen sind ansteckend. Im Grunde verkörpert er das, was Du mir mal geschrieben hast. – Er gibt sich selbst und kann auch anderen deshalb viel geben. Für mich ist er die perfekte Mischung. Ich dachte, er könnte vielleicht ganz gut zu Vivian passen.

[Lisa]: Ich hoffe, Du bist jetzt nicht enttäuscht, aber ich glaube, es knistert eher zwischen Chris und Vivian. Bist Du gerade dabei, eine eigene Partnervermittlung zu gründen? Mir kommt dieser inszenierte Urlaub fast so vor. Ist das Dein neues Geschäftsmodell?

[Tom]: In meiner Partnervermittlung betreue ich aber nur engste Freunde und besonders liebe Menschen. Chris und Vivian? Echt? Dann ist das so. Schön für die beiden. Wie gefällt Dir Sam?

[Lisa]: Attraktiv, gutaussehend, witzig, charmant, schöne Augen – aber er ist halt nicht Du.

[Tom]: Wie meinst Du das?

[Lisa]: Genau wie ich es geschrieben habe. Aber, bevor Du jetzt wieder Panik bekommst, anderes Thema: Morgen gehen wir fliegen. Chris und Vivian und Sam und ich. Ich gebe uns die Chance, uns kennenzulernen. Das ist doch ganz im Erfolgssinne Deiner Agentur, oder?

[Tom]: Wie das klingt. Eine Chance geben. Als hättest Du einen Auftrag abzuarbeiten.

[Lisa]: Es fühlt sich tatsächlich ein wenig so an. Mein Auftraggeber bist Du.

[Tom]: Bin ich so schlimm?

[Lisa]: Ich bin ein eigenständiger Mensch. Wenn ich auf etwas eingehe, dann, weil ich es selbst will. Aber zugegeben, mit diesem großzügigen Urlaub, den Du uns geschenkt hast (der ganz sicher kein Gewinn aus einem Preisausschreiben ist!), fühle ich mich etwas seltsam bei der ganzen Sache.

[Tom]: Es tut mir so leid, Lisa. Das wollte ich nicht. Das war nicht meine Absicht, wirklich nicht!

[Lisa]: Noch einmal zum Mitschreiben, Tom: Fände ich Sam nicht nett, dann würde ich mich nicht mit ihm treffen. Es ist und bleibt meine eigene Entscheidung. Auch wenn Du alles so toll geplant hast.

[Tom]: Du musst Dich ja fühlen, als wollte ich Dich kaufen. Das ist abscheulich. Ich will Dir doch nur einen schönen Urlaub und unvergessliche Erlebnisse ermöglichen. Du sollst das Leben führen, von dem ich träume.

[Lisa]: Warum hast Du Dir dafür mich ausgesucht?

[Tom]: Schicksal. Du bist über das Internet in mein Leben gestolpert, so unerwartet, dass ich es immer noch nicht fassen kann. Du hast in mir etwas geweckt, wovon ich dachte, dass es schon längst tot sei. Womit habe ich Dich nur verdient?

[Lisa]: Grins. Das frage ich mich auch gelegentlich.

[Tom]: Was macht Ihr morgen? Unternehmt Ihr etwas gemeinsam mit den Jungs?

[Lisa]: Wir machen den Rundflug – schon vergessen?

[Tom]: Stimmt, da war was. Ihr werdet bestimmt viel Spaß haben.

[Lisa]: Wenn wir nicht abstürzen …

[Tom]: Mach mir keine Angst!

[Lisa]: Das war doch nur ein Scherz. Ich habe keine Flugangst – jedenfalls jetzt noch nicht. Ich hoffe nur, wir haben nicht zu viel Wind. Dann könnte es ungemütlich werden.

[Tom]: Dann würden sie nicht fliegen. Was habt Ihr noch vor?

[Lisa]: Wenn möglich, wollen wir vormittags fliegen. Das müssen wir aber noch telefonisch abklären. Am Nachmittag wollen wir dann zum Strand und uns das Stand-Up Paddling ansehen.

[Tom]: Ich bin gespannt, was Du morgen zu erzählen hast. Es ist schon ziemlich spät. Geh lieber ins Bett, damit Du morgen ausgeschlafen und fit bist.

[Lisa]: Ich bin aber noch nicht müde und würde lieber noch etwas mit Dir schreiben.

[Tom]: Erwischt. Ich muss mal wieder weg. Sorry. Schlaf gut und bis morgen, Lisa!

[Lisa]: Bist Du vielleicht der Sandmann? Gute Nacht, Papa.

[Tom]: Gute Nacht, meine kleine Lisa.

Ich klappe den Laptop zu. Mich kribbelt es bei dem Gedanken an Tom überall. Bei solchen Augen, wie kann der Rest von ihm da nicht wunderschön sein? Nur schade, dass er sich mir nicht öffnen mag, und dass mir auch seine Augen nicht mehr verraten. Sie sind wie eine Tür zu seinem Inneren, eine verschlossene Tür, die sich nicht öffnen lässt, obwohl ich so schrecklich gerne hindurchgehen würde. Ich würde alles gierig aufsaugen, was mich dahinter erwartet, doch die Tür bleibt verriegelt. Christian weiß, was sich dahinter verbirgt, würde das aber niemals preisgeben. Auch Sam weiß es. Hier ist die Lage allerdings anders. Bei ihm habe ich den Verdacht, er könnte sich verplappern. Nicht absichtlich natürlich, aber er scheint noch nicht so geübt darin, Toms Geheimnis zu hüten. Wäre es gemein, zu hoffen, dass sich Sam verplappert und mir so aus Versehen etwas verrät? Vielleicht schon morgen, wenn wir gemeinsam im Flugzeug sitzen? Oder am Strand, in einem ganz belanglosen Gespräch? Habe ich mich deshalb so bereitwillig auf diese Pärchenbildung eingelassen? Wäre es unfair, Sam etwas auszuhorchen, ihm ganz bewusst immer mal wieder eine winzige, klitzekleine Falle zu stellen?

Erster Urlaubstag

MONTAG

Vivian sitzt auf der Terrasse. Sie hat draußen eingedeckt und bereits unseren Frühstückskorb hereingeholt.

„Guten Morgen", ruft sie mir entgegen, als ich verschlafen das Wohnzimmer betrete.

„Morgen", gähne ich.

„Es ist schon warm, da dachte ich, wir frühstücken draußen."

„Super Idee." Ich gähne noch einmal. „Haben wir Kaffee? Sonst komme ich nicht in die Gänge."

Vivian zieht schmunzelnd die Kanne aus dem Korb und gießt mir eine Tasse ein.

„Hast Du gestern Abend noch lange mit Tom geschrieben?", erkundigt sich Vivian und füllt sich dabei ein Glas mit Orangensaft.

„Eine Weile, aber nicht mehr ewig. Und Du? Hast Du schön geträumt?" Ich grinse sie über meine Kaffeetasse hinweg an.

„Durchaus", schnurrt Vivian und wir müssen beide lächeln. Plötzlich aber hören wir nebenan die Terrassentür quietschen.

Vivian und ich spitzen aufgeregt die Ohren und verhalten uns mucksmäuschenstill. Meine Freundin greift vorsichtig nach ihrem Orangensaft und trinkt einen Schluck, ohne die Hecke aus den Augen zu lassen.

„Sollen wir draußen frühstücken?“, hören wir Christian sagen.

„Klar. Ist doch herrlich bei dem Wetter. Haben wir schon den Frühstückskorb bekommen?“, fragt Sam.

„Ich gehe mal nachsehen“, sagt Christian.

Vivian und ich unterdrücken ein Kichern. Dann hören wir Schritte, es klappert und Stühle werden verschoben. Vivian und ich sitzen da, ohne uns zu rühren. Wir starren beide zu der Hecke und beißen in ein Croissant.

„Glaubst Du, die Mädels sind auch schon wach?“, erkundigt sich Sam bei Christian.

Vivian und ich halten uns den Mund zu, um nicht laut los zu prusten. Sie legt ihren Zeigefinger auf die Lippen als Zeichen, dass ich mich ja beherrschen soll.

„Ich denke nicht. Ich habe noch nichts gehört. Obwohl, oben ist der Rollladen hochgezogen.“

„Hm. Vielleicht frühstücken sie drinnen. Frauen ist ja immer schnell zu kalt“, meint Sam. „Sie tragen ja häufig sogar im Hochsommer Wollsocken.“

Ich krümme mich und presse beide Hände auf die Lippen, weil ich die Situation zu komisch finde.

„Wie hat Dir denn Lisa gefallen?“, fragt Christian und nebenan klappert es wieder ordentlich.

„Sie ist eine tolle Frau. Aber ich weiß nicht, ob ich bei ihr eine Chance hätte. Sie ist sehr zurückhaltend. Was ist mit Dir und Vivian?“

Meine Freundin lehnt sich aufgeregt näher zur Hecke.

„Vivian finde ich klasse. Nach unserer ersten Begegnung an Lisas Haustür, hätte ich gar nicht vermutet, dass sie so schüchtern ist. Aber es steht ihr. Erst dachte ich, sie sei kratzbürstig, aber jetzt finde ich sie richtig nett. Dann das Kleid, das sie gestern trug. Sie ist wahnsinnig hübsch und sie hat eine verdammt gute Figur. Lisa aber auch. Trotzdem weiß ich, was Du meinst. Ich glaube, für Lisa wäre es besser, wenn Tom die Karten endlich auf den Tisch legte."

Ich halte aufgeregt die Luft an.

„Wow, und das von Dir. Ich dachte, Du unterstützt Tom voll und ganz." Sam wirkt überrascht.

„Das tue ich ja auch. Das heißt aber noch lange nicht, dass ich sein Vorgehen gut finde. Das habe ich ihm sogar schon mehrmals deutlich gesagt. Er lässt sich aber da nun mal nicht reinreden. Ich will ihm diese Entscheidung auch nicht vorwegnehmen."

„Meinst Du, wenn sie sich mal treffen, könnten sie sich ineinander verlieben?", fragt Sam.

„Möglich. Lisa und Tom stehen sich, glaube ich, sehr nah. Es ist fast etwas beneidenswert, wie zwei Menschen, ohne sich gesehen zu haben, so eine Nähe zueinander aufbauen können. Wenn Tom von Lisa erzählt – *schwärmt* – ist sofort der ganze Raum mit Herzchen und Glitzer voll", lacht Christian. „Er himmelt sie an wie eine Göttin!"

„Ich habe keine Chance bei Lisa, oder?"

„Das würde ich so nicht sagen. Aber mit Tom hast Du schon heftige Konkurrenz. Lisa ist außerdem hartnäckig. Ich glaube, sie gibt so schnell nicht auf und vielleicht kommt Tom ja doch noch zur Vernunft."

„Wenn er nun … meinst Du …"

„Das steht nicht zur Diskussion! Du willst doch wohl nicht sagen, dass Tom …"

„Mann, Chris!", wütet Sam los. „Jetzt raste nicht schon wieder aus, bevor ich überhaupt ausgesprochen habe!"

Die Stimmen entfernen sich.

„Ich verstehe nichts mehr", flüstere ich zu Vivian und entfernt höre ich die Jungs beim Reingehen weiter diskutieren.

Aber Vivian legt nur wieder den Finger auf die Lippen und lauscht aufmerksam weiter – so wie ich.

Nach wenigen Minuten kommen sie endlich wieder nach draußen.

„Sorry. Wenn es um Tom geht, überreagiere ich schnell", entschuldigt sich Christian. „Dann gehen mit mir die Pferde durch."

„Na, so lange das nicht beim Ausritt passiert. Davor habe ich echt höllischen Schiss, aber diese Blöße will ich mir bei den Mädels nicht geben. Ein flennender Mann auf einem Gaul kommt so gar nicht männlich rüber. Dann kann ich das mit Lisa gleich vergessen."

Vivian und ich glucksen in uns hinein. Doch plötzlich stoße ich aus Versehen mit dem Ellenbogen das Messer vom Tisch. Scheppernd landet es auf den Terrassenfliesen.

„Shit!", fluche ich hinter auf den Mund gepresster Hand.

„Mensch, Lisa! Pass doch auf!", zischt Vivians nahezu lautlos.

„Hallo?", kommt es sofort vom Nachbargrundstück.

Ich hauche ein: „Sorry", während Vivian die Augen verdreht und antwortet:

„Guten Morgen. Seid Ihr auch schon wach? Wir wollten gerade draußen frühstücken."

„Wir sitzen auch beim Frühstück. Seid Ihr schon länger auf der Terrasse?", erkundigt sich Christian, der Verdacht schöpft.

Vivian und ich sehen uns an.

„Nein, nicht lange. Lisa ist gerade beim Tisch Eindecken das Messer heruntergefallen", flunkert sie. „Gutes Frühstück Euch da nebenan!"

„Euch auch", sagen beide, führen ihre Unterhaltung jetzt aber deutlich leiser fort. Wir müssen enttäuscht feststellen, dass nun nichts mehr zu verstehen ist.

Gegen 11 Uhr treffen wir uns wieder vor dem Haus, da wir nach einem Telefonat mit der Flugschule für viertelnach Elf eingeteilt wurden. Erst fliegen Vivian und Christian, während Sam und ich ihnen zusehen, wie sie in die Lüfte gehen. Wir winken vom Boden aus, bis sich das Flugzeug entfernt. Da wir nun circa eine halbe Stunde Zeit haben, setzen wir uns in ein benachbartes Café.

Mir fällt auf, dass Sam zurückhaltender ist als am gestrigen Abend. Wir suchen uns in dem kleinen Vorgarten einen Tisch und bestellen jeder einen Kaffee und trotz des eben erst beendeten Frühstücks auch ein Stück Kuchen, weil Fehmarn eine besondere Tortenkultur haben soll. Das dann entstehende Schweigen wird unangenehm und ich halte es nicht lange aus.

„Gestern warst Du gesprächiger", merke ich an. „Bist Du noch müde?"

Sam lächelt höflich.

„Auch."

„Was ist noch? Oder gehört das hier zu Deiner täglichen Meditationszeremonie." Ich schmunzele.

„Nicht ganz. Hast Du heute eigentlich schon etwas von Tom gehört?", fragt er.

Ich blicke auf.

„Wieso?"

„Ach, nur so. Hast Du jetzt was von ihm gehört?"

„Nein. Aber wir wollen auch immer erst abends schreiben, weil er doch vielbeschäftigt ist diese Woche, weißt Du."

„Hm. Klar. Bist Du schon einmal geflogen? Bist Du aufgeregt?"

„In so einer kleinen Maschine bin ich noch nicht geflogen. Aber aufgeregt bin ich eigentlich nicht. Ich freue mich drauf. Ich bin mal gespannt, wie es Chris und Vivian gefällt. … Hat Chris eigentlich etwas über Vivian gesagt?", erkundige ich mich vorsichtig und nehme der Bedienung meinen Kaffee mit dem Kuchen ab.

„Dankeschön", sage ich.

„Gerne", erwidert sie und verschwindet wieder.

„Er findet sie ziemlich nett. Sollst Du mich ausquetschen?"

Ich erröte zart.

„Nein, das ist eigene Neugier. Vivian mag ihn auch. Bist Du schon lange mit Chris befreundet? Und mit Tom?"

„Wir kennen uns seit dem Kindergarten aber ich bin ein Jahr älter. Dadurch, dass wir in der Nähe gewohnt haben, haben wir aber trotzdem oft miteinander gespielt. Zwei, drei Jahre hatten wir mal keinen Kontakt mehr, auch während des Studiums eher weniger. Chris und Tom haben ja Lehramt studiert, und ich in einer anderen Stadt Tiermedizin."

„Wow, Du bist Tierarzt", sage ich bewundernd. „Ich wollte Dich gestern schon fragen, was Du beruflich so machst."

„Ich finde meinen Job auch toll. Chris und Tom sind aber leider nicht meine Patienten", schmunzelt er.

„Warum hast Du denn als Tierarzt Angst vorm Reiten?" *Scheiße* … Kaum habe ich es ausgesprochen, da fällt mir ein, dass ich das durch den Lauschangriff erfahren habe. Daher füge ich hastig hinzu: „Gestern Abend klang es jedenfalls für mich so."

Sam mustert mich einen Moment verdutzt, bis er antwortet.

„Ich habe mich auf Kleintiere spezialisiert. Hunde, Katzen, Vögel, Hasen und so etwas. Mit Kühen oder Pferden habe ich eher selten zu tun. Ich habe auch nicht wirklich Angst, eher Respekt, würde ich sagen. Während des Studiums wurde ich auch mit großen Tieren konfrontiert. Allerdings ist es ein Unterschied, ob ich ein Tier behandle oder darauf reite. Außerdem habe ich keine Ahnung, wie man sie steuert", grinst er.

„Das hört sich an, als sprichst Du von einem Rennwagen." Ich lache.

„Spricht man da nicht auch von Pferdestärken. So ganz verkehrt liege ich also nicht, oder?"

„Wir können Dir ja das kleinste Pferd geben. Ein Pony", kichere ich und trinke einen Schluck Kaffee.

„Gute Idee. Ich will auf jeden Fall mit den Füßen auf den Boden kommen", scherzt Sam.

„Das arme Pony", lache ich und verschlucke mich fast. „Dabei müsstest Du doch eigentlich auch Pferdeprofi sein. Oder hast Du bei uns in der Kita etwa nicht mit dem Holzpferd gespielt?"

„Doch. Sogar mit Tom und Chris zusammen. Ich war der Wildeste von uns dreien. Wir haben uns oft gegenseitig verdroschen. Wie echte Cowboys halt so sind. Einmal habe ich Chris an Karneval mit einer Spielzeugpistole eine Kugel in die Nase geschossen. Da habe ich vielleicht Ärger bekommen. Das weiß ich heute noch!"

„Ach Du Schande. Das kann ich mir lebhaft vorstellen. Zum Glück war ich damals nicht für Euch zuständig. Ihr hättet mich garantiert Nerven gekostet. Bist Du eigentlich auch eingeweiht? In Toms Geheimnis?", merke ich möglichst belanglos an.

„Du willst wissen, ob Du aus mir etwas herausbekommen kannst?"

Ich lege den Kopf schief und versuche meinen Charme einzusetzen.

„Und?"

„Ich würde es liebend gerne aufklären und Toms bescheuertem Versteckspiel ein Ende setzen, glaub mir. Aber Chris und Tom würden mir den Kopf abreißen. Sie würden mir die Hölle heiß machen und mir die Freundschaft kündigen, wenn ich etwas ausplauderte."

„Aber Du bist auch der Meinung, dass er offen mit mir reden sollte. Dass er mir sagen sollte, was los ist."

„Ich finde, Du hast ein Recht darauf."

„Tom sagt, er will mich nur beschützen."

„Das ist seine Interpretation. Aber Gefühle kann man nicht steuern wie einen Rennwagen. Das Leben und die Zukunft schreiben eigene Regeln, ob gut oder schlecht. Mit Geschenken muss man genauso umgehen lernen wie mit Problemen und Herausforderungen. Das ist einfach so. Jedermanns Zeit ist begrenzt, daher sollte man sie meiner Meinung nach nicht mit Versteckspielen vergeuden. Aber für mich ist das auch leicht gesagt, ich bin ja nicht in Toms Lage. Keine Ahnung, wie ich an seiner Stelle reagieren würde."

„Darf ich Dich noch eine Sache fragen?"

Sam nickt.

„Wenn ich mich in ihn verliebe, vielleicht schon verliebt habe, und mal angenommen, er empfindet ähnlich – warum wäre das so schlimm? Warum sträubt er sich dagegen?"

„Weil Tom niemanden leiden oder weinen sehen kann. So viel kann ich Dir sagen. Weißt Du …", er starrt traurig in seine Tasse, als wollte er aus dem Kaffeesatz lesen. „Tom ist der lebende Beweis dafür, dass Geld nicht gleichbedeutend mit Glück ist. Viele denken, Geld sei die ultimative Lösung für alles. Aber es gibt Dinge, die kann man sich damit nicht kaufen."

„Die Liebe", antworte ich.

Sam schmunzelt.

„Zum Beispiel."

„Naja, Du wirst es jedenfalls bei den Frauen etwas leichter haben als andere."

Sam nippt belustigt an seinem Kaffee und lacht dann breit.

„Wie kommst Du darauf? Den Eindruck hatte ich eigentlich bisher nicht."

„Komm schon, so charmant wie Du Komplimente verteilst. Außerdem bist Du schlagfertig, und obwohl Du frech und aufmüpfig bist, auch trotzdem irgendwie witzig. Viele Frauen stehen auf so was. Ich muss es ja wohl wissen."

„Du auch, interpretiere ich mal", grinst er lausbubenhaft und flirtet mich übertrieben an.

Ich erröte.

„So war das jetzt nicht gemeint."

„Weiß ich doch. Du bist eine tolle Frau, Lisa. Wirklich", sagt er und wird wieder ernst.

„Danke." Beschämt entziehe ich mich seinem bohrenden Blick.

„Ich sage das nicht nur so, Lisa. Ich fand Dich von der ersten Sekunde an sympathisch. Tom und Chris hatten mir schon viel von Dir erzählt und ich war zugegebenermaßen ziemlich neugierig und auch ein bisschen skeptisch. Aber es hat sich alles bestätigt. Ich würde Dich gerne näher kennenlernen, aber ich befürchte, dass Du schon vergeben bist."

„Vergeben? Ich bin Single, und frag nicht wie lange schon", erwidere ich geschmeichelt.

„Mag sein, aber Dein Herz ist reserviert. Für Tom. Hab′ ich recht? Deshalb dachte ich, es wäre vielleicht höflicher und für alle Beteiligten besser, wenn ich mich etwas zurückhalte."

„Deshalb bist Du heute so still", sage ich.

„Gut kombiniert, Sherlock Holmes. Wobei Du keine besonders guten detektivischen Gene hast, wie mir Chris erzählt hat. Jedenfalls nicht bei Verfolgungsjagden mit dem Auto", lacht Sam.

„Diese Petze. Das ist voll gemein, dass er Euch das erzählt hat."

„Warum? Das ist doch witzig."

„Für Euch!"

„Zugegeben, Chris hat es so urkomisch erzählt, dass ich mich gekrümmt habe vor Lachen. Ich wäre so gerne dabei gewesen."

„Das kann ich mir denken. Mir ist es jedenfalls immer noch furchtbar peinlich."

„Dein Gesicht hätte ich gerne live gesehen, als Chris an Deinem Seitenfenster aufgetaucht ist", lacht Sam weiter. Sein Lachen ist so gewinnend und ehrlich, dass ich nicht anders kann, als darauf einzusteigen.

Nach zwanzig Minuten laufen wir wieder zur Landebahn hinüber. Sam und ich verstehen uns prächtig und haben Spaß. Im Laufen legt er mir nun locker den Arm um die Schulter. Es fühlt sich toll an – auch wenn es rein freundschaftlich ist.

„Da kommen sie." Sam und ich schauen dem kleinen Flieger entgegen. Bei der Landung fegt ein heftiger Wind um unsere Köpfe. Meine Haare zerzausen, so dass ich kaum klar sehen kann. Wir winken Christian und Vivian zu. Beide strahlen über das ganze Gesicht, als sie aus der kleinen Maschine klettern.

Sie kommen zu uns herüber und die Motoren werden langsamer. Christian hat seinen Arm um Vivians Hüfte gelegt.

„Schau Dir die beiden mal an", flüstert mir Sam ins Ohr.

„Vivian sieht glücklich aus."

„Chris habe ich auch schon lange nicht mehr so unbeschwert gesehen. Der Urlaub tut ihm gut, und Vivian auch wie man deutlich sehen kann."

„Hey." Vivian fällt mir um den Hals. „Es war sooo toll! Ihr dürft gleich rüber. Der Pilot wollte nur kurz was trinken gehen."

„Alles klar. Dann warten wir hier so lange. Da drüben ist ein Café. Der Kaffee und Kuchen sind echt lecker. Die solltet Ihr probieren", sage ich.

„Was hattest Du?", möchte Vivian wissen.

„Eine Joghurt-Obsttorte, und Sam hatte die Kalorienbombe: Butterkaramelltorte."

„Ob der Flieger dann gleich überhaupt abheben kann", witzelt Vivian.

„Ich gehe davon aus, auf seiner Seite kommen wir auf jeden Fall in Schieflage", lache ich und tätschle provozierend Sams Bauch.

„Ich denke, das passt noch", grinst Sam und streckt den Ranzen raus. „Aber für das kleine Pony dürfte es schwer werden."

„Da kommt der Pilot. Wir winken Euch!", brüllt uns Vivian hinterher, weil wir schon auf dem Weg zur Maschine sind. Aber ich kann ihr nicht zurückwinken, weil ich mit meinen Haaren beschäftigt bin.

„Ladies first", sagt Sam nach der Begrüßung des Piloten und hält mir die Hand hin, um mir in den Flieger zu helfen. Dann kraxelt er neben mir auf den Sitz.

Nachdem wir angeschnallt sind und Gehörschutz auf den Ohren haben, wird es noch lauter und draußen wird das Gras durch den Windstoß platt auf die Erde gepresst. Sam und ich fuchteln mit den Händen übermütig aus dem Fenster. Der Flieger gewinnt rasant an Höhe, bis wir von oben die Postkartenaussicht genießen können. Wir sehen die Weite des Meeres, die Urlauber am Strand, die im Hafen schaukelnden Schiffe, Wassersportler, Reetdächer, Fahrradfahrer auf den Straßen und vieles mehr. Alles wirkt aus dieser Perspektive winzig klein und selbst die Insel sieht von oben gar nicht so riesig aus. Man gewinnt den Eindruck, als blicke man auf eine Modelleisenbahnlandschaft hinab.

Sam und ich staunen und vor Begeisterung entsteht in mir eine glückselige Leichtigkeit, die sich wie ein Druckventil entladen will. Ich bin hin- und hergerissen, ob ich meine Freude intensiver mit Sam teilen soll. Ob ich vielleicht meine Hand in seine legen soll. Aber ich traue mich nicht. Deshalb halte ich mit beiden Händen eher verkrampft den Gurt fest.

„Wunderschön", sagt Sam, als wir dicht über das Meer hinwegfliegen, das im Sonnenlicht so schön funkelt, als seien darin Brillanten untergegangen.

„Traumhaft. Es ist einmalig schön. Schau mal, da drüben, wie viele Felder, und da, die Wiese mit den Kornblumen …" Ich rücke näher an die Scheibe heran und meine, aus dem Augenwinkel zu erkennen, dass auch Sam mit sich hadert, ob er die Initiative ergreifen soll. Aber er tut es nicht.

Ich weiß gar nicht, ob ich darüber erleichtert sein soll oder enttäuscht. Neben ihm zu sitzen und mit ihm gemeinsam diesen Rundflug zu erleben, verbindet uns irgendwie. Was würde ich tun, wenn ich tatsächlich die Wahl hätte? Wenn es aber für Tom und mich nun doch eine Chance gäbe? Sollte ich das nicht erst einmal abwarten?

Also beschließe ich, die Hände einfach an dem Gurt zu lassen. Vielleicht ist das auch ein Stück Selbstschutz, um nicht noch mehr durcheinandergebracht zu werden, als ich es ohnehin schon bin.

Als wir landen, sehen wir unten Vivian und Christian stehen, die versuchen, dem Wind zu trotzen. Christians eine Hand liegt weiterhin locker und wie selbstverständlich auf Vivians Hüfte. *Wie glücklich sie aussieht,* denke ich. Das zeigt sich auch am Nachmittag am Strand, als Christian und Vivian flirten, als gäbe es kein Morgen mehr. Keiner macht einen Schritt ohne den anderen. Erst am Abend steht eine Trennung an, als wir nach dem Essen im Restaurant wieder vor unserem Ferienhaus stehen. Vivian schmiegt sich in Christians Umarmung, wohingegen Sam und ich uns schon wieder etwas gehemmt gegenüberstehen.

„Na komm schon her", sagt Sam und zieht mich ebenfalls an sich heran.

Ich spüre seine Hände auf meinem Rücken. Er drückt mich an sich. Zaghaft erwidere ich seine Umarmung und spüre wie verkrampft ich bin. Daher lässt Sam mich auch recht schnell wieder los und hüstelt verlegen.

„Das war nur freundschaftlich."

„Klar", sage ich. „Es war nur … ungewohnt." Ich habe das Gefühl, als müsse ich mich rechtfertigen.

„Bist Du aus der Übung, was freundschaftliche Umarmungen

angeht?“, schmunzelt Sam auflockernd.

„Das scheint so“, lächle ich.

„Vielleicht kann ich Dir diese Woche einen Crashkurs in freundschaftlicher Umarmung geben. Ich mache Dir auch einen Sonderpreis“, grinst Sam.

„Aber ich dachte, in diesem Urlaub wäre alles inklusive. Ich hätte besser auch das Kleingedruckte lesen sollen“, seufze ich gespielt.

Sam zieht mich noch einmal lachend in seinen Arm, und ich drücke mich bereitwillig an ihn.

„Geht doch“, frotzelt Sam.

Ich lasse sofort von ihm ab und boxe ihn liebevoll in die Magengrube.

„Wehe, Du nutzt das aus“, warne ich.

„Niemals“, schmunzelt Sam keck. „Ciao, Ladies. Schlaft gut. Kommst Du mit rüber, Chris? Oder kommt Vivian mit zu uns.“

Vivian wird rot.

„Weder noch“, piepst sie sofort und löst sich beschämt von Christian.

„Schlaf gut“, haucht er ihr ins Ohr.

„Du auch. Bis morgen.“

„Bis morgen.“

Sam und ich sehen uns an und verdrehen beide schmunzelnd die Augen. Dann gehen wir ins Haus.

„Das geht ganz schön schnell mit Euch“, sage ich zu Vivian.

Sie kommentiert es mit einem seligen Lächeln.

„Was ist mit Dir und Sam. Läuft da was?“

„Auf freundschaftlicher Ebene passen wir gut zusammen. Keine Ahnung, ob daraus mehr werden kann.“

„Soso“, schnurrt Vivian, doch ich vermute, dass sie mit ihren Gedanken bereits wieder bei Christian ist. Es war lediglich höfliches Interesse.

„Ich schreibe noch mit Tom. Gehst Du schon hoch, oder willst Du noch ein Glas Wein mittrinken?"

„Ich geh schon ins Bett. Dann ist die Nacht schneller vorbei."

„Und Du siehst Chris schneller wieder", ergänze ich.

Meine Freundin kommentiert es nicht. Sie befindet sich bereits in ihrer eigenen Sphäre, tänzelt wie eine Ballerina durch das Wohnzimmer und dann die Treppe hoch. Ich gönne es ihr und schaue ihr lächelnd hinterher.

Dann greife ich mir vom Sofa eine Decke und gehe damit nach draußen zum Strandkorb. Es ist eine wunderschöne Nacht, sternenklar. Ich breite die Decke über meinen Beinen aus und klappe den Laptop auf.

[Lisa]: Hallo Tom. Unser erster Urlaubstag war grandios. Das Frühstück war fantastisch und der Rundflug unbeschreiblich. Ich will gar nicht zu viel schwärmen, weil es mir so leidtut, dass Du nicht dabei sein konntest.

Am Nachmittag haben wir dann das Stand-Up Paddling ausprobiert. Ich glaube, da hat sich bei mir eine talentfreie Zone aufgetan. Die meiste Zeit über war ich im Wasser. Sam hat zwar versucht, mich festzuhalten, aber meistens habe ich ihn mitgerissen.

Vivian und Chris haben sich ganz gut angestellt. Die beiden wirken mächtig verknallt. Aber keine Sorge, Sam und ich haben ein Auge drauf und deshalb liegt auch jeder jetzt wieder brav in seinem eigenen Bett. Wie war Dein Tag?

Ein ganz lieber Gruß von der See, Deine Lisa.

Ich betrachte Toms Profil, das rot ist – und bleibt. Enttäuscht stelle ich den Laptop neben mich und schaue gen Himmel. Dabei döse ich weg, bis ich verschlafen blinzele. Auf dem Nachbargrundstück sind Stimmen zu hören. Im ersten Moment dachte ich noch, sie wären Teil eines Traums. Aber jetzt höre ich genau hin.

„Ich kann ihn nicht erreichen. Das gibt es doch gar nicht! Wenn ich bis morgen früh nichts von ihm gehört habe, dann …“, wettert Christian aufgebracht.

„Jetzt mach Dich mal locker. Du weißt doch wie er ist. Bestimmt ist er beschäftigt.“

„Womit soll er denn beschäftigt sein? Um diese Uhrzeit!“

„Vielleicht schläft er einfach schon“, sagt Sam.

„Tsss. Lächerlich! Tom ist immer ewig wach. Er hat mich auch noch nicht zurückgerufen! Er hat doch gesehen, dass ich es schon sieben Mal probiert habe!“

„Tom ist Dir doch nicht in jeder Sekunde zu einer Antwort verpflichtet!“

„Aber er weiß doch, dass ich mir Sorgen mache!“

„Das ist unübersehbar, Chris. Ganz ehrlich? Wäre ich an Toms Stelle würde mich Deine permanente Fürsorge erdrücken. Du betüddelst ihn schlimmer als seine Mutter. Glaubst Du nicht, dass Tom das auf den Keks gehen könnte? Dass es ihm zu viel wird? Mach ihm nicht so einen Stress mit dieser permanenten Erreichbarkeitspflicht.“

„Ahhrrrr! Wie kannst Du das nur so locker sehen?“

„Du machst Dich selbst kaputt, Chris. Merkst Du das nicht? Seit über einem Jahr gibt es für Dich nur noch Tom. Selbst Deine Beziehung ist deshalb in die Brüche gegangen. Wenn Du so weitermachst, verlierst Du auch Vivian! Mach Dir mal lieber darüber Gedanken, wie Du Tom dazu bringst, endlich offen mit Lisa über alles zu sprechen. Sie tut mir echt leid. Für Tom ist das übrigens auch nicht gut.“

„Was glaubst Du, wie oft ich schon auf ihn eingeredet habe? Er kann so stur sein! Das war er doch schon als Kind! Wenn ich bis morgen früh nichts von ihm gehört habe, dann fahre ich heim.

Ich halte das nicht aus."

Ein Handy klingelt.

„Tom", höre ich Chris erleichtert schnaufen.

„Ich bin dann mal drinnen", seufzt Sam.

„Warum hast Du Dich nicht gemeldet? … Okay. … Das musst Du ja auch gar nicht, aber ich mache mir halt … Nein. … Sonst alles gut? … Du und Deine Scherze mit dem Personal. Dass die sich das gefallen lassen. … Woher weißt Du das mit Vivian? … Ah, von Lisa. Hätte ich mir ja denken können. Ja, Vivian ist echt süß. … Sam und Lisa? … Ich weiß nicht. So wie Du Lisa den Kopf verdreht hast. Selbst Sam ist es schon aufgefallen. … Müssen sie doch selber wissen, Tom. … Halt Dich bloß zurück! Wie soll sich Lisa außerdem auf jemand anderen einlassen, solange Du … Untersteh Dich! Natürlich schreibst Du weiter mit ihr! Jetzt red' keinen Blödsinn! … Lass Lisa das doch selbst entscheiden! … Wieso nicht? … Sie muss doch wissen, worauf sie sich einlässt! Gerade gibt es für sie nur Dich! Wann kapierst Du das endlich? Gefühle kann man doch nicht einfach auslöschen oder umtopfen wie eine Pflanze! Mann, Tom!", schimpft Christian aufgebracht. „… Nein, Sam hat noch nichts gesagt. Dann hätte sie Dir doch außerdem garantiert sofort geschrieben. … Ich will ja nur hören, ob alles okay ist. … Ja, ich nerve nicht mehr. … Hm … meinetwegen. … Dann antworte ihr halt morgen. Sie haben sowieso die Rollläden schon unten. Sie schlafen schon. Gut. Bis dann, Tom. … Du auch. Ciao, Alter."

Ich schlucke. Das waren ganz schön viele Informationen, aber so schnell hintereinander, dass ich sie kaum sortieren kann. *Zu dumm, dass er nicht den Lautsprecher anhatte. Dann hätte ich sogar Toms Stimme hören können.*

Ich bleibe weiter ganz leise sitzen, um mich nicht durch Geräusche zu verraten. Eigentlich erwarte ich, dass mir Tom zurückschreibt, aber es kommt nichts. Als es überall still ist und Toms Profil im roten Abwesenheitsmodus bleibt, husche ich irgendwann ins Bett.

Zweiter Urlaubstag

DIENSTAG

Ich schrecke hoch. *Wie spät ist es?*

Ich schnappe mir mein Handy. *Schon fast zehn.* Unten höre ich reges Treiben. Es sind viele Stimmen dafür, dass ich hier nur mit Vivian wohne. Aber im Moment gibt es eine andere Priorität. Hastig öffne ich die Herzfunk-App und mein Puls rast sofort. Tom hat geschrieben.

[Tom]: Guten Morgen, liebe Lisa. Das hört sich nach einem tollen Tag an. Schön, dass sich Chris und Vivian so gut verstehen.

Bei mir ist und bleibt es eintönig, trotzdem jagt ein Termin den anderen. Was steht heute an? Geht Ihr wieder ans Meer?

Ziemlich nüchtern geschrieben und kein Wort darüber, dass er mich vermisst. Obwohl doch Chris und Sam sagen, dass er mich mehr als nur mag! Dass er pausenlos von mir spricht!

[Lisa]: Hi. Bin gerade erst aufgewacht. Ich habe Dich gestern

Abend vermisst. Gehen Deine Termine immer bis in die Nacht? Ich will gar nicht wissen, was Du nachts unterrichtest.

Was heute ansteht, weiß ich noch nicht. Ich liege noch im Bett. Unten hört es sich aber schon ziemlich laut an. Ich befürchte, Vivian hat die Jungs zum Frühstück rüber beordert. Chris und sie scheinen es nicht lange ohne einander auszuhalten.

[Tom]: Hey, Du Schlafmütze. Es hat nicht jeder so geordnete Arbeitszeiten wie Du. Wie wäre es mit einem Telefonat, heute Abend? Darf Chris mir Deine Nummer geben?

Ja! Ja! Ja! Ich könnte vor Freude kreischend um das Bett herumhüpfen, applaudiere juchzend mit den Händen und zapple unter der Decke vor Begeisterung mit den Beinen.

[Lisa]: Klar darf er Dir meine Nummer geben! Du weißt gar nicht, wie sehr ich mich freue! Ich habe so lange darauf gewartet! Wann sollen wir telefonieren? Wann hast Du Zeit?

[Tom]: Weiß ich noch nicht. Ich melde mich, ja?

[Lisa]: Ich freue mich auf Dich, Tom! Riesig!

[Tom]: Ich freue mich auch darauf, Deine Stimme zu hören, Lisa. Du bist etwas ganz Besonderes, vergiss das nie! Bis später – am Telefon.

Er loggt sich aus.

„Ich wusste es! Ich wusste es!“, feiere ich, schlüpfe aufgeputscht lediglich in meinen Bademantel und hopse wie ein kleines Kind an Heiligabend die Treppe runter. Das Adrenalin sprüht aus jeder meiner Poren und feiert in meinem Inneren bereits eine ausgelassene Fete.

Dass mich Christian und Sam ungestylt sehen, juckt mich nicht. Was könnte mir heute überhaupt noch den Tag vermiesen? *Tom hat ganz sicher eine tiefe, sinnliche Stimme … Oh Mann! Ich bin so aufgeregt!*

Tatsächlich finde ich die komplette Mannschaft versammelt auf der Terrasse vor.

„Guten Morgen zusammen", singe ich melodisch. „Schön, dass Ihr mit uns frühstückt. Habt Ihr alle gut geschlafen?" Ich strahle in die Runde und setze mich auf den freien Platz Sam gegenüber.

„Morgen Lisa", sagt Sam mit schiefgelegtem Kopf.

„Morgen", kommt auch von Christian eher vorsichtig.

„Alles klar bei Dir?", fragt Vivian mich leise skeptisch.

„Mehr als das", hauche ich ihr strahlend zu, angle mir aus dem Korb ein Brötchen und muss aufpassen, nicht laut zu summen vor Elan.

„Ich hoffe, es ist Dir recht, dass Chris und Sam mit uns frühstücken. Ich dachte, es wäre vielleicht schön, wenn wir gemeinsam …", beginnt sich Vivian zu entschuldigen.

„War doch eine super Idee. Oder Jungs?", antworte ich und beiße dynamisch in eine Brötchenhälfte mit Orangenmarmelade.

„Was ist los?", will Vivian wissen und lässt mich immer noch nicht aus den Augen. Im Gegensatz zu mir hat sie ihre Nahrungsaufnahme abrupt unterbrochen.

„Was soll los sein?", mümmele ich mit vollem Mund und kann einen überschwänglichen Temperamentausbruch nur mit Mühe zurückhalten.

„Lisa, mit Dir stimmt doch etwas nicht. Hat sich Tom gemeldet?", fragt Vivian.

„Vielleicht", schmatze ich geheimnisvoll mit vollem Mund.

„Über was habt Ihr gesprochen", will jetzt auch Christian wissen und außer mir scheint nun keiner mehr zu essen.

„Starrt mich doch nicht alle so an. Ich war noch nicht im Bad. Das ist unhöflich", nuschele ich kauend.

„Dann sag jetzt, was los ist, und lass es Dir nicht aus der Nase ziehen", fordert Vivian.

„Na gut", seufze ich gespielt gelangweilt, weil ich mein Glück ja am liebsten in die ganze Welt hinausposaunen würde. „Tom hat mir versprochen, dass wir heute telefonieren. Er will mich anrufen."

Christian, der gerade seine Tasse Kaffee an den Lippen hatte, verliert die Kontrolle. Seine Tasse kippt und ein Teil des Kaffees landet auf seiner Hose, die er eilig mit einer Serviette abtupft.

„Ihr wollt telefonieren? Hast Du das vorgeschlagen?", fragt er und tupft weiter an seiner Hose herum.

„Nein, Tom hat das vorgeschlagen. Es kam von ihm", sage ich.

„Bist Du Dir sicher?", erkundigt sich Christian argwöhnisch.

„Ja, bin ich. Was soll das? Er will sich von Dir meine Nummer geben lassen. Aber vielleicht wäre es einfacher, Du schickst sie ihm jetzt gleich. Sicher ist sicher. Dann hat er sie schon einmal."

„Hat Tom sonst noch etwas gesagt? Über was habt Ihr Euch unterhalten?"

„Hallo? Das ist privat! Ich lese Euch doch jetzt nicht meine Chats vor. Was habt Ihr überhaupt alle? Freut Euch doch für mich! Und für Tom! Er will mit mir bestimmt persönlich über seine … Gründe sprechen. Dann weiß ich endlich auch Bescheid und Ihr zwei könnt Euch mal wieder entspannen", betone ich etwas zu schneidig.

„Er hat also noch nichts erzählt?", fragt Sam.

„Nein. Aber ich bin mir sicher, deshalb will er mit mir telefonieren. Ich freue mich so, endlich seine Stimme zu hören!" Ich lehne mich mit dem Gesicht zur Sonne im Stuhl nach hinten und bin glückselig. Der Schmetterlingsschwarm in meinem Bauch flattert jubelnd umher. Es kostet mich unvorstellbare

Selbstbeherrschung, nicht wie eine Rakete abzuheben vor Begeisterung.

Meine Freunde sitzen weiterhin eher verhalten und nachdenklich am Tisch, was ich überhaupt nicht verstehen kann. Keiner scheint sich für mich zu freuen.

„Dann warten wir einfach ab, was Tom zu sagen hat", meint Sam abschließend und greift wieder zu seinem Brötchen. „Vorausgesetzt, Du teilst mit uns die wichtigsten Informationen", grinst er.

Christian wirft ihm einen verständnislosen Blick zu, nach dem Motto: *Bist Du bescheuert? Tickst Du noch ganz richtig?*

Aber ich weigere mich, mich in meinem Enthusiasmus bremsen zu lassen. Außerdem können die anderen gar nicht wissen, wie nahe Tom und ich uns stehen, egal ob wir uns schon einmal gesehen haben oder nicht.

„Was sollen wir denn nachher anstellen. Wieder zum Stand-Up Paddling-Kurs?", fragt Christian.

„Ich muss auf jeden Fall erreichbar sein. Ich bleibe dann am Strand und passe auf die Sachen auf. Aber macht Ihr ruhig. Das war ja sowieso nicht so mein Ding mit dem wackeligen Brett", sage ich.

„Das ist doch blöd. Wenn, dann sollten wir es gemeinsam machen", mault Vivian.

„Wir können doch danach wieder etwas zusammen unternehmen. Oder heute einfach am Strand chillen und am Abend gehen wir zu diesem Lagerfeuer. Von da aus kann ich auch telefonieren. … Könntet Ihr jetzt bitte mal aufhören, mich alle so anzustarren?", meckere ich.

Christian und Sam wenden sich befangen ab und schon wieder beginnt zwischen den beiden eine heftige nonverbale Diskussion, worüber ich mich ärgere. Schließlich überzeuge ich mich aber selbst davon, dass es für mich heute weitaus Wichtigeres gibt.

Spätestens am Abend wird sich die Geheimnistuerei sowieso von alleine erledigt haben. Da bin ich mir sicher.

Nach dem Frühstück packen wir unsere Sachen für den Strand, wo Vivian dann doch mit Christian zum Stand-up Paddling-Kurs aufbricht. Sie war anfangs etwas säuerlich, weil auch er bei mir am Strand bleiben wollte, aber schließlich konnte sie ihn mit Sams Hilfe überreden. Ich wollte, dass auch er mit den anderen ins Wasser geht, aber Sam hat sich geschickt rausgeredet. Ich vermute, dass Toms Anruf der Grund ist. Genau wie bei Christian. Dabei habe ich nicht vor, im Beisein meiner Freunde zu telefonieren. Keine Ahnung, wie sie darauf kommen, dass ich sie mithören lassen würde.

Jedenfalls liege ich gerade bäuchlings auf meinem großen Strandtuch, vor meinem Kopf und gut vor der Sonne und dem Sand geschützt das Handy in meiner Tasche. Sam kniet neben mir und reibt mir den Rücken mit Sonnencreme ein, wobei er sich gar nicht mal so ungeschickt anstellt. Ich schmunzele, als ich merke, wie zögerlich er wird, als er in Richtung meiner Badehose kommt. *Anständiger als ich dachte.* Ich grinse amüsiert in mich hinein.

„Bist Du aufgeregt wegen des Telefonats", fragt Sam wie beiläufig.

Ich seufze genießerisch laut auf.

„Schon. Es ist immerhin deutlich persönlicher als die Hin- und Herschreiberei. Was hat Tom denn für eine Stimme?"

Sam hält beim Einreiben inne.

„Normal. Warum?"

„Was ist denn bei Dir normal? Hat er eher eine tiefe Stimme, oder eine eher hohe Stimme, oder rau …"

„Du fragst Sachen. Darüber habe ich mir noch nie Gedanken gemacht. Eher etwas tiefer und … etwas rau, würde ich sagen."

„Hm", schmachte ich verträumt. „Genau so etwas dachte ich mir."

„Wie findest Du denn meine Stimme?", fragt Sam.

„Was?" Ich drehe den Kopf zur Seite und blinzle gegen die Sonne. „Deine Stimme? … Äh … klingt auch tief … sehr männlich", sage ich hastig, um Sam mit meiner stotternden Antwort nicht zu beleidigen. Dann sehe ich aus dem Augenwinkel, wie sein Blick nachdenklich in die Ferne schweift. Er knetet in Gedanken versunken auf meiner Schulterpartie herum.

„Und? Ist die Sonnencreme jetzt verteilt?", erkundige ich mich, um ihn zurückzuholen, bevor er den Sonnenschutz komplett wieder hinuntergerubbelt hat.

„Äh … Ja. Fertig." Sam nimmt die Hände von meinem Rücken. „Könntest Du vielleicht bei mir auch? … Also nur etwas da hinten am Rücken, wo ich nicht so hinkomme", bittet er schüchtern und putzt sich mit einem Feuchttuch die Hände ab.

„Logo", sage ich und richte mich sofort auf.

Sam legt sich hin. Ich gebe eine große Portion Sonnenmilch auf meine Handflächen und verteile sie auf seinem Rücken. Als ich gerade so richtig schön fettig eingematscht bin, klingelt es plötzlich in meiner Handtasche. Ich gerate in Panik und sehe auf meine schneeweißen, ölig glänzenden Handflächen.

„Sam! Schnell! In der Handtasche!" Ich lasse blitzartig von ihm ab.

Sam reagiert erst nach einer kurzen Schrecksekunde und stellt sich mehr als unbeholfen an. Ich raste aus.

„… Nein! Seitenfach!", befehle ich harsch, weil er immer noch hilflos in meiner Tasche gräbt. Endlich findet er mein Handy aber meine Hektik bleibt.

„Nach oben wischen! Halt´s mir ans Ohr! Mach schon! Beeil

Dich!“, fordere ich. Mein Herz klopft wie wild. Sam nimmt ab und hält es mir hin. Mir wird heiß und kalt zugleich.

„Hallo?“, melde ich mich mit belegter Stimme. Meine Unterarme überzieht eine Gänsehaut.

„Hallo, Liebes“, sagt meine Mutter.

Ich atme enttäuscht auf und sacke zusammen.

„Wo steckst Du, Schatz? Man hört ja gar nichts mehr von Dir. Ich wollte Dich überraschen und zu einem Eis einladen. Bist Du unterwegs?“, fragt meine Mutter.

Shit …

„Hallo, Mama. Ich habe ganz vergessen Euch zu sagen, dass ich jetzt doch in den Urlaub gefahren bin. Nur für eine Woche. Das Angebot kam ganz unerwartet. Die letzten Tage ging es bei mir drunter und drüber.“

„Bist Du alleine weg?“, erkundigt sich meine Mama.

„Nein, mit Vivian“, erkläre ich.

„Wo seid Ihr denn hingefahren?“

„An die Ostsee. Fehmarn. Ein Freund hat im Preisausschreiben gewonnen und konnte die Reise nicht antreten. Da durften Vivian und ich an seiner Stelle fahren.“

„Das ist ja toll. Meldest Du Dich, wenn Du wieder daheim bist, Schatz?“

„Klar, Mama, versprochen. Tut mir leid, dass ich nichts von mir hab hören lassen, aber bei mir war so viel los. Ich erzähle Dir alles, wenn ich wieder zuhause bin, ja?“

„Kein Problem, Kind. Genießt den Urlaub!“

„Ach – Mama?“

„Ja, Liebes?“

„Sag mal, wo bestellst Du immer Deine Sockenwolle? Ich wollte jemandem eine Freude machen, und …“

„Die Wolle bestelle ich im Internet. Bei ′Gute Dinge haben Seele′. Soll ich etwas für Dich mitbestellen? Ich brauche ohnehin

Nachschub."

„Gar keine schlechte Idee, Mama. Ich schaue die Tage mal in den Shop und schicke Dir dann eine Nachricht aufs Handy. … Du, wir haben noch was vor", entschuldige ich mich.

„Ist schon gut, mein Schatz. Macht Euch eine schöne Zeit. Das mit der Wolle bekommen wir hin."

„Danke Mama. Du bist die Beste. Tschüss!"

Sam legt für mich auf und grinst wie ein ausgehungerter Bär, dem gerade ein Honigtopf unter die Nase gehalten wird.

„Du hast wohl mit jemand anderem gerechnet, was?"

„Du brauchst gar nicht so hämisch zu grinsen. Tom wollte ohnehin erst gegen Abend anrufen. Trotzdem, man weiß ja nie. Chris hat ihm immerhin schon meine Nummer geschickt. Vielleicht hält er es ja nicht bis heute Abend aus."

„Ich bin wirklich gespannt, was er Dir erzählt."

„Wer sagt, dass ich Euch das überhaupt auf die Nase binde?"

„Dann frag ich Tom halt selbst", meint Sam locker.

„Bequatscht Ihr alles? Hat er Euch auch von unseren Chats erzählt?", frage ich und überlege erschrocken, ob das für mich unangenehm werden könnte.

„Er plappert zwar pausenlos von Dir, aber allzu Privates würde er niemals preisgeben."

„Zum Glück."

„Wäre es sonst für Dich peinlich geworden?", stichelt Sam lausbubenhaft.

„Das hättest Du wohl gerne", erwidere ich.

Sam lacht amüsiert.

„Na komm. Legen wir uns etwas in die Sonne, um ein bisschen Bräune mit heimzubringen."

„Hm." Ich strecke mich auf dem Handtuch aus. Aber ich will es nutzen, dass Sam und ich alleine sind.

„Sag mal, Sam, gibt es etwas, das Du an Tom besonders

schätzt?", frage ich.

Er dreht den Kopf zu mir herüber und schaut mich mit einem warmen Lächeln an.

„Tom hat einen extrem starken Willen. Er boxt sich durch. Wenn er gut drauf ist, dann kann er mit seinem Humor auch Alleinunterhalter sein. Außerdem ist er eine treue Seele. Auf ihn ist absolut Verlass. Er ist pünktlich – eher überpünktlich", lächelt Sam gedankenverloren.

„Welche schlechten Eigenschaften hat er? Was für Macken? Hat er einen Tick?", frage ich.

„Du willst es aber genau wissen. Frag ihn doch nachher selbst."

„Ich würde es aber gerne von Dir hören. Bitte, Sam."

„Na gut. Meinetwegen. Toms Macken .... Ab und zu glaubt er zu wissen, was für andere gut ist. Dann setzt er alles daran, die Weichen in die seiner Meinung nach richtige Richtung zu stellen. Wo man selbst hinmöchte, ignoriert er mitunter völlig. Sein Eifer ist dann unkaputtbar. So was kann zwar auch sinnvoll sein, weil es Menschen gibt, die diesen Druck brauchen, aber mich nervt es eher. Das ist halt auch Tom. Wobei er eigentlich wirklich wenige Macken hat. Er ist herzensgut und er meint es immer nur gut." Sam schluckt und hält einen Moment inne. „Tom möchte für alle nur das Beste. Oft steckt er selbst dabei viel zu sehr zurück."

„Das Gefühl habe ich auch", murmle ich nachdenklich und wende mich wieder schweigend dem Sonnenbad zu. Sam schenkt mir einen ruhigen Blick.

Sam und Chris wirkten überrascht, dass sich Tom zu einem Telefonat mit mir entschlossen hat. Als wäre das gar nicht möglich.

Was, wenn sich Tom doch nicht meldet? Aber warum sollte er es dann überhaupt sagen? Warum hätte er dann meine Telefonnummer haben wollen? ... Was ist, wenn das nun das Ende ist. Wenn das, was er mir erzählt – oder beichtet – für mich so schrecklich ist, dass wir *definitiv keine Zukunft haben. Dass ICH dann möglicherweise sogar gar keinen Kontakt mehr mit ihm haben will. Wenn das Telefonat ein Abschied wird. Diese Gesichter von Sam und Chris am Morgen …*

Meine Gedanken holen mich von meinem wunderschönen Höhenflug in Amors Reich auf den Boden der Tatsachen zurück ins Hier und Jetzt, wo mich die Angst auch vorerst festhält. Aber egal, was Tom auch sagen wird, ich darf seinen Anruf unter keinen Umständen verpassen. Deshalb kontrolliere ich nahezu jede Viertelstunde panisch mein Handy und den Akku. Meine Nerven sind bis aufs Äußerste gespannt und die nächsten Stunden ist mit mir nichts mehr anzufangen.

Als ich am Nachmittag wieder mal auf das Handy in meiner Handtasche schiele, spricht mich Sam schelmisch von der Seite an.

„Na? Noch nichts gehört von Tom?"

„Nein. Glaubst Du, er meldet sich überhaupt?", frage ich zweifelnd und gehe nicht auf sein Grinsen ein.

„Bestimmt, wenn er es Dir versprochen hat. Warum sollte er es sonst ankündigen?"

„Aber warum war Chris so überrascht darüber, dass Tom mit mir telefonieren will? Er glaubt nicht daran, dass Tom anruft, oder?"

„Chris kann sich einfach nicht vorstellen, dass sich Tom dazu durchringen kann, Dir die Wahrheit zu sagen."

„Vielleicht will er ja auch nur so mit mir telefonieren."

„Wenn Ihr telefoniert, Lisa, dann wirst Du merken, dass etwas nicht stimmt", erklärt Sam vorsichtig.

„Woran werde ich das merken? An seiner Stimme? Kann er nicht richtig sprechen?"

„Nein. Das ist es nicht, Lisa. Du wirst es trotzdem merken."

„Ihr macht mich alle wahnsinnig, Sam!", knurre ich unzufrieden und raufe mir die Haare.

Sam lächelt geduldig.

„Vielleicht klärt sich nachher alles auf, Lisa. Ich wäre genauso froh darüber, um nicht dauernd Angst haben zu müssen, ich könnte mich verhaspeln."

„Was, wenn Du aus Versehen etwas sagst?"

„Du willst, dass ich Tom hintergehe? Dass ich seinen Wunsch missachte? Dass ich etwas über ihn erzähle, das er nicht preisgeben will? Findest Du das fair? Ich bin doch einer seiner besten Freunde."

Ich erröte.

„Natürlich nicht", murmle ich beschämt. „Tom wusste genau, warum er Chris und Dich mitgeschickt hat."

„Wieso?", lacht Sam wieder munter.

„Na weil Ihr beide dichthaltet. Er wusste, dass er Euch vertrauen und auf Euch zählen kann."

„Tom hat uns ja auch darauf vorbereitet, dass Du sehr gewitzt bist."

„Echt? Er dachte, dass ich Euch in der Woche ausquetschen will?"

„Nein. Er hat uns doch gar nicht verraten, dass Ihr auch hier seid. Aber er hat uns vorgewarnt, wenn wir uns treffen, sollen wir vorsichtig sein. Du hattest schließlich auch schon das Date mit Chris. Außerdem hat er ja dies hier für uns alle vier geplant."

„Hat er Euch von Vivian erzählt?"

„Nicht viel. Er hat nur erwähnt, dass es Treffen ab sofort nur im Doppelpack gibt."

„Meinst Du, er erzählt mir später, was los ist?"

„Keine Ahnung. Ab und zu ist Tom auch für Überraschungen gut. Bei ihm kann man nie wissen."

„Sag mal, Sam, wenn ich es erfahre. Ist es … eher eine böse

Überraschung? Etwas Ernstes?“

„Ich werde nicht darüber reden, Lisa, okay?“, erwidert Sam melancholisch.

„Weil es schlimm ist? … Du guckst so traurig“, merke ich vorsichtig an und studiere seine Gesichtszüge.

„Ich sage jetzt nichts mehr. Es sind ja vielleicht nur noch ein paar Stunden.“

„Aber, wenn er mir doch nichts sagt? Was dann?“

„Dann verspreche ich Dir, dass ich mir ihn noch einmal persönlich vorknöpfen werde“, lächelt Sam.

Je mehr Zeit an diesem Tag verstreicht, desto unruhiger werde ich. Meine Nervosität nimmt ständig zu. Letztlich laufe ich nur noch mit dem Handy in der Hand herum. Wenn ich es dann doch irgendwo abgelegt habe und nicht finde, drehe ich sofort durch.

„Wo ist mein Handy?“, brülle ich wieder einmal hysterisch durch unser Ferienhaus und flitze wie eine Wahnsinnige durch sämtliche Zimmer.

„Hier“, lamentiert Vivian überspitzt genervt und hält es mir hin. „Es lag auf dem Waschtisch im Bad.“

„Danke“, seufze ich erleichtert.

„Hoffentlich hat sich das Thema morgen endlich erledigt.“

„Hat Dir Chris eigentlich was erzählt? Als Ihr auf dem Wasser gewesen seid?“

„Nein. Aber er ist heute echt nicht in der Spur. Alles nur, weil Tom mit Dir telefonieren will. Ich verstehe auch nicht warum. Er faselte nebenbei permanent komisches Zeug.“

„Was denn?“

„Er meinte, er kann sich nicht vorstellen, dass sich Tom traut, Dir die Wahrheit zu sagen.“

„Und was noch?“

„Chris meinte, dass Du alleine durch das Telefonat schon merken würdest, dass mit Tom etwas nicht stimmt. Ich habe ihn sofort gefragt wieso, aber darauf ist er nicht näher eingegangen.“

„Komisch. So etwas Ähnliches hat mir Sam auch gesagt. Hat Chris sonst noch etwas verraten?“ Vivian verneint.

„Aber er ist heute wirklich seltsam. Zwischendurch dachte ich, er wäre kurz davor zu weinen. Er ist verkrampft und total abwesend.“

„Auch schon heute Morgen? War er auch schon so, bevor ich zum Frühstück dazu gestoßen bin?“

Vivian scheint ernsthaft zu überlegen.

„Nein. Jetzt wo Du es sagst. Eigentlich erst ab dem Moment, als Du von dem bevorstehenden Telefonat erzählt hast. Seitdem ist er wie ausgewechselt. Heute interessiert er sich kein Stück für mich! Als sei ich Luft! Ich habe ihn wie oft etwas gefragt, und er hat noch nicht einmal geantwortet, mich gar nicht angesehen!“

„Das gibt sich wieder, Vivian.“

„Ich weiß nicht, Lisa. Vielleicht mag er mich doch nicht so wie ich anfangs dachte“, merkt meine Freundin deprimiert an.

„Blödsinn. Das renkt sich garantiert wieder ein. … Ich hoffe, Tom ruft gleich endlich an. Wenn das hier noch länger geht, musst Du mich nachher reanimieren. Fühl mal meinen Puls“, sage ich und halte ihr mein Handgelenk entgegen.

„Ich hol uns ´ne Tafel Schokolade aus der Küche. Das hilft immer.“ Vivian steht lächelnd auf und schlappt mit nackten Füßen zur Küchenzeile.

45 Minuten später

Den ganzen Tag habe ich darauf gewartet und endlich geschieht es. Mein Handy klingelt und vibriert. Aber jetzt, als es endlich soweit ist, kriege ich es nicht fertig, den Anruf anzunehmen. Ich erstarre zur Salzsäule und bin total verstört. Mein Kopf fühlt sich plötzlich leer und hohl an. Nach dem vierten Klingeln schaffe ich es schließlich, nehme zitternd mein Smartphone in die Hand und drücke auf das Symbol mit dem grünen Telefonhörer.

„Ja? Hhhalllo?", stammle ich. Niemand antwortet. Ich stelle das Handy irritiert auf Lautsprecher.

„Hallo? Hier ist Lisa …", sage ich noch einmal etwas souveräner und lausche. Im Hintergrund der Leitung höre ich verschiedene Geräusche. Piepsen, Surren, Rauschen.

„Hallo? Wer ist denn da?", frage ich jetzt energischer. „Tom? Bist Du das?" Ich bilde mir ein, dass jemand schwach ´Lisa` haucht. Meine Unterarmhaare stellen sich auf. Dann scheint es bei dem Anrufer turbulenter zu werden.

Ich höre Klappern, vermutlich eine Tür, viele Stimmen kommen dazu und auch das Rauschen und das wilde Piepsen bleiben.

„Hallo? Tom? Bist Du das?“ Meine Aufregung nimmt alarmiert zu.

„Ist er es?“, flüstert Vivian, die nun dazukommt und mit großen Augen neugierig auf mich herabschaut.

Ich beachte sie nicht.

„Tom? Wenn Du da bist, melde Dich bitte! Ich kann nichts verstehen! Da ist so ein Krach im Hintergrund!“

„Lisa“, krächzt es so kraftlos und heiser, als spräche jemand die letzten Worte, bevor er stirbt. Die Angst überzieht mich mit einer Gänsehaut.

Vivian setzt sich sachte neben mich und lehnt sich von der anderen Seite des Telefons an mich heran.

„Tom? Was ist da los? Was ist mit Dir?“, frage ich zitternd und spüre, dass mir die Tränen bereits in die Augen schießen.

Keine Reaktion. Aber in der Leitung raschelt und knistert es fortwährend, das laute und unrhythmische Piepsen hält an, und dann kommen plötzlich erneut viele Stimmen dazu. Es klingt nach mehreren Personen, aber es hört sich dumpf an, so als sei das Telefon unter eine Decke gerutscht. Ich kann keine genauen Informationen herausfiltern. Die Panik jedoch, die dort herrscht, kriecht nun immer übler durch die Leitung zu mir herüber. Die Angst um Tom frisst sich mit einem erstickenden Gefühl durch mich hindurch. Dann werden die Stimmen deutlicher.

„Schnell!“, befiehlt eine männliche Person scharf am anderen Ende.

„Da rüber! … Nein! … Sofort!“, brüllt eine andere Stimme schroff.

„Lisa“, höre ich es schwach röcheln und brodeln.

Mir läuft es bis zum Steiß kalt den Rücken hinunter. Ich kann vor Angst nicht mehr genug Sauerstoff in meine Lunge pumpen, weil sich die Panik inzwischen wie ein Korsett um meinen Brustkorb gelegt hat. Nach und nach zieht sie sämtliche Schlingen zu, bis sie mich fest in ihrer Gewalt hat. *Was zum Teufel ist da los?*

„Tom? … Tom!" Ich bin außer mir und beginne zu hyperventilieren. „Tom!"

Ich halte das Handy in festem Griff an mein Ohr gepresst.

„Dann sehen Sie zu, dass die fertig werden! … Nein! Wir haben keine Zeit!", schimpft wieder jemand.

Ich muss schlucken, aber es ist kein Speichel mehr da.

„Scheiße! … Wir verlieren ihn! … Schnell! Schnell verdammt!", brüllt eine männliche Stimme. „Machen Sie endlich!"

Mir ist speiübel und meine Tränen haben sich längst selbständig gemacht. Die Konturen der Umgebung verschwimmen. Etwas ganz Schreckliches geht da vor sich und die Worte, ′Wir verlieren ihn′, werden in meinem Kopf zu einem drohenden, lauten schwarzen Echo, das den Tod ankündigt.

„Hier rüber mit ihm! Eins, zwei, drei …"

„Schaffen Sie die Decke an die Seite!", herrscht eine Männerstimme. „Ist das Bett auf ITS noch frei?"

„Die tauschen gerade", antwortet eine zarte Frauenstimme.

Tränen laufen leise über mein Gesicht. Ich darf nicht laut weinen, denn dann höre ich nichts mehr und erfahre nicht, was dort passiert. Außerdem kann ich ihn doch jetzt nicht im Stich lassen! Vollkommen aufgelöst sitze ich tränenverschleiert auf dem Sofa und bin in einer gigantischen Wolke aus Schmerz, Verzweiflung und Angst gefangen.

So fällt mir auch gar nicht auf, dass sich Vivian auf leisen Sohlen davongestohlen hat. Das bekomme ich erst mit, als sie mit Christian und Sam im Schlepptau plötzlich vor mir steht. Christians Gesicht ist aschfahl und sogar Sam ist trotz seiner Sonnenbräune leichenblass.

Ich blicke auf, ohne den verkrampften Griff um das Handy zu lösen.

„Eins, zwei, drei … Kommen Sie auf diese Seite!", wird jemand dirigiert.

„Er war gerade am Telefon", sagt plötzlich eine weibliche Person. „Schauen Sie, ob noch jemand dran ist. Übernehmen Sie hier!"

„Hallo?", höre ich in der Leitung jemanden fragen aber meine Stimme scheint sich ebenso wie der Rest von mir in Schockstarre zu befinden.

Christian reagiert und reißt mir das Handy aus der Hand.

„Hier ist Chris. Ich bin Toms Freund."

„Herr Meier?"

„Ja!", herrscht Christian ungehalten. Er beginnt, im Wohnzimmer auf- und abzulaufen. Mit einer Hand fährt er sich dauernd durch die Haare.

„Es sieht nicht gut aus. Wollen Sie kommen?"

Christians Gesichtsmuskeln tragen einen verbitterten Kampf aus.

„Ich bin im Urlaub", erwidert er impulsiv. „Ich packe sofort und fahre gleich los! Geben Sie mir Tom, bitte!", fleht er und ringt in einem Anflug tiefster Verzweiflung gierig nach Luft.

„Herr Meier, beruhigen Sie sich. Sie können jetzt nicht mit Tom telefonieren."

„Helfen Sie ihm", fleht Christian und verliert den Kampf gegen die Tränen. „Wir sind in wenigen Stunden da."

„Okay, Herr Meier. Beruhigen Sie sich bitte. Wir tun alles, was in unserer Macht steht, das verspreche ich ihnen."

„Tun Sie mehr!", herrscht Christian mit bebender Stimme und reibt sich mit Daumen und Zeigefinger die Tränen weg.

„Ich lege jetzt auf, Herr Meier. Wir müssen uns um Ihren Freund kümmern, okay?"

„Okay." Christian legt auf. Fast im selben Moment rast er mit meinem Handy aus dem Zimmer, als wären wir gar nicht da.

„Chris", brüllt ihm Sam hinterher, doch sein Freund reagiert nicht. Er will ihm sofort hinterher aber Vivian ist schneller und packt ihn am Arm.

„Sam? Was ist hier los?", fragt Vivian fordernd.

„Ich … ich muss mit. Tut mir leid. Ich muss rüber, packen."

„Dann fahren wir auch", sage ich.

Vivian schaut mich an. Der Ausdruck in ihrem Gesicht wechselt binnen einer Sekunde von ´Wie bitte?´ auf ´Natürlich. Was sonst´.

„Ja. Wir fahren auch. Ich fahre mit Chris und Du mit Lisa. Aber dann erzählt Ihr uns endlich, was hier los ist."

Ich schaue meine Freundin an, überrascht, dankbar, erleichtert und traurig. Ich bin einfach froh, dass ich nicht diskutieren muss, und dass sie auf meiner Seite zu sein scheint.

Es dauert keine zwanzig Minuten, bis die Autos gepackt und wir auf der Rückreise sind. Ich weine lautlos vor mich hin und habe riesige Angst. Dazu kommt, dass ich immer noch nicht genau weiß, was Tom hat. Das lässt mich total verzweifeln. Zu wissen, dass es um Leben und Tod geht, ist für mich schier unerträglich. Die Panik, Tom zu verlieren, ist grenzenlos und verursacht in mir einen Schmerz, der alles übertrifft, das ich je erlebt habe.

„Sam?", sage ich vorsichtig, als wir ein paar Minuten unterwegs sind. Er wirft mir einen flüchtigen Blick zu. Sein Gesicht sieht ausgemergelt aus, und ernst.

„Sag mir bitte, was mit Tom ist", flehe ich.

Eine Sekunde lang schaut er zu mir rüber, dann wieder auf die Straße. Es ist unverkennbar, wieviel Überwindung es ihn kostet, und wie schwer es ihm fällt, die Worte über die Lippen zu bringen. Er nimmt einige tiefe Atemzüge, bis er leise einen Ansatz findet.

„Tom ist … er ist im Krankenhaus, Lisa", beginnt Sam und wischt sich verlegen eine Träne aus dem Augenwinkel.

Ich gebe ihm einen Moment, weil ich erkenne, welch inneren Kampf er mit sich austrägt.

„Schon länger?“, frage ich zaghaft.

„Ja.“

„Was hat er?“, will ich wissen, und weil Sam es scheinbar nicht übers Herz bringt, weiter zu erzählen, sage ich:

„Ich habe vorhin gehört, wie jemand sagte, ′wir verlieren ihn′.“

Sam schluckt seine hochkochenden Emotionen hinunter, doch es kostet ihn immer mehr Mühe, sich zusammenzureißen. Er schaut stur geradeaus auf die Fahrbahn. Doch auf einmal bricht es verzweifelt aus ihm heraus.

„Ich weiß nicht, Lisa, ob wir rechtzeitig kommen.“

„Wie meinst Du das?“, frage ich mit tränenverschleiertem Blick.

„Tom, … er wartet schon lange auf ein Spenderherz. Er wird immer schwächer. Man hat vor einigen Monaten versucht, ihm ein künstliches Herz einzusetzen. Das war seine große Hoffnung, das Krankenhaus noch einmal für eine Weile verlassen zu können. Es hätte ihm mehr Zeit gegeben. Aber es hat nicht geklappt. Der Körper hatte starke Abstoßungsreaktionen und Tom kam mit den Medikamenten nicht klar. … Er wollte sich nie etwas anmerken lassen, aber … wir haben versucht, ihn immer wieder aufzubauen. Er hat ständig auf tapfer gemacht. Total bescheuert. Als merkten und wüssten wir nicht, was mit ihm los ist. Er leidet still und frisst alles in sich hinein, weil er niemandem zur Last fallen will. … Wir haben trotzdem alles getan, um ihn abzulenken. Wir wollten ihn etwas aufmuntern und auf andere Gedanken bringen. Als wir dann merkten, dass er den Lebenswillen verliert, kamen wir auf die Idee mit dieser Onlinedating-Plattform. Wir konnten ja nicht permanent da sein und was blieb ihm denn sonst noch? Er kommt ja nicht raus. Auch, wenn er es nie gesagt oder uns gegenüber erwähnt hat, Chris und ich haben ganz deutlich gespürt, dass Tom nicht mehr kann und dabei ist, den letzten Funken Hoffnung zu verlieren. Wir mussten etwas unternehmen! Wir dachten, wenn er sich wieder verliebt, wenn er jemanden kennenlernt … erst wollte er nicht und fand unsere Idee albern. Sie war ja auch total verrückt, wenn man bedenkt, was er gerade durchmacht. Aber wir haben nicht lockergelassen und ihn damit so lange drangsaliert, bis er uns zuliebe nachgegeben hat. So kamst Du ins Spiel."

In meinem Kopf fügen sich sämtliche Bilder zusammen. Alles ergibt einen Sinn. Alles! Das Gefängnis, immer derselbe Ausblick, ein Tag wie der andere, die anderen Menschen, die seinen Tag bestimmen und verplanen, seine plötzliche Abwesenheit, diese Frauen, auf die ich eifersüchtig war, dass er wegzieht …

Oh Gott. Er zieht nicht weg. Er stirbt! Laut schluchzend kann ich vor Tränen kaum noch etwas sehen.

„Warum hat er mir das nicht gesagt?", japse ich aufgelöst und schnappe stoßweise nach Luft.

„Weil er Dir nicht wehtun wollte. Er wollte nicht, dass Du traurig bist, Lisa."

„Hat ja super geklappt! Wie soll das denn funktionieren?", heule ich. „Man kann doch niemandem verbieten, traurig zu sein! Wie hat er sich das vorgestellt? Wollte er sich einfach irgendwann nicht mehr bei mir melden? Einfach verschwinden? Mir nie die Wahrheit sagen? Hättet Ihr mir dann irgendwann sein Grab gezeigt?"

Der Friedhof. Er hat mich zum Friedhof geschickt …

Die Erinnerung daran schüttet Öl ins ohnehin schon lodernde Feuer. Ich bin unfähig, mich zu beruhigen.

„Tom hatte solche Angst, dass Du Dich in ihn verliebst, Lisa. Plötzlich bekam er noch mehr Angst, weil auch Du ihm ans Herz gewachsen bist. Aber dadurch hat er zeitweise auch wieder einen Funken Hoffnung bekommen. Ein Ziel! Er wollte plötzlich wieder gesund werden, hat wieder seinen alten Kampfgeist entwickelt, der ihn schon so vieles hat überstehen lassen. Aber er hatte gleichzeitig auch mehr Angst vor dem Tod als je zuvor. Er wollte Dich so gerne sehen und in den Arm nehmen, andererseits meinte er, aus Rücksicht auf Dich Abstand halten zu müssen. Immer wieder stand sein Leben auf Messers Schneide. Es ist ein Kampf, Lisa, jeden Tag – jede Minute!", erklärt Sam hilflos. „Chris und ich waren total verzweifelt. Wir waren hin- und hergerissen und wir waren uns gar nicht mehr sicher, ob die Idee mit dem Internet letztlich wirklich so gut war. In einem Moment dachten wir ja, im nächsten Moment war Tom so von der Rolle, dass wir das Gerät am liebsten aus dem Fenster geworfen hätten. Tom ist unser bester Freund, ihn so zu sehen und das miterleben zu müssen, frisst einen selbst innerlich auf. Keiner kann sich vorstellen, was das bedeutet."

„Und ich war auch noch sauer. Warum verdammt nochmal hat er es mir verschwiegen? Wie sollte ich mich denn da richtig verhalten? Warum habt Ihr denn nichts gesagt?"

„Wie hättest Du dann reagiert? Er ist todkrank, Lisa. Keiner weiß, ob es Rettung für ihn gibt, ob er überhaupt noch da ist." Sams Stimme bricht.

„Er hat mir immer geschrieben, er mache mir nichts vor, aber genau das hat er! Er hat mir nicht die Wahrheit gesagt! Ich hätte doch vieles viel besser verstehen können! Ich hätte ihn doch besuchen können!"

„Er wollte nicht, dass Du ihn so siehst, Lisa. Kannst Du das nicht verstehen? Tom war mal Sportler. Du glaubst gar nicht, wie durchtrainiert er aussah. Er kann sich selbst nicht leiden und ertragen, so schwach und auf Hilfe angewiesen."

„Aber warum hat er nicht telefonieren wollen?"

„Weil er kaum sprechen kann, Lisa. Selbst dafür fehlt ihm die Kraft und die Luft."

Oh Gott. Wieviel Kraft es ihn gekostet haben muss, diesen Brief zu schreiben. Und ich mache mich noch über seine Schrift lustig. Wenn ich es doch nur gewusst hätte.

„Ich will gleich sofort zu ihm ins Krankenhaus, Sam."

„Ich weiß nicht, Lisa …"

„Bring mich hin! Bitte! Ich muss Tom sehen!", fordere ich mit Nachdruck.

„Aber wenn er Dich nicht sehen will?"

„Das ist mir egal. Jetzt treffe ich die Entscheidungen! Er hat sie oft genug über meinen Kopf hinweg getroffen", sage ich mit mehr Stärke in der Stimme, als es meiner Grundstimmung entspricht.

Sam schmunzelt.

„Du bist das, was ihm gefehlt hat, Lisa."

Ich schaue Sam überrascht an. Er kämpft mit den Tränen und schmunzelt gleichzeitig.

„Wie meinst Du das?"

Er hält kurz inne.

„Tom braucht Dich, weil Du die Kraft hast, die ihm fehlt. Ich fahre Dich hin. Hoffentlich kommen wir nicht zu spät."

„Ich habe solche Angst, Sam. Wir hatten doch noch gar keine Zeit zusammen. Wir konnten uns doch noch gar nicht richtig kennenlernen. Da kann er doch jetzt nicht einfach verschwinden." Ich trockne meine nassen Wangen.

„Ich habe auch Angst, Lisa. Große Angst. Ich kann mir nicht vorstellen, dass Tom irgendwann einfach weg ist."

„Tom hat großes Glück, Dich und Chris als Freunde zu haben", schluchze ich und nehme mir ein Taschentuch.

„Danke, Lisa. Das ist echt lieb von Dir. … Ganz schön lächerlich, so eine Heulsuse von Mann, was?" Sam wischt sich mit dem Ärmel ebenfalls verlegen eine Träne weg.

„Gefühle zu zeigen, ist nie lächerlich. Auch bei Männern nicht", antworte ich ernst. „… Außer, wenn Du auf dem Pony geflennt hättest, obwohl die Füße auf den Boden reichen."

Sam schmunzelt.

„Ich werde die Reitphobie sicherheitshalber therapieren lassen. Für den Fall, dass wir unseren Ausritt nachholen."

„Soll ich Dich begleiten und Händchen halten?"

„Darauf komme ich gerne zurück", lächelt Sam trotz der Situation kess.

Nach drei Stunden fahren wir von der Autobahn ab, um zu tanken. Vivian, die mit Christian vorweggefahren ist, springt aus dem Wagen und reißt mich stürmisch in die Arme.

„Es tut mir so leid, Lisa. So leid." Vivian drückt mich energisch und so fest, dass ich kaum Luft bekomme. „Wir schaffen es bestimmt rechtzeitig. Chris hat eben im Krankenhaus angerufen. Toms Zustand ist zwar kritisch, er konnte aber stabilisiert werden."

Ich atme erleichtert auf.

„Ist er wach? Kann Tom reden?"

„Ich weiß es nicht genau. Chris hatte das Handy nicht lautgestellt und wollte, dass ich es ihm hinhalte. Er ist ja gefahren. Chris ist komplett kirre und kaum ansprechbar. Er will nachher sofort ins Krankenhaus zu Tom."

„Sam hat mir versprochen, dass er auch mit mir hinfährt. Laut Navi müssten wir gegen zehn ankommen."

„Aber dann lassen die Euch bestimmt nicht mehr rein", bemerkt Vivian. „Du bist schließlich keine Angehörige!"

„Das ist mir egal. Dann warte ich irgendwo. Ich muss Tom sehen, Vivian. Chris fährt ja auch hin."

Sie schaut zum Tankstellenshop, aus dem Christian gerade wie ein Bankräuber auf der Flucht herausgestürmt kommt.

„Ich muss los. Chris will sofort weiter. Ich würde ihm zutrauen, dass er mich vergisst und einfach losfährt." Vivian drückt mich noch einmal herzlich an sich und gibt mir einen flüchtigen Kuss auf die Wange.

„Danke, Vivian."

Sie rennt zu ihrem Wagen, springt auf den Beifahrersitz und braust mit Christian davon. Sam kommt ebenfalls aus dem Shop gesprintet und wir geben Gas, um Christian und Vivian wieder einzuholen.

„Sein Zustand ist stabil", sagt Sam. „Viel mehr konnte ich nicht in Erfahrung bringen. Chris ist kurz davor, vor Sorge durchzudrehen."

„Ich weiß. Vivian hat es mir erzählt."

„Tom schafft das. Ganz sicher. Es wird bestimmt alles gut", bestätigt er mehr sich selbst.

„Meinst Du, ich soll versuchen, bei Tom anzurufen? Ob er ans Telefon gehen kann?"

„Er liegt jetzt auf der Intensivstation, meinte Chris. So wie ich das verstanden habe, geht es ihm zwar besser, aber über den Berg ist er noch nicht, Lisa."

Ich schaue schweigend auf die Straße. *Ob es Tom helfen würde, meine Stimme zu hören? Wenn er wüsste, dass ich bald bei ihm bin. Dass wir das gemeinsam durchstehen.*

Mir kommt eine Idee.

„In welchem Krankenhaus liegt er? Wie heißt Tom eigentlich mit Nachnamen?"

„Er heißt Kärner mit Nachnamen und liegt im Stift. Bei uns in der Stadt."

Sofort greife ich mein Handy und suche im Internet die Nummer der Zentrale des Krankenhauses heraus. Ich wähle.

„Was tust Du?", will Sam wissen.

Ich deute ihm an, dass er bitte leise sein soll. Es tutet, dann meldet sich die Zentrale und ich antworte.

„Hallo. Mein Name ist Lisa Ellinger. Ein Tom Kärner liegt bei Ihnen und wurde heute auf die Intensivstation verlegt. Er wartet auf ein Spenderherz. Könnten Sie mich bitte mit der Station verbinden? Es ist dringend. Er wartet auf meinen Anruf."

„Sind Sie eine Angehörige?", werde ich gefragt.

„Ich bin seine Verlobte."

Sam schaut mich überrascht von der Seite an. Dann biegen sich seine Mundwinkel leicht nach oben.

„Einen Moment bitte. Ich verbinde Sie mit der Intensivstation", sagt die Frau am anderen Ende.

„Dankeschön", erwidere ich und warte wieder.

„Intensivstation B4, Sie sprechen mit Schwester Gabi", meldet sich eine andere Frau.

„Hallo. Mein Name ist Lisa Ellinger. Ist ein Tom Kärner heute auf Ihre Station verlegt worden? Ich muss ihn ganz dringend sprechen. Er wartet auf meinen Anruf!"

„Lisa, sagen Sie? ... Bleiben Sie in der Leitung. Ich muss kurz mit dem Arzt sprechen."

„Dankeschön. Ich warte", sage ich. Mein Herz schlägt schneller und fester. Als wollte es Toms Herz aus der Entfernung zur Seite stehen.

„Hören Sie?", sagt die Schwester nach einer gefühlten Ewigkeit.

„Ja?"

„Herr Kärner ist momentan nicht in der Lage zu telefonieren. Der zuständige Arzt meinte, ich soll Sie trotzdem zu ihm bringen und ihm das Telefon ans Ohr halten. Er wird Ihnen nicht antworten können, aber vielleicht versteht er Sie und es hilft ihm, Ihre Stimme zu hören. Wäre das für Sie okay?"

„Ja, auf jeden Fall." Ich schlucke. „Bitte, bringen Sie mich zu ihm."

„Ich nehme Sie mit." Schritte laufen über den Flur. Es piepst. Dann Geräusche, als würden sich Schiebetüren öffnen und schließen. Personen unterhalten sich, aber ich kann nichts verstehen.

„So, da sind wir. Ich lege ihm das Telefon auf sein Kissen und gehe kurz zu einem anderen Patienten. Dann haben Sie etwas Privatsphäre.“

„Dankeschön“, sage ich und höre kurz darauf nur noch leise Hintergrundgeräusche. Aber sie sind gleichmäßig, so dass sie mich fast etwas beruhigen. *Ob er beatmet wird?*

„Tom? Hörst Du mich?“, beginne ich zaghaft. „Hier ist Lisa. Ich weiß Bescheid, Tom. Reg Dich jetzt nicht auf, ja? Es ist alles gut. Wir sind auf dem Weg zu Dir. Ich freue mich auf Dich und ich weiß, dass Du das schaffst. Fang schon einmal an zu sparen, denn wir fahren hinter Chris her. Er drückt derart aufs Gaspedal, dass er bestimmt zehn Strafzettel kassieren wird. Wenn wir bei Dir ankommen, sind Chris und Sam garantiert ihre Führerscheine los.“

Ich blicke zu Sam, der zwar traurig aussieht aber mich nun angrinst und bestätigend nickt, dass ich weitermachen soll.

„Sam nickt übrigens. Er meint, ich solle Dich weiter nerven. Ich weiß, dass Du mir gerade nicht antworten kannst, aber das ist vielleicht auch gut so. Dann kannst Du auch keine Widerworte geben oder mir verbieten, vorbeizukommen. Es hätte eh keinen Sinn. Ich würde Dich trotzdem besuchen. Was hast Du Dir eigentlich dabei gedacht? Warum hast Du mir nichts gesagt? Ganz ehrlich? Das war total idiotisch! Wir hätten uns schon viel früher sehen können! Zeit miteinander verbringen können! Ich wäre doch auch zu Dir ins Krankenhaus gekommen!“ Mein Ton wird etwas schärfer, aber reumütig nehme ich mich gleich wieder zurück.

„Ist ja auch jetzt egal. Ich werde Dir jedenfalls beweisen, dass ich damit klarkomme. Ob Du willst oder nicht. Jetzt treffe ich die Entscheidungen und das steht mir nach Deiner wochenlangen, dämlichen Aktion auch zu, finde ich.“ Ich atme tief durch.

„Tom?", sage ich schüchtern. „Weißt Du eigentlich, dass ich mich in Dich verliebt habe?" Es kommt keine Reaktion. „Ich hätte so gerne Deine Stimme gehört, Tom. Ich hatte mich so auf Dich gefreut. Tue ich übrigens immer noch. Soll ich Dich wecken, wenn ich da bin?", scherze ich zaghaft. „Ach was. Sag nichts. Ich mache es einfach. Ich kann es kaum erwarten, endlich bei Dir zu sein. Hast Du wirklich gedacht, Du könntest Dich so aus dem Staub machen? … Das werden wir nicht zulassen, Tom. Reiß Dich zusammen! Das bist Du mir schuldig nach Deiner echt bescheuerten Masche als Mister Geheimnisvoll. Das war eine Schnapsidee und voll daneben. Sorry, auch wenn Du Dich jetzt nicht verteidigen kannst, aber das musste raus. … Du fehlst mir so sehr, Tom. Ich werde für Dich da sein, egal was passiert. Warte auf mich, bitte", flehe ich und fange wieder bitterlich an zu weinen. Sam wirft mir einen mitleidigen Blick zu, deutet mir aber an, dass ich alles richtigmache. Ich lache schniefend auf.

„Sam nickt schon wieder. Bestimmt hat er einen Wackeldackel gefrühstückt. Er will, dass ich weiter auf Dich einquassele. Ist nicht meine Schuld! Wollte ich nur gesagt haben. Im Übrigen ist er ein echt Netter, Dein Freund Sam." Ich schmunzele. „Aber Muskeln sind halt nicht alles. Ich meine damit, Tom, dass Du es bist, den ich toll finde. Mir ist es nicht wichtig, wie stark Du bist. Das ist total belanglos und kommt sowieso alles wieder zurück. Du wirst sehen. Das geht ganz schnell. Du darfst jetzt nur nicht aufgeben. Wir schaffen das gemeinsam, Tom. Ich werde bei Dir sein. Du musst durchhalten, weiterkämpfen, bis sie ein Herz für Dich gefunden haben. Es dauert bestimmt nicht mehr lange, Tom. … Ich sehne mich so nach Dir. Bitte, gibt nicht auf und kämpfe für mich. Ich weiß, Du kennst mich nicht richtig, aber es lohnt sich, glaub mir. Wir werden das gemeinsam durchstehen!"

„Halt mir mal Dein Handy ans Ohr", fordert Sam, und ich komme seiner Aufforderung nach.

„Hey, Tom. Hier ist Sam. Es lohnt sich wirklich. Die Schnecke ist heiß. Also versaue es nicht mit Lisa und kneif die Arschbacken zusammen! Wehe, Du machst Blödsinn, Alter! Wir sind in wenigen Stunden bei Dir. Halte durch. Und lass die Finger von den Bräuten im kurzen weißen Kittel. Oder heb wenigstens eine davon für mich auf!"

Ich nehme Sam das Handy wieder weg.

„Wenn ich gewusst hätte, welchen Müll Sam redet, hätte ich ihm das Handy nicht gegeben", scherze ich am Telefon. „Kannst Du nicht etwas machen, damit ich weiß, dass Du mich hörst, Tom?" Ich lausche. Aber es kommt keine Reaktion. „Ist nicht schlimm. Du musst auch nichts sagen. Ist ja sowieso eher Frauensache, das Reden", sage ich und kneife etwas geblendet die Augen zusammen. Zweimal hat ein grelles rotes Licht aufgeblitzt, erst bei Christians und Vivians Wagen, dann bei unserem. Aus einem kaum einsehbaren Weg schnellt ein Polizeiauto heraus und rast uns jetzt mit Blaulicht hinterher.

„Shit. Wir sind geblitzt worden. Ich melde mich nachher nochmal, Tom." Ich lege auf und drehe mich panisch um.

Das Polizeiauto überholt uns und setzt sich vor Christians und Vivians Wagen. Das Schild 'Bitte folgen' leuchtet auf dem Dach des Beamtenfahrzeugs.

„Was machen wir jetzt? Ihr seid viel zu schnell gewesen! Verdammt. Jetzt ist bestimmt der Führerschein weg."

„Shit. Hoffentlich macht Chris keinen Blödsinn und fährt einfach davon. Zutrauen würde ich es ihm gerade."

Die Polizisten setzen den rechten Blinker und steuern einen Rastplatz an. Zum Glück erkennen wir, dass Christian der Aufforderung Folge zu leisten scheint. Auf dem Parkplatz springt Christian aber, kaum dass das Auto steht, aufgebracht heraus. Die Polizisten bekommen Panik und greifen zu ihren Waffen. Christian redet wie ein Maschinengewehr auf die Beamten ein und gestikuliert dabei wild. Ich sehe ihm an, dass er kurz davor ist, wieder zu dem Wagen zu springen und davonzufahren. Vivian kommt dazu und packt Christian sachte aber bestimmt am Arm. Sam und ich schnallen uns ebenfalls ab und steigen mit beschwichtigend erhobenen Händen aus.

„Beruhige Dich und lass mich reden", sagt Vivian gerade aber Christian ist nicht zu bremsen und wird immer ungehaltener.

„Mein Freund wird sterben! Ich habe keine Zeit für solche Spielchen hier!", poltert er.

Ich habe Sorge, dass er sich wirklich umdreht und zurück zum Auto rennt.

„Die Zeit werden Sie sich wohl nehmen müssen!", herrscht ihn einer der Beamten an.

Christian wird dennoch immer nervöser und schielt verzweifelt zum Wagen.

„Entschuldigen Sie bitte, aber es geht wirklich um Leben und Tod", mischt sich Sam ein und bemüht sich, ganz ruhig und sachlich zu bleiben. „Wir waren im Urlaub, aber es kam ein Anruf, dass es unserem besten Freund sehr schlecht geht. Er liegt auf der Intensivstation."

„Da bringen Sie sich und auch andere hin, wenn Sie so unkontrolliert über die Autobahn rasen! Sie sind schließlich nicht in einem Polizeiwagen mit Blaulicht unterwegs!"

„Ja, es tut uns ja auch wirklich leid, aber es geht wirklich um Leben und Tod. Unser Freund braucht uns. Er wartet schon ewig auf eine Organspende. Er hat nicht mehr viel Zeit, und wir haben Angst, dass wir zu spät kommen." Sam schluckt seine Tränen hinunter, während Christians Augen ebenfalls glasig werden. Er packt sich verzweifelt in die Haare und reißt sich aus Vivians Griff los.

„Aber Sie können doch nicht andere Verkehrsteilnehmer – und sich selbst! – in Gefahr bringen! Davon hat Ihr Freund auch nichts!“, schimpft einer der Beamten, nun aber merklich einfühlsamer.

„Das wissen wir ja, aber versetzen Sie sich doch mal in unsere Lage! Wir sind sonst keine Verkehrsraudies. Ich habe noch keinen einzigen Punkt in Flensburg!“, betont Sam in der hitzigen Diskussion.

„Ich auch nicht!“, beteuert jetzt sogar Christian. „Bitte, helfen Sie uns!“, wimmert er geradezu, so dass selbst das härteste Beamtenherz butterweich werden dürfte.

Die Polizisten sehen sich an und flüstern sich gegenseitig etwas ins Ohr, ohne uns aus den Augen zu lassen.

„Können Sie uns beweisen, dass Sie uns hier kein Märchen auftischen?“, fordern sie.

„Ich habe eben mit ihm telefoniert und gerade erst aufgelegt. Rufen Sie die letzte Nummer zurück! Sie können sehen, dass ich, bis Sie hinter uns auftauchten, mit dem Krankenhaus telefoniert habe“, mische ich mich ein und halte den Beamten aufgeregt mein Handy entgegen. „Tippen Sie nur auf die Nummer, die Zeit steht auch da“, sage ich.

Tatsächlich wählt einer der beiden Polizisten die zuletzt angewählte Telefonnummer, unter der sich das Krankenhaus meldet.

„Straßenbahnpolizei Bielefeld. Wir haben hier zwei Verkehrssünder, die angeben, dass sie dringend nach Hause müssen, weil ein Freund im Sterben liegt. Könnten Sie mir dazu eine Auskunft geben? … Um wen handelt es sich?“, fragt uns der Beamte.

„Tom Kärner. Er ist seit Monaten dort im Krankenhaus. Er liegt jetzt auf der B4“, sagt Chris ungeduldig. „Sagen Sie, es geht um seine Freunde, Chris und Sam.“

„Tom Kärner. B4. Ich habe hier zwei Freunde von ihm. Einen Chris und einen Sam, höre ich. Sagt Ihnen das was? …“

Wir halten die Luft an und verfolgen angespannt das Telefonat.

„… Ja. Alles klar. … Da haben Sie uns sehr geholfen. Dankeschön. …“ Der Polizist legt auf und nickt seinem Kollegen zu. „Sie scheinen die Wahrheit gesagt zu haben. Wie stellen Sie sich denn jetzt die Weiterfahrt vor“, wendet er sich uns zu. „Sie wissen hoffentlich schon, dass Sie mit dieser Missachtung der Verkehrsregeln Ihren Führerschein los sind.“

„Aber es ist doch eine absolute Ausnahmesituation“, bemerke ich vorsichtig. „Können Sie in diesem speziellen Fall nicht ein Auge zudrücken? Oder zwei?“, bitte ich.

Die Beamten schauen sich zögernd an. Der eine tuschelt dem anderen etwas ins Ohr. Sie gehen etwas an die Seite und ein Wortwechsel folgt. Dann wenden sie sich wieder uns zu und schauen uns mahnend an.

„Wenn Sie uns versprechen, dass Sie jetzt ordnungsgemäß weiterfahren, drücken wir sogar vier Augen zu und vergessen die Sache. Aber ab jetzt halten Sie sich gefälligst an die Geschwindigkeitsbegrenzungen. Es hat keiner was davon, wenn Sie auch noch im Krankenhaus landen. Wir klären das hier.“

„Versprochen! Ganz bestimmt!“, beteuert Sam reumütig.

„Bei Ihnen fährt die Frau weiter, wenn sie einen Führerschein hat“, sagt einer der Beamten zu Christian, dessen bleiches Gesicht nun wieder einen Hauch rosa annimmt.

„Ich lasse ihn bis daheim nicht mehr ans Steuer!“, versichert Vivian. „Es ist sowieso mein Wagen.“

„Na gut. Dann sehen Sie zu, dass Sie heimkommen, bevor wir es uns noch anders überlegen. Alles Gute für Ihren Freund.“

„Dankeschön“, murmeln wir erleichtert und dankbar. Wir verlieren keine Zeit, steigen wieder ein und fahren in gemäßigtem Tempo unter der Aufsicht der Beamten zurück auf die Autobahn.

„Puh, das war knapp“, stöhnt Sam. „Zum Glück haben die von mir nicht auch verlangt, dass ich Dich weiterfahren lassen muss“, scherzt er.

„Was bitte schön soll denn das heißen? Werde jetzt ja nicht aufmüpfig!"

Sam lacht.

„Neee, bei Dir traue ich mich das nicht, Du ausgebildete Schwertkämpferin", grinst er.

„Das hat Dir Tom auch erzählt?"

„Ja", grinst Sam breit. „Hat er. Tom fand das so witzig. Er schreibt was von Stricken und Du von Schwertkampf. Das ist doch urkomisch."

„Was hättest Du denn für ein Hobby angegeben. Reiten auf einem Karussellpferd?", fordere ich ihn heraus.

Sam wiehert belustigt.

22:17 Uhr

Wir parken am Krankenhaus. Für Christian gibt es kein Halten mehr. Er springt aus dem Auto und rennt vor zum Eingang, ohne zurückzuschauen. Vivian schüttelt seufzend den Kopf und schließt den Wagen ab.

„Nehmt es ihm nicht krumm. Er ist sonst nicht so“, entschuldigt ihn Sam. „Ich weiß, wo wir hinmüssen. Er lag schon einmal auf B4. Kommt mit.“

„Dürfen wir zu ihm, auch wenn wir keine Angehörigen sind?“, frage ich.

„Das müssen wir sehen. Chris und mich kennen die meisten schon lange. Wir sind ja dauernd hier. Chris natürlich noch öfter als ich. Er geht hier nahezu täglich ein und aus. Sie dürften sich schon gefragt haben, wo er bleibt. Schauen wir mal, wer Dienst hat. Aber Du hast als seine Verlobte bestimmt ganz gute Karten.“ Sam grinst mich an.

„Verlobte?“ Vivian reißt die Augen auf, dass ich meine Flunkerei noch an Ort und Stelle aufkläre.

Sie schmunzelt und wir folgen Sam schnellen Schrittes in das

Klinikgebäude. Währenddessen gehen mir viele Dinge durch den Kopf und mir wird immer mulmiger zumute.

Toms Anblick wird nicht einfach werden. Ich habe noch nie einen so schwerkranken Menschen gesehen, geschweige denn war ich jemals zuvor auf einer Intensivstation. Meine Beklemmungen haben mich so fest im Griff, dass mir ganz flau wird.

Mein Herz schlägt so heftig, dass es eigentlich für Tom und mich gemeinsam reichen müsste. Ich spüre, wie es sich zusammenzieht und wieder weitet. Ich spüre, mit welcher Energie es in mir arbeitet, mich am Leben erhält, mit jedem einzelnen Schlag. Noch nie habe ich seine Funktion in dieser Intensität fühlen können. Es schlägt für zwei und es ist stark genug, Tom am Leben halten zu können. Davon versuche ich mich selbst immer wieder zu überzeugen. Ich muss ihm Mut machen, ihn anspornen durchzuhalten, bis für ihn ein Spenderherz gefunden wird.

Wir kommen vor der Intensivstation an. Eine etwas ältere Krankenschwester lächelt uns durch die Scheibe zu. Sam winkt ihr entgegen.

„Hallo, Schwester Erika. Da bin ich wieder", sagt er.

„Guten Abend. Spät heute, Sie zwei. Chris ist schon bei Tom. Er ließ sich nicht aufhalten."

„Können wir auch rein? Ist Tom wach? Wie geht es ihm?", fragt Sam mit belegter Stimme.

„Sie können nicht alle rein. Das ist zu viel. Tom kam vorhin zu sich. Er ist sehr schwach, aber er hat nach einer Lisa gefragt."

Meine Knie werden weich.

„Das bin ich", stammle ich erregt. „Ich bin Lisa."

Die Schwester lächelt mich mütterlich an.

„Dann sind Sie die Frau, mit der er immer geschrieben hat. Seine Verlobte." Sie zwinkert mir zu. „Ja", bestätige ich und spüre die Röte in mir aufsteigen.

„Keine Sorge. Ich weiß nicht viel, aber mit der Zeit bekommt man ein Gefühl für seine Patienten und es lässt einen aufhorchen, wenn sie plötzlich strahlen und … sich positiv verändern." Sie schmunzelt.

„Hat er von mir gesprochen?", will ich wissen.

„Unaufhörlich würde ich sagen." Sie lacht. „Er schwärmte unentwegt von Ihnen."

„Wirklich?" Wärme breitet sich in mir aus.

Sie nickt.

„Kommen Sie kurz mit rein, Sam, und danach würde ich sagen, Sie beide machen Platz für Lisa. Einverstanden? Aber lange können Sie heute wirklich nicht bei ihm bleiben. Er braucht viel Ruhe und Schlaf."

Sam verschwindet im Intensivbereich und dreht sich noch einmal kurz zu uns um. Dann müssen Vivian und ich warten.

„Wie soll ich mich ihm gegenüber verhalten, Vivian? Was soll ich sagen?"

„Sei einfach Du selbst, Lisa."

„Aber wie soll ich denn ich selbst sein? Er ist … so krank!"

„Er ist krank aber trotzdem der Mann, in den Du Dich verliebt hast. Ich glaube, er möchte nicht, dass seine Krankheit im Mittelpunkt steht, oder was meinst Du?"

„Aber ich kann doch nicht so tun, als ob nichts wäre!"

„Das kann er auch nicht, Lisa. Aber versuche den Mann in ihm zu sehen, den Menschen, mit dem Du geschrieben hast. Redet über das, was Ihr Euch erzählt habt. Auch wenn er krank ist – er ist mehr als nur dieser kranke Mann. Er hat Gefühle in Dir geweckt, die Du noch nie hattest!"

„Oh Gott, Vivian. Ich bin so aufgeregt. Was ist, wenn ich es vermassele? Wenn ich ihm nicht guttue. Wenn ich Angst bekomme und rausrenne!"

„Atme tief durch, Lisa." Vivian legt mir ihre Hand auf den Rücken. „Er stirbt nicht Deinetwegen, okay? Das ist Blödsinn. Er ist ja darauf vorbereitet, dass Du kommst. Und Du rennst auch nicht raus. Das wird nicht passieren. Konzentriere Dich auf seine Augen. Die kennst Du und die haben Dir doch so gut gefallen. Zur Not schweigt Ihr erst einmal oder Du lässt ihn anfangen zu reden."

„Seine Augen. Ja. Ich werde ihm einfach in die Augen sehen und ihn beginnen lassen. Vielleicht schläft er gleich ja auch. … Himmel, bin ich nervös. Mir ist richtig schlecht, Vivian. Guck mal, wie ich zittere." Ich strecke meine flatterigen Arme aus.

Vivian schenkt mir ein sanftes Lächeln und ergreift beruhigend meine kalten Hände. Sie umschließt sie zärtlich. Aber auch ihre Hände sind kaum viel wärmer.

„Alles wird gut, Lisa."

„Was ist, wenn wir uns gleich richtig ineinander verlieben, Vivian, und dann stirbt er? Das ertrage ich nicht!"

„Jetzt weißt Du, warum er genau davor Angst hatte, Lisa. Aber keiner weiß, wann seine Zeit gekommen ist. Du musst jeden Augenblick im Leben genießen. Es kann im Grunde jeden jederzeit treffen. Es gibt nur leider Menschen, die den Tod zu früh auf sich zukommen sehen. Aber wer sagt, dass sie ihn auch deshalb wirklich treffen? Möglicherweise reißt der Tod plötzlich jemand ganz anderen an sich, der gar nicht damit gerechnet hat. Im Leben ist nicht alles planbar, und willst Du dem Glück die Tür zuhalten, weil es Dich irgendwann wieder verlassen könnte?"

„Aber wie stehen seine Chancen, Vivian? Ich habe Angst." Mir kommen die Tränen.

„Angst ist okay, Lisa. Es bleibt Deine Entscheidung, ob Du gleich zu ihm gehst. Aber ich glaube, wenn Du es nicht tust, wirst Du es bereuen. Schenke dem Schicksal und dem Leben etwas Vertrauen und lass nicht zu, dass die Angst über Dein Herz herrscht und bestimmt."

Ich starre Vivian an. Erst letztens hat sie uns mit philosophischen

Worten überrascht und auch jetzt bringt sie mich wieder zum Nachdenken.

„Da hinten kommen übrigens Chris und Sam." Sie zeigt zu dem Flur der Intensivstation, der durch eine Glastür von dem Wartebereich abgetrennt ist.

„Puh. Dann bin jetzt wohl ich dran, was?"

Vivian nickt mir aufmunternd zu.

„Na los. Aber lass ihn beim Knutschen mal Luft holen."

„Ich bin nicht in der Stimmung für Witze, Vivian", seufze ich.

„Auf geht´s. Er wartet bestimmt schon."

„Drück mir die Daumen."

Sie hält die Fäuste hoch und lächelt mir nach. Ich bleibe kurz bei Chris und Sam stehen.

„Und?", frage ich.

„Tom ist wach. Er weiß, dass Du kommst", sagt Christian.

„Was hat er gesagt?", will ich wissen. „Freut er sich auf mich? Oder wollte er nicht, dass ich ihn besuche?"

„Er hat uns praktisch rausgeschmissen, um für Dich Platz zu machen", grinst Sam.

„Echt?", frage ich erstaunt.

„Ja", grummelt Christian.

„Chris ist beleidigt", lacht Sam. „Er wollte noch bleiben, aber Tom will Dich sehen. Alleine", schmunzelt er.

„Ich bin so nervös", gebe ich zu.

„Reg Tom nicht auf, klar? Keine Anschuldigungen! Überleg Dir vorher, was Du sagst. Und starr ihn nicht an!", befiehlt Christian, als wollte er mir Benimmregeln eintrichtern.

„Chris!", schimpft Sam sauer. „Was soll das? Das ist eine Sache zwischen Tom und Lisa! Sie sind beide alt genug und Du bist nicht Toms Kindermädchen! Du gehst zu weit!"

„Aber sie muss doch wissen, dass er ..."

„Sie weiß, was er hat! Lisa ist kein Trampeltier! Im Gegensatz zu Dir jetzt gerade."

„Aber ich will doch nur, dass er …"

„Chris! Jetzt halt mal den Rand! Geh rein, Lisa, und hör nicht auf ihn."

Christian setzt empört zur Verteidigung an, kommt aber nicht mehr zu Wort.

„Du benimmst Dich unmöglich, Chris!", sagt Sam. „Geh mal an die frische Luft und komm erst mal runter. Ich glaube, die stickige Luft im Intensivbereich hat Dir das Hirn vernebelt. Jetzt sag besser nichts mehr! Der Einzige, der hier dummes Zeug quatscht, bist nämlich Du! Los, raus jetzt mit Dir. Vielleicht geht Vivian ja mit und bringt Dich wieder zur Vernunft."

„Na komm. Ich wollte ohnehin etwas mit Dir alleine sein", säuselt Vivian liebreizend und entlockt Christian ein hauchzartes Lächeln. Sie nimmt ihn an der Hand und geht mit ihm zum Treppenhaus, während ich meine Lunge mit Sauerstoff fülle und den Intensivbereich betrete.

Ich bin so aufgeregt, dass ich kaum geradeaus laufen kann. Mein eigener Herzschlag rauscht mir in den Ohren und pulsiert an meinen Schläfen, während meine Hände fast taub werden vor Kälte.

„Sie müssen sich eine Haube, einen Mundschutz, einen Kittel und diese Schuhüberzieher anziehen. Und da drüben bitte die Hände desinfizieren. An der Wand hängt eine Anleitung", fordert mich Schwester Erika auf.

„Okay", sage ich und schlucke. „Muss ich sonst noch etwas beachten? Toms Freund sagte, ich darf ihn nicht aufregen. Was soll ich sagen oder machen?", will ich wissen.

„Sie müssen Tom nicht in Watte packen. Er ist zwar schwer krank, aber so will er nicht behandelt werden. Seien Sie ganz normal, als treffen Sie einen Freund. Tom ist übrigens auch sehr aufgeregt. Es wird Zeit, dass er Sie sieht. Sonst regt er sich nämlich wirklich zu lange auf", schmunzelt die Schwester.

„Ich habe solche Angst, etwas falsch zu machen", sage ich.

„Sie können nichts falsch machen. Wir sind ja außerdem nicht weit weg. Zur Not klingeln Sie. Die Klingel hängt über dem Bett."

„Alles klar", murmle ich und beginne, mich anzukleiden. Dann trete ich vermummt an die Glasscheibe heran, die mich von Toms Zimmer trennt. Ich schaue hinein.

Tom

Ich blicke auf ein Krankenhausbett. Darin liegt ein Mann, umringt von großen Apparaten. Zu seiner Nase führt ein Schlauch, vermutlich mit Sauerstoff. Selbst durch die Scheibe höre ich das Piepsen und Surren der unzähligen Geräte.

Tom hat den Kopf zur Tür gedreht und das Kopfteil seines Bettes ist leicht erhöht. Er hebt zum Gruß schüchtern die Hand. Ich starre ihn an, sehe ihm direkt in die Augen. Mein Blick gleitet langsam über sein Gesicht. Er sieht schwach aus und scheint sehr dünn zu sein, aber er sieht auch unglaublich sympathisch aus. Zaghaft lächelt er mir entgegen, wirkt dabei unsicher und scheint verlegen zu sein. In diesem Moment spüre ich, wie es mich zu ihm hinzieht. Wie ich mich nach seiner Nähe sehne. Obwohl er abgemagert und ausgemergelt wirkt, tut das seiner Männlichkeit keinen Abbruch. Der Anziehungskraft, die er auf mich ausübt, ist seine Krankheit egal. Er ist Tom, der Mann aus dem Internet, in den ich mich verliebt habe, der sich in mein Herz geschrieben hat.

Vorsichtig öffne ich die Tür und trete ein. Ich gehe langsam an sein Bett heran, ohne ihn aus den Augen zu lassen. Mein Herz schlägt ihm immer heftiger und sehnsüchtiger entgegen. Auch sein Herzschlag auf der Anzeige des Apparates wird schneller und stolpert etwas, was mir Angst macht. Aber er lächelt ruhig.

„Hi", sagt Tom.

Mich durchfährt ein wohliger Schauer. So eine volle, tiefe Stimme. Zwei Buchstaben, die derart intensiv nachklingen, dass sie mich mit ihrem Klang ganz und gar erfüllen. So schwach auch der Rest seines Körpers sein mag, seine Stimme stiehlt sich wie der Rest von ihm auf direktem Wege in mein Herz. Jeder Teil von ihm ist jetzt dort angekommen und mein Herz konnte nicht anders, als ihn hineinzulassen. Als wäre es das Normalste der Welt und als gehöre es ohnehin schon ihm.

„Hi", erwidere ich befangen und verliere mich in seinem Blick.

„Es ist schön, Dich zu sehen, Lisa." Seine Kraft schwindet und er schnappt nach Luft.

„Du siehst doch gar nicht viel von mir", antworte ich schüchtern hinter meiner Vermummung.

„Stimmt", lächelt Tom. „Aber in Natura …", er schnappt wieder nach Luft, „siehst Du noch schöner aus …", er pausiert angestrengt, „als im Fernsehen – bei dem Konzert", fügt er hinzu und lässt den Kopf nach hinten aufs Kissen sinken.

„Deine Augen sehen in Wirklichkeit auch noch schöner aus als auf dem Foto."

Er benötigt einige mühsame Atemzüge, bevor er antworten kann.

„Und? Bist Du enttäuscht, was aus meinem Geheimnis geworden ist?", sagt er. Sein Strahlen knickt wehmütig ein, und seine Mundwinkel ziehen sich nach unten.

„Nein." Ich lächele selig. „Nein, ich bin nicht enttäuscht. Jetzt, wo ich Dir so nah bin. Es ist merkwürdig, aber es fühlt sich irgendwie vertraut an. Als sei ich schon oft hier gewesen."

„Hast Du keine Angst gehabt?“, unterbricht er mich matt. „Macht es Dir keine Angst, einen todkranken Menschen zu treffen?“, fragt er mit Selbstverachtung in der Stimme.

Ich schlucke trocken.

„Doch, es hat mir Angst gemacht.“ Ich senke den Blick. „Ich hatte Panik, dass ich etwas falsch mache, oder dass ich Dir nicht guttue. Aber seit ich Dich eben durch die Scheibe da hinten gesehen habe … Ich wollte nur noch zu Dir. Von da ab gab es nur noch Dich, Tom. Meine Gefühle für Dich und der Wunsch bei Dir zu sein sind viel größer als meine Angst. Ich habe mich so nach Dir gesehnt, nach Deiner Nähe.“ Ich lasse seinen Blick nicht los. Es ist, als könnte ich in diesem Moment in sein tiefstes Inneres hineinsehen.

Da ist so viel Liebe, so viel Sehnsucht, aber auch so viel Verzweiflung und Angst. Ich spüre, dass ich das alles mit ihm teilen will, auch, weil ich ganz genau erkenne, dass er unter dieser enormen Last bald zusammenbrechen wird. Er braucht mich. Ich muss und will diese Last mit ihm gemeinsam tragen. Es ist kein Opfer für mich, denn ich fühle, dass Tom der Mensch ist, den ich an meiner Seite haben will; den *mein* Herz zum Leben braucht.

„Magst Du Dich setzen“, fragt Tom und schaut zu dem Stuhl neben seinem Bett.

Ich nehme beklommen Platz und ergreife schüchtern seine Hände, die er nach mir ausstreckt.

„Du hast ja eiskalte Hände, Lisa …“

„Und Deine sind so wunderbar warm. Ich dachte, Dir müsste kalt sein.“ Seine Wärme und seine Zuneigung durchfluten mich. Da ist es endlich, dieses Gefühl, auf das ich mein Leben lang gewartet habe. Endlich hebe ich ab, weiß nicht mehr, wo oben und unten ist, will nur noch bei ihm sein. Ich spüre den Tumult in meinem Bauch, das grenzenlose Verlangen nach diesem Mann. Doch gleichzeitig macht mir sein Zustand bewusst, vor welcher großen Aufgabe und Herausforderung wir stehen. Jeden Moment könnte ich ihn verlieren, und das jetzt, wo ich ihn doch gerade erst richtig bekommen habe.

„Es ist so schön, dass Du da bist. … Damit ist für mich ein Traum wahrgeworden, Lisa. … Aber ich hatte schreckliche Sorge, wie Du auf mich reagieren würdest. Gleichzeitig komme ich mir wie ein egoistischer Verräter vor, weil ich Dir das hier antue. Weil ich nicht weiß, wie viel Zeit wir zusammen haben." Er ringt nach Luft und hustet.

Es ist grausam, ansehen zu müssen, wie schwer ihm das Sprechen fällt.

„Vivian hat eben auf dem Flur etwas zu mir gesagt. Sie meinte, es kann jeden jederzeit treffen. Einige Menschen sehen den Tod leider zu früh auf sich zukommen. Aber sie sagte auch, und damit hat sie recht, dass niemand weiß, ob man ihn deshalb auch wirklich trifft. Man weicht ihm vielleicht plötzlich aus und schlägt einen neuen Weg ein. Vivian meint, das Leben ist nicht immer planbar und man sollte dem Glück und dem Leben etwas Vertrauen schenken. Du bist mein Glück, Tom. Du bist der, auf den ich immer gewartet habe. Ich müsste doch bescheuert sein, nicht dafür zu kämpfen." Erneut fange ich seinen Blick ein.

Tom schluckt ergriffen.

„Aber was kann ich Dir schon bieten, Lisa? Sieh mich doch an. Ich weiß doch noch nicht einmal, ob ich morgen noch da bin." Tom wendet sich ab, damit ich nicht sehe, wie verdammt schwer ihm das alles hier fällt. Doch je länger ich bei ihm bin, desto mehr wächst in mir eine innere Stärke heran, die mir selbst ganz neu ist.

„Du wirst morgen noch da sein, Tom. Und übermorgen auch. Und überübermorgen. Und weißt Du, wer noch da sein wird? Hier? … *Ich* werde da sein."

„Hast Du keine Angst vor dem Tod?"

„Natürlich habe ich Angst, Dich zu verlieren! Aber ich habe

noch mehr Angst davor, dass Du mich wieder zurückweisen könntest. Dass Du wieder darüber bestimmst, wie nah ich Dir sein darf. Ich möchte Zeit mir Dir verbringen, Tom, auch wenn es erst einmal nur hier im Krankenhaus ist."

„Aber wir können keine richtige Beziehung führen, Lisa. So gerne ich das auch möchte, aber Du siehst ja selbst …" Er blickt traurig und verzweifelt an sich herab.

„Was verstehst Du unter einer richtigen Beziehung? Führen denn nur gesunde Paare eine richtige Beziehung und das ist vorbei, sobald einer gesundheitlich eingeschränkt ist?"

Tom schweigt.

„Wir sind noch jung und Du kannst draußen noch so viel erleben! Das hier ist doch keine Umgebung für Dich! Dieses ganze scheiß Elend! Es reicht doch wohl, dass ich hier festsitze!"

„Aber ist es zu zweit im Knast nicht schöner?" Ich schmunzele, was er vermutlich nicht sehen kann.

Toms Mundwinkel biegen sich zu einem hölzernen, gequälten Lächeln nach oben.

„Selbst in einem richtigen Knast haben sie mehr Privatsphäre als ich hier. Es fehlen nur noch die Webcams über dem Bett."

„Dafür könnte ich sorgen. Dann könnten wir uns sogar sehen, wenn ich daheim bin."

„Aber nur, wenn Du in Deiner Wohnung auch welche anbringst. In jedem Zimmer", lacht Tom, hustet und röchelt nach Luft.

„Vergiss es, Du Spanner", scherze ich. „Obwohl ich ja spätestens bei Deinen drei Frauen hätte ahnen müssen, dass Du ein Hallodri sondergleichen bist."

Tom hustet belustigt.

„Um die ganzen Mädels beneiden mich Chris und Sam auch. Ganz sicher kommen sie mich auch nur deshalb so oft besuchen."

Wir grinsen beide.

„Würdest Du mir einen Wunsch erfüllen?", bittet er zaghaft.

„Soll ich Dir Wolle und Stricknadeln vorbeibringen?", scherze ich.

„Nein", lächelt er. „Würdest Du mal den Mundschutz herunternehmen?"

„Aber ich darf nicht. Ich könnte Dich mit etwas anstecken."

„Das nehme ich in Kauf und Du wirkst ziemlich fit."

Ich zögere und schaue zur Tür.

„Bitte", fordert Tom mit zartem Nachdruck und als ich mich wieder zu ihm umdrehe, streift er selbst meinen Mundschutz etwas herunter.

Wir schauen uns an. Sanft fährt Tom mit seinem Zeigefinger die Konturen meines Gesichtes nach. Dann zaghaft den äußeren Bereich meiner Lippen, bis er seine komplette Handfläche auf meine Wange legt. Ich schließe die Augen und genieße. Dieser Moment soll niemals aufhören. Er ist unfassbar intensiv und ich fühle mich geliebt und zuhause wie nie zuvor. Ich bin angekommen. Mich kribbelt es von den Haarwurzeln bist unter die Fußsohlen. Seine Nähe ist die Definition puren Glücks. Für Sekunden befinde ich mich in einer anderen Welt, in der nichts existiert außer uns, auch keine Krankheit. Schließlich zieht mich Tom zärtlich zu sich heran und wir küssen uns. Ganz sanft und leicht, wie eine Schneeflocke, die sachte gen Boden schwebt. Der Kuss wird in keinem Moment ungestüm oder wild, und doch fühle ich bei diesem eher flüchtigen Kuss mehr, als je zuvor. Für Tom und mich steht die Welt still, während sich unsere Lippen berühren. Sie hält andächtig inne und schenkt uns Zeit, die wir dankbar annehmen.

Ich lege meinen Kopf neben Tom auf das Kissen und er streicht mir die wenigen Haarsträhnen aus dem Gesicht, die die Haube nicht bändigen konnte.

„Jetzt liegst Du sogar schon in meinem Bett, und das beim ersten Treffen", scherzt er liebevoll.

„Sag ich doch, Du bist ein Weiberheld. … Hast Du eigentlich Schmerzen?“, frage ich leise.

„Nein. Und wenn, dann nur von der Liegerei.“

„Darfst Du gar nicht aufstehen?“

„Doch, normalerweise schon. Ich laufe sonst auch mal auf dem Flur auf und ab, aber es ist in den letzten Wochen wirklich schlagartig immer weniger geworden. Mir fehlen die Kraft und die Luft.“

„Was sagen die Ärzte, wie lange es dauert, bis Du …“

„Bis ich ein neues Herz bekomme? Das weiß keiner. Weißt Du, Lisa, das Schlimme ist“, er ringt nach Luft, „nein, schlimm ist gar kein Ausdruck dafür. Es ist abartig. Ich warte darauf, dass ein anderer Mensch stirbt. Damit ich leben kann!“ Er atmet schwerfällig tief durch. „Ich fühle mich schrecklich und ich weiß gar nicht, ob ich überhaupt mit einem neuen Herzen leben könnte. Mit dem Herzen eines anderen, der sein Leben verloren hat. Auf der einen Seite, und gerade jetzt, wo Du da bist, ist dieser Wunsch größer denn je.“ Ich streiche ihm beruhigend über sein Haar, um ihm zu signalisieren, dass er sich beim Sprechen nicht hetzen soll.

„Ich will leben, Lisa, so viel erleben, und ich will Zeit mit Dir verbringen. Das lässt mich fast zu einem Monster werden, das ohne Rücksicht seinen Durst und Hunger stillen will.“ Abermals saugt er den Sauerstoff gierig ein. „Ich habe das Gefühl, ich verwandle mich in eine Bestie. Leben auf Kosten eines anderen …“ Tom schluckt und schaut mich tränenerfüllt an.

„Du musst das Schicksal annehmen, Tom. Egal, was es für Dich oder auch jemand anderen vorgesehen hat. Wir beide müssen das. Aber es ist doch nicht verwerflich, leben zu wollen. Deshalb bist Du kein schlechter Mensch. Das ist ein Instinkt, Tom.“

„Glaubst Du an Wiedergeburt, Lisa?“

„Ich habe vor zwei Jahren ein Buch darüber gelesen. Meine

Oma ist gestorben, und Bea, eine meiner Freundinnen, hat es mir damals in die Hand gedrückt. Es ging darin um den Tod und auch um Wiedergeburt. Der Autor geht davon aus, dass Seelen immer wieder auf die Erde kommen. Dass Seelen, die zusammengehören, auch immer wieder zusammenfinden, in jedem neuen Leben."

„Das heißt, wenn wir zusammengehören und ich sterben muss, dann finden wir uns in einem neuen Leben wieder?"

„Es könnte auch heißen, dass eine andere Seele weiterziehen muss, und dass der Körper dieser Seele Dir sein Herz schenkt. Genau so wird es sein. Das weiß ich, Tom. Du gehst noch nicht. Wir werden hier erst einmal viele Jahre zusammen haben, und wenn es soweit ist, dann verhelfe ich Dir zum Ausbruch aus dem Knast. Dann fliehen wir gemeinsam. Du bist mir immerhin noch einiges schuldig. Ich habe Deinetwegen meinen Urlaub abgebrochen."

„Tut es Dir leid?", fragt Tom betroffen.

„Du bist echt der Riese unter den Blödmännern! Glaubst Du wirklich, ich wäre lieber im Urlaub als hier bei Dir?"

Tom schweigt müde lächelnd.

„Wenn ich tatsächlich irgendwann hier rauskomme, dann führe ich Dich schick zum Essen aus, wir fahren in den Urlaub, wir gehen gemeinsam auf ein Betty Flow-Konzert, und wir …"

„Tom?", unterbreche ich ihn nuschelnd.

„Was ist? Warum schaust Du so?" „Hast Du für mich Dein Konto geplündert, weil Du dachtest, Du kommst hier nicht mehr raus? … Ich meine, das Essen mit Chris, der Besuch in dem Schönheitssalon, das Kleid, der Schmuck!, der Urlaub. Das war doch alles sündhaft teuer."

Tom schmunzelt und schaut mich zärtlich lächelnd an.

„Warum lachst Du?", will ich wissen. „Lachst Du mich aus?"

„Du machst Dir Sorgen um meine Finanzen?"

„Irgendwann ist jedes Sparbuch leer. Grins nicht so! Außerdem will ich das alles nicht. Das ist nicht wichtig für mich. Ich brauche nicht viel zum Glücklichsein", meine Stimme wird immer leiser. „Ich brauche nur Dich, Tom", murmle ich.

„Ich habe keine Geldsorgen, Lisa."

„Noch vielleicht nicht! Aber wenn Du das Geld weiter so zum Fenster hinauswirfst, dann bald doch."

„Du findest, ich schmeiße das Geld zum Fenster raus?"

„Ja!", betone ich. „Allein diese Karten für das Konzert! Die müssen doch ein Heidengeld gekostet haben!"

„Dafür musste ich ehrlich gesagt gar nichts zahlen."

„Wieso?"

„Das hat Betty für mich gemacht. Sie weiß, dass ich hier herumvegetiere."

„Woher?"

„Wie gesagt, ich habe einen Freund, der einen Freund hat, der einen Freund hat."

Ich verdrehe die Augen.

„Ich vergaß. Du und alle Deine Freunde. Aber trotzdem. Deine übrigen Geschenke waren so teuer. Der Urlaub war kein Gewinn aus einem Preisausschreiben. Das kannst Du Deiner Oma erzählen."

„Aber ich kann es mir leisten, Lisa. Sonst würde ich es nicht machen. ... Ich habe von meinen Großeltern eine beträchtliche Summe geerbt. Vor knapp drei Jahren ungefähr."

„Ooookaaay", sage ich langgezogen und frage mich, was er unter beträchtlich versteht.

„Wie Du siehst, mit Geld kann man sich dennoch nicht alles kaufen. Gesundheit zum Beispiel."

Ich erinnere mich an Sams Aussage im Urlaub. *Geld ist nicht gleichbedeutend mit Glück. So ähnlich hat er gesagt.*

„Weißt Du, Lisa, dieses Geld ... ich habe meine Großeltern

über alles geliebt. Mit Sicherheit hätten sie gewollt, dass ich mich daran freue, dass ich mir ein schönes Leben mache. Gott, wenn sie wüssten." Toms Mundwinkel beben. Dann lacht er plötzlich schräg auf.

„Es gab einen Moment, fast ein Dreivierteljahr nach dem Tod meines Opas. Er war ein absoluter Auto-Freak, musst Du wissen. Nach einer Party mit Chris und Sam … wir haben so herumgesponnen, und plötzlich stand ich doch eines Samstags im Autohaus vor einem Ferrari." Tom schmunzelt und hustet entkräftet.

„Das war vielleicht ein Gefühl, von diesem Verkäufer angestarrt zu werden, so nach dem Motto, diesen Wagen können Sie sich sowieso nicht leisten." Tom ringt nach Luft und hustet wieder. „Ich hätte ihm so gerne meinen Kontoauszug unter die Nase gehalten. Was wäre das für eine Genugtuung gewesen", lacht Tom röchelnd.

„Hast Du das Auto gekauft?"

„Ne. Ich glaube, Chris und Sam hatten sich schon auf dem Beifahrersitz gesehen", grinst Tom. „Aber mir war es dann doch zu protzig. Bei Frauen imponiere ich auch außerdem lieber mit meinem Charme."

„Und Deinen gestrickten Wollschlüpfern", ergänze ich.

Tom lacht gelöst.

„Hattest Du damals eine Freundin?", frage ich.

„Nein. Die Beziehung ging schon ein halbes Jahr vor dem Tod meiner Großeltern auseinander. Ich bin seit fast dreieinhalb Jahren Single."

„Das ist ganz schön lange. Hast Du Dich in der Zeit nicht nach einer Partnerin gesehnt?"

„Die Trennung ging von ihr aus und kam ziemlich unerwartet. Ich hatte nicht damit gerechnet. Das musste ich erst einmal verkraften, da stand mir der Kopf wirklich nicht nach einer neuen

Frau in meinem Leben. Dann ist mein Opa gestorben, ein halbes Jahr nach meiner Oma. Ich stand beiden sehr nah. Auch danach war eine Freundin das Letzte, woran ich gedacht hätte. Ich habe mich auf meinen Sport konzentriert."

„Um Dich abzulenken und auszupowern?", frage ich.

„Ja, das kann man so sagen. Dann hatte ich den Marathon im Fokus. Ich wollte mich an meine Grenzen bringen, vielleicht wollte ich auch vor dem Verlustschmerz wegrennen. Vermutlich bin ich deshalb so verbissen an die Sache herangegangen. So, jetzt weißt Du alles. Und? Bist Du jetzt wenigstens bezüglich meiner Finanzen beruhigt?", schmunzelt Tom erschöpft.

„Trotzdem will ich von Dir nichts mehr geschenkt bekommen."

„Du willst mir vorschreiben, wofür ich mein Geld ausgebe?"

„Nein. Gib es aus, wofür Du willst – nur nicht für mich, okay?"

„Na hör mal, wenn wir eine Beziehung führen wollen, darf ich Dich doch wohl gelegentlich zum Essen einladen, oder etwa nicht? Ins Kino und so."

„Aber mehr auch nicht", befehle ich ernst.

„Warten wir ab, was wir überhaupt noch alles unternehmen können." Toms Augen füllen sich wieder mit Kummer und Schmerz.

„Jede Menge, Tom. Das weiß ich. Unsere Zeit wird kommen. Wir müssen nur noch etwas warten. Aber überleg Dir schon einmal ein angemessenes Freizeitprogramm. Nicht, dass uns noch langweilig wird."

„Darum mache ich mir keine Sorgen. Ich bin mir sicher, dass es mir mit Dir niemals langweilig werden könnte. Selbst wenn, wäre ganz sicher sogar die Langeweile mit Dir wunderschön."

„Was denkst Du, wie lange musst Du noch hier auf der Intensivstation liegen? Kommst Du bald wieder auf ein normales Zimmer?"

„Dazu hat sich noch niemand geäußert. Ich weiß nicht, ob diese Maschinen hier alle auf einer normalen Station unterzukriegen sind." Er blickt zu den diversen Monitoren.

„Brauchst Du diese Geräte ab sofort alle?"

„Einen Teil hatte ich schon vorher. Aber jetzt sind noch mehr dazugekommen."

„Hm. Ist nicht schlimm. Macht nichts."

„Wie hast Du Dich eigentlich mit Sam verstanden?"

Ich schaue ihn genervt an.

„Ich wollte nur mal die Konkurrenz abchecken", grinst Tom.

„Er ist keine Konkurrenz, Tom. War er nie. Auch Chris nicht, wobei der und Vivian sowieso aneinanderkleben wie Kletten."

Tom amüsiert sich, so dass sein Brustkorb bebt.

„Zum Glück wird Chris endlich etwas abgelenkt. Der ist mir die letzten Monate gar nicht mehr von der Pelle gerückt. Die Schwestern haben ihn schon damit aufgezogen und ihn gefragt, ob sie in meinem Zimmer ein Doppelbett aufstellen sollen."

Ich schmunzele.

„Momentan wird er jedenfalls von Vivian belagert. Die beiden warten gerade draußen vor der Tür. Chris war etwas … er ist …"

Tom sieht mich neugierig an. Ich druckse herum.

„Sag schon", fordert er.

„Sam hat ihn nach draußen geschickt. Chris ist einfach mächtig besorgt um Dich."

Tom blickt traurig auf seine Decke.

„Weißt Du, wie schlimm das für mich ist, meine Freunde und meine Familie so leiden zu sehen? Ich wollte ihnen das nie antun. Als ich noch in meiner Wohnung war, ließ sich alles besser verheimlichen und ich konnte es mit mir selbst austragen. Aber seit ich hier drin liege …"

„Meinst Du nicht, sie haben trotzdem gemerkt, wie es Dir geht?"

„Ich hoffe nicht. Das Ganze ist schon schrecklich genug, aber dass Ihr mir alle beim Sterben zusehen müsst, das ist für mich unerträglich. Und jetzt hängst Du auch noch mit drin."

Ich weigere mich, meinen Tränen nachzugeben und blinzle sie weg.

„Wir sehen Dir nicht beim Sterben zu, Tom. Wir warten mit Dir gemeinsam auf das neue Herz. Hast Du schon mal davon gehört, dass jemand alleine in eine Schlacht gezogen ist und sie gewonnen hat? Ich nicht. Außerdem kämpfe ich gerne mit Dir und an Deiner Seite, so wie alle anderen, die Dich lieben."

Aus Toms Augen schleichen sich die ersten winzigen Tränen, die er schleunigst wegstreicht. Angestrengt schnappt er immer häufiger nach Luft.

„Nicht aufregen, Tom. … Soll ich Dir von meiner wilden Verfolgungsjagt erzählen?"

„Mach das", lächelt Tom geschwächt. „Bisher kenne ich die Geschichte ja nur von Chris." Er trocknet sich mit dem Ärmel seines Schlafanzugs das Gesicht ab.

„Also …", beginne ich und sehe, wie Tom nach und nach entkräftet die Augen zufallen.

Er reißt sie immer wieder auf aber dann verliert er doch den Kampf gegen die Müdigkeit.

„Schlaf etwas und ruhe Dich aus. Ich bleibe hier sitzen", sage ich, und das mache ich auch. Ich halte einfach seine Hand und schaue ihn an, bin glücklich und doch voller Schmerz und Angst. Irgendwann schaut die Krankenschwester herein und bittet mich zu gehen. Ich streichle sanft über seine Wange. Er lächelt im Schlaf und drückt kurz meine Hand.

„Ich komme wieder", flüstere ich.

Erneut zucken seine Finger aber seine Augen bleiben geschlossen. Auf leisen Sohlen verlasse ich das Krankenzimmer und drehe mich hinter der Glasscheibe noch einmal zu ihm um.

Er schläft friedlich und eigentlich sieht er gar nicht krank aus, wie er so daliegt. Nur die ganzen Schläuche und Apparate sind befremdlich.

„Wie lange kann er noch ohne Spenderherz …“, frage ich die Krankenschwester. Sie schaut mit mir zu Tom hinein.

„Das kann niemand sagen. Tage, Wochen, Monate. Wir wissen es nicht.“

„Und nach Ihren Erfahrungen?“

„Jeder Fall ist anders, dafür sind sie alle zu verschieden. Aber Tom ist auf der Spenderliste ganz nach oben gerückt. Er wäre damit einer der Nächsten.“

„Was ist danach? Wenn er ein Herz bekommen hat, ist er dann wieder ganz gesund?“

„Das ist eine sehr schwere Operation. Später wird er viele Medikamente nehmen müssen, damit das Organ nicht abgestoßen wird. Aber, wenn alles gut verläuft und er mit den Medikamenten gut zurechtkommt, dürfte er für viele Jahre ein verhältnismäßig normales Leben führen können. Mit Einschränkungen natürlich. … Ich finde Ihre Geschichte sehr bewundernswert. Toms Schicksal scheint Sie nicht abzuschrecken, wenn ich das richtig deute.“

Ich schaue verklärt an ihr vorbei.

„Schon seltsam, das Leben, oder? Ich wurde noch nie mit einer so schweren Erkrankung konfrontiert. Das macht mir wirklich Angst und ich habe großen Respekt davor. Aber ich liebe Tom. Es ist total absurd und vermutlich werden mich viele für verrückt erklären, aber meine Liebe zu Tom ist stärker. Sie ist stärker als alles, was ich je gefühlt und für jemanden empfunden habe. Ich will Zeit mit ihm verbringen, egal wie viel oder wenig es sein wird.“

„Sie sind eine bemerkenswerte Frau. Eine sehr starke Persönlichkeit.“

Mir stürzen die Tränen heraus.

„Finden Sie? Ich fühle mich gerade eher schwach und hilflos", schniefe ich.

„Nein, das sind Sie ganz und gar nicht. Sie hören zur richtigen Zeit allein auf die Stimme Ihres Herzens. So viel Mut bringen nur sehr wenige Menschen auf."

„Jetzt braucht Tom erst einmal ein neues Herz. Wie stehen seine Chancen?"

„Mit Ihnen stehen sie auf jeden Fall besser. Er hat vorher noch nie so viel Lebenswillen gezeigt. Sie geben ihm Kraft und ich glaube, Sie haben ihn in den letzten Wochen schon einige Male gerettet."

Sie weicht meiner Frage diskret aus, aber das ist für mich okay. Vielleicht ist die Wahrheit nicht immer wichtig. Alles muss man nicht wissen und der Glaube versetzt schließlich Berge. Vielleicht verpflanzt er ja sogar Herzen. Wer weiß das schon? Egal was kommt, ich werde an Toms Seite sein. Wir werden ab jetzt gemeinsam warten – und kämpfen.

Der nächste Tag

Vivian und ich schießen kerzengerade in die Höhe. Ohrenbetäubendes Quietschen, ein heftiger Knall und Scheppern reißen uns aus dem Schlaf. Im Zimmer ist es noch dunkel.

„Was war das?", fragt Vivian.

Ich taste mit Herzrasen nach dem Lichtschalter. Wir schauen uns erschrocken an. Dann springe ich aus dem Bett und ziehe heftig am Rollladengurt. Ich erstarre und blicke von oben hinab auf die Straße. Eine Rauchwolke aus Staub und Dreck löst sich langsam auf. Zwei Autos qualmen, sind zu einem regelrechten Schrotthaufen zerbeult. Bei einem der Fahrzeuge blinkt es wild. Es ist kaum vorstellbar, dass die Insassen das überlebt haben könnten. Auch ein drittes, parkendes Auto ist an einen Laternenpfosten gequetscht worden, fast bis zur Fahrzeugmitte. Das lässt schnell erahnen, welche Gewalt hinter dem Aufprall gesteckt haben muss. Unzählige Menschen kommen zusammen und bleiben stehen. Weitere rennen zur Unfallstelle. Sie telefonieren und versuchen hysterisch zu den Insassen der Fahrzeuge zu kommen. Einige laufen in Aufruhr um die Fahrzeuge herum, andere kreischen und wieder andere reißen da an den Blechhaufen, wo mal eine Tür gewesen sein muss. Ich kann mich nicht bewegen und bin wie mit dem Boden und dem Fensterbrett, an dem ich mich festhalte, verschmolzen. Vivian kommt dazu und stellt sich neben mich. Auch sie schaut hinunter.

„Oh Gott. Wie furchtbar … Wir müssen Polizei und Krankenwagen rufen." Sie jagt aus dem Zimmer. Doch noch bevor sie wieder bei mir ist, hören wir bereits Sirenen.

Das erste Blaulicht spiegelt sich in der Scheibe eines Schaufensters, dann sehen wir einen Polizeiwagen. Zwei weitere kommen aus einer anderen Straße dazu geschossen. Die Sirenen der Feuerwehr heulen durch die frühmorgendliche Luft wie in einem Actionfilm. Es folgen Krankenwagen, Notarztfahrzeug und gleich mehrere Einsatzfahrzeuge der Feuerwehr.

„Wie konnte das passieren … das hier ist doch eine gerade Straße …" Vivian blickt ungläubig nach unten und zieht mich dann sachte vom Fenster weg. Ich stehe immer noch unter Schock und bin unfähig, etwas zu sagen. Bei dem Gedanken an die Verletzten dreht sich mir der Magen um. *Das kann niemand überlebt haben.* Direkt vor meiner Haustür hat der Tod gewütet. Wie Vivian gesagt hat. Der Tod reißt plötzlich jemanden an sich, obwohl ein anderer ihm vielleicht schon gegenüberstand. Es passiert einfach so. Menschen, die gar nicht damit gerechnet haben, werden mitten aus dem Leben gerissen. Unvorbereitet. Ohne sich verabschieden zu können. Direkt hier vor meinem Haus.

„Komm, wir gehen in die Küche. Wir können da nicht helfen, und ich will nicht gaffen", sagt sie. „Da standen sowieso schon viel zu viele herum. Hast Du gesehen, dass die teilweise sogar versucht haben, Fotos zu machen? Widerlich. Das sollte härter bestraft werden."

„Aber wir müssen doch etwas tun", fasele ich und bleibe völlig hilflos mitten im Raum stehen.

„Polizei und Rettungswagen sind da. Wir würden jetzt nur stören. Da unten springen schon dutzende Passanten herum. Außerdem haben wir den Unfall selbst nicht gesehen und können nichts zur Aufklärung beitragen."

Ich blicke Vivian an und habe immer noch das Gefühl, das Blut sei in meinen Füßen versackt. Ich schlottere am ganzen Leib und spüre die Kälte, die sich um mich legt. Mich fröstelt es.

„Ich mach uns einen Kaffee." Vivian lässt ihre Schultern kreisen und atmet mehrfach geräuschvoll durch. Sie schiebt mich in die Küche.

Kurz darauf surrt die Kaffeemaschine, während die Sirenen und der sonstige Lärmpegel unten auf der Straße nicht abzunehmen scheinen. Ich wage es nicht mehr, mich dem Fenster zu nähern. Gerade aus dem Küchenfenster hätte ich einen direkten Blick auf diese beklemmende Szene. Sogar als ich zum Küchenschrank direkt neben dem Fenster muss, um einen Teller herauszuholen, schaue ich vom Fenster weg. Den Anblick kann ich nicht noch einmal ertragen. *Wenn sie gerade jemanden rausziehen, das ganze Blut! Wenn auch noch mehrere im Wagen gesessen haben! Vielleicht sogar Kinder!*

„Ich muss Tom anrufen. Ich habe ihm versprochen, dass ich mich heute Morgen kurz melde", sage ich und stehe sogleich auf, um mein Handy aus dem Schlafzimmer zu holen. Vivian blickt mir hinterher.

Die Nummer der Intensivstation habe ich gestern sofort abgespeichert und Schwester Erika hat versprochen, ihren Kollegen Bescheid geben, dass ich mich melde. Tatsächlich wurden sie informiert und ich werde per Telefon zu Tom gebracht.

„Hi", melde ich mich.

„Guten Morgen. Du bist aber früh dran", meint Tom überrascht.

Ich überlege, ob ich ihm von dem Unfall erzählen soll,

entscheide mich aber dagegen.

„Ich konnte nicht mehr schlafen. Wie war Deine Nacht? Wie geht es Dir?"

„Alles im grünen Bereich, denke ich. Wie meine Nächte sind, weißt Du ja schon durch die Uhrzeiten meiner Nachrichten. Dafür döse ich tagsüber immer mal wieder weg. Mein Schlaf-Wach-Rhythmus ist durch die Erkrankung etwas durcheinandergeraten."

„Hm. Vivian und ich frühstücken schnell, danach springe ich unter die Dusche und komme dann sofort", verspreche ich.

„Lass Dir Zeit. Ich laufe hier nicht weg und meine Eltern wollten nachher auch noch kommen."

„Wann denn? Soll ich warten, bis sie weg sind?", frage ich.

„Dann brauchst Du heute gar nicht mehr aufzukreuzen", lacht er. „Ich befürchte, sie bleiben den ganzen Tag – es sei denn, sie wissen mich in guten Händen."

„Hast Du ihnen von mir erzählt?", erkundige ich mich.

„Naja, nicht freiwillig. Sie haben mich vor etwa zwei Wochen auf frischer Tat beim Chatten mit Dir erwischt. Dabei habe ich wohl so glücklich ausgesehen, dass es ihnen verdächtig erschien."

„Okay, das heißt, ich muss mir im Bad gleich doppelt so viel Mühe geben", scherze ich.

„Ganz im Gegenteil. Sie lieben Dich jetzt schon, weil sie ihren Sohn schon lange nicht mehr fröhlich gesehen haben."

„Soll ich mir trotzdem etwas Zeit lassen? Möchtest Du etwas mit ihnen alleine sein?", erkundige ich mich.

„Ich will Dich nicht hetzen, Lisa, aber über Deinen Besuch freue ich mich am meisten."

„Dann beeile ich mich, ja?", sage ich glücklich.

„Bis nachher, Lisa."

„Bis nachher, Tom. Ich freue mich auf Dich", hauche ich aufrichtig.

„Dito, Süße."

Wir legen auf. Ich bemerke, dass das Röcheln und das nach Luftschnappen heute schon nicht mehr so erschreckend auf mich wirken. Es klingt immer noch ein bisschen beängstigend, so ist es nicht, aber es verursacht in mir auch nicht gleich Panik, er könnte im nächsten Moment ersticken.

Ich setze mich wieder zu Vivian an den Tisch. Sie schaut mich lächelnd an.

„Und? Wann fährst Du hin?", fragt sie.

„Wenn wir gefrühstückt haben und ich geduscht bin", schmunzele ich.

„Du kannst es kaum erwarten, oder?" Vivian grinst breit.

Die Geräusche vor dem Haus werden wieder lauter. Offenbar arbeitet die Feuerwehr mit elektrischen Geräten, denn es klingt nach einer Säge und wie das Aufbiegen von Blech. Damit rückt das Geschehnis unten an der Straße wieder etwas mehr in den Fokus. Ich wende mich mit meiner Tasse zum Fenster um, ohne aufzustehen.

„Das da unten ist der absolute Horror", bemerkt Vivian und blickt an mir vorbei ebenfalls zum Fenster. „Zum Glück haben wir die Fahrt gestern heil überstanden. Chris ist anfangs ganz schön gerast. Mir wurde angst und bange."

Ich antworte ihr nicht.

„Hoffentlich kann den Leuten aus den Autos geholfen werden. Das sah echt nicht gut aus." Vivian greift sich eine Scheibe Brot und bestreicht sie mit Butter. Als ich weiterhin nicht reagiere, hält sie inne und taxiert mich über den Tisch hinweg. Aber mein Kopf ist plötzlich so voll mit ganz schlimmen und entsetzlichen Überlegungen, die ich gar nicht laut auszusprechen wage.

„Bleibst Du heute den ganzen Tag bei Tom im Krankenhaus?", fragt Vivian und räuspert sich etwas verlegen.

„Weiß ich noch nicht", antworte ich.

„Hm."

„Sag mal, Vivian, so eine Organspende – kann jeder so ein Organ spenden? Von wem nehmen sie die Organe?" Ich schaue sie an.

„Du meinst, ob der Unfall da unten vielleicht für Tom …"

„Vivian!", fahre ich sie an, und gleichzeitig schäme ich mich abgrundtief. Sie hat sofort gewusst, warum ich die Frage gerade jetzt stelle. „So meinte ich das nicht", lüge ich dennoch, weil ich die Wahrheit in diesem Moment nicht ertrage.

„Es muss Dir nicht unangenehm sein, Lisa. Deine Hoffnung, dass für Tom bald ein Herz zur Verfügung steht, ist doch nur natürlich."

„Aber ist das nicht schrecklich? Ich verachte mich dafür, Vivian. Ich denke darüber nach, dass da unten jemand sterben könnte, damit Tom das Herz bekommen kann." Ich breche in Tränen aus.

„Das stimmt so nicht, Lisa. Du wünschst Dir, dass Tom lebt und das ist mehr als nachvollziehbar. Deshalb wird ja niemand umgebracht. Es ist weder Deine noch Toms Schuld, wenn ein anderes Leben vom Schicksal beendet wird. Genauso gut kann das Schicksal Dich oder mich treffen, oder auch Tom, wenn er nicht rechtzeitig ein Herz bekommt. Wenn das Schicksal will, dass er lebt, dann wird es so kommen. Wenn nicht, … dann nicht", sagt sie leise und traurig. „Wenn ich aber keine Chance mehr hätte zu leben und mit meinem Tod ein anderes Leben retten könnte, dann würde ich das sofort tun. Ich würde es wollen und ich würde mich darüber freuen, dann einem anderen Menschen ein Leben zu schenken. Du etwa nicht?", sagt sie ruhig und mit sanfter Stimme.

„Doch! Sofort!", betone ich.

„Siehst Du. Denkst Du denn, anderen geht es da nicht genauso?"

„Nein, das nicht, aber …"

„Nichts aber. Ich gebe zu, ich habe bisher keinen Organspenderausweis aber ich werde mir jetzt einen zulegen. Selbst meine Eltern wüssten dann, dass ich es so gewollt hätte. So ein Organ wird schließlich niemandem gestohlen. Es ist eine Spende. Wie das Wort schon sagt. Eine Organspende, zu der jemand bereit ist. Jemand wie Du und ich, der sich darüber freut, helfen zu können. Einem selbst nutzen doch die Organe nichts mehr, wenn man tot ist. Sie werden zusammen mit unserem Körper verbuddelt oder verbrannt. So oder so. Aber im Fall einer Organspende, erfüllen sie noch einen Zweck. Sie retten ein Leben! Niemandem wird ein Organ entnommen, wenn er selbst noch überlebensfähig wäre, Lisa. Ich weiß, es ist hart, das so auszusprechen, aber so ist es doch. Eine Organspende ist das letzte Geschenk, das man jemandem machen kann."

Ich schaue sie an. Es klingt so logisch aber trotzdem fühlt es sich für mich im Moment einfach nicht richtig und gut an.

„Weißt Du, was ich damit sagen will, Lisa?"

„Ja. Deine beiden Semester Psychologie waren nicht umsonst", schmunzele ich halbherzig.

„Ich wusste, dass sie noch mal für was gut sind."

„Dennoch komme ich mir schäbig vor, Vivian. Ich schäme mich für meine Gedanken."

„Du bist verzweifelt, Lisa. Geh mit Dir selbst nicht so streng ins Gericht. Du bist nicht für den Tod anderer Menschen verantwortlich nur, weil Du darüber nachdenkst. Das würde jeder in Deiner Situation tun. Weißt Du, wenn Tom ein Herz bekommt, lebt es immerhin weiter. Mir wäre es lieber, mein Herz bekommt jemand, der etwas damit anfangen kann, als dass es in Flammen aufgeht oder unter der Erde verfault. Du hast auf niemandes Schicksal Einfluss, Lisa. Weder in die eine noch in die andere Richtung. Hast Du gestern mal mit Tom darüber gesprochen?"

„Er fühlt sich auch schlecht, dass jemand sterben muss, damit er weiterleben kann."

„Aber dieser Jemand stirbt nicht für Tom! Das Leben des Spenders ist vorbei und er lässt ein kostbares Geschenk zurück. Dann schauen die Ärzte, wer dieses Geschenk gut gebrauchen kann und zu wem es passt. Noch nicht einmal das ist Toms Entscheidung!"

„Du redest darüber, als sei dieser Jemand ein Ersatzteillager."

„Das soll nicht gefühlskalt klingen, Lisa. Ich will Dir nur etwas klarmachen. Es ist wichtig. Für Tom ist es sogar besonders wichtig. Ich kann mir vorstellen, dass sich auch sein Körper gegen das Herz sträubt, wenn er moralische Bedenken hat, ein fremdes Organ anzunehmen. Die Psyche spielt bei so etwas eine ganz wesentliche Rolle. Sogar die Wissenschaft hat längst kapiert, welch großen Einfluss unser tiefstes Inneres auf Genesung und Krankheitsverläufe hat. Kennst Du den Spruch, der Glaube versetzt Berge? Da steckt so viel Wahrheit drin. Eigentlich könnte man auch sagen, der Glaube vollbringt Wunder. Positives Denken ist jetzt für Tom das A und O. Hilf ihm dabei. Möglicherweise kannst Du ihn damit sogar retten."

„Ich habe ihn gestern geküsst", gestehe ich verschämt.

„Was? Das erzählst Du mir erst jetzt? Und?"

„Es war unglaublich. Ich liebe ihn so sehr, Vivian. Noch nie war ich mir so sicher, dass es der Richtige ist. Bei Tom habe ich keinerlei Zweifel. Mich hat eine Hitze und ein Prickeln durchflutet, das kannst Du Dir gar nicht vorstellen. Es war, wie am Strand zu liegen und bis zum Hals von einer warmen Welle überspült zu werden."

„Wow. Wer hat den Anfang gemacht? Du?"

„Nein. Das hätte ich mich nie getraut."

Vivian deutet ein Schmunzeln an.

„Komm, wir frühstücken, damit Du gleich zu ihm kannst."

Ich ziehe schwach meine Mundwinkel hoch, weiß aber nicht, ob ich gerade einen Bissen hinunterbekomme.

10.30 Uhr

Ich stehe im Aufzug des Krankenhauses und fahre hoch zu der Station, auf der sich Tom befindet. Die Krankenschwester von gestern drückt mir die Tür auf.

„Seine Eltern sind da. Er hat ihnen erzählt, dass Sie kommen", sagt sie lächelnd und geht vor.

„Darf ich zu ihm rein?", frage ich.

„Normalerweise sehen wir hier drin nicht gerne so viele Besucher gleichzeitig aber wir machen heute mal eine Ausnahme." Sie zwinkert mir zu. „Ziehen Sie sich an und gehen Sie einfach rein. Ich denke, Toms Eltern werden dann ohnehin nicht mehr lange bleiben."

Ich erröte zart.

„Wie geht es Tom denn heute aus Ihrer Sicht. Ist er stabil?", erkundige ich mich.

„Er ist in jedem Fall gut drauf und ich glaube, Sie tragen einen großen Teil dazu bei." Sie schmunzelt. „Gehen Sie nur rein. Er wartet schon sehnsüchtig."

„Okay", sage ich und hole einmal tief Luft.

Nur wenige Minuten später bin ich bereit für das Aufeinandertreffen mit seinen Eltern. Es fühlt sich fast so an wie die erste Begegnung mit Tom gestern. Dagegen war sogar meine Examensprüfung ein Klacks. Zaghaft öffne ich die Tür und betrete das Zimmer. Tom lächelt mir entgegen wie es liebevoller nicht sein könnte. Seine Eltern, die bis gerade noch bei ihm am Bett gesessen haben, stehen jetzt auf und kommen auf mich zu.

„Sie müssen Lisa sein, so wie Tom strahlt. Ich bin sein Papa. Nennen sie mich ruhig Eduard", sagt ein Mann, der ähnlich wie ich hinter seiner Schutzkleidung nicht wirklich zu erkennen ist.

„Lisa“, lächele ich zurückhaltend hinter dem Mundschutz und reiche ihm meine Hand.

Er drückt fest zu, ein warmer und emotionsgeladener Händedruck, in dem unendlich viel Dankbarkeit liegt.

„Ich bin Toms Mama.“ Eine schmale, zierliche Frau macht einen Schritt auf mich zu. Man sieht nur ihre Augen, die aussehen, wie die einer Mutter, die um das Leben ihres Sohnes bangt; verzweifelt, müde und erschöpft. „Gudrun“, stellt sie sich mit zarter Stimme vor.

Ich ergreife auch ihre Hand, die so gebrechlich wirkt, dass ich den Druck nur sehr sanft erwidere.

„Guten Morgen“, sage ich und schaue flüchtig zu Tom.

„Gut. Haben wir das auch geklärt“, bemerkt Tom, unterdrückt ein Hüsteln und winkt mich zu sich heran.

Ich lasse die Hand seiner Mutter los und gehe zu ihm ans Bett.

„Hi“, begrüße ich ihn und spüre den Drang, ihn mit Küssen zu bedecken. Wenn ich seinen Gesichtsausdruck richtig deute, geht es ihm ähnlich. Sein Blick wechselt zwischen seinen Eltern und mir hin und her.

„Jetzt, wo Lisa hier ist, könntet Ihr doch heimfahren, oder?“

Ich sehe, wie seine Mutter sich blitzartig etwas versteift.

„Mir geht es gut, wirklich“, fügt Tom vermutlich deshalb beruhigend hinzu. „Ihr könnt doch später nochmal reinkommen, gegen Mittag oder heute Nachmittag“, bietet er versöhnlich an.

Während seiner Mama der Trennungsschmerz anzusehen ist, erkenne ich in den Augen seines Papas, dass dieser sich immens über das Glück seines Sohnes freut.

„Komm, Gudrun. Tom hat recht. Er ist erwachsen und als wir frisch verliebt waren, wolltest Du auch nicht Deine Eltern daneben sitzen haben, oder?“ Er zwinkert mir zu. In dem Moment weiß ich: Ich liebe diesen Mann jetzt schon. Tom ist seinem Vater unglaublich ähnlich, wie es aussieht. Seine Mama tritt wieder an mich heran.

„Danke, dass Du für meinen Sohn da bist, Lisa. Eduard hat vollkommen recht aber ich muss mich erst daran gewöhnen, Tom zu teilen." Ein winziges Lächeln huscht über ihre Augen. „Ich bin froh, dass Tom Dich hat", sagt sie gerade, als eine Krankenschwester hereinschaut.

„Könnten Sie vielleicht einen Moment draußen warten? Wir müssen kurz ins Zimmer", bittet sie.

„Wir kommen später nochmal und fahren gleich erst einmal heim, Tom", sagt sein Vater.

„Alles klar, Dad. Macht Euch keine Sorgen. Heute geht es mir wirklich ganz gut."

„Bis nachher, mein Schatz." Toms Mama streichelt ihm zärtlich über die Wange. Tom verdreht die Augen und schämt sich vor mir.

„Verdreh nicht die Augen, Junge!", sagt seine Mama liebevoll. „Du kannst einer Mama nicht verbieten, ihr Kind zu lieben!"

Ich schaue Tom an und grinse breit. ′Lach Du nur′, schleudert er mir nonverbal entgegen, grinst aber selbst.

Ich verlasse mit Toms Eltern das Zimmer. Im Vorraum, wo sich seine Eltern aus der Schutzkleidung schälen, warte ich in voller Montur darauf, dass ich wieder reindarf.

„Danke", sagt seine Mutter, als sie alles in den entsprechenden Behältern entsorgt hat.

„Wofür bedanken Sie sich?", frage ich verunsichert.

„Dafür, dass Sie ihn so glücklich machen, trotz seiner Krankheit", schluchzt Toms Mutter plötzlich los.

Ergriffen schlucke ich.

„Aber ich liebe Tom doch", erwidere ich beschämt.

„Unter diesen Umständen ist es trotzdem nicht selbstverständlich, dass eine so junge Frau wie Sie sich darauf einlässt", antworte sein Papa mit glasigem Blick und hat nun ebenfalls seine Sachen entsorgt.

„Sie haben einen unglaublichen Sohn und mir gibt dieser Besuch mindestens genauso viel wie ihm. Ich weiß, das hier ist nicht die ideale Umgebung, um sich näher kennenzulernen, aber ich habe mich noch nie einem Menschen so nah gefühlt. Wir haben uns bisher nur geschrieben und ich kann es selbst immer noch nicht fassen, dass ich mich dabei verliebt habe. Tom kann ganz wundervoll schreiben. … Hat er Ihnen erzählt, dass wir uns über eine Partnervermittlung kennengelernt haben?"

Toms Vater lächelt gutmütig.

„Ja, hat er. Wir haben ihn in letzter Zeit oft am Computer angetroffen, wenn wir ihn besucht haben. Ab und zu hat er einfach nur auf den Bildschirm gestarrt. Einmal hat er gar nicht mitbekommen, dass wir ihn schon sehen konnten. Sie können sich nicht vorstellen, wie er gestrahlt hat. Ihn glücklich zu sehen, fröhlich, das bedeutet uns als Eltern sehr, sehr viel. Gerade jetzt."

„Sie hat der Himmel geschickt, Lisa. Sie sind unser Glücksengel", sagt seine Mama und ergreift meine beiden Hände. Sie umschließt sie warmherzig. Ich bin total perplex und überwältigt.

„Der Himmel? Engel? … Ich?", stammele ich und muss jetzt selbst wieder gegen die Tränen ankämpfen.

„Ja. Sie kamen genau zur richtigen Zeit. Tom wurde immer depressiver und fing an, sich aufzugeben. Da kamen Sie. Seit Ihr Name zum ersten Mal fiel, hatte er wieder Hoffnung und fing wieder an zu kämpfen. Er hat uns nicht sofort von Ihnen erzählt, aber wir haben gemerkt, dass sich etwas verändert hat. Dass *er* sich verändert hat. Er hat mehr gelacht und sogar wieder aktiv an den Therapien teilgenommen."

„Oh", mache ich befangen und weiß gar nicht, was ich darauf antworten soll. „Dankeschön. Das ist wirklich lieb von Ihnen."

„Hoffentlich sehen wir uns bald wieder." Seine Eltern verabschieden sich. Sie geben mir das Gefühl, schon jetzt Teil ihrer

Familie zu sein.

„Tom und ich werden noch viel Zeit zusammen haben, oder?" Ich schaue seinen Vater an und kann nicht verhindern, dass mir dabei die Tränen kommen.

„Ja, Kind. Bestimmt", sagt Toms Vater, wenngleich sein Blick diese Aussage leider nicht im gleichen Maße bestätigt wie die Kraft seiner Stimme.

Ich schlucke und lächele ihnen höflich hinterher, als sie gehen.

Zwei Schwestern verlassen Toms Zimmer.

„Gehen Sie rein. Sie sind gerade das beste Medikament, das wir ihm verabreichen können. Er hat uns ganz schön umhergescheucht und drangsaliert, dass wir uns beeilen sollen, damit Sie wieder rein können", schmunzelt sie.

Ich muss grinsen. Auch das ist mein Tom.

„Woher kommen Deine rosa Wangen", frotzele ich und setze mich auf den Stuhl neben seinem Bett. „Hast Du mit der Krankenschwester gekuschelt?"

„Mist. Erwischt", lacht Tom. „Hey, es ist echt schön, dass Du da bist." Er greift nach meinen Händen. „Sogar warm heute", stellt er fest und strahlt offenherzig.

„Extra für Dich aufgewärmt. Deine Eltern sind sehr nett. Ich mag sie", sage ich.

„Mein Zustand geht ihnen ganz schön an die Substanz. Verständlicherweise. Sie haben dadurch mächtig abgebaut. Es tut weh, sie so zu sehen."

Ich beiße mir hinter dem Mundschutz auf die Unterlippe und schaue befangen zu Boden.

„Wie hast Du geschlafen?", fragt er und wechselt hastig das Thema.

„Ganz gut, aber ich habe total wirres Zeug geträumt. Und heute Morgen ..." Ich erschrecke, weil ich davon nichts erwähnen wollte. Tom bemerkt es aber und hakt sofort nach.

„Was war heute Morgen? Ich fand Dich schon am Telefon etwas komisch."

„Gar nicht wichtig", winke ich ab und überlege hastig, was ich stattdessen berichten könnte.

„Erzähl. Vielleicht interessiert es mich."

„Nein, es ist total … lass uns über etwas anderes reden. Was gab es denn bei Dir zum Frühstück?", frage ich.

„Wolltest Du mir von dem Unfall in Eurer Straße erzählen? Habt Ihr davon etwas mitbekommen?", erkundigt sich Tom.

„Woher weißt Du das?" Ich schaue ihn entsetzt an.

Tom deutet zum Radio.

„Es kam in den regionalen Nachrichten."

Ich atme durch.

„Es war direkt bei uns vor dem Haus, Tom", beginne ich verhalten. „Es gab einen monströsen Knall und es hat irre laut gescheppert. Vivian und ich saßen senkrecht im Bett. Zwei Wagen sind ineinander gerauscht, aber frag nicht wie! Das sah schrecklich aus. Ganz schlimm. Die Bilder verfolgen mich schon seit Stunden."

„Ich habe gehört, dass es ein heftiger Zusammenstoß gewesen sein soll. Sie vermuten ein illegales Autorennen. In jedem Fahrzeug saß wohl nur eine Person hinterm Steuer. Beide haben aber nur Knochenbrüche. Der Nachrichtensprecher meinte, es grenze an ein Wunder, dass sie überhaupt lebend da rausgekommen sind. Laut ersten Polizeierkenntnissen sind sie mit fast 200 durch die Innenstadt gebrettert. Das musst Du Dir mal vorstellen! Es hätte auch noch Fußgänger oder sogar Kinder treffen können! … Diese Menschen wissen gar nicht, wie kostbar ein Leben ist. Sie setzen ihres und auch das von anderen aufs Spiel, leichtfertig."

Ich versteife mich und muss an gestern denken, als auch wir ohne Sinn und Verstand über die Autobahn gerast sind.

„Weißt Du, Lisa, manchmal habe ich Angst, von so jemandem ein Herz zu bekommen. Oder von einem Kriminellen." Er weicht meinem Blick beschämt aus. „Ich habe schon oft die Krankenwagensirene gehört und gebetet, er bringt mir ein Herz. Die Gier danach wird größer, je schlechter es einem geht. ... Man will nur noch hier raus und einfach leben. Dafür würde man vieles in Kauf nehmen."

Ich höre ihm aufmerksam zu und unterbreche ihn nicht. Deshalb fährt Tom mit kleinen Zwischenstopps zum Luftholen und Verschnaufen fort.

„Ich weiß nicht, wie es sein wird, ein fremdes Herz zu haben. Ich habe Angst davor, ein anderer zu werden. Nicht mehr ich selbst zu sein. Etwas von jemand anderem zu übernehmen, weißt Du? Über den Spender selbst erfährt man anschließend nichts. Aus Schutz, auch für dessen Angehörige. Ich weiß auch nicht, ob ich damit umgehen könnte. Aber stell Dir mal vor, ich nehme dessen Eigenarten an. Ich könnte kriminell werden! Wie vielleicht der, von dem ich das Organ bekomme! Weißt Du, Du liebst mich als den Menschen, der ich jetzt bin, aber ich weiß nicht, wer ich mit diesem fremden Herzen sein werde."

Ich starre ihn schockiert an.

„Aber es ist doch nur ein Organ, Tom. Du bleibst doch trotzdem Du."

„Ja, aber wir sprechen hier über ein Herz!"

„Werden Gefühle nicht im Gehirn verarbeitet? Ich weiß, bei Liebe spricht man immer von Herzen, aber ist das nicht eher im übertragenen Sinne gemeint? Ein Herz kann doch nicht so viel Einfluss auf Dich und Deine Persönlichkeit haben und Deinen Charakter verändern?"

„Ich habe gelesen, dass sich Leute durch ein fremdes Herz

selbst fremd geworden sind. Das ist wirklich gespenstisch und macht mir Angst. Zell-Gedächtnis, nennen das die Ärzte."

„Zell-Gedächtnis?", wiederhole ich argwöhnisch.

„Ja. Es kann passieren, dass ich Wesensmerkmale und Charakterzüge eines anderen Menschen annehme, Lisa. Oder plötzlich ganz andere Hobbys oder Vorlieben beim Essen habe."

„Das klingt schon fast nach Science-Fiction", sage ich.

„Sagt Dir Bauchhirn etwas?"

Ich schüttle den Kopf und blicke ihn mit gerunzelter Stirn an.

„Wenn ich das richtig wiedergebe, hat das Bauchhirn so etwas wie ein eigenes Nervensystem und reagiert genauso auf Glücks- und Stresshormone."

„Wir haben ein Gehirn im Bauch?"

„Wenn Du es so ausdrücken willst. Ich habe es jedenfalls so verstanden."

„Hast Du auch etwas darüber gelesen, wie viele der Transplantierten überhaupt nachweislich solche Auffälligkeiten zeigen, also dass sie etwas von dem Spender übernommen haben?", will ich wissen.

„Naja, viele Wissenschaftler und Ärzte halten das auch für Blödsinn und erkennen diese Theorien nicht an."

„Aha. Also gibt es dazu gar keine belegbaren Studien", schlussfolgere ich.

„So stimmt das auch nicht! Es gibt wirklich nachweislich Menschen, die Hobbys, Charakterzüge oder Essensvorlieben eines Spenders übernommen haben, ohne vorher etwas über ihn gewusst zu haben. Das gibt es tatsächlich."

„Wie viel Prozent waren das denn nach Deiner Recherche?"

„In einer Studie stand etwas von 15 %, die Veränderungen an sich bemerkten."

Ich ergreife seine Hand.

„Aber das sind doch gar nicht so viele, Tom. Selbst wenn Du

nachher lieber Salat als Steak magst, oder Chips statt Popcorn, oder lieber schwimmen gehst als Rad zu fahren – das ist doch völlig egal! Du *lebst* immerhin! Ich bin außerdem auch noch da und verändere mich schließlich nicht. Ich liebe Dich doch nicht wegen Deiner Hobbys, Tom, und so eine komplette Verwandlung kann ich mir beim besten Willen nicht vorstellen. Du bleibst immer noch der, der Du bist, Tom. Es sei denn, Du steigerst Dich jetzt gewaltig in etwas hinein. Aber dann ist es auch nicht das Organ, das Dich verändert, sondern Deine Angst davor. Wenn Du mich fragst, eine pessimistische Einstellung gegenüber der Transplantation und dem Spenderorgan sehe ich gerade als das größte Problem an. Und hey, wer sagt, dass es negativ sein muss? Vielleicht profitierst Du sogar davon! Vielleicht kannst Du danach singen wie ein Gott! … Oder begnadet Socken stricken."

Tom muss grinsen, obwohl ich sehe, wie sehr ihn dieses Thema beschäftigt und belastet.

„Rede mit den Psychologen darüber, Tom. Die können Dir bestimmt helfen."

„Es gibt dafür sogar Selbsthilfegruppen, und mit den Psychologen rede ich ja jetzt schon. Über alles kann ich aber mit denen nicht sprechen, sonst halten sie mich am Ende noch für verrückt."

„Verrückt ist es, wenn Du nicht darüber redest, Tom. Das neue Herz alleine macht Dich nicht gesund und glücklich. Auch nicht die Medikamente. Mit mir redest Du doch jetzt auch darüber."

„Seltsam, oder? Das mit Dir ist so besonders. Du bist besonders, Lisa. Eigentlich müsste ich mich schämen, mit Dir über so etwas zu sprechen."

„Du musst Dich für gar nichts schämen, Tom. Es bedeutet mir unglaublich viel, dass Du Deine Gedanken mit mir teilst. Es sind schließlich Dinge, die Dich beschäftigen."

„Aber was ist, wenn ich mich tatsächlich verändere, Lisa? Wenn der Tom, den Du gerade vor Dir hast, verschwindet; wenn ich plötzlich jemand anderes bin! Jemand, den Du nicht mehr leiden kannst!"

Ich versuche in die Tiefen seiner Augen vorzudringen und streiche sanft über seine Wange. Dann nehme ich seine Hand und führe sie zu meinem Gesicht.

„Aber es geht doch nur um ein einziges Organ, Tom. Wenn ich das eben richtig verstanden habe, ging es bei diesem ′Zell-Gedächtnis′, von dem Du mir erzählst hast, um vereinzelte Fälle und lediglich kleinere Veränderungen. Niemand hat davon gesprochen, dass transplantierte Patienten eine komplette Metamorphose durchmachen, oder? Pragmatisch gesehen, bekommst Du nur ein Ersatzteil. Ein Porsche mit einem neuen Motor bleibt doch trotzdem ein Porsche, oder? Vielleicht hat er ja nachher sogar ein paar PS mehr."

Tom schmunzelt.

„Du vergleichst mich mit einem Sportwagen?"

„Wäre Dir ein Trabbi lieber?", scherze ich liebevoll.

„Auf keinen Fall. Dann bleibe ich lieber beim Sportwagen. … So habe ich das noch nie gesehen."

„Der Vergleich ist mir auch erst gerade eingefallen und den Anstoß dazu hat mir Vivian heute Morgen gegeben. Es klingt doch irgendwie logisch, oder?"

„Ich glaube, Du hättest eine gute Psychologin abgegeben."

„Dann hör auf meinen Rat, Tom! Rede mit den Profis hier im Haus über Deine Ängste und darüber, was Dich belastet. Nur so können sie Dir helfen. Ich muss Dir ja wohl hoffentlich nicht erklären, welche Auswirkungen es haben kann, wenn Du es nicht tust. Was das Studium angeht – ich könnte ja noch einmal zur Uni gehen. Das einzige Problem ist, dass meine Abi-Noten nicht wirklich der Brüller waren."

„Welches waren denn Deine Lieblingsfächer", fragt Tom.

„Ich würde sagen … die Pausen", lache ich, und Tom stimmt

mit ein. „Kunst und Bio mochte ich ansonsten recht gerne, bei den anderen Fächern kam es auf die Themen an. Mathe und Physik lagen mir einfach überhaupt nicht. Das Zahlen- und Formeln-Gen wurde mir definitiv nicht vererbt. Und Du? Sport und Mathe, oder?"

Tom grient.

„Dafür musste ich nie viel lernen, deshalb hat es mir auch am meisten Spaß gemacht."

„Warum bist Du eigentlich Lehrer geworden?"

„Wegen der langen Ferien", erklärt Tom nüchtern aber schmunzelt angedeutet.

„Echt?"

„Anfangs ja, das muss ich zu meiner Schande leider zugeben. Ich fand es als Kind immer doof, wenn meine Eltern in den Ferien keine Zeit hatten. Da habe ich mir gedacht, wenn ich mal Lehrer werde, kann ich mir die Familienzeit anders einteilen. Während des Studiums habe ich aber schnell gemerkt, dass mir auch die Arbeit mit den jungen Leuten großen Spaß macht. Es ist einfach mein Ding. Die Schüler fanden mich auch immer alle cool."

„Du bist beliebt in der Schule, oder?"

„Wohl eher *war*", erwidert er betrübt. „Ja, ich kam schon ganz gut bei den Schülern an. Wir sind nicht nur miteinander ausgekommen, wir sind tatsächlich so etwas wie Freunde geworden."

„Aber Du hast doch noch Deine Nachhilfeschüler. Mögen die Dich nicht?"

„Doch. Auch andere kontaktieren mich im Notfall, wenn sie was nicht verstanden haben. Jeder Lehrer vermittelt den Schulstoff ja anders. Ich würde so gerne wieder unterrichten, das glaubst Du gar nicht. Hätte man mir als Kind gesagt, ich würde die Schule eines Tages vermissen, ich hätte denen einen Vogel gezeigt."

„Könntest Du nach einer OP wieder normal arbeiten gehen?"

„Ja, wenn alles gut verläuft und ich etwas aufpasse. Das Infektionsrisiko ist, glaube ich, das größte Problem, aber ansonsten dürfte es gehen."

„Was ist mit Sport?"

„Sport wäre sogar Pflicht. Alles geht nicht mehr, aber Wandern, Radfahren, Schwimmen, das wäre alles gut für mich. Das erklären sie einem hier alles. In jedem Fall muss man für den Rest seines Lebens mehr auf sich achtgeben. Gute Ernährung ist auch wichtig."

„Aber ist das nicht grundsätzlich so?"

„Schon, aber viele Ausrutscher darf ich mir dann nicht mehr leisten."

„Wie lange hält so ein Spenderherz? Weißt Du darüber was?"

„Fünf bis zehn Jahre könnten es locker werden. Es gibt auch Menschen, die leben zwanzig Jahre damit und länger. Aber dazu gibt es noch nicht so viele Studien."

„Kannst Du … könntest Du Kinder bekommen?" Ich erröte, aber Tom schmunzelt. „Entschuldige. Das ist eine indiskrete Frage. Mein Mundwerk ist ab und zu schneller als mein Anstand."

Tom schmunzelt weiter.

„Ich habe das Thema heimlich schon für mich recherchiert. Auch das mit dem, Du weißt schon", flüstert er verschwörerisch und grinst keck.

„Und?", wispere ich zurück und schaue mich verstohlen um, als ginge es um ein Staatsgeheimnis.

„Ich wäre anschließend nahezu wieder voll einsatzfähig. Nach diversen Fachartikeln müsste ich bei einem Kinderwunsch nur für eine gewisse Zeit unter ärztlicher Aufsicht die Medikamente reduzieren oder absetzen. Ich müsste lebenslang etwas einnehmen, damit das Organ nicht abgestoßen wird, weißt Du."

„Das heißt, Du könntest sogar das tun, was für Kinder notwendig wäre? Den Akt an sich?", flüstere ich schelmisch.

„Könnte ich – und ich würde mich so was von ins Zeug legen", betont er lausbubenhaft. „Dabei kämen garantiert Drillinge raus", johlt er.

„Dann wären ja damit alle wichtigen Fakten geklärt und es könnte sofort mit der Transplantation losgehen."

„Darauf warte ich schon so lange, Lisa." Das Lächeln weicht aus seinem Gesicht. „Ich könnte durchdrehen! Hrrr!", knurrt Tom unbeherrscht auf und drückt fest den Kopf nach hinten ins Kissen. Er haut mit seinen Fäusten links und rechts wütend auf die Matratze.

„Nicht aufregen, Tom. Das ist nicht gut für Dich", sage ich und schaue besorgt auf den Monitor, der Toms Herzschlag anzeigt. Schnell, unrhythmisch mit komischen Zacken sieht er aus. Das macht keinen vertrauenserweckenden Eindruck.

„Soll ich eine Schwester rufen?", frage ich beunruhigt.

„Nein. Es geht schon wieder. Die sehen das da drüben sowieso." Er pustet kräftig die Luft aus. „Was machen denn Vivian und Chris heute?"

„Vivian hat ihn für den kompletten Tag verplant. Das war wohl gar nicht so leicht. Mal sehen, ob er durchhält oder später doch noch hier aufkreuzt."

Tom bemüht sich geschwächt um eine positive Miene.

„Arme Vivian. Sie hat sich keinen guten Zeitpunkt ausgesucht."

„Es ist für Chris auch nicht leicht, Tom. Du bedeutest ihm sehr viel. Aber wenn sie jetzt zusammenhalten, das hier schaffen und Vivian Chris trotzdem so liebt, wie er momentan ist, mit all seinen Ängsten und Sorgen um Dich, dann bringt sie bestimmt gar nichts mehr auseinander."

„Der Härtetest, wie bei uns, hm?"

„Betrachten wir es als Prüfung. … Ich bin bereit, die Prüfung anzutreten, wenn Du auch dabei bist, Tom. Auch, wenn ich mich überhaupt nicht vorbereiten konnte."

„Was meine Schuld ist", erwidert Tom geknickt.

„Ja. Und wenn Du wieder gesund bist und hier rauskommst, dann erwarte ich eine angemessene Entschuldigung. Dass das klar ist."

„Abgemacht." Toms Mundwinkel ziehen sich träge hoch.

„Warum hast Du mich eigentlich damals auf den Friedhof geschickt? Was wolltest Du damit bezwecken? War das auch schon ein Hinweis?" Ich schlucke schwer.

„Der Friedhof, ja", sagt er gedankenverloren. „Als ich damals merkte, dass mit mir etwas nicht stimmt, habe ich es zuerst lange verdrängt. Ich habe für den Marathon trainiert. Die Lauferei hat mir irgendwie dabei geholfen, über den Tod meines Opas hinwegzukommen. Es hat so gutgetan, an meine Grenzen zu gehen und ich war der felsenfesten Überzeugung, dass alles halb so schlimm ist. Dass meine Atemnot und das Schwächegefühl nur Überbleibsel eines Infekts waren und bald wieder verschwinden. Ich hätte doch nie im Leben daran gedacht, dass ich eine Herzmuskelentzündung bekommen könnte! Aber es wurde nicht besser und ich habe trotzdem weitertrainiert, bis ich nicht mehr konnte und zusammengeklappt bin. Dies hier sind die beschissenen Konsequenzen meiner Unvernunft." Die Verzweiflung drückt ihm unbarmherzig die Tränen in die Augen. „Es ging mir so schnell schlechter. Erst habe ich die Diagnose der Ärzte verdrängt. Sie hat mir zu große Angst gemacht, so dass ich sie nicht wahrhaben wollte. Aber als ich dann selbst bei kurzen Wegstrecken immer wieder anhalten musste, bin ich fast verrückt geworden. Ich dachte, ich drehe durch! Es war für mich unvorstellbar, wie ein Herz, das immer so einwandfrei funktioniert hat, plötzlich seinen Geist aufgeben kann. Aber ich habe es ja selbst gespürt und leibhaftig erkennen müssen, wie ich konstant abgebaut habe. Eines Tages war ich dermaßen verzweifelt. Ich wusste nicht mehr, was ich tun und wie ich diese

Panik in den Griff kriegen soll. Ich bin in mein Auto gestiegen und drauflosgefahren. Ich musste einfach weg. Ich wollte fliehen vor diesem Scheiß, alles hinter mir lassen, wegrennen … beziehungsweise wegfahren." Er lacht höhnisch auf und hustet. „Zu Fuß wäre ich eh nicht mehr weit gekommen. Jedenfalls kam ich an einem Waldstück vorbei. An einer ziemlich abgelegenen Landstraße. Ich fuhr auf einen kleinen Parkplatz, stieg aus und ging ein Stück in den Wald hinein. Ich weiß noch, wie ich vor diesem großen alten Baum stand. Ich hielt mich mit einer Hand an dem Baumstamm fest und beugte mich völlig außer Puste nach vorne. Dann schrie ich so laut ich konnte. Dafür mobilisierte ich meine letzten Kräfte." Tom verschnauft überanstrengt. „Ich musste all meine Wut hinausschreien, sie loswerden, meine ganze Verzweiflung in die Welt brüllen, aber der Schrei änderte nichts. Ich fühlte mich nicht besser. Eher schwächer, weil ich meine letzte Kraft fürs Schreien aufgebraucht hatte." Tom schließt erschöpft die Augen.

Ich ergreife stumm seine Hand, um ihm zu zeigen, dass ich zuhöre. Er soll sich Zeit lassen. Ich warte zwei Minuten. Dann fährt er fort.

„Irgendwann ging ich zurück zum Auto. Keine Ahnung, wie lange ich wie besessen in diesem Wald umhergeirrt bin. Ich bin getorkelt, als stünde ich unter Drogen, weil ich so erschöpft war. Ich saß anschließend bestimmt eine Dreiviertelstunde ausgelaugt im Auto, um mich zu erholen. Zwischenzeitlich dachte ich, ich schaffe es gar nicht mehr zurück, so fertig war ich. Aber irgendwann ging es zum Glück wieder. Auf der Heimfahrt kam ich an dem Friedhof vorbei. Eine Schulfreundin von mir liegt dort begraben. Nach ihrer Beerdigung habe ich diesen Ort gemieden. An dem Tag aber ging ich zu ihrem Grab. Du hast, glaube ich, auf derselben Bank gesessen, unter diesem großen Baum. Deshalb ahnte ich dann auch, aus welcher Stadt Du kommst. Dann noch das Pferd in der Kita. Da war es nicht schwer, Dich ausfindig zu machen."

„Das Grab mit den Rosensträuchern …", erinnere ich mich.

„Ja. Genau das. Ich saß auf dieser Bank und starrte auf ihr Grab. Ich stellte mir vor, wie ich daläge, während andere auf dieser Bank säßen und auf mein Grab schauten."

„Das klingt schrecklich."

„Das war es auch. Ich brach total zusammen, fing an zu heulen, habe an meine Eltern gedacht und an Chris und Sam. Es hat mir die Luft zum Atmen geraubt und doch konnte ich mich nicht losreißen. Ich blieb dort sitzen, wie benommen, stundenlang, als hielten mich die Toten dort zwanghaft fest. Dann wurde ich langsam ruhiger. So ruhig, als hätte ich starke Tabletten genommen, die mich betäuben. Die Ruhe tat gut und die Naturgeräusche, sogar das Rascheln der Blätter, wirkten wie Meditationsklänge in meinen Ohren. Das Gezwitscher der Vögel. So unterschiedliche Stimmen und Melodien. Sie pfiffen munter aus allen Himmelsrichtungen. Noch nie hatte ich das bis dahin so intensiv wahrgenommen. In diesem Moment spürte ich das pure Leben, sah Dinge, die mir sonst nie aufgefallen wären. Ich habe vorher noch nie Insekten beobachtet oder bewusst wahrgenommen, wie die Erde riecht, Blumen, Baumrinde. Ich war von Frieden und purem Leben umgeben. Ausgerechnet auf einem Friedhof, mit dem man eigentlich den Tod verbindet. Klingt das lächerlich?", fragt er und errötet.

„Nein, Tom. Überhaupt nicht." Ich drücke liebevoll seine Hände. „Ich hatte Dir doch geschrieben, dass es mir genauso ging. Bestimmt gibt es dafür auch andere Orte, vielleicht etwas schönere, den Wald zum Beispiel, in dem Du damals gewesen bist, oder einen Strand am Meer. … Man lernt in solchen Ausnahmesituationen plötzlich Dinge zu schätzen und wahrzunehmen, die einem sonst entgangen wären. Vielleicht ein ganzes Leben lang. Das ist ein Geschenk, Tom."

„Der Preis für das Geschenk ist verdammt hoch", seufzt er verbittert.

„Ja, das ist er", stimme ich traurig zu.

„Ich ärgere mich über mich selbst. Jeden Tag. Ich bin selbst dafür verantwortlich, hier liegen zu müssen, vielleicht sogar sterben zu müssen, Lisa. Ich bin schuld! Ich ganz alleine! Meine Eltern und meine Freunde habe ich da auch mit reingezogen, und jetzt sogar Dich."

„Jeder macht Fehler, und hinterher ist man immer schlauer. Mach nicht noch einen weiteren Fehler, indem Du Dich aufgibst. Wenn Du Dich jetzt mit Schuldgefühlen zumüllst, dann hast Du Dein Ende schon besiegelt. Du musst an Deiner inneren Stärke arbeiten. Positiv denken und in die Zukunft schauen. Das Herz alleine rettet Dich nicht, Tom. Du alleine bist es, der Dich retten kann. Ich bin keine Psychologin, Tom, und Vivian hatte nur zwei Semester. Aber ich kann Dir sagen: Nutze die Angebote, die sie Dir hier machen. Rede über alles, was Dich bewegt und Dir Sorgen macht. Das ist nicht lächerlich oder unmännlich. So wie Du jetzt dreinschaust, findest Du das aber offenbar!", betone ich ärgerlich. „Lass Dir helfen. Die Ärzte und Therapeuten kennen viele andere Patienten, haben Erfahrung damit, können Dir Ratschläge geben. Nimm alles an und probiere alles aus, Tom. Damit gibst Du auch uns eine Chance." Meine Stimme knickt ein und mir rollen einige Tränen über die Wange.

Tom zieht meinen Kopf sanft zu sich auf das Kissen und küsst mich auf den Scheitel.

„Hätte ich Dich nur schon früher gekannt. Ich habe so eine Angst, Dich schon wieder zu verlieren. So eine Angst", haucht er mit bebender Stimme in meine Haare.

„Du wirst mich nicht verlieren, Tom. Niemals. Aber rede mit den Fachleuten endlich über das, was Dich so quält. Ich merke doch, wieviel sich bei Dir angestaut hat. Du bist längst nicht so taff wie Du es vor allem bei Deinen Freunden immer vortäuschst. Ihr belügt Euch gegenseitig. Vielleicht solltet Ihr alle mal zusammen heulen und es rauslassen, anstatt Euch immer gegenseitig Stärke vorzuspielen."

„Du hast recht. Aber bei Dir tue ich das nicht. Ich habe noch nie so offen mit jemandem darüber gesprochen", protestiert er.

„Und? War es so schlimm?", frage ich.

„Nein", murmelt Tom.

„Na siehst Du. Das, was Du jetzt durchmachst, machen viele Menschen da draußen auch durch. Glaubst Du, nur Du hättest diese Ängste? Glaubst Du, die anderen machen sich nicht die gleichen Gedanken? Nutze alle Therapieangebote und sprich mit den Psychologen über sämtliche Sorgen. Du musst stark sein, wenn der Tag kommt … wenn Du das neue Herz kriegst."

„Wenn", betont Tom und schluckt.

„Positiv denken! Fang sofort damit an!"

„Aber mir läuft die Zeit davon, Lisa. Verstehst Du das nicht? Ich habe nicht mehr lange."

„Lange genug, Tom." Ich beuge mich über ihn und sehe ihm tief in die Augen. Dabei tropfen einige meiner Tränen auf sein Gesicht. Ich streiche sie sanft weg. „Du schaffst das. Wir schaffen das. Glaubst Du etwa, Amor verschießt seine kostbaren Pfeile wahllos? Meinst Du nicht, er hat sich was dabei gedacht? … Ich habe noch nie so viel für jemanden empfunden wie für Dich, Tom. Wir werden noch sehr viel Zeit miteinander haben. Ich spüre das. Ganz tief hier drinnen. Bis es soweit ist, schlägt mein Herz für Dich mit." Ich führe seine Hand zu meiner linken Brust und Toms Augen werden tränenfeucht.

„Weißt Du eigentlich, dass Du echt attraktiv bist?", sage ich und betrachte ihn liebevoll. Ich trockne mein Gesicht.

„Und weißt Du, dass ich am liebsten über Dich herfallen

würde? Jetzt, hier, sofort." Tom versucht sichtlich, sich wieder zu sammeln.

„Dann habe ich ja Glück, dass die Weißkittel-Security da ist", schmunzele ich. Obwohl es ihm schlecht geht, durchflutet mich plötzlich seine Nähe wieder von Kopf bis Fuß mit kribbelnder Wärme.

Ich will ihn so sehr und sein Licht erhellt mich von innen dermaßen, dass ich sogar nach außen hin strahle. Bis mir durch sein schweres Schnaufen erneut bewusst wird, wie schwach Tom ist. Wie kräfteraubend selbst unsere Gespräche für ihn sind – etwas, das er jedoch niemals zugeben würde.

„Schlaf", flüstere ich, als er wieder einmal gegen die Erschöpfung ankämpft.

Eine Krankenschwester schaut herein, überprüft den Monitor und tippt darauf herum. Sie stellt diverse Parameter neu ein und dreht die Sauerstoffzufuhr über seine Nase hoch.

Ich halte seine Hand und betrachte ihn. Ich habe mir fest vorgenommen, stark zu sein und ihm Kraft zu geben aber ich spüre, wie auch in mir Schmerz und Angst wachsen. Als Tom den restlichen Tag fast komplett verschläft und in den wenigen wachen Phasen ziemlich benebelt ist, wachsen diese Gefühle unaufhörlich weiter. Sie verschaffen sich in mir Raum. Meine Vernunft sagt mir genau das, was ich auch Tom einzutrichtern versucht habe. Positiv denken! Die Kraft der Gedanken nutzen!

Aber ich bekomme am eigenen Leib zu spüren, wie schwer das sein kann. Wie muss es erst Tom und seiner Familie gehen? Oder Chris und Sam? Es ist kein Wunder, dass sich alle derzeit in einem absoluten Ausnahmezustand befinden. Selbst der stärkste Charakter kann irgendwann nicht mehr, wenn der Ballast zu groß wird. Wenn der eisige Schneesturm aus Angst und Verzweiflung plötzlich zu einer gewaltigen Lawine wird, die einen mit sich reißt und im schlimmsten Fall im Inneren einschließt.

Angst um Tom

Als um zwei Uhr nachts von Donnerstag auf Freitag mein Telefon klingelt, bricht mir in Sekundenschnelle der Schweiß aus. Ich schlage panisch die Decke beiseite und schwinge die Beine aus dem Bett. Auf der Suche nach dem Lichtschalter schmeiße ich die Lampe vom Nachttisch. Sie fällt auf den Boden und geht dabei zum Glück nur an und nicht kaputt. Grobmotorisch stelle ich sie zurück, wobei mich Vivian schlaftrunken anschaut.

„Was ist los?“, fragt sie gegen die Helligkeit anblinzelnd, bekommt aber keine Antwort.

Ich stolpere in den Flur und zum Telefon. Sofort nehme ich ab und ich kann gar nicht beschreiben, wie die Ängste sich wie ein arktischer Wasserfall über mir ergießen. Noch nie hat mein Herz in meiner Brust so schnell und so fest geschlagen, dass mir Hören und Sehen vergeht.

„Hallo?“, hechele ich in den Hörer, der mir fast aus der Hand geglitten wäre.

„Lisa?“, meldet sich Christian hysterisch.

„Was ist? Ist was mit Tom?“ Mir schießen panisch Tränen in die

Augen und ich beginne zu zittern.

„Seine Eltern haben mich eben angerufen! Sie haben ein Herz! Er kommt gleich in den OP! Vielleicht ist er schon drin, ich weiß es nicht genau!“, berichtet Chris ganz außer sich und heulend. „Ich fahre sofort ins Krankenhaus. Soll ich Dich abholen? Seine Eltern sind auch schon auf dem Weg.“

„Ja! Ja! Ich komme sofort runter! Ich fahre mit!“, brülle ich und renne mit dem Telefon am Ohr ins Bad. Mit einer Hand zerre ich bereits meine Schlafanzughose herunter und steige in eine Jeans, wobei ich fast umkippe.

„Ich bin spätestens in einer Viertelstunde fertig! Warte unten an der Straße!“, füge ich hinzu, aber Christian hat schon aufgelegt. Als sei ein Serienkiller hinter mir her, fetze ich durch die Wohnung und suche diverse Sachen zusammen. Ich stopfe alles in meine Handtasche.

„Lisa? Was ist los?“, will Vivian wissen und steht gähnend im Flur. „Klärst Du mich jetzt bitte mal auf“, fordert sie gereizt.

„Ich muss ins Krankenhaus. Chris holt mich ab. Sie haben ein Herz für Tom! Willst Du mit? Du musst Dich aber beeilen“, sage ich ungeduldig und stehe schon auf dem Sprung an der Haustür.

„Das ist ja … wow. Ich … äh …“ Vivian ist total verstört. „Fahrt Ihr vor. Ich komme nach. Ist er schon im OP?“

„Nein – doch – vielleicht. Ich weiß es nicht“, erwidere ich fahrig. „Aber ich muss da jetzt hin, Vivian. Ich muss zu Tom!“

Vivian schließt mich in die Arme, ohne dass ich die Türklinke loslasse.

„Er schafft das, bestimmt, Lisa. Rufst Du mich an, wenn was ist? Ich komme auf jeden Fall nach. Sag das Chris, ja?“

„Okay. Mache ich. Ich muss jetzt.“

„Bis später, Liebes.“

Ich eile die Stufen hinunter und presche aus der Tür. Es dauert keine zwei Minuten, obwohl selbst die mir unendlich lang vorkommen, bis Christian am Straßenrand hält. Gemeinsam fahren wir zum Krankenhaus, wo wir auf dem Flur vor der Intensivstation auf Toms Eltern treffen. Sie sehen fix und fertig aus, total zerzaust, als wären auch sie aus dem Bett gestiegen und direkt hergefahren.

„Ist Tom schon im OP", will Christian sofort von ihnen wissen.

„Er wird vorbereitet. Sie warten noch auf das Herz."

„Kann ich zu ihm?", fragt Christian aufgeregt.

„Wir waren vor einer Minute kurz drin, mussten dann aber raus. Versucht es mal."

Christian wartet nicht und drückt am Eingang zum Intensivbereich sofort wild und ungestüm die Klingel für die Schwester, die herbeieilt und öffnet.

„Kann ich … ich will zu Tom. Geht das noch? Nur ganz kurz."

„Ich auch!", werfe ich ein.

„Dann aber schnell. Es müsste jeden Moment losgehen. Beeilen Sie sich."

Christian und ich joggen hinter der Schwester her. Wir streifen uns im Vorraum die sterilen Sachen über und gehen sofort zu ihm rein.

„Tom!" Ich stürze zu ihm, und Christian eilt an die andere Seite.

„Hey, Alter. Endlich! … Schlaf gut. Wir sehen uns in ein paar Stunden wieder. Du packst das", sagt Christian in instabiler Tonlage.

„Mach Dir keine Sorgen. Wir werden alle da sein, wenn Du aufwachst. Dann ist alles gut und wir können endlich leben. Zusammen. Ich liebe Dich, Tom." Eine meiner Tränen tropft auf Toms Wange. Ich kann mich nicht mehr beherrschen, obwohl ich mir das so fest vorgenommen habe.

„Nicht weinen, Lisa. Ich bin bald wieder da", tröstet mich Tom geschwächt.

„Jetzt wird alles gut, oder?", heule ich schluchzend.

„Die Ärzte sagen, das Herz passt perfekt zu mir“, haucht Tom kraftlos.

„Dann lass Dir mal den neuen Motor einbauen. Dann gibst Du Gas, versprochen? … Wir warten draußen“, sage ich, als zwei Schwestern ins Zimmer kommen.

„Es kann losgehen. Ihr Herz ist eben eingetroffen. Bereit, Herr Kärner?“, fragen sie.

Meine Brust krampft sich zusammen wie in einem Schraubstock. Meine Aufregung und Angst um Tom sind immens.

„Bereit“, antwortet Tom, schaut Christian an und dann mich. Mir fährt es heiß und kalt den Rücken hinunter. Diesen Blick werde ich nie vergessen und ich habe Angst, dass es das Letzte ist, was ich von Tom sehe. Dass er nie mehr zurückkommt.

„Bis nachher.“ Ich küsse ihn ein letztes Mal zärtlich auf die Wange, ohne den Mundschutz herunterzuziehen. Für zwei Sekunden schmiege ich mich an ihn aber dann muss ich ihn gehen lassen. Es ist ein Schmerz, der mir die Luft zu rauben scheint, der mich innerlich zu ersticken droht. Ich ringe um einen klaren Kopf und begleite Tom bis zur Tür des OPs. Dort bleiben Christian und ich zurück und schauen ihm nach, bis sich die Tür wieder verschließt. Meinen Tränen ist kein Einhalt zu gebieten. Ich wende mich Christian zu, der ebenfalls gegen seine Emotionen ankämpft. Er nimmt mich sanft in den Arm und wir verharren einen Moment so. Dann ziehen wir unsere sterilen Sachen aus und gehen zu Toms Eltern nach draußen.

Eine quälende Warterei beginnt.

Wir sitzen in einem bestuhlten Bereich vor der Intensivstation. Die Ärzte und Schwestern raten uns, nach Hause zu fahren. Sie würden rechtzeitig anrufen, aber keiner von uns bringt es fertig, diesem Ratschlag nachzukommen. Toms Mutter muss ein Beruhigungsmittel bekommen, weil sie sich so furchtbar verrückt macht, dass sie eben beinahe umgekippt wäre. Aber sie will trotzdem bleiben. Wie Christian und ich.

Irgendwann stößt Sam dazu. Er hat unterwegs bei einer Bäckerei angehalten und eine Thermoskanne mit heißem Kaffee und belegte Brötchen dabei. Aber feste Nahrung bekomme ich gerade nicht herunter. Das schafft nur Sam, der deshalb vermutlich gerade auch der Fitteste von uns ist.

Gegen acht kommt Vivian, die zuvor schon mit Christian telefoniert hat, und begrüßt uns verhalten. Sie stellt sich Toms Eltern vor und setzt sich dann neben Christian. Zaghaft greift sie nach seiner Hand aber er lässt den Kopf hängen und scheint abwesend zu sein. Vivian lässt sich nicht beirren und hält weiter seine Hand.

Wir schweigen und die Zeit schleicht quälend zäh voran. Die Zeiger bewegen sich so langsam als hindere sie jemand daran, schneller vorwärtszukommen. Was für uns gefühlt eine Stunde ist, sind in Wirklichkeit nur fünf Minuten.

Ich bin so nervös, dass ich versuche, mich mit dem Oberkörper leicht vor- und zurückwippend zu beruhigen. Doch es hilft nicht einmal ansatzweise. Immer wieder atme ich so tief wie möglich ein, um mich von all den zermürbenden Gedanken zu befreien. Danach sacke ich dann mit einem kräftigen Ausatmen wieder in mich zusammen. Aber auch das zeigt kaum Wirkung. Meine innere Anspannung verklebt meine Muskelpartien. Ich lasse meine Schultern kreisen und dehne meinen Kopf nach links und rechts, der an den Schläfen bereits schmerzend sticht.

„Würdest Du mal mit Lisa an die frische Luft gehen?", fragt Vivian Sam irgendwann, nachdem sie mich mitleidig beobachtet hat. „Es tut Dir bestimmt gut, Lisa", wendet sie sich mir zu.

Ich erhebe mich und atme im Stand noch einmal so tief wie nur möglich durch. Dann ergreife ich Sams Hand, der mich liebevoll anlächelt, und gehe mit ihm nach draußen. Wir schweigen. Auch Sam ist lange nicht so souverän, wie er vorgibt. Das kann ich spüren.

„Hast Du auch Angst?", frage ich ihn draußen.

„Jepp", stimmt Sam laut schnaufend zu.

„Ich drehe gleich durch. Ich halte das hier nicht mehr lange aus, Sam. Diese elende Warterei. Mir ist schlecht vor Angst, und wir können nichts tun. Das macht mich verrückt!"

Sam nimmt mich in den Arm und schlingt seine Arme fest um meinen Rücken. Er legt sein Kinn auf meinem Haarschopf ab und ich wehre mich nicht dagegen.

„Du wirst sehen, Tom schafft das. Er ist ein Kämpfer und jetzt, wo er Dich hat, gibt er sowieso nicht auf. Alles wird gut, Lisa. Die größte Hürde ist genommen."

„Ich wünsche mir so sehr, dass Du recht behältst, Sam. Dennoch habe ich furchtbare Angst. Ich könnte es nicht ertragen, ihn schon wieder zu verlieren", sage ich und breche abermals in Tränen aus.

„Das wirst Du nicht, Lisa. Das wirst Du nicht", haucht er mir auf den Scheitel."

Wir bleiben eine Weile draußen stehen, engumschlungen wie ein Pärchen und doch nur Freunde. Freunde, die sich erst wenige Tage kennen, aber die die Angst verbindet und zusammenschweißt.

„Können wir wieder reingehen? Ich möchte wieder hoch, Sam", sage ich.

„Klar. Komm", er ergreift meine Hand.

Als wir gerade wieder die Station erreichen, sehen wir drei Leute aus dem OP kommen. Ich werde panisch und lasse Sams Hand augenblicklich los. Sogar der Reflex zu blinzeln scheint bei mir auszusetzen. *Es ist zu früh! Da muss was passiert sein!* Mit angehaltener Luft starre ich einer Frau entgegen, die auf uns zuläuft und sich die Haube vom Kopf zieht. Sie lächelt, was mich aber noch keineswegs beruhigt.

„Hallo. Sind Sie Familie Kärner?"

„Wie geht es unserem Jungen?" Toms Papa steht mit wackligen Beinen auf und hat ein aschfahles Gesicht.

„Es geht ihm gut und die OP verläuft nach Plan. Wir werden gleich das neue Herz verpflanzen."

„Aber was tun Sie dann hier? Warum sind Sie nicht da drinnen?", will Christian aufgebracht wissen.

„Ich mache nur eine kleine Pause. Wir wechseln uns ab. Es klappt wirklich alles hervorragend und wir liegen auch gut in der Zeit. Machen Sie sich keine Sorgen. Tom macht das großartig.

Das neue Herz könnte auch besser nicht passen."

„Wie lange dauert es noch? Wie lange muss er noch operiert werden?", frage ich.

„Schätzungsweise noch drei Stunden. Fahren Sie doch nach Hause und legen sich etwas hin. Sie sitzen doch schon die halbe Nacht hier."

„Ich kann hier nicht weg", platzt es sofort aus Toms Mutter heraus. „Nicht, solange ich meinen Jungen nicht gesehen habe. Lebend", schluchzt sie und bricht wieder unter Tränen zusammen.

„Vertrauen Sie Ihrem Sohn und uns. Er macht das super und wir haben alles im Griff."

„Passen Sie gut auf ihn auf, ja?", schluchzt Toms Mama.

„Das machen wir. Ich muss jetzt zurück. Wir sehen uns dann nach der OP wieder, aber wie gesagt, bis jetzt läuft alles ganz hervorragend und nach Plan, das wollte ich Sie wissen lassen."

„Dankeschön." Toms Vater legt wieder den Arm um Toms Mutter und streicht sich eine Träne vom Wangenknochen.

Auch mir kommen wieder die Tränen. Ich habe Angst, habe zu wenig geschlafen und bin nach den letzten Tagen schon am Ende meiner Kräfte angelangt. Vivian zieht mich an sich heran, wird aber von Sam dezent beiseite gedrückt.

„Nimm Du Chris. Ich übernehme Lisa. Ohne Hintergedanken", fügt er hinzu. „Wenn Tom wieder wach und fit ist, dann bekomme ich die Chance so schnell nicht wieder. Also lass mich das noch ausnutzen", meint er und lächelt mich aufmunternd an. Ich schmiege mich bereitwillig an seine Brust. Eben noch war ich vor Verzweiflung im freien Fall, aber jetzt spüre ich, dass mich Sam auffängt. Er hält mich, vermittelt mir ein wenig Ruhe.

Es ist nicht viel, aber es reicht, um das Schwindelgefühl und die Kopfschmerzen erträglich werden zu lassen.

10:24 Uhr

Wieder sehen wir Menschen aus dem OP kommen. Es sind mehr als eben und ein Mann und eine Frau steuern direkt auf uns zu. Sie sehen zufrieden aus und unterhalten sich munter. Ihre Körperhaltung und Gestik wirken locker und entspannt. *Es hat geklappt! Es geht ihm gut!*, versucht mich eine innere Stimme zu überzeugen. Aber ich kann ihr noch keinen Glauben schenken und starre dem Klinikpersonal entgegen. Mein gesamter Körper versteift sich und wie alle anderen bin ich bereits erwartungsvoll aufgesprungen. Mir kann es nicht schnell genug gehen, bis sie bei uns sind und endlich sagen, wie es Tom geht.

„Die Transplantation ist prima verlaufen. Wir hatten keinerlei Komplikationen und das neue Herz funktioniert hervorragend. Es geht ihm den Umständen entsprechend sogar sehr gut. Jetzt liegt alles an Ihrem Sohn." Ein älterer Mediziner lächelt uns gutmütig an.

Toms Mutter bricht haltlos in Tränen aus und wirft sich Toms Vater an den Hals. Auch von uns fällt die Anspannung der letzten Stunden ab und wir liegen uns abwechselnd überglücklich in den

Armen. *Jetzt wird alles gut. Den Rest schaffen Tom und ich auch.*

„Er befindet sich derzeit noch auf der Aufwachstation. Wenn wir ihn verlegt haben, dürfen Sie kurz zu ihm. Wir geben Ihnen Bescheid“, sagt die Ärztin zu Toms Eltern, die den beiden Medizinern vor Dankbarkeit überschwänglich die Hände schütteln.

Tatsächlich werden Toms Eltern später kurz zu ihrem Sohn gelassen. Ich kann mich nicht mehr vom Fleck rühren und warte vor der Tür des Intensivbereichs sehnsüchtig darauf, auch aus ihrem Mund zu hören, dass es Tom gut geht. Unruhig verlagere ich das Gewicht von einem Bein auf das andere und bearbeite meine eiskalten Hände, als seien sie aus weicher Knetmasse.

Als sie nach wenigen Minuten strahlend zurückkommen, überfalle ich sie regelrecht.

„Ist er wach?“, will ich wissen, kaum dass sie durch die Tür gegangen sind.

„Er hatte kurz die Augen auf, schlief aber sofort wieder ein. Seine Wangen waren richtig rosig“, erzählt seine Mutter glückselig.

Ich atme auf und das gleich mehrmals. Das Lächeln kehrt auf mein Gesicht zurück und die Knoten in meiner Kehle und in meinem Bauch beginnen endlich sich aufzulösen.

„Haben die Ärzte sonst noch etwas gesagt?“, frage ich.

„Das Gleiche wie eben. Sie sind alle sehr zuversichtlich und zufrieden mit der Operation. Aber heute soll er absolute Ruhe halten. Wir werden jetzt heimfahren, duschen und etwas essen. Die Ärzte meinten, wir sollen morgen wiederkommen, könnten aber jederzeit anrufen. Wir sind so erleichtert. Bald ist Tom endlich wieder gesund.“ Toms Vater schaut seine Frau gerührt an, dann drückt er uns nacheinander väterlich an sich. „Danke, dass Ihr alle für Tom da seid. Danke“, schluchzt er plötzlich los. „Fahrt ruhig heim. Sollte etwas sein, ruft die Klinik bei uns an und ich melde mich bei Dir, ja, Chris? Geben wir Tom einen Tag. Morgen sieht es bestimmt schon ganz anders aus."

„Ich werde Chris heimbringen", sagt Vivian, bevor dieser zum Protest ansetzen kann.

„Mach das", sagt Toms Vater lächelnd und klopft Christian auf die Schulter. „Du kannst hier heute nichts für Tom tun, Chris, und sie lassen Dich ohnehin jetzt nicht zu ihm. Also nimm das Angebot Deiner Freundin an."

Christian atmet geräuschvoll durch.

„Bis morgen", verabschieden sich Toms Eltern herzlich und laufen Arm in Arm zum Aufzug.

Wir bleiben noch zurück. Vivian strahlt ihren neuen Freund an. „Tom wird wieder ganz gesund, Chris. Jetzt freu Dich endlich! Er ist bald über den Berg!"

Sam, Vivian und ich beobachten Christian. Er steht immer noch da und hat einen seltsamen Ausdruck auf dem Gesicht. Wie aus heiterem Himmel überkommt es ihn dann aber plötzlich. Völlig unvorbereitet packt er Vivian. Sie kreischt spitz auf, weil sie nicht damit gerechnet hat, vom Boden abzuheben. Christian wirbelt sie übermütig durch die Luft.

„Er hat es geschafft! Er hat es geschafft! Tom lebt! Er hat ein neues Herz", schnauft Christian in Vivians Haarschopf, knuddelt sie überschwänglich und setzt meine Freundin sachte wieder ab.

„Ja. Es wird alles gut." Vivian fährt ihm zärtlich durch die Haare und strahlt mich glückselig an. *Ich bin so verliebt, Lisa,* sagt ihr Blick, ich gönne meiner Freundin dieses Glück von ganzem Herzen und lasse sie einen Moment alleine. Ich gehe mit Sam ein paar Schritte ans Fenster und wir blicken gemeinsam nach draußen.

„Das waren die schlimmsten Stunden meines Lebens, Lisa. Glaubst Du mir das?", sagt er, ohne mich dabei anzusehen.

„Du sprichst mir aus der Seele, Sam."

„Tom ist noch nicht am Ziel. Er muss das neue Herz

physisch und psychisch annehmen, weißt Du. In letzter Zeit habe ich mir große Sorgen gemacht. Tom hat immer wieder zwischen den Zeilen etwas durchklingen lassen."

„Ich weiß, was Du meinst. Er hat mit mir darüber gesprochen."

„Echt?", sagt Sam überrascht und schaut mich jetzt doch an.

„Ich glaube auch, dass es noch nicht vorbei ist, aber ich habe schon eine Idee. Die ist mir heute Nacht gekommen."

„Was?", fragt Sam interessiert.

„Das verrate ich noch nicht. Ich muss erst mal sehen, ob ich das durchboxen kann. Lasst Euch überraschen."

„Schlägst Du jetzt mit Toms Waffen zurück?"

„Möglich", sage ich schmunzelnd.

Sam legt den Kopf zur Seite und studiert belustigt meine Gesichtszüge.

„Was hast Du nur vor?", will er noch einmal verschmitzt wissen.

Ich zucke unschuldig mit den Schultern und grinse zufrieden in mich hinein.

„Ich sage es Euch, wenn es soweit ist."

Sam stützt sich mit beiden Händen auf dem Fensterbrett ab, streckt die Arme durch und schüttelt belustigt den Kopf.

„Ich hätte es wissen müssen. Aber da ich Dir gern auch schon viel früher die Wahrheit gesagt hätte, steht mir doch wohl ein Hinweis zu, oder etwa nicht? Ein klitzekleiner?", drängelt er vorwitzig.

Ich tue so, als zöge ich es ernsthaft in Erwägung. Dann sage ich: „Nnnnnö."

Sam lacht.

„Jetzt, wo Tom Dich hat, mache ich mir auch um den Rest keine Sorgen mehr. Wenn es jemand schafft, ihn wieder ganz zurück ins Leben zu holen, dann bist Du das."

„Dankeschön, Sam."

„Es ist nur die Wahrheit, Lisa. Ihr beide gehört zusammen."

Sam blickt mir in die Augen, ein aufrichtiger, warmherziger Blick, der keiner Worte bedarf. Binnen kurzer Zeit hat uns die gemeinsame Angst um Tom zu einer tiefen, freundschaftlichen Verbundenheit verholfen, für die es sonst sicherlich Jahre gebraucht hätte. Mit dieser Verbundenheit verlassen wir Arm in Arm das Krankenhaus, Vivian und Chris als Liebespaar, und Sam und ich als enge, vertraute Freunde.

Zurück in ein neues Leben

Am nächsten Tag darf ich endlich wieder an Toms Bett sitzen. Ich habe mich hineingeschlichen, weil er schläft. Zärtlich ergreife ich seine Hand und führe sie liebevoll an meine Wange. Ich schmiege mich an ihn.

Wie schon vor der OP ist Tom an unzählige Apparate angeschlossen und hat überall Schläuche und Kabel liegen. Noch sieht es nicht danach aus, als könne er ohne all das selbständig leben – überleben. Sein Zustand bleibt kritisch, obwohl sein neues Herz kräftig schlägt. Ich sehe es auf dem Monitor. Es piepst rhythmisch vor sich hin und zeichnet gleichmäßige Zacken auf den Bildschirm.

Tom öffnet müde die Augen. Sein Blick ist trüb.

„Hallo, Du Langschläfer. Wie geht es Dir?"

„Bin ich im Himmel?", nuschelt Tom schwach.

„Ich befinde mich jedenfalls im siebten Himmel", lächele ich. „Schön, dass Du wieder da bist. Deine Eltern waren auch schon hier. Hast Du das mitbekommen?"

„Ja, ich glaube schon. Aber ich fühle mich immer noch dusselig. Alles ist so verschwommen und … irgendwie komisch. Mir ist etwas schlecht."

„Das sind bestimmt die Medikamente. Soll ich jemanden holen?"

„Nein. Passt schon …" Er schluckt überanstrengt. „Wie spät ist es?", fragt er.

„Keine Ahnung. Ist doch auch egal, oder? Wir haben Zeit, Tom. Jetzt läuft Dir die Zeit nicht mehr davon."

Tom röchelt und hustet schwerfällig.

„Ist Chris auch da?"

„Er war eben kurz bei Dir, aber da hast Du noch zu tief geschlafen. Momentan ist er mit Sam und Vivian in der Cafeteria."

Tom nickt entkräftet.

„Hast Du Schmerzen?"

„Sind auszuhalten. Es fühlt sich nur alles so seltsam und fremd an. Als träumte ich noch. Als wäre das alles hier nicht real."

Ich strahle ihn an.

„Es ist real, Tom. Ich kann es auch noch nicht richtig fassen. Du hast es geschafft! Richtig geschafft! Bald kannst Du hier raus und wieder ganz normal leben", sage ich glücklich.

„Scheint so, was", meint Tom eher verklärt.

„Du musst erst einmal wieder ganz zu Dir kommen, Tom. Schlaf etwas und erhole Dich. Die letzten Wochen waren sehr anstrengend. In den nächsten Tagen wirst Du merken, wie Du nach und nach mehr zu Kräften kommst. Die Ärzte waren jedenfalls super zufrieden. Wenn es Dir in ein paar Tagen besser geht, dann habe ich eine Überraschung für Dich."

„Eine Überraschung?", fragt Tom matt lächelnd.

„Eine riesige Überraschung sogar!"

„Gibst Du mir einen Tipp?"

„Du meinst, weil Du mir auch so viele Tipps gegeben hast bei Deiner ollen Geheimniskrämerei?“

„Ist das jetzt Deine Rache?“ Tom wirkt schwach, aber amüsiert.

„Ein bisschen vielleicht“, schmunzele ich frech. „Aber ich werde Dich nicht so lange zappeln lassen wie Du mich, wenn Du artig bist, überall fleißig mitmachst und Dich erholst.“

„Du klingst wie meine Mutter“, grinst Tom entnervt. „Aber keine Sorge, ich will selbst ja auch schnell wieder auf die Beine kommen. Ich muss hier raus.“

„Etwas wirst Du wohl noch durchhalten müssen, bis Du zum Freigänger wirst“, scherze ich.

Tom lacht und räuspert sich.

„Vor einigen Wochen dachte ich noch, das hier wäre die Endstation.“ Er schließt die Augen. Ich streiche sanft seine Haare nach hinten. Sein Brustkorb hebt und senkt sich mühsam.

„Nur nichts überstürzen. Gib Dir Zeit. Du hast jetzt genug davon, Tom.“ Er dämmert wieder weg.

Bereits am nächsten Tag ist Tom wacher und in den darauffolgenden Tagen geht es ihm deutlich besser – körperlich. Die Ärzte sind mit dem Heilungsverlauf an sich sehr zufrieden aber Tom wirkt überhaupt nicht erleichtert oder glücklich. Er ist fast permanent mürrisch und unzufrieden. Sogar, wenn ich bei ihm bin.

Er wirft mit flapsigen Sprüchen um sich und schickt seine Besucher weg. Er sei müde, ihm sei schlecht, er habe Kopfschmerzen – immer wieder etwas anderes. Das Funkeln in seinen Augen ist verschwunden. Vor der OP glühten sie vor Sehnsucht nach mir, leuchteten wie ein Meer aus Sternen, aber jetzt sehe ich dort nur eine Leere, die mich krank macht vor Sorge.

Ich versuche pausenlos, Tom aufzumuntern aber alles scheint an ihm abzuprallen, was mich langsam wirklich verletzt. Er gibt mir das Gefühl, als sei ich ihm gleichgültig, als bedeute ich ihm gar nichts mehr. Als sei ihm meine Anwesenheit total egal. Ich fühle mich in seiner Nähe zunehmend wie ein unerwünschter Besucher, wie ein nerviger Störfaktor. Doch ich sträube mich dagegen, seine pessimistischen Stimmungsschwankungen auf mich überspringen zu lassen.

Ich darf ihm nicht böse sein, denn das ist nicht Tom. Momentan ist Tom nicht er selbst aber er wird zurückkommen, das weiß ich. Ich muss ihm nur Zeit geben und darf vor allem selbst jetzt nicht die Zuversicht verlieren. Außerdem habe ich eine geniale Idee, wie ich Tom aus der Reserve locken kann.

Mit den Ärzten habe ich schon darüber gesprochen. Sie fanden die Idee super, allerdings gab es von Klinikseite anderweitig Einsprüche. Die Genehmigung zu bekommen, war alles andere als einfach, aber jetzt hab´ ich sie. Damit kann Toms Rückholung ins Leben beginnen!

Tom zieht sich nämlich immer weiter zurück. Er versucht alles, sich mit seinem abweisenden Verhalten selbst zu isolieren, indem er seine Besucher vergrault. Er tut alles dafür, dass sie gehen, aber weder seine Eltern, noch Chris, Sam oder ich lassen uns darauf ein. Wir sind uns einig, dass Tom im Moment nicht weiß, was für ihn gut ist. Wir müssen uns jetzt mal über seine absurden Wünsche und Forderungen hinwegsetzen, die er bei klarem Verstand niemals äußern würde.

Fakt ist, Tom braucht jetzt ganz dringend etwas, das ihn aus diesem Loch wieder herausholt, in dem er sich gerade befindet. Er braucht einen echten Motivationsschub! Ich bin überzeugt – ich habe die ultimative Lösung!

Wenn er denkt, er könne mich mit seiner griesgrämigen Tour loswerden, dann kennt er mich verdammt schlecht. Es ist ja auch nur noch ein Tag, denn morgen darf und kann meine Überraschungsbombe platzen. Ich bin mir hundertprozentig sicher, dass es genau das ist, was Tom mit neuer Energie und neuem Lebensmut versorgen wird. Er wird garantiert ausflippen vor Freude! Es wird mir meinen Tom im Nu zurückholen.

Ich kann es kaum erwarten, sein Gesicht zu sehen, bin schon jetzt ganz hibbelig und fiebere dem nächsten Tag entgegen. Aber so euphorisch und energiestrotzend ich heute auch bin, Tom kann ich kein Lächeln entlocken. Dennoch starte ich einen weiteren Versuch, ihn etwas neugierig zu machen.

„Morgen bekommst Du Deine Überraschung", flüstere ich verheißungsvoll in sein Ohr. Er dreht träge den Kopf weg.

„Das ist nicht nötig. Fahr ruhig heim. Ich bin müde", lamentiert er.

„Dann bleibe ich einfach hier sitzen und sage nichts mehr. Nächste Woche muss ich wieder arbeiten, dann habe ich leider nicht mehr so viel Zeit für Dich. So kann ich Dich wenigstens noch etwas anschauen."

„Zeitverschwendung."

Ich schlucke.

„Du bist ganz schön unfair, weißt Du das? Aber ich bleibe trotzdem hier. Basta." Ich lehne mich im Stuhl zurück und verschränke beleidigt die Arme vor der Brust.

„Du musst hier nicht Deine Freizeit absitzen. Ich komme auch alleine klar. Du siehst ja auf dem Ding da selbst, dass ich wieder ganz gut funktioniere", sagt Tom trocken und blickt verächtlich zu dem EKG-Ausschlag auf dem Monitor.

„Da sagst Du etwas verdammt Wahres!", erwidere ich verärgert. „Du funktionierst! Aber auch nicht mehr! Wo ist der Tom geblieben, in den ich mich verliebt habe?"

„Ich bin aber nicht mehr der Tom von vorher. Das ist nicht mein Herz, das jetzt in mir schlägt. Sie hätten es für jemand anderes nehmen und mich sterben lassen sollen", blafft er. „Ich will dieses Ding eines Toten in meiner Brust nicht, das mich jede Sekunde meines Lebens daran erinnert, dass meinetwegen jemand gestorben ist. Ich bin ein Mörder!"

Mir steigen Tränen in die Augen. Ich würge sie hinunter und atme tief durch, obwohl es mir selten so schwergefallen ist.

„Du bist kein Mörder. Du hast niemanden umgebracht, Tom. Auch die Ärzte nicht. Sie haben lediglich ein Leben gerettet, nämlich Deines. Alles im Leben hat einen Sinn und einen Grund. Dass Du das Herz bekommen hast, hat genauso seinen Grund. Auch wenn Du es gerade nicht so siehst. Vielleicht brauchst Du einfach noch ein paar Tage. Ich gebe Dich jedenfalls nicht auf, hörst Du? Und das solltest Du auch nicht. Beschimpfe mich ruhig, wenn es Dir hilft. Du kannst gerne Deinen Frust an mir auslassen. Das ist vermutlich besser, als alles in Dich hineinzufressen. Aber wenn Du denkst, ich verlasse Dich oder lasse mich nicht mehr blicken, dann täuscht Du Dich."

Tom wendet sich mit bebenden Mundwinkeln zum Fenster hin und dreht den Kopf von mir weg.

„Es wird nichts wieder wie vorher. Das behaupten alle doch nur, um mich zu motivieren. Ihr habt mich alle belogen. Keiner hat mir gesagt, wie das danach sein würde. Niemand! Niemand hat mir die Wahrheit gesagt!"

„Was ist denn die Wahrheit Deiner Meinung nach?", frage ich mit fester Stimme.

„Ich habe einem anderen Menschen sein Herz gestohlen!", wütet Tom los und ist dabei total zerbrechlich, tieftraurig und verzweifelt. „Ich bin ein Versager. Das ist aus mir geworden. So fühle ich mich, verdammt! Ihr freut Euch alle und denkt, jetzt ist alles wieder in Ordnung. Dabei hat da draußen irgendwo jemand sein Leben verloren und ich soll dieses fremde Leben jetzt einfach weiterleben? Als sei nichts gewesen? Es soll mir egal sein, dass auf dem Friedhof einer verscharrt wird, während ich hier putzmunter im Bett liege und genese?" Tom wird von seinen Emotionen überwältigt. Er bricht in Tränen aus und schluchzt aber ich sehe, wie er vehement versucht, es zu unterbinden, und dass er sich dafür schämt.

Schweigend ergreife ich vorsichtig seine Hand. Ich lege meinen Kopf neben seinem auf dem Kissen ab und bin einfach nur da. *Vielleicht helfen ihm die Tränen und auch sein Frust und diese verzweifelten Gedanken fließen mit den Tränen davon. Vielleicht geht es ihm danach besser, wenn erst mal alles raus ist.*

Ich verharre an seinem Bett, bis er sich nach einer Viertelstunde wieder etwas gefangen hat.

„Geh, Lisa. Bitte", sagt Tom geschwächt und scheint sich immer noch für seine Tränen zu genieren.

„Nein. Ich gehe nicht", sage ich ruhig aber bestimmt.

Morgen wird alles gut. Wenn alles so klappt wie ich mir das vorstelle, dann bekomme ich ihn wieder zurück. Dann will er wieder leben.

„Warum vergeudest Du hier Deine Zeit", presst Tom entkräftet hervor.

„Ich habe mich wochenlang nach Deiner Nähe gesehnt, da werde ich jetzt garantiert nicht so schnell die Hoffnung aufgeben wie Du. Ich habe mich in Dich verliebt, Tom. Egal wie bescheuert Du Dich auch gerade aufführst, Du wirst mich so schnell nicht los. Da kannst Du so giftig sein, wie Du willst. Abgesehen davon solltest Du langsam mal etwas Dankbarkeit zeigen. Du hast ein neues Leben geschenkt bekommen, etwas, worauf andere sehnsüchtig warten!"

„Ich habe ein Leben gestohlen, Lisa. Keines bekommen", schnieft er entkräftet.

„Du hast niemandem etwas gestohlen, Tom, ich hoffe, das geht bald endlich mal in Deinen Schädel. Das Schicksal hat dem

Leben eines anderen Menschen ein Ende gesetzt, nicht Du. Das Schicksal hat für Dich ein Weiterleben vorgesehen, auch das hast nicht Du entschieden. Nimm dieses großartige Geschenk an, verdammt nochmal! Gerade trittst Du das letzte Geschenk mit Füßen, das dieser Mensch auf Erden hinterlassen hat. Wenn ich er wäre, ich würde von den Toten auferstehen und Dir die Hölle heiß machen! Was glaubst Du eigentlich, wer Du bist? Dass Du der Allmächtige bist, der über Leben und Tod entscheidet? Der darüber entscheidet, wer leben darf und wer nicht? Ich muss Dich enttäuschen, Tom, aber so allmächtig bist Du nicht. Ich werde den Teufel tun und Dich hier alleine zurücklassen, solange Dein Hirn sich in derart bescheuerte Wahnvorstellungen verstrickt. Ich will nämlich leben! Mit Dir! Ich weiß, dass der Tom, in den ich mich verliebt habe, noch da ist. Ich werde ihn mir zurückholen."

Tom will sich die erneuten Tränen verbieten aber er kann nicht verhindern, dass sie vereinzelt über sein Gesicht rinnen.

„Hör auf, so absurde Sachen zu denken und zu sagen, die nicht stimmen. Halt lieber Deine Klappe und lass mich reden. Ich bin gerade offenbar zurechnungsfähiger als Du mit Deinem Medikamentencocktail", sage ich, um ihn aus der Reserve zu locken, und tatsächlich, es funktioniert!

Tom lacht in seinem Heulanfall auf. Es sieht aus, als wisse er nicht, ob er lachen oder weinen soll. Mich überkommt ein Anflug von Erleichterung. Seine Reaktion motiviert mich, genauso weiterzumachen wie bisher. Dazu ermutigen mich auch die Schwestern und die Ärzte, mit denen ich inzwischen in engem Kontakt stehe.

Es ist nicht ungewöhnlich, dass ein transplantierter Patient so reagiert wie Tom gerade. Auch seine Medikamente müssen erst noch optimal eingestellt werden, bis sie einen dauerhaften Wirkspiegel erreichen, wurde mir gesagt. Dennoch bringt er mich zeitweise zur Verzweiflung und ich muss mir eingestehen, dass ich hin und wieder doch eingeschnappt und wütend bin. Sein Zustand ist auch für mich eine enorme Belastungsprobe, zumal wir uns erst so kurz kennen. Trotzdem, mein Herz will Tom nicht aufgeben, auch wenn ich gelegentlich innerlich fluche. Ab und zu würde ich ihn am liebsten schütteln und anbrüllen, um ihn zur Vernunft zu bringen!

Ich bin selbst stolz auf mich, dass ich es bisher schaffe, mich zusammenzureißen und die Ruhe zu bewahren. Tom hat es aber auch definitiv verdient. Er kann schließlich nichts dafür. Das ist nun mal Bestandteil seiner Genesung.

Meine eigenen emotionalen Zusammenbrüche behalte ich mir jedenfalls für daheim vor, wo dann des Öfteren alles von mir abfällt. Ein regelrechter Schwall an Verzweiflung entlädt sich mitunter so abrupt, bevor ich so recht weiß, wie mir geschieht. Einmal war meine Verzweiflung so groß, dass mein über mir geöffneter Schutzschirm kläglich erschlaffte. Er konnte meiner seelischen Erschöpfung einfach nicht mehr standhalten.

Dann hilft mir nur eine große Portion kaltes Wasser im Gesicht, um mich herunter zu kühlen. Toms gesundheitlicher Zustand und seine derzeitig so befremdliche Art zerren gewaltig an meinem Nervenkostüm. Die Angst, Tom doch nicht helfen zu können und ihn deshalb vielleicht zu verlieren, drängt sich mir immer wieder in Form einer bösen Stimme auf. Es verlangt auch mir viel ab, mich davon nicht unterkriegen zu lassen. Zum Glück habe ich Vivian, die mir unermüdlich Zuspruch gibt. Unsere abendlichen Gespräche tun mir gut und Vivian leistet bei mir wertvolle Aufbauarbeit. Meine Freundin gibt mir damit die Kraft und die Energie, mit Toms desolater Psyche klarzukommen und meine eigene für diese immense Herausforderung zu stärken. Dank Vivian verliere ich mein Ziel nicht aus den Augen – womit gerade zwei Leben gerettet werden könnten.

Der Überraschungstag

Heute macht Tom einen etwas besseren Eindruck auf mich. Er sitzt aufrecht im Bett, sieht zwar müde aus und hat dunkle Ringe unter den Augen, aber er lächelt. Matt und etwas gequält, doch es ist ein Anfang.

„Hi", sage ich. „Da bin ich wieder."

„Hallo", sagt er mit belegter Stimme.

„Wie geht es Dir?" Ich stelle einen großen Karton auf dem Stuhl ab.

„Etwas besser, denke ich", murmelt Tom. „Was ist in der Kiste?"

„Das wollte ich Dir eigentlich vorgestern schon mitgebracht haben. Es wurde aber erst eben mit der Post geliefert. Das ist etwas gegen die Langeweile und gegen Deine Grübelei. Die Zeit in der Reha musst Du ja außerdem auch noch irgendwie rumkriegen."

„Was ist es?", fragt Tom.

„Neugierig?" Ich grinse ihn frech an und fuchtele mit der Kiste vor seinem Gesicht herum.

„Gib schon her", lacht Tom.

„Erst, wenn Du zugibst, dass Du neugierig bist", fordere ich.

„Gut, ich bin neugierig, zufrieden?", stöhnt Tom belustigt.

„Na also – dann bitte." Ich überlasse ihm den Karton.

Tom schaut hinein und stutzt, dann bricht er derart in Gelächter aus, dass er sich vor Schmerzen an die Brust greifen muss.

„Das ist nicht Dein Ernst, oder?"

„Na klar ist das mein Ernst. Die Wolle ist handgefärbt! Ich habe sie extra für Dich im Internet bestellt, und zwar bei *'Gute Dinge haben Seele'*. Das ist ein kleiner Shop, in dem auch meine Mama immer ihre Sockenwolle ordert. Die haben wirklich hübsche Sachen." Ich nehme ein kleines Schildchen heraus. „Schau mal, Du kannst daran sogar auch noch einen Anhänger befestigen *'Handmade with Love'*. Stricknadeln habe ich Dir auch besorgt. Alles nur für Dich. Allerdings – die ersten Socken sind für mich", grinse ich verschmitzt. „Damit wir nachher auch wissen, welches meine sind, dachte ich mir, Du könntest mir das da drannähen." Ich schmunzele und entnehme aus einem winzigen Organza-Säckchen einen kleinen Metallanhänger in Form eines Schwertes. Verschmitzt grinsend lasse ich es dicht vor seinen Augen herumbaumeln.

„Das wird ja immer besser", lacht Tom gelöst.

„Du hast doch so groß herumgetönt mit Deinem Hobby. Eines sage ich Dir aber gleich, wehe Du verarbeitest die Wolle zu einem Schlüpfer."

Tom lacht und es tut so gut, ihn fröhlich zu sehen.

„Später kommt übrigens meine Mama vorbei. Sie möchte Dich kennenlernen und wird Dir zeigen, wie das geht. Sie freut sich schon darauf. Ich habe ihr gesagt, dass Du liebend gerne ihrem Strickclub beitreten möchtest. Als Hahn im Korb."

„Du nimmst mich auf den Arm, oder?", sagt Tom jetzt wirklich skeptisch, weil ich es schaffe, eine richtig ernste Miene zu bewahren.

„Da wäre ich mir an Deiner Stelle nicht so sicher“, grinse ich süffisant und hochzufrieden.

„Wenn ich wieder fit bin, Lisa, werde ich mich rächen“, lacht Tom herzhaft, verzieht vor Schmerzen aber das Gesicht.

„Dass Du wieder Rachepläne schmieden kannst, ist ein gutes Zeichen“, frotzele ich.

Tom winkt mich mit einem Finger näher zu sich heran.

„Komm, ich verrate Dir ein Geheimnis“, sagt er.

Ich beuge mich grinsend zu ihm herunter.

„Mach mal die Tür vom Beistellwagen auf. Da unten“, flüstert er und lächelt vergnügt. Er zeigt links unten neben sein Bett.

Mit schiefem Lächeln schaue ich ihn an, bücke mich und gucke in den Wagen. Ich erwarte eigentlich, eine Flasche Wasser, Kekse oder ähnliches vorzufinden. Aber stattdessen steht dort ein Handarbeitskorb. Ungläubig starre ich auf die darin liegende Wolle und hole den Korb heraus.

„Ich stricke nämlich tatsächlich Socken“, grinst Tom. „Das habe ich von meiner Oma gelernt“, lächelt vergnügt.

„Willst Du mich jetzt veräppeln? Ich dachte, das mit dem Stricken war ein Scherz“, sage ich argwöhnisch. *Den Korb hat er sich doch bestimmt von seiner Mama ausgeliehen.*

„Der einzige Scherz hier war das mit dem Schlüpfer“, grinst Tom breit.

„Ich dachte die ganze Zeit …“

„Ich weiß, was Du dachtest. Ich bin ja so gespannt auf das Gesicht Deiner Mama, wenn sie sieht, wie schnell ich beim Sockenstricken bin“, lacht Tom.

„Also darauf bin ich auch gespannt. Ich kann es immer noch nicht glauben. Du hast kein Sterbenswörtchen verraten!“, sage ich weiterhin perplex.

Tom greift sich den kleinen Schwertanhänger. Er betrachtet ihn und schaut mich dann an.

„Was ist eigentlich mit Deinem Hobby? Wie lange machst Du das schon?“

Ich erröte.

„Naja ... um ehrlich zu sein ... ich habe mir immerhin schon eine Adresse herausgesucht! Ich habe mir fest vorgenommen, das auf jeden Fall auszuprobieren!“, beteure ich.

Tom lacht wieder.

„Irgendwie habe ich mir so etwas gedacht.“ Er lächelt mich an, was ich entschuldigend und zerknirscht erwidere.

„Na komm. Ist schon gut. Ich bin Dir nicht böse. So lange ich nicht für Deine ersten Schwertfuchteleien herhalten muss“, lacht er, und genau in diesem Moment höre ich draußen Stimmen. Sofort gehe ich zum Fenster und werfe einen Blick hinaus.

Strahlend drehe ich mich wieder zu Tom um. Dann tänzele ich an sein Bett heran, ziehe meinen Mundschutz etwas herunter und flüstere ihm lüstern ins Ohr:

„Ich habe noch eine andere Überraschung für Dich.“ Mit einem flüchtigen Kuss auf seiner Wange ziehe ich mich zurück.

Tom macht nicht eine Sekunde den Versuch, mir auszuweichen und hat die Augen immer noch geschlossen.

„Das hat sich gut angefühlt“, sagt er und atmet geräuschvoll durch.

„Na dann“, erwidere ich, ziehe noch einmal meinen Mundschutz etwas herunter und küsse ihn erneut liebevoll auf die Stirn.

„Was ist denn die andere Überraschung? Trägst Du nichts unter Deinem Kittel?“, scherzt er schwach und hustet entkräftet.

„Nein, Du Schlawiner“, lache ich aus vollem Herzen. Strahlend falle ich ihm stürmisch um den Hals und vergieße die ersten Freudentränen. *Er ist zurück! Er ist wieder da!*

„Ich habe Dich so vermisst, Tom“, nuschele ich ins Kissen, hebe dann wieder meinen Kopf und nehme sein Gesicht zärtlich in beide Hände. Tom lächelt verhalten.

„Ich Dich auch. … Danke, dass Du mich mit all diesen Stimmungen erträgst. Ich weiß, ich mache es Euch allen nicht leicht. Das hast Du nicht verdient, Lisa."

„Ist schon okay. Schwierige und komplizierte Dinge haben mich schon immer angespornt und gereizt. Ich mag Herausforderungen."

„Du hast mir gestern ziemlich viel an den Kopf geworfen …", sagt Tom.

„Ich weiß. War ich zu streng mit Dir?"

„Nein. Außerdem hattest Du mit allem recht. Ich fühle mich trotzdem immer noch schlecht, weißt Du. Es ist doch einfach ungerecht, dass ich leben darf und dieser andere Mensch nicht."

„Es mag ungerecht sein, aber es ist nichts, das Du oder ich beeinflussen können, Tom. Du kannst nur versuchen, dieses kostbare Geschenk anzunehmen. Ich werde Dir dabei helfen. Wir alle werden das." Weinend liegen wir uns in den Armen und genießen für wenige Minuten schweigend, dass wir uns wiederhaben. Ich will ihn nur spüren, ihn einfach fühlen.

„Ich komme mir so mies vor, Lisa. Als würde ich auch Dich um ein unbeschwertes Leben bringen."

Ich sehe Tom schwer schlucken.

„Das tust Du nicht, Tom. Ich bin glücklich! Siehst Du das nicht? Ich habe jedes Mal Schmetterlinge im Bauch, wenn ich hierherfahre. In mir kribbelt es wie verrückt, wenn ich Dich durch diese Scheibe da hinten sehe und weiß, dass ich gleich bei Dir bin. Du bist alles, was ich mir immer gewünscht habe. Aber Du musst jetzt lernen, zuzulassen, dass es Dir bessergeht. Medizinisch steht dem nichts im Wege. Deine Werte könnten besser nicht sein, Tom. Du könntest bestimmt sogar wieder als Lehrer arbeiten. Wir könnten in Urlaub fahren! Zusammenziehen, ins Kino gehen, einen Stadtbummel machen. Uns bei Sonnenschein in die Eisdiele setzen und … uns steht die Welt offen! Deine Chancen sind super, ein fast normales Leben zu führen. Wir stehen das gemeinsam durch, Tom. Es wird gute und schlechte Tage geben, aber ich werde da sein. An jedem schlechten Tag und an jedem guten Tag."

„Warum bekomme gerade ich so viele Geschenke, Lisa? Ich bekomme ein neues Herz und Dich! Ich habe Angst davor, diese Geschenke anzunehmen."

„Wer sagt Dir, dass ich wirklich ein Geschenk bin? Warte ab, bis Du meine Macken kennenlernst", schmunzele ich. „Bisher hat es niemand lange mit mir ausgehalten – gut, umgekehrt auch nicht", lache ich.

„Ich kann mir nicht vorstellen, dass das an Dir lag, Lisa. Du bist wundervoll. Einfach nur großartig. Du hast ein riesiges Herz, bist wunderschön, bescheiden, liebevoll, witzig, intelligent."

„Ich unterbreche Dich gerade nur ungerne in Deinen Lobeshymnen, aber ich muss Dir etwas zeigen. Da drüben am Fenster. Unten steht nämlich jemand für Dich."

„Wer?", möchte Tom wissen.

„Überraschung. Ich helfe Dir. Komm", fordere ich ihn auf. „Es lohnt sich!" Ich schlage seine Decke zurück und reiche ihm die Hand. Eine Krankenschwester nickt mir durch die Scheibe lächelnd zu und streckt strahlend beide Daumen hoch. Sie weiß, was Tom erwartet.

„Moment", sage ich und lasse von ihm ab. Ich eile zum Fenster, öffne es und winke nach unten.

„Er kommt gleich! Es kann losgehen!", brülle ich aus dem vierten Stock und gehe wieder an Toms Bett.

„Wer ist denn da?", will er jetzt richtig angestachelt wissen.

„Keine Ahnung, wer das alles ist. Die meisten davon kenne ich nicht", sage ich trocken. „Wohl oder übel musst Du selbst schauen. Aber den einen Typen kenne ich aus dem Fernsehen. Er heißt Matty Drum, glaube ich."

„Was?" Toms Augen werden riesig. „Matty Drum? Der ist hier?" Er wuchtet sich angestrengt an die Bettkante, scheint aber immer noch zu denken, ich hätte einen Scherz gemacht.

Ich halte Tom fest und wir warten einen Moment, bis sich sein Kreislauf stabilisiert hat. Dabei lege ich ihm einen Bademantel um. Aus dem offenen Fenster hören wir Stimmengewirr und heftiges Gemurmel.

„Was ist da unten los?" Tom steht auf. Ich helfe ihm hinüberzulaufen, wo er sich am Fensterbrett festhält und mit geweiteten Augen ungläubig hinunter starrt.

„Was machen die denn alle hier?", stammelt er perplex. Tom guckt verwirrt zu den vielen Schülern und Kollegen, die sich im Park des Krankenhauses versammelt haben. Sie winken zu ihm hoch, bis die Taktstöcke eines Schlagzeugers und die Musik das Signal geben.

Es ist unglaublich, dass in der kurzen Zeit sogar eine kleine Bühne im Krankenhausgarten zustande gebracht werden konnte. Darauf steht Matty Drum persönlich und winkt mit dem Mikro zu Tom hinauf. Tom ist so überwältigt, dass sein Gesicht gar keine Regung mehr fertigbringt. Als aber dann die komplette Mannschaft im Garten aus Leibeskräften das Lied:

´Ich bin da´schmettert, wird Tom von seinen Emotionen mitgerissen und weint vor aller Augen los.

Ich lade dich in mein Leben ein,
bitte lass mich nie allein,
sag einfach ja und schau mich an,
die Zeit ist jetzt und wir sind dran.
Gemeinsam basteln wir am Glück,
laufen auch mal nen Schritt zurück,

überwinden Hürden und geh´n wieder voran,
alles was man zu zweit schaffen kann.

Denn ich bin immer für dich da,
du bist mein geheimer Star.
Mit dir ist immer Sonnenschein,
du lässt ihn in mein Herz hinein.

Gib dir nen Ruck und raff dich auf,
ich helfe dir und zieh dich rauf,
ich halt dich fest, steh neben dir,
lehne dich an und sag einfach wir.
Nur drei Worte ich liebe dich,
du bedeutest alles für mich.

Denn ich bin immer für dich da,
du bist mein geheimer Star.
Mit dir ist immer Sonnenschein,
du lässt ihn in mein Herz hinein.
…

Matty Drum und die Menge singen voller Inbrunst den Refrain weiter. Dabei jubeln und winken sie zu Tom hinauf. Ich kann nicht anders und greife zu Toms Einwegkamera, die ich mir bereitgelegt habe und auf der immer noch ein paar Fotos übrig sind. Ich versuche, alle von oben auf das Bild zu bekommen und drücke auf den Auslöser. Anschließend lege ich die Kamera wieder beiseite, um den wunderschönen Moment nicht zu zerstören. Aber das Foto als Andenken für Tom später mal, konnte ich mir nicht nehmen lassen.

„Sind die nur meinetwegen hier?“, schluchzt er ergriffen.

„Weswegen denn sonst? Da unten stehen so viele Menschen,

die Dich alle brauchen, Tom. … Okay, Matty käme vielleicht notfalls auch alleine klar“, schmunzele ich.

Tom lächelt seinen Schülern zu und winkt zurück. Er weint vor all diesen Menschen und lässt sie an seinen Gefühlen teilhaben.

„Mit dem neuen Herzen hast Du jetzt die Möglichkeit, den vielen Kindern da unten zu helfen. Du glaubst gar nicht, wie überwältigt ich war. Ich bin in die Schule gefahren, habe in den Klassen vorsichtig angefragt, ob sie dabei wären, und alle waren sofort Feuer und Flamme! Ausnahmslos! Sie wollten Dir zeigen, dass sie für Dich da sind, so, wie Du immer für sie dagewesen bist. Du kämpfst nicht nur für Dich, Tom, siehst Du das? Sie lieben Dich und sie zählen auf Dich. Du hast die Chance, so

vielen jungen Menschen zu helfen und ich habe gehört, wie viele ohne Dich schon wer weiß wo gelandet wären. Ist Dir das eigentlich bewusst? Diese Kinder dort sind alle Deinetwegen hier und warten darauf, dass Du bald auch wieder für sie da bist. Keiner verlangt von Dir, ohne Pause zu kämpfen. Keiner verlangt, dass Du jeden Tag nur so vor guter Laune strotzt. Ich weiß, was Du durchmachst, wir alle wissen das. Aber Du darfst nicht aufgeben. Niemals. Und jetzt schon gar nicht, wo es fast geschafft ist.“

Tom weint immer noch und kann den Blick nicht von seinen Schülern abwenden. Er wischt sich mit dem Ärmel des Bademantels die Tränen weg. Die versammelte Menge fuchtelt wild mit den Händen, ruft zu Tom hoch und brüllt Genesungswünsche, sogar Matty Drum. Sie hören gar nicht mehr damit auf.

„Ich komme mir vor wie ein Popstar“, lacht Tom. „Die jubeln zu mir hoch, dabei steht dort Matty Drum neben ihnen auf der Bühne.“

„Für viele Kids da unten bist Du der Star, Tom. Schau sie Dir doch an! Es ist eine Gabe, so gut mit Kindern umgehen zu können wie Du. Du hast unglaublich viel Einfluss und kannst so viel bewirken. Wenn Du schon selbst Probleme damit hast, das neue Herz anzunehmen und zu akzeptieren, dann mach es für die Kids … und ein bisschen für mich", murmle ich und senke den Blick.

Tom wendet sich erstmals wieder mir zu. Wir schauen uns an und endlich erkenne ich wieder das in seinen Augen, was ich so vermisst habe. Sie funkeln und glitzern voller Leben, glühen vor Liebe und hochkochender Leidenschaft. Mit dem Zeigefinger hebt er sachte mein Kinn an und zieht meinen Mundschutz herunter.

Ich weiß, dass er mich jetzt küssen will und gehe deshalb mit meinem Zeigefinger dazwischen. Ich lege ihn auf seine Lippen.

„Moment. Ich habe Dir noch etwas zu sagen."

Tom schaut mich ruhig lächelnd an.

„Welche Worte könnten gerade so wichtig sein und wären es wert, einem Kuss die Zeit zu stehlen?"

Ich schaue ihm tief in die Augen. Mein Mund öffnet sich, aber die Worte, die ihn verlassen, spricht mein Herz.

„Jahrelang und über Stunden,
gesucht und erst durch dich gefunden;
Worte sich in mein Herz geschrieben,
begannen den Menschen hinter den Zeilen zu lieben.
Das Aussehen nicht wichtig,
Geschenke vollkommen nichtig,
bist doch das größte Glück nur du,
ich höre dir so gerne zu.
Habe schon gedacht, ich finde es nicht mehr,
dann kamst du, und ich mochte dich so sehr,
mit jeder Nachricht aus Witz, Charme und Poesie,
so gefühlt habe ich noch nie.
Habe mein Zuhause durch dich gefunden,

möchte die Zukunft gemeinsam mit dir erkunden,
egal welch Hindernisse im Wege steh´n,
möchte ihn mit dir an deiner Seite geh´n.
Du bist mein Zuhause, ich fühle mich endlich daheim,
der Ort wo ich angekommen und nicht mehr allein."

Meine Stimme zittert, weil mich meine eigenen Gefühle überwältigen. Ich spüre die Worte, wie echt und aufrichtig sie sind und wieviel Wahrheit sie formulieren. Tom schluckt und mit einem innigen Kuss begegnen sich unsere Lippen und Tränen gleichzeitig. Plötzlich spüre ich ihn überall. Eine unvorstellbare Wärme breitet sich in mir aus, die mir Geborgenheit gibt und mich auf Wolken bettet. Erst nach einem langen Moment vertrauter und inniger Zweisamkeit öffnen wir wieder die Augen und schauen uns an.

Die Menge und Matty Drum mit seiner Band kreischen, pfeifen und klatschen.

„Ich bin wieder da!", brüllt Tom zwischen seinen Händen hindurch und strahlt wie frisch zum Leben erwacht nach unten. Seine Stimme klingt so kräftig, so voll. Sie jagt mir einen wohligen Schauer über den Rücken.

Ich schmiege mich mit all meiner Vermummung an ihn und umklammere ihn sachte. Dabei höre ich es. Behutsam lege ich mein Ohr auf seine Brust, in der es pulsiert. Toms neues Herz. Ich kann es fühlen und hören. Das Geräusch, das für viele Menschen das Normalste der Welt ist, ist für mich in diesem Moment etwas ganz Besonderes und bei weitem nicht selbstverständlich. Einige Herzschläge lang lausche ich ergriffen. Dieses Herz funktioniert, es arbeitet, genau wie meines. Wie das jedes anderen.

„Was ist?", fragt Tom irritiert und schaut auf meinen Scheitel herab.

„Es schlägt. Ich höre es. … Dein Herz."

Tom fasst sich mit seiner rechten Hand an die linke Brust. Ich lege meine Hand auf die seine.

„Es fühlt sich seltsam an, wenn man sich darauf konzentriert. Aber, auch wenn es nicht mein Herz ist, Lisa, es schlägt für Dich."

Meine Augen füllen sich erneut mit Tränen.

„Doch, es ist jetzt Dein Herz, Tom. Spürst Du das nicht? Es gehört Dir. Es schlägt in Deiner Brust! Es hat sich nichts verändert. Du bist immer noch Tom. Mein Tom."

„Und Du bist und bleibst meine Lisa. Ich liebe Dich so sehr."

Eine ausgesprochene Wahrheit, die ich auch in seinen Augen und seinem Blick sehen kann.

„Wie hast Du das mit Matty Drum nur hinbekommen? Wie war es möglich, ihn hierherzukriegen?"

„Tja, ich habe einen Freund, der einen Freund hat, der einen Freund hat …"

„Der einen Freund hat …", ergänzt Tom lachend und nimmt mein Gesicht in beide Hände, um mich dieses Mal voll stürmischem Übermut zu küssen.

1½ Jahre später

Ich trage Toms Perlenohrringe, die dazugehörige Kette und – ein weißes Kleid. Ich stehe vor einer großen Tür, die jeden Moment geöffnet wird. Meine Aufregung und Freude sind atemberaubend, ebenso wie auch die meines Vaters.

Hinter uns, am Fuß der Treppenstufen, ist der Hof der Kirche rappelvoll mit Menschen. Schüler und Kollegen von Tom und viele kleine Kinder mit ihren Eltern sowie meine Kolleginnen aus der Kita. Alle wollen an diesem besonderen Tag bei uns sein, bei Tom und mir.

Ich atme aufgeregt durch, drücke die Hand meines Vaters und umklammere den Brautstrauß. Dann öffnet sich die mächtige Holztür mit dem Eisengriff und nach einem letzten Blick in das stolze Gesicht meines Vaters, schreiten wir gemeinsam hindurch.

Die Kirche ist bis auf den letzten Platz voll. Alle Reihen sind besetzt aber das bekomme ich nur aus dem Augenwinkel mit, denn am Ende des Ganges steht Tom. Er strahlt mich an. Ich schreite mit meinem Vater an der Hand auf ihn zu. Mein Herz klopft Tom entgegen und ich weiß, dass auch sein Herz von grenzenloser Liebe zu mir erfüllt ist. Inzwischen ist es ganz zu Toms Herzen geworden und es arbeitet einwandfrei. Noch besser als es die Ärzte ohnehin schon vermutet haben. Nach einer Pause für unsere Familienplanung muss er jetzt sogar nur noch eine reduzierte Dosis an Medikamenten einnehmen, die die Abstoßung des Organes verhindert. Selbst die Zeit ohne die Tabletten hat Tom sehr gut überstanden.

Ich kann es kaum erwarten, endlich neben ihm zu stehen. Selbst diese geringe Distanz ist mir schon zu viel. Sogar auf der Arbeit vermisse ich ihn. Jeden Tag fallen wir uns abends erneut stürmisch um den Hals, als hätten wir uns wochenlang nicht gesehen. Nur, wenn ich bei ihm bin, fühle ich mich komplett, und genauso fühle ich mich auch jetzt, als ich bei ihm ankomme.

Mein Vater übergibt Tom meine Hand und ich spüre, wie unsere Herzen im gleichen Takt schlagen. Ich schaue überglücklich zu meiner Mutter, die wie Toms Eltern in der ersten Reihe sitzt und bereits, wie auch meine zukünftige Schwiegermutter, die ersten Tränen vergießt. Dabei geht die Zeremonie gerade erst los. Vivian, die ebenfalls in der ersten Reihe sitzt, macht mit Toms Einwegkamera ein Foto von uns. Wir strahlen sie an. Dann streift Tom noch einmal kurz meine Hand, bevor der Pastor mit seinen ersten Worten die Anwesenden begrüßt. Selbst diese zarten Berührungen Toms bringen mich schier um den Verstand. Sein stolzerfüllter Blick zu meiner Körpermitte treibt mir die Tränen in die Augen, so dass ich sie nur mit Mühe bändigen kann.

Ich kann von Glück sagen, dass ich mir ein Kleid mit Korsage ausgesucht habe, denn sonst hätte ich es noch ändern lassen müssen. Viel sieht man zwar noch nicht aber ich fühle, dass da etwas in mir wächst. Etwas von Tom und mir. Es wächst ein neues Leben, das sich gerade in der vierzehnten Woche befindet. Schon ganz am Anfang haben wir es auf dem Monitor gesehen, dieses winzig kleine Herzchen, und wie schnell es schlägt. Noch einmal bekommen wir ein Herz geschenkt, ein neues Leben.

Keiner der Anwesenden weiß, dass wir nicht nur zu zweit sind. Wir haben niemandem etwas gesagt, obwohl wir die Neuigkeit am liebsten in die ganze Welt hinausposaunt hätten. Ich hätte es am liebsten sofort allen auf einmal verkündet. Sich so lange zu beherrschen, ist uns beiden schwergefallen, weil wir unser Glück mit der ganzen Familie und allen Freunden teilen wollen. Dies sollte aber ein besonderer Moment sein, zusammen mit all unseren Lieben. Nachher, bei Toms Rede, wird es dann endlich soweit sein. Unsere Eltern und Freunde werden ausflippen und wir freuen uns jetzt schon auf ihre Reaktionen.

Für mich ist alles immer noch wie ein einziger, großer Traum. Wir liegen uns oft in den Armen und drücken uns ganz fest, weil wir es manchmal schier nicht glauben können, dass das schlimme Bangen um Toms Leben überstanden ist. Es war eine harte Zeit und ein Weg voller Hindernisse, gerade das erste Jahr nach der Operation. Es war ein ständiges Auf und Ab. Aber wir haben unermüdlich zusammengehalten und gekämpft; Tom hat gekämpft.

Inzwischen hat die Zeit das Übrige dazugetan und die Normalität und der Alltag helfen Tom. Er geht wieder zur Schule, und wenn er von seiner Arbeit erzählt, dann sehe ich ihm an, wie viel Freude ihm sein Job bereitet. Es vergeht kein Tag, an dem wir nicht dankbar sind, dass uns dieses Leben möglich ist. Wir sind uns bewusst, wie kostbar und einmalig es ist und wir leben intensiv. Wäre Toms Erkrankung nicht gewesen, wäre ich damit nicht konfrontiert worden, dann hätte ich vermutlich nie so bewusst gelebt wie heute. Das Leben ist ein großes Geschenk und jetzt bekommen wir in einigen Monaten sogar noch ein weiteres Leben geschenkt. Ein Leben, für das wir die letzten Fotos auf Toms Kamera aufsparen wollen. Aber immer ein Schritt nach dem anderen. Jetzt heißt es für Tom und mich gleich erst einmal – Ja, ich will!

ENDE

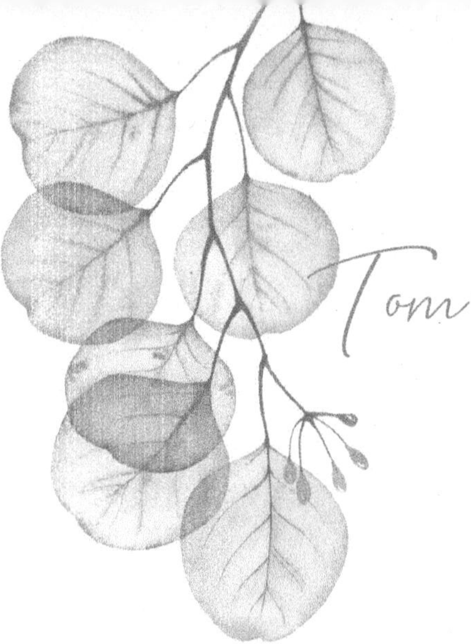

Tom

EPILOG

Ich wollte stark sein und meine Familie und Freunde beschützen. Keiner sollte von meiner Verzweiflung und der Angst vor dem Tod angesteckt werden. Aber ich war ein miserabler Schauspieler und habe sie mit dieser Seuche infiziert. Sie haben entsetzlich gelitten. Im Nachhinein weiß ich nicht mehr, ob es richtig war, alleine kämpfen zu wollen. Ob ich es damit nicht für alle Seiten sogar schlimmer gemacht habe.

Was wäre mit Lisa gewesen, hätte sie von Anfang an davon gewusst? Hätte sie trotzdem mit mir gechattet und den Kontakt aufrechterhalten? Oder hätte sie die Konfrontation mit dem Sensenmann doch abgeschreckt?

Für mich wäre es nachvollziehbar und verständlich gewesen. Ich weiß nicht, wie ich an ihrer Stelle reagiert oder mich verhalten hätte. Es ist nicht leicht, wenn ein Mensch einem ans Herz wächst und man mit ansehen muss, dass der Tod seine knochig kalten Hände nach ihm ausstreckt. Sie konnte ja nicht wissen, dass er mich verschont und im letzten Moment doch einen anderen Menschen an sich reißt.

War es dennoch vertretbar, ihr das zu verschweigen? Wobei – auch bei ihr habe ich eine grottenschlechte schauspielerische Leistung abgeliefert; unsensibel und egoistisch noch dazu.

Ich habe mich so schnell zu ihr hingezogen gefühlt und wollte nicht wahrhaben, wie sehr ich sie mit meiner Art gequält und gefoltert habe. Im Grunde habe ich sie wie ein ausgehungertes Tier angefüttert und gelockt und dann immer wieder weggestoßen. Richtig war das nicht von mir.

Aber hätte sie mir auch eine Chance gegeben, wenn sie über meinem Zustand Bescheid gewusst hätte?

Wenn sie meine geringen Überlebenschancen gekannt hätte?

Hätte sie bei diesem Kampf trotzdem an meiner Seite stehen wollen?

Hätte sie es verkraftet, mir dabei zuzusehen, wie ich immer schwächer werde, bis der letzte Atemzug meinen Körper verlässt?

Was meinen Sie?

Hätten SIE mir auch IHR Herz gespendet? …

Danksagung

Für mich ist jedes Buch eine Reise. Bei meiner letzten Reise durfte ich so viele wundervolle neue Menschen kennenlernen, dass ich viele davon auch jetzt wieder unbedingt dabeihaben wollte.

Ganz besonders hat mich bei diesem Projekt wieder meine Familie unterstützt. Mein Mann bringt sich mit großartigen Ideen mit ein und baut mich unermüdlich auf. Ja, bei einer Fine Sturm muss das schon mal sein. Er zeigt hier wirklich einen Einsatz, der größten Respekt verdient, denn meine Buchprojekte werden von diversen Stimmungsschwankungen begleitet – sowohl bei der Entstehung, als auch nachher bei der Veröffentlichung. Ich danke Dir von ganzem Herzen, mein Schatz, dass Du immer an meiner Seite stehst. Du gibst mir einen Schubs, wenn ich mich nicht traue, den nächsten Schritt zu tun, und Du fängst mich auf, noch bevor ich stolpere. Ich liebe Dich über alles, mein Schatz.

Auch ohne meine Tochter könnte ich das alles nicht schaffen und mein Instagram-Account ist inzwischen zu einer Art Familienprojekt geworden. Tatsächlich ist es für mich wirklich purer Luxus, eine technisch versierte Teenagerin daheim zu haben, die sich von ihrer Mama breitschlagen lässt, immer mal wieder Fotos oder Videos aufzunehmen. Du kannst Dir gar nicht vorstellen, was es für mich bedeutet, dass auch Du hinter mir stehst und an mich glaubst. Ich danke Dir, meine Süße. Du bist das größte Geschenk überhaupt, und obwohl sich ein Teenager damit schwertut – Ich umarme Dich, mein Schatz. Von ganzem Herzen Dankeschön von Deiner Mama.

Wenn die erste Rohversion steht, klopfe ich immer bei meinen Eltern an. Gemeinsam mit meinem Mann gehören sie zu den ersten Probelesern. Einen Rohentwurf aus den Händen zu geben, kostet mich enorme Überwindung. Schließlich ändert sich danach auch häufig noch einiges und ich bin in diesem Stadium mit meinem Manuskript noch längst nicht zufrieden. Umso schöner ist es, wenn man dann so liebe Menschen an seiner Seite hat, die einen auch bei den allerersten Schritten objektiv und sensibel begleiten. Vielen Dank, liebe Mama und lieber Papa, dass Ihr immer an Euer Finchen glaubt. Es tut so gut zu wissen, dass es Euch gibt und dass Ihr immer da seid. Klar, Ihr seid meine Eltern, und was die Kinder machen, ist eigentlich immer toll, aber ich freue mich jedes Mal wie eine Schneekönigin, wenn Ihr beide Euch darum zofft, wer das Manuskript zuerst probelesen darf, lach. Ihr seid einfach klasse und ich liebe Euch so sehr. Vielen lieben Dank Euch beiden, dass auch Ihr bei meinen Projekten immer hinter mir steht.

Fast zeitgleich hat meine Lektorin Angelika Meyer das Manuskript in die Hände bekommen. Liebe Angelika, dass Du Dir das antun wolltest, lach. Aber weißt Du was? Dein Feedback zu diesem Buch hat mich so motiviert und an mich selbst glauben lassen. Ich danke Dir von ganzem Herzen, dass ich Dich auch bei diesem Projekt wieder an meiner Seite haben darf. Es macht einfach Spaß, mit Dir zusammenzuarbeiten, und schließlich verbindet uns ja längst nicht mehr nur die Arbeit. Jenni, meine Liebe, auch

Du hast Dir den Rohentwurf geschnappt – und jetzt hat sich doch wieder einiges verändert. Ich bin wahnsinnig gespannt, was Du sagen wirst, und ich freue mich riesig, dass auch Du die Reise schon in diesem Stadium mit mir angetreten hast.

Als nächstes gab es für mich eine große Überraschung, denn fast eine ganze Familie hat sich dazu breitschlagen lassen, die Reise mit mir weiterzuführen und mich in diversen Bereichen zu unterstützen. Liebe Katja Keppler, lieber Jan Keppler, Ihr behaltet beim Lesen den absoluten Überblick über alle Details. Ihr hinterfragt sehr vieles und genau das ist auch Eure riesengroße Stärke. Gleich zwei Vorableser wie Euch an meiner Seite zu haben, das war Gold wert! Ihr habt so viel Freizeit in mein Manuskript investiert – dafür ein ganz, ganz liebes Dankeschön. Mir waren Eure Sichtweise und Anmerkungen eine sehr große Hilfe und es gibt tatsächlich einige Dinge, die ich sogar genauso umgesetzt habe. Mit Euch gleichzeitig eine Werbeaktion für das Buch zu planen, hat mir unglaublich viel Spaß gemacht. Ich freue mich sehr, dass vor allem auch Du Katja mir mit Deinem Shop ´Gute Dinge haben Seele´ zur Seite gestanden hast – und stehst. Das ist einfach großartig! – Und hey, wer kann nicht ein paar schöne dicke Socken für den Winter gebrauchen? Dank Dir können sich jetzt alle, die Spaß daran haben, Toms Sockenwolle bestellen! Also, Leute: Lernt stricken, ordert Toms handgefärbte Wolle und die warmen Füße für die kalte Jahreszeit sind garantiert!

Kommen wir nun zu Eurer Tochter Hayley Marah Keppler, bei der ich mich ganz besonders bedanken möchte. Liebe Hayley, ich habe vorsichtig bei Dir angefragt, ob Du etwas für mein Buch zeichnen würdest. Ich freue mich riesig, dass Du Dich dazu bereit erklärt hast. Wie alle vorne in dem Buch sehen können, ist Deine Zeichnung fantastisch geworden. Sie ist genau das, was ich mir vorgestellt habe. Ich danke Dir von ganzem Herzen, liebe Hayley, für diese wundervolle Arbeit und ich wünsche Dir für Deine weitere Zukunft als Künstlerin ganz viel Erfolg!!!

Nachdem inzwischen eine ganze Familie mit an Bord war, ging die Reise des Buches weiter, und zwar schon wieder zur lieben Angelika. Erneut durfte das Manuskript bei ihr einziehen, um den letzten Schliff zu erhalten. Was soll ich sagen, ich bin glücklich, stolz und freue mich riesig, dass Du die Herausforderung erneut angenommen und Dich an das Manuskript gewagt hast. Zu diesem Zeitpunkt war ich schon längst viel zu tief in der Geschichte eingetaucht, so dass es unbedingt ein neutrales und klares Auge brauchte, um alles aus dem optimalen Blickwinkel und unter jeglichen Lichtverhältnissen zu betrachten – dann zu polieren und feinzujustieren. Bei Dir, liebe Angelika, weiß ich einfach – genau das machst Du! Es gibt mir so viel Sicherheit zu wissen, dass Du Dich des Manuskripts annimmst, es auf Herz und Nieren prüfst und überarbeitest. Dankeschön, liebe Angelika, für Deine hervorragende Arbeit!!!

Bereits parallel zum Lektorat ist dieses Mal Tanja Rörsch mit ihrer Agentur Mainwunder gestartet. Damit kam das ganze Projekt ordentlich in Fahrt und die Reise wurde richtig spannend. Ganz ehrlich? Ich liebe es, wie Ihr vor Ideen sprüht, und die Zusammenarbeit mit Euch ist auch dieses Mal wieder einfach nur toll. Vor allem den Titel, und das muss ich jetzt unbedingt erwähnen, habe ich Tanja Rörsch zu verdanken. Wir haben telefoniert und ich glaube, es waren nur wenige Minuten, bis der Titel 'Das Herz, das für Dich schlägt' feststand. Ich hatte Gänsehaut und spürte sofort, dass das mein Buchtitel war. Von ganzem Herzen Dankeschön dafür, liebe Frau Rörsch! Sie und Ihr Team sind bei dieser Reise die treibende Kraft und halten gleichzeitig für alle Notfälle die Rettungsboote bereit. Das mag zwar jetzt etwas witzig klingen, aber eine Reise auf hoher See ohne Rettungsboote und Profis, die für jede Wetterlage gewappnet sind, mag ich mir gar nicht vorstellen. Also ich bin definitiv froh und überglücklich, dass ich Sie mit Ihrer gesamten Mannschaft mit dabeihabe. Ganz vielen lieben Dank dafür und Ahoi! Leinen los und auf geht's! Wir stechen mit 'Das Herz, das für Dich schlägt' in See!

Liebe Catrin, Dich kann man natürlich nicht vergessen. Mit Deiner Agentur Rauschgold hast Du mich schon beim letzten Buchprojekt begleitet und zum Strahlen gebracht. Es war für mich gar keine Frage, wer das Cover und den Buchsatz für das nächste Buch designen wird. Die Zusammenarbeit ist einfach klasse und ich liebe Deine Arbeit. Auf Dich kann ich bei dieser Reise einfach nicht verzichten, denn ein Boot, das äußerlich kein Vertrauen erweckt, damit will doch wohl auch niemand mitfahren, oder? Du hast es jedenfalls wieder zu einem Highlight gemacht und es erneut geschafft, meiner Geschichte ein wundervolles Gesicht zu geben. Dankeschön, meine Liebe, für den tollen Job!!!

Alle an Bord? – Nicht ganz. Um in See zu stechen, fehlt ein weiterer Schritt, denn man kann nie mit genug Fachpersonal ausgerüstet sein! Ich möchte an dieser Stelle mal sagen, dass ich unheimlich stolz bin, jetzt gleich verschiedene Namen aufzuführen, denn Ihr alle habt mich als fachlich versierte professionelle Probeleser unterstützt und mir wertvolles Feedback gegeben. Ein Buch auf den Markt zu bringen, ist immer mit Risiko verbunden, und ohne Eure Zustimmung und Euren Rückhalt hätte ich mich sicherlich nicht so waghalsig in die Veröffentlichung gestürzt. Ich habe immer noch Herzklopfen, das muss ich zugeben, aber Euch alle an meiner Seite zu wissen, das stärkt mich ungemein und gibt mir so viel Kraft und Mut. Jeder einzelne von Euch allen hat mir Sicherheit gegeben und mich bei diesem Buchprojekt an die Hand genommen – abgesehen davon, dass inzwischen aus dem Buchprojekt wundervolle Freundschaften und Kontakte entstanden sind, die ich nicht mehr missen möchte. Danke, dass es Euch alle gibt. Ihr seid wundervoll, und wenn ich darf, werfe ich auch bei meinem nächsten Buchprojekt wieder bei Euch den Anker aus. Aber jetzt erst einmal ein riesengroßes DANKESCHÖN an:

Constanze Bennett
Natalie Wildhölzl
Christian Demme
Lisa Feyertag
Margarita Baumann
Daniela Köppel
Deborah Rosar
Kristin Colberg
Claudia Schoen
Beate Surbeck
Jennifer Richter
Elke Raunig
Anja König
Lucienne Kreschnak
Rosi Barth
Mandy Gehrke
und
Barbara Behrendt,

die mich nicht nur als Probeleserin unterstützt, sondern mir auch schon zum zweiten Mal mit ihrem großartigen Impressums-Service zur Seite steht.

Die Jungfernfahrt/Marktreife – Wir legen ab!

Wenn ein Buch/Schiff sich das erste Mal auf den Markt/auf hohe See wagt, dann komme zumindest ich mir etwas verloren vor. Das Büchermeer kann ganz schön groß und beängstigend sein. Aber im Vergleich zu meinem ersten Projekt habe ich jetzt einen entscheidenden Vorteil, nämlich den, dass ich ungefähr weiß, was mich erwartet – und wer auch jetzt wieder an meiner Seite stehen wird. In diesem Abschnitt meiner Reise kommen die Blogger dazu. All die fleißigen, emsigen und kreativen Menschen, die Werbung rund um ein Buch machen. Ihr tragt einen so großen Teil dazu bei, dass unsere Bücher überhaupt gesehen und gekauft werden. Somit kann man sagen, dass ohne Eure Hilfe ein Buch kaum eine Chance hat. Ich denke, damit dürfte allen klar sein, wie wichtig Ihr für uns Autoren seid. Ich kann wohl sagen, dass Ihr für mich seit meinem letzten Buchprojekt weitaus mehr bedeutet. Wie viele von Euch wissen, war ich zuvor nirgendwo im Internet zu finden. Ich hatte überhaupt keinen Plan von Instagram und Co. Aber Ihr habt mich alle sofort in Eure Gemeinschaft auf- und unter Eure Fittiche genommen. Mich haben so viele liebe Worte erreicht und ich habe so viel Unterstützung erfahren, dass ich oft zu Tränen gerührt war. Ich kann Euch gar nicht sagen, wie viele Taschentücher mich das gekostet hat! Ihr Lieben, Ihr seid einfach eine großartige Truppe. Eigentlich verdient es jeder einzelne Eurer Blogs, beim Namen genannt zu werden, aber das würde vermutlich den Rahmen des Buches sprengen. Ich möchte, dass Ihr wisst, dass ich Eure Arbeit wirklich zu schätzen weiß. Ihr investiert sehr viel Zeit in unsere Bücher und deshalb aus tiefstem Herzen an Euch alle da draußen ein gewaltiges: DANKESCHÖN! Toll, dass Ihr auch wieder mit dabei seid! Ich bin so gespannt, wo unsere Reise hingeht, wo wir landen und wo wir überall anlegen werden. Fühlt Euch umarmt, meine Lieben!

Danksagung fertig?

Nö ;-)! Sorry ;-)!

Denn! SIE halten das Buch in den Händen! – Sie haben mir also sogar bis hierher Ihre Aufmerksamkeit geschenkt! Sie gehören zu den Menschen, die es uns Autoren ermöglichen, unserer Leidenschaft nachzugehen. Jeder einzelne Leser trägt dazu einen großen Teil bei, denn ohne Leser keine Bücher. Ob Sie wollen oder nicht, indem Sie dieses Buch gelesen haben, sind Sie Teil dieser Buchreise geworden. Deshalb: Herzlich willkommen an Bord! Schön, dass wir Sie begrüßen dürfen und vielleicht mögen Sie uns ja noch eine Weile begleiten. Ich jedenfalls würde mich sehr freuen und hoffe, dass meine Reisecrew und ich Ihnen wundervolle Lesestunden bereiten konnten. Vielleicht stechen wir ja auch bei dem nächsten Buchprojekt wieder gemeinsam in See. Aus tiefstem Herzen Dankeschön und alles Liebe von Ihrer Kapitänin

Fine Sturm

Franzis Angst vor Hunden ist riesengroß, hat sie doch vor über zehn Jahren durch einen Hundebiss ihren Unterschenkel verloren. Seither quält sie ihre Unsicherheit und sie hat sich der Liebe verschlossen. Zu groß ist die Angst vor einer Zurückweisung.

Als dann der lebensfrohe Jan in ihr Leben platzt, spürt sie, wie sehr sie sich bereits in ihr Schneckenhaus zurückgezogen hat. Dabei ist er genau das, wonach sich Franzi schon so lange sehnt…

Es gibt nur zwei Probleme, die zwischen ihr und ihrem Liebesglück stehen: Er darf auf keinen Fall von ihrer Behinderung erfahren! Und – Jans bester Freund hat nicht nur seidenweiches Fell, sondern auch ganz schön scharfe Zähne…

›Auf sieben Beinen‹ ist ein romantischer Wohlfühlroman mit vielen Emotionen. Ein Buch nicht nur für Hundefreunde, sondern für alle Menschen, die aus Angst nicht ein Leben voller Liebe leben. Denn dort, wo Liebe ist, hat Angst keinen Platz…

›DER ERSTE THRILLER VON FINE STURM‹
ET 2022

Wenn Deine Scham so groß ist, dass Du Dich
dazu entscheidest, Deinem Leben ein Ende zu setzen
– kann die Liebe Dich dann noch retten?
Aber vielleicht stehst Du auch gar nicht mehr
vor der Wahl, weil Dein Peiniger weiß,
wo er Dich findet …

TRIGGERWARNUNG
»DAS HERZ, DAS FÜR DICH SCHLÄGT«

Dieses Buch enthält Elemente, die triggern können.
Diese sind:

- Sexuelle Belästigung
- Stalking
- lebensbedrohliche Erkrankung
- Autounfall